D1493786

LA VALSE
INACHEVÉE

DU MÊME AUTEUR

Romans

Bildoungue, Paris, Christian Bourgois, 1978.
La Sultane, Paris, Grasset, 1981.
Le Maure de Venise, Paris, Grasset, 1983.
Bleu Panique, Paris, Grasset, 1986.
Adrienne Lecouvreur ou le cœur transporté, Paris, Robert Laffont, 1991.
La Senora, Paris, Calmann-Lévy, 1992.
Pour l'amour de l'Inde, Paris, Flammarion, 1993.

Essais

Lévi-Strauss ou la structure et le malheur, Paris, Seghers, 1re édition en 1970, 2e édition en 1974, dernière édition entièrement remaniée en Bibliopoche en 1985.
Le Pouvoir des mots, Paris, Mame, coll. « Repères sciences humaines », 1974.
Miroirs du sujet, Paris, UGE, 10/18, série « Esthétiques », 1975.
Les fils de Freud sont fatigués, Paris, Grasset, coll. « Figures », 1978.
L'Opéra ou la défaite des femmes, Paris, Grasset, coll. « Figures », 1979.
Vies et légendes de Jacques Lacan, Paris, Grasset, coll. « Figures », 1981. Repris en Bibliopoche en 1986.
Rêver chacun pour l'autre, essai sur la politique culturelle, Paris, Fayard, 1982.
Le Goût du miel, Paris, Grasset, coll. « Figures », 1987.
Gandhi ou l'athlète de la liberté, Paris, Gallimard, coll. « Découvertes », 1989.
La Syncope. Philosophie du ravissement, Paris, Grasset, coll. « Figures », 1990.
La Pègre, la Peste et les Dieux (Chronique du Festival d'Avignon), Paris, Éditions Théâtrales, 1991.
Sissi, l'impératrice anarchiste, Paris, Gallimard, coll. « Découvertes », 1992.

Poésie

Growing an Indian Star, poèmes en anglais, Delhi, Vikas, 1991.

En collaboration

L'Anthropologie : science des sociétés primitives ?, avec J. Copans, S. Tornay, M. Godelier, Denoël, « Le point de la question », 1971.
Pour une critique marxiste de la théorie psychanalytique, avec Pierre Bruno et Lucien Sève, Paris, Éditions sociales, 1973, 2e édition, 1977.
La Jeune Née, avec Hélène Cixous, Paris, UGE, 10/18, 1975.
La Psychanalyse, avec François Gantheret et Bernard Mérigot, Larousse, Encyclopoche, 1976.
Torero d'or, avec François Coupry, Paris, Hachette, 1981. Nouvelle édition entièrement remaniée, Paris, Robert Laffont, 1992.
La Folle et le Saint, avec Sudhir Kakar, Paris, Le Seuil, 1993.

CATHERINE CLÉMENT

LA VALSE INACHEVÉE

roman

LE GRAND LIVRE DU MOIS

ISBN 2-7021-2362-7
© *Calmann-Lévy, 1994*

Pour Istvan Szabo

Je ne veux pas d'amour
Je ne veux pas de vin
Le premier fait souffrir
Et le second vomir

Elisabeth d'Autriche

Rudolph Sieczynski

Prologue

VIENNE, FÉVRIER 1874

— Vous n'y pensez pas sérieusement !

D'émotion, Ida avait joint les mains, comme pour une inutile prière. C'était une envie folle, dangereuse, une idée à briser leurs deux vies... Elle ne pouvait pas la laisser faire. Il fallait l'en empêcher, à tout prix. Un devoir.

Les bras croisés, tournant dédaigneusement sa petite tête couronnée de tresses sombres, la jeune femme la toisait de toute sa hauteur, avec un air de défi. La robe qu'elle venait d'ôter gisait encore sur un fauteuil, où elle avait jeté en vrac les perles, le diadème et l'éventail de plumes ; il ne lui restait sur le corps que la légère carcasse d'osier, les bas et la chemise. La soirée avait été longue, rude et solennelle ; Ida tombait de sommeil et elle ! Incorrigible. Ida connaissait par cœur ce que signifiait cet arc colérique et noir, lorsque les sourcils se rejoignaient, touffus, volontaires, sauvages. Inutile d'insister. Mais l'affaire était trop grave ; Ida se jeta à l'eau.

— Ainsi, ce fiacre qui attend à la porte, c'est pour nous emmener au Bal de la Redoute ! Un bal masqué ! Un endroit mal famé, où les hommes ont le droit de...

Avec toutes les femmes ! Avez-vous seulement réfléchi ? C'est fou !

— Et pourquoi ? fit-elle en faisant tourner sa crinoline avec grâce. Croyez-vous que je ne puisse faire illusion ? Peut-être me trouvez-vous trop vieille ?

— Non, oh non ! protesta la pauvre Ida ; mais on vous reconnaîtra, on ne vous laissera pas passer, on vous...

— Quoi ? On me livrerait à la police ? Voilà qui serait fort amusant ! Allons, assez tergiversé. Les dominos, dans la penderie. Le rouge et le jaune. Ah ! Et une robe noire, celle de gauche, tout au bout. Avec la ganse en satin blanc.

— Une simple robe noire ? s'étonna Ida. Mais...

— Mais nous serons des bourgeoises, ma chère ! répliqua-t-elle en éclatant de rire.

Ida haussa les épaules, dénoua ses mains et les contempla sans rien dire. Ne pas bouger. Faire la morte.

— Allons ! répéta la jeune femme en tapant du pied. Faudra-t-il que j'y aille moi-même ? Comtesse, vous me fatiguez !

Ida se leva avec réticence. Son devoir lui commandait aussi d'obéir. « A moins que je ne lui donne ma démission, sur-le-champ, là, tout de suite, songea-t-elle en ouvrant la penderie. Mais non, cela ne l'arrêterait pas. Elle irait seule, voilà tout. Sans chaperon ! Elle serait perdue. Il faut la protéger malgré elle. Elle le sait, la maudite, elle me tient... »

La jeune femme s'assit sur le lit et lissa la courte-pointe. Ida en passerait par sa volonté... Tant pis pour elle ! Jamais elle ne retrouverait une occasion aussi propice. On la croyait déjà couchée, les domestiques étaient partis, son mari était au loin, en Russie...

— Qu'il reste où il est, au diable ! gronda-t-elle en faisant la grimace au portrait sur le mur. Pour une fois. Juste une toute petite fois de rien du tout...

Elle déploya ses longues jambes, se leva d'un bond et, les bras posés sur ses épaules comme si elle s'enlaçait tendrement, elle se mit à tourner sur elle-même en penchant la tête, valsant avec un cavalier invisible. Les lourdes nattes tressées roulèrent le long de son dos, jusqu'aux reins cambrés, à l'endroit où s'accrochaient les jupons de linon. Par-dessus l'épaule, elle aperçut son reflet dans un miroir, et se figea.

Les mains descendirent vers la taille, dégrafèrent la crinoline... La jeune femme retint sa respiration, sur le corset serré, les doigts se touchaient presque. Elle se tourna pour examiner sa chevelure, et s'adressa un triste sourire.

— A quoi bon... Trente-six ans, et pas un cheveu blanc ! Et pour qui ces cinquante centimètres de tour de taille ? Personne n'en profite, sauf toi, ma petite. Oui, ma belle, tu es la plus parfaite, ma beauté, ma sublime, oui...

Et arrondissant les lèvres, elle posa un baiser sur le miroir.

— C'est bien, murmura-t-elle en effaçant la trace du bout des doigts. Nous verrons si tout ceci intéresse le commun des mortels. Mais que fait Ida ? Elle traîne ! Oh ! Je vais me fâcher...

❖

Elle ouvrait résolument la porte de la penderie lorsque la malheureuse Ida fit son apparition, les bras chargés de lourdes soieries brochées et le visage fermé.

— Enfin ! Je commençais à désespérer ! s'écria la jeune femme. Ne faites pas cette tête... On dirait que vous portez le deuil. A propos de tête, vous irez chercher la perruque que j'ai achetée à Buda. La blonde, celle aux reflets roux.

— Avec le domino rouge ? fit Ida. Ce ne sera pas beau.

— Eh bien ! Je prendrai le jaune, et je ressemblerai à un perroquet. Posez-le sur le lit. Doucement ! Vous allez tout abîmer. Vous faites une femme de chambre détestable, ma chère. Non ! Ne me dites rien, je le sais bien, bon Dieu, que vous dérogez à vos fonctions de lectrice. Passez-moi la robe... Voilà. Maintenant, dépliez-moi ce manteau jaune...

Les lèvres pincées, les mains hésitantes, Ida détournait la tête en tendant les manches ouvertes du domino de brocart. Le juron ne laissait présager rien de bon.

— Cessez de trembler, comtesse, fit soudain la jeune femme d'une voix coupante. Vous n'allez pas vous mettre à pleurer sous prétexte que nous allons au bal masqué ! Enfin, soyez un peu raisonnable : comment rencontrerai-je le peuple si je ne reste pas incognito ?

— Le peuple, coupa l'autre avec un petit rire. Parce que vous pensez vraiment le trouver là ? Le peuple ? Il n'y sera pas.

— Toujours plus qu'ici, répondit la jeune femme sèchement. Je suis lasse d'entendre parler des peuples de l'Empire sans jamais vérifier ce qu'ils ont dans la tête. Dans les bureaux des ministères, on prépare constamment des guerres contre des malheureux, des faibles qui s'enfuient, qu'on opprime, et je ne saurais pas ce que pense le peuple ? De toute façon, je ne reculerai pas.

— Croyez-vous que je l'ignore ? murmura Ida en ajustant les plis du domino. Mais si nous sommes prises, je serai renvoyée, exilée ! C'est moi que l'on jugera. Et à travers moi, la Hongrie, mon pays !

— Jamais de la vie ! chantonna-t-elle en se contemplant dans le miroir. Exilée, vous ? Je m'y opposerai. Trouvez-moi des gants. La commode, là. Vous y êtes. Les tiroirs sont ouverts.

Ida tendit une paire de gants de chevreau blanc, brodés d'une couronne.

— Blancs ? s'étonna la jeune femme. Cela n'ira pas. Dans le troisième tiroir, en dentelles noires.

— On verra vos mains ! s'indigna Ida.

— Je l'espère bien ! On ne va pas au bal masqué avec des gants de chevreau blanc. Et puis la couronne, Ida, on m'identifierait au premier coup d'œil. La perruque est en haut de la penderie, cachée sous les capelines.

Hissée sur une chaise, Ida extirpa un flot de boucles rousses qui lui échappèrent et roulèrent sur le tapis. Immobile dans son domino, la jeune femme eut un mauvais sourire.

— Vous n'avez pas la main heureuse, comtesse, fit-elle

d'un ton moqueur. Dieu, que vous êtes maladroite aujourd'hui...

Les larmes aux yeux, Ida ramassa la perruque, et la tendit silencieusement à la jeune femme.

— Il s'agit maintenant de rouler mes cheveux. Aidez-moi. Je m'occupe des boucles de devant, et vous tordez les nattes comme vous pourrez. Les épingles. Sur la table. Passez-les-moi.

D'un geste preste, elle planta les épingles et fit bouffer les boucles postiches.

— Les nattes, sous la perruque, ordonna-t-elle. Essayez de placer les épingles maintenant... Doucement ! Vous m'avez piqué l'oreille ! Quelle imbécile vous faites !

Ida s'arrêta net et se mit à pleurer sans bruit. La jeune femme aperçut les larmes dans le miroir et, l'épingle au bout des doigts, pivota sur elle-même, souplement.

— Mon Dieu ! s'écria-t-elle en la prenant dans ses bras. Ida, ma chérie, ne pleurez pas... C'est à cause de moi ? Je ne l'ai pas fait exprès, vous savez comme parfois je m'emporte... Il ne faut pas m'en vouloir. Ma douce, ma bonne, vous savez comme je vous aime...

La tête posée contre la jeune épaule, les bras à l'abandon, Ida sanglotait sans retenue.

— Là, ma belle, murmura sa maîtresse en caressant les cheveux bruns. Je ne vous ennuierai plus, c'est fini. Je m'occupe de tout. Donnez-moi vos lèvres bien sagement.

Ida releva la tête, et tendit sa bouche avec obéissance. La jeune femme y posa un baiser rapide, et s'écarta en s'éventant avec la main.

— Bon ! fit-elle d'un ton enjoué. Nous n'avons plus le temps de badiner. A vous maintenant, ma chère. Je serai votre camériste, non, ne protestez pas, laissez-moi faire.

Et ramassant le lourd domino cramoisi avec une vigueur surprenante, elle tendit les manches à sa compagne.

— Passez la main... Baissez le bras... Donnez-moi l'autre... Voilà, dit la jeune femme satisfaite en arrangeant les plis autour d'Ida rougissante. Maintenant, le plus important.

A grandes enjambées, elle s'élança vers sa coiffeuse,

prit une houppette, la plongea dans une boîte de poudre, et tapota soigneusement les joues d'Ida.

— C'est un peu blanc, observa-t-elle en reculant pour mieux juger son œuvre. Et l'on voit encore les traces de larmes. Dans cinq minutes, je recommencerai. Mais on ne pleure plus, s'il vous plaît. Où sont mes épingles ? Cette perruque ne tient pas en place.

Avec une rapidité étourdissante, elle fit entrer le buisson de nattes sous les boucles rousses et piqua une forêt d'épingles pour les faire tenir. Quand tout fut ajusté, elle secoua la tête et se regarda dans le miroir.

— Cela me tire, grimaça-t-elle. Ces cheveux sont ma punition. Est-ce assez laid, ce roux ! Qu'en penses-tu, Ida ?

— Même ainsi, vous êtes si belle, murmura Ida.

— Je sais ! fit la jeune femme en tapant du pied. Mais suis-je assez méconnaissable ?

— C'est-à-dire..., hésita Ida. Il me semble que je vous reconnaîtrais sous tous les déguisements.

— Tu n'es pas rassurante, reprit-elle dépitée. Trouve-moi le loup, et voyons cela.

Quand la dentelle noire tomba sur le menton rond, la jeune femme ferma le domino d'un mouvement brusque, et enfila les gants lentement. Puis rejetant la tête en arrière, elle se mit à rire, d'un rire de gorge éclatant. Ida joignit les mains avec étonnement.

— Jamais je ne vous ai entendue rire ainsi !

— Dis plutôt que tu ne m'as jamais entendue rire, ma chère, répliqua-t-elle en soupirant. Personne ne m'a entendue rire. Pas même toi.

« Personne ne me connaît, songeait-elle, la rage au cœur. Pas même toi, ma confidente, ma plus proche amie. Sauvage, méprisante, moi ? Nous allons bien voir. »

— Que nous manque-t-il ? demanda-t-elle avec brusquerie. Une aumônière... Mouchoir... Il y est. Un éventail. Le plus simple, en taffetas noir, sans ornement. Mais tout de même...

Elle courut vers un petit meuble, ouvrit un tiroir et fouilla longuement de ses mains gantées.

— Là ! s'écria-t-elle triomphalement.

— L'une de vos étoiles en diamants ? Elles sont célèbres dans le monde entier... Êtes-vous sûre que...

— S'il n'y en a qu'une, prise isolément on ne la reconnaîtra pas. Et regarde, ajouta-t-elle en piquant gracieusement l'étoile sur les boucles rousses, cela sauve cette horreur...

— Je n'en disconviens pas, reconnut Ida, pincée. Mais c'est imprudent.

— Nous partons, Ida, reprit la jeune femme en haussant les épaules.

Ida avait pris son sac, vérifié son mouchoir, un éventail pendait à son poignet ganté. Mais Ida ne bougeait pas d'un pouce.

— Eh bien ! Tu n'as pas renvoyé le fiacre, au moins ? Je t'étranglerais !

D'un geste craintif, Ida désigna la houppette sur la coiffeuse.

— La poudre, sur les traces, mes joues, bredouilla-t-elle. Vous... Je veux dire Votre...

— Chut..., fit la jeune femme en posant un doigt sur les lèvres de sa compagne. J'avais oublié.

A petits coups, elle lui poudra le nez, les joues, le menton, et lui caressa le front.

— Je suis odieuse, et elle épousseta son gant de dentelles où la poudre avait laissé un nuage pâle. Une enfant gâtée. Je ne comprends pas comment on me supporte. Tu es un ange. On ne voit plus rien sur tes joues, aucune larme !

Et d'un geste vif, elle rabattit sa capuche sur la perruque rousse.

— Une fois dans la Redoute, nous trouvons une table au premier balcon, dit-elle gravement. Tu ne parles à personne.

— Non, reprit Ida, docile.

— Nous serons rentrées avant minuit.

— Oh oui ! S'il vous plaît.

— Tu ne laisseras personne m'approcher, tu me jures ?

— Personne.

— L'argent ! As-tu des florins ?

— Dans mon sac, fit Ida dans un soupir.

— J'allais oublier, sursauta la jeune femme en enlevant ses gants. Mon alliance.

— Vous n'allez pas enlever votre alliance ! s'effraya sa compagne.

— Voilà qui est fait, dit-elle en montrant son annulaire. Pour ce soir je suis veuve.

— C'est un geste sacrilège !

— Si Dieu existe, il me pardonnera. D'ailleurs il n'arrivera rien.

— Le ciel vous entende, reprit Ida. Les terroristes en Russie...

— Mais tais-toi donc ! Tu vas nous porter malheur avec tes idées noires ! Et tu m'appelleras Gabrielle, comme la pauvre Schmid, si elle savait... Répète.

— Gabrielle, fit Ida d'une voix étranglée.

— Tu emploieras le tutoiement. Essaie.

— Tu... Tu es Gabrielle, entreprit Ida timidement. Le prénom de votre femme de chambre... C'est difficile.

— Mais non ! cria-t-elle, impatiente. Est-ce que je ne te tutoie pas, moi ?

— Vous, ce n'est pas pareil, balbutia Ida avec désespoir.

— J'ai dit le tutoiement ! et son éventail tapa d'un coup sec le bras de sa compagne.

— Je... Je te jure que je ne recommencerai pas, reprit Ida éperdue.

— C'est bon. Que Dieu nous protège, soupira la jeune femme en se signant rapidement. L'heure de vérité, ma chère. On ne me reconnaîtra pas. *Viva la liberta !*

Et saisissant la main de sa compagne, elle s'élança hors de la chambre en désordre.

« Je rirai enfin, je montrerai mes vilaines dents, mes dents jaunes, on n'y verra que du feu... », fredonnait-elle en descendant les marches.

❖

Lui, c'était sa mère qui l'avait préparé. Enfin, si l'on peut dire, pour un grand diable de vingt-six ans ; n'y aurait-il eu à sortir que le frac pour un bal ordinaire, la bonne Mme Taschnik se serait contentée de vérifier le col cassé, les boutons du gilet, et le verni des souliers de soirée. Mais il s'agissait du Bal de la Redoute, où son rejeton se rendait pour la première fois.

Il avait consulté son meilleur ami, Willibald Strummacher, Viennois de pure souche, qui avait conseillé un déguisement de tête, et Mme Taschnik mère avait confectionné avec amour une coiffe où tenait le piquant du masque de son Franz bien-aimé. En coutil noir bien ajusté sur le crâne, avec, solidement cousues sur les côtés, deux pointes de velours doublées de petit-gris, le bonnet était censé figurer la tête d'une chauve-souris. Ce choix ne devait rien à l'amour des petits mammifères, mais tout à la passion de la musique.

Mme Taschnik vouait à Johann Strauss — le père — un véritable culte. Il était mort depuis plus de vingt ans ; mais, par une chance qui tenait du miracle, Johann Strauss, son fils, s'était établi tout près de la maison Taschnik, à Hietzing, au bord de la forêt viennoise ; au jardin, en cueillant les cerises, on pouvait entendre le compositeur au piano tandis que sa femme, Jetty, s'essayait à chanter les airs qui, bientôt, deviendraient valses au Prater. Pour des raisons qui ne devaient rien à la musique mais tout à la politique, Mme Taschnik mère n'aimait pas le fils Strauss, ce voyou qu'on avait vu armé d'un fusil sur les barricades, pendant la révolution de 1848. Mme Taschnik mère en tenait pour les conservateurs, et donc pour feu Johann Strauss, le père ; elle avait ses raisons.

En dépit des protestations maternelles, la folie de la valse avait aussi emporté Franz. Le jeune homme s'était pris de passion pour les mélodies que le vent éparpillait à travers les feuilles des arbres ; il avait même fait connaissance avec l'illustre maestro, qui préparait pour le printemps sa première opérette, d'après une comédie française, *Le Réveillon*, que le magicien de la musique avait préféré titrer *La Chauve-Souris*.

Franz avait réussi à convaincre sa mère de célébrer à l'avance cet événement considérable, qui mettrait fin aux malheurs de l'année 1873. Cette maudite année de l'Exposition universelle, par une étrange ruse de la raison, avait suscité tout à la fois l'épidémie de choléra et le terrible Vendredi Noir qui, en un jour de krach à la Bourse, avait ruiné les bourgeois de Vienne.

La Chauve-Souris de Johann Strauss effacerait les deux souillures ; c'était ce qu'on lisait dans les gazettes, et les Viennois s'en étaient aussitôt convaincus.

— Mais est-ce que je n'ai pas plutôt l'air d'un chat ? questionna le jeune homme, campé devant la psyché de sa mère.

— Mets la cape du soir, mon Franzi, assura Mme Taschnik. Tu n'auras qu'à l'agiter avec tes grands bras, pour faire chauve-souris. Et puis les chats n'ont pas tant de poil aux oreilles. Maintenant, la moustache.

Franz attrapa le bouchon brûlé que lui tendait sa mère, et fourra du noir au-dessus de ses lèvres juvéniles. Ce n'était pas fameux, sa mère en convint. Elle reprit le bouchon et, se hissant sur la pointe des pieds, voulut essayer des moustaches fines ; mais Franz mesurait presque deux mètres, et Mme Taschnik était décidément trop petite ; il aurait fallu un tabouret, et le résultat était pire encore ; avec un linge on effaça tout, on s'énerva, puis on admit que le mieux étant l'ennemi du bien, un trait de noir suffirait. Enfin, par commodité, l'on décida de rajouter un loup blanc.

Le jeune homme n'avait jamais connu son père. Gustav Taschnik était mort d'une balle perdue pendant l'insurrection de 1848, alors que, jeune garde-national fidèle au gouvernement impérial, il tentait de protéger le Palais Impérial contre l'assaut des ouvriers et des étudiants.

C'était un mois après le commencement des événements d'octobre ; le comte Latour, ministre de la Guerre, avait été lynché. On l'avait pendu à la lanterne dans son bel uniforme blanc et rouge, la Révolution avait gagné les faubourgs, incendié l'église des Augustins et une partie du palais, l'Empire avait chancelé, puis s'était ressaisi. A cette époque, en novembre, l'armée impériale assiégeait la ville qu'elle avait déjà reprise en partie. Les insurgés espéraient encore le secours des troupes levées par le parti Magyar, et les barricades tenaient bon ; le père de Franz, homme paisible et conciliant, avait voulu les convaincre de se rendre. Il avait renversé la crosse de son fusil et s'était avancé à pas lents, tout seul ; la balle lui avait traversé la tête, et la barricade avait hurlé de joie. Deux soldats moraves rapportèrent le corps à sa femme, qui attendait un enfant.

Les insurgés s'étaient à la fin rendus, l'Empereur Ferdinand avait abdiqué et le jeune archiduc François-Joseph lui avait succédé. Le petit Taschnik était né, et sa mère l'avait appelé François, en hommage au nouveau souverain. M. Taschnik père, disait-elle souvent, était mort pour rien, et le seul mot de « prolétaire » lui donnait des pâmoisons. « L'ordre, les affaires et la valse, voilà ce qu'il nous faut », répétait-elle à qui voulait l'entendre. Mme Taschnik mère n'avait pas été déçue.

Le maréchal Radetzky avait rétabli l'ordre à coups d'exécutions sommaires, de flagellations publiques et de tortures ; en lançant dans la capitale de l'Empire la construction des énormes bâtiments du Ring, l'Empereur avait relancé les affaires ; la guerre entre la Prusse et la France avait fermé la Bourse de Paris et poussé celle de Vienne au pinacle de la spéculation, du moins jusqu'au Vendredi Noir ; quant à la valse, jamais elle ne s'était arrêtée. Voilà pourquoi Mme Taschnik mère vouait à feu Johann Strauss père une telle adoration : il avait été fidèle aux troupes impériales en 1848. Mieux, pour honorer le vieux maréchal, il avait composé son chef-d'œuvre, *La Marche de Radetzky*.

Mais Mme Taschnik se trouvait dans l'obligation d'admettre la défaite de son compositeur préféré. C'était ainsi ; Vienne l'oublieuse vouait au fils Strauss une adoration sans limite, à laquelle il n'était pas bienvenu de résister trop longtemps. Et si Mme Taschnik ronchonnait en public, histoire de marquer ses préférences conservatrices, elle pardonnait secrètement au fils Strauss d'avoir suivi les émeutiers, car la valse était une valeur sûre, et un rejeton Strauss, même insurgé rouge, c'était toujours la valse.

Il ne se passait cependant pas un seul jour qu'elle ne rappelât à son fils le sacrifice paternel.

— Si ton père te voyait, soupira-t-elle en lui tendant sa cape. Ces maudits ouvriers des faubourgs... Dire qu'il n'a pas su qu'il avait un garçon....

Le jeune géant lui baisa le front, et partit. Il adorait sa mère, mais il la trouvait un peu rigide, parfois même franchement réactionnaire, comme on disait à Vienne dans les cercles progressistes ; et il se demandait souvent si son père avait vraiment pris le parti des troupes impériales. Pour tout dire, il n'adhérait pas à la pieuse version maternelle.

Car il le pressentait : son père avait renversé la crosse de son fusil, possible. Mais il n'avait pas été abattu par les barricades ; il était parvenu jusqu'aux insurgés, qui l'avaient accueilli avec des cris de joie ; ensuite une balle l'aurait frappé, surgie du mauvais sort, une balle entre les deux camps. Pour étayer cette hypothèse le jeune Franz n'avait qu'une fragile preuve, une lettre trouvée dans les papiers paternels, et signée d'un certain Karl Marx, un agitateur allemand, qui s'était adressé en août 1848 à l'Association des ouvriers. Le père de Franz, ébéniste de son état, avait assisté au meeting, ou bien il avait aidé à l'organiser, et l'Allemand le remerciait en trois mots. Ce n'était pas grand-chose ; assez toutefois pour semer le doute dans l'esprit du jeune homme, qui gardait l'épître de Marx bien serrée dans une boîte en fer, comme une lettre d'amour.

Il en était certain : lui, il aurait été avec les étudiants, sur les barricades. Comme Johann Strauss fils, auteur de *La Valse de la Liberté* et de *La Marche de la Révolution*. Mais de cela, il n'était pas question de souffler un seul mot à Mme Taschnik mère.

— Quel bon petit, fit-elle quand il eut fermé doucement la porte.

Première partie

LE BAL DE LA REDOUTE

1

LE DOMINO JAUNE

Je voudrais que l'on me laisse
En repos, tranquille enfin
Car je ne suis en vérité
Qu'un être humain semblable à vous.

Elisabeth

Le fiacre s'était arrêté devant les marches du bâtiment ; quand les portes s'ouvraient, passaient de confuses bouffées musicales qui disparaissaient aussitôt. La jeune femme en domino jaune descendit la première, et respira longuement l'air gelé.

— Comme c'est bon, le froid, murmura-t-elle pour elle-même. C'est la première fois qu'à Vienne je peux renifler l'air de la ville ; je me sens comme à la chasse. Il fait vif, le ciel est clair, il ne manque que mon cheval et mes chiens. Ida !

— Vraiment, ces fiacres sont malcommodes, maugréa Ida en se débattant dans le taffetas de son domino ; je préfère votre cabriolet.

— Ton cabriolet !

— Mais il n'y a personne !

— Je vous ai donné un ordre, comtesse, répliqua la jeune femme.

Et empoignant solidement sa compagne par le bras, elle se dirigea vers le bâtiment illuminé. Au bord des marches, elle marqua une pause et détourna la tête, comme si elle hésitait.

— Voulez-vous rentrer à la Hof... chez vous, madame ? s'empressa Ida aussitôt.

— Jamais de la vie ! Seulement... Toutes ces lumières, ce bruit, cette foule...

— C'est un grand bal, assurément, insinua Ida, perfide. Il y aura beaucoup de monde. Mais n'est-ce pas ce que vous vouliez ?

Le domino jaune serra les lèvres sans répondre, et monta les marches dans un envol de soierie d'or.

— Je n'ai pas peur. N'insiste pas, Ida. Ah !

Un homme qui descendait l'avait frôlée de sa cape, sans faire attention. Pétrifiée, elle posa la main sur sa joue, comme s'il l'avait giflée. Ida se précipita.

— Ce n'est rien, fit la jeune femme avec effort. Simple inadvertance. Ce pauvre homme ne sait pas... Il faut avancer.

Mais les danseurs entraient et sortaient dans le désordre, en se bousculant joyeusement. On riait, on suait, on s'essuyait le front avec la main, et l'on venait respirer le froid pour se rafraîchir ; les femmes parfois gloussaient, les hommes les serraient de près, les embrassaient dans le cou, les chatouillaient en froissant leurs dentelles. Les bouches soufflaient des haleines brumeuses, et les éclats de rire résonnaient dans le froid comme des coups de fusil.

La jeune femme frissonna, aperçut deux amoureux enlacés, s'arrêta encore, jeta autour d'elle des regards éperdus, et reprit sa marche en tremblant de colère.

— J'y parviendrai, siffla-t-elle.

— Vous n'avez pas l'habitude, s'apitoya Ida. Forcément, sans protocole...

— Veux-tu bien te taire ! Tu vas nous faire prendre. Tiens donc la porte ouverte, que je puisse passer. Et renonce à ce « vous », pour la dernière fois...

Elles s'engouffrèrent dans le grand hall, au milieu du brouhaha et des froissements d'étoffe. Partout, glissaient des femmes en domino, la tête encapuchonnée, le visage entouré de dentelles, et les yeux cernés par le velours des loups. Mauves, roses, écarlates ou bleues, se déployaient les soies légères des capes italiennes qui les dissimulaient entièrement. Autour d'elles tournoyaient les hommes, de noir vêtus, en frac, et cravatés de blanc. Tous semblables, cintrés dans le gilet de piqué, avec leurs gants immaculés à la main. Une armée de fourmis déployée autour d'ailes papillonnantes, qui, prises de panique ou de joie, s'envolaient en désordre au son des musiques affolées.

Le domino jaune s'arrêta net, et déplia son éventail devant son masque. — Avançons, fit sa compagne. Si nous restons là nous allons nous faire remarquer. — Attends un peu, murmura-t-elle. J'ai peur. — Que vous avais-je dit ? Vous voilà bien attrapée ! Voulez-vous rentrer ? — Jamais ! s'écria la jeune femme.

— Ah ! Il ne faut jamais dire jamais, belle dame, s'exclama un frac surgissant de l'ombre. Veut-on de la compagnie ? Je suis là !

— Merci, monsieur, ce n'est pas la peine, répondit Ida, nous allons monter.

— Mais pas seule, fit l'homme en glissant sa main sur le taffetas rouge. Donnez-moi votre bras.

— Monsieur, finissez ! s'émut Ida. Je ne vous connais pas.

— Hé ! Vous entendez, vous autres ? cria l'homme. Voilà un domino qui se fâche, et savez-vous pourquoi ? Parce qu'elle ne me connaît pas ! On sort de sa campagne, ou quoi ?

Comme surgis du ciel des plafonds peints, trois fracs les entourèrent, les bras dépliés pour leur barrer la route.

— On va vous expliquer les usages, commença le plus grand posément. La Redoute, mesdames ! Personne ne connaît personne, et justement...

— On fait connaissance avec des inconnus, c'est là tout le plaisir ! enchaîna le second.

— Et à la fin seulement, à l'aube, on baisse le masque...

— En attendant on ne dit rien, et l'on se laisse faire bien gentiment, mes poulettes...

— Poulettes ! s'écria Ida horrifiée. Comment osez-vous ?

— Mignonnes poulettes, oui, cria le plus grand des fracs, tandis que le troisième, celui qui n'avait rien dit, agita les bras, et, les yeux mi-clos, se mit à glousser « kôt-kôt-kôdêt »...

— Allons, un bon mouvement, ma belle, ricana le plus petit d'un air enjôleur. Gusti ! La grande est à ta taille, là, le domino jaune !

— Un baiser s'il vous plaît, princesse..., fit l'homme en tourbillonnant. On n'en meurt pas !

Pétrifiée, l'inconnue se crispait sur son éventail, les hommes s'étaient mis à tourner, tourner comme de grands oiseaux, des pies ou des corneilles, songea-t-elle, le bec ouvert, croassantes, ils la serraient de près, une main passa devant ses yeux qu'elle ferma brusquement, d'autres encore étaient arrivés, des hommes, les rires se rapprochaient, si forts qu'elle se boucha les oreilles avec les paumes de ses gants noirs, l'éventail tomba.

— Laissez-la tranquille ! cria une voix.

— Encore un gandin qui va nous gâcher le plaisir ! grogna le grand frac mécontent.

Le cercle s'élargit ; les regards se dirigèrent vers l'importun. Enveloppé dans une cape, l'homme, un vrai géant, demeurait parfaitement immobile. Il portait sur la tête un étrange couvre-chef, avec de petites oreilles de velours doublées de fourrure, et sur le nez, un simple loup blanc. A pas mesurés, il s'avança. On recula : il était trop massif, trop puissant.

— Terroriser les femmes, messieurs, ce n'est pas bien,

dit-il en courbant son immense taille pour ramasser l'éventail.

— Qu'est-ce que cet olibrius, murmura le premier frac. On dirait qu'il s'est déguisé, ma parole !

Mais lui, sans souci des murmures, fendit le groupe et tendit l'éventail à la femme en domino jaune.

— Madame, vous êtes libre, fit-il en s'inclinant.

D'un coup, elle reprit l'objet et le déplia. L'éventail s'agita légèrement, puis s'abattit comme un oiseau qui se pose.

— Vous êtes un gentleman, monsieur, dit-elle en tendant sa main gantée.

Le géant saisit doucement la main tendue, et la serra avec mille précautions. Le domino jaune poussa un petit cri de surprise, et l'éventail revint sur son visage.

— Voulez-vous que je vous accompagne ? proposa-t-il en courbant gentiment ses oreilles ridicules.

— Ce n'est pas la peine !

— Oh oui ! Accompagnez-nous, monsieur, s'exclama Ida en même temps.

Furieuse, la jeune femme tapa le bras de sa compagne d'un petit coup d'éventail. Ida se tut. Déconcerté, le géant hésita, et demeura les bras ballants. En un clin d'œil, la jeune femme entraîna le domino rouge, elles s'étaient enfuies. Un danseur éclata de rire.

— Cela t'apprendra à te montrer galant ! Elles t'ont filé entre les doigts, mon vieux ! Dis-moi, pourquoi t'es-tu déguisé quand le règlement de la Redoute l'interdit ?

— Interdit ? Comment cela ? bredouilla le géant déconcerté. Mais on m'avait dit... Willibald m'avait recommandé...

— Ton Willy s'est payé ta tête, oui ! dit l'un d'eux avec un gros rire. Regarde autour de toi : tu es le seul !

Penaud, le géant ôta son masque en soupirant, et défit son bonnet, qu'il jeta dans un coin. C'était un tout jeune homme, presqu'un gamin, avec un joli visage un peu rougeaud, et de grands yeux bleus étonnés.

— Ma foi, c'est vrai, je me suis fait berner, admit-il en ébouriffant ses cheveux sombres. Ça tombe bien, j'avais trop chaud. Elles ont disparu... Vous y alliez fort, tout de même !

— Bah ! Deux de perdues, dix de retrouvées... Allez, camarade, viens avec nous. Au moins tu t'amuseras un brin.

❖

Les deux dominos passèrent dans les étroits couloirs où se croisaient les couples en se bousculant ; les mains gantées s'étreignaient pour ne pas se perdre, les capuchons de soie glissaient sur les épaules nues, découvrant des chignons à moitié défaits, des yeux noyés, de légères sueurs à la naissance du cou. La cohue était infernale ; Ida saisit le poignet du domino jaune, et le serra à l'écraser. Elle se laissait traîner sans résistance. Les coudes maladroits de petits danseurs heurtèrent ses hanches, elle cria faiblement, un gnome se retourna et lui écrasa les orteils, une grosse fille trébucha, se tordit la cheville et se rattrapa de justesse en s'accrochant à son bras, par hasard, sans s'excuser. Il était trop tard pour reculer, une porte s'ouvrit, on les poussa dans l'ouverture. Éblouies de lumière, elles s'arrêtèrent au seuil de la Salle d'Or, sauvées.

L'orchestre avait commencé les valses, et les danseurs tournaient comme des fous, en se heurtant les uns les autres avec des exclamations joyeuses. Parfois, un couple perdait l'équilibre et tombait à terre, dans un fouillis de crinolines et de jupons d'où sortaient, emmêlés, les bas blancs et les pantalons noirs. C'était une furie, une violence effrénée, une guerre pour tenir debout ; les femmes fermaient les yeux, les hommes jetaient de gauche et de droite des regards éperdus pour éviter les collisions, et les souffles s'épuisaient. La valse faisait mine de vouloir s'achever, et quand on la croyait finie, elle repartait sournoisement pour un autre vertige, encore et encore, jusqu'à ce qu'enfin tout s'arrête. Alors les danseuses titubaient en poussant de profonds soupirs, et leurs cavaliers tapotaient leurs mains avec un air de fierté et de soulagement.

— Comme ils dansent..., fit la jeune femme étonnée.

— Vous avez raison, c'est affreux, gémit Ida. Quand je pense à nos bals...

— Ai-je dit que je trouvais cela affreux ? Ils s'amusent...

— Mais quelle vulgarité ! reprit Ida. Regardez comme ils transpirent ! Vous qui détestez cela ! Vous n'allez pas danser, tout de même !

— Avec qui, ma pauvre Ida ? fit-elle tristement. Tiens, trouvons une table à la mezzanine, nous serons plus tranquilles pour observer.

Monter l'étroit escalier fut une entreprise difficile ; on s'accrochait, on se bousculait, on se frottait, et le domino jaune avait des mouvements de recul, comme si chaque fois on la blessait. Les femmes se lançaient en relevant hardiment leurs jupes, et les hommes se retournaient sur leurs bas blancs, en se lançant à voix haute des commentaires qui firent rougir la jeune femme. Serrée dans son domino, elle plaquait d'une main son loup sur son visage, et de l'autre, elle se protégeait avec son éventail. A chaque marche, elle se lovait contre la rampe et attendait vainement un moment plus calme ; puis, au bout d'un instant, elle fonçait, tête baissée, sur la marche suivante. Un groupe de jeunes gens qui descendaient l'entoura ; elle se débattit en silence, et parvint à se dégager. Il y eut dans la foule une trouée subite, dont elle profita aussitôt, relevant à son tour le domino jaune et la jupe noire de sa robe, et courant jusqu'en haut des marches.

— Ouf ! s'exclama-t-elle quand elles furent au sommet de l'escalier. Vraiment, je manque d'habitude. Quel exercice !

— Encore faut-il trouver une table..., soupira Ida en ouvrant la porte d'une loge d'où s'échappaient des rires.

Pleine. La deuxième également. Par chance, elles finirent par trouver une table minuscule dans la loge la plus reculée. Dès qu'elles furent assises, la jeune femme plongea son visage au creux de ses mains jointes, et soupira à fendre l'âme.

Ida déboutonna ses gants, secrètement ravie. A ce compte, la jeune femme allait vite se lasser, et l'aventure tournerait court.

— Votre escarpin... Le droit, il est déjà poussiéreux, constata-t-elle. On vous aura marché sur les pieds. Voilà un soulier gâté.

— Aucune importance. Puisqu'on m'oblige à les donner chaque jour aux pauvres.

— Pourquoi avez-vous refusé l'offre de ce jeune homme ? reprit Ida avec un soupçon de hargne. Il nous aurait protégées de cette bousculade !

— Il n'a pas baisé la main que je lui tendais, coupa la jeune femme d'un ton méprisant. Il l'a serrée ! C'est un rustre.

— Un simple adolescent, il ne connaît pas les usages ! Et qui nous a tirées d'affaire ! Vous êtes bien injuste !

— Ah ! Tais-toi ! Je n'ai pas réfléchi. Et toi, tu oublies le tutoiement.

Ida rougit de confusion, et voulut faire un effort.

— Veux-tu que j'aille te chercher une boisson ? fit-elle d'une petite voix. Il fait chaud...

— Pourquoi pas ? répondit négligemment la jeune femme. Ne sois pas trop longue. Et puis tiens ! Non, va plutôt me chercher ce jeune homme. Il est si grand que tu n'auras aucun mal à le retrouver. Tu as raison, je l'ai fort maltraité. Je lui dirai deux mots, cela me distraira. Va !

❖

Ida partit en chasse à contrecœur. Le domino jaune déploya son éventail, et regarda les danseurs qui recommençaient à valser. Elle compta dix dominos cramoisis, vingt-cinq noirs comme l'encre, et déjà tout souillés, trois violets, deux gris, dont l'un de perle. Bientôt elle en eut assez ; au neuvième domino vert, elle arrêta. Elle n'avait remarqué aucun domino jaune.

Lasse de tendre le cou pour observer les danseurs, elle choisit de contempler le plafond, où les nymphes rosissantes se couchaient autour d'un Bacchus rebondi ; couronné de pampres et de grappes, une coupe à la main, il fixait d'un œil vague des amas de nuages potelés, et le ciel d'automne, à l'horizon, d'un bleu imperturbable. Les folles compagnes du dieu de la vigne étaient décourageantes. D'ordinaire, pour se désennuyer dans les cérémonies officielles, elle s'adonnait à un décompte minutieux des objets décoratifs. Elle s'attarda sur les cariatides d'or — quinze ; sur les statues de marbre immaculé, alanguies au-dessus des portes majestueuses, les unes armées de faucilles, les autres de lauriers, deux par deux, éternellement face à face — douze ; les blancs médaillons sculptés, soixante peut-être, innombrables, et ne parvint pas à dissiper sa mélancolie. Incongrus, les cris, les rires et les violons troublaient la sérénité des dieux et des déesses.

Ensuite elle détailla les immenses lustres un par un. Elle en dénombra dix, dont un qui commençait à s'éteindre.

Puis ce fut le tour des bouquets d'arums et de lys, célèbres dans toute la ville, et que l'on faisait venir à grand prix de la Riviera.

— C'est lassant, tout ce blanc, fit la jeune femme en étouffant un bâillement derrière son éventail.

Enfin elle songea que personne ne venait l'inviter à danser, et une sourde angoisse commença de lui ronger le cœur.

— Ces faux cheveux sont de travers, peut-être... Ou alors c'est ce domino. Quelle couleur absurde ! Le jaune ne va à personne. Si seulement je pouvais ôter ce loup...

Elle souffla sur la barbe de dentelles, pour se donner de l'air, et se mit à rire.

— Je m'ennuie ! dit-elle à voix haute. Comme c'est drôle ! Mais que cherchent donc tous ces gens qui ont l'air de tant s'amuser ! Et que fait Ida...

D'un geste vif, elle se pencha sur la balustrade. Le domino rouge errait dans la foule. Soudain, la jeune femme aperçut le géant appuyé contre une cariatide. Il rêvait.

— Le voilà ! Et elle ne le voit pas... Il est vrai qu'il n'a plus sa cape... Ni son masque. Ah ! C'est mieux, beaucoup mieux. Mais c'est un enfant ! Je parie qu'il a les yeux bleus. Le teint un peu coloré, peut-être... Ida ! criat-elle sans retenue en agitant son éventail. Ida !

Ida regarda timidement autour d'elle. Le géant s'approchait.

— Je crois qu'on vous appelle, là-haut, fit-il doucement en pointant un doigt vers la mezzanine.

— Vous ? s'écria Ida soulagée. Je vous cherchais, précisément, monsieur. On vous attend. On se languit un peu, et l'on aimerait votre compagnie.

— Le domino jaune ? Voyez-vous cela... Quel honneur ! persifla le jeune homme. Comme je suis bon garçon, j'accepte l'invitation.

❖

De son perchoir, le domino jaune les voyait s'approcher ; barricadé derrière ses nuages académiques, Bacchus la toisait du haut du plafond peint. Le géant guidait son domino rouge comme on fait d'un cheval, poussant, tirant, frayant la voie ; dans trois secondes ils entreraient dans la loge, ils seraient là, devant elle, il lui faudrait parler, se montrer aimable, se tenir debout, sourire... La jeune femme détourna la tête.

— Tiens, voici ton invité, ma chère enfant, annonça Ida d'un ton faussement désinvolte.

Il n'avait pas l'air fâché ; il tortillait ses gants avec gêne, comme un paysan endimanché. D'un œil rapide, elle passa en revue le frac impeccable, la cravate blanche nouée autour d'un col dur, le gilet de piqué, la chaîne d'or attachée au gousset, remonta vers la fleur à la boutonnière et s'attarda sur le visage. Une curieuse ombre noire tachait le dessus des lèvres, à l'emplacement de la moustache.

— Monsieur, commença la jeune femme en s'éventant furieusement, je crois que je ne vous ai pas suffisamment remercié. Voulez-vous demeurer un instant en notre compagnie ?

Le géant demeura stupide et regarda le jeu de l'éventail.

— Eh bien ! Êtes-vous sourd ? Je vous invite à ma table, fit-elle avec un geste gracieux.

Il s'assit gauchement, et se tut. L'inconnue parlait trop bien.

— Vous n'êtes plus déguisé, dit-elle en préambule.

— Mais j'avais tort de l'être, à ce qu'il paraît, madame. Un ami m'a fait une farce ; et je m'étais préparé pour un vrai bal masqué. Je voulais être en chauve-souris...

— Une chauve-souris ? Ah ! Ces petites oreilles velues...

— Voilà, fit-il épanoui. Tous ces poils me tenaient trop chaud.

— Et... au-dessus de... la lèvre, là..., dit-elle en pouffant de rire, la main sur la bouche.

— Oh ! s'exclama-t-il en sortant son mouchoir. C'est une fausse moustache au charbon noir. J'avais oublié... Je dois être ridicule ! Et comme cela, c'est mieux ?

— Le fait est que vous y gagnez, monsieur, murmura-t-elle en reprenant son souffle.

— Je n'ai pas encore de moustache. Ma mère me dit qu'il ne faut pas perdre espoir.

— Maintenant, faisons connaissance, dit-elle en s'accoudant familièrement en face de lui. Qui êtes-vous ?

— Ce n'est pas la règle... beau masque, répondit-il d'une voix hésitante. On ne dit pas qui l'on est avant l'aube, et il est... très exactement onze heures, ajouta-t-il en tirant son oignon. Je vous le dirai tout à l'heure.

— Comme c'est contrariant ! Justement j'avais envie de vous connaître. Faites une exception, je vous prie. Pour moi.

— Au moins, laissez votre éventail en repos... Que je voie vos yeux.

— Mon éventail ? fit-elle en le passant lentement devant le visage du jeune homme. Mon éventail, mais c'est moi, monsieur. Il faut vous y faire.

Il se recula, et, en cillant, fit un geste pour se protéger.

— Vous avez peur ? dit la voix moqueuse. D'un éventail ?

— C'est que... Vous y allez fort, madame, répliqua-t-il timidement. Je n'ai pas vos manières, et nous ne sommes pas du même monde, je le vois bien. Ce brocart d'or, ces gants de dentelles, votre façon de manier l'éventail si prestement...

— Chansons ! fit-elle avec autorité. Présentez-vous.

L'ordre claqua comme une cravache, le jeune homme cilla encore. Il respira profondément.

— Mais puisque je vous dis que ce n'est pas l'usage ! s'écria-t-il enfin. Vous êtes entêtée !

— Très ! Allons, monsieur...

— Je vous dirai mon nom si vous venez danser, murmura-t-il très vite.

— Madame ! s'exclama Ida en se dressant aussitôt. N'acceptez pas !

— Madame ?

La jeune femme retint un sourire. Se mêler à la foule en délire, connaître l'ivresse de ce peuple si gai, être anonyme enfin, libre !

— Je suis à vous, monsieur. Ne faites pas attention ; mon amie a d'étranges façons, parfois.

Et elle déplia sa haute taille. Stupéfait, le jeune homme regarda cette longue femme, dont la petite tête se dressait comme celle d'un oiseau, le col levé.

— Mon Dieu, mais vous avez presque la même taille que moi !

— Parfait pour la danse, fit-elle en arrondissant le bras. Allons-y.

Mais il lui prit le coude, par-dessous. Elle eut un sursaut.

— Je vous fais mal ?

— Pas en dessous. Mais par-dessus, répondit-elle, et elle lui courba le bras avec douceur. Si vous voulez bien.

Ida se laissa tomber pesamment sur sa chaise. Valser avec un inconnu !

❖

Le géant descendait les marches avec précaution, en écartant les danseurs d'une main sûre. De temps à autre il se retournait sur sa cavalière dont le domino effleurait les degrés avec élégance. Protégée par son gardien de fortune, elle descendait superbement. A chaque marche, le petit pied se posait sans hésiter, les plis du brocart l'entouraient avec un léger froissement soyeux, et elle ! La tête haute, le regard rivé sur l'horizon, elle dominait les danseurs, le bal, le monde entier.

« Où a-t-elle appris cela ? songea-t-il. Oh ! Je sens une aventure peu ordinaire. Une comtesse, pour le moins. On ne descend pas un escalier si aisément sans avoir de l'exercice. Faut-il qu'elle soit belle pour se cacher ainsi... »

En arrivant sur le parquet, la jeune femme s'arrêta net, comme un cheval mal entraîné, et qui renâcle. Franz l'attrapa par la taille ; elle eut un cri d'enfant.

Il valsait plutôt bien.

— Ne soyez pas crispée, lui dit-il en tournoyant. J'ai un avantage quand je danse. Comme je suis grand, j'évite les obstacles. Tenez, ce gros bonhomme qui arrive sur nous sans nous voir, hop ! Il est passé...

Elle serrait les dents et regardait de tous côtés, affolée.

— Laissez vos yeux tranquilles, vous allez avoir le vertige. Et vos bras... Si vous les raidissez comme cela, je ne réponds de rien. Savez-vous que c'est le monsieur qui compte dans la valse ? La dame n'a qu'à se laisser aller...

— Cessez de me faire la leçon ! s'écria-t-elle, furieuse. Je sais valser !

— Vraiment ? et il la fit tourner plus rapidement encore.

Les plis du domino se mirent à s'envoler, dévoilant la robe noire et les petits pieds chaussés de soie. La jeune femme ferma les yeux, et s'abandonna. Le géant l'emportait au cœur de la vitesse et riait de plus belle. Quand la valse s'arrêta, les danseurs avaient une allure oblique, le plancher venait à sa rencontre, les visages devenaient flous, une ombre noire l'embrassait de si près qu'elle trébucha, manqua tomber, et se retint en s'appuyant contre la grande épaule.

— Monsieur, je n'en peux plus... Tout tourne...

— C'est la valse, madame, s'exclama son cavalier en la serrant contre lui. N'ayez pas peur. Respirez lentement... Là.

La jeune femme reprit son souffle, et se détacha brusquement.

— Vous dites que vous savez valser, madame, mais je vois bien que vous n'avez pas l'habitude.

— Je ne... On ne valse pas ainsi, monsieur ! s'écriat-elle. Si vite !

— Où serait le plaisir, sans cela ? fit-il en lui reprenant la taille. Recommençons.

Elle secouait la tête, disait « non » d'une voix faible, mais il était trop tard.

— *Sang viennois*, de notre grand Johann Strauss, annonça le géant. C'est une valse un peu plus lente. Nous pouvons causer. Je m'appelle Franz Taschnik. Vous vouliez savoir qui je suis ? C'est fait. Et vous ?

Elle fit mine de ne pas entendre, et commença à l'examiner. Il n'avait plus le teint rouge ; et ses yeux étaient bleus en effet, d'un bleu naïf et tendre, obscurci par d'étonnants cils noirs, extrêmement touffus, des cils de femme. Où avait-elle déjà vu ce regard ? Il avait les lèvres charnues, les joues pleines, des cheveux noirs si frisés qu'ils en étaient presque crêpus, la peau claire, un menton troué de fossettes enfantines ; et son sourire était désarmant d'innocence. De près, la peau imberbe gardait encore un soupçon de charbon sous le nez.

— Vous êtes autrichien, fit-elle triomphalement.

— Parbleu ! Pas vous ?

— Vous êtes né à Vienne, je parie...

— Pas loin, à Hietzing, tout près des collines. Mais vous, vous n'êtes pas viennoise, je le vois bien...

— Comment savez-vous ?

— Ma foi ! Une impression. Vous avez les façons d'une reine qui ne serait pas d'ici.

Elle se mit à rire, de ce rire sonore qu'Ida ne connaissait pas. Surpris, il l'écarta légèrement, et voulut regarder ses yeux, qu'elle détourna aussitôt.

— Ce n'est pas votre rire, murmura-t-il. Il ne vous ressemble pas.

Il la serra un peu plus fort.

— Vous sentez bon, constata-t-il en tournant plus vite.

— Je ne porte jamais de parfum ! Je déteste cela.

— Alors, c'est votre odeur, dit-il en se penchant vers son cou.

— Je sens le propre, répondit-elle irritée. Les femmes ne se lavent pas dans ce pays.

— Allez ! Que voulez-vous dire ? Vous plongez-vous tous les matins dans un bac d'eau glacée, comme l'Impératrice ?

Elle ouvrit la bouche, voulut répondre et se tut. Il crut la partie gagnée.

— Décidément, vous êtes presque aussi grande que moi, fit-il attendri.

— Ah ! Et cela vous déplaît ?

— Je n'ai pas souvent la chance de valser avec une cavalière à ma hauteur. Vraiment. Surtout quand vous ne riez pas comme les autres femmes.

Elle souleva les dentelles de son masque, et lui sourit, lèvres fermées, gravement.

— Il me semble que je vous ai déjà vue, marmonna le géant. Ce sourire me rappelle quelque chose... Je vous connais, c'est sûr... Dites-moi votre nom.

— Pas avant l'aube...

— Ah ! C'est ainsi, reprit-il en feignant la colère. Eh bien, vous n'avez pas fini de valser. Je vous ai trouvée, je vous garde. Nous valserons jusqu'à l'heure où tous les masques tombent. Et je verrai bien qui vous êtes.

— Monsieur, vous me faites mal, dit-elle froidement. Je veux m'arrêter.

— Mais moi, je ne veux pas, répondit-il en lui décochant un sourire enjôleur. Est-ce que nous ne dansons pas comme il faut ? Voyez comme vos bras se sont accordés aux miens...

Aussitôt il la sentit se raidir.

— Vous aurez beau faire, nous allons bien ensemble, murmura-t-il à son oreille.

Et il l'entraîna doucement, insensiblement, plus vite. Elle ne résista plus. Les lustres se multiplièrent, les lumières se transformèrent en étoiles, elle ne sentait plus ses jambes ni son corps, simplement une force qui s'envolait avec elle, une énergie plus puissante que sa volonté et qui la pliait comme une jeune pousse de noisetier dans les bois... L'orchestre était d'une tendresse inconnue, la musique coulait dans ses veines, le jeune géant s'effaçait dans une brume heureuse, elle ne voyait plus de lui que ses yeux brillants et clairs fondus dans la lumière, elle n'était plus que danse, elle disparaissait dans la valse, elle s'évanouissait...

Tout s'arrêta. Étourdie, elle ferma les yeux, et se raccrocha à l'habit du jeune homme avec un geste enfantin.

— Magnifique, murmura-t-il avec orgueil. Voilà ce qui s'appelle valser. Voulez-vous boire quelque chose ?

— Oh oui ! Un rafraîchissement... J'ai soif.

Le géant prit soin de bien arrondir son bras, et regarda la petite main gantée se poser sur son poignet, légèrement.

— Je ne sais si c'est le ciel qui vous envoie, ma douce, chuchota-t-il, ou bien le diable. Mais je ne vous quitterai pas d'ici l'aurore.

Elle soupira. Elle partirait avant le lever du jour. L'aurore ? Il faudrait se débarrasser du jeune homme. Et perdre à tout jamais l'espoir de valser dans ses bras.

Il l'installa précautionneusement à la table, devant laquelle attendait toujours Ida.

— Vous voici enfin ! s'écria-t-elle. Je m'inquiétais...

— Pour une simple valse ! fit la jeune femme désinvolte. Tu devrais te lancer, ma chère. Trouve donc un cavalier, s'il te plaît.

Le ton était sans réplique. Ida comprit qu'elle devait s'exécuter. Elle jeta un regard vers le jeune homme, mais, d'un geste, le domino jaune lui signifia qu'il n'en était pas question. Ida soupira.

— Je ne connais personne, murmura-t-elle.

— Je vais vous arranger cela, mademoiselle Ida, affirma le géant avec assurance, et il disparut dans la foule.

La jeune femme s'éventait d'un geste lent.

— J'espère qu'il ne vous a pas trop serrée, avec ses grandes mains ? s'enquit Ida d'un air soupçonneux.

— Du tout !

— Vous voici bien rêveuse, constata Ida. Ce garçon succombe déjà à vos charmes, c'est clair !

— Connais-tu un seul homme qui me résiste ? Je ne redoute pas qu'il soit amoureux ; c'est déjà fait, voilà tout.

— Voilà tout ! reprit Ida effarée.

— Tiens, jeta la jeune femme en pointant son éventail, le voilà qui revient avec ton cavalier. Je te souhaite bien du plaisir.

Le géant tirait par la main un homme d'assez bonne allure, et qui regardait les deux femmes avec curiosité.

— Voilà... c'est... Je vous présente... Enfin voilà mon ami Willibald Strummacher, je lui ai parlé de vous, et il veut vous connaître.

— Dis plutôt que je serai très honoré de faire la connaissance de ces dames, reprit Willibald empressé. Et ravi d'être le cavalier d'un si joli domino jaune, ajouta-t-il en se rapprochant de la jeune femme.

— Monsieur, c'est mon amie Ida qui veut danser. Le domino rouge.

— Ah ? s'étonna Willibald en pivotant sur les talons. Eh bien, madame Ida...

Ida fit la grimace, prit le bras qu'on lui tendait, et partit à contrecœur.

— Votre ami est très bien élevé, dit l'inconnue.

— N'est-ce pas ? s'écria Franz. Oh ! Il est de bonne famille ; son père est notaire au Tyrol, très riche, et il a des manières... de très bonnes manières. Je n'ai pas cette chance, ajouta-t-il penaud.

— Mais si, soupira-t-elle.

— Vraiment, vous ne me trouvez pas trop gauche, trop peu dégourdi ? s'inquiéta le jeune homme. Ma mère me dit toujours...

— Laissez là madame votre mère. N'avions-nous pas parlé d'un rafraîchissement ?

— Que je suis bête ! J'avais oublié. Orangeade ? Citronnade ?

Elle fit la moue.

— Alors, du punch ! Bien enflammé. J'y cours. Je ne serai pas long.

Elle le regarda s'éloigner en esquivant les danseurs qui se pressaient autour du buffet.

— Un bon garçon, murmura-t-elle, un joli tendron d'Autriche au cœur simple... Comme il m'a fait valser ! J'en suis tout étourdie. Ce n'est pas compassé comme nos bals à nous, cela vit !

Elle enleva ses gants d'un geste négligent, et regarda ses mains. Sur l'annulaire, l'alliance avait laissé une large trace claire.

Il revenait, tenant deux coupes pleines d'un liquide fumant. Elle enfila ses gants à la hâte.

— C'est chaud, dit-il en les posant doucement. Ne vous brûlez pas.

— Monsieur, je vous sais gré de votre diligence...

— Comme vous parlez bien ! s'exclama-t-il en s'asseyant sur le bord de sa chaise. Buvez vite.

Elle s'exécuta à petits coups, en se mordant les lèvres.

— Mais ce punch est brûlant ! C'est fort ! Qu'y a-t-il là-dedans ?

— Ma foi ! Ce qu'on met dans le punch ! s'écria Franz. Du rhum, du citron, de la cannelle, des clous de girofle et sans doute un peu de schnaps pour corser le tout...

— Du schnaps, murmura-t-elle en reposant la coupe.

— Vous n'aimez pas ? Moi, j'adore. Je bois à notre soirée. Cul sec !

Et il but, la tête renversée. La jeune femme ne pouvait détacher son regard de la gorge qui se gonflait en cadence. D'un doigt, elle aurait pu caresser la pomme d'Adam tressautante, accompagner le mouvement...

— A vous maintenant, dit-il en sortant un mouchoir pour s'essuyer les lèvres. C'est aussi grisant que la valse. Essayez...

Elle saisit la coupe, prit sa respiration et but avec résolution. Ses yeux rougirent, elle éternua.

— Ouh ! s'écria-t-elle en ouvrant son aumônière. C'est fort. Je ne trouve pas mon mouchoir.

— Tenez, fit-il en lui tendant le sien. Vous avez les yeux qui pleurent.

— Je ne pleure pas ! C'est cet alcool, aussi. Il y a long-temps que je n'avais pas bu ainsi.

— Ce n'est donc pas la première fois !

— Oh non ! Quand j'étais enfant, mon père me don-nait sa gourde pendant nos promenades en montagne. Je prenais de grandes lampées, et il riait, il riait !

— Et aujourd'hui ?

— Aujourd'hui ce n'est plus possible, dit-elle d'une voix triste.

— Voilà ce que c'est de vivre dans le grand monde, soupira-t-il. Votre père est un homme de la terre, je pré-sume.

— Si l'on peut dire, fit-elle en dépliant son éventail pour dissimuler un sourire. Il est aussi musicien. Il joue très bien de la cithare.

— On ne vit pas sans la musique. Moi, c'est le violon. Oh ! Je ne suis pas un virtuose, mais enfin, je joue juste.

— Et que jouez-vous ? demanda-t-elle poliment.

— Haydn, pour travailler sérieusement, Mozart, quand je suis lancé... J'aimerais bien trouver quelqu'un pour apprendre à jouer les sonates de Beethoven. Mais ce que je préfère par-dessus tout, ce sont les valses de notre Johann Strauss ! s'exclama-t-il. J'en raffole.

— Oui ? glissa la jeune femme avec ennui. Je ne suis pas certaine d'adorer la musique de ce Monsieur Strauss. Ni sa figure. Quand il se dresse sur ses ergots comme un coq endiablé, avec ses cheveux frisés et son allure étrange...

— Mais à Vienne, c'est un dieu !

— Oh ! Vienne...

— La plus belle ville du monde, madame ! On y vit pour la musique et la danse comme nulle part ailleurs... Regardez ce bal !

Il la sentit réticente, et se tut.

— Vous n'êtes pas de chez nous..., répéta-t-il.

— Montez-vous ? jeta-t-elle à brûle-pourpoint.

— Si je monte ? fit le jeune homme incertain. Sur les montagnes ?

L'éventail s'abattit sur son poignet.

— Je vous demande si vous montez à cheval, monsieur !

— Ah ! Pardonnez, je n'avais pas compris, répondit Franz, confus. Non, je ne monte pas, comme vous dites. Enfin, de temps en temps, chez mon oncle, à la campagne.

— C'est donc que vous ne chassez pas non plus, affirma l'inconnue d'un ton sans réplique.

— Je n'aime pas tuer les animaux, voyez-vous. J'écoute les oiseaux, je regarde courir les lapins, je donne du gras aux rouges-gorges en hiver. Et...

Il s'interrompit. Elle n'écoutait plus et regardait ailleurs. Inquiet, il la tira par la manche.

— Je parle trop. Ma mère me dit toujours que je suis trop bavard. N'est-ce pas ?

— Du tout... Avez-vous une profession ?

— Je suis fonctionnaire, madame. Rédacteur de la Cour et du Ministère aux Affaires étrangères. Je viens de réussir l'examen. C'est un beau métier.

— Oui ? soupira l'inconnue. Diplomate, alors ?

— Vous voyez bien que je ne suis pas noble, rougit-il. Non, je suis dans le département des affaires ministérielles. Il paraît que c'est presque aussi bien que la section diplomatique, et certainement mieux que la consulaire. On voyage sans bouger.

— Amusant, jeta-t-elle.

— C'est très rangé. J'aime l'ordre.

— Vous vous rangerez. Et vous vous marierez, fit-elle après un silence.

Il ne répondit pas. Elle pianotait sur la nappe avec une indifférence calculée, et les dentelles de son masque se soulevaient au rythme de sa respiration. Il la sentit affreusement triste.

— Avec tout cela, vous me harcelez de questions, dit-il avec entrain et vous ne m'avez pas dit d'où vous étiez. Tenez, je vais essayer de deviner. Vous êtes bavaroise.

— Moi ! se récria l'inconnue.

— Mais vous sentez la campagne, cependant. Vos

cheveux, on dirait, je ne sais pas, l'odeur du foin coupé. La région des lacs, le Salzkammergut ? Bad Ischl ?

— Bad Ischl, fit-elle avec un petit rire. Cette petite ville bourgeoisement endormie sur le bord de sa rivière, avec des kiosques à musique, des géraniums aux fenêtres et du mobilier Biedermeyer dans toutes les maisons... Me trouvez-vous un air Biedermeyer, vraiment ?

— Vous n'aimez pas ? s'étonna Franz. Moi, j'adore Bad Ischl. Apparemment vous connaissez bien cet endroit.

— Oh oui, soupira la jeune femme. Mais je n'y suis pas née.

— Vous y avez vécu. Et vous y avez été malheureuse.

— Ne soyez pas indiscret ! s'écria-t-elle en le menaçant de l'éventail. J'y passe un peu de temps parfois, je l'avoue. Et je m'y ennuie horriblement. Pensez, les dames à la promenade, et les polkas, les bateaux fleuris, les mines de sel qu'il faut visiter, et les fleurs aux balcons, et la cure, l'eau qu'il faut boire au long de la journée...

— Eh bien ! Tout ce que j'aime au monde. Ma mère m'y a amené une fois en voyage. C'est là que notre Empereur s'est fiancé, savez-vous ?

— Nous y voilà, murmura-t-elle dans un souffle.

— J'ai vu l'hôtel de la Couronne d'Or, poursuivit le jeune homme sans l'écouter, les fenêtres décorées de stuc blanc, le lieu même où il a déclaré sa flamme, pouvez-vous imaginer cela ? Oh ! Quelle belle maison ! Et quel beau moment ce dut être !

— Croyez-vous ? Elle n'avait que quinze ans, et voilà sa vie emprisonnée ! Je la plains...

— Vous avez de drôles d'idées, s'indigna Franz en fronçant le sourcil. Pourquoi dites-vous cela ?

— Parce que... Je vous trouve bien excessif.

— Et vous, bien cruelle ! Voulez-vous briser mes rêves ? A Bad Ischl, le ciel était léger, si léger qu'on respirait comme... je ne sais pas, moi, un peu de tendresse, les brumes sur les montagnes étaient grises...

— Bleues, corrigea la jeune femme. A Bad Ischl les montagnes sont bleues.

— Vous voyez bien ! fit-il triomphalement.

— Allons ! Je vous concède les montagnes. Pas davantage.

— Pas même leurs fiançailles ? Ma mère a acheté l'album, je le regarde souvent, avec leurs deux portraits, lui en lieutenant-colonel, et elle en robe blanche avec des rubans noirs à son cou... Je les aime, tous les deux. Laissez-les-moi.

— Parlons d'autre chose, voulez-vous ? L'Empereur ne m'intéresse guère.

— Si l'on vous entendait, madame..., dit le jeune homme avec révérence.

L'éventail se ferma d'un coup sec.

— Bah ! Qu'est-ce qu'un Empereur ? jeta l'inconnue en se penchant vers lui. Un petit fonctionnaire qui administre ses sujets sans réfléchir... Un tyran qui ne connaît pas ses peuples ! Moi, j'en tiens pour la République.

— Madame ! Je vous défends.

— Vous me défendez ? Vraiment ? Eh bien ! Allez chercher la police ! Tenez, ces deux hommes noirs à l'air grave, et qui se promènent en espionnant... Allez donc les trouver !

— Mais, fit-il déconcerté, qui êtes-vous donc pour défier l'Empereur ?

Elle ne répondit pas, et dégrafa son manteau d'or. La robe noire apparut, et la chair transparente, à peine luisante de sueur.

— Votre peau..., balbutia le jeune homme éperdu.

— Eh bien ? fit-elle en le fixant à travers le loup.

— Elle est si blanche... Ôtez votre masque. Rien qu'un instant.

D'un geste vif, elle remonta le col du domino. Franz poussa un gros soupir.

— Tout ce que je sais, c'est que vous n'êtes pas une femme ordinaire, maugréa-t-il.

— Mais si, je vous jure. Est-ce que je n'ai pas une petite robe noire toute simple ?

— Oh non ! J'ai bien vu. Les boutons sont de jais. Je

ne suis pas si bête. Vous n'êtes donc pas de Bad Ischl. Vous n'êtes pas française, au moins ?

— Et quand cela serait ?

— Je ne les aime pas, répondit le jeune homme rembruni. Ce sont nos pires ennemis. Pis que les Prussiens.

— La guerre est finie, monsieur. Et vous êtes trop jeune pour y avoir été soldat.

— Je me serais battu comme un lion !

— Savez-vous ce que c'est qu'un blessé ? fit-elle passionnément. C'est un grand corps mou sur une civière, ce sont des pansements jaunis de pus, et qui suintent, ce sont des gémissements affreux, des bouches tordues de douleur, une puanteur intolérable, des jeunes gens comme vous, monsieur, et qui appellent leur mère...

— Comme vous dites cela...

— ... des jambes gangrenées, ou des jambes en moins, des moignons sanglants enveloppés dans de mauvais linges, continua-t-elle d'une voix enfiévrée, et vous voudriez vous battre, vous ?

— On dirait.. comme si... vous étiez sur le champ de bataille, fit-il avec effort.

— J'étais à l'hôpital où l'on ramenait les blessés, après l'horreur de Solférino, cria-t-elle sans retenue. Et je ne souhaite pas vous voir un jour dans cet état...

— Vous avez soigné nos soldats ? Ah, c'est bien ! s'écria le jeune homme en lui prenant les mains.

Elle haletait, les deux mains prisonnières ; il approcha ses lèvres, et effleura les dentelles du masque.

— Soyez sage, dit-elle en se reculant aussitôt. Ne profitez pas de mes blessés.

— Pardonnez-moi, répondit-il timidement. Je ne vous ennuierai plus. Mais c'est si enivrant...

— Le sang, la sanie, enivrants ? Allez dire cela aux malheureux qui se massacrent aujourd'hui dans les Balkans... Vous êtes un enfant !

— Oui ! Et comme un amputé sur le quai de la gare, je crie, voilà ! Je me moque bien des Balkans, voyez-vous ! N'aurez-vous pas un peu de compassion ?

Elle se mit à rire, d'un doux rire retenu, en déployant son éventail.

— Voilà un charmant jeune homme, joli de sa personne, avec un bel avenir devant lui, nous sommes au bal, il danse à ravir, et il veut qu'on le plaigne !

— Il veut contempler le visage de son amie, gémit-il d'un ton puéril. Je peux vous appeler mon amie ?

— Pourquoi pas ?

— C'est donc que nous nous reverrons ? fit-il en rapprochant sa chaise. Dites-moi au moins votre prénom...

— Allons danser, jeta-t-elle en se levant dans un envol soyeux. Vous dites trop de bêtises à la fin.

— Bien ! murmura Franz entre ses dents. La valse va vous étourdir, et je vous extorquerai votre prénom.

Et il l'entraîna à travers la foule, en la tirant par le bras. Elle résistait, ramassait les plis du domino, sans un mot, et il riait aux éclats. Vaincue, elle se laissa faire. Alors il la prit par la taille, et dégringola le grand escalier en serrant contre lui sa belle proie soyeuse.

— Je suis plus fort que vous, tout de même, s'exclama-t-il en s'arrêtant brusquement au pied des marches.

Elle ne répondit pas.

— Mais vous avez de fameux bras, drôlement musclés. Posez-les gentiment autour de mon cou, sans vous faire prier.

— Autour du cou ? s'effraya-t-elle. C'est très inconvenant !

— Eh bien, au bal des lingères, on danse ainsi. Vous n'y allez jamais ? Moi, cela m'arrive. Êtes-vous prête ?

— Comme une lavandière ? Oui ! répondit-elle résolument.

Quand il posa les mains sur ses hanches, il la sentit frémir. La valse commençait lentement.

— Ce n'est pas difficile, fit-elle avec un rire un peu forcé. Mais vous me serrez, monsieur.

— Le moyen de faire autrement ? gronda-t-il. Ce maudit domino...

— Ce n'est que cela ?

Et le repoussant brusquement, elle laissa soudain tomber le domino. La lourde soierie se déplia sur le sol.

Elle apparut dans sa robe noire, si longue, si mince qu'il écarta les bras.

— Vous êtes... Vous...

— Ramassez donc ce domino, jeta-t-elle. Et posez-le où vous voulez. Allons !

Les danseurs autour d'eux se prenaient les pieds dans les plis de la soie et commençaient à la piétiner. Elle lui frappa l'épaule, impatiente. Il obéit sans rechigner, saisit le domino, le posa sur la balustrade d'une loge et resta gauchement devant elle.

— Allons ! répéta-t-elle. Où sont vos bras si puissants ?

— C'est que... Vous avez l'air si fragile, balbutia-t-il.

— Sornettes ! J'attends, monsieur.

Alors il se jeta sur elle, et l'empoigna solidement. La valse allait plus vite, elle ferma les yeux. Il la serra plus fort, sa tête se rapprocha, elle s'abandonna, elle sentit le souffle sur son cou, elle soupira d'aise. Le jeune homme tournait si légèrement qu'elle ne sentait plus le sol sous ses pieds. La musique se fit violente, emportée, les danseurs se mirent à pousser des cris sauvages, le bal avait la fièvre ; le jeune homme pencha la tête et murmura à la petite oreille.

— Dis-moi ton nom...

Elle secoua la tête.

— Emma ?

— Je ne dirai rien, répondit-elle les yeux fermés.

— Fanny ? J'aimerais tant..., chuchota-t-il tendrement.

— Laissez-moi...

Il glissa sa bouche un peu plus bas, et baisa les dentelles.

— Je vois tes lèvres, souffla-t-il en reculant légèrement. Au moins, souris-moi !

— Pas maintenant. J'ai mal à la tête...

— Tu es trop belle, gronda-t-il. Il ne fallait pas.

Et d'un geste résolu, lâchant une de ses mains, il releva les dentelles et l'embrassa. Elle voulut se dégager, cria sous le baiser, violente, les lèvres serrées... Il recula la tête, il n'était pas parvenu à lui ouvrir la bouche.

— Doucement... On ne se sauve pas. Ce n'était qu'un petit baiser...

— Monsieur ! C'est indigne !

— La valse est presque finie, dit-il en ralentissant.

Et il l'arrêta avec délicatesse. Elle garda les bras autour de son cou.

— Je vous aime, chuchota-t-il.

— Pas maintenant..., gémit-elle. Je vais tomber...

Elle respirait fortement. Il se pencha vers elle, et ajusta le col de la robe noire.

— Vous n'êtes pas fâchée, au moins ? dit-il d'une voix rauque.

— Si !

— Fanny, s'il vous plaît...

— Mais je ne m'appelle pas Fanny ! s'écria-t-elle, furieuse. A la fin vous êtes agaçant !

— Je vois qu'on reprend ses esprits. La tête ne vous tourne plus, vous redevenez désagréable...

— Remontons, je vous prie. Et ramassez ce domino.

— Mais vous me pardonnez ? murmura-t-il à son oreille.

— Nous verrons ; raccompagnez-moi jusqu'à la mezzanine.

— Où cela ? demanda-t-il éperdu. Qu'avez-vous dit ?

— La mezzanine ! s'écria-t-elle en tapant du pied. Là-haut !

— Ah ! fit-il en se frappant le front. Le premier étage ! Vous avez de ces mots...

Ils regagnèrent leur loge en silence. Il n'osait plus la toucher.

— Je ne vois pas Ida, murmura-t-elle brusquement.

— Je l'ai aperçue, elle danse. Elle a bien le droit.

— Mais il se fait tard, insista-t-elle. Je dois partir...

— Si tôt ? Fanny !

— Encore ! Me direz-vous pourquoi vous tenez tant à ce prénom ? s'écria-t-elle agacée.

— C'est à cause d'une danseuse d'autrefois, dit-il en souriant aux anges, nous avons son portrait chez nous, elle s'appelait Fanny Isler, si jolie dans son jupon blanc, avec des roses sur le front...

— Essler, reprit la jeune femme. Fanny Essler.

— Justement, je cherchais son nom. Évidemment vous la connaissez...

— Mais je ne lui ressemble pas du tout !

— Vous avez sa taille, ses bras, et son sourire sur le portrait. Pour moi, vous serez Fanny. Ou alors dites-moi votre vrai nom...

— Va pour Fanny. Asseyons-nous, voulez-vous ?

L'éventail reprit sa course lente autour de son visage. Franz ne savait plus que dire. Une bulle de silence les entourait tous deux, fragile. L'inconnue demeurait immobile, et l'éventail s'arrêta. Enfin.

— « La fortune est une garce, une garce au cœur léger », dit soudain le jeune homme à mi-voix.

— ... « De ton front elle écarte une mèche, donne un baiser furtif, et puis s'envole », enchaîna l'inconnue tout à trac. Heinrich Heine.

— Comment, vous connaissez Heine ?

— C'est mon dieu ! Je l'adore. Mais vous aussi ! Je ne m'y attendais pas, ajouta-t-elle naïvement.

— Pourtant je l'aime aussi, comme vous, fit le jeune homme en joignant les mains avec ferveur. Voilà un bon poète !

— Qui s'est exilé à Paris... Un révolutionnaire ! Un juif inspiré !

— Ah ! Je sais maintenant. Vous êtes juive !

— Je le voudrais bien, répondit-elle avec un éclair dans les yeux. Mais je n'ai pas cette chance.

— Vous défendez les juifs..., murmura-t-il. Ma mère me dit pourtant que ces trafiquants, ces faiseurs ont ruiné Vienne depuis...

L'éventail s'ouvrit d'un coup sec.

— Ah ! Vous êtes trop bête à la fin ! s'écria-t-elle. Madame votre mère vous parle du krach de l'an dernier, j'imagine ? Le Vendredi Noir, la Bourse effondrée, la fuite des Rothschild ? Sottises, monsieur ! Nous n'avons pas de meilleurs alliés que les juifs ! On les calomnie !

— Eh là ! Calmez-vous !

— Madame votre mère préfère sans doute les Allemands, non ? continua-t-elle enragée. Elle aurait grand tort !

— Je n'ai pas dit cela ! Je suis libéral, savez-vous ?

— Moi aussi ! cria-t-elle, et l'éventail claqua encore.

Ils se regardaient fixement, elle haletait, il contemplait cette femme en colère, dont il n'apercevait qu'un regard éclatant de noirceur, et qui ne ressemblait à aucune autre.

— Pourquoi nous ? murmura-t-il soudain.

— Est-ce que je sais ? répondit-elle en battant les paupières. La fortune a le cœur léger, elle écarte une mèche...

Et d'un geste inattendu, elle lui caressa les cheveux. Il lui saisit la main au vol.

— Parlez-moi de votre bonne amie, murmura-t-elle en dégageant sa main.

— Je n'en ai pas.

— Mais vous avez eu une bonne amie, insista-t-elle. Et vous l'aurez perdue.

— Des aventures, je ne dis pas...

— Racontez, demanda-t-elle avec passion.

— Mais... oh, rien, bredouilla-t-il en rougissant. Ce sont des choses qu'on ne dit pas...

— Précisément. C'est intéressant !

— Vous êtes trop curieuse à la fin ! Si j'en faisais autant ? Êtes-vous mariée ?

— Regarde mes mains, dit-elle en ôtant ses gants. Je suis veuve.

— Et vous ne portez pas l'alliance de votre défunt ?

— C'est que... On m'a mariée très tôt, fit-elle confuse.

— Ah ! observa gravement le jeune homme. Comme notre Impératrice. C'est pour cela que vous étiez si fâchée tout à l'heure.

— Voilà, soupira-t-elle soulagée.

— Et vous ne l'aimiez pas, j'en suis sûr. Moi, par exemple, au premier coup d'œil j'ai su que je vous...

— Cessez vos enfantillages, coupa-t-elle.

— Si, fit-il, buté, je sais que je pourrais vous aimer vraiment. Même sans avoir vu votre visage. Cela ne souffre pas la discussion.

— Quel âge avez-vous donc ?

— Vingt-trois ans.

Il avait menti avec aplomb. Elle se mit à rire en renversant la tête.

— Ne riez pas ! C'est l'âge qu'avait notre Empereur lorsqu'il est tombé amoureux.

— Encore ! fit-elle avec irritation.

— On dit que je lui ressemble.

Elle éclata de ce rire bruyant qu'il n'aimait pas.

— Ne riez pas ainsi, murmura-t-il. Soyez un peu gentille. Est-ce que je vous fais du mal ?

— Non, monsieur, pas du tout, répondit-elle en reprenant son sérieux. Je ne voulais pas vous offenser. Quant à l'Empereur... Il est vrai que, d'un peu loin, vous avez le bleu de ses yeux...

— Vous voyez !

— Et peut-être aussi sa bouche...

— Appelle-moi Franzi, murmura-t-il, éperdu.

Elle tressaillit. Franzi ! Et il se rapprochait, l'œil encore plus bleu, les belles lèvres entrouvertes...

— Juste mon prénom, supplia-t-il. Est-ce trop demander ? Un bon mouvement... Eh bien ! Fran-zi. Est-ce si difficile ?

Il lui avait pris la main et ne la lâchait plus. Elle poussa un cri léger.

— Je te tiens, dit-il doucement. Appelle-moi Franzi. C'est un prénom d'empereur. J'ai envie de l'entendre de cette bouche invisible. Allons...

— Je ne saurais, lança-t-elle d'une voix cinglante.

« Comme elle dit cela ! songea le jeune homme. On dirait qu'elle jette un ordre à un palefrenier. Une aristocrate, c'est sûr. Il faut en avoir le cœur net. » Et il resserra son étreinte.

Elle voulut dégager sa main, tordit le bras vainement, et grimaça de douleur. Il tenait bon. Soudain, de l'autre main, elle le frappa d'un coup d'éventail, en pleine figure. Il cessa de rire.

— Ah ça ! Tu vas trop loin, s'écria-t-il en se levant. Tu me fais chercher dans la foule, tu m'envoies ta suivante, tu me pêches comme un poisson, je suis à tes ordres, tu veux danser, nous dansons, tu veux boire, je cours chercher du punch, tu me questionnes, je réponds, et voilà comment tu me traites ! Pour qui te prends-tu ? Pour l'Impératrice, peut-être ?

Elle se détourna, d'un mouvement si brusque et si désespéré que le jeune homme s'arrêta, perplexe. L'inconnue avait plongé son visage au creux de ses mains nues.

— Pardonnez-moi, dit-elle d'une voix étouffée en relevant humblement la tête. Ainsi, vous vous appelez... Franzi ?

— Ah ! C'est mieux, s'exclama-t-il en se rasseyant. Quand vous voulez, c'est comme pour la valse, vous êtes si... Je n'ai pas les mots pour le dire.

— Eh bien, ne dites rien. Et retournons danser.

— Encore un instant, supplia-t-il. Si ce n'est pas Fanny, alors, Vilma ? Non ?

Pas de réponse. Mais l'éventail se déploya avec douceur, gentiment.

— Frieda ? insista-t-il.

L'éventail voltigeait comme une aile.

— Katinka ? Toujours pas ? Sissi ?

L'éventail se ferma d'un coup sec.

— Je m'appelle Gabrielle, fit l'inconnue dans un souffle.

— Comme c'est distingué ! ironisa le jeune homme. Je n'en crois pas un mot. Non, votre vrai nom, c'est sûrement Sissi.

— Pourquoi ? coupa-t-elle.

— Ah ! Parce que j'ai touché juste, dit-il. Vous avez claqué votre éventail lorsque j'ai dit « Sissi ». Et d'ailleurs vous lui ressemblez beaucoup.

— Comment le savez-vous ? Vous n'avez pas vu mon visage. Et puis je n'ai pas ses cheveux, suis-je brune ?

— Je vois près de l'oreille un joli petit friselis qui n'a rien de blond, et je gage que vous portez perruque.

— Pas du tout ! fit la jeune femme en se tâtant les cheveux.

— Vous avez le dos très droit, une taille qui tient dans mes deux mains serrées, et la couleur des yeux de notre Impératrice. Vous avez même copié ses étoiles piquées dans les cheveux, et comme vous n'êtes pas aussi riche qu'elle, vous n'en avez qu'une, mais qui vous va si bien... Oh ! oui, vous lui ressemblez....

Lentement, l'éventail reprit sa place devant le masque.

— Voilà votre amie qui revient. Elle n'a pas l'air de bouder son plaisir, au moins. Regardez.

Willibald Strummacher tenait Ida par le bras, et ils riaient de bon cœur.

Le regard de Willy alla de l'un à l'autre avec perplexité. Ida s'assit lentement et cessa de rire.

— Je vois que tu t'amuses, Ida, fit la jeune femme d'une voix sévère.

— Ce n'est pas interdit, murmura Ida. Monsieur danse très bien, nous avons tout essayé. La valse, la polka... Et toi ?

— Moi ? Je me suis contentée de la valse.

Franz rougit de colère, et détourna la tête.

— Savez-vous que c'est l'heure du quadrille ? intervint Willibald. Les danseurs se rassemblent...

— Le quadrille ? fit la jeune femme intéressée.

— Me ferez-vous l'honneur de le danser avec moi, madame ? demanda Willibald avec componction.

— Je suis un peu lasse, monsieur. Mais mon amie Ida en meurt d'envie... Monsieur Franz, soyez donc le cavalier de mon amie pour le quadrille. S'il vous plaît.

— Crois-tu ? jeta Ida, inquiète.

— Je veux te voir danser cela. Monsieur... Willibald, c'est cela ? Il me tiendra compagnie.

— Avec joie, madame, s'empressa Willibald. Mon cher Franz... Exécution !

Le jeune homme prit Ida par le bras en soupirant.

— Comment se fait-il qu'on t'obéisse, Sissi ? Tu décides de tout, et l'on te suit...

— Sissi ? murmura Ida dans un souffle.

— Monsieur a décidé de m'appeler Sissi pour ce soir, reprit précipitamment le domino jaune. Il prétend que je ressemble à l'Impératrice. N'est-ce pas à mourir de rire ?

— Je n'excelle pas au quadrille, je vous en avertis, mademoiselle Ida, dit le géant en entraînant le domino rouge, mais enfin...

❖

Le maître de danse, sanglé dans un habit parfait, avait pris position devant les longues files de danseurs.

« Attention..., cria-t-il, et l'on commence, premier tour ! Pour les dames... Compliment. Chaîne anglaise. Balancé... A droite. Tou-our de main ! Pro-me-nade. A gauche... Ba-lan-cé. Tournez, chaîne des dames ! »

L'orchestre allait lentement, et les danseurs suivaient les ordres, les sourcils froncés, attentifs à ne pas se tromper dans les figures. Soutenues par deux danseurs à la fois, les femmes plongeaient jusqu'à terre dans une profonde révérence qui déployait leur robe en corolle... Franz, le poing sur la hanche, faisait gauchement pivoter Ida sur elle-même, et le lourd domino rouge embarrassait les jeunes filles à ses côtés.

— Ida aurait dû laisser son domino, murmura la jeune femme. Elle gêne.

— Ah ! Ces dominos, soupira Willibald en rapprochant sa chaise. Ils sont encombrants...

— Mais très beaux, non ?

— Dignes des grandes dames que vous êtes. Et qui veulent connaître les plaisirs populaires, n'est-ce pas ? Il n'y a pas de mal à changer de monde pour un soir. Et l'on peut comprendre que...

— On ne comprend rien du tout, coupa-t-elle. Nous sommes hongroises, nous sommes de passage à Vienne et voilà tout.

— Hongroises... Ton amie m'a vaguement dit cela en effet, dit-il, songeur. Puis-je te dire quelque chose ?

— Je ne crois pas, monsieur, répliqua la jeune femme. Je ne suis pas d'humeur à écouter des sermons.

— Mais tu m'entendras quand même, s'il te plaît, insista Willibald. Je t'ai vue danser avec mon jeune ami tout à l'heure...

« Deuxième tour ! Vis-à-vis... Échange de dames... Retour ! Chaîne anglaise... N'oubliez pas le balancé... A droite ! Promenade... A gauche ! Et tour de main ! » criait le maître de danse, et la longue file des danseurs ondulait sous ses ordres, dessinant sur le parquet une mouvante arabesque. L'inconnue saisit son éventail et le déploya largement.

— Il te regardait comme une madone, j'ai bien observé, poursuivit Willibald. Il a le cœur tendre... Fais attention.

— A quoi, je vous prie ?

— A lui, madame. Pas à vous, fit-il en changeant de ton.

Elle se pencha ostensiblement au-dessus de la balustrade, et se plongea dans la contemplation du quadrille. L'orchestre accélérait, et les danseurs s'embrouillaient gaiement dans les figures.

— Ils en sont au cinquième tour, lança-t-elle légèrement. Et... Oh ! Je vois Ida ! Mais elle s'en tire tout à fait bien !

— Ne détournez pas la conversation, grogna Willibald. J'ai beaucoup d'attachement pour mon ami Franz.

« Sixième tour, annonça le maître de danse. Plus vite ! Vis-à-vis, promenade, à droite, balancé, tour de main, plus vite, colonne, à gauche, compliment... Attention ! » Les jeunes gens se mirent à chanter en chœur, au rythme des talons qui claquaient comme le tonnerre.

— Ils vont comme le vent ! C'est magnifique ! s'exclama la jeune femme en battant des mains.

— ... Et je ne voudrais pas que vous lui brisiez le cœur,

continua Willibald sans désemparer. J'étais juste derrière vous quand il vous a dit qu'il vous aimait.

Elle se retourna d'un seul coup.

— Ida aussi ? Est-ce qu'elle a entendu ?

— Ah ! L'on veut garder cela pour soi ! ricana Willibald. Si elle a entendu ? Je ne sais pas, madame. Mais moi, j'ai de bonnes oreilles. Ne touchez pas à Franz.

— On dirait que je vais le dévorer ! fit la jeune femme. Je n'ai rien fait de mal...

— Il est vrai... Mais quand on est de votre rang, madame...

Elle sursauta.

— Vous voyez bien, dit-il paisiblement. Franz est un honnête jeune homme à qui tout est promis. Ne gâchez pas son avenir dans une galanterie sans lendemain.

— Monsieur, vous allez trop loin, fit-elle avec froideur. Rien ne vous autorise...

— Rien, en effet, madame. Sauf que je suis plus vieux que mon ami, et je connais un peu la vie. Nous avons à Vienne trop de dames de la Cour qui...

— Je ne vous permets pas, monsieur !

— Mettons que je n'aie rien dit, madame.

— Je préfère, lança-t-elle en s'éventant.

Le quadrille s'endiablait. L'orchestre allait si vite que les danseurs suffoquaient. Les jeunes filles perdaient les fleurs de leurs cheveux, les jeunes gens se bousculaient, et soudain, des cris furieux retentirent. Les danseurs se lançaient à l'assaut de la salle, en hordes échevelées, hurlant à pleins poumons.

— Quelle flamme ! s'écria la jeune femme en oubliant sa bouderie.

— C'est le galop, constata Willibald. Vous devez le danser superbement. Mais avec une perruque, évidemment...

— Une perruque ? murmura-t-elle décontenancée.

— Elle se voit comme le nez au milieu du visage.

— Vous me désobligez, monsieur.

— Mais je ne cherche pas à savoir qui vous êtes, moi, insinua-t-il. Je ne suis pas fou comme mon ami Franz.

Qui déjà se meurt d'amour sans vous avoir vue en plein jour, et qui ne s'en remettra pas !

— On se remet de ces petits chagrins, monsieur, fit-elle en se radoucissant, on en fait des poèmes, et l'on en garde un souvenir exquis...

Le galop tournait à la cohue. Les danseurs exécutaient la dernière figure du quadrille, la plus difficile : l'un après l'autre, les couples devaient s'arrêter pour laisser passer sous leurs bras levés le reste de la file, qui galopait jusqu'au point d'arrêt, où généralement l'on s'embrouillait. Le maître de danse relançait le galop, puis soudain lâchait à l'improviste l'ordre qui renversait le mouvement : « Retour ! » et l'on repartait dans l'autre sens en hurlant. Les filles épanouies déchiraient leurs jupons de dentelles, et les garçons patauds s'étalaient les quatre fers en l'air, trahis par leurs souliers glissants.

Enfin, lorsque tous les danseurs étaient tombés par terre, les uns sur les autres, quand les jambes s'emmêlaient et les robes se renversaient, les soupirs ravis succédaient aux hurlements, et le quadrille, par force, s'épuisait. D'un coup, l'orchestre arrêtait la musique, et les danseurs se relevaient sur un dernier « Ho ! » tonitruant, en applaudissant leur exploit.

Les danseuses s'affalaient sur les chaises, les danseurs s'épongeaient le front, l'orchestre posait ses instruments, les musiciens semblaient exténués, et le maître de danse s'époumonait encore, cherchant à rassembler ce qui restait d'un ordre dispersé.

— Ils vont revenir, dit brusquement Willibald. Parlons d'autre chose, tenez, de vos chevaux.

— Mes chevaux ? fit-elle surprise. Comment savez-vous ?

— Voilà ! s'exclama-t-il. Je ne m'étais pas trompé. Vous avez l'allure d'une cavalière achevée. On n'est pas souple comme vous l'êtes...

— Au moins, mes chevaux m'obéissent, jeta-t-elle.

— Le monde entier vous obéirait si vous en aviez le pouvoir... Mais chut, les voici.

Ida revenait, toute rouge, avec cet air alangui et joyeux que donne le sentiment du travail accompli. Le jeune homme suivait en rajustant le gilet sous son habit.

— Eh bien, ma chère ! dit aigrement l'inconnue. Je vois que notre ami Franz s'est bien occupé de toi.

Franz s'assit sur le bord d'une chaise et mendia un regard. L'inconnue détourna la tête d'un air boudeur. Il poussa un gros soupir.

Il y eut un silence gêné.

— Ida, fit la jeune femme, je désire me retirer un instant. Viens avec moi.

Franz se leva précipitamment ; Willibald le retint par le bras.

— C'est à droite, au bas de l'escalier, après l'orchestre, une petite salle au fond, murmura Willibald. Voulez-vous qu'on vous accompagne ?

— Ce n'est pas la peine, répondit Ida rougissante. Nous trouverons très bien.

Elles s'éloignèrent toutes deux en glissant sur le parquet.

— Quel balourd, soupira Willibald.

— C'est qu'elles ne parlent pas comme les autres, bredouilla Franz. Se retirer, je ne comprends pas, moi !

— Sois prudent. Gros gibier. Ne te laisse pas rouler.

— Oh ! Pour cela, j'ai vu ! Deux aristocrates !

— Évidemment. Qu'as-tu réussi à savoir ?

— Eh bien... réfléchit le jeune homme. Elle n'est pas de Vienne ; elle a vécu à Bad Ischl, qu'elle déteste... Elle a soigné les blessés après le désastre de Sadowa...

— Vraiment ! Une infirmière ?

— Certainement pas ! répondit Franz avec feu. Une infirmière, je l'aurais tutoyée tout de suite ! Et je n'y parviens pas... On ne peut pas tutoyer cette femme !

— J'ai remarqué, dit vivement Willibald. Je n'y parviens pas longtemps non plus. Quoi d'autre ?

— Elle aime les chevaux, elle monte... Et... Je confonds tout. Ah ! Si. Elle cite Heine, comme moi. Quoi d'autre ? Je ne sais plus. Quelle importance !

— Plus que tu ne crois, fit pensivement Willy. Une dame de la Cour ?

— Non ! Elle est républicaine.

— Voyez-vous cela. Décidément hongroise, alors. Les Hongrois sont volontiers républicains. Méfie-toi tout de même.

— Je ne vois pas pourquoi, reprit le jeune homme fougueusement. Voilà une femme adorable...

— Qui te maltraite, coupa Willibald.

— D'une beauté à couper le souffle...

— Qu'elle refuse de te montrer.

— Qui danse à ravir...

— Mais qui donne des ordres comme une princesse, jeta Willibald.

— C'est une princesse ! fit le jeune homme. Une princesse au cœur meurtri...

— Et que tu veux consoler, conclut Willibald. Eh bien ! Elle se fait attendre, ta princesse. J'espère pour toi que ce n'est pas une vraie. Une actrice, peut-être ?

Les deux femmes s'étaient perdues dans l'enchevêtrement des couloirs, où les portes s'ouvraient sur de petites salles remplies de danseurs amassés autour des buffets. A grand-peine, elles avaient trouvé les vestiaires, et s'étaient vues contraintes de prendre la queue, avec les autres. Les femmes s'observaient les unes les autres, épiaient les tissus froissés, le maquillage qui commençait à tourner, les boucles défaites, les taches sur les corsages, elles se décochaient des sourires gênés, et se bouchaient le nez avec leur mouchoir.

— Allons, mesdames, un peu vite ! cria la dame du vestiaire. Ou alors revenez plus tard !

On s'échauffa. Ida, mal à l'aise, virevoltait dans tous les sens.

— Arrête un peu ! jeta la jeune femme. Tu me donnes le tournis.

— C'est insupportable, murmura Ida. Et cette odeur... Si nous partions ?

— Non !

— Avec ces vases qui traînent partout ? Je ne vous reconnaîs plus !

— Le tutoiement, Ida, dit la jeune femme entre ses dents. A la guerre comme à la guerre. Ce n'est pas pire qu'un hôpital.

Elle s'éventait tranquillement, en pinçant de temps à autre ses narines, avec des regards en coulisse, et qui riaient.

— Cela va être à nous, fit-elle. Chacune son tour.

— Quelle horreur, gémit Ida. Quand nous serions si bien là-bas, avec des commodités... Quelle idée !

— Finis donc ! Là-bas, comme tu dis, on utilise encore les chaises percées à l'occasion.

Et elle s'engouffra par la porte que lui tenait la dame du vestiaire. Quand elle en ressortit, elle eut un sourire radieux.

— Eh bien ! On n'en meurt pas ! dit-elle avec un petit rire. A toi...

— Non, merci bien, murmura Ida, les lèvres blanches. Remontons vite, je suffoque.

— Ah ! Tu n'es pas curieuse, toi ! fit la jeune femme. Et comment crois-tu que font les gens normaux, hein ? Et la Nature, qu'en fais-tu ? Elle est toute-puissante, Ida !

— Est-ce un endroit pour exposer votre philosophie sociale ! s'indigna Ida en l'entraînant.

Lorsqu'ils les virent s'approcher, les deux hommes se levèrent. Willibald se crut obligé de proposer un tour de valse à Mademoiselle Ida, qui l'accepta, sur un regard de l'inconnue au domino jaune. « Monsieur et moi, nous avons des choses à nous dire », précisa-t-elle.

Franz attendit qu'ils aient disparu, et rapprocha sa chaise.

— Alors, comme cela, vous voulez causer.

— Mais oui, dit-elle avec grâce. Où en étions-nous ?

— A votre ressemblance avec l'Impér....

— Ce chapitre était clos, il me semble, coupa la jeune femme.

— Si ma mère vous voyait, elle dirait comme moi, continua Franz, obstiné.

— Écoutez, dit-elle en le menaçant de l'éventail. J'ai le plus grand respect pour Madame votre mère, mais j'apprécierais assez de m'en voir dispensée. Ai-je l'air d'une fille à marier, pour que vous me parliez sans cesse des jugements de maman ?

— Vous avez justement tout d'une jeune fille, murmura-t-il troublé.

— Une jeune fille, moi ? Allons, vous n'êtes pas sérieux.

— Si. Oh ! Vous avez vécu, je m'en doute. Peut-être même avez-vous des enfants, c'est possible. Mais il y a je ne sais quoi en vous de jeune, de frais, quelque chose d'intact... Et si j'osais...

— Eh bien ! osez...

— C'est comme si vous étiez vierge, pardonnez-moi, madame. C'est dit ! s'écria-t-il en écartant les bras avec un geste d'impuissance.

Elle garda le silence, et resta sans bouger.

— Je vous ai choquée, dit le jeune homme, penaud.

Il s'agita sur sa chaise, et voulut lui prendre les mains.

— Ne vous taisez pas ! Dites quelque chose, soyez méchante, un peu, si vous voulez ! Ne me laissez pas tout seul dans le noir... Je ne sais pas comment parler aux femmes.

— Vous parlez trop bien au contraire, répondit-elle, pensive.

— Tiens ! Je vous ai dit mon âge. Dites-moi donc le vôtre.

— Pose-t-on cette question à une dame ?

— Parbleu ! s'écria Franz.

— Ne jure pas, soupira la voix. Dis-moi combien tu me donnes ?

Le jeune homme hésita. Vingt ans, trente, ou davantage ? Sous un domino les femmes n'avaient plus d'âge.

— Trente-six ans, lança-t-il triomphant. Comme l'Impératrice. Qui vient tout justement de devenir grand-mère pas plus tard qu'hier.

L'éventail partit comme une flèche et glissa sur la table. L'inconnue se leva d'un bond.

— C'est trop fort, cria-t-elle. Je suis née en Hongrie, mon nom est Gabrielle et je suis lasse de vos comparaisons !

— Tenez, reprenez votre joujou, dit-il en lui tendant l'éventail. Gabrielle ? Je préférais Fanny. Hongroise ? Vous mentez.

— Faut-il que je chante une czardas pour vous convaincre ? jeta-t-elle en se rasseyant.

— Écoutez-moi, murmura-t-il avec émotion. Nous ne sommes pas des personnages d'opérette. Je ne suis qu'un petit rédacteur de la Cour, madame, mais je sais voir et entendre. Que fait une grande dame comme vous avec un modeste employé comme moi ? Je n'en sais rien. Vous avez vos raisons, les comtesses ont leurs caprices, et peut-être avez-vous décidé de vous jouer de moi comme de votre éventail, que vous jetez si bien après qu'il a rempli son office. Mais je ne joue pas, moi ; et j'ai ma dignité. Vous avez beau faire, je devine que vous êtes belle à damner un saint. Alors, vous pensez, un jeune homme ! Madame, c'est trop facile...

L'éventail avait repris son envol nerveux.

— Quelle tirade ! reprit l'inconnue d'une voix tendue. Vous avez de l'éloquence, monsieur, je n'en disconviens pas. Vous seriez même... émouvant — oui, je crois que c'est le mot, émouvant. Et que comptez-vous obtenir avec votre homélie ? Que voulez-vous de moi ?

— Voir votre visage, murmura-t-il. Rien d'autre.

— C'est impossible, impossible..., répondit la voix faiblement. Demandez-moi autre chose. Tenez, reparlons plutôt de votre Impératrice, puisque selon vous je lui ressemble. Vous l'aimez donc un peu ?

— Si je l'aime ! s'exclama le jeune homme en éclatant de rire. Autant qu'on peut aimer un fantôme. Ne savez-vous pas qu'elle vit à Buda, en Hongrie ?

— On voit bien que tu ne connais pas cette ville. Les collines dominent le Danube, l'air y est vif et inspiré, les ponts enjambent joyeusement le fleuve, et puis il y a les tziganes... On est libre, on vit, on embrasse le monde !

— Mais à Vienne nous avons aussi nos collines ! Le Kahlenberg, les guinguettes, le vin nouveau à l'automne, et les violons dans les vignes... Non ?

— A Vienne le vent est mauvais, il détruit l'âme, fit la jeune femme sombrement. Les palais sont immenses et tristes, des bâtisses affreuses, pourries de courants d'air, on suffoque, on étouffe... Tandis qu'en Hongrie ! Imagine-toi les chevaux qui galopent dans la puszta, crinière au vent, les czardas endiablées, voilà la vie ! Connaissez-vous seulement le délibab ?

— Non, fit-il en rougissant encore. Une espèce d'arbre ?

Elle rit. Le jeune homme était délicieux. Elle venait de trouver à qui ressemblaient les longs cils noirs et le regard bleu. A son jeune cousin Louis de Bavière.

— Le délibab, c'est un mirage, il faut le voir, dit-elle. C'est l'âme hongroise.

— Et vous pensez que notre Impératrice préfère la Hongrie à cause des tziganes, des chevaux, et de ce baobab qu'on ne peut pas décrire ?

— Peut-être aussi s'y sent-elle mieux aimée, soupira la voix derrière l'éventail. Vous êtes bien cruel pour cette pauvre femme.

— Une pauvre femme, Elisabeth d'Autriche ? Quand on a l'Empire et l'Empereur à ses pieds ? Et qu'en fait-elle, de notre Empereur ? Un mari abandonné, trompé peut-être...

— Trompé ? Jamais !

— C'est donc que vous la connaissez, reprit Franz tranquillement. J'avais raison. Vous appartenez à la Cour.

— Je suis hongroise, monsieur, est-ce que cela n'est pas suffisant pour défendre l'honneur de ma Reine, que vous attaquez si durement ? L'avez-vous seulement jamais vue ?

Franz rapprocha son visage et saisit la main gantée qui tenait l'éventail.

— J'étais enfant quand elle arriva de Bavière, et mes parents m'avaient emmené l'accueillir au débarcadère. Ma mère savait tout de ses toilettes, et me rebattait les oreilles avec le perroquet blanc que lui avait offert notre jeune Empereur. Je me souviens comme elle disait son prénom, Sissi, avec adoration, on aurait dit le goût du chocolat...

— Charmant, concéda l'inconnue. Le perroquet n'était pas blanc, mais rose, avec un bec rouge.

— Ah ? s'étonna Franz. Pourtant ma mère... Enfin. Mon père me hissa sur ses épaules pour mieux voir notre princesse, mais la foule était si dense que je ne l'ai pas vue ce jour-là. Il paraît qu'elle était tellement fatiguée qu'elle en était toute pâle. On l'appelait « Rose de Bavière ». Ma mère s'en inquiétait beaucoup. A cette époque, à Vienne, on l'adorait !

— Tandis qu'aujourd'hui on la déteste, n'est-ce pas ? murmura la jeune femme.

— Qu'elle se montre un peu plus, on l'adorera comme au premier jour, affirma le jeune homme. Tenez, ce souvenir d'enfance, il m'a marqué pour la vie. Le lendemain, jour du mariage, nous étions au premier rang pour voir passer le carrosse impérial, et là, je l'ai vue !

— De près ?

— De tout près ! fit-il avec exaltation. Nous étions postés au bord du trottoir, à deux pas de l'église des Augustins. Elle est descendue lentement, un petit pied, l'autre, en hésitant, et soudain j'ai vu sa main, aussi fine que la vôtre, toute gantée de blanc, et qui volait comme un oiseau vers la tiare de diamants... Elle s'était accrochée au montant du carrosse !

— Je me souviens, murmura l'inconnue d'une voix inaudible. C'était affreux...

— Mais j'étais petit, je la voyais d'en bas... Et j'ai aperçu ses larmes.

— Comment peux-tu te rappeler, coupa-t-elle. Tu étais dans tes langes !

— J'avais six ans... Non, trois ! reprit-il, et puis moi aussi on m'a raconté, comme à vous ! Elle pleurait tant que j'ai poussé un hurlement ! Ma mère a eu peur du scandale, les policiers la regardaient de travers, elle m'a emporté bien vite, et je ne l'ai plus jamais vue.

— La vie est bien étrange, mon cher Franzi...

— Ah ! Vous m'appelez par mon nom, merci, fit-il en lui baisant les doigts. Mais si vous connaissez l'Impératrice, dites-moi, est-elle aussi belle qu'on le dit ?

L'inconnue se mit à rire, et l'éventail s'apaisa.

— Elle n'est pas mal. Ce sont surtout ses longs cheveux.

— On dit qu'ils tombent sur ses reins... Est-il vrai ?

— Jusqu'aux pieds ! Une fourrure de bête ! Un supplice !

— On dit qu'elle se plonge dans l'eau glacée, tôt le matin...

— Tous les jours à cinq heures.

— Il paraît qu'elle dresse les chevaux comme au cirque !

— Cela lui vient de son père, le duc Max, déclara l'inconnue gravement. Ce sont tous deux des écuyers émérites.

— Et même, qu'elle fait de la gymnastique !

— Je ne vois pas pourquoi vous vous moquez. C'est excellent pour la santé.

— Mais bien indécent, tout de même ! Non, ne me dites pas qu'elle a toute sa raison. Est-ce qu'on fait des agrès quand on est impératrice ?

— Est-ce qu'on pose tant de questions quand on est poli ? répliqua l'inconnue en s'éventant de nouveau. Tenez, j'ai encore un peu soif. Allez me chercher une bière, je vous prie.

— J'y suis ! fit le jeune homme en se frappant le front. Pour la connaître si bien, il faut que vous soyez sa dame de compagnie ! Que je suis sot de ne pas avoir compris plus tôt ! Je cours chercher votre boisson....

Il s'éloigna puis revint sur ses pas en courant, et s'empara prestement de l'éventail.

— Je prends un gage. Comme cela, vous ne vous enfuirez pas.

« Sa dame de compagnie ! songea la jeune femme rêveuse. Quel enfant adorable... Il me fait penser à mon berger allemand, avec son bon regard et sa truffe humide qui cherche la caresse. Il ne faut pas l'humilier.

Mon Dieu ! Comment quitter le bal sans le blesser ? Je dois me sauver. Maintenant. Il lui restera l'éventail. »

Elle rassemblait déjà les pans du domino jaune, lorsqu'elle se souvint brusquement d'Ida, qui n'était pas revenue. Elle se rassit.

« Je ne peux pas l'abandonner ainsi. Elle serait capable de s'affoler, de donner l'alarme... Non ! Je suis prise. Tu voulais être libre, ma jolie... Te voilà prisonnière de ta liberté. Enfermée par un joli garçon qui te fait la cour comme à une laitière des faubourgs ! Dans une salle de bal où l'on a trop chaud ! Si seulement je pouvais ôter ce loup, ce brocart épais ! »

Et d'un geste alangui, elle écarta le col du domino pour se donner de l'air. Deux hommes qui passaient en titubant s'arrêtèrent.

— Tu as vu ce cou ? Une blancheur de rêve ! chuchota le premier.

— Je ne sais qui est la coquine, mais si le visage répond aux promesses du décolleté..., répondit le second en le poussant du coude.

Ils s'approchèrent doucement derrière elle. L'inconnue ne les entendit pas.

— Un baiser, ma belle ! fit le premier en lui saisissant les épaules.

— Alors, on est toute seule à cette heure ? glissa le second en posant ses lèvres sur l'épaule nue.

— Ne me touchez pas ! cria-t-elle en se débattant. C'est indigne ! Vous n'avez pas le droit !

— Ne fais pas ta mijaurée, ma grande, maugréa le premier en l'empoignant brutalement. Une femme qui va seule au bal de la Redoute sait à quoi s'attendre, tout de même !

— A l'aide ! dit-elle faiblement en tenant son loup bien serré. A moi, les gardes ! Ida, au secours !

— C'est ça, appelle Ida, bougonna le premier.

— Et les gardes ! Mais pour qui ça se prend ! fit l'autre en caressant le cou d'un doigt négligent.

— Madame est avec moi ! cria une voix derrière eux. Et je vous prie de la laisser tranquille.

Franz, rouge de colère, une coupe de champagne dans chaque main, se dressait de toute sa taille. Les hommes contemplèrent le jeune géant, et lâchèrent leur proie. L'inconnue rajustait son masque avec nervosité. Franz posa calmement les coupes sur la table.

— Faites excuse, monsieur, on ne pouvait pas deviner, marmonna l'un des hommes. C'est égal, vous ne devriez pas laisser votre bonne amie toute seule au milieu d'un bal, elle a la peau trop blanche...

— Il n'y avait plus de bière. J'ai pris du champagne... Voulez-vous trinquer avec moi ? murmura Franz doucement.

— Oui, dit-elle en frissonnant. Je vous remercie, monsieur. J'ai eu très peur.

— Ce n'est rien, fit-il en levant sa coupe. A vous, madame.

— C'est que je n'ai pas l'habitude, voyez-vous, ajouta-t-elle avec confusion.

— Je le sais. A toi. A nous, Gabrielle.

Pour la première fois, elle se pencha vers lui avec un sourire, et lui offrit son regard mordoré, de tout près. Ébloui, il ferma les yeux.

— Cela fait comme le ciel avec sa première étoile...

— Vous êtes un enfant. Tout à l'heure vous m'aurez oubliée, lança-t-elle avec une gaieté forcée.

— Jamais, madame, dit-il avec ferveur.

— Un seul soir, monsieur, un soir de Redoute ! Nous ne nous reverrons jamais.

— Je vous trouverai !

— Vous n'y parviendrez pas ! Je n'ai pas de patrie. Je suis sans cesse en voyage.

— S'il le faut, je deviendrai valet à la Hofburg !

— Ne dites pas cela !

— Trinquons, supplia-t-il. Je veux vous voir boire en même temps que moi.

Elle soutint son regard, et but avec grâce. Il la dévorait des yeux.

— Eh bien ! Qu'attends-tu ? J'ai déjà fini ! s'exclama-t-elle.

— J'ai drogué le champagne sans vous le dire. C'est un philtre d'amour. Je bois comme Tristan sur le bateau...

Et il but gravement, les yeux fermés.

— Franz, écoutez-moi. Vous avez vingt-trois ans et vous avez deviné mon âge. Nous avons près de quinze ans d'écart.

— Voilà qui m'est bien égal ! cria-t-il. Je vous ai menti, figurez-vous. Je n'ai pas vingt-trois ans, mais vingt-six.

— Et si je vous disais que je vous ai menti moi aussi, et que je suis mariée ? jeta-t-elle fébrilement.

— Tant pis, murmura-t-il les larmes aux yeux. Isolde aussi était mariée. Mariée ! Croyez-vous que je ne m'en doutais pas ? Vos hésitations, votre air coupable — ne vous agitez pas ainsi ! —, votre envie de fuir à tout instant, et cette peur que je sens en vous, ces larmes... Et sur votre annulaire, la marque blanche de votre alliance, que vous avez dû retirer pour ce soir, n'est-ce pas ? Mariée ? Cela va sans dire. Qu'est-ce que cela me fait ?

— Vous êtes un enfant, soupira-t-elle.

— Vous l'avez déjà dit. Savez-vous ? Un enfant cherche partout sa mère, et partout je vous chercherai. Dès demain.

— Franz, je dois vous quitter, déclara-t-elle d'une voix ferme.

— Votre amie n'est pas là. Vous voulez partir ? Eh bien ! Partons ensemble. Tant pis pour le domino rouge.

— S'il vous plaît, monsieur, supplia-t-elle, pressante. Attendons ensemble, bien sagement. Ensuite vous nous laisserez. Sans nous suivre. Ne gâchez pas le souvenir d'un moment de grâce. Vous êtes un gentil garçon, si enjôleur...

— Ah ! triompha-t-il. Le philtre agit !

— Si vous cherchez à me revoir, il se passera des choses épouvantables ! dit-elle à voix basse.

— Vous ne seriez pas la première Viennoise à avoir un amant ! jeta-t-il en resserrant son étreinte.

— Ne soyez pas vulgaire ! Vous risquez...

— Qu'est-ce que je risque ? On me jetterait en prison ?

— Oui ! répondit-elle étourdiment.

Dégrisé, le jeune homme lâcha les mains de l'inconnue.

— Vous n'êtes même pas comtesse, madame. C'est bien plus haut encore, fit-il lentement. La prison ! Mais qui êtes-vous donc ?

Elle avait tourné la tête, et épiait la foule, désespérément, sans lui répondre. Un éclair de taffetas rouge passait et repassait entre les danseurs.

— Ida revient, fit-elle avec soulagement. Cette fois, je vais vous abandonner, monsieur.

— Pour qu'on me jette en prison, il faut que vous soyez une bien grande altesse, dit-il en poursuivant son idée. Vous ne plaisantiez pas, j'en suis sûr...

— N'y pensez plus ! Et taisez-vous, je ne veux pas qu'Ida sache...

— Tiens ! On a des secrets pour son amie ?

A travers les trous du masque, Franz voyait les yeux de l'inconnue jeter des regards d'animal traqué ; elle tordait fébrilement la monture de son éventail, et serrait contre son corps les lourds plis de brocart mordoré. Le domino rouge arrivait.

— Monsieur Willibald ne voulait plus me lâcher, nous avons dansé plusieurs valses, très longues, fit Ida d'une voix essoufflée. Il a croisé quelqu'un sur son chemin, un ami, et je l'ai quitté pour vous rejoindre. Heureusement que monsieur te tenait compagnie...

— Heureusement en effet, dit l'inconnue. Monsieur m'a protégé des importuns. Partons, Ida.

Franz n'avait pas bougé. Le regard fixe, il observait l'éventail au bout de la main gantée.

— Eh bien, monsieur ? s'écria-t-elle d'une voix enjouée. Nous direz-vous adieu ? Il n'entend pas, ajouta-t-elle en se tournant vers sa compagne. Monsieur !

Un léger coup d'éventail tapa l'épaule du jeune homme immobile.

— Laissez-le, madame, chuchota Ida. Il a peut-être trop bu.

— Mais non ! Tu ne comprends rien. Je ne peux pas le quitter ainsi. Franz ! Franzi..., murmura-t-elle d'une voix changée. Ne veux-tu pas saluer ta Gabrielle ? Réponds-moi, mon petit, *Schatzi*...

— Votre Majesté a perdu la tête ! s'épouvanta le domino rouge.

D'un bond, Franz se redressa. L'éventail avait frappé Ida d'un coup violent.

— Votre Majesté ! s'écria-t-il avec effarement.

— Ne l'écoute pas, Franzi, jeta l'inconnue vivement. Elle est ivre... N'est-ce pas, Ida ?

— Elisabeth, balbutia le jeune homme. Vous êtes Elisabeth. Que va-t-il m'arriver ?

— Mais rien, chuchota-t-elle, rien ! Je ne suis pas Elisabeth !

— Vous êtes l'Impératrice, sanglota-t-il. Qu'ai-je fait ?

— Mon nom est Gabrielle, Gabrielle, tu m'entends, petit ? Mais si j'étais l'Impératrice, crois-tu vraiment que je serais ici, avec cette populace ? Allons...

— Je vous crois capable de tout !

— Même de ressembler à l'Impératrice, fit-elle en éclatant d'un rire forcé. J'avoue que j'ai voulu te duper, Franzi. Ida a bien joué son rôle. Maintenant laisse-nous partir, je te prie.

— Vous n'êtes pas prisonnière, madame, murmura Franz d'un ton amer. Qui vous retient ? Personne.

— C'est que je ne veux pas que tu te montes la tête, moi ! cria-t-elle en tapant du pied. Ida... Explique à ce jeune entêté...

— C'est-à-dire..., commença Ida d'un air gêné. Il est vrai que nous avons voulu plaisanter. Madame — enfin, mon amie Gabrielle — souvent, par jeu, je l'appelle Majesté, pour rire... Parce que chez nous, en Hongrie, toutes les dames veulent ressembler à l'Impératrice, et Gabrielle... Enfin, elle a beaucoup de traits communs... Et c'est vrai, j'ai abusé du punch. Vous devez me croire.

— Mais je vous crois, madame, répondit le jeune homme avec douleur. J'y suis bien obligé.

Elles l'entouraient, empressées, et lui, tout pâle, baissait les yeux.

— Appelle-moi Gabrielle, supplia la jeune femme. Franzi... Une dernière fois.

Il avait posé les mains sur son visage, comme un enfant qui pleure.

— Tu es fâché, soupira l'inconnue.

Il releva la tête, la fixa d'un regard où roulaient déjà des larmes, et écarta les bras en signe d'impuissance.

— Je t'écrirai, dit-elle brusquement. Donne-moi ton adresse.

D'un geste mécanique, il sortit une carte de son gilet, et la lui tendit en silence.

— Franz Taschnik, murmura-t-elle en lisant d'un air concentré. Je n'oublierai pas, je te le jure. Dis-moi au revoir...

Il ouvrit la bouche, voulut parler, et sa voix s'étouffa.

— Adieu, Franzi, fit la jeune femme en lui caressant la joue.

Et prenant par le bras le domino rouge, elle se glissa gracieusement à travers la foule.

❖

Anéanti, Franz la regarda descendre le grand escalier. « Et je l'aurais embrassée, moi ? Elle se serait laissé faire ? Elle, qui refuse même de se laisser voir en public ! Et l'Empereur ? Oh ! non ! Qui suis-je pour qu'elle se soit abandonnée ainsi ? Cette alliance qui manquait à son doigt... Non, je me trompe. Tout à fait impossible. Pourtant, cette grâce... Sa taille — il n'y a qu'elle au monde ! Et cet air de commandement... Ces vous et ces tu qui s'emmêlaient constamment ! Et elle s'en va ! Et je lui ai dit que je l'aimais ! »

Franz posa sa tête contre la table et pleura en silence. Les danseurs se retournèrent sur ce jeune colosse bien mis, et qui semblait si triste ; certains s'arrêtèrent en hochant la tête. On arrivait aux petites heures de la nuit, et le bal fomentait en secret des folies, des ivresses, des malheurs, c'était banal, en somme. Personne ne vint le consoler.

« Allons, songea-t-il en essuyant ses larmes. Rien n'est dit. Il faut savoir qui elle est, en avoir le cœur net. Et l'on découvrira une gourgandine qui se fait passer pour l'Impératrice, une coquine qui s'amuse avec les jeunes gens ! »

Il se leva d'un bond. La rattraper, vite !

Il se précipita comme un fou à travers la salle de bal, écartant les danseurs avec brutalité, les lèvres serrées, les sourcils froncés, d'un air si furieux que les femmes se retournaient sur lui.

— En voilà un qui a trop bu ! fit l'une.

— Moi, je crois qu'il est malheureux, soupira une jeune fille apitoyée. Un chagrin d'amour, c'est sûr !

— En tout cas, c'est un malappris ! s'exclama une troisième, en rajustant sa toilette froissée. Excepté pour le galop, on ne court pas comme un fou dans un bal, chacun sait cela !

Leurs cavaliers haussaient les épaules en tournant de plus belle ; ce n'était qu'un coup manqué, il avait perdu sa conquête, qu'il finirait par retrouver en chambre séparée dans un endroit galant, comme tout le monde. Pas de quoi fouetter un chat.

A travers un brouillard, Franz aperçut soudain, frôlant l'or des balustres, le brocart jaune et le taffetas cramoisi, Gabrielle et Ida. Les deux dominos avaient longé la salle, et s'apprêtaient à sortir par le grand hall. En se dissimulant, il se glissa derrière un pilier ; elles ne l'avaient pas vu.

La jeune femme marchait en baissant la tête, l'éventail à la main, déployé comme un bouclier ; et Ida la suivait, les mains levées pour se protéger d'un danger invisible.

« Elles ont peur, pensa-t-il. Elles semblaient si effrayées par instants... Mais s'il y a un mari là-dedans, cela s'explique... Il faut lui arracher son masque. Oui ! »

Il les devança par une porte latérale, et chercha des yeux un carrosse, un cabriolet, une voiture impériale... Le froid le suffoqua.

Une rangée de fiacres attendait sous le ciel gelé ; les cochers se réconfortaient en buvant du vin chaud ; les chevaux, sous leurs couvertures à carreaux, soufflaient des brouillards humides en relevant la tête. Pas de cabriolet impérial. Soudain, les deux dominos sortirent en baissant leur capuchon. Franz les suivit à pas de loup. Une main l'arrêta, qui tendait des violettes en bouquets. Une petite main nue, bleue de froid.

— Violettes pour les dames ! fit une voix d'enfant. Achète mes fleurs, mon bon monsieur. J'ai si faim ! Juste pour une soupe aux *Knödel*. S'il te plaît.

Emmitouflée dans un manteau pelé, la fillette paraissait dix ans, pas davantage. Le cœur serré, Franz attrapa les bouquets, six en tout, et sortit un billet dont la main s'empara. Plus loin, sur la plus haute marche, les deux femmes n'avaient rien vu.

— Tiens, souffla-t-il en rendant les bouquets, je n'en veux qu'un. Garde les autres, petite.

— Où est notre fiacre ? s'impatientait le domino jaune à voix haute. Il devait nous attendre sur la gauche. Pourvu que ce Franzi ne nous ait pas suivies !

— Là ! fit Ida. Je vois notre cocher, à dix mètres, du côté de l'église Saint-Charles. Nous aurons les pieds enneigés, il faut faire vite.

L'inconnue releva les plis de son domino, et se mit à courir ; Ida la suivit en soufflant. En trois enjambées, Franz passait devant elles, et se trouvait devant le fiacre. Quand elles rejoignirent la voiture, il en tenait la porte avec résolution, son bouquet à la main.

— Vous ! s'exclama la jeune femme. Allez-vous-en !

— Jamais ! Qu'imaginiez-vous ? Que j'allais vous laisser filer sans un mot ? Jetez-moi en prison si vous voulez. Maintenant, pardonnez...

D'un geste décidé, il tira la barbe de dentelles pour arracher le masque. Ida se mit à crier, l'inconnue leva son éventail que Franz attrapa au vol.

— Pas cette fois, fit-il en lui tordant le poignet. Assez de coups. Je ne suis pas votre cheval. Il faut que je sache... Et si vous êtes l'Impératrice, que le ciel me protège !

Elle haletait, l'autre main protégeant le masque. Il la forçait lentement, en silence, elle était perdue, le masque glissait... Brusquement, elle lâcha l'éventail et se dégagea comme un serpent. Surpris, le jeune homme recula. Alors, avec une force surprenante, elle le repoussa violemment et s'engouffra dans le fiacre.

— Vite, Ida, ordonna-t-elle. Et vous, filez, cria-t-elle au cocher. Par les faubourgs !

2

L'OUVERTURE DE LA CHASSE

> *L'heure de la tentation a sonné*
> *Et lâche comme un chien, je suis rentrée.*

Elisabeth

Renversé sur la neige, le souffle coupé, Franz entendit le cri bref du cocher, les sabots des chevaux sur le sol salé ; le fiacre s'enfuit comme un fantôme. Le jeune homme leva la tête vers le ciel où brillaient les froides étoiles de l'hiver, et s'aperçut qu'il tenait toujours l'éventail à la main. Les violettes gisaient plus loin dans la boue. Sortie de l'ombre, la petite marchande les ramassa.

— Éventail, ma pantoufle de vair, maugréa-t-il. Je la reverrai, je le jure. Elle aura ses violettes.

— Tiens, monsieur, voilà ton bouquet, murmura l'enfant. Il n'est même pas écrasé.

— Garde-le si tu veux, fit-il en se relevant péniblement. Je n'en ai plus besoin.

— Une chipie, la bonne femme en jaune, dit la fillette. J'ai tout vu. Merci pour les fleurs. Elle ne les mérite pas.

A l'intérieur de la salle de musique, résonnaient les échos des valses de la nuit, et des éclats de rire. L'aube n'allait plus tarder, le bal se fatiguait. Franz alla vers les lumières.

— Bah ! Retourner là-dedans ? Pour trouver des filles à marier ? Revenir à mon ordinaire ? Et que faire de l'éventail ? Le cacher sous mon habit ? Il me brûlerait le cœur...

Il s'arrêta sous un lampadaire, le déplia d'un geste gauche, et l'examina.

— Aucune armoirie, aucun signe. C'est elle. Toute autre aurait gardé sa couronne.

Il s'éventa maladroitement, jura, et referma le taffetas d'un coup violent.

— Ne perds pas la tête, Franzi, s'il te plaît, marmonna-t-il. C'est une folle... L'Impératrice au bal de la Redoute ? En domino jaune, et en perruque rousse ? Cela n'a pas de sens. Allons ! Il te restera l'éventail. Ma mère va bien rire... Quelle aventure !

Il s'essuya les yeux, fit trois pas dans la pénombre, et heurta un mur qu'il n'avait pas vu ; l'éventail se brisa avec un bruit sec.

— Je la retrouverai ! cria-t-il en le brandissant vers le ciel.

Les cochers de fiacre, étonnés, tournèrent la tête, et virent s'éloigner dans le bleu de la nuit un jeune homme sans pelisse, qui tenait bien haut un éventail noir brisé, comme un trophée de chasse.

— Tiens, marmonna un vieux, un amoureux que sa bonne amie aura planté là. Il en a oublié son manteau. Ah ! Jeunesse...

— Mais non, fit un autre. Elle n'a pas voulu se montrer, ils se sont battus, elle l'a mis par terre. Elle est forte, celle-là !

— Bon... La coquine lui aura filé un rancart pour demain au café Sacher, et il ira, le bougre !

❖

Le fiacre roulait au pas ; les chevaux sur la neige glacée hésitaient. Dans les rues désertes, des couples isolés, sortis du bal, trottinaient sans se presser, bras dessus, bras dessous... Des vieux, sans doute, trop fatigués pour tenir jusqu'au matin. Le cocher avait suivi les ordres ; sans poser de questions, il était passé par les faubourgs, ce qui rallongeait la course d'une bonne heure, une aubaine. Les deux femmes se taisaient ; Ida sortit un mouchoir et se tamponna discrètement les paupières. Le silence de sa compagne ne lui disait rien de bon.

— C'est un désastre, murmura enfin Ida, les dents serrées.

— A qui la faute ? jeta la jeune femme.

— Je suis sans excuse, Votre Majesté..., gémit Ida.

— Oui ! Vous avez tout gâché.

— Mais cette foule, la chaleur, cette frénésie... J'ai perdu l'esprit...

— Vous, comtesse, vous en qui j'ai mis toute ma confiance ! éclata la jeune femme. Et que vais-je faire maintenant ?

— Oh ! Surtout, rien, Votre Majesté, supplia Ida.

— Mais ce jeune homme et moi nous nous sommes beaucoup parlé !

— Que lui avez-vous dit ?

— Je ne sais plus... Des petits riens... De ces choses que demandent les jeunes gens, est-ce que je sais ! répondit la jeune femme exaspérée.

— Eh bien ! Il s'agitera un peu, vous cherchera dans les parades, et ne vous reconnaîtra pas.

— Mais voilà un jeune homme au désespoir, murmura la jeune femme.

— La belle affaire !

— Je n'aime pas cela. As-tu remarqué les violettes ? J'aurais pu les prendre, au moins... Il sera malheureux !

— Vous n'y pouvez rien, fit Ida avec humeur. Laissez là cet enfant, et n'y pensez plus. D'ailleurs, qui est-ce, le savez-vous seulement ?

— Il est rédacteur de la Cour, répondit-elle aussitôt. Aux Affaires étrangères, section ministérielle.

— Un gratte-papier ! s'exclama Ida effarée. Pas même un diplomate ! Vous auriez pu mieux choisir !

— Non ! Cela vaut mieux qu'un prince. Et tu n'entends rien à ces choses.

— Soit, dit prudemment Ida en battant en retraite. Mais avec ce métier, il n'a aucune chance de vous rencontrer.

— Aucune, soupira la jeune femme.

Le cocher s'arrêta devant les gardes de la Burg. Ida baissa le capuchon de son domino, et mit le nez à la portière.

— Comtesse Ferenczi, service de l'Impératrice. Vous me reconnaissez, bien sûr. Laissez passer.

Les soldats ouvrirent la barrière. Le cocher se fit payer sans demander son reste, et les deux femmes s'engouffrèrent sous une voûte à peine éclairée. A quelques pas de la grande place des Héros, se dissimulait à gauche la porte dérobée qui donnait sur un étroit corridor, directement dans la Hofburg, l'immense palais impérial.

Les couloirs obscurs étaient interminables ; sous les plafonds bas, le sol était glissant, et les deux femmes avançaient d'un pas hésitant.

— J'aurais dû demander une lanterne au poste de garde, s'exclama Ida Ferenczi, on n'y voit rien...

La jeune femme ne répondit pas, et déployant son domino avec les mains, se mit brusquement à courir, légère.

— Avancez donc, comtesse ! cria-t-elle dans un éclat de rire. Ici !

— Votre Majesté a une vue de chouette ! se plaignit Ida Ferenczi en s'empêtrant dans les plis rouges. Je ne peux pas courir, moi !

— Eh bien ! J'attends ! fit la voix impérieuse. Dépêchons...

Ida releva ses jupes comme une paysanne, et courut en haletant. Nonchalamment appuyée sur le mur, l'Impératrice avait posé la main sur la poignée d'une petite porte dérobée.

— Nous y sommes. Aidez-moi, dit-elle en laissant tomber son domino. Vous enlèverez le vôtre également.

Ah ! Mais ce sera trop lourd pour vous. Je porterai les deux.

En un clin d'œil, elle avait roulé son vêtement, arraché le brocart cramoisi des épaules de sa compagne, et pris le tout à bras-le-corps.

— Votre Majesté est vraiment d'une force incroyable ! dit Ida avec admiration.

— Laissez ma majesté tranquille, elle n'a que trop servi ce soir, coupa-t-elle agacée. Et ouvrez-moi cette porte.

Quelques marches, une antichambre, trois salons... La jeune femme allait comme le vent.

— Voilà, fit-elle en s'arrêtant net. Vos appartements. Prenez cela, et dites-moi bonsoir bien gentiment.

— Votre Majesté... Je ne sais..., répondit Ida en saisissant péniblement le lourd paquet de soie. Laissez-moi au moins vous aider pour votre toilette du soir...

— Non ! Je m'arrangerai seule, coupa-t-elle. Allez !

Et elle la congédia d'un geste violent.

❖

« Et maintenant, maintenant, que fait-il ? Il examine l'éventail — pour cela, aucun danger, il ne trouvera rien. Il aura suivi du regard la direction du fiacre — mais nous avons fait un long détour pour revenir jusqu'ici. Retourne-t-il valser ? Non ; il est trop malheureux, trop exalté. C'est donc qu'il rentre chez lui. Peut-être sans sa cape, qu'il aura oubliée. Que fait un jeune homme amoureux quand il n'est pas Empereur ? »

Soigneusement étalées sur le lit, attendaient la longue chemise de dentelles, la liseuse avec ses rubans blancs, et la coiffe de nuit, légère. Elle les regarda avec haine.

— J'étouffe, murmura-t-elle en se dressant de toute sa taille, cette robe est froissée, salie... Et cette affreuse perruque rousse !

D'un geste gracieux, elle leva les bras, empoigna la perruque et ôta une à une les épingles qui la retenaient.

— Cela n'en finira pas, bougonna-t-elle en tirant sur les anglaises emmêlées, elles sont prises dans mes cheveux... Ces boucles rousses ne veulent pas me quitter, elles m'aiment, et moi ! Moi je les déteste !

Elle courut devant son miroir, et arracha le tout en gémissant. Hagarde, les yeux cernés, les cheveux encore pleins d'épingles, elle était si défaite qu'elle ne put retenir un cri de douleur.

— Et l'on dit que je suis la plus belle femme d'Europe ! Ha ! S'ils me voyaient ainsi, ces courtisans jaloux, comme ils se réjouiraient... Regardez tous, la peau est terne, pleine de rides aux paupières, la bouche a des plis d'amertume, et ces nattes, ajouta-t-elle en soulevant sa chevelure inerte, ces belles nattes aux reflets fauves, sa fierté, voyez comme elles sont poussiéreuses... Ah ! Tu as voulu aller au bal masqué, ma petite... Et vois-tu le résultat ? Tu n'as pas voulu lui dire que tu étais grand-mère, hein ? Tu n'as pas osé ! Une vieille, voilà ce que tu es...

Elle déboutonna son corsage, entrouvrit sa chemise et prit ses seins à pleines mains.

— Cela s'affaisse... Et là, entre les sillons, cela commence à plisser, ici, fit-elle en enlevant la robe d'un seul coup, le dos se voûte, la taille...

Elle saisit sa taille et la serra entre ses deux mains.

— Non, murmura-t-elle, il n'y a rien à dire. Cela tient. Mais le reste...

Elle fit tomber le jupon, défit en un tournemain les bas, les jarretières de soie, la chemise, et se retrouva nue. Les vêtements gisaient à terre en désordre, et elle, immobile, restait là sans un geste pour les ramasser.

— Voilà, dit-elle d'une voix neutre. Quand je serai morte, on me fendra par le milieu, on ôtera le cœur qu'on mettra dans une urne, et les entrailles aussi, dans une autre. On ne me laissera pas en repos. Les chirurgiens recoudront la peau avec des points grossiers et ma carcasse vide ira aux Capucins, à la Crypte. Est-ce là ce qui attend cette chair inutile ? A quoi bon l'Empire ? A la boucherie qui m'attend après ma mort ?

Son index descendit le long d'une ligne invisible, de la naissance des seins jusqu'au renflement du pubis, qu'elle couvrit de la main, brusquement.

— C'est ainsi que cet homme ne me verra jamais. Jamais il n'aura sous les yeux ce tas de chiffons sales à mes pieds, jamais les marques des jarretières sur mes cuisses, et les rougeurs sur ma poitrine... Est-ce que ce n'est pas préférable ? Voudrais-tu ce grand corps blanc contre le tien ? Réponds !

La jeune femme fit la grimace, et se campa devant la glace.

— Mais réponds à la fin ! cria-t-elle en posant sa main sur le miroir. Pourquoi voulais-tu ce jeune homme ? Que cherchais-tu en le laissant parler comme une pie, et madame sa mère, et ses souvenirs, et Bad Ischl, et toi, dont il avait gardé l'image, toi, dont il rêvait sans le savoir ? Toi qu'il méprisait aussi, et qu'il aura adorée, pour une nuit, une seule nuit inutile ?

Un hurlement perça l'obscurité, un chien peut-être, ou un enfant au loin... Elle tressaillit.

— Je suis folle, chuchota-t-elle en se passant la main sur le front. De l'eau !

Elle courut vers une carafe et s'aspergea des pieds à la tête. Avec de légers grognements de fureur, elle dénoua violemment ses nattes qui roulèrent sur ses reins, libérées, ruisselantes de gouttes et d'éclats roux. Et elle s'entortilla dans ce manteau mouillé, dont elle se couvrit entièrement.

— Un animal, voilà ce que je suis, fit-elle en soulevant ses boucles. Vous m'avez fait mal, ajouta-t-elle en les roulant sur ses doigts, vous m'avez tiré la tête, je vous sentais prisonnières, vous vous êtes vengées, vous m'avez punie... Vous me punissez tous les jours. Je finirai par vous couper, savez-vous ? Quelle idée aussi de vous cacher sous de faux cheveux roux, n'est-ce pas ? Mais c'est que j'en avais assez de vous, fit-elle en les rejetant en arrière, c'est que je n'en peux plus de votre poids sur mes épaules !

Elle tordit les serpents de ses boucles sauvages, leur murmura des mots sans suite : « Rien qu'à le voir, ce tendron autrichien, les muscles qui roulent sous la peau blanche comme un lippizan, énorme, si doux, l'œil humide, un gentil cheval rustique, qui ne me montera jamais, jamais... »

— Ce n'est pas comme l'Autre, dit-elle tout haut avec un regard vers le portrait sur le mur. Lui, c'est le contraire : de l'élégance, mais un esprit épais, un corps pesant, hâtif, des mains fébriles, avec des ongles de bête...

Ses épaules se replièrent, elle croisa les mains sur sa poitrine, et fit face au portrait.

En lieutenant-colonel, sanglé dans son uniforme blanc, la poitrine étoilée de crachats de diamants, la main sur un livre et le regard bleu, l'Empereur François-Joseph, éternellement jeune, contemplait l'horizon avec la sérénité d'un dieu ordinaire.

— Je ne vous ai pas trompé, monsieur, dit-elle en haussant les épaules, figurez-vous. Vous avez vos maîtresses, et moi je n'ai pas d'amant. Vous m'avez fait quatre enfants, vous m'avez volé ma jeunesse... Eh bien ! Ce soir je l'ai reprise, le temps de deux ou trois valses et d'un bol de punch brûlant, voilà tout. Ne me regardez pas de votre air officiel... Je n'ai plus peur de vous. Quand il m'a embrassée, j'ai bien serré les lèvres. Je vous ai été fidèle. Je le serai toujours, ce n'est pas votre faute. Simplement, j'ai ce jeune homme qui ne saura jamais qui je suis, et qui m'aimera malgré vous. Et vous non plus, jeta-t-elle en levant le poing, vous n'en saurez rien ! Quand vous reviendrez de Russie, où naturellement on ne vous tuera pas, je serai hors d'atteinte, à Buda. Chez moi, entendez-vous ? Loin d'ici !

« J'ai froid, songea-t-elle en frissonnant, je suis ivre, j'ai soif, il n'est plus là pour me donner à boire, et je parle comme une démente... Au lit ! »

Et sans même se sécher, sans enfiler ses vêtements de nuit, l'Impératrice se glissa dans ses draps en titubant.

— Demain, il me cherchera. J'ai sa carte, je pourrais lui rendre visite, le surprendre... Non ! Ridicule. De près, il serait obscène, comme ils le sont tous. Non, je préserverai ce rêve, je...

Elle se retourna dans le lit, d'un coup, la bouche sur l'oreiller, sur les boucles mouillées.

— J'irai au Prater, à cheval. Il y sera. Ou plutôt non, je prendrai ma voiture, il s'approchera, je le ferai monter, nous nous blottirons l'un contre l'autre en silence, il me prendra la main, j'aurai à nouveau seize ans, il m'aimera... Oubliée, votre majesté, finie, votre impériale altesse... Que c'est doux, l'ivresse... Mon innocent, mon petit enfant chéri... je saurai te monter, moi, à la cravache ! La cravache...

Elle balbutiait encore en soupirant, ses mains erraient sur sa peau, quand le sommeil la prit d'un coup.

❖

Franz poursuivait sa route à travers les rues blanches, en sautant par-dessus les trottoirs pour éviter les dures moraines de neige tassée. Il gelait à pierre fendre, et le jeune homme courait pour se réchauffer. Puis il se lassa, trébucha, chercha un *Beisl* ouvert à cette heure tardive, et trouva un estaminet enfumé où il commanda une slibowitz, qu'il avala d'un coup. L'eau-de-vie lui fouetta les sangs.

— En voilà un bel éventail, fit une petite voix à ses côtés. Montre donc...

— Non ! grogna-t-il sans bouger. Ce n'est pas à moi...

— Tu m'étonnes, dit la voix railleuse. Allez, donne, je te le rends... Tu ne veux pas ? Tant pis, je prends...

Une main aux ongles rongés se glissa sous son bras, et s'empara de l'éventail. Il se retourna d'un coup : c'était une fille très jeune, en jupon rouge, avec des bas rayés, une gamine qui contemplait son larcin avec ravissement.

— Mazette... Du taffetas ! Tout noir ! siffla-t-elle en déployant l'éventail précautionneusement, avec les deux mains.

— Laisse-moi cela tranquille, petite, dit le jeune homme doucement. Ce n'est pas pour toi.

— Crois-tu ? fit-elle en s'éventant. Est-ce que je n'ai pas l'air d'une dame ?

Elle manipulait l'éventail avec gaucherie, en riant, et la branche cassée pendait lamentablement comme une aile brisée. L'enfant souriait de toutes ses dents, si gentiment que Franz n'eut pas le cœur de lui retirer son jouet.

— Quel âge as-tu, petite ? demanda-t-il avec un sourire.

— Treize ans, répondit-elle fièrement. L'âge qu'aiment les messieurs. La preuve, je suis là, ajouta-t-elle en virevoltant sur ses talons noirs.

Des hommes attablés, que Franz n'avait pas vus, se mirent à rire au fond de la salle.

— Rends-moi mon éventail, supplia-t-il, rouge de confusion. Tu n'as pas honte !

— Pas les moyens, mon prince, répliqua la gamine. Donne-le-moi, je monte avec toi si tu veux. Je n'ai pas encore la vérole, tu sais !

Furieux, il se précipita sur elle et voulut lui reprendre l'objet. Elle se débattit, tomba contre lui, il leva la main, elle se protégea la figure avec le bras, sans un cri. Dégrisé, il s'arrêta.

— Je ne vais pas te battre, dit-il, honteux. Sois gentille...

— Mais je suis toujours gentille, fit-elle en se reculant. Tiens, le voilà, ton machin, je n'en veux plus, il est tout abîmé. Je te le rends ! ajouta-t-elle en lui jetant l'éventail à la tête.

Et elle partit, boudeuse, en se dandinant. Franz fouilla dans ses poches, et tira un billet qu'il alla glisser sur la table où elle s'accoudait.

— Pour moi ?

— Si tu vas te coucher.

— Bon, alors on monte. Et tu me donneras l'éventail.

— Non..., murmura le jeune homme avec gêne, non ! Tu montes seule, moi je pars, c'est tout.

La gamine haussa les épaules, fourra le billet dans son bas et le toisa de pied en cap.

— Tu vas aller le rendre, l'éventail, hein ? Elle doit être bien distinguée pour avoir une chose pareille...

— Oui, répondit Franz machinalement.

— Une vraie dame ? insista la fillette. Avec du sent-bon et des fleurs dans les cheveux ?

— Non, continua Franz sans réfléchir, simplement une étoile.

— Une étoile ? fit la gamine en écarquillant les yeux. En perles ?

— En diamants, soupira-t-il.

— Oh ! Alors c'est l'Impératrice, affirma-t-elle avec le plus grand sérieux. Comme sur son portrait, avec plein d'étoiles le long de ses cheveux.

— Voilà, conclut Franz sombrement. Tu comprends qu'il faut le lui rendre, son éventail noir.

— Dame ! fit-elle en bâillant. Mais elle ne sera pas contente que tu le lui aies brisé.

Il partit, le cœur serré ; l'enfant s'était affalée sur la table.

— Voilà cette ville, gronda-t-il en sortant. Cela valse, et cela prostitue les enfants. Ensuite l'on s'étonne de voir la syphilis tuer à petit feu, en silence, jusqu'au moment où vlan ! Elle vous nettoie son homme en trois jours, d'une tumeur à la tête ! On va au bal, et le dimanche on va servir la soupe populaire en se bouchant le nez, par charité... Ah ! On est de bons chrétiens ! On achète un bouquet à la sortie de la Redoute, on vide ses poches, l'on est satisfait et l'on repart le cœur léger ! Et l'autre qui s'est moquée de moi, l'autre avec de la dentelle sur les mains et son brocart doré ! Je suis fatigué. En un seul soir, l'autre et cette fille ! Pour moi tout seul ! C'est trop...

Un fiacre passait, il l'arrêta, et se jeta dans la voiture.

❖

Dans la chambre d'Ida Ferenczi, les deux dominos gisaient sur un fauteuil, froissés, salis ; et elle, navrée, assise sur son lit, les regardait sans les voir en tordant un mouchoir.

Elle la connaissait bien : sa reine avait bon cœur. Demain, à l'aube, à cinq heures, elle ferait ses exercices, prendrait son bain glacé, et lui sourirait avec sa grâce coutumière. Ida lui lirait son courrier pendant qu'on la coifferait, la vie recommencerait comme à l'ordinaire, et l'on oublierait. Elle pardonnerait. Mais lui ? Et s'il la débusquait ?

Elle se leva, préoccupée, attrapa un papier, une plume. Prévenir la police ? Franz... Comment disait-il déjà ? Bascher ? Taschler ? Taschnik !... Elle avait retrouvé le nom. Est-ce que c'était suffisant ? Bah ! C'était le travail des policiers. Le sien, c'était d'avertir.

Elle s'assit devant un secrétaire, et resta la plume en l'air.

— Mais ce serait lâche, tout de même, murmura-t-elle. Il n'a rien fait de mal... Et si elle l'apprend ! Non ! Impossible.

Elle déboutonna sa robe et se mit à pleurer. Il l'avait embrassée... Son Impératrice, sa pure Elisabeth, ce petit rien du tout l'avait touchée au cœur ! Elle qui jamais ne se laissait approcher ! Encore, si c'était un noble hongrois comme il s'en rencontrait tant pour lui faire la cour, mais non ! Un petit rédacteur ! Un fonctionnaire ! Quelle honte ! Et d'un mot, elle avait tout dévoilé... Elle se moucha, essuya ses yeux, puis délaça son corset si violemment qu'elle cassa un lacet.

— Tiens, fit-elle en le jetant à terre. Et tiens, poursuivit-elle en tirant brutalement sa jarretière, et tiens !

L'une après l'autre, les lingeries tombaient sur le tapis. Quand il ne resta plus que la chemise, d'un geste, elle la déchira du haut en bas.

— Au feu, murmura-t-elle. Je ne veux plus rien porter de ces maudits habits. Plus rien qui me rappelle ce malheureux bal. Et ce Willibald qui me serrait de près en dansant !

Elle s'apaisa et contempla, penaude, le linon déchiqueté.

Elle était seule. Vouée au célibat — elle le savait d'avance, puisque l'Impératrice exigeait de ses compagnes un célibat interminable, et la plus stricte chasteté. Pas d'homme. Si l'une d'elles se mariait, elle était chassée. Ida vivait comme une nonne aux pieds de cette femme, elle lui cédait tout, elles allaient au bal incognito et voilà que l'Impératrice se laissait embrasser par le premier venu !

— L'autre, ce Willibald, il ne m'a pas embrassée, moi ! gronda-t-elle.

D'un geste mécanique, elle enfila son vêtement de nuit, déroula ses cheveux, les natta proprement et trempa un carré de tissu dans son broc d'eau. Elle protégerait l'Impératrice...

— ... Car elle ne va pas s'arrêter là, fit-elle en se lavant le visage. Comment disait-il déjà ? « Je vous crois capable de tout. » Il avait raison, ce jeune homme. Elle serait bien capable de tout faire pour le rencontrer. Oh ! J'y veillerai. Elle n'a que moi au monde, elle me le dit tous les jours. Je ne la laisserai pas se commettre avec ce petit...

Elle ouvrit les draps, tapota son oreiller et se coucha sur le côté.

Le lendemain, à l'aube, elle lui parlerait. Elles auraient une explication. L'Impératrice dormait déjà sans doute... Elle avait toujours eu un sommeil d'enfant. Et lorsqu'elle voulait, si tendre cependant... Trop dure parfois, mais si douce...

❖

Mme Taschnik mère préparait le café matinal. Le lait chauffait sur le coin de la cuisinière. Le ciel naissait, un ciel turquoise. La journée serait froide et belle. Franz n'allait pas tarder à descendre. Du moins, s'il parvenait à s'éveiller.

Dieu seul savait à quelle heure il était rentré du bal de la Redoute... A minuit, arrachée du sommeil en sursaut, elle avait regardé la pendule, entendu un bruit sourd, puis rien. Elle avait écouté le silence, de l'autre côté de la porte le chat avait feulé, son fils n'était pas revenu. Elle s'était retournée sous la couette en maugréant ; d'ailleurs minuit, c'était le moment du quadrille, trop tôt pour un jeune homme. Mais elle ne s'était pas rendormie.

Elle aussi avait aimé la valse dans sa jeunesse. C'était avant la fatale révolution, quand les deux rois de l'époque se disputaient les faveurs de la ville, Lanner et

Strauss, Strauss et Lanner, à ne savoir où donner de l'oreille, tant ils se battaient en musique. Déjà, petite, ses parents l'emmenaient écouter les deux cents musiciens de feu Johann Strauss, au café Zum Sperl ; Lanner avait la Redoute, Strauss avait le Sperl, ils étaient rivaux et amis, et puis s'étaient brouillés, Lanner était mort, Strauss avait triomphé. Son défunt mari adorait toujours les rythmes gracieux et lents de Lanner. Elle s'en souvenait précisément, il disait : « Cela sent encore sa campagne, ce sont les Ländler du bon vieux temps... » Mais elle, déjà, elle préférait Strauss.

Le premier, cela allait sans dire. Comme toute la ville, elle avait entendu parler du défi épique que le fils Strauss, ce diable, avait lancé à son père, un soir d'automne, quatre ans avant la révolution, à Schönbrunn, loin de Vienne, mais si près de Hietzing que, pour un peu, elle aurait pu entendre les échos du concert au Casino Dommayer. Malgré l'opposition du grand Strauss, le jeune Johann avait recruté un orchestre de bric et de broc, des vauriens, et il avait composé ses propres valses. Le concert était plein comme un œuf, Vienne s'était rendue à son nouveau vainqueur, et le père Strauss lui-même, qui s'était déplacé pour assister à l'événement, avait dû s'incliner ; son fils avait gagné.

Mme Taschnik mère n'en finissait pas de ressasser ses rancœurs. Est-ce que ce n'était pas une honte ? Le pauvre Johann père était mort de la scarlatine, soufflé comme une bougie. Enfin...

« Va pour les bals, grommelait Mme Taschnik en retournant son oreiller, mais pour la parade impériale, c'est tout de même le père que l'on joue encore ! » Car elle en était sûre : *Sa Marche de Radetzky* serait comme l'Empire, immortelle.

Son Franzi, lui, aimait la musique de Johann Strauss, le fils. Elle ne s'y faisait toujours pas. L'illustre voisin la narguait et composait au piano ; en étendant son linge elle saisissait des bribes de polka et des airs à trois temps... Lente ou vive, la valse naissait dans le jardin d'à côté. Et Mme Taschnik mère sentait bien, au charme prenant des esquisses brisées, l'esprit diabolique de l'incorrigible voyou, ce rouge qui incarnait toutes les forces du mal. Elle rentrait son linge et pestait en silence. Une fois, une seule, elle avait osé faire un éclat, Franz avait rétorqué vertement. « Le vieux Strauss n'était qu'un sale réactionnaire ! avait hurlé Franzi. Qu'il aille au diable ! » Mme Taschnik avait manqué s'évanouir. « Tu trahis la mémoire de ton père ! », avait-elle crié avant de s'effondrer sur une chaise, tout essoufflée, et Franz s'était tu, maté.

Depuis l'incident, Mme Taschnik avait fait marche arrière. Elle avait admis du bout des lèvres le succès de la plus célèbre valse du fils Strauss, *Le Beau Danube Bleu*. Quant à Franz, par pur respect filial, il allait jusqu'à concéder quelques gracieusetés sur *La Marche de Radetzky* : il y avait là de l'allant, de l'entrain, bref de quoi faire marcher une armée au pas. D'ailleurs, à présent, quand on parlait de valses chez les Taschnik, on évoquait « les Strauss » sans faire le détail ; on ne discutait plus. Mais Mme Taschnik mère n'en avait pas moins ses idées.

C'était encore à cause des valses du fils Strauss que Franzi tardait à rentrer. Désormais on valsait entre riches, à la Redoute, chez les puissants du jour, « mon Dieu, que va-t-il arriver encore ? » songeait-elle en regardant l'heure. Avec ces femmes de mauvaise vie qui cachaient leurs vices sous leurs grands dominos... Deux heures. Il était pris, pour sûr ; il commençait une amourette. Elle maudit la valse, qu'elle ne pourrait plus danser. Un peu d'embonpoint ne nuit pas, songea-t-elle, faut-il encore que le cavalier puisse enserrer la taille, et de taille, elle n'en avait plus...

A quatre heures elle l'avait entendu monter enfin l'escalier d'un pas lourd, et s'était endormie, d'un mauvais sommeil. A six heures elle s'était levée et d'un pas mécanique, elle était descendue préparer le café. Franz allait se réveiller. Elle s'assit dans le fauteuil en bâillant.

❖

Un son régulier et puissant martelait ses oreilles ; au loin, une volée de cloches se lançait à l'assaut du ciel ; Franz ouvrit les yeux et reconnut le papier peint de sa chambre. Il s'était couché tout habillé, la main sur l'éventail brisé.

— Les cloches... bougonna-t-il. Et ce bruit ! Un chaudronnier ? Maman ne m'a pas réveillé ? Mais quelle heure est-il donc ?

Il se leva avec effort, et se dirigea vers la fenêtre. Sur leurs petits chariots tirés par des chiens attelés, les laitières emmitouflées rapportaient déjà leurs seaux vides ; les marchandes de pain n'en avaient plus un seul dans les corbeilles ; les femmes en fourrure portaient leurs paniers pleins de vivres, un groupe de juifs en caftans noirs discutait en battant la semelle, il faisait grand jour et le ciel était d'un bleu insolent.

— Huit heures, soupira le jeune homme en se caressant le menton. Pour le bureau, c'est déjà trop tard, je n'aurai pas le temps de me raser. Dans quel état me suis-je mis ! La jaquette est toute froissée, le gilet... Et les souliers ! Ils sont perdus. Tout craquelés. C'est la neige, cette nuit... Et mes pieds sont gonflés. Franz Taschnik, tu es un imbécile.

Il se dévêtit en vitesse et, saisissant son broc de porcelaine, le versa d'un seul coup sur son corps immense. Il frissonna.

— Voilà qui ne m'est jamais arrivé, dit-il en se frictionnant vigoureusement, me coucher avec mes habits ! Enfin...

Il chantonnait gaiement, et se mit à siffler : « La fortune est une garce, une garce au cœur léger... » lorsque soudain son regard tomba sur l'éventail de taffetas noir. La serviette à la main, il s'arrêta brusquement.

— Il fait beau, elle ira au Prater, murmura-t-il. Elle aura son alezan, elle y sera... Et moi aussi. Puisque je manque le bureau ce matin...

Il ouvrit son armoire, rêva un instant devant sa garde-robe, choisit un pantalon crème, un habit marron... Vite ! elle avait la réputation d'être très matinale.

En un clin d'œil Franz était habillé. Il ajusta sa cravate, et s'aperçut qu'il avait oublié de se raser. Il attrapa son coupe-chou en toute hâte, et au premier froid de la longue lame sur la peau se coupa.

— Bon Dieu ! fit-il en se tamponnant la joue. C'est bien ma veine. Juste aujourd'hui, une éraflure. Mon manteau...

Avant de sortir de sa chambre, il s'arrêta devant le miroir. Un jeune homme aux yeux cernés le fixait avec sévérité, un géant au visage barré d'une fine estafilade qui saignait encore.

— Ce n'est pas une tenue pour une Impératrice, monsieur, minauda-t-il en imitant la voix d'une femme.

— ... Non ? Eh bien, tant pis ! La chasse est ouverte ! enchaîna-t-il en reprenant sa voix grave, et il dégringola l'escalier.

Mme Taschnik mère s'était assoupie dans son fauteuil. Franz passa devant elle en douceur, poussa la porte avec la souplesse d'un chat, et sortit sans un bruit dans le froid du grand jour.

❖

Assise devant sa table de toilette, en liseuse blanche, la jeune femme abandonnait sa tête aux mains de la coiffeuse officielle, qui lissait les mèches bouclées une par une, précautionneusement. La femme de chambre, les bras chargés de vêtements, attendait près du lit, et Ida, les yeux baissés, assise sur le bord d'un fauteuil, décachetait le courrier en silence.

— Je voudrais vous parler, madame, dit-elle soudain en toussotant.

— Faites donc, répondit l'Impératrice.

— C'est à propos... A propos de notre soirée d'hier, murmura Ida avec gêne.

— Le bal de la Cour ? lança la jeune femme d'un ton neutre. Je vous écoute. C'était bien ennuyeux.

La coiffeuse se pencha pour tresser une première natte.

— Aïe ! s'écria-t-elle en retenant sa chevelure. Vous me tirez les cheveux, ma chère !

— Votre Majesté a bougé, s'excusa la coiffeuse. J'ai été surprise...

— Vous voyez, comtesse ! susurra la jeune femme. Au

moindre mouvement mes cheveux s'emmêlent, et j'ai mal.
Ne me dérangez pas quand on fait mes nattes. Roulez-les
bien solidement, dit-elle à la coiffeuse, je vais galoper.

Les doigts de la coiffeuse trièrent les cheveux avec une
étourdissante dextérité ; la deuxième natte apparut.

— Votre Majesté n'a pas peur de faire des rencontres
au Prater... ? hasarda la lectrice avec précaution.

— Quelles rencontres ? répliqua la jeune femme d'un
air innocent. Quand je monte, je ne m'arrête pas.

— Il est vrai, murmura Ida. Mais je préférerais vous
suivre en voiture. Au moins pour aujourd'hui, madame.

L'Impératrice fronça les sourcils ; mais peut-être était-
ce à cause des épingles dans la couronne de nattes qu'on
fixait sur la nuque. Ida recula d'un pas.

— Votre Majesté est libre, annonça la coiffeuse en
plongeant pour la révérence. C'est fini.

Elle se leva d'un bond et tâta l'édifice.

— Bien solide, parfait. Les bottes rouges, Gabrielle,
fit-elle à la cameriste. Soyez assez aimable pour me les
passer.

Les jambes tendues, elle glissa dans les bottes que
poussait la femme de chambre, enfila une veste noire
et se laissa sangler dans une longue jupe amazone en
drap sombre.

— Chez moi, en Hongrie, on ne me regarderait pas
galoper, soupira-t-elle. Mais à Vienne, ils me dévorent
du regard... Je déteste cette ville. Le chapeau noir.
L'écharpe y est. Les gants. Manque-t-il quelque chose ?

— La cravache, fit Ida.

La jeune femme courut vers une table où s'étalaient
des rangées de cravaches, et en choisit une à pommeau
de nacre.

— Vous pouvez prendre mon cabriolet, comtesse, si
vous voulez, et me suivre en voiture, jeta-t-elle. Et si
mon cheval est fatigué, nous causerons.

❖

Le jeune homme avait avalé à la hâte un café brûlant
sur le chemin du Prater, il avait traversé les baraque-
ments endormis le long des palissades, puis il avait

couru jusqu'aux bois, à travers les pelouses. Les prairies étaient presque désertes ; de rares promeneurs marchaient rapidement, le nez enfoui dans leurs pelisses, et quelques cavaliers passaient au trot à travers les arbres enneigés. Franz avait arpenté les allées en grelottant. En une heure, il n'avait pas vu pas l'ombre d'une femme.

— Elle viendra, fit-il en frottant ses gants l'un contre l'autre. Mais elle tarde... Et j'ai l'estomac dans les talons. Si j'allais manger quelque chose ?

Il loucha vers un carrefour un peu plus loin ; sous un auvent, on vendait des saucisses grillées et du vin braisé. L'odeur de cannelle et de graillon lui fit palpiter les narines. Juste à côté, un marchand de marrons tisonnait son chaudron avec philosophie.

« Mais il faut s'écarter des allées cavalières..., songea le jeune homme en hésitant. Non ! Je l'attends ici. Ou alors des marrons ? »

Il n'y tint plus, et courut acheter un cornet rempli de marrons bien chauds. Le premier qu'il croqua lui brûla le palais.

— Vive l'hiver ! Rien ne vaut le plaisir de s'étouffer tôt le matin avec des marrons bien dorés !

Le marchand approuva en hochant la tête.

Franz ouvrait la bouche toute grande pour un autre marron lorsqu'il aperçut dans le lointain l'amazone sur un cheval bai. Elle arrivait au petit trot, et son écharpe de soie blanche flottait sur son costume noir.

— Tiens ! Notre Impératrice, constata le marchand de marrons, flegmatique. Il y a longtemps qu'on ne l'avait pas vue par ici... Ce n'est pas malheureux !

Franz demeura stupéfait, la bouche ouverte et le marron à la main. L'amazone poursuivait son chemin sans le voir, et il ne distinguait pas ses traits. Elle allait passer, elle passait... Vivement, il jeta le cornet, s'essuya le menton, et se précipita.

— Ils ne vous plaisent plus, mes marrons ? cria de loin le marchand en colère.

Résolument, Franz se campa sur le sentier en haletant. Il avait réussi à la devancer.

— Ou elle s'arrête, ou elle me tue ! fit-il avec exaltation. Viens, ma beauté, viens vite ! Au galop ! Je t'attends !

L'amazone arrivait sur lui à vive allure, et le cheval broncha à la vue du jeune homme. Franz assura ses bottes dans la neige, et attendit sans frémir. L'animal se mit à hennir ; la jeune femme se pencha sur la crinière.

— Allons ! cria-t-elle en levant sa cravache. Avance, Rosy !

Le cheval se cabra ; l'amazone laissa filer les rênes, Franz aperçut le rouge de ses bottes et ferma les yeux. Il y eut un cri bref, un terrible bruit, un souffle bruyant, un nuage de neige... Quand il osa regarder, l'amazone était passée. Lancée au grand galop, elle disparaissait dans la brume ensoleillée.

— Pas un regard pour moi, gémit-il, et je ne l'ai pas vue !

L'allée était déserte. De la cavalière évanouie et de son cheval bai, il ne restait que la terre piétinée, des trouées noires dans la neige, et l'herbe crissante de l'hiver. En un éclair honteux, le jeune homme songea aux guerres qui ravageaient les montagnes lointaines, en Bosnie, et qui laissaient aussi des traces sur le blanc de l'hiver, des taches rouges comme les bottes de l'Impératrice.

Ida s'était postée dans l'arrondi du carrefour, en plein bois. Quand elle aperçut le cabriolet laqué de noir, l'amazone arrêta son cheval, et se pencha vers la vitre ouverte.

— Tu as vu ? cria-t-elle. Il était là !

— Vous avez même failli le tuer ! murmura Ida toute blême.

— J'avais raison, fit la jeune femme à mi-voix. Il est venu...

— Car vous l'attendiez ? s'écria Ida.

— Il est brave, répliqua la jeune femme en brandissant sa cravache. J'aime !

Et elle repartit au galop dans un envol furieux. Ida crut entendre qu'elle lui criait de loin : « A tout à l'heure », mais avec elle, on ne savait jamais.

❖

Le lendemain, Franz se leva avec le soleil, et bien avant l'ouverture des ministères s'en fut rôder autour de la Hofburg aux mille portes. La grande masse obscure n'en finissait pas de dormir, malgré l'agitation retenue des fournisseurs et des soldats, qui allaient et venaient en se frottant les mains pour se réchauffer. Les premières lueurs du jour illuminaient l'or des armoiries impériales, mais même si l'on savait leurs majestés levées avec l'aube, l'Empire n'était pas encore éveillé. Franz non plus ; il n'avait pas l'habitude.

Le premier jour, il attendit une heure devant un piquet de garde ; il vit sortir plusieurs voitures, dont deux fort sombres avec les armoiries, et le cœur lui battit, en vain : pas de femme. Le deuxième jour il changea de porte, il faisait toujours aussi froid, et de nombreuses carrioles entrèrent dans le palais, chargées de tonneaux, ou bâchées, des livraisons. Aucun véhicule officiel n'en sortit. Le troisième jour, à la troisième porte, le vent soufflait à travers les bourrasques de neige, et le ciel bas tombait sur la ville ; Franz aperçut vaguement les confuses silhouettes de gros messieurs en fourrures, et toujours pas de femme. Ce jour-là il décida de se renseigner, mine de rien ; le premier soldat de garde l'envoya promener, le deuxième accepta du tabac, et parla : l'Impératrice sortait toujours dans un cabriolet sans armoiries, entièrement noir, et passait par la porte la moins majestueuse.

— Elle ne veut surtout pas qu'on l'embête, ricana le soldat en bourrant sa pipe. Mais si tu veux absolument la voir, camarade, tu ferais mieux de te poster un peu plus loin, devant la pâtisserie Demel. Tu auras ta chance. *Servus*, mon vieux ! Et pour le tabac, hein, merci !

Demel était à deux pas de la Hofburg, Demel ouvrait tard, et pendant trois jours Franz s'était levé tôt pour rien.

Il alla donc travailler comme à l'ordinaire, en attendant la fin de l'après-midi.

❖

Au ministère des Affaires étrangères, communément baptisé « Ballhausplatz » en raison de la place où se dressait le bâtiment, on s'inquiétait des résultats de la visite de l'Empereur à Saint-Pétersbourg ; c'était une idée du ministre, le Hongrois Andrassy, qui voulait à tout prix resserrer les liens entre le Tsar et l'Empereur. Officiellement, les souverains devaient « traiter de la question d'Orient », c'est-à-dire débattre du partage des dépouilles de la Sublime Porte, cet Empire ottoman devenu en langue diplomatique « l'homme malade » de l'Europe.

Officieusement — c'était dans les bureaux un secret de Polichinelle —, l'Empereur voulait surtout s'assurer de la neutralité de la Russie. Car les généraux autrichiens, du moins les plus durs, envisageaient sérieusement une intervention militaire dans les Balkans, en Bosnie et en Herzégovine. Le ministre Andrassy était contre, la Cour était pour, et l'Empereur hésitait.

Les Slaves du Sud, des chrétiens, commençaient à se rebeller contre les nobles musulmans, dont la dure tutelle semblait avoir fait son temps. Dans les couloirs, certains jeunes diplomates un peu trop zélés parlaient avec componction des « raïas » — les chrétiens —, de la « robote » — nouvel impôt terrien —, de la « tretina » — l'impôt en fruits et légumes —, sans oublier les vieux impôts, qui dataient de la splendeur de la Sublime Porte, le « harac », pour exemption du service militaire, le « vergui », impôt immobilier, le « décime », sur les céréales... Les malheureux chrétiens de Bosnie et d'Herzégovine avaient grand besoin d'assistance.

Mais, s'ils les prononçaient avec la délectation de gens bien informés, les termes ottomans écorchaient la bouche des diplomates du ministère ; à Vienne, on n'oubliait pas les anciennes menaces des invasions turques, et la

Sublime Porte suscitait toujours les vieilles émotions, des souvenirs de sièges et de batailles.

Secourir les chrétiens opprimés devenait un devoir européen. Le ministre Andrassy le répétait souvent, non sans rappeler toutefois que le plus grand danger serait de les voir constituer un État slave autonome aux marches de l'Empire : tout devait être fait pour favoriser des négociations pacifiques. Néanmoins, depuis l'année passée, on préparait l'opinion à une opération d'envergure.

Les jeunes diplomates s'essayaient donc à répéter en serbe un proverbe qui, à les entendre, résumait le pourquoi de la situation : « *Krscaninu suda nema* », pour le chrétien, pas de justice. La compassion pour les malheureux Slaves du Sud, le respect infini qu'on montrait brusquement pour le courage des Yougo-Slaves, l'admiration pour la « Zadruga », cette association patriarcale agricole, bref, cette subite flambée serbophile emplissait si fortement les cœurs diplomatiques qu'à la section administrative, où travaillaient les rédacteurs Taschnik et Strummacher, on n'avait aucun doute sur la réalité.

Le ministre Andrassy n'était peut-être pas l'auteur du projet d'intervention en Bosnie ; l'idée venait peut-être bien de la Cour. Mais le ministre aurait beau résister, il ne tiendrait pas longtemps. Bientôt, on aurait une autre guerre. D'autant que d'importants investissements dans de nouvelles lignes de chemins de fer à travers les Balkans rendaient l'intervention inévitable.

— J'ai entendu le chef de section parler d'une organisation secrète de propagande slave, chuchota Willy d'un air sombre. Et de nouveaux réfugiés bosniaques viennent encore d'arriver dans la capitale. Tu vois ! On n'y coupera pas.

Franz écoutait d'une oreille distraite, et noircissait du papier sur le budget des personnels en songeant qu'il se faisait tard, et qu'il allait manquer son rendez-vous secret avec l'Impératrice, devant la pâtisserie Demel.

— L'Empereur veut sa guerre, il l'aura..., continua Willy tout bas. Tu ne m'écoutes pas, Franzi !

❖

Ce n'était pas un jour favorable aux conversations politiques. Franz attendit fébrilement la fermeture des bureaux.

Il avait résolu de monter la garde devant les vitrines vert bouteille de l'illustre pâtissier. La neige n'avait pas cessé ; les clients, le nez baissé, entraient et sortaient sans s'attarder, le cabriolet ne vint pas, et c'était le quatrième jour. Le soir était tombé depuis longtemps, et les lumières de la nuit luisaient faiblement sur le sol boueux. On baissait déjà le lourd rideau de fer lorsqu'il entendit le bruit étouffé des sabots.

Le cabriolet noir venait de s'arrêter un peu plus loin. Franz se précipita contre la voiture, et la vit à travers la vitre. Chapeautée de taupé gris, le menton enfoui dans une fourrure immaculée, le visage sérieux, les lèvres invisibles, c'était Elisabeth, presque semblable à ses portraits, plus pâle encore, transparente. A la voir ainsi de tout près, si simple et si vulnérable, Franz se mit à trembler de tous ses membres, et d'un geste craintif se découvrit.

Elle le regarda comme s'il n'existait pas, leva sa main gantée et lui fit un signe de la main, un petit signe routinier comme toujours en public. Puis elle baissa le rideau devant la vitre, et disparut. Le cabriolet repartit aussitôt, et Franz crut voir le rideau arrière se relever, et une main effacer le givre sur le carreau.

Elle n'avait rien montré, rien trahi. C'était l'Impératrice dans un de ses bons jours, assez pour un geste officiel et un regard distant. De rage, Franz jeta son chapeau sur le trottoir. Ce n'était pas, ce ne pouvait pas être la Gabrielle du bal de la Redoute.

❖

— Eh bien, tu en as une mine, s'écria Willibald en voyant son ami entrer au café Landtmann. Viens donc par ici... Nous n'avons pas bavardé depuis ce fameux bal. Tu arrives tard au ministère, tu te moques du voyage impérial en Russie comme de ta première chemise... Ma parole, ajouta-t-il en le dévisageant, tu as les traits tirés, toi.

— Je suis fatigué, maugréa Franz. C'est cet hiver qui n'en finit pas.

— Ouais, ronchonna Willibald. Et le domino jaune. Quand je pense que les Turcs massacrent les pauvres raïas de Bosnie ! Et pendant ce temps-là, toi, un bon Autrichien, tu t'entiches d'une coquette avec qui tu n'as même pas couché !

Franz se terra dans un coin de la banquette, sans un mot.

— Tu ne sais toujours pas qui elle est, n'est-ce pas ? Elle n'a rien dit, c'est clair...

— Non ! Enfin, si..., s'écria Franz exaspéré.

— Attends un peu... Que veut dire « enfin, si » ? A-t-elle craché le morceau, oui ou non ?

— Je ne peux rien dire, murmura Franz. C'est un secret.

— Ah ! fit Willibald gravement. C'est donc qu'elle a causé.

— Elle, non ! Mais Ida... Tu ne vas pas me croire, fit le jeune homme découragé.

— Garçon, un café arrosé pour M. Taschnik, et un ballon de blanc ! cria vivement Willibald en hélant un serveur. Et ne lésinez pas sur le cognac !

— Tout de suite, monsieur Strummacher.

Le garçon trottina sans se presser jusqu'à l'office. Lorsque le café arrosé arriva sur la table, le gros Strummacher tapota l'épaule de son compagnon et commença à siroter son vin blanc.

— Tu vas m'avaler cela, petit. Alors, qu'est-ce qu'elle a lâché, la belle Ida ?

— Elle lui a donné son titre..., soupira Franz.

— Laisse-moi deviner. Comtesse ? Trop banal. Baronne ? Duchesse ? Non ? Archiduchesse ? Pas même ? Eh bien, quoi, alors ? Avoue !

— Votre Majesté, chuchota Franz en baissant la tête.

De saisissement, Willibald renversa son ballon de vin blanc.

— As-tu fini tes plaisanteries ? gronda-t-il tout bas. L'Impératrice ? Allons donc ! Imbécile !

— Je viens de m'en apercevoir, fit le jeune homme penaud. D'abord, j'ai été au Prater, je l'ai vue sur son cheval, elle a failli me renverser... A peine si je l'ai aperçue, je fermais les yeux ! J'ai vu ses bottes. Écarlates.

— C'est un début, ricana Willibald. Je parie qu'après tu t'es arrangé pour la croiser dans son cabriolet...

— Exact. Et je viens de la voir de tout près. Elle est belle comme du marbre ! Mais ce n'est pas la femme au domino jaune. L'Impératrice a les yeux sombres, presque noirs ; et l'autre un regard doré, un peu comme un oiseau de proie... Et puis elle m'aurait souri !

— Parce que tu t'es imaginé.... C'est trop fort ! s'exclama Willibald avec un grand rire. Remarque, moi aussi, pendant trois minutes, j'ai eu cette idée. Mais ça ne collait pas. Trop familière. Et puis trop gentille. Trop bavarde. Trop... Enfin !

— Pourtant, cette taille, balbutia Franz, cette distinction...

— La taille ? Je n'ai pas dansé avec elle. Mais je te trouve trois donzelles de mes amies qui auront une taille à tenir dans mes deux mains !

— Mais l'éventail. L'éventail sans armoiries... Et Bad Ischl, supplia Franz au bord des larmes, est-ce que le domino jaune ne m'a pas parlé de Bad Ischl ?

— La station la plus mondaine de l'Empire ! La belle preuve ! ironisa Willibald. Ma parole, tu es amoureux !

— Oui, murmura Franz. D'un fantôme.

— Avale ton café pendant qu'il est chaud. Veux-tu que je te dise ? Tu aimes une si-mu-la-trice.

— Tu crois ? implora Franz. Mais cependant... La façon de poser la tête, c'était bien...

— Jeune abruti ! tonna Willibald. Imagine un instant — seulement par hypothèse, hein ? — que ton domino soit l'Impératrice. Tu serais dans de beaux draps !

Le jeune homme se tassa légèrement, et ferma les

yeux. Willibald lui tapa gentiment sur l'épaule, et commanda une bière. Franz se rongeait les ongles.

— Et pourquoi l'autre l'aurait-elle appelée Votre Majesté ? s'écria-t-il subitement. Ah ! Tu vois ! Tu es troublé.

— Mais sans doute pour te moquer, répliqua Willibald après un long silence. Elles s'étaient donné le mot. Avec des farceuses de ce genre !

— C'est ce qu'elles ont dit, soupira Franz. Je me suis fait duper comme un collégien.

— Te voilà raisonnable, fit Willibald. Le mieux, crois-moi, c'est d'oublier. Tu mérites mieux, même pour la bagatelle. Ces poulettes-là sentaient le faisandé.

— Mais non ! cria Franz. Elle cite du Heine !

— Et alors ?

— Alors l'Impératrice raffole aussi de ce poète, murmura Franz en tortillant sa veste. Et les filles faciles ne le citeraient pas !

— Quelle idée, conclut Willibald. L'idée la plus stupide que j'ai jamais entendue. Un poète, un Juif par-dessus le marché, comme preuve d'identité d'une morue ! Tu ferais mieux de moins t'occuper de cette catin, et un peu plus du sort des chrétiens dans les Balkans...

❖

L'Impératrice laissa aller son dos contre le dossier du cabriolet, la main sur le cœur.

« J'ai failli sourire, songea-t-elle en regardant ses doigts tremblants. Une seconde de plus, et je lui souriais ! Quel effort... Le regard surtout... »

Elle se redressa, défit ses gants blancs, et tortura nerveusement son alliance. Chaque fois qu'elle voulait se promener à pied, la foule s'agglutinait autour d'elle. De tous côtés accouraient les passants, les dames avec de petits cris ravis, les enfants que l'on poussait pour qu'ils soient au premier rang, avec l'espoir qu'ils recevraient un bonbon, un baiser, un souvenir pour plus tard, en un instant le mal était fait. Une nuée de rapaces à l'œil vif, avec des clameurs perçantes, des oiseaux ou des chiens, aboyant autour de l'étang où se mourait le cerf, elle, la proie, vaincue.

La dernière fois, c'était sur le Graben, sa dame d'honneur, la comtesse Marie, avait failli tomber, et elle, muette, pâle, s'efforçait de sourire sans desserrer les dents, tendait sa main gantée, murmurait « pardon, laissez-moi passer, pardon »... La comtesse Marie criait : « Vous étouffez l'Impératrice ! Place ! » Mais rien n'y faisait, ils arrivaient toujours, ils l'acclamaient, ils étaient des milliers. « Au secours ! » avait crié la comtesse en vain...

La police n'avait pas réussi à l'approcher. Elles s'en étaient sorties par miracle. Et de ce cauchemar restait le souvenir des milliers de prunelles vivantes, avides de lui voler son image. Comme les yeux du jeune homme du Bal de la Redoute. S'il avait collé son regard sur la vitre...

L'hôpital de Munich. C'était aussi l'année d'avant. Le choléra avait gagné la capitale de la Bavière, brusquement elle avait senti monter la pulsion familiale, elle irait visiter les malades, il le fallait. Sa passion du danger, son goût de la souffrance humaine l'emportaient toujours sur la raison ; rien ne put la dissuader. Un mourant lui avait tendu la main, elle l'avait prise, sous l'œil inquiet des médecins. Elle s'était assise à son chevet, lui avait dit de bonnes et vaines paroles. « Je vais bientôt mourir », avait-il répondu avec une adoration angoissée. Il avait souri, d'un hideux sourire sec qui découvrait les dents, il l'avait regardée comme la Madone ou la mort. Et c'était ce regard qu'elle redoutait. Collé sur la vitre.

En rentrant, elle avait retiré ses gants, qu'on avait brûlés. Le malade s'était éteint le soir même. Toute la Bavière s'était émerveillée de sa charité chrétienne ; mais Vienne n'avait rien remarqué. Et elle frissonnait de peur et de joie au souvenir de l'agonie, un instant de plus, elle aurait entendu le dernier soupir...

« Mon cœur bat trop fort, songea-t-elle en posant la main sur sa poitrine. Depuis quand ne l'ai-je pas senti vivre ainsi ? C'est bien loin... Ce petit Franz de rien du tout m'excite autant que mon cheval ! »

— Il faut que j'en parle avec Ida, murmura-t-elle. Si je ne trouve pas quelque chose, ce jeune fou finira par me faire sortir du bois.

3

LES LETTRES DE GABRIELLE

Mon âme soupire, elle exulte, elle pleure
Elle était cette nuit réunie à la tienne
... Et satisfaite, elle frissonne, elle tremble encore.

Elisabeth

— Non, madame, non ! s'écria Ida. Ne me demandez pas d'approuver cette idée. Une lettre de vous, à ce petit fonctionnaire !

— Je déguiserai mon écriture, murmura la jeune femme embarrassée. Essaie de comprendre... C'est la seule façon. Je signerai Gabrielle, la lettre viendra de loin, je brouillerai les pistes, il sera bien obligé d'admettre que le domino jaune n'était pas... Enfin, tu vois.

— Je vois surtout que vous brûlez du désir de lui écrire ! s'exclama Ida. Vous qui prétendez mépriser tous les hommes ! Je ne vous reconnais plus.

— C'est un enfant. Il n'est pas corrompu...

— Qu'en savez-vous ? coupa la comtesse sèchement. Parce qu'il vous épie au Prater, qu'il vous pourchasse dans les rues de Vienne, vous le trouvez déjà fidèle ? C'est aller un peu vite !

— Justement. Je veux l'éprouver.

— Ridicule ! En plein dix-neuvième siècle ! A l'époque des trains et des machines à vapeur ! Vous avez des sentiments de grisette !

Ida arpentait la chambre à grands pas, sans contenir son irritation.

— Arrête de t'agiter, murmura l'Impératrice. Tu es jalouse.

— Jalouse, moi ? fit Ida avec un petit rire. Décidément...

— Décidément, je lui écris. D'ailleurs je le lui ai promis.

— Il n'avait rien demandé !

— Mais je tiens toujours mes promesses, tu sais bien, répondit-elle en lui souriant.

— Votre Majesté pense qu'elle a enfin rencontré l'âme sœur. Son troubadour...

— Mais non ! Ce n'est qu'un jeu...

— C'est bien ce que je dis, conclut Ida d'un ton sans réplique. Et d'où partira cette lettre ? Pas de Vienne, tout de même ?

— Ma sœur part demain pour Munich. Pour une première lettre, c'est juste ce qu'il me faut.

Ida leva les yeux au ciel et joignit les mains.

— Te voilà encore en prières, ironisa la jeune femme.

Elle n'avait jamais écrit de lettre d'amour.

Quand l'Autre avait jeté sur elle son dévolu, si vite, en quelques heures, elle n'avait pas seize ans. Il avait fallu répondre au débotté, la mère et la tante étaient là autour d'elle, accepte, dis oui, elles ne la lâchaient plus, elles la raisonnaient jusqu'à l'argument suprême : on ne refuse pas l'Empereur d'Autriche. Combien de temps pour accepter François-Joseph pour époux ? Pressées, les deux sœurs, l'archiduchesse et la duchesse, l'une avec son ton cassant et ses airs hautains, l'autre avec ses mines suppliantes. Elle s'était tapie au fond d'un canapé, les jambes repliées, elle s'était bouché les oreilles pour ne plus les entendre, c'était en août, il faisait chaud, un bourdon cognait contre une vitre et c'était lui qu'elle écoutait, l'insecte velouté volant éperdument et qui semblait lui dire en zigzaguant : « *Sissi Sie müssen es sagen, Sie müssen es sagen Sissi...* » Elle avait crié « Non ! », et s'était caché le visage avec les mains. Puis, dans le silence, elle avait écarté les doigts et vu l'œil coléreux de sa mère, un regard inconnu, terrible, la sentence tombait, « On ne refuse pas l'Empereur d'Autriche ». A peine dix minutes pour accepter un inconnu dans son lit.

Tout s'était joué la veille à Bad Ischl, alors même qu'on allait fiancer sa sœur Hélène à ce jeune homme tout-puissant qui, brusquement, en avait décidé autrement. Il n'en revenait pas, l'Empereur, il était amoureux. Cela l'avait pris par surprise, au point qu'il avait tenu tête à sa mère l'archiduchesse ; et de cela non plus, il ne revenait pas. Pour lui la chose était réglée, conclue, indiscutable. A aucun moment il ne s'était demandé ce qu'elle avait en tête, elle. L'intéressée.

Et chaque fois qu'elle y pensait, lui revenait le souvenir absurde des géraniums aux fenêtres, du bourdon zigzaguant et des valses qu'elle entendait sur le bord de l'Ischl. Elle avait dit oui. Le moyen de faire autrement... L'instant d'après c'était trop tard, *Augenblick*, le temps d'un martin-pêcheur sur le lac, un éclair bleu. Avait-elle dit ce « oui » qui avait brisé sa vie ? Au vrai, elle ne se le rappelait pas. Elle avait hoché la tête, pressé sa poitrine, suffoqué, versé trois larmes d'émotion, baissé les yeux, et sa mère l'avait embrassée, c'était fait. C'est alors qu'elle avait balbutié ces mots qui avaient attendri l'Autriche entière : « Si seulement il n'était pas Empereur. »

C'est alors aussi qu'elle avait recouvré ses esprits. Alors seulement. Dans sa tête grouillaient par milliers des peurs qui ne l'avaient jamais quittée, comment vit une Impératrice, est-ce que je serai un peu libre, et, confuse, immense, l'angoisse de ne pas l'aimer, lui. On se force, disait sa mère. D'ailleurs ce n'est pas de saison. Est-ce que j'aimais ton père, moi ? Non. Dans nos familles, on ne pose pas la question de l'amour ; et ce qu'on regarde, ma fille, c'est l'alliance. Entre une simple duchesse, pas même très authentique, et un Habsbourg, l'alliance ne se discute pas. C'est plus qu'une chance, mon enfant, c'est un destin, une élection. Une Assomption !

Mais sa bouche sur la mienne, avait pensé la petite au désespoir, sa peau, et la nuit surtout, la nuit dénudée... Rien à faire. Dès le lendemain, c'était officiel : Sissi aimait Franzi. Il l'avait prise par la main, conduite devant le prêtre dans la grande église de Bad Ischl, et quand ils étaient sortis, par la porte baroque de briques rousses et de marbre blanc, sous l'écusson armorié à l'aigle noir et double des Habsbourg, il avait présenté sa fiancée à son peuple.

Pour la première fois, elle avait entendu ces hurlements de fauves, et qu'on disait de joie. Prisonnière.

Le jeune Empereur amoureux était reparti, puis revenu, ému comme un lieutenant. Entre-temps il avait fallu lui écrire des lettres sages, qu'on relisait dans son dos avant de les envoyer. Plus tard, bien sûr, pendant la guerre, il était sur le front d'Italie, la défaite de Solférino menaçait, elle avait écrit. Mais pour exprimer l'angoisse, elle n'avait trouvé qu'un seul mot d'amour, toujours le même, un faux-semblant : « M'aimes-tu ? »

— En pleine guerre ! A un soldat qui se bat ! Tu es un monstre ! cria-t-elle à son miroir. Et il me répondait oui, ton petit homme, ton tout petit ! Ha ! Pauvre cher vieux Franzi.

Et depuis lors ? Trop dangereux. Personne. Pour la première fois de sa vie, elle était libre d'écrire une lettre d'amour. Libre au point de ne savoir qu'en faire.

— A trente-six ans ! s'écria-t-elle avec désespoir. Je n'y arriverai jamais.

Pourtant elle avait aimé, une fois, à quatorze ans. Elle avait connu l'obsession d'un prénom, la traque d'une odeur sur une écharpe qu'elle avait volée, presque par hasard, et les journées rivées à l'emploi du temps, au hasard des rencontres, en cachette, en public, à chaque instant. Il s'appelait Richard, il était comte, et puis il était mort de phtisie. Sa mère avait compris avant elle l'idylle entre l'écuyer et sa fille, et il n'était pas de son rang. Exilé, il avait très vite dépéri. Il avait à peu près l'âge de ce jeune homme.

Elle avait écrit un poème un peu gauche à sa mémoire. Mais de son vivant, pas de lettre.

« Voyons, songea-t-elle posément. Il faut d'abord comprendre ses sentiments. Jusqu'ici je ne me suis pas trompée : sans nous être rien dit, nous avions rendez-vous au Prater. Il m'aime. Et comment m'aime-t-il ? Ce n'est pas un désir vulgaire, oh ! non ! Cet enfant est un poète. Que suis-je pour lui ? Une femme idéale. Une voix derrière un éventail, une âme... Voilà. Une âme avant tout. Je crois que j'ai trouvé. »

Elle s'assit devant un secrétaire et commença à rédiger, d'une grande écriture bleue aux jambages hâtifs. D'un seul trait.

« Mon cher petit, je ne vous attendais pas dans ma pauvre vie d'exilée, et vous non plus, sans doute. Nous avons été pris par surprise dans un tourbillon imprévu, et nos âmes se sont rencontrées. Vos aventures vous ont amusé, vous me l'avez dit, mais jamais vous n'aviez trouvé à qui parler cœur à cœur. Quant à moi, vous aviez raison ; la vie m'a traversée sans m'atteindre, malgré les malheurs, les fuites éperdues, et vous m'avez touchée. Mais nous sommes condamnés à nous perdre... Et ce mirage étincelant demeurera inaccessible. Je vous écris de Munich, puisque je vous l'avais promis. Je ne peux vous revoir, mais vous pouvez m'écrire poste restante, dans cette ville où je réside pour un temps. »

Et d'un geste elle signa Gabrielle.

❖

Après le café arrosé, Franz avait accepté une bière. A titre exceptionnel. Puis une autre. Puis une troisième, une bière d'orge de Bavière. Le Landtmann s'était vidé. Pressé de rentrer chez lui, ou d'aller courir la gueuse selon ses habitudes, Willibald l'avait abandonné et les serveurs avaient éteint une lampe, puis une autre ; enfin, le maître d'hôtel s'était approché du jeune homme, et lui avait tapé sur l'épaule. « On ferme, monsieur », avait-il dit poliment. Franz s'était levé en titubant un peu, en gueulant un « *Servus !* » aviné.

Du café, on apercevait au loin la masse sombre de la Hofburg. Trois fenêtres fauves dans le noir. Et le silence. Où dormait-elle ? Et si soudain elle passait en ombre chinoise, avec son cou élancé et les célèbres nattes en couronne ? Ou ses cheveux entièrement défaits, et les bras nus ? Elle écarterait le store de dentelles, ploierait la tête et regarderait la neige dans la rue, elle le verrait, à genoux et transi, elle ouvrirait la fenêtre et lui crierait : « Vous êtes un enfant ! Montez. »

Il zigzagua jusqu'au palais, et se posta sous les fenêtres de la Burg. Une seule restait éclairée.

Il siffla dans ses doigts, rien ne bougea. Il éleva la voix et chanta « Gabrielle ! », elle n'apparut pas. Il était sur le point de risquer un « Sissi » criard, quand un garde apparut, avec une lanterne.

— Interdit de stationner ici ! Décampe ! *Geh !*

— Compris ! Je m'en vais ! fit-il en agitant la main.

— Voyou, grommela le garde en rentrant dans sa loge.

— Cause toujours, éructa Franz dans un hoquet, je reste.

Et dans un mouvement extatique, il se jeta à genoux dans la boue. « Cela devrait suffire..., songea-t-il. Montre-toi... Ouvre donc ! Est-ce que tu ne sens pas que je suis là ? Il paraît que tu n'es pas toi, hein ? Et moi j'en suis sûr. Bien sûr j'ai bu. Et alors ? Quand tu as épousé l'Empereur, on disait que tu aimais la bière. Tu n'es pas Gabrielle ? Prouve-le. Oh ! Tu as fait semblant de ne pas me voir, tu es maligne... Mais moi je suis tenace. Ouvriras-tu ? Je compte : un... S'il te plaît ! Deux... Je sais que tu me vois. »

— Et trois, murmura-t-il en se relevant péniblement. J'ai la tête qui tourne. Encore un pantalon gâté. Et je vais prendre froid.

— Non, fit la jeune femme en déchirant la lettre qu'elle venait d'écrire, non, cela ne va pas. « Mon cher petit... » Il va se croire tout permis. Je me livre trop — je suis imprudente. Et puis il faut quand même lui parler un peu de lui.

Elle reprit une feuille blanche et écrivit posément : « Cher ami. »

— C'est mieux ainsi. Brouillons les pistes... « Vous serez étonné de recevoir mes premières lignes de Munich. » Bien. « Et j'en profite pour vous donner le signe de vie que je vous avais promis. » Parfait !

La plume en main, elle s'arrêta, hésitante.

— Un peu froid... Le cœur battant, il aura guetté chaque matin le courrier. « Avec quelle angoisse, quelles palpitations vous l'avez attendu ! Non, ne niez pas. Je sais comme vous ce que vous ressentez depuis notre fameuse nuit. » « Notre... » Trop familier.

Elle barra le mot « notre », rajouta « cette » et cligna des yeux pour juger l'effet de la rature.

— Cette fameuse nuit... Décidément, non. Il faut recommencer, soupira-t-elle en froissant le second brouillon.

« Mon cher enfant, vous serez étonné de recevoir mes premières lignes de Munich. J'y suis de passage pour quelques heures et j'en profite pour vous donner le signe que je vous avais promis. Je ne vous attendais pas dans ma pauvre vie d'exilée, et vous non plus, je l'ai bien vu. Avez-vous espéré cette lettre ? Je ne sais. Quand j'ai pris votre carte de visite, vous étiez dans le plus profond désespoir. J'imagine vos sentiments ! Les nuits et les jours ont passé, autant d'interminables heures sans espoir, sans réponse, sinon cette lettre qui peut-être ne viendrait jamais... Avec quelle angoisse l'avez-vous attendue ! Ne niez rien. Soyez sans crainte... Nous avons en commun le souvenir d'un bal ; et je sais trop ce que vous ressentez depuis la nuit de notre rencontre. » Elle se relut avec satisfaction.

— Léger, élégant, tendre mais pas trop... murmura-t-elle. Il sera heureux. Mais il n'en était pas à sa première aventure... Il a de l'expérience et je n'en ai pas, moi !

Les mains moites, la tête confuse, elle se sentit menacée par une exquise trahison, un abandon sentimental qui ne lui ressemblait pas. L'excitation la submergea.

« Vous avez parlé, écrivit-elle sans réfléchir, à des milliers de femmes et de jeunes filles ; vous avez cru sans doute vous divertir, mais jamais votre esprit n'a rencontré l'âme sœur. Nous ne pouvons nous tromper l'un l'autre, mon cher petit. Enfin vous avez trouvé, dans un mirage étincelant, ce que vous cherchiez depuis tant d'années... »

— Ah ! Vraiment bien, fit-elle. Le mirage est parfait. Avec un peu de chance, il aura demandé à un Hongrois le sens du délibab, il comprendra.

« ... mais à mesure qu'on s'en approche, le mirage s'évanouit sans retour, et lorsqu'on croit le toucher, c'est pour le perdre à jamais », écrivit-elle en s'appliquant. Plus d'illusions, Gabrielle. Assez ! Signe, et ferme la lettre. Sinon tu ne l'enverras pas.

Et sur le dos de l'enveloppe elle écrivit la mention :

Gabrielle, poste restante, Munich.

Aucun nom propre. Puis, dans un mouvement passionné, elle baisa le papier pour y laisser l'empreinte de ses lèvres.

C'était exactement l'instant où Franz Taschnik, la bouche pâteuse, se laissait tomber sur sa couette en maudissant sa propre sottise.

❖

— Par exemple ! répéta le jeune homme en s'asseyant sur son lit.

Sa mère lui avait tendu l'enveloppe avec un regard mauvais, « Une lettre pour toi, Franzi », puis elle avait commencé à refaire du café, l'air de rien. Et lui, tout bête, contemplait le morceau de papier à l'écriture inconnue, de grands jambages insolents d'une noblesse désinvolte, à l'encre bleue, avec un cachet de Munich.

Il s'était bêtement écrié « Par exemple », sa mère avait levé les yeux, « Je ne te demande pas qui t'écrit de Munich », avait-elle bougonné. Il lui avait sauté au cou, elle s'était débattue, furieuse, la cafetière s'était renversée. « C'est malin ! » avait crié la digne Mme Taschnik. Franz avait déjà disparu dans l'escalier, sa lettre à la main.

Il déchira l'enveloppe sans précaution, courut à la signature, Gabrielle. Il lut à toute allure, chercha le mot « amour », et se jeta sur son oreiller en froissant le papier.

— Rien ! Elle ne m'aime pas ! murmura-t-il. Froide comme Desdémone. J'ai rêvé cette femme.

Puis il défroissa la lettre, bien à plat sur le drap.

— Voyons. Scientifiquement. « Mon cher enfant... » Trop maternel. Mais la suite ! S'imaginer que je suis dans l'angoisse ! Que croit-elle ? Qu'on l'attend ? Qu'on espère ? « Ne le niez pas »... Bien sûr que je vais nier ! Je nie, madame... Et vous croyez savoir ce qui se passe en moi ? Je m'en vais vous le dire, moi : je suis résolu à vous oublier, voilà ! « Des milliers de jeunes filles » — là, elle va fort. Trois ou quatre, peut-être...

Rêveur, il se mit à compter sur ses doigts, « Margrit, Else, Amélie, Margot, Greta.. allez, six, les autres j'ai oublié leur nom ».

— Bon ! fit-il en se relevant. Que dit encore cette folle ? « L'âme sœur »...

Soudain ses yeux furent pleins de larmes. L'âme sœur... C'était gentil, cela. Sa colère tomba d'un coup.

Un instant plus tard, après avoir fermé sa porte à clef, il écrivait furieusement.

« Cher domino jaune, il est vrai que j'ai attendu ta lettre sans trop d'espoir. Songe que je ne connais pas ton visage... Tu es belle, je n'en doute pas, mais comment croire à ta promesse ? Tu avais l'air si effrayée... J'imagine tes craintes, tu écris en cachette, tu n'es pas libre, et déjà tu trouves le courage de prendre pour moi ce risque ! Je ne t'écrirai pas la douceur de mes souvenirs, je sais que tu les connais, peut-être les partages-tu avec moi, au bord des lèvres... Souviens-toi du philtre, il agit ! Mais, belle dame inconnue, chère Gabrielle, peux-tu au moins répondre aux questions de ton adorateur ? »

— C'est trop, murmura-t-il. Admirateur sera mieux.

Et il ratura « adorateur » avec soin, rajouta par-dessus « admirateur », de sorte qu'on pouvait encore lire le premier mot sous le second.

« D'abord, dis-moi si tu penses encore à moi. Si la réponse est oui, je veux savoir quand ; le matin, au lever, quand ta tête charmante laisse voir tes boucles brunes, ou le soir quand tu t'endors... Ensuite, à quoi occupes-tu ton temps ? Comment sont tes chevaux, quelle est la couleur de leur robe ? Es-tu une femme jalouse ? Moi, je dois t'avertir que je suis une sorte d'Othello. Enfin, quand te reverrai-je ? Tu m'as dit que tu quittais Vienne, et je ne t'ai pas crue. Je t'ai cherchée partout, sous les hêtres, au Prater, dans les rues, et parfois j'ai cru t'apercevoir, car sais-tu à qui tu ressembles ? Je ne te le dirai pas, tu te fâcherais. Mais si cette fois tu ne répondais pas, alors, vraiment, je connaîtrais l'angoisse. Alors seulement. Ton serviteur passionné. »

Et il signa lentement. Souligna « alors seulement », et contempla son travail en poussant un gros soupir. Chercha une enveloppe, et n'en trouva pas.

— Une enveloppe ! Vite ! cria-t-il à sa mère en enfilant son pardessus fourré.

— Là, dans le tiroir du buffet, fit Mme Taschnik. Tu as l'air bien pressé, bois donc ton café...

— Garde-le au chaud ! Je reviens ! Je vais juste à la grande poste...

« Tss..., songea sa mère en secouant la tête. Ce n'est pas une femme pour nous, cela. Mauvaise affaire. »

❖

Assise dans son peignoir de satin blanc, la jeune femme écoutait sa lectrice lui lire son courrier pendant qu'on démêlait ses cheveux.

— Il y a encore ceci, Votre Majesté, ajouta Ida en ten-

dant la dernière enveloppe. Peut-être une lettre anonyme.

— Pourquoi, comtesse ?

— Une lettre qui vient de la poste restante, à Munich,
répondit Ida. Ce n'est pas ordinaire. Dois-je l'ouvrir ?

— Non ! cria-t-elle en tournant vivement la tête.

La coiffeuse se mordit les lèvres, et présenta ses excuses. Ce n'était pas sa faute, Sa Majesté avait un peu
bougé, et les cheveux étaient si lourds...

— Vous dites toujours cela, fit-elle avec une moue
enfantine.

— Mais Votre Majesté ne cesse de s'agiter, intervint
Ida.

— Laissez-moi, toutes les deux ! cria-t-elle avec impatience.

Et elle attrapa la lettre. Les deux femmes sortirent lentement, à reculons, comme l'exigeait l'étiquette.

« Quel enfant, songea-t-elle en laissant ses yeux courir
sur le papier, il répond aussitôt ! »

Ida revint sur la pointe des pieds, entrouvrit la porte
et la vit serrer la lettre contre son front.

— C'est encore ce jeune homme, s'écria-t-elle en
s'approchant résolument. Et vous aurez chargé votre
Rustimo, ce pauvre nègre, d'aller chercher les lettres
pour Gabrielle à Munich ?

L'Impératrice se retourna, saisie, et laissa tomber la
lettre.

— C'est ce Franzi du bal de la Redoute ! fit Ida en
ramassant le papier.

— Et quand cela serait ? Tiens, lis donc, curieuse !

— Non, oh ! non ! Je ne veux pas savoir, s'écria Ida.
Vous connaissez mon sentiment sur cette aventure.

— Ida, il est si gentil ! Lis, c'est sans conséquence, tu
vois, poste restante, Munich, et regarde, « cher domino
jaune »... Il ne se doute de rien ! C'est délicieux !

— Allez-vous lui répondre ? demanda la lectrice en
s'adoucissant. J'espère que non !

— Tu ne veux pas lire ? S'il te plaît. Je me sentirai
moins coupable.

— Vous voyez bien, soupira Ida. Allons, je vous obéis.

Ida parcourut la lettre et la lui rendit sans un sourire.

— Combien de temps encore allez-vous vous prêter à ce jeu ?

— N'est-ce pas un être adorable ? dit-elle timidement.

— Ce n'est qu'un jeune homme, murmura Ida entre ses dents. Généralement, vous les fuyez. Et vous détestez les sentiments.

❖

Non, elle n'aimait pas les sentiments.

L'Autre, à Bad Ischl, pendant les fiançailles, débordait de sentiments délicieux. Elle avait accepté sans méfiance ; une fois dans l'intimité, il s'était montré doux, caressant, avec des gestes attentionnés et des expressions touchantes. Point trop de mots ; il en était avare, et se contentait de lui répéter son bonheur, son amour, un peu sottement. Elle s'était même convaincue qu'il la rendrait heureuse, malgré son titre d'Empereur. Jusqu'à l'instant précis où il s'était couché sur elle, de tout son poids, sans crier gare, en marmonnant d'autres mots, rauques, vulgaires, des mots venus de loin, qu'elle connaissait par cœur, qu'elle avait entendus dans les champs en été, qui la faisaient frémir de peur et de plaisir à l'avance — des mots qui la firent hurler de souffrance, comme une bête.

Jusqu'au moment où il avait roulé sur le côté avec un affreux soupir satisfait. Le coup était parti. A cela seul servaient les sentiments. Ceux de sa mère et de sa tante. Ceux de son mari, ceux de ses soupirants. Toute la solennité du cœur pour dissimuler le viol. Les roucoulades des galants, les tendres élans des femmes, et les chansons d'amour, ah, le fonds de Vienne, les « Tu m'aimes vraiment ? », les « Je suis à toi », les « Dis-moi encore », cette glu des mots menteurs, elle l'avait déchiffrée sur les lèvres des filles, dans le regard des hommes, et désormais, elle savait. La comédie des sentiments brisait le désir et la vie. Ida avait raison : pourquoi faire exception pour un jeune homme inconnu ?

N'était-il pas tombé dans le piège du bel amour ? Ne

s'était-il pas embourbé à la fin, comme les autres ? Qu'avait-il de si particulier, pour le protéger de son secret dégoût ? Sa beauté ? Oh ! non ! L'Autre aussi était beau, le plus bel homme de l'Empire, l'incarnation de la jeunesse. Ce Franzi du bal de la Redoute, c'était autre chose. Naïf, frais, innocent, direct — voilà, c'était exactement le mot, direct, sans falbala. Surtout, il avait disparu de sa vue, l'ingénu ; entre elle et lui, il acceptait ce lien d'absence, ces lettres de Munich, ces mots de nulle part, ce dénuement. Il consentait.

Pour un Viennois, c'était extravagant ; les Autrichiens n'étaient pas friands de ces délicatesses. Les Autrichiens adoraient le velours pour le cœur, et se vautraient dans la brutalité. Les putains dans les rues de Vienne, les fillettes vendues dans les taudis, elle en connaissait l'existence. En tendant l'oreille, elle avait entendu les adresses, les rires, ce trafic où la noble Vénus avait roulé sur les trottoirs de la ville, jusqu'à accoucher d'un mot qui revenait sans cesse, « vénérienne ».

Vénérienne, la maladie mortelle, au galop, de soldat en prostituée, de bourgeois en servante, dans les bals, les hôtels, les palais, les trottoirs, au galop de lingères en fleuristes, en chanteuses, au galop jusqu'aux comtesses que la Cour appelait « hygiéniques », et qui en le déniaisant sur ordre de sa mère l'avaient infecté, Lui, l'Empereur. Vénériennes, les gâteries des sentiments, jusqu'au matin où l'on découvre une plaie sur les lèvres secrètes, le pus suinte, on a seize ans, on ne sait rien, on a la pourriture dans le corps, elle s'est appelée amour fou avant de recevoir son vrai nom... Le chancre, la vérole.

Traitement au mercure. Pommades qui laissent la peau noire. Enveloppements dans des linges trop chauds, pour bien suer. Tisanes infâmes, remèdes de bonne femme, pimprenelle, germandrée, salsepareille pour saliver, plusieurs litres par jour, on disait que le mal s'en allait avec le jus de la bouche... Migraines, nausées, malaises. Un monde d'humeurs troubles et d'odeurs médicales. Secrets, les soins ; secret, le mal impérial. Il n'existe pas. Personne ne sait d'où il vient ;

il a fureté dans Vienne, il est passé par ici, il est entré par la fenêtre, dans le trou innocent et honteux, venu de nulle part pour tuer l'amour. Et la Cour qui guette, qui ragote, qui surveille... La tête vertigineuse, le pas lourd, le sexe purulent, on a seize ans, on ne pardonne pas. L'Empereur n'est pas coupable ; l'Empereur a le corps sacré. L'Empereur n'a pas à répondre de ses péchés de jeunesse.

Les médecins avaient eu un comportement hygiénique ; d'ailleurs elle guérirait vite, sans aucune séquelle, ils en étaient certains. A moins que la terrible maladie ne revînt quelques années plus tard, savait-on ? Car la syphilis secondaire n'apparaissait qu'après deux ou trois ans, avec la roséole et l'affreux sarcome de Kaposi, les taches noires sur la peau ; quant à la syphilis tertiaire, elle se dissimulait pendant douze ans, et frappait d'un seul coup, en quelques jours. Tumeur qui rongeait le visage, montait au cerveau, et la mort. Elle s'était sentie condamnée.

Perdue pour perdue, elle s'était vengée d'eux, elle s'était rendue plus malade encore. Elle avait appris à tousser. Plus rien ne la pénétrerait ; elle ne mangea plus. Elle découvrit le charme du s'évanouir, et le ravissement du dernier instant, avant le gouffre obscur. Elle savoura l'inquiétude et les rumeurs, l'angoisse des siens, l'ombre de la mort, toute proche. Par deux fois, on l'avait déclarée tuberculeuse ; ses jours étaient officiellement comptés. Refuse-t-on la liberté à une femme qui va mourir ?

Elle avait obtenu, deux fois de suite, des vacances à Madère. Aussitôt, elle était revenue à la vie ; mais quand on l'avait forcée à revenir à Vienne, dès que l'Autre était entré dans sa chambre, elle s'était remise à tousser. Dix ans de lutte entre son corps, Vienne et lui.

— Vous ne répondez pas, fit Ida. A quoi pensez-vous donc ?

— C'est vrai, je n'aime pas les sentiments, répondit-elle. Mais ce jeune homme n'est pas habituel.

— Un Viennois ! Tout ce que vous refusez au monde ! Avez-vous oublié le passé ?

❖

A vingt-six ans exactement, elle avait gagné sa guerre. L'ennemi avait envoyé des émissaires à Madère, en vain ; il avait fini par se rendre en personne, et avait tout concédé, le renvoi des dames d'honneur autrichiennes, le droit de voir ses enfants, l'indépendance. La porte conjugale fermée à double tour. A ce prix seulement elle avait accepté de reprendre sa place auprès de l'époux vaincu, et de rester en vie. La victoire l'avait embellie. L'ennemi dut se contenter de négocier pied à pied l'entrée dans une chambre qui n'était plus à lui désormais, mais à elle. Sans rien connaître de ces combats, Vienne avait flairé la défaite de son Empereur ; la ville, qui avait adoré la petite fiancée bavaroise, et qui avait prié pour la jeune Impératrice à l'agonie, la ville se mit à la rejeter lorsqu'elle devint femme.

Les rues de Vienne sentaient l'amour à plein nez ; elle n'avait guéri que plus tard, lorsque dans sa vie avait surgi, intacte, sauvage comme elle, sa Hongrie bien-aimée. Cet amour la protégeait de tous les autres.

Il avait commencé au premier jour, dès qu'elle avait aperçu les chevaux libres, et les plaines. L'Autriche redoutait les Hongrois, trop rebelles ; l'Autriche, c'était la force pompeuse. La Hongrie, c'était le panache, la folie ; c'était la simplicité, le sourire, quelque chose de naïf et de frais, tout à fait comme le jeune homme du bal. Partout, les Hongrois l'avaient accueillie en lui faisant fête ; curieusement, ils ne l'avaient pas étouffée. Les regards hardis, les genoux pliés, les hurlements affectueux ne l'avaient pas effrayée, non, au contraire elle s'était sentie en famille. L'Autriche, c'était l'ordre et l'étiquette, l'armée, l'atroce Radetzky, le triomphe de la répression politique ; c'était le cerveau des guerres sanglantes, celui des défaites inutiles, Solférino, Sadowa, ces charniers. L'Autriche avait écrasé la Hongrie ; en fallait-il davantage pour qu'elle s'y ralliât sans hésiter ?

La Hongrie vivait dans un charmant désordre qui lui rappelait son enfance aux pieds nus. En Hongrie, elle avait dansé sans façon ; les nobles magyars l'avaient traitée en cousine. Et lorsque par dizaines ils étaient tombés dans le sentimental, ils en avaient fait le bien le plus précieux, une sorte d'amour courtois, à l'ancienne ; elle était devenue leur Dame, ils s'étaient faits troubadours, sans jamais troubler le lac profond, le charme exquis de la distance.

Ils avaient là-bas un mot étrange, qui faisait le bruit d'une bille roulant sur le sol, « Délibab » ; ils avaient aussi là-bas ce phénomène extravagant, propre aux déserts, un coup d'Orient, de surprenants mirages au loin dans la puszta, et c'était précisément cela le « délibab ». L'air tremblait, ridé comme l'eau d'un étang par le jet d'une pierre, l'air vibrait. On pouvait y voir apparaître un village, un château, les rêves. Là-bas, elle était au cœur du Délibab.

Elle avait tant aimé Buda qu'au deuxième voyage elle y avait perdu un enfant, en quelques heures. La petite Sophie, sa fille aînée, s'était éteinte en suffoquant, comme s'il fallait payer d'une vie le prix de cette passion insensée. A Buda, elle avait connu la douleur, et s'était d'un coup transformée en adulte précoce, soupçonneuse, à jamais distante. Et quand elle retrouvait les lieux de la souffrance, elle reconnaissait ce goût qui ne la quittait plus, celui du mourir vite, de la flamme soufflée, le risque absolu, le danger — l'absence.

Elle-même s'était étonnée d'avoir appris aisément la langue des Hongrois, alors qu'elle n'était pas parvenue à parler l'italien, le français, le tchèque. Mais le hongrois ! Parce qu'il était opaque, elle s'y était jetée à corps perdu ; au point de ne plus parler que cette langue, comme un code secret, interdit aux Viennois, et que l'Autre prononçait avec difficulté. Dans les commencements de son impériale éducation, sans doute par mégarde, on lui avait donné un précepteur hongrois, un vieil homme très digne, qui avait distillé jour après jour les idées du libéralisme magyar, secrètement. En elle, la rebelle avait frémi ; le vieux professeur voyait juste. Plus tard, lorsqu'elle grandit, elle utilisa son savoir. Jusqu'à vendre sa présence à Vienne ; jusqu'à se vendre, elle, à tout l'Empire, en échange de la dignité des Hongrois. Sans elle, l'Empereur ne serait pas devenu roi de Hongrie ; sans elle, il serait resté un simple Empereur autrichien, une manière de tyran lointain qui s'adressait pompeusement « à ses peuples ». La Prusse avait offert l'occasion rêvée : une guerre avec l'Autriche.

Après la désastreuse défaite de Sadowa, quand la Prusse avait vaincu l'Autriche, elle s'était retirée à Buda, sa ville ; de là, elle avait marchandé, pendant des mois, pour la Hongrie. L'Autre avait cédé. L'Empire était devenu austro-hongrois, à parts égales, ou presque. L'Empereur avait enfin accepté d'être couronné roi de Hongrie ; la monarchie autrichienne n'était plus unique, mais double.

— Avez-vous oublié comme on vous a traitée à la Cour quand vous êtes arrivée de Bavière ? continuait Ida. Combien d'avanies avez-vous essuyées, et que d'humiliations ! Je ne les invente pas, vous me les avez racontées vous-même ! Vous m'aviez toujours dit que vous n'aimiez pas Vienne. Et voilà maintenant ce jeune homme, un Viennois....

Mais elle n'entendait pas. Elle pensait encore à la Hongrie.

❖

Le jour du couronnement à Buda demeurait le plus beau de sa vie. Car c'était la Reine qu'on acclamait ; et si c'était bien le roi François-Joseph qui, sur un étalon blanc, escaladait la colline de terre fraîche, venue de toute la Hongrie, pour y dresser l'épée aux quatre coins du monde, celle qu'on adorait, c'était Erzsébet, c'était elle. Elle avait deux titres et deux cœurs : l'Impératrice, qui haïssait l'Autriche, la Reine, qui aimait la Hongrie. Pouvait-elle donner plus grande preuve d'amour que cet enfant conçu dans la nuit de Buda ? Après le couronnement, elle avait décidé d'ouvrir la porte de sa chambre.

Pas à son mari, pas à l'Empereur. Mais au nouveau roi de Hongrie, éperdu de fatigue, et que l'émotion avait submergé à son tour. Il n'était pas méchant, au fond. Elle avait soufflé les bougies, éteint les lampes. Les mots étaient venus d'eux-mêmes : « Je veux un enfant ! » Il avait bafouillé : « Mais, nous en avons déjà... » Elle ne l'avait pas laissé finir. « Je veux un dernier enfant, ici, tout de suite ! » Et comme un chien docile, il s'était aussitôt couché, confiant, heureux, naïf. Cela n'avait pas été trop désagréable. Elle avait oublié l'Empereur ; en fermant les yeux, elle s'était laissé pénétrer par un membre anonyme, incarnation du peuple qui l'avait follement applaudie. L'époux ne saurait jamais qu'à cet instant précis elle l'avait trompé avec la Hongrie tout entière, ce fantôme d'archange d'où lui était née une fille, « Kedvésem », la chérie.

Bien sûr, l'enfant avait reçu un prénom impérial, Marie-Valérie, deuxième archiduchesse après sa sœur Gisèle. Bien sûr, l'on s'était empressé de rappeler le souvenir de la petite morte, Sophie, que « la chérie » avait remplacée. Elle avait arraché la chérie au sort des enfants impériaux : non, on ne la séparerait pas de sa mère sous des prétextes médicaux, on ne la ferait pas élever par des comtesses extérieures, non, on ne la lui volerait pas comme on avait fait des trois autres. La chérie lui appartenait. A elle, et à la Hongrie.

Parfois, elle se surprenait à penser que la chérie était sa fille unique ; il lui fallait un long moment pour se souvenir qu'elle avait mis au monde trois autres enfants, Sophie, la disparue, sa fille Gisèle, son fils Rodolphe. Mais Gisèle n'avait jamais aimé sa mère, et s'était vite éloignée dans une froide distance ; Gisèle, qu'on lui avait arrachée le jour de sa naissance pour de longues années, était perdue d'avance. D'ailleurs Gisèle s'était mariée l'année passée, avec un Prince de Bavière ; elle s'était échappée, elle aurait quantité d'enfants, le premier était déjà né, bon vent !

Quant à Rodolphe, pour le reprendre elle avait trop attendu. Lorsqu'elle l'avait enfin retrouvé, après sa victoire conjugale, c'était un vrai petit homme, au caractère difficile, un enfant susceptible et tendu, d'une encombrante tendresse. Un jeune Prince-Héritier qu'on avait élevé à la dure, et qui se raidissait pour supporter les douches glacées à l'aube, les brimades, la discipline.

124

L'Empereur avait décidé de faire de son fils le meilleur fusil de l'Empire ; à titre d'exercice, son précepteur tirait au pistolet près de l'oreille enfantine, et Rodolphe, après mille frayeurs, en avait conçu une véritable passion pour les coups de feu. Un vrai petit chasseur ; à neuf ans il avait tiré son premier cerf. Pour l'Autre, tout était en ordre.

Ce n'était pas sa faute à elle ; qui avait décidé de la rendre mère à dix-sept ans ? Qui lui avait enlevé la chair de sa chair, qui l'avait privée des câlins, des baisers, des joues potelées, qui lui avait volé deux bébés ?

Alors, quand la colère débordait, lui revenait le souvenir de l'enfant morte à Buda, les minuscules lèvres bleuies, les fleurs trop odorantes sur le petit corps froid, et les remords.

Pourquoi rester à Vienne ? Depuis quelques jours, l'Autre était revenu de Russie ; elle l'avait accueilli calmement, avec ce joli mouvement de tête qui le rassurait toujours, « Je suis là, vous voyez, je vous attendais », et puis il s'était remis au travail sans broncher. Ils avaient causé comme mari et femme, elle ne s'était pas emportée, il avait posé des questions anodines, elle avait fait son devoir de conversation quotidienne, bref, rien ne l'empêchait désormais de partir pour Buda. Ses chevaux l'attendaient.

— Vous voici bien rêveuse, intervint Ida. Vous ne m'écoutiez plus du tout.

— Je me disais qu'il était temps de repartir, vois-tu, fit-elle doucement. Loin d'ici.

— Et vous ne répondrez pas à ce jeune homme, n'est-ce pas ?

— Oh ! Je n'y pensais plus, s'exclama-t-elle. Peut-être encore une fois, la dernière. Ensuite, en Hongrie, tu sais bien, j'oublierai.

Un mois plus tard, la deuxième lettre arriva avec les premiers crocus. Elle avait été postée à Londres, et plongea Franz dans le ravissement. Londres...

L'inconnue n'avait pas menti ; sa vie se passait en voyages, tout ce qu'elle avait dit était vrai. Elle s'ennuyait horriblement ; pour Franz, un cadeau du ciel.

« Pourquoi Londres a-t-elle la réputation d'une ville admirable ? écrivait le domino jaune. Je n'en ai aucune idée. Le prestige de la Couronne ? Encore une Reine qui se prend pour le centre du monde... Je déteste Londres. Je ne me donnerai pas la peine de te décrire le moindre jardin, la moindre bâtisse : prends un bon guide, un Baedeker, et cela suffira. Ma vie s'y déroule, ici comme ailleurs, sans passion, sans émotion. Les Anglais sont nonchalants et guindés, leurs épouses confites dans la distinction, on s'y exprime avec élégance et l'on n'y dit jamais rien d'intéressant. Ma vie ? Quelques vieilles personnes peu loquaces, un bouledogue hargneux, une promenade à Hyde Park avec mon compagnon à quatre pattes qui bave allègrement, quelques réceptions, bref, un monument d'ennui — comme à Vienne. »

— C'est donc que je lui manque ! répétait le jeune homme.

D'ailleurs elle l'écrivait, provocante : « Oui, Franz, même toi tu me distrairais ici ! »

A la première lecture, le « même toi » l'avait fait souffrir. Mais en relisant la lettre de Gabrielle, Franz avait découvert que ces deux petits mots, « même toi », avaient été écrits d'une main qui tremblait un peu. C'était l'aveu qu'il attendait. Et elle parlait de Vienne avec tant de tendresse... « Je déteste Londres à tel point que j'irais presque jusqu'à regretter Vienne. Et tu sais cependant le peu d'affection que j'ai pour cette ville où je t'ai rencontré... Eh bien ! Ici, j'en ai la nostalgie, à la manière des chats, la nostalgie de l'endroit, non des hommes... J'y pense comme à un territoire familier, où j'ai l'habitude de me lover sur un canapé. »

L'endroit, c'était lui. Le canapé, c'était lui. Elle s'y était lovée pour un soir, elle avait effleuré ses épaules avec le velours des coussins sous les pattes, et les griffes, l'éventail. Elle était chatte, et lui, le domaine, vaste comme l'univers et balisé strictement, une loge dans un bal, trois pas sur une piste de danse, un espace illimité, quelques paroles amoureuses. Il n'appartenait pas au monde de ces hommes qui lui avaient fait tant de mal. Il n'était rien d'autre qu'un lieu pour se reposer, un paradis, d'où ils avaient été chassés en même temps.

Et puis, cette douce fin, surtout... « Et maintenant je te souhaite le bonsoir, à ma montre il est minuit passé. Rêves-tu de moi à cette heure, ou lances-tu dans la nuit une chanson nostalgique ? »

La première fois qu'il avait lu ces mots charmants, il s'était senti tout ému ; il avait couru à sa table pour lui répondre. Mais les phrases n'étaient pas venues ; il avait relu, et il avait compris le pourquoi de son inspiration déficiente. A qui écrire des mots d'amour ? A Gabrielle, ou à Elisabeth ?

L'Impératrice n'était pas à Londres ; toute confusion entre le domino jaune et la souveraine devenait impossible.

Gabrielle était une femme comme les autres, et qui cherchait à se distraire. Une frustrée qui faisait des avances. Le jeune homme relut la lettre, et la replia, un peu triste. Cette fois, puisqu'elle n'était pas l'Impératrice, Gabrielle attendrait.

Le temps de chasser les derniers doutes, d'oublier l'amazone, ou de prolonger la belle illusion jusqu'aux premiers jours du printemps.

L'image éblouissante de l'indifférente Impératrice s'était évanouie avec l'hiver ; Franz ne l'avait jamais revue. Sur l'herbe du Prater, restaient quelques plaques de neige durcie ; les jours rallongeaient, le ciel perdait sa dureté, bientôt, apparaîtraient les jonquilles.

Les réfugiés bosniaques étaient de plus en plus nombreux ; certains arrivaient avec leurs troupeaux. On leur donnait des terres en friche, et le Parlement venait de voter des crédits pour leur venir en aide. Officiellement, le ministre Andrassy en tenait pour le *statu quo* ; officieusement, c'était une autre affaire, et Willy, qui furetait partout, assurait que les soldats seraient bientôt mobilisés. Mais comme il répétait cette prédiction depuis déjà un an, Franz haussait les épaules, et ne le croyait pas.

Le 5 du mois, en avril, Johann Strauss, le fils, avait présenté enfin *La Chauve-Souris* tant attendue, au Theater-An-Der-Wien, où Beethoven avait créé son *Fidelio* ; Franz s'y était rendu avec sa mère. Le public n'apprécia pas les légers adultères des parvenus viennois, et le champagne qui coulait à flots dans une prison de fantaisie. On murmura que le fils Strauss peut-être ne lisait pas les journaux ; il n'avait pas entendu parler du krach de l'année passée, et ne connaissait pas la ruine de ses concitoyens. Cette farce rondement menée déplut ; *La Chauve-Souris* fut un échec. Mme Taschnik grommela qu'elle l'avait toujours su, et qu'elle l'avait bien dit ; Franz n'osa pas lui dire qu'il avait adoré le deuxième acte, qui se déroulait dans une fête chez un prince russe, un travesti. Sur une musique affolée, une Autrichienne un peu légère s'y déguisait en comtesse hongroise, l'éventail à la main ; derrière les masques d'un bal échevelé se cachaient une ivre tendresse, et des quiproquos amoureux.

Quand il allait se promener dans les allées cavalières, Franz ne cherchait plus du regard l'amazone sur son cheval ; il songeait à l'autre promeneuse, tirée par son bouledogue haletant et baveux, dans Hyde Park, à cette inconnue qui s'arrêtait parfois contre le tronc d'un peuplier sous la pluie, pour lui dédier le sourire qu'il avait entrevu au bal.

Franz portait la deuxième lettre dans la poche de son gilet. Désormais, il n'en doutait plus, il reverrait son domino jaune. Puisque c'était Gabrielle.

Mais lorsque sortit le museau jaune des premières jonquilles, parut dans un journal viennois une photographie de l'Impératrice avec son bouledogue préféré, un de ses derniers caprices. Sérieuse, les lèvres serrées, en grande amazone de velours strict, elle tenait la laisse avec grâce. Comme toujours sur ses photographies, elle avait son regard de tristesse.

Un bouledogue ! Franz n'en croyait pas ses yeux. Le

bouledogue n'était pas une coïncidence, c'était un signe, qu'elle avait placé sur son chemin à dessein. Avec une certitude désormais indéracinable, Franz recommença sa traque à l'inconnue, et retourna au Prater, le cœur battant.

Mais au moment où la presse publia le cliché, quand on la croyait encore à Vienne, l'Impératrice était déjà partie pour la Hongrie, afin d'y prendre des leçons de haute école avec une écuyère de cirque, une Française, Élise Renz. Dans son château, cadeau des Hongrois, non loin de Budapest, à Gödöllö.

4

HAUTE ÉCOLE

Mais l'amour, il lui faut la liberté
Pouvoir aller, pouvoir venir
Un château serait une alliance
Quand l'amour est d'abord errance.

Elisabeth

— Non ! Il trépigne sur place, il ne trotte pas ! Cela ne va pas, Votre Majesté ! Recommencez !

L'écuyère française ne laissait rien passer. Debout au milieu de la piste, elle battait ses longues jupes avec une cravache, attentive au moindre défaut de son impériale élève. Dans le petit manège de bois que l'Empereur avait fait construire pour son épouse, il n'y avait personne, hormis les deux femmes, celle sur l'alezan doré, en amazone sombre, les cheveux ramenés sous la toque, et au centre, Élise Renz. Le cheval s'arrêta.

— Écoutez-moi, cria l'écuyère. Il ne comprend plus. Vous n'êtes pas avec lui. Vous pensez à autre chose, et il ne vous le pardonne pas. Restez près du mur. Caressez-le. Bien !... Calme, très calme, ne lui demandez rien. Ne bougez plus...

131

L'écuyère s'approcha de la tête de l'animal et, prenant les rênes près du mors avec sa main gauche, elle lui toucha l'épaule du bout de sa cravache. Le cheval se mit au trot sur place, de façon un peu précipitée, sans harmonie.

— Vous voyez ! constata l'écuyère. Il se souvient des leçons que je lui ai fait exécuter à pied. Pensez au mouvement, écoutez votre cheval danser... La cadence, Votre Majesté, la cadence, comme le rythme d'une valse. Votre point d'équilibre doit être légèrement en arrière du sien, de sorte qu'il puisse fléchir ses hanches et rester en même temps devant vous. Allez dans la danse à présent... Hanche gauche... Hanche droite... Plus d'abandon, Votre Majesté ! Ne le gênez pas. Tout doux, mon beau, tout doux... Cherchez l'état de grâce, l'instant parfait... Avez-vous senti quelque chose ? Avez-vous compris ?

— Rien, fit la jeune femme en fronçant les sourcils. Sauf qu'il faut l'obliger à ployer les hanches par d'autres exercices comme le... Comment dites-vous cela déjà ? Le reculer ?

— Voilà, Votre Majesté... On dit en effet chez nous « le reculer ». Voyons cela. Mettez le cheval près du mur, à main gauche... Volte au pas ! Épaule en dedans, à gauche. Ralentissez, pas comptés. Un, deux, trois, quatre, voilà c'est bien, soutenez vos poignets en cadence avec le poser des membres. Main gauche, antérieur gauche ; main droite, antérieur droit. Attention ! Lentement, jambe vigilante s'il vous plaît. Main douce, Votre Majesté. Décontractez sa bouche et fermez progressivement les doigts dans les rênes. Vous amorcez le reculer. Redressez-vous... Un pas en arrière, deux, trois... STOP ! Au trot. Maintenant, récompensez-le. Avez-vous senti la faiblesse de son jarret droit dans le départ ?

L'amazone se pencha vers l'oreille du cheval, et lui caressa le cou en lui chuchotant du hongrois. Élise s'approcha.

— Recommencez, plusieurs fois, et vous verrez qu'il repartira au trot de lui-même. Vous fermerez à nouveau les doigts sur les rênes, il amorcera tout seul le début du piaffer. Sinon, c'est qu'il souffre trop dans son jarret droit, et qu'il n'est pas prêt. Il faudra changer d'animal.

— Mais c'est mon cheval préféré ! s'indigna la jeune femme. C'est mon Red Rose...

— Ce qui ne veut pas dire qu'il soit capable de piaffer correctement, Votre Majesté. Et nous n'en sommes encore qu'au début ! Certains chevaux...

— J'y parviendrai, fit-elle, agacée.

L'écuyère eut un sourire, et se croisa les bras. La jeune femme reprit le mouvement, une fois, deux fois, trois fois, et l'alezan semblait souffrir en levant les membres. Avec un mauvais sourire, la jeune femme insista. Soudain, Red Rose recula d'un coup, l'arrière-main glissa vers le sol, le cheval se défendit furieusement.

L'amazone blêmit, l'écuyère se précipita et prit l'animal par la bride.

— Descendez... Il n'est pas prêt. Vous n'avez pas tenu compte de mon avertissement. Je vous en trouverai un autre bien meilleur, nous sommes en Hongrie, ce n'est pas difficile.

Mais elle, le rouge au front, secoua la tête et ne bougea pas. L'écuyère lui jeta un regard furieux, et tira le cheval pour le faire avancer. Vers les stalles, à l'écurie. La jeune femme se mit à crier, non, elle ne voulait pas, elle continuerait, elle était résolue. Élise Renz s'obstina ; la sourde lutte entre les deux femmes affolait l'alezan dont les oreilles se levaient, s'abaissaient, inquiètes.

— Vous voulez tout, à l'instant même, gronda l'écuyère. Et sans savoir quoi exactement ! Demandez peu, Votre Majesté, mais souvent. Pas d'indiscipline en haute école ! Savez-vous que vous l'avez fait souffrir ? Vous êtes folle !

— Et vous une impudente, s'écria la jeune femme. Ah ! Vous êtes bien française ! Laissez-moi ! Je n'ai plus besoin de vous !

— Vraiment ? dit l'écuyère en lâchant l'animal.

Déséquilibré, Red Rose fit un écart. La jeune femme poussa un cri, manqua tomber, se pencha sur la crinière soyeuse, en entourant le cou de son cheval.

— Parfait ! commenta Élise. Vous avez bien réagi.

Recommencez le reculer, mais je vous avertis qu'il n'ira pas au piaffer ! Il n'est pas assez préparé. Il souffre.

— Et moi aussi, fit soudain la jeune femme en sautant légèrement à terre. Tenez, prenez la bride. Nous recommencerons demain, avec lui.

En silence, elles ramenèrent Red Rose à l'écurie. Élise laissa le lad desserrer la sangle de la selle, remonter les étriers et desseller l'alezan ; mais Élise voulut le bouchonner elle-même. Red Rose avait beaucoup transpiré. Appuyée contre le bois de la stalle, la jeune femme la regardait tristement.

— J'aime ce cheval, comprends-tu, Élise ? Je l'aime !

Élise ne répondit pas. Il en allait des chevaux comme des humains ; certains pouvaient, et d'autres pas, c'était ainsi. Mais l'Impératrice refusait l'idée même de l'échec ; plutôt que de renoncer, elle aurait blessé cet alezan qu'elle aimait. A l'endroit de la muserole, l'acier avait frotté, il saignait. L'Impératrice n'avait rien vu.

— J'aime aussi cette odeur de tigre et de mousse, après l'effort, murmura la jeune femme. C'est autre chose que la sueur d'un homme... Parle-moi de tes amours, Élise. Il n'y a pas que le cheval dans ta vie, j'imagine...

Élise se retourna comme une flèche, et regarda l'Impératrice droit dans les yeux, avec un air de défi. La jeune femme baissa les paupières, et fit trois pas.

— Cela m'intéresse, continua-t-elle en s'approchant à la toucher. Je suis sûre que cela m'intéresse.

L'écuyère la contempla longuement, esquissa une caresse sur la joue impériale, eut un bref soupir et écarta l'amazone de son chemin.

— Il faudrait d'abord monter à califourchon, fit-elle. Comme un homme.

❖

Elle avait essayé d'écourter la jupe amazone, mais rien n'y faisait, enfourcher l'animal demeurait impossible. Elle avait longuement réfléchi, puis elle avait convoqué

Élise, qui se tenait là devant elle, ironique, les bras croisés.

— Mais comment fais-tu donc, à la fin ! s'impatienta la jeune femme.

— Votre Majesté devrait préciser sa pensée, répondit l'écuyère. Faire quoi, au juste ?

— Tu sais bien, murmura-t-elle d'une voix inaudible. Pour monter en homme.

Élise se mit à rire, et d'un coup, releva ses jupes, découvrant ses jambes moulées dans de longs collants de cuir noir.

— Voilà, dit-elle tranquillement. Ce sont des pantalons, Votre Majesté, rien d'autre.

Fascinée, la jeune femme approcha la main, effleura une cuisse et replia le poing.

— Allons ! ordonna l'écuyère sans bouger. Vérifiez vous-même, vous en mourez d'envie...

La jeune femme fit descendre sa paume le long des mollets musclés, jusqu'à l'endroit où commençaient les bottes, puis elle s'agenouilla, baissa la tête et palpa doucement les colonnes des jambes, à tâtons. Le cuir vivait sous ses caresses, Élise ferma les yeux.

— Vous pouvez remonter plus haut, murmura l'écuyère, si vous voulez. Pour vérifier que rien ne gêne à l'entrejambe.

La jeune femme se releva d'un bond, le souffle court, et cacha ses mains derrière son dos.

— Le cuir est excellent, susurra-t-elle avec un petit rire. Et tu crois que je pourrais...

— Oh ! Je ne crois rien, moi, fit l'écuyère en rabattant ses jupes. Votre Majesté est seul juge.

— C'est bon. Je verrai. En daim, peut-être, ce serait mieux ?

— Pourvu qu'on puisse écarter les jambes et sentir le cheval où il faut, tout convient, Votre Majesté, dit l'écuyère dans un sourire.

Le lendemain, à l'aube, l'Impératrice convoqua femmes de chambre et couturières. Les plaques de daim souple attendaient sur un fauteuil. « Vous allez me les coudre directement, ordonna-t-elle. Sur moi. » Ce fut interminable et difficile ; les aiguilles, parfois, glissaient, trouant le cuir, piquant la peau ; la jeune femme ne bronchait pas. Sous le corset de dentelles surgissait peu à peu l'étrange image d'un être moitié femme, moitié centaure, avec un buste d'élégante et des cuisses musclées, gainées de fauve. Sur les pieds nus pendaient des lambeaux de daim inutiles. Les couturières, interloquées, la regardaient marcher de long en large, et tâter sa nouvelle peau pour en vérifier la solidité. La cameriste, machinalement, tendit la jupe amazone, grande ouverte.

— Ce n'est pas la peine. Mes bottes, mes gants, ma cravache et ma veste. Cela ira.

— Mais Votre Majesté ne peut pas ! s'écria la cameriste horrifiée...

Elle était déjà partie, et courait vers l'écurie. Elle sella elle-même Red Rose avec une selle d'homme, ajusta ses cheveux nattés, et s'élança. Red Rose broncha légèrement ; les collants se tendirent, un point lâcha, la jeune femme jura entre ses dents, et se pencha sur l'encolure. « C'est moi, Red Rose, va maintenant, au pas... »

Au pas tout allait bien, les jambes souffraient à peine ; au trot, l'assiette était un peu changée. Au galop, elle s'enfièvra ; les cuisses tendues, elle allait si vite qu'elle ne sentit pas ses cheveux se dénouer, si vite qu'elle oublia tout, hormis le plaisir violent qui lui crispa les lèvres, et la courba sur l'alezan doré.

Lorsqu'elle revint à l'écurie, Élise l'attendait pour la leçon.

— Je vois que Votre Majesté a franchi le pas, fit l'écuyère. N'est-ce pas que c'est tout autre chose ?

La jeune femme sauta à terre, embrassa l'animal et ne répondit pas.

— Vos nattes se sont déroulées en chemin, fit Élise en s'approchant. Et vous avez les yeux trop brillants. Laissez-moi vous aider à vous recoiffer.

— Non, gémit-elle. J'ai besoin d'un peu de repos.

Mais Élise avait agrippé les nattes fauves, elle les repliait, piquait gauchement les épingles, « Que dirait-on, marmonnait-elle, si l'on vous trouvait ainsi, il faut avoir l'air bien sage, petite fille », et les cheveux glissants refusaient leur couronne. Élise s'impatienta, tira doucement les nattes et approcha de ses lèvres le petit visage au regard effrayé.

— Et si l'on entre, murmura la voix enfantine.

— On n'entrera pas, fit Élise.

❖

Au ministère, l'étrange comportement du rédacteur Taschnik suscitait quelques inquiétudes. Certes, il avait toujours été un peu distrait ; il oubliait volontiers son chapeau en partant, ou bien il arrivait sans manteau, la cravate en désordre. Mais personne ne pouvait contester le sérieux de son travail ; c'était l'un des meilleurs éléments de la division administrative, l'un de ceux dont les dossiers étaient les mieux tenus, d'une scrupuleuse exactitude, au point qu'après lui avoir confié successivement le budget des personnels et celui de l'immobilier, ses supérieurs envisageaient de le promouvoir au budget général du ministère. Or depuis quelque temps, au grand étonnement de ses collègues, le rédacteur Taschnik accumulait les bévues.

— Je n'arrive plus à rien... Mais qu'elle s'en aille ! Qu'elle quitte Vienne, au moins ! murmurait-il dès qu'il avait un instant de solitude. Cette femme qui ne tient pas en place, voici près d'un mois qu'elle n'a pas bougé ! Et je ne la vois plus ! Elle me fuit !

« Elle » n'était plus personne. Ombre d'Impératrice, fantôme sans visage, elle avait le triste regard d'Elisabeth sur la photographie au bouledogue, et le sourire malicieux de l'inconnue au domino jaune. « Elle » était double, et lui gâchait la vie.

— Tu as encore oublié de joindre le bordereau d'envoi sur le dossier moscovite, Franzi, soupirait Willibald. Comme hier sur celui de l'ambassade à Paris... Il est furieux !

— Qui ? dit Franz en sursautant. De quoi parles-tu donc ?

— Du comte Schönburg-Hartenberg, notre chef de

section, Taschnik ! Ton supérieur et le mien ! Où as-tu la tête ? C'est encore ce domino jaune, j'imagine ! Va donc au bordel, et fiche-nous la paix avec ta mystérieuse !

— Je veux savoir, s'obstina Franz. Et je saurai !

— Si tu en tiens toujours pour ta stupide idée, grogna Willy en douce, il va falloir attendre, petit. La dame n'est plus à Vienne. Elle est à Gödöllö, où elle s'amuse avec une écuyère de cirque... Je t'en donnerai, moi, des dominos jaunes !

Le jeune géant s'était levé de tout son haut, très pâle, en renversant sa chaise. Intimidé, Willy s'était tassé sur son siège, et Franz, honteux de son esclandre, s'était rassis en silence, les larmes aux yeux. Ainsi, elle était partie pour la Hongrie !

— Au moins, travaille, petit, avait supplié Willibald. Tu joues ton avenir de fonctionnaire, et on ne badine pas avec ces choses-là...

❖

Les leçons de Gödöllö étaient devenues publiques ; la presse en parlait souvent, avec une admiration ambiguë. En dressage, l'Impératrice avait beaucoup progressé. Elle avait appris le passage, et savait même commander ses chevaux jusqu'à leur faire lever le pied, gracieusement suspendu, dans ce difficile mouvement que l'école française appelait le piaffer, et que seuls maîtrisent les écuyers accomplis.

— Du cirque, oui, commentaient les laquais. Est-ce qu'on s'amuse à ces jeux quand on est Impératrice ? C'est cette acrobate, aussi, cette Française, qui l'ensorcelle...

Chaque matin, la jeune femme faisait coudre les collants de daim à même la peau. Chaque matin, elle allait chevaucher au galop, à califourchon, en compagnie d'Élise. Et chaque jour elle revenait enchantée de ses promenades interminables. Le bruit s'en répandit au-dehors, si loin qu'il atteignit Vienne, qui jasa.

Élise, parfois, s'inquiétait, mais la jeune femme ne tolérait aucun avertissement.

— Je ne permettrai rien ! criait-elle. Je suis libre de mes faits et gestes, et personne, tu m'entends, personne n'a le droit de me donner des ordres !

— Et l'Empereur ? soupirait Élise.

— Il sait à quoi s'en tenir. Voici presque dix ans qu'il n'a plus droit de regard sur mon emploi du temps. A Vienne, j'obéis. Mais ici ! Et puis, où est le mal ? Je ne sors pas en collants dans les rues de Buda !

— Vous êtes folle, répétait l'écuyère. Un jour, il faudra bien que je m'en aille.

Mais la jeune femme ne voulait rien entendre. Simplement, avait-elle ajouté un soir un peu mélancolique, elle se connaissait bien ; ses passions étaient de courte durée. Par exemple, pour ses chevaux, elle les adorait six mois, puis, si l'animal vieillissait, ou s'il butait, son amour fondait comme neige au soleil.

— On ne fait pas plus infidèle, confiait-elle avec abandon. Quelquefois, me prend une lassitude inconnue, je ne supporte plus, je change de cheval, et le précédent, eh bien...

Un jour qu'elles s'étaient arrêtées dans une petite clairière, l'Impératrice lui raconta négligemment le Bal de la Redoute, d'un air un peu rêveur ; elle évoqua le jeune homme, parla des lettres, qu'elle trouvait piquantes. « Est-ce que tout cela n'est pas drôle à mourir ? Je crois que je suis amoureuse », conclut-elle innocemment.

Élise se retourna soudain, la cravache à la main. Haletante, la jeune femme se recula à temps ; elle courut se blottir contre l'encolure de Red Rose. Élise remarqua soudain le mauvais sourire étiré, l'air sournois, et le défi dans les yeux de sa compagne.

— Je vais bientôt décider d'apprendre l'équitation espagnole, fit-elle d'un ton brusque. Car pour l'équitation à la française, il me semble que j'en ai fait le tour. Non ?

Le lendemain, Élise était partie. Red Rose fut remplacé par Sarah, une jument irlandaise gris pommelé, au nez rose, un animal fin et doux. A Vienne, on apprit avec soulagement que l'Impératrice prendrait désormais ses leçons avec des écuyers viennois, selon la tradition héritée de la lointaine Espagne, lorsque le soleil jamais ne se couchait sur l'Empire. Elle chevaucherait les solennels lippizans blancs, orgueil des Habsbourg. Dès qu'elle serait revenue de Hongrie.

En attendant cette date improbable, elle n'avait renoncé ni aux collants de daim ni au galop à califourchon. Lancée à travers les plaines, elle s'était libérée d'Élise. Le jeune homme de la Redoute fit son retour dans ses rêves solitaires ; pour le plaisir, la jument Sarah suffirait, jusqu'à l'arrivée du printemps.

❖

Après l'algarade avec son ami Willy, Franz se mit à réfléchir. Le jeune homme ne prêtait aucune attention aux ragots de Vienne, qui couraient les cafés pour la plus grande joie des échotiers. L'affaire de l'écuyère française n'était pas digne de foi. Entre sa Gabrielle et cette scabreuse histoire, il n'y avait aucun rapport ; Gabrielle était farouche, pudique comme une jeune fille de seize ans, comme l'Impératrice, une femme pure et sans tache, que Vienne calomniait tous les jours. Parfois, c'était une sensation assez désagréable, Franz songeait à cette passion du cheval, dont l'inconnue avait parlé au bal ; mais quoi ! On avait bien le droit de « monter » sans pécher...

Non, ce qui l'occupait davantage, c'était l'affaire du chien. La photographie officielle de l'Impératrice au bouledogue obsédait l'esprit du jeune fonctionnaire : Gabrielle, ou Elisabeth ? Le banal, ou l'impossible ? Car si c'était l'Impératrice... Il en frissonnait tous les soirs.

Comme elle le suggérait elle-même dans sa lettre, il acheta un guide Baedeker et, après l'avoir lu, se dit que l'inconnue avait pu écrire sa lettre n'importe où, avec ce livre en main. De Londres, elle ne disait presque rien ; quelques mots bien tournés, ah ! pour cela, elle savait écrire. Il enquêta. Questionna ses amis au café, retrouva le garde à qui il avait offert du tabac, le fit parler, et finit par trouver un indice.

La reine des Deux-Siciles, sœur de l'Impératrice, s'était rendue à Munich trois semaines auparavant ; et avait franchi le Channel pour rejoindre Londres quinze jours plus tard. Rien n'était plus facile à concevoir que ce simple service entre deux parentes : la reine des Deux-Siciles avait pu poster la première lettre de Munich, et la seconde de Londres. De l'hypothèse, le jeune homme sauta aux conclusions.

Ainsi, non seulement on l'avait exploité pendant toute une nuit, mais on continuait à le duper ! On lui écrivait en cachette, et quand on le rencontrait au Prater, on n'arrêtait pas son cheval !

Il imagina tout. L'Impératrice écrivait ses lettres au milieu de ses dames d'honneur ; chacune donnait ses suggestions, elles s'esclaffaient, l'Impératrice faisait circuler le papier avant de le plier en quatre, elle racontait à l'envi le bal de la Redoute...

— Et vous savez qu'il m'a avoué son amour en valsant ! pouffait-elle avec des yeux rieurs. Dire qu'il persiste à me croire une autre, est-ce que ce n'est pas à mourir de rire ! Un tout petit fonctionnaire prétentieux...

Quand il en arrivait là, c'était généralement en marchant dans les rues, Franz rougissait si fort qu'il cherchait un mouchoir pour s'essuyer le front, en lorgnant son reflet dans les miroirs des boutiques. Il imagina aussi qu'elle avait tout dit à l'Empereur à son retour de Saint-Pétersbourg... Ils en auraient plaisanté ensemble, ce Taschnik méritait une récompense, un jour il lui viendrait une promotion inattendue, il passerait secrétaire de première classe, peut-être mieux encore, en changeant de catégorie, consul à Rome, ou à Milan... L'Empereur marmonnerait : « C'est bon, c'est bon », lui tapoterait l'épaule, il se jetterait à ses pieds...

Ou bien il serait chassé du ministère sans explication. Cette pensée lui coupait les jambes. En coup de vent, il entrait sans réfléchir dans le premier café, commandait un chocolat de grand-mère, avec beaucoup de crème. Souverain contre les idées noires.

Alors il se rappelait que le domino jaune haïssait l'Empereur, qu'elle avait dit de lui des choses épouvantables, et que ce scénario ne tenait pas. Il ne doutait plus : Gabrielle n'était que Gabrielle. L'instant d'après, il pensait à l'éventail, au bouledogue, et retournait à ses soupçons.

— Il me reste une chance, pensait-il. J'écris, et je la piège. Elle répondra, et finira par se couper. Alors...

Alors il n'avait aucune idée de la suite. Alors rien. Si ce n'était que Gabrielle... Il ne l'aimerait plus autant, peut-être. Mais si c'était l'Impératrice ! C'était pire. Ou le plus grand bonheur, il ne savait plus.

Un jour qu'il faisait frais et clair, inspiré par les primevères, Franz finit par se décider à répondre à la lettre de Londres. Mais à cause de la photographie au bouledogue, il compliqua les choses. Il s'inventa un chien imaginaire, dont il se donna une définition précise — ce serait un setter irlandais —, le décrivit à peine, et demanda à l'inconnue de deviner la race de son animal, pour la pousser dans ses retranchements canins. Il posa toutes sortes de questions, vagabonda de devinettes en énigmes, exigea de savoir ce qu'elle lisait, et finit par aborder des rives plus dangereuses.

Il fabriqua de toutes pièces un voyage sur les lacs italiens avec sa mère, histoire de rivaliser avec l'inconnue ; il était particulièrement fier de ses descriptions du lac de Côme, dont les vertes profondeurs lui revenaient de ses lectures de guides italiens. Sur les barques couvertes d'arceaux fleuris, il fut intarissable. Les aquarelles représentant les embarcations sur les lacs italiens faisaient fureur à Vienne ; il en avait vu dans une boutique, pas loin de chez Demel. Puis, de fil en aiguille, il insinua que peut-être n'avait-elle pas écrit de Londres. Et d'ailleurs, quel était son vrai nom ? Gabrielle ? Décidément, il n'en était pas sûr.

Il fallait la provoquer un peu. Les pièges semblaient puérils, les mots alambiqués. La lettre était brouillonne ; Franz n'en était pas très content. Mais à tout prendre, elle exprimait assez bien l'exaspération qui ne le quittait plus ; il l'expédia, comme une bouteille à la mer.

❖

A Gödöllö aussi, les jonquilles s'ouvraient. Certes, le parc avait encore une allure hivernale, ici et là, résistaient encore quelques tardives congères, mais les bourgeons des saules avaient éclaté en fleurs cotonneuses, et les peupliers rougissaient ; c'était le signe. L'Impératrice décida de fêter l'arrivée du printemps.

Hormis l'enfant, « la chérie », et les laquais, personne au château n'était autrichien. La jeune femme avait emmené la nurse anglaise, et la fidèle Ida. A qui il fallait ajouter un être qui suscitait l'horreur indignée du personnel, le nègre Rustimo, que l'Impératrice adorait. Comme elle, Rustimo aimait les bêtes, promenait les chiens, donnait à l'âne des carottes et savait parler, lui, au célèbre perroquet rose qui commençait à se faire vieux. Et comme si cela ne suffisait pas, voilà qu'elle venait d'inviter des tziganes !

— Toute cette racaille va nous dévaster les salons, soupirait l'intendant, et les laquais opinaient en préparant les plateaux d'argent. Ne mettez pas le grand couvert, un couteau, c'est assez pour ces gens-là. Ah ! Et comptez les petites cuillères, je vous prie. N'oubliez pas.

Et comme la fête aurait lieu dans le parc dès que le temps le permettrait, l'intendant lorgnait les nuages en espérant la pluie. En vain.

Les tziganes arrivèrent, juchés sur leur carriole, les femmes, assises, les hommes debout, le violon sous le bras. En les voyant agiter les mains joyeusement, les laquais se rembrunirent. Il ne manquait plus que des juifs et le tour serait complet.

Assise sur une couverture, la jeune femme attendait ses hôtes sur une prairie encore jaune, où l'on avait posé des nappes à même le sol, entassé des assiettes, sorti des verres. Pour une fois, elle avait renoncé à la jupe amazone, et portait une pelisse épaisse sur une simple robe de coton blanc, avec, autour du cou, un ruban de velours noir ; dans ses nattes, elle avait piqué les premières primevères, d'un jaune lumineux. A ses côtés, la petite archiduchesse Marie-Valérie trônait sur un pouf à dentelles, et contemplait gravement le nègre de sa mère. Pour la circonstance, Rustimo avait revêtu son costume de cérémonie, turban d'or, pantalons bouffants et gandoura brodée, selon la tradition des mameluks.

Alignés comme à la parade, les laquais se tenaient un peu plus loin, les mains derrière le dos.

— Il n'y a pas à dire, soupira un jeune garçon, notre Impératrice a un air des Mille et Une Nuits. Regardez comme elle est jolie...

— Une toquée, oui ! grogna un vieux. Attends de voir la suite. En plus, on gèle. Il fait un froid de gueux...

La carriole des tziganes, tirée par un lourd cheval à la crinière rousse, s'avança jusqu'aux laquais, à les toucher. Ils sortirent le tympanon et l'installèrent. La jeune femme se leva d'un bond. Penché contre sa joue, un violoniste tirait de son archet d'adorables plaintes amoureuses ; les femmes s'ébrouèrent, secouèrent les volants de leurs grands jupons rouges et s'assirent sur l'herbe en faisant tinter leurs bracelets d'argent. Rustimo fit un signe aux laquais, ils ajustèrent leurs gants blancs et apportèrent, sur les plateaux d'argent, les pâtés en croûte et les saumons. Mangez, ne vous privez pas ! s'écria l'Impératrice. Il y en a encore, et des gâteaux, vous verrez...

Et elle allait de l'un à l'autre en tourbillonnant avec grâce, appelait un laquais pour verser du vin blanc, vérifiait que chacun avait son pain rond, donnait à sa fille un gâteau, lui essuyait tendrement les lèvres pleines de miettes, grondait encore un laquais parce qu'une assiette était vide, suivie par Rustimo qui riait de toutes ses dents, et l'aidait de son mieux.

— Si elle faisait moitié moins d'efforts à la Hofburg, seulement, maugréa le vieux laquais. Mais non, tout pour les voleurs et les pauvres !

— Elle n'a rien mangé, remarqua le jeune.

— Si, une noix.

A la fin, elle s'était assise, tout de même. Une vieille tzigane s'accroupit à ses côtés et lui saisit le poignet.

— Tiens, regarde, grogna le vieux laquais. La voilà qui se fait lire les lignes de la main !

Mais le temps qu'il termine sa phrase, la situation s'était inversée. La jeune femme s'était emparée de la main basanée de la tzigane, et c'était elle qui suivait les lignes de la paume, d'un index assuré, les sourcils froncés. Brusquement la tzigane ferma le poing et se dégagea.

— Ah ! L'Impératrice aura vu juste, c'est sûr ! ironisa le vieux laquais. Les tziganes détestent cela !

— C'est donc qu'elle est voyante, en plus..., murmura le jeune, abasourdi.

Et comme le pique-nique s'achevait, la jeune femme s'avisa que les animaux manquaient à la fête. Rustimo alla chercher le perroquet, la tzigane se chargea de l'âne. L'oiseau battit des ailes et cria vilainement, et l'âne se mit à botter, furieux. Il s'arrêta sous le grand sapin.

Elle courut vers lui, le prit par le cou, l'embrassa, posa sa tête contre le poil hirsute, l'âne ferma les yeux et s'immobilisa.

— Tu vois ! fit-elle à la tzigane. J'en fais ce que je veux !

Puis, lui prenant les naseaux à pleines mains, elle plongea son regard dans les yeux jaunes. Les longs cils de l'âne s'abaissèrent.

— Sais-tu à qui tu ressembles, mon petit ? lui chuchota-t-elle à l'oreille. A l'Empereur. Ne le répète pas, c'est mon secret...

— Que lui dites-vous donc ? cria Ida. Des douceurs ?

Mais elle n'entendait rien. Perdue dans ses rêves, elle caressait la tête de l'âne immobile. L'Autre aussi avait le regard doux, de longs cils, ses favoris frisés avaient le même toucher crêpelé, l'Autre avait aussi, profondément enfouie, cette inertie têtue, et cette façon de lui céder en ne reculant jamais ouvertement, puisqu'il était Empereur.

La fête s'acheva tôt, au milieu de l'après-midi, au coucher du soleil. Les tziganes avaient joué sans relâche, infatigables ; ils avaient réussi à poser l'enfant sur le dos de l'âne, l'animal avait consenti à faire trois pas avant de secouer dangereusement la tête. La fillette hurla, la jeune femme se précipita en criant « Kedvesem ! », ma chérie, et l'emporta, serrée contre son cœur, en dansant comme une fée. Puis le soleil faiblit. Au loin, s'amassaient de grands nuages noirs, réunis pour un violent orage de printemps ; les giboulées n'allaient pas tarder. Le vent se leva ; l'enfant frissonna. Les laquais avaient fini de ramasser les assiettes, ils comptaient discrètement l'argenterie lorsque l'Impératrice décida de rentrer, juste avant les premières gouttes de pluie.

Il pleuvait déjà un peu lorsque sur son chemin, elle vit une pie, qui sautillait sur l'herbe.

— Mon Dieu, soupira-t-elle. Que va-t-il arriver !

Et vite, l'Impératrice exécuta trois petites révérences, sous l'œil étonné des laquais. L'oiseau s'était arrêté, immobile.

— Ce n'est rien, fit le plus vieux. Sa Majesté est très superstitieuse. Les pies portent malheur, sauf si on les salue poliment, trois fois. Quand je vous le disais, qu'elle était toquée...

Au moment où la pie s'envolait, l'orage éclata. Il fallut courir jusqu'au château.

Ce fut Ida qui trouva la lettre sur un plateau, dans le salon privé. Le vaguemestre venait de Vienne, et la lettre de Munich, comme à l'accoutumée.

— Votre Majesté a reçu du courrier, dit-elle.

— Laisse, je verrai demain, répondit la jeune femme en secouant ses cheveux mouillés. Je suis fatiguée.

— De Munich, madame..., murmura Ida. Et cette fois-ci, ce n'est pas Rustimo qui est allé la chercher à la poste restante !

— Poste restante ?

Elle courut dans sa chambre, l'enfant sur ses talons.

« Cher domino jaune, Londres ne me suffit plus. J'ai acheté un Baedeker comme tu me le conseilles, et j'ai bien vu : tu peux écrire de n'importe où, sans être à Londres, avec ce guide en main. Le bel exercice ! Sans être aussi doué que toi pour la littérature, je pourrais en faire autant. Car il est vrai que je n'ai ni ton éducation ni ta naissance, et qu'il est trop facile de me duper... »

— Ho ! Mon jeune homme se fâche, murmura-t-elle. Plus intelligent que je ne le croyais.

L'enfant secoua la robe de sa mère, un câlin, je veux un câlin, gémissait-elle, sur les genoux, j'ai peur des éclairs, j'ai froid...

— Viens. Mais sois sage.

« ... Et donc je vais te poser quantité de questions. Où vis-tu exactement ? A Londres, vraiment ? Pourquoi pas dans ton château en Hongrie ? Puisque tu y es née. Ensuite, je ne crois pas que tu t'appelles Gabrielle. Dis-moi ton vrai nom. »

— Pourquoi tu bouges si fort, maman ? Qu'est-ce que tu lis, maman ? demanda la petite en attrapant la lettre. Dis-moi !

— Veux-tu me rendre ça tout de suite ! s'écria-t-elle. Sinon j'appelle, et on te couche !

L'enfant posa sa tête sur l'épaule de sa mère en geignant : « Je suis fatiguée, maman », la jeune femme la serra plus fort et continua sa lecture. Au-dehors, le tonnerre n'en finissait pas de rouler dans les nuages.

« Enfin, nous aimons les chiens tous les deux, puisque tu me parles de ton bouledogue. A ce propos j'ai vu, dans une vitrine, une belle photographie de notre Impératrice avec un bouledogue. »

— Il a des soupçons ! s'écria-t-elle. Quelle chance !

« ... Je voudrais te proposer une devinette : dis-moi quelle est la race de mon chien ? Il est de taille moyenne, avec de longs poils couleur de miel. Pour terminer, je veux savoir ce que tu lis. Car tu connais Heine, et je ne sais rien d'autre. Tu as de l'éducation, tu voyages, et figure-toi, moi aussi. Je reviens justement du lac de Garde, où je me suis rendu avec ma mère. Les eaux y sont d'un incroyable bleu, d'une profondeur à y plonger des fées ; on y circule sur de jolies barques fleuries, sous des arceaux courbés, pendant que des musiciens de fortune grattent leur mandoline... Tu sais certainement tout cela mieux que moi. Je voudrais connaître tes périples, ô grande voyageuse... Voilà ce que j'attends. Pardonne ces lignes maladroites, je n'ai pas de don pour écrire, mais si tu daignes t'en souvenir, au moins je sais valser. N'est-ce pas, Kedvesem ? »

— Le voilà qui se met au hongrois, chuchota-t-elle, mon Dieu...

Bientôt, dans la puszta, au cœur de la chaleur vibrante apparaîtrait le mystérieux délibab ; bientôt elle reverrait, vagabonds, les chevaux sauvages à la libre crinière, les oies qui se dandinaient sur les sentiers, et les cigognes en noir et blanc, des oiseaux libres. Bientôt, dans deux ou trois mois. A l'été.

L'orage s'était calmé, l'enfant s'était endormie. La jeune femme posa un baiser sur les boucles moites, serra la lettre pliée dans son corsage, et se leva doucement pour ne pas éveiller sa fille préférée.

❖

La nuit était venue, et la pluie n'avait pas cessé ; un valet avait apporté la tisane du soir. Au-dehors, par rafales, le vent battait les volets.

— Vous n'avez presque rien mangé de la journée, une fois de plus, fit Ida en soupirant. Vous retomberez malade, à ce prix.

— Tu ne me demandes pas ce qu'écrit mon jeune homme ? Cela m'étonne.

— Oh ! Questions et soupirs, je suppose. Je n'en parle plus, vous ne suivrez pas mes conseils. Au contraire.

— Eh bien ! Cette fois je les exige ! s'écria-t-elle. Figure-toi qu'il n'est pas si bête, ce petit Autrichien. Il a deviné que je n'écrivais pas de Londres. Et tu dis vrai, il pose des questions.

— Lesquelles ? Je vous l'avais dit, madame...

— Ce que je lis, quelle est ma vie, quel est mon vrai prénom — ne sursaute donc pas ! —, mes voyages, ah, et puis il veut que je devine la race de son chien. N'est-ce pas ridicule ?

Elle avait parlé sans desserrer les lèvres, avec une telle précipitation qu'Ida posa sa tasse. Elle était rougissante, émue. Amoureuse, songea Ida en un éclair. Le sait-elle seulement ?

— Son chien ? C'est grotesque, laissa tomber Ida.

Les yeux brillants, les lèvres entrouvertes, la jeune femme la regardait avec une sorte d'espoir. Ida se mit à réfléchir intensément.

— Je pense que vous devriez répondre, dit-elle enfin.

— Tu vois ! triompha l'Impératrice. Je suis de cet avis. Pour détourner les soupçons.

— Naturellement. Mais je pense aussi que cette fois, vous devriez me montrer votre lettre. Non ! Ne croyez pas que je sois indiscrète, mais un mot pourrait vous échapper, une imprudence... Tandis que si je lis...

— ... J'écrirai différemment, acheva la jeune femme avec aigreur.

Un silence hostile s'abattit comme un mur. L'Impératrice marquait la mesure d'une invisible valse, en torturant les dentelles à son poignet droit.

— Nom d'une pipe ! Tu as gagné, tu m'agaces, fit-elle en se levant brusquement. Au lit !

— C'est bon, ne jurez pas, on pourrait vous entendre, c'est le juron préféré de Son Altesse votre père, je sais, mais une Impératrice ne jure pas, marmonnait Ida en l'accompagnant jusqu'à sa chambre.

— Une Impératrice n'écrit pas non plus de lettres à un inconnu, dit la jeune femme en lui donnant sa main à baiser. C'est pourtant ce que je vais faire, et sur votre conseil, ma chère.

La lettre suivante venait aussi de Londres.

Mme Taschnik mère l'avait apportée à son fils alors qu'il traînait encore au lit. Il était rentré tard dans la nuit.

— Cela vient encore de l'étranger, avait-elle émis froidement en humant l'enveloppe avant de la jeter sur l'oreiller.

Il avait bâillé avec ostentation, il avait fait mine de s'étirer, tout en glissant la lettre sous son coude, mais Mme Taschnik s'était assise au bord de la couette avec une résolution sans équivoque.

— Je ne te demande pas qui est cette femme, Franzi, avait-elle commencé d'un air doucereux en ajustant ses lunettes.

— Vous faites bien, mère. Car ce n'en est pas une. C'est un ami à moi, attaché d'ambassade à Londres.

— Je croyais que vous aviez un système, comment dis-tu déjà, une espèce de valise pour diplomates...

— Valise diplomatique, ah, mais c'est que... Justement, il préfère éviter, rétorqua le jeune homme embarrassé. C'est exprès.

— Ah, dit-elle sans conviction. Et où étais-tu donc cette nuit ?

— Au café, mère, dit-il bien sagement.

Ce qui n'était pas tout à fait vrai. Au printemps, les lingères dansaient dans les petits bals de faubourg. Non qu'elles fussent privées de danse pendant le carnaval, mais en février il faisait trop froid pour valser dans les rues. Au premier rayon de soleil, apparaissaient les musiciens, les aubergistes sortaient les tables rondes, et l'on valsait entre soi, loin des fastes des bals de la haute. Franz s'asseyait tranquillement, commandait un vin blanc coupé d'eau pétillante, et reluquait les filles qui dansaient ensemble. Mme Taschnik mère eût été horrifiée ; les lingères étaient faciles, leurs amours dangereuses, la maladie courait la ville, et bien qu'il fût de bon ton, pour un jeune homme, d'aller se faire déniaiser au bal des lavandières, on n'en parlait pas, voilà tout.

Aussi bien Franz Taschnik se comporta en fils respectueux et mentit, comme c'était son devoir. Il n'était pas pressé d'ouvrir sa lettre. Sa nuit lui revenait peu à peu.

Il avait levé une petite blonde maigrichonne, une fille sans prétention qu'une grande femme assez carrée serrait d'un peu trop près, et qui lui avait lancé, comme un appel à l'aide, un clin d'œil généreux. Il n'avait pas résisté, il avait attrapé la fille par la taille, et s'était envolé pour une de ces valses chaloupées qu'on ne dansait pas chez les bourgeois. Un peu plus tard, il lui proposait une « chambre séparée » dans un hôtel spécialisé, et la fille s'était mise à siffler, stupéfaite.

— Une chambre séparée ? Pour moi ? J'ai ma chambre, avec ma copine, pas loin, je n'ai qu'à lui dire de ne pas rentrer...

— Tu le mérites, avait-il dit avec sincérité. Vraiment. Est-ce que c'est la première fois ?

Elle avait ri, gênée. Il avait insisté, elle l'avait suivi, il avait une adresse, toujours la même, un hôtel avec des salons particuliers pas trop chers. Un maître d'hôtel en frac un peu douteux avait obséquieusement ouvert les portes à deux battants, et la fille avait contemplé la nappe blanche sur la table, les verres à pied, le champagne dans son seau, et le canapé mauve. Elle regardait le tout comme un enfant l'arbre de Noël, en lissant la nappe du bout des doigts. Franz aimait émerveiller les filles, surtout quand elles étaient pauvres ; il se sentit heureux.

Elle s'appelait Friedl, elle était repasseuse, elle était vierge. Elle s'était crispée, avait crié de souffrance, avait dit « ce n'est rien, il faut bien commencer un jour », puis elle l'avait surpris par ses audaces, une vierge pourtant, qui lui avait appris ? Il avait repensé à la femme un peu hommasse avec qui dansait Friedl au bal des lingères, il l'avait reprise, il avait connu un plaisir extrême, violent, inattendu. Le champagne était resté intact, elle s'était levée toute nue, l'avait débouché comme un rien, des mains fortes, avait-il pensé, des mains fortes et des hanches rondes, une taille de rêve, quelle épouse elle ferait, comme c'est dommage, et elle, la flûte à la main, trempa son index dans le champagne et lui humecta les lèvres. La grâce.

Ils s'étaient soûlés très vite, et s'étaient endormis comme des enfants. A deux heures, le maître d'hôtel avait toussé derrière la porte.

Elle s'était rhabillée en essuyant une larme qu'il ne comprit pas. Et puis elle avait ri, et lui avait sauté au cou, « mon gros lapin, on se reverra, dis ? » Et il s'était senti coupable.

« La prochaine fois... », disait-elle en laçant ses bottines. Il n'y aurait pas de prochaine fois, et déjà cette pensée lui donnait des regrets. Il la raccompagna, elle avait glissé son bras sous le sien et se taisait, il n'osait pas la payer, mais elle, gentiment, lui murmura dans un dernier baiser, « donne-moi un petit quelque chose, sans cela je me ferai gronder, ce n'est pas tant pour moi mais... », alors il avait sorti son portefeuille.

Il s'était réveillé patraque, encore grisé par le plaisir, avec au cœur un malaise indéfinissable.

— Il est temps que je me marie, fit-il en décachetant l'enveloppe.

◆

La lettre était interminable ; Franz la dévora d'un coup d'œil, cherchant machinalement le mot tendre qui ne s'y trouvait pas. Il jugea les phrases contournées, le style sautillant, et le tout sans intérêt. Tout juste bonne à jeter aux cabinets. Il la froissa rageusement et se recoucha.

Qu'avait-il à gagner dans cette aventure sans issue ? Les femmes étaient faciles ; pourquoi s'embarrasser d'une pimbêche qui jouait le mystère et se moquait de lui ? Sans doute, elle était belle ; mais après tout, il ne l'avait pas vue. Certes, elle était grande et fine ; mais ses lèvres fermées semblaient faites pour résister au désir. Distinguée, mais hautaine ; farouche, méprisante. Allons ! Il fallait abandonner Gabrielle.

Se marier... Fallait-il en passer par le choix de sa mère, accepter une petite personne rougissante, les cheveux frisés avec soin, blonde et grasse, une vraie jeune fille ? Une bêtasse qui ne lirait rien, et qui saurait peut-être vaguement pianoter quelques airs convenus ? Ils iraient à la messe le dimanche, elle confectionnerait avec amour les boulettes pour le bouillon ; les mains gluantes de pâte, elle enfouirait l'abricot à l'intérieur du beignet traditionnel, préparerait le café du matin, l'attendrait le soir avec un baiser sur la joue, et fermerait la lumière au lit, sous la couette...

Non ! D'abord ce serait une brune. Très grande. Elle aurait des yeux sombres, avec des reflets fauves au soleil ; un regard mordoré. Une peau nacrée, ni noiraude ni pâle, avec des reflets sauvages, un peu comme un renard. Elle ne serait ni trop douce, ni trop obéissante, elle serait un peu triste, avec un sourire énigmatique... Comme l'inconnue du bal.

Il sursauta. Défroissa le papier. Et relut la lettre de Londres, lentement. Le « cher ami » de la première ligne n'avait pas de signification. Il l'avait, écrivait-elle, « distraite » ! Il enragea. Puis découvrit qu'elle avait mordu à l'hameçon : « Pourquoi donc refuses-tu le prénom que je t'ai donné ? Est-ce que tu n'aimes pas Gabrielle ? C'est ainsi que l'on m'a appelée à ma naissance. Un don du ciel, pourtant. Gabrielle ! Transpose-le au masculin. Gabriel... N'est-ce pas ce divin compagnon de Dieu qui interdit le ciel au commum des mortels, aux simples hommes comme toi ? Gabrielle me convient tout à fait. Interdite, mon enfant, je le suis à tes yeux. As-tu des préventions contre ce joli nom d'archange ? »

« Touché », pensa-t-il. « Et puis, écrivait-elle, on dirait que tu t'imagines que je ne suis pas en Angleterre. Quelle idée ! Je suis à Londres. Et je m'y ennuie. Peux-tu me dire pour quelle raison j'aurais inventé ce mensonge ? Tu n'as pas de réponse, mon enfant. Le reste va sans dire. »

Suivaient des litanies nostalgiques sur le charme de Vienne, et qui sonnaient faux. Elle détestait Vienne, elle ne s'en était pas cachée, et prétendait aujourd'hui regretter « les amusements ». Elle, s'amuser ? La moins douée du monde. Il jubila, « je la tiens », songea-t-il. Ensuite elle revenait sur l'Angleterre, l'y invitait — c'était sans risque — et détournait drôlement la devinette sur les chiens. « Car je t'avoue, disait-elle que je n'aime guère les chiens. Inutile de te dire que je n'ai aucun moyen de deviner la race du tien, ce dont je me moque, au demeurant. Pour m'éclairer à ce sujet, et si tu y tiens vraiment, tu pourrais m'envoyer ta photographie avec ton fidèle serviteur... »

Fidèle serviteur ! Seuls les amateurs de chiens utilisaient ces termes. La passion de l'Impératrice pour les chiens remplissait les colonnes des journaux.

Bref, elle mentait. Elle n'était pas à Londres, elle n'avait jamais voyagé, elle adorait les chiens, elle ne s'appelait donc pas Gabrielle. Menteuse.

Quand il en arriva aux trois dernières lignes, il crut rêver. Trois lignes un peu tremblées, et qu'il n'avait pas remarquées. Des mots qu'elle aurait pu dire à mi-voix, avec cet étrange murmure susurré qui la rendait semblable à une sorte de Loreleï. « Je me suis insinuée dans ta vie, écrivait-elle, sans le vouloir, sans le savoir. Et je n'y suis pour rien. Dis-moi, veux-tu rompre ces liens, le veux-tu ? Maintenant, c'est encore possible. Mais plus tard, qui sait ? » Ah ! C'était elle, tout entière. Fuyante, glissante, aguicheuse, une allumeuse de génie, anguille ou pieuvre, sirène ou naïade, mais marine à coup sûr, couverte d'écailles, sentant le sel et les moules, enveloppée dans ses cheveux, une fille des eaux...

« Dis-moi, veux-tu rompre ces liens ? »

— La garce, gémit Franz. Je voudrais bien.

« Dis-moi, veux-tu rompre ces liens, le veux-tu ? Maintenant, c'est encore possible... »

— Me libérer de cette goule. Il le faut.

« Je me suis insinuée dans ta vie, sans le vouloir, sans le savoir. Et je n'y suis pour rien. Dis-moi, veux-tu rompre ces liens ? »

— Serait-elle sincère après tout ? C'est vrai que nous étions deux innocents, murmura-t-il en baisant le papier.

« Dis, veux-tu rompre ce lien, le veux-tu ? »

— Pas encore, cria-t-il en sortant de son lit. La chasse n'est pas finie. D'abord, je saurai qui tu es. Ensuite, nous verrons.

Quand il fut enfin prêt, et qu'il eut bu son café, il songea à la photographie qu'elle lui demandait, avec le setter irlandais. Il se trouverait bien quelqu'un pour lui en prêter un, sinon...

Sinon, il n'enverrait pas son portrait. Dieu sait ce qu'elle pourrait en faire avec ses dames d'honneur.

5

LES RENDEZ-VOUS MANQUÉS

Tu es parti, tu m'as échappé pour de bon
Qui t'aura arraché à moi brusquement ?
Veux-tu guérir de la folle fièvre sauvage
Veux-tu fuir le sol où je me trouve ?

Elisabeth

Les journées restaient maussades ; il pleuvait sur Vienne. Willibald s'était tordu le pied, il était de méchante humeur. Au Ballhausplatz, un Hongrois venait d'arriver dans le service, un petit homme malingre à l'œil vif et aux cheveux frisés, et qui s'était présenté en claquant les talons. « Erdos Attila ! » avait-il annoncé fièrement.

Willy l'avait toisé en silence, et Franz, perdu dans ses songes, lui avait à peine adressé la parole. Le Hongrois avait vainement tenté de faire connaissance, puis s'était assis à sa table. Il n'était jamais facile d'atterrir dans les bureaux du Ballhausplatz, surtout pour un petit Hongrois.

— Attila, bougonna Willy lorsqu'ils eurent quitté le ministère, encore un prénom de sauvage... De la Hon-

155

grie, rien ne nous vient de bien, sauf le goulasch et le vin de Balaton. As-tu remarqué ses bottes ? Des bottes, en ville, et brillantes comme des miroirs !

— Mais il est avenant, répondit Franz. Et tout à fait courtois.

— Toi et tes charités imbéciles ! cria Willy. J'aurais préféré un Autrichien, un vrai. Tu me diras que notre ministre, le comte Andrassy, est magyar, que ceux de Transleithanie sont nos frères, que nous ne formons qu'un seul peuple uni par deux couronnes, que...

— Je ne te dirai rien de tel. Tu deviens impossible, Willy !

— J'ai des peines de cœur, mon vieux, murmura le gros homme. Ma mère m'avait déniché une fiancée au village, une jeunesse de vingt ans, dotée, mignonne, un peu friponne aussi... Enfin, j'étais amoureux, que veux-tu. Le père a fini par juger que je ne faisais pas l'affaire. Elle était sans doute trop jolie. J'avais cru... Et puis non. Sans compter qu'on ne rajeunit pas ; songe donc, trente-cinq ans !

Des amours de Willy, Franz ne savait presque rien. Le gros se posait souvent en homme d'expérience ; à l'entendre, ses aventures ne se comptaient plus. Régulièrement, il apparaissait au ministère avec une redingote neuve, une fleur à la boutonnière, prenait des airs mystérieux et se frottait les mains. « Je crois que cette fois nous y sommes », confiait-il sans autre précision.

Quelques semaines plus tard, il arrivait mal rasé, bougon, comme ce jour-là, justement. Le fameux « Je crois que nous y sommes » datait environ d'un mois. Franz le prit par les épaules et l'emmena au café, où Willy se soûla au vin blanc, qui rendait l'ivresse plus légère, disait-il.

Triste journée, décidément. La pluie n'avait pas cessé, et le vent s'amusait à plier les branches des arbres fraîchement plantés devant l'Hôtel de Ville. Franz reprit son tramway en songeant à la lettre de Londres, qu'il avait pliée en quatre et gardée dans la poche de sa redingote.

Mme Taschnik essaya bien de confesser son rejeton, mais il prétendit qu'il avait la migraine, et se retira dans sa chambre. Il frissonnait.

Glacé, Franz s'emmitoufla dans sa pelisse, ouvrit la porte du poêle de faïence et sortit la lettre. La chaleur se fit étouffante ; le jeune homme jeta la pelisse dans un coin, ôta son gilet, sa chemise, et se retrouva torse nu, assis devant la table. Les lettres dansaient devant lui, déformées par les froissements du papier ; il ne les voyait plus. Machinalement, en se grattant les aisselles, il agrippa les poils touffus, rèches et frisés comme un pubis de femme. De la peau de l'inconnue, que savait-il au juste ? A peine s'il lui restait une odeur forestière, quelque chose entre l'humus et le jasmin...

Il contempla le pelage blond sur ses avant-bras, étendit ses mains énormes et les trouva faites pour le corps d'une femme. Le malheur, c'était qu'il ne savait pas bien laquelle ; le malheur, c'était l'inconnue en travers de sa route, et cette énigme qui l'obsédait.

Il écrivit d'un trait, avec une sorte de rage. « Cher domino jaune, tu me prends pour un âne. A quoi bon tromper un innocent jeune homme qui ne t'a fait aucun mal ? Je t'ai plu une nuit ; tu m'as ensorcelé. De ce que tu m'écris, je ne crois pas un seul mot. Comment serais-tu à Londres ? Tu es autrichienne, ma chère ; tu ne t'appelles pas Gabrielle, puisque ton vrai nom, je le connais. Par respect, je ne l'écrirai pas. Quel Autrichien ne reconnaîtrait en toi l'idole de tout un peuple ? Quelle autre femme aurait un tel air de majesté ? Tu devais me mentir, tu l'as fait, fort bien. Tu me demandes si je veux rompre ce lien ? Je ne répondrai pas. Ce lien entre nous, c'ést toi qui l'as voulu ; sans toi, je ne peux le desserrer. S'il te reste un sentiment pour le malheureux que tu as fait prisonnier, délivre-le, ma chère, délivre-moi. »

Et pour être bien sûr de ne pas y revenir, il scella l'enveloppe aussitôt.

❖

La lettre chemina jusqu'à Munich, poste restante ; elle y dormit un mois entier.

L'Impératrice avait enfin consenti à quitter la Hongrie ; avec les beaux jours, elle était de retour à Vienne, où l'attendaient les cérémonies habituelles, la procession de la Fête-Dieu, quelques réceptions pour les délégations venues des fins fonds de l'Empire, en compagnie de l'Empereur, pauvre Empereur. La Cour avait emboîté le pas à la rumeur ; on disait beaucoup qu'à Gödöllö, l'Impératrice s'était montrée trop familière avec son écuyère, une fille du cirque Renz, une Française, comme de bien entendu. L'Empereur s'en serait ému, mais l'Impératrice aurait convaincu son époux qu'il s'agissait d'une femme très convenable.

— Toujours est-il qu'elle a décanillé, la Renz ! ricanait Willibald. Aussi, notre Impératrice exagère. Se commettre avec une acrobate ! Et pourquoi pas passer à travers un cerceau de feu, tant qu'à faire !

— Plaît-il ? sursauta le petit Hongrois. De qui parlez-vous, monsieur, je vous prie ?

— Mais de l'Impératrice, pardi ! Qui d'autre ? Voyez-moi ce paysan du Danube !

Le Hongrois s'était dressé, tout pâle. « Calme-toi, Willy, voyons, tu déraisonnes », chuchota Franz, inquiet. Trop tard. Attila avait renversé la table, et prenait Willibald au collet.

— On n'insulte jamais la Reine en ma présence ! gronda-t-il. Ne recommencez pas ! Ou je vous réduis en bouillie. Vous autres Autrichiens, vous la haïssez, je le sais ; mais c'est qu'elle est à nous, figurez-vous, à nous !

Il le lâcha d'un coup, le gros roula sur le sol. Le Hongrois s'épousseta, remit en place ses manchettes, et lui allongea un coup de pied dans les reins. Willy se releva en gémissant.

— Voilà comment nous sommes, nous autres, fit Attila en reprenant son souffle.

— C'est égal, vous êtes d'une force incroyable, dit Franz tranquillement. Comment avez-vous fait pour le soulever de terre ?

— Mais j'avais raison, n'est-ce pas ? s'écria le Hongrois. Je suis sûr que vous m'approuvez. D'ailleurs vous n'avez pas levé le petit doigt. Vous êtes différent, vous, cela se voit.

— Oh ! lui, cria Willy de loin, c'est autre chose. L'Impératrice, il en est amoureux ! Depuis qu'il croit l'avoir sédu...

Avant qu'il eût fini sa phrase, il se retrouva plaqué contre le mur. Franz s'était rué comme un bolide, et lui fermait la bouche.

— Intéressant, commenta le Hongrois. A ce que je vois, monsieur trouve enfin à qui parler. Pour aujourd'hui il a son compte. Alors, vous connaissez ma Reine ?

— Si on se tutoyait ? demanda Franz. Moi, c'est Franz ; appelle-moi Franzi...

Willy bouda.

Franz et Attila firent connaissance ; le Hongrois, ravi, ne le quitta plus. Ils avaient le même âge ; pendant la Révolution, le père d'Attila avait été emprisonné, il avait sans doute été torturé, toujours est-il qu'à peine libéré il était mort d'épuisement. Ils étaient tous deux fils uniques, et leurs mères se ressemblaient : possessives, conservatrices. Ils partageaient les mêmes convictions libérales ; l'avenir appartenait aux esprits modernistes, au progrès technique, et à la tolérance. L'Empire était corseté, et corsetait les peuples.

Sur ce point, les deux jeunes gens avaient un différend. Pour Attila, l'autonomie hongroise garantissait les libertés de tous les peuples de l'Empire. Franz n'était pas entièrement convaincu : à cause de l'insolente fierté de la Hongrie, le parlement tchèque, fermé en 1867 quand s'était instaurée la Double Monarchie, n'avait toujours pas été rouvert. Les Slaves du Nord, Tchèques et Slovaques confondus dans la même humiliation, se sentaient trahis par l'Empereur, qui, sur suggestion du ministre Andrassy, venait par-dessus le marché de brader ses Polonais, en les cédant à Bismarck. Quant aux Slaves du Sud, ils appelaient à l'aide avec une croissante insistance, et les émeutes devenaient de plus en plus sanglantes. Armés de fourches et de bâtons, les paysans révoltés pillaient les châteaux forts musulmans, et tendaient des embuscades dans toute la Bosnie. Massacre sur massacre, mais toujours pas d'intervention à l'horizon.

Le petit Hongrois hochait la tête d'un air embarrassé, et convenait qu'il faudrait un jour changer l'état de l'Empire, ouvrir la Double Monarchie aux autres peuples. Un jour, peut-être.

Quand ils en vinrent enfin à parler de leurs amours, Franz donna quelques conseils et recommanda la prudence, à cause de la maladie.

— Et cette affaire avec la Reine, puisqu'il paraît que tu la connais..., demanda prudemment Attila au bout d'une semaine.

Le premier jour, Franz répondit que c'était pure invention ; le deuxième, il admit que le gros n'avait pas menti, enfin, pas entièrement ; le troisième, il évoqua le bal, sans insister. Quand enfin il eut tout avoué, le Hongrois resta confondu.

— Pourvu que ce soit vrai, répétait-il. Avec un peu de chance...

Mais la dernière lettre de Franz restait sans réponse. Attila se mit à rêver à son tour ; la Reine, il l'avait entrevue le jour du couronnement, il avait tout juste dix-neuf ans. A travers les vitres du carrosse, il avait deviné la tiare de diamants, aperçu le corselet de velours noir et les célèbres rangs de perles croisés à la hongroise, sur la dentelle. Le costume traditionnel avait été adapté par Worms, le grand couturier français ; la robe était tout simplement admirable. Une main, qui paraissait petite, s'était levée, avait salué, et puis s'était repliée avec timidité.

— Est-ce que je l'ai vraiment vue ? J'étais loin... Et puis, je ne suis pas grand... Peut-être le délibab ! conclut-il.

— Le quoi ? dit Franz abasourdi. Elle aussi parlait de cette chose-là !

— Ah ! Je t'expliquerai, ou du moins, j'essaierai, fit Attila mystérieusement. Le délibab, il faut le voir. Chez nous, en Hongrie. Une spécialité.

Willy tomba malade, il avait des ganglions et de la fièvre ; les deux autres songèrent que c'était par dépit amoureux. Mais quand il revint au bureau un mois plus tard, il avait perdu ses cheveux. Il ne voulut rien dire de son état, une affection d'enfance qu'il traînait depuis longtemps, à l'entendre. Mais il était si amaigri, si défait que, pris de remords, Franz et Attila pardonnèrent.

❖

Les marronniers fleurirent, les blancs pour commencer ; pour les roses, il faudrait attendre. Au Prater, les pelouses étaient vertes, et les équipages se pressaient dans les allées cavalières. Les bonimenteurs revinrent avec leurs fortes voix, les filles portaient des chapeaux clairs et des violettes au décolleté. Sur les collines, les aubergistes avaient sorti les tables de jardin, et les petits orchestres s'en donnaient à cœur joie chaque soir. Les fenêtres de la villa des Strauss se rouvrirent, et Mme Taschnik put à nouveau pester contre l'enchanteur maléfique, dont les mélodies s'égrenaient sous les cerisiers.

Un matin, Franz ne résista plus, se leva tôt, et courut au champ de courses de la Freudenau. Sa lettre était partie depuis près d'un mois ; l'Impératrice, retenue dans la capitale pour des raisons inexpliquées, ne s'était pas rendue aux noces de son frère avec l'infante du Portugal ; c'était dans les journaux. Donc, elle était à Vienne. Mais Franz ne la trouva pas au champ de courses.

Pas davantage dans les allées du Prater. Il rôda autour de chez Demel, questionna les serveuses, qui ne l'avaient pas vue depuis l'hiver. « On dirait qu'elle se cache », fit l'une d'elles.

— Pour sûr, elle se cache, commenta le Hongrois. Mais j'ai deux invitations pour l'inauguration de l'exposition florale. Regarde le carton : « sous le haut patronage de Sa Majesté l'Impératrice »... Essayons.

Elle y apparut, en satin rose et noir. Franz reconnut le célèbre visage, la bouche fermée, le sourire énigmatique, et le regard voilé par les ombres des palmes qui dessinaient sur la peau claire d'étranges jalousies. Attila se mit au garde-à-vous. Entourée de chuchotements admiratifs, un éventail au bout des doigts, elle avançait avec une démarche insensiblement chaloupée, comme un gracieux vaisseau glissant sur d'invisibles eaux.

Franz se posta devant un massif d'azalées, à un tournant qu'elle ne pouvait manquer. Elle ne le manqua pas. Leurs regards se croisèrent. Franz tendit une main incertaine, et s'inclina profondément.

Elle faillit s'arrêter, marqua un temps interminable, puis elle accéléra le pas. Mais au moment de disparaître, brusquement, elle se retourna.

— Mon Dieu ! Elle est encore plus belle que sur les images ! murmura Attila, éperdu. Alors ?

— Alors je ne sais pas, hésita Franz. N'oublie pas que je ne l'ai jamais vue...

— Mais elle s'est retournée !

L'événement fit l'objet de longues discussions. On ne pouvait nier les faits : elle l'avait vu, elle s'était immobilisée, elle s'était retournée. Avait-elle fait un seul geste de connivence ? Non. Qu'avait-il lu dans ses yeux ? Difficile à dire. Il croyait se souvenir qu'elle avait plissé les paupières, comme une myope. Sur ce qui jaillissait de ce regard-là, il était partagé. Un éclair rapide, une noirceur douce et colérique ?

Mais il ne retrouvait rien du fragile éclat qui l'avait tant charmé. Rien, sauf peut-être un léger balancement des hanches. Rien, sauf ce visage d'archange qu'il avait deviné cette fameuse nuit. Et le mouvement de l'éventail.

Il la revit encore, au Prater, par hasard, un soir qu'il ne la cherchait pas. Précisément à l'époque, il avait décidé d'apprendre à monter. Franz avait dans les jambes quinze jours de leçons ; son cheval était un vieux canasson pour débutants, un bai brun plutôt doux, sur lequel il cherchait son assiette.

Le soleil de juin n'en finissait pas, le ciel s'éclaircissait, une lune blanche et confuse s'esquissait vaguement, les moineaux se rassemblaient au sommet des frondaisons, pour un concert de pépiements. A cette heure, il ne risquait pas de la rencontrer. Il savourait donc la longueur de l'après-midi, étirant les joies de la vie. Le Prater était un lieu de délices, comme nulle part au monde.

Sur la petite scène du Théâtre de Polichinelle, un Pierrot ventru se moquait d'un Pantalon au long nez ; un peu plus loin, un bonimenteur à la voix grasseyante vantait les miracles d'une fiole magique ; les guinguettes croulaient sous les lilas, et les clients buvaient le vin blanc coupé d'eau, le *Gespritzt*, en lorgnant les passantes qui se poussaient du coude en riant aux éclats. Les *Süsse Mädel*, ces filles sucrées qui faisaient le charme de Vienne, semblaient s'être rassemblées tout exprès pour en profiter ; elles étaient repasseuses, ou couturières ; on n'était pas loin de la Saint Jean, et les jupons laissaient voir les bottines, ou les bas rayés. Le jeune homme poussa son cheval, et s'enfonça dans les bois. Il commençait à se sentir à l'aise sur l'animal ; pour une fois, il ne pensait pas à l'inconnue.

Elle le croisa en calèche, vêtue de mousseline noire, une ombrelle blanche à la main ; d'un coup, il se trouva sur son chemin. Saisi, il leva un bras, voulut l'appeler, cria « Gabrielle ! », et voici qu'elle se retournait encore...

Le même éclair. Effrayées, les paupières battirent, se relevèrent ; gravement, elle inclina la tête, comme pour s'excuser. Puis elle bascula l'ombrelle pour se cacher ; la calèche avança, les chevaux frôlèrent celui de Franz, qui serra les rênes d'un geste gauche...

L'Impératrice était passée. Le cœur de Franz battait si fort qu'en cet instant il ne douta plus : c'était elle. Plus apeurée que jamais.

❖

La lettre de Munich, poste restante, était arrivée entre les mains de sa destinataire juste avant l'inauguration de l'exposition florale.

Au moment où on la lui porta, l'Impératrice sursauta, et décacheta l'enveloppe en tressaillant ; la réponse avait certes tardé, mais enfin le jeune homme n'avait pas failli à sa mission. Quand elle eut achevé sa lecture, elle laissa tomber le papier. La lettre de Franzi était une véritable gifle.

De la lettre de Londres — écrite à Gödöllö dans la fièvre d'un printemps pervers —, elle n'avait gardé qu'un confus souvenir ; elle avait évoqué l'Orient, les chiens, quelques titres de livres, c'était somme toute assez drôle, un peu piquant, mais quoi ! Elle s'était abandonnée, sans méfiance... Quelle faute avait-elle commise ? Où l'avait-elle frappé ? C'était la réaction d'un blessé, celle d'un animal forcé à la fin d'une chasse...

« Dis, veux-tu rompre ce lien ? » Oui, elle avait écrit ces mots dévastateurs... Mais en répondant si violemment, le jeune homme avait brisé le charme ; le lien était rompu, c'était définitif. Elle froissa rageusement la lettre.

— Tu veux qu'on te délivre, pauvre petit, eh bien, va-t'en ! cria-t-elle en piétinant le papier. Je t'ai fait prisonnier, moi ? Je t'ai ensorcelé ? Au diable !

Quand elle fut calmée, elle ramassa la lettre, la plia en quatre et la mit dans son corsage, où personne ne la trouverait. Il n'était pas méchant, au fond ; c'était un bon jeune homme, juste un peu trop malin. Elle n'écrirait plus ; enfin, pas tout de suite. Il fallait laisser passer l'orage, qu'il demandât pardon, à genoux, et alors, oh, alors, comme elle serait douce, généreuse, et même, s'il voulait, elle accepterait de le revoir encore...

Elle essuya ses larmes devant la psyché de sa chambre. Combien d'années lui restait-il pour plaire à un jeune homme ? Deux ans, trois peut-être ? Voilà qu'il devenait la caution de sa beauté ! Qui d'autre la regardait, sinon ce Franzi, ce petit rédacteur de ministère, ce cœur bouillant et sincère ? Les autres — ah ! les autres mentaient, tous...

En attendant, de l'éloignement d'abord, et du silence. Elle le reverrait certainement un jour. Peut-être le lendemain, au milieu des hortensias et des orchidées. D'ailleurs...

En acceptant d'inaugurer l'exposition florale, l'Impératrice avait imaginé que son jeune homme serait là ; elle avait prémédité l'arrêt, l'hésitation, et l'indifférence calculée. Elle s'autoriserait l'échange des regards, pour profiter encore un peu de cette adoration obstinée ; il n'en saurait rien, ce serait délicieux. Mais à son grand étonnement, elle n'avait pas pu s'empêcher de se retourner. Et cela, elle ne l'avait pas décidé. Depuis cet élan incontrôlé, elle attendait un signe de lui.

Elle n'avait pas non plus prévu l'apparition au Prater sur le bord du chemin ; elle en conçut une frayeur extrême, et se sentit traquée. Pour la première fois, la rencontre lui laissa un goût amer. Elle l'avait trouvé plus beau l'été que l'hiver ; il était décidément très grand, très fort, plus élégant qu'auparavant, et elle, paralysée, s'était contentée de passer en inclinant la tête...

C'était trop bête, et trop cruel. Il commençait à lui manquer. A son tour il devenait inaccessible. Les rôles se renversaient. Elle n'écrirait plus à son jeune homme ; décidément, les sentiments ne lui ressemblaient pas.

❖

Selon Willibald, le domino jaune répondrait à la dernière lettre de Franz, cela ne faisait aucun doute. Elle accorderait enfin un rendez-vous, un vrai, en chambre séparée. Elle arriverait voilée ; mais après les préliminaires, elle baisserait sa voilette, et Franz pourrait enfin constater qu'il s'agissait de Gabrielle, et de personne d'autre. Et quand il l'aurait pour finir culbutée sur le sofa, il serait soulagé. « Tu verras ! J'ai l'habitude de ces femmes-là, répétait-il. Sur le sofa. »

Mais pour Attila, qui partageait les convictions de Franz, si Gabrielle était Elisabeth, alors elle se tairait farouchement. Les trois compères étaient d'accord sur un seul point : en aucun cas, le jeune homme ne devait faire le premier pas.

Franz jugeait la rupture irrémédiable. Il exigea de ses amis le silence sur cette affaire ; qu'on n'en parle plus, de grâce, et qu'on le laisse en paix ! D'ailleurs il faisait trop chaud. L'Impératrice était repartie en voyage, la césure de l'été accomplissait son œuvre. On y reviendrait plus tard, peut-être, ou bien jamais.

A l'automne, les trois amis hantèrent les caboulots sur les collines ; la santé de Willy s'était rétablie, il était de meilleure humeur, il avait enfin accepté la présence du petit Hongrois. L'intervention en Bosnie n'était toujours pas décidée, malgré les combats meurtriers entre les musulmans et les chrétiens. D'après Willy, qui décidément allait mieux puisqu'il colportait des ragots, l'Empereur avait une aventure avec une vendeuse de fleurs, une certaine Nahowski qu'il avait rencontrée dans le parc, à Schönbrunn.

— Et le prénom ? glissa Franz, intéressé.

— Anna, tout bêtement, répondit Willibald. Un prénom bien de chez nous.

— C'est joli, Anna, observa Franz, rêveur.

— Oui ! Et puis cela libère ta conscience, non ? Car si l'Empereur est infidèle..., suggéra Attila qui pensait à sa Reine.

Le petit Hongrois tomba amoureux d'une chanteuse qu'il avait entendue dans le café où dirigeait Johann Strauss ; c'était une soprano, avec des cheveux blonds tirant sur le roux, et qu'instantanément on baptisa « La Rouquine ». Ses amis la trouvèrent gentille, mais quelconque ; ce n'était qu'une petite voix sans envergure.

Pour ne pas être de reste, Willy affirma que, cette fois, on y était. La fiancée n'était plus très jeune, mais accorte, à en croire sa mère ; et par extraordinaire, trois mois passèrent sans déception.

L'Impératrice était en voyage en Angleterre ; elle se rendit à Londres, et Franz eut du vague à l'âme. Selon les journaux, elle aurait visité le plus grand asile d'aliénés du monde, à Bedlam, ce dont personne à Vienne ne voyait l'intérêt ; et pour la première fois, elle avait participé à une chasse à courre, ce qui semblait un peu plus convenable. Mais comme Franz avait interdit toute discussion sur le sujet, Willibald et Attila se tinrent coi.

— Attendons la saison des bals, chuchotait Willy à l'oreille du Hongrois. Je parie qu'il reviendra à son idée fixe.

❖

Les arbres perdirent leurs feuilles, le vent recommença ses coups glacés, ses gifles mauvaises. La première neige apparut en novembre, alors qu'on finissait à peine les vendanges sur les collines. Les Viennois enfilèrent leurs pelisses, et les pauvres commencèrent à frissonner. Il ne restait plus que deux mois avant le début du Carnaval ; et déjà l'excitation agitait le cœur des jeunes gens. L'air de rien, Willy aborda la question des bals : où irait-on ? La Redoute aurait lieu dans la même salle que l'année précédente ; la date était déjà connue, le 22 février. Franz fit la sourde oreille.

Il refusa même obstinément de s'y rendre. Les deux autres se préparèrent ; Attila prétendait que sa bonne amie porterait un domino noir et blanc, aux couleurs des fracs masculins. La veille du bal de la Redoute, Franz les laissa partir un peu plus tôt, et fit mine de s'absorber dans un dossier compliqué, une affaire de report de crédits budgétaires, qui donnait des maux de tête au chef de section.

Le matin du bal, Franz évita le Prater, et décida de se promener au Stadtpark, le plus récent des jardins publics. Le sol était si gelé que les promeneurs se faisaient rares. Sur la glace de l'étang, les canards se dandinaient gauchement ; les cygnes, posés comme des poules, semblaient couver un œuf mystérieux et immense. Franz contempla les grands oiseaux immobiles, dont le cou se ployait parfois en frémissant. Prisonniers.

Franz rentra précipitamment au ministère ; il avait changé d'avis. Ses amis n'en furent aucunement surpris.

Quand ils pénétrèrent dans le hall de la salle, Franz eut une sorte d'hallucination ; les rires et les valses n'avaient pas changé, les voltigeantes soieries non plus.

La chasse au domino jaune était rouverte ; Willy s'était chargé des rouges, en souvenir.

Il en trouva un à son goût, qu'il ne quitta plus, et qui n'était pas Ida. En regardant de près la conquête de Willibald, Franz crut reconnaître la repasseuse, la Friedl qu'il avait emmenée en salon particulier, l'année passée. Il ne s'était pas trompé : la fille profita de la bousculade pour lui faire un signe de connivence, en soulevant son loup. Puis elle se mit un doigt sur les lèvres ; Franz comprit qu'il devrait garder le silence. Elle avait l'air un peu trop gai, et les yeux un peu trop brillants. Le champagne ou la vérole ?

Attila s'engouffra dans le bal avec sa chanteuse en domino noir et blanc. Franz erra toute la nuit sans résultat ; il avait compté au moins six dominos jaunes, dont les plis dissimulaient des femmes plutôt petites. Il traqua les grandes tailles, en débusqua une qu'il agrippa par la manche, mais quand elle se retourna, il vit un regard clair. Willy avait embarqué la Friedl, le sort était jeté ; Attila tourbillonnait sur la piste sans se lasser. Franz s'en fut le cœur vide, en se traitant d'imbécile.

Il se vengea en écrivant une lettre violente, qu'il déchira ensuite. L'inconnue avait disparu de sa vie. Il l'avait bien cherché : elle avait accédé à ses désirs. Pour en finir vraiment, il lui fallait rencontrer maintenant l'autre femme, dont la place s'était dessinée à mesure que Gabrielle s'éloignait.

Il sortit l'éventail brisé, le déploya... Il battait de l'aile, l'éventail ; Franzi relut les lettres sans trop d'émotion, et les enferma dans une boîte vide, encore poisseuse du sucre de ses bonbons. Affaire classée.

De la fameuse nuit du Bal de la Redoute, ne restaient plus que les froides étoiles d'un ciel d'hiver, dont l'une s'était détachée pour aller se poser sur la perruque rousse d'une femme apparue par miracle, et qui avait décidé de disparaître.

Deuxième partie

LE LIÈVRE ET LE SANGLIER

6

ANNA, OU LA MUSIQUE

La princesse Sabbat qui est bien
La tranquillité en personne
Déteste les tournois d'esprit
Et les débats de toute sorte

Elle ne peut souffrir la passion
Qui frappe du pied et qui déclame
Ce pathos qui se rue sur vous
Les cheveux dénoués au vent.

Heinrich Heine, *Mélodies hébraïques*

Or précisément, un dimanche, Franz déambulait sur le bord du marché central, où sa mère l'avait chargé d'acheter des graines de pavot, lorsqu'il entendit au loin sur le trottoir d'étranges sonorités.

C'était l'un de ces petits orchestres comme il en passait parfois à Vienne en hiver, venu de la lointaine Galicie, peut-être, ou de la Bukovine, et qui s'installait au coin d'une place. Comme seuls instruments, une contrebasse, un violon, un accordéon, trois fois rien ; le crâne enfoncé sous la casquette, sanglés dans des vestons trop étroits, les musiciens baissaient la tête sur les cordes et le clavier, sans un regard pour les passants qui peu à peu s'immobilisaient, tant la musique était belle.

A peine une musique, pourtant. La contrebasse sur trois notes, l'accordéon et le violon retenus, presque rien, juste ce qu'il fallait pour une chanson triste. A peine s'ils jouaient, comme émergeant d'un long sommeil ; leurs gestes engourdis paraissaient ralentis, leurs yeux fermés plongeaient à l'intérieur de l'âme, et les passants s'amassaient autour d'eux, engourdis à leur tour par une lente paresse.

Et de cet embryon d'orchestre, de cette musique rudimentaire naissait une mélodie qui brisait le cœur, et qui jaillissait en autant de larmes sur la ville. Pouvait-on dire qu'on avait le cœur brisé ? Non. On était heureux. L'esprit commençait à fondre sous un soleil pâle, comme une neige durcie qu'un ange aurait réchauffée. Les mains dans les poches, le nez dans leur manteau, les passants ne repartaient plus ; parfois, l'un d'eux glissait une pièce aux pieds des musiciens, un sou qui tombait sur le pavé avec un bruit incongru, sonore, et d'autres, gênés, faisaient « chut », pour ne pas troubler la musique, qui d'ailleurs s'en moquait. Elle commençait à danser, la musique.

Car soudain, alors que le monde semblait à la fin dégivré, le violoniste faisait un signe, l'accordéoniste ouvrait les yeux, et le contrebassiste se trémoussait. En un clin d'œil, c'était une danse effrénée, les passants se mettaient à siffler, les enfants tapaient dans leurs mains en cadence, et la petite foule esquissait un sourire. Franz aussi souriait, enchanté. C'était la valse d'avant la valse, la campagne à la ville et pourtant, ce n'était pas la campagne ; c'était une ville en promenade, une valse nomade venue du bout du monde et qui depuis toujours nourrissait Vienne de son sang. C'était le mouvement de la valse et pourtant, c'était à pleurer, à mourir...

Juste au moment précis où il pensait mourir, il l'aperçut.

Au vrai, c'est une bottine blanche qu'il vit pour commencer. Une bottine un peu crottée qui battait la mesure, battait sans cesse, une diablesse qui semblait diriger la musique. Au-dessus de la bottine tombait un manteau bleu un peu rapé, du manteau sortait un manchon d'astrakan, noir comme le col relevé. Et sur le col flottait une apparition. Enfouie dans la fourrure, une jeune fille, les larmes aux yeux. Une grande brune aux longs cheveux sombres coulant sur les épaules, avec des reflets fauves sur les boucles.

Il crut que c'était Gabrielle incognito, la déesse aux étoiles. Oui, il le crut pour de bon. Elle sentit qu'il la regardait un peu trop, fronça les sourcils, et lui sourit à belles dents. A ce signe, ces dents éclatantes, à cette bouche qui ne refusait pas de s'ouvrir, il reconnut que ce n'était pas elle, mais une autre, l'autre de l'autre, enfin, il ne savait plus, sinon qu'il lui prit le bras comme s'il la connaissait depuis toujours, et qu'ainsi commença leur histoire. A l'instant même où un gros homme arrogant cracha devant les musiciens en disant à voix haute : « Encore des musiciens juifs ! Ces sales youtres ! Mais qui nous guérira de cette engeance... »

Alors, sorti de son rêve, l'orchestre s'arrêta, et les musiciens redevinrent des hommes avec des moustaches, des rides et des mains de pauvres gens, qu'on avait oubliés en chemin. Alors ils ne furent plus que des artistes juifs jouant dans les rues de Vienne, et l'un d'eux tendit sa casquette, pour la quête. De son manchon la fille sortit un billet qu'elle alla poser sur le violon. Elle pleurait.

Plus tard, dans le *Beisl* où pour la consoler Franz l'avait emmenée, elle lui dit qu'elle s'appelait Anna Baumann. Elle était née en Moravie ; mais elle avait été élevée chez son grand-père de Bukovine. Elle était juive. « Cet orchestre, c'est ma musique, lui dit-elle, c'est le *shtetl*, les maisons aux murs blancs et les rues de boue, les caftans des vieux et le cou d'oie farci, les enfants aux pieds nus, les fichus sur les têtes des femmes, vous êtes d'ici, vous, vous ne pouvez pas comprendre. »

La Bukovine était le plus éloigné des territoires de l'Empire ; longtemps, elle avait appartenu à la Turquie. Pour Franz, la Bukovine relevait de ces contrées obscures et mystérieuses qu'on appelait au ministère « les marges » de l'Empire, ou « les confins », comme s'il s'agissait du bout du monde. Un mauvais fonctionnaire était expédié en Bukovine comme en exil. Là-bas, les colons de l'Empire, un tiers soldats, deux tiers agriculteurs, n'étaient pas des plus commodes ; en échange d'une semaine de service militaire par mois, ils bénéficiaient de privilèges qu'ils défendaient bec et ongles. On les appelait « les confinaires », comme s'il s'agissait d'une espèce lointaine préposée à renforcer les lisières impériales, armes et charrue tout ensemble.

Là-bas, c'était une vie boueuse, opaque, des querelles de clocher et de synagogue ; les juifs « anciens », arrivés à la chute du Temple, s'opposaient aux « nouveaux », venus de Pologne et de Russie. Les Anciens maintenaient les traditions que les Nouveaux rejetaient au profit du modernisme. C'était un combat du bout du monde. A l'idée que la jeune fille venait de cette région perdue, Franz sentit s'émouvoir en lui une tendresse mêlée d'un mystérieux respect.

Des villages juifs qu'Anna appelait *shtetl*, il ne savait que ce qu'en disaient les Viennois : la saleté, la vermine, l'entassement, les longues barbes et les papillotes des hommes, une vie arriérée, des animaux partout, des poules dans les maisons, du malpropre, enfin, pour tout dire. Et il découvrait soudain, à la lueur des yeux d'Anna, la profonde lumière du noir, la douceur d'un menton, le large horizon d'une intime clarté, et la mère de la musique. Vaste comme elle, et comme elle, insaisissable.

Anna Baumann vivait de leçons de piano qu'elle donnait dans les familles. En un éclair, il sut qu'elle serait sa femme, et qu'ensemble ils joueraient des sonates jusqu'à la fin des temps. Il la raccompagna à pied jusqu'à Léopoldstadt, le quartier où venaient s'installer les juifs de Galicie, un endroit où Anna vivait dans une petite chambre au deuxième étage d'une maison grise. Le trajet était long, ils marchèrent à pas lents, côte à côte. Il voulut lui baiser la main, qu'elle garda dans son manchon ; timidement, il ôta son chapeau, elle avait disparu dans l'escalier.

Plus tard seulement, il pensa à sa mère, qui n'aimait pas les juifs. Plus tard encore, c'était pendant la nuit, il repensa à l'inconnue sans nom qui citait Heine et adorait les juifs. Pour la première fois, l'étrange femme du Bal de la Redoute lui apparut comme une bonne fée, qui aurait simplement voulu le préparer à de longs cheveux noirs, à un œil d'oiseau sombre et fragile, à une musique ignorée. Il s'endormit en la bénissant et comme l'écho dans un rêve, elle lui répétait : « Vous êtes un enfant, quel enfant... »

❖

Un mois plus tard, alors qu'avril dégelait les touffes de perce-neige, Franz annonça à sa mère qu'il allait prendre femme, et qu'il n'admettrait aucune contestation du choix qu'il avait fait. Sa promise n'était pas riche ; elle n'était pas autrichienne, il la prendrait sans dot, elle s'appelait Anna Baumann. Mme Taschnik n'eut pas besoin de précisions pour deviner que la fiancée de son fils appartenait à la race maudite. Du moment qu'elle la vit, elle sut. A force d'acharnement, elle apprit le reste.

Simon, le grand-père d'Anna, était né dans un shtetl en Bukovine, où il était aubergiste ; le village s'appelait Sagadora, il n'était pas loin de Czernowitz, et ce nom de Sagadora signifiait « La Montagne des Purs ». On y maintenait les traditions hassidiques venues de la Pologne d'à côté, avec une persévérance acharnée ; les rabbins se devaient d'être des inspirés, on les vénérait comme les nouveaux Justes, illuminés par le Seigneur qui leur conférait des dons miraculeux.

Puis pour Simon Baumann, les temps avaient changé. L'aîné de ses enfants, Moïse, était parti s'installer en Moravie, où il avait réussi à monter une distillerie. Quant au cadet, Abraham, le père d'Anna, il était mercier à Kalischt, tranquille cité morave avec des maisons au front bas et des églises à bulbe roux. Au loin, les champs d'orge et de blé frémissaient paisiblement, et le petit commerce prospérait, sous le régime d'une assimilation à la fois souhaitée par les jeunes générations et consentie par l'Empire.

Non sans quelques restrictions : comme seuls les aînés des juifs avaient le droit de fonder une famille, Abraham Baumann, fils cadet de Simon le hassid, épousa sa fiancée Riva devant le rabbin, en secret. Ils eurent une fille qui ne fut pas déclarée, et qu'ils appelèrent Anna, en enlevant le « H » au nom hébreu, Hannah, pour le moderniser. Légalement, Anna était donc une enfant naturelle. Sa mère, de santé fragile, mourut presque aussitôt ; et l'enfant fut élevée par son grand-père Simon, à Sagadora. Le vieux hassid s'empressa de rajouter les « H » au prénom de sa petite-fille.

A seize ans, Anna avait rejoint son père à Kalischt, et reperdu le « H » de son prénom judaïque. La famille Baumann avait un peu de biens ; en Moravie, les juifs, c'était connu, vivaient avec l'assurance de gens calmes. Anna se souvenait du shtetl, elle parlait le yiddish et savait encore un peu d'hébreu, car Simon Baumann, en bon juif « Ancien », était très opposé à l'assimilation impériale. Mais contrairement à son père, Abraham Baumann revendiquait haut et fort les exigences de la « Haskala », les Lumières juives ; il fallait parler allemand, perdre l'accent des juifs de l'Est, accroître la connaissance et sortir du ghetto. Après avoir quitté Sagadora, la jeune fille avait suivi à Kalischt les volontés de son père : de l'éducation, de la lecture, et encore de l'éducation.

Interminablement, Franz expliqua à sa mère l'évolution des juifs au sein de l'Empire. En vain. Aucune de ces subtilités ne pouvait entamer l'hostilité de Mme Taschnik. Encore, si ces Baumann avaient été juifs de Cour, de ces riches familles anoblies, passe ! Mais des juifs de ghettos, c'était l'engeance... Faudrait-il supporter à la noce le grand-père en caftan crasseux et les papillotes aux oreilles ? Accepter cette humiliation ?

Mme Taschnik invoqua l'assassinat du Christ, les

petits enfants dont les juifs avaient tranché le cou au siècle dernier encore, ces vampires ! Elle rappela la mort de son père, la balle sur les barricades, et le sang allemand qui coulait dans ses veines. Elle versa des larmes amères, se mit en colère, et alla même jusqu'à feindre la syncope ; son fils la ramassait tendrement, la portait sur le fauteuil et s'agenouillait devant elle. « Mon petit, mon cher petit, ne me trahis pas », gémissait-elle, la main sur le cœur, mais elle voyait bien dans le regard obstiné qu'il n'était pas prêt à céder.

« Mère, répétait-il obstinément, ne faites pas votre malheur. » Ce « votre » la faisait frémir, elle recommençait à pleurer, et il s'en allait en claquant la porte. La retrouver, elle, l'étrangère. Déjà, sans attendre son consentement, il l'avait présentée à ses amis...

Alors, elle se souvenait de son défunt mari, doux et têtu, comme Franz, et qui n'en faisait qu'à sa tête. De feu Gustav Taschnik, ne restait plus qu'un portrait sur le mur, dans un grand cadre d'or où le cher disparu souriait pour l'éternité. Pour une fois, le martyr de la révolution de 1848 était d'une parfaite dignité, avec un col noir relevé, une cravate blanche où brillait un rubis qui avait disparu le soir des barricades. Mais il avait toujours son sourire heureux et naïf, le même que Franz aujourd'hui, un bon sourire, doué pour le bonheur.

Le soir d'été où il l'avait rencontrée, devant l'orchestre de Johann-Strauss-le-père, il l'avait quasiment épousée en valsant ; elle n'avait pas pu résister. Un grand diable aux cheveux de jais, avec des yeux noirs à transpercer le cœur, on aurait juré un tzigane... Sa propre mère, née Teinberg, avait soupçonné ce Taschnik d'être juif, on n'est pas noiraud comme cela, disait-elle. Et bien qu'elle n'eût rien pu prouver, bien que les ascendants de M. Taschnik, Gustav, fussent ostensiblement de la province de Styrie, sa mère avait beaucoup pleuré — tout comme elle aujourd'hui.

Les mères avaient toujours raison. Mme Taschnik avait épousé un nomade. Son défunt mari aimait errer au gré des rues, il rentrait tard, elle ne vivait plus, jusqu'à cette nuit maudite où il lui avait dit tranquillement :

« Je vais voir ce qu'ils font, ces étudiants, tout de même », et on le lui avait ramené à l'état de cadavre. Savait-elle seulement ce qu'il avait fait sur les barricades ? Elle avait cru les voisins, la police, par commodité, pour éviter les ennuis. La version officielle arrangeait l'avenir du petit qu'elle portait déjà en son sein. Puis Franz avait grandi, il avait passé ses examens, il avait couru les filles en cachette, il s'était comporté en tous points comme un brave jeune homme, jusqu'au jour où soudain il avait décidé d'aller au Bal de la Redoute. « Je vais voir ce que c'est que ce bal, tout de même. » Absolument son père. Exactement les mêmes mots.

Depuis cette nuit-là, Franzi avait changé. Il avait reçu trois ou quatre enveloppes élégantes, il s'était mis à rentrer tard, il s'était montré plus rêveur. Mme Taschnik avait commencé à chercher dans son entourage une jeune fille à marier, mais avant la moindre présentation voilà qu'il lui ramenait une pauvre, une juive, une enfant naturelle !

Malgré son regard bleu, Franz ressemblait trop à son père pour renoncer à cette fille. Il partirait plutôt, et la laisserait seule.

❖

En juillet de cette année-là, c'était un an après le Bal de la Redoute, l'Herzégovine se souleva, en criant : « A bas les Turcs ! » La révolte des Serbes tournait à la guerre contre l'Ottoman.

En août, ce fut le tour de la Bosnie, qui voulait son indépendance. Andrassy engagea des négociations serrées avec les Russes, pour s'assurer derechef de leur neutralité. Willy triompha : sa thèse commençait à se vérifier. Mais le ministre Andrassy se contenta de renforcer la surveillance des frontières. C'était à n'y plus rien comprendre.

Attila lui fit remarquer suavement que les Slaves d'Herzégovine ne criaient pas seulement « A bas les Turcs ! »... Non, ils criaient également « A bas les

Schwabi ! » et les Schwabi, c'étaient les Allemands, qu'ils fussent de Vienne ou de Berlin. Willy s'emporta.

Franz, qui s'habituait à leurs querelles, leur cloua le bec en affirmant haut et fort que, guerre ou pas guerre, il avait la ferme intention d'épouser Anna et que sa mère finirait par entendre raison. Il ne voulait plus entendre parler ni des Slaves de Bosnie, ni de ceux d'Herzégovine, ni d'Allemands ni de Turcs, et souhaitait protéger son bonheur tout neuf. Qu'on le laisse tranquille avec les peuples des Balkans !

Les deux amis avaient accepté Anna sans rechigner. Willy surtout, séduit par le charme profond des yeux de la jeune fille, et son délicieux accent, celui des juifs de l'Est. Attila était plus réservé ; car sur la politique, Anna avait ses propres idées et soutenait ardemment les revendications des Slaves opprimés, ceux du Nord, Tchèques et Slovaques, comme ceux du Sud, que l'on tardait à secourir.

— Et depuis quand les femmes parlent-elles de politique ? s'insurgeait Attila dès que Franz tournait les talons.

— Attends un peu, protestait Willy, tu verras... Après le mariage, tout rentrera dans l'ordre. Anna nous cuisinera des petits plats de son pays, de la carpe farcie, du Liptauer au paprika, et dans ces coins reculés, les femmes n'ont pas leurs pareilles pour les Knödels... Ficelée, Anna Baumann ! Elle s'assimilera pour de bon, et deviendra une bonne Autrichienne. Je suis pour l'assimilation des juifs de l'Empire, moi.

Attila n'en pensait pas moins, mais filait doux. Quand ils se promenaient tous ensemble dans les allées du Prater, la jeune fille s'en prenait souvent aux prétentions hongroises, et d'une voix douce, dénonçait la magyarisation forcée, que la Hongrie poussait aux extrêmes sans aucun souci des autres peuples. Et le petit Hongrois n'avait aucune envie de perdre son nouvel ami.

— Lorsqu'ils seront mariés, elle portera la culotte, je te le dis, moi ! grommelait Attila.

Mme Taschnik céda, comme avait cédé sa mère. Selon les usages en vigueur dans la capitale impériale, Anna reçut à l'église un beau certificat de baptême ; ils se marièrent l'année suivante, en 1876, au printemps, sans cérémonie, Franz en veste de velours et feutre taupé, Anna en robe de soie blanche, avec, dans les cheveux, des clématites volées aux champs avoisinants. Willibald Strummacher était le témoin de la mariée ; l'autre, celui de Franz, était naturellement le petit Hongrois, Erdos Attila. La famille Baumann ne se montra pas : elle aussi avait ses hostilités, le grand-père surtout, le hassid, furieux de ce qu'il appelait une trahison. Et malgré son esprit d'ouverture, le père de la mariée, Abraham, refusa de venir au mariage de sa fille, car l'assimilation, disait-il, ne passait pas par les chrétiens, les goyim. Trop, c'était trop.

Cette année-là, Johann Strauss avait composé *Cagliostro à Vienne*, une opérette truffée de marches et de polkas rapides, et dont la vibrante musique avait des accents militaires. Après le repas de noces, servi sous les cerisiers et préparé par Mme Taschnik, surgit un trio de musiciens.

C'était une surprise, un cadeau d'Attila et Willy. Le petit orchestre exécuta les airs de l'opérette ; puis, pour donner dans les sentiments, une valse célèbre, *Du vin, des femmes et des chansons*, avant de terminer, comme l'exigeait la coutume, par *Le Beau Danube bleu*. Mme Taschnik essuya une larme, et Franz, radieux, embrassa son Anna sous les applaudissements de ses deux amis.

La veille, les consuls de France et d'Allemagne avaient été assassinés à Salonique par des terroristes musulmans ; le soulèvement de Bosnie avait gagné la Bulgarie ; la situation devenait critique dans les Balkans. Les chancelleries étaient fort agitées ; au ministère, où l'on faisait grise mine, on félicita Franz à la sauvette. L'heure était grave ; et l'on espérait bien que les noces du jeune rédacteur ne s'étaient pas ressenties des orages qui menaçaient l'Europe. « La vie continue, jeune homme ! », lui dit paternellement son chef de section.

Mme Taschnik mère se replia dans un mutisme éloquent, mais accepta avec un secret soulagement l'installation des jeunes mariés sous le toit de la maison de Hietzing. Puis Anna commença à se lever tôt ; elle préparait le café, pas trop mal, ma foi ; elle étendait le linge, et Mme Taschnik mère se laissa lentement circonvenir par une paresse inconnue. Quoique...

Ces gens-là, disait-on, n'étaient pas propres.

Pendant longtemps elle soupçonna sa bru de ne pas se laver, et remua à grand bruit les brocs de porcelaine, en faisant couler l'eau en abondance, avec de lourdes allusions : « Ma fille, criait-elle, il faut une propreté impeccable ! De l'eau ! Beaucoup d'eau ! Pour nettoyer les taches, on n'en fait jamais assez, sachez-le ! »

Anna riait. Quand sa bru partait faire les courses, Mme Taschnik trottinait jusqu'aux armoires, et examinait soigneusement le linge ; mais il n'y avait rien à redire. Son fils semblait au comble de la félicité. Franz avait acheté un piano droit. Le dimanche, Anna et Franz faisaient de la musique ensemble, et Mme Taschnik mère s'était prise à les écouter, lui, courbé sur son violon, l'œil rivé sur la partition, elle, les mains courant sur le clavier et le corps vibrant comme si elle dansait... Déjà, la bouilloire chantait dans la cuisine, et Mme Taschnik songeait au café du soir, avec une once de crème et peut-être un doigt d'alcool d'abricot ; et l'été, installée sous le cerisier, Mme Taschnik s'assoupissait au son des mélodies merveilleuses, en laissant tomber sa broderie. Quelque chose comme le bonheur.

La vieille dame ne protestait plus, et se laissait vivre. Peu à peu elle s'habitua à ne rien faire ; quand le temps le permettait, elle passait ses journées dans le jardin, allongée dans une chaise longue que son fils lui avait offerte.

En juin, Anna s'aperçut qu'elle attendait un enfant. Franz était radieux, Mme Taschnik inquiète ; il faudrait se remettre aux tâches ménagères... Mais sa belle-fille continua à s'occuper de tout dans la maison, et Mme Taschnik grossissait en même temps que la jeune femme, sans même s'en apercevoir. La graisse venue, et la paresse aidant, l'excellente Mme Taschnik vit fondre ses réticences.

7

LA GUERRE DE BOSNIE

Le pauvre peuple transpire
Et laboure péniblement son champ.
En vain... bientôt on lui volera
Comme d'habitude, son argent,
Car ils sont très chers, les canons !
Et il en faudra énormément
Surtout aux temps d'aujourd'hui
Avec des enjeux si sérieux...
Si les rois n'existaient pas, qui sait,
Les guerres n'existeraient pas non plus
Et c'en serait fini de l'avidité assoiffée
D'après les batailles, et la victoire.

Elisabeth

L'été se fit menaçant. Le Ballhausplatz bruissait de sinistres rumeurs ; la situation européenne ne s'arrangeait guère. Disraëli, le Premier ministre britannique, avait déclaré qu'on ne changerait rien aux dispositions belliqueuses des peuples des Balkans, et que la tuerie était inévitable.

« Il faut une saignée ! » avait-il annoncé.

Pour couronner le tout, une révolution de palais avait eu lieu à Constantinople ; on avait assassiné le sultan Abdul Aziz, et son successeur Mourad avait été déposé. Le nouveau sultan, Abdul Hamid II, venait de monter sur le trône, et commençait son règne dans la répression. Le 2 juillet 1876, le prince de Serbie lui déclara la guerre ; le prince de Monténégro lui emboîta le pas, et marcha sur Mostar.

Les chancelleries européennes avertirent les deux principautés qu'elles n'avaient rien à attendre d'elles, puis se résignèrent à leur venir en aide. Le ministre Andrassy commençait à se prononcer : « L'Autriche, disait-il, ne peut pas laisser se créer à ses portes un État slave du Sud, elle devra occuper la Bosnie... » Willy exultait.

Mais Franz avait d'autres soucis en tête. En quelques semaines, Mme Taschnik mère avait vieilli. Son pas se fit plus lourd, elle eut des suffocations, le médecin conseilla le repos. Les jeunes gens s'empressèrent autour de la malade.

Franz ne songeait plus à l'inconnue du bal, dont il n'avait rien dit à sa femme. Pour plus de sécurité, il avait dissimulé l'éventail et les lettres dans le tiroir de son bureau, au ministère. A vrai dire, quand il avait emporté ces souvenirs, il avait fermement l'intention de s'en débarrasser ; il aurait pu les jeter dans une décharge, ou derrière un buisson, mais il ne put s'y résoudre. De telles lettres. Un si bel objet.

❖

Neuf mois après le commencement de la guerre entre la Serbie et le Monténégro d'un côté, et la Turquie de l'autre, les Russes se mirent de la partie, et rejoignirent la coalition slave. Après de nombreux efforts, ils parvinrent aux portes de Constantinople, qui plia, vaincue.

Une conférence internationale se réunit sur les bords du Bosphore ; les puissances européennes avaient préparé un plan de paix entre la Sublime Porte, la Serbie et le Monténégro. Six mois plus tard, la conférence avait échoué. Les ambassadeurs européens quittèrent la capitale de l'Empire ottoman, désormais isolé. Au ministère, on disait dans les couloirs que c'en était fini, et qu'on allait enfin soigner « l'homme malade » pour de bon.

Un mois avant la chute de Constantinople, Anna accoucha d'une fille que très chrétiennement l'on appela Émilie, et qu'aussitôt on surnomma Emmy. L'enfant avait les yeux clairs de son père, et les plus beaux cheveux du monde, bouclés et noirs. « Comme son grand-père ! » s'attendrit Mme Taschnik mère, conquise.

Mais les suffocations tournèrent à l'emphysème, auquel s'ajoutèrent de méchants rhumatismes, et des palpitations de mauvais augure ; elle avait de la couperose sur les joues, et ne marchait presque plus. Le médecin, qu'on consulta de nouveau, n'était guère optimiste. Mme Taschnik mère, qui se plaignait fort peu, se laissa dorloter par son fils et sa belle-fille.

Franz, qui haïssait les bruits de bottes, comprit confusément que l'Autriche-Hongrie allait intervenir à l'Est, sans que personne pût prévoir l'issue de cette aventure. Mais sa petite famille lui importait plus que le sort de la Bosnie, et il s'occupait surtout de sa petite fille et d'Anna, qui soignait sa belle-mère avec un irréprochable dévouement.

Mme Taschnik mère mourut d'apoplexie quelques jours après le baptême. Anna fit elle-même la toilette de la morte, posa un crucifix entre les doigts raidis, attacha la mentonnière, dissimula les meurtrissures bleues en se servant de sa houppette, et de sa poudre. « Pour qu'elle n'ait pas l'air trop sale », se permit-elle de murmurer avant d'autoriser son mari à entrer dans la chambre funèbre.

Après la mort de Mme Taschnik mère, et malgré la gravité de la situation internationale, les époux Taschnik entrèrent dans l'univers douillet du bonheur conjugal avec une aisance que rien ne pouvait affecter, ni les rumeurs du ministère, ni les modestes moyens financiers de la maison. Rien, hormis le malheur qui frappa la villa voisine, celle de Johann Strauss.

Une nuit, alors qu'il rentrait aux petites heures, le maestro sentit derrière sa porte un obstacle résistant ; et lorsqu'il eut réussi à pénétrer chez lui, il vit le cadavre de sa femme à ses pieds. Jetty était morte sans crier gare, personne ne savait ni comment ni pourquoi. Willy prétendait qu'elle avait vu arriver brusquement son fils, dont elle avait soigneusement dissimulé l'existence au pauvre Johann Strauss ; de saisissement, le cœur avait lâché. Mais les ragots de Willy...

Du jardin, Franz et Anna surveillèrent tristement les préparatifs funéraires ; on était au début du printemps, presque à la date anniversaire de la malencontreuse création de *La Chauve-Souris*, en avril ; quelqu'un ouvrit la fenêtre, ils entendirent les sanglots de l'illustre compositeur. Sur la façade de la villa, on tendit des bannières noires ; on en fit autant au Theater-an-der-Wien, selon la coutume. Johann Strauss ne supporta pas davantage la villa de Hietzing, et disparut pour l'Italie.

C'était un triste événement, mais ce n'était pas le plus grave. Malgré son tempérament optimiste, Franz commençait enfin à partager les inquiétudes de Willy au sujet des Balkans. C'était plus fort que lui : Franz Taschnik refusait de se confronter aux menaces qui pesaient sur l'éternité de l'Empire. Mais Johann Strauss venait de composer une valse au titre édifiant, *La Petite Amie du guerrier*, et Franz prit brusquement conscience du danger.

— Tu ne voulais rien entendre ! Tu nous avais interdit de t'entretenir des Balkans..., soupirait Willy. On n'allait pas te déranger, tout de même !

❖

En 1878, l'Europe sembla résolue à régler les conflits des Balkans ; cette fois, comme aurait dit Willy, on y était, c'était certain. Après sa cuisante défaite, la Turquie avait conclu un accord avec la Russie, le traité de San Stefano, qui fondait l'existence d'une grande Bulgarie, un immense État slave. L'Autriche-Hongrie s'en émut aussitôt, et lança l'idée d'un congrès international ; Bismarck reprit la balle au bond et invita les puissances européennes à Berlin, en juin.

On y était. On allait assurer, « d'un commun accord et-sur la base de nouvelles garanties », la stabilité dont l'Europe avait tant besoin. Et toute la question tournait autour de la souveraineté de l'Empire ottoman, dont on espérait qu'il consentirait à améliorer le sort de ses chrétiens, et qu'il accepterait « des capitulations ».

Le gouvernement impérial et royal d'Autriche-Hongrie, par la voix du ministre Andrassy, proposa l'occupation de la Bulgarie par les troupes russes, pour six mois, jusqu'à la conclusion de la paix.

— Voilà ! cria Willy. Ensuite on pourra occuper la Bosnie !

— Mais on dirait que tu la veux, cette guerre, s'indigna Franz. Sais-tu seulement ce que c'est qu'un blessé ? Les jambes amputées, la sanie, les pansements souillés, des moignons enveloppés dans de mauvais linges...

Soudain, il s'aperçut qu'il reprenait les mots de l'inconnue du bal, et s'arrêta tout net. Willy bredouilla quelques phrases confuses d'où il ressortait qu'en définitive, le destin de l'Autriche se jouerait forcément à l'Est de l'Empire.

— L'Ost-Politik, chacun sait cela, lâcha Franz. Rabâche ta leçon diplomatique !... Vieux comme le monde.

Ce qui l'était moins, c'était la Commission Européenne, émanation du Congrès de Berlin, une institution dont on espérait la paix.

La Commission prit une première résolution : en cas de prolongement des troubles en Bosnie, elle enverrait un contingent de dix mille hommes pour séparer les combattants. Puis, ayant accompli son devoir de façade, ladite Commission se mit à tailler les frontières.

La Roumanie dut céder aux Russes la Bessarabie, sous condition du respect de l'égalité des cultes. L'Autriche exigea l'indépendance de la Serbie, et l'obtint. Malgré l'opposition de l'Italie, elle acquit une petite commune stratégique au Monténégro, État qui n'avait droit ni à une marine de guerre ni à des fortifications.

— Détails, grognait Willy. Restent la Bosnie et l'Herzégovine. Attendons...

Cette fois, il avait raison.

❖

A Berlin, le ministre Andrassy suggéra que les puissances assemblées accordassent à l'Autriche-Hongrie un mandat pour rétablir l'ordre en Bosnie, et l'administrer au nom du sultan.

Naturellement, il s'agirait d'une occupation pacifique, sans opérations militaires. La mission autrichienne serait clairement définie : « Prêter main-forte au gouvernement ottoman, pour opérer le rapatriement des réfugiés, et maintenir l'ordre en protégeant également musulmans et chrétiens ». Les armées auraient des instructions très strictes. Il s'agissait d'une sorte de police internationale, que l'Autriche voulait bien assurer pour le maintien de la paix.

La mobilisation commença secrètement en mai 1878. Quelques jours plus tard, les troupes impériales occupaient, sur le Danube, l'îlot d'Adah-Kaleh, qu'on appelait en langage diplomatique « la clef du bas Danube ». Le ministre Andrassy se déclarait convaincu qu'avec des finances épuisées et des forces militaires dispersées, la Russie n'oserait pas intervenir.

Le mandat fut accordé par le Congrès de Berlin en juillet ; M. de Voguë, ambassadeur de France à Vienne, écrivit à son ministre que le Congrès venait de doter l'Autriche d'une véritable Algérie. Le ministre Andrassy assura l'ambassadeur qu'en n'intervenant pas davantage, la France se comportait dignement, et préservait la reconnaissance de ses droits sur les lieux saints, à Jérusalem. L'Angleterre entre-temps avait occupé Chypre, et Ballhausplatz vivait dans une agitation continuelle.

Pour l'ensemble, les journaux de Vienne et de Budapest approuvaient l'idée de l'intervention militaire.

A la fin juillet, la presse publia la proclamation aux habitants de Bosnie et d'Herzégovine, que les premiers soldats avaient apposée sur les murs des bâtiments, là-bas.

Habitants de Bosnie et d'Herzégovine !
Placez-vous avec confiance sous la protection
des étendards glorieux de l'Autriche-Hongrie !
Accueillez nos soldats comme des amis,
soumettez-vous aux autorités, retournez à vos affaires,
le fruit de votre labeur sera bien défendu !

Willy paya une tournée générale au café Landtmann ; à l'entendre, pour entrer en Bosnie, une compagnie de hussards et une fanfare militaire suffiraient. Pour une fois, Attila ne le contredit point : Willy se contentait de reprendre les propos que le ministre Andrassy lâchait dans les soirées mondaines. Mais Franz n'était pas de leur avis. Il prédit de terribles combats, et une résistance acharnée ; d'ailleurs, pour ce qui était de la guerre, les opinions publiques, à Vienne comme à Budapest, commençaient à virer de bord.

A la compassion initiale avait succédé une méfiante réprobation sur ce qui, chacun le sentait bien, n'allait pas tarder à devenir une vraie guerre. Le sort de l'Empire prenait un tournant décisif.

— Mais si cela protège la paix, murmurait Attila doucement.

— Et l'honneur du drapeau impérial ! tonnait Willy. Il faut aller jusqu'au bout !

❖

Les troupes de l'armée austro-hongroise, composées de soixante mille soldats, pénétrèrent en Bosnie au début du mois d'août. Aux premières escarmouches succédèrent des combats plus sérieux, auxquels se joignirent des bataillons d'artilleurs turcs. Le nombre des morts de l'Empire était tenu secret.

A Tuzla, la vingtième division fut tenue en échec par l'artillerie des « insurgés ». Les armées autrichiennes commencèrent à faire donner le canon ; sous la chaleur de l'été, les corps des soldats morts se décomposaient en quelques heures. Les Bosniaques résistaient. A Vienne, l'ambassadeur de la Sublime Porte soutenait cette lutte légitime, et affirmait que les vingt mille réfugiés, casés ici ou là autour de Vienne, n'avaient jamais existé. Pure invention, destinée à déshonorer l'Empire ottoman ! Ballhausplatz s'inquiéta. Il fallait à tout prix prendre Sarajevo. Mais les tireurs embusqués et les bataillons turcs donnaient bien du souci à l'armée autrichienne : Sarajevo tenait bon.

Le gouvernement de Sa Majesté Impériale et Royale décida d'envoyer des renforts ; dix-sept mille soldats supplémentaires, pour la plupart bohémiens, partirent pour la Bosnie.

Le 20 août, après de sanglants affrontements, l'armée autrichienne occupa Sarajevo. Les représailles furent terribles.

La presse était partagée : d'un côté, elle admirait le courage héroïque des soldats, et la bravoure du général Philippovitch, « très croate et très catholique », homme sévère et dur, impitoyable aux vaincus musulmans ; de l'autre, elle désapprouvait les atrocités commises sur les populations civiles, et l'énorme coût de toute l'opération. Le ministère de la Guerre décida de commencer sans attendre les travaux du chemin de fer jusqu'à Bangaluka.

Fin septembre, on aperçut la fin des opérations. La guerre achevée, l'occupation proprement dite s'installa en Bosnie. Les troupes autrichiennes entreprirent l'édification de nouveaux bâtiments, détruisirent quelques vieilleries ottomanes déclarées obsolètes, caravansérails et autres bains publics, et s'attaquèrent à la remise en ordre du pays. Au nom du sultan, bien entendu.

L'extrême gauche organisa un meeting de protestation, auquel Anna Taschnik voulut absolument se rendre. Franz ne savait plus que penser : ses amis approuvaient l'occupation sans réserve, Attila surtout. Quant à Willy, il étudiait avec soin la gastronomie de la région conquise, et parlait avec gourmandise des baklavas et du vin de Zilavka, qu'on n'allait pas tarder à trouver sur le marché, à Vienne.

Dans les chancelleries étrangères, on remarqua que pendant tout ce temps, l'Impératrice était à Gödöllö, avec l'un de ses frères, et se livrait journellement aux joies de la chasse à courre. Les dépêches diplomatiques mentionnaient cet événement sans commentaire, à la fin des descriptions de la guerre de Bosnie. Une guerre comme les autres, en somme, avec son comptant d'enfants mutilés, et ses futilités partout ailleurs.

En novembre, enfoncées dans la glaise jusqu'au genou, les troupes autrichiennes revinrent de Sarajevo ; les fonctionnaires y partirent pour prendre le relais. La guerre était vraiment finie.

Mais en décembre, inévitable conséquence des désordres dans les Balkans, une mystérieuse « Société de la Mort », groupement d'anarchistes serbes, fit son apparition. Monsieur Marx, directeur de la police, assura cependant à Sa Majesté Impériale et Royale qu'aucun anarchiste ne vivait sur le territoire de l'Empire.

◆

Willy épuisa encore une ou deux fiancées lointaines, et retomba malade. Il disparut pour se soigner, puis revint amaigri, le teint pâle, avec une vilaine tache noire sur le front, comme une drôle de verrue. Franz s'inquiéta pour de bon, et questionna son ami avec précaution. En bougonnant, Willibald avoua qu'il avait attrapé la vérole, mais qu'il s'était soigné aussitôt. Les médecins juraient qu'il était guéri, définitivement.

— Je crois bien que c'est la petite en domino rouge, grommelait-il, celle que j'avais levée en 75, tu te souviens ? Poivrée, sans doute... Mais c'est fini. Plus de poulettes ! Je me marie. D'ailleurs, cette fois, je crois que nous y sommes...

Et il repartait dans ses rêves matrimoniaux.

Franz s'effraya. La maladie passait par la Friedl. Il eut beau se convaincre qu'il l'avait déflorée et qu'il ne risquait rien, il s'examina le corps avec attention, en vain. Mais Johann Strauss ayant lancé une nouvelle opérette qu'il avait intitulée *Colin-Maillard*, Franz continua à s'inquiéter, par superstition. Ces yeux bandés, ces affaires de masques, tous ces déguisements ne lui disaient rien qui vaille.

Attila, lâché par sa chanteuse, en retrouva une autre, mais qui n'était pas rousse, « une grande bringue », disait-il, et qui l'adorait. Par habitude, on continua à l'appeler « La Rouquine », malgré ses cheveux noirs de jais.

Le dimanche, Attila et Willy rejoignaient la maison de Hietzing, où Anna avait préparé le pot-au-feu viennois, le Tafelspitz, accompagné de pommes en compote et de raifort. Elle ajoutait des harengs marinés en entrée ; et pour les crêpes à la confiture d'abricot, elle ne craignait personne. Le foyer des Taschnik devint un paradis ; Anna avait convaincu les trois amis de se mettre à la musique de chambre.

Willy s'était souvenu qu'enfant, il avait appris le violoncelle ; il avait acheté un superbe instrument tout neuf, qui demeurait à la semaine dans la maison Taschnik. Le dimanche, il arrivait tôt et s'exerçait. Attila, penaud, reconnaissait volontiers qu'excepté le tambour, qui ne faisait pas l'affaire, il n'était nullement musicien. Du moins, il savait à peu près chanter. Anna lui fourra dans les mains les *Lieder* de Schubert, Attila se récria : jamais, au grand jamais il n'y parviendrait. A son tour, sommé de répéter, il s'exécuta, au fond du jardin, au printemps. Quant à Franz, il n'avait pas besoin de persuasion.

Chaque soir, lorsqu'il rentrait, Anna se mettait au piano. Les deux époux parcouraient sans se lasser le vaste répertoire de toutes les sonates et sonatines : Beethoven, Mozart, Schubert, et même Schumann. Et la discrète Anna avait peaufiné l'éducation de son Franzi en l'emmenant aux concerts, qui ne manquaient pas à Vienne.

Elle finit même par convaincre les deux autres, qui les accompagnèrent en rechignant. Willy, qui s'endormait souvent, se réveilla au son de la musique de Wagner, ce nouveau venu qui suscitait tant de batailles. « Voilà de la musique allemande, de la vraie ! clamait-il. Cela vous transporte au royaume des mythes... Bien mieux que l'Italie ! »

Et puisque Willibald s'enflammait pour Wagner, Attila, par principe, avait choisi le camp de Brahms, l'autre grand musicien, auquel il n'entendait rien, mais qui composait des *Danses Hongroises* du plus bel effet. Entre Brahms et Wagner, la lutte était acharnée ; on aimait l'un ou l'autre, il fallait choisir. Franz et Anna, qui détestaient les disputes, refusèrent de se prononcer. « Il y a de la place pour tous à Vienne » disait Anna.

Mais lorsque Franz apprit la grande amitié viennoise qui unissait les deux Johann, Strauss et Brahms, il bascula dans le camp des anti-wagnériens. Dans la villa de Hietzing, les discussions devinrent acharnées ; la douce Anna y mit bon ordre en exigeant de revenir à la musique dominicale.

A force de répéter tous les dimanches les airs les moins difficiles du *Voyage d'hiver*, le Hongrois parvint à quelques résultats, dont il était extrêmement fier. Anna l'accompagnait au piano ; Attila prenait des poses avantageuses et, la main sur le cœur, massacrait le malheureux Schubert. Mais lorsqu'on en arrivait aux trios, c'était une autre affaire.

Car Willy surprit ses trois amis par la qualité de son jeu. Il avait même accepté, grand miracle, d'exécuter le *Trio opus 8*, de Brahms.

— Une œuvre de jeunesse, passe encore, bougonnait-il pour ne pas perdre la face.

Son violoncelle calé entre les jambes, il en tirait des sons douloureux et tendres, qu'on n'aurait pas attendus de la part d'un homme bourru comme lui. Et lorsque

Anna lui disait à mi-voix : « C'était beau, Willibald », il levait vers elle un regard si rempli de souffrance qu'elle détournait les yeux, pour ne pas pleurer.

— Ton ami ne va pas bien, répétait-elle à Franz. Tu n'as qu'à écouter son instrument, tu comprendras.

— Occupe-toi de lui, soupirait le bon géant. Il a besoin d'affection.

Et puisque la guerre était finie, ce furent des années paisibles et douces.

Franz aurait été parfaitement heureux si sa femme, qu'il adorait, avait aimé la valse. Non qu'elle la rejetât ; elle aimait bien l'écouter. Mais quand il s'agissait de la danser, c'était impossible. Raide, crispée, elle trébuchait et rien, pas même la large patte de son grand mari sur sa taille, ne parvenait à la remettre dans le rythme.

Un soir un peu câlin, Franz découvrit l'explication. Les hassidim du shtetl de Bukovine où avait grandi son épouse, étaient aussi des danseurs qui tournaient sur eux-mêmes, les bras étendus, jusqu'à l'extase. Tourner, c'était l'activité sacrée du grand-père Simon Baumann, qu'elle avait souvent vu, l'œil vague, perdu dans une ivresse à laquelle n'avaient pas droit les femmes. Dès qu'elle se mettait à valser, Anna sentait peser ses mollets, flancher ses jambes. « Je crois que mon grand-père Simon m'a jeté un sort, disait-elle en riant. Valser, c'est interdit, voilà. » Franz en conçut un peu de ressentiment contre cet aïeul inconnu, puis il se résigna.

La musique, la vraie, valait bien la valse.

❖

Emmy avait été un bébé turbulent, qui refusait de dormir la nuit, une diablesse qui ne tenait pas en place, et que tout le monde adorait ; en particulier le Hongrois, qui lui passait tous ses caprices. La malicieuse Emmy faisait la joie des deux amis, surtout d'Attila, qui l'emmenait souvent en promenade sur les voitures tirées par les ânes, au Prater. Pour plus de commodité on décida que l'enfant les appellerait « Oncle Willy » et « Oncle Attila » ; ils n'étaient toujours pas mariés.

Parfois, quand Anna disparaissait dans la cuisine, Willy clignait de l'œil et rappelait à Franz le Bal de la Redoute. « Je ne te dirai pas que c'était le bon temps, mon vieux, soupirait-il, mais cette Gabrielle, au fond, quelle créature peu commune... Crois-tu qu'elle réapparaîtra un jour ? »

Franz répondait que Gabrielle lui avait permis de rencontrer Anna. Et qu'il n'avait plus jamais eu de nouvelles de l'inconnue du bal.

D'ailleurs, ajoutait-il, l'Impératrice voyageait de plus belle ; en France, elle avait eu un accident de cheval, il s'en était fallu de peu qu'on ne fût obligé de couper ses longs cheveux ; l'Empereur s'en était fortement ému. Elle se rendait souvent en Angleterre, où l'on jasait beaucoup sur son écuyer anglais, un certain Middleton, avec lequel elle se commettait aussi familièrement qu'avec l'écuyère française en son temps. Pour faire enrager le Hongrois, Willy accusait l'Impératrice de tous les péchés du monde ; l'autre mordait à l'hameçon, et Franz se mettait de la partie. Ces batailles rangées, qui n'amusaient plus personne, se réglaient au Landtmann autour de cafés abondamment arrosés, avec des plaisanteries de garçons de bain qui agaçaient profondément l'honnête Franzi au cœur sensible.

L'Impératrice attirait les foudres des Viennois comme un paratonnerre l'orage. Lorsque Willy attaquait, il ne pouvait s'empêcher de la défendre. Pour le gros, c'était un jeu ; mais pour Franz, à cause de Gabrielle, l'Impératrice restait une cause sacrée.

Dans le secret de son cœur il avait le sentiment de la connaître comme personne ; et quand on lui parlait des frasques de l'Impératrice, il aurait pu tout expliquer. Il ne s'y risquait pas : qui la croirait timide, sauvage, qui comprendrait qu'elle n'était pas tendrement aimée ?

Si tendrement qu'on allait célébrer les noces d'argent du couple impérial, à Vienne, à grand fracas, avec la participation de toutes les corporations réunies.

8

LE DÉFILÉ DE MAÎTRE MAKART

Race des Habsbourg, avancez !
Sortez de l'ombre de vos tentes
Et servez aujourd'hui ensemble
Votre peuple de droit divin...

Elisabeth

Les préparatifs avaient commencé en janvier 1879 ; quant aux cérémonies proprement dites, elles étaient prévues pour le mois d'avril. Le conseil municipal avait solennellement décidé que la capitale de l'Empire déploierait tous ses fastes pour célébrer dans la dignité cet événement considérable.

Ce n'était que justice ; après quelques scandales, le souvenir du fameux krach de 1873 s'était enfin estompé. Les affaires avaient repris, l'Empereur avait contenu l'agitation dans tout l'Empire, l'occupation de la Bosnie se passait tant bien que mal et même les Balkans se tenaient presque tranquilles, pour peu qu'on n'y regardât pas de trop près.

Du côté de Saint-Pétersbourg, dont l'ombre demeurait menaçante, si tout n'allait pas parfaitement entre le Tsar

197

et l'Empereur, on n'en était pas aux hostilités. L'on était parvenu à renouveler le compromis austro-hongrois. Évidemment, l'hégémonie magyare ne contentait pas tout le monde ; en Pologne, les étudiants s'étaient battus avec la police ; le parlement tchèque était resté fermé, et les Slaves contestaient chaque jour davantage les privilèges exorbitants des Magyars, à qui tout était dû, le partage du pouvoir, les finances, l'emprise de la langue, les écoles, bref, une arrogante supériorité.

Mais les choses étant ce qu'elles sont et l'Empire un équilibre éternel, tout était pour le mieux dans le meilleur des mondes. Dans un élan d'enthousiasme inattendu, les associations et les corporations se joignirent au conseil municipal, et demandèrent au célèbre peintre Makart, idole du renouveau de la peinture classique, d'organiser un défilé gigantesque en costumes Renaissance pour les noces d'argent des souverains.

— Il paraît qu'à la Burg on se prépare aussi, lâcha Willibald en sirotant sa slibowitz. C'est tout à fait confidentiel : une série de tableaux vivants, avec les archiducs et les archiduchesses en figurants. Chez l'archiduc Charles-Louis. Toute l'histoire de l'Autriche !

— Et la Hongrie ? s'insurgea aussitôt Attila.

— Ah ! Mais il y aura la reprise de Buda contre les Ottomans, tu vois, on pense à tout !

— Mais comment t'y prends-tu donc pour savoir ce qui se passe au palais ? grogna Franz. Une femme de chambre, ou une laveuse de vaisselle ? Dis-nous son nom...

— Je fais mon métier ! répliqua Willy indigné. L'autre soir, je passais devant le bureau du chef de section, la porte était ouverte, et...

— Et monsieur n'a pas pu s'empêcher d'écouter, n'est-ce pas ?

— Dans l'intérêt de l'Empire ! Pour mieux connaître la Cour ! Tiens, il paraît aussi que l'Impératrice dépense sans compter pour ses chevaux ! Tu vois !

— Je vois surtout que tu ne manques aucune occasion de l'évoquer ! s'écria Franz.

— Moi ? s'étonna Willy. Je ne fais que répéter ce qu'on dit... Que l'Empereur est seul, qu'il se lève à quatre heures du matin, qu'il travaille tout le jour et qu'elle n'est pas là, jamais là, que veux-tu ! Tu la défends toujours ! Et je sais bien pourquoi !

— C'est bon, murmura Franz. Ne reviens pas là-dessus. Alors, les archiducs s'occupent de la Hongrie, qu'en dis-tu, Attila ?

— D'avance, je préfère le défilé, fit le Hongrois avec une moue dégoûtée. Si seulement on pouvait en être !

— Moi j'en suis, jeta Franz négligemment. Par la Société des Chanteurs. Ils avaient besoin d'un grand figurant pour le char des chemins de fer, et personne n'avait la taille nécessaire, alors...

— J'en suis aussi, murmura Willibald. Je me suis fait passer pour un vigneron ; d'ailleurs ce n'est pas faux ! Mon père a une treille...

— Et moi, alors ? s'écria Attila. Vous autres, les Viennois, vous vous débrouillez toujours, mais le pauvre Hongrois, hein, on le laisse à l'écart !

— Voilà le persécuté qui remet le couvert, observa Willy en riant. Si tu veux, je te prends avec moi.

— Vigneron ! Trop vulgaire. Jamais. Non, non, je vous applaudirai de loin, conclut Attila.

Le lendemain il avouait qu'il serait sur le char des beaux-arts. « Une amie, dit-il en rougissant, qui jouera un modèle, oh, très décent, m'a introduit auprès des artistes, je serai en statue grecque, avec une cuirasse et un casque. On fait comme on peut... »

Ils attendaient la fin du mois de mars, époque où commenceraient essayages et répétitions.

❖

En Irlande, la matinée s'achevait ; depuis l'aube, l'Impératrice galopait sur son cheval moreau, qu'elle avait appelé Domino, parce qu'il avait autour de l'œil une tache blanche, comme un loup de carnaval, disait-elle. Le vent lui piquait les yeux, la brume parfois l'aveuglait, mais elle allait, elle volait, cependant que derrière elle son écuyer anglais la suivait à grand-peine.

A la fin elle ne l'entendit plus, et s'arrêta. Au loin, une haute clôture lui barrait le chemin, juste après les derniers arbres de la forêt. Domino encensa, puis se calma. Là, tout doux, murmurait-elle en caressant l'encolure soyeuse, nous sommes enfin seuls, amour, mon frémissant...

Un lièvre déboula brusquement d'un fourré, et s'arrêta net, pattes hautes, museau inquiet ; Domino s'ébroua. En trois bonds puissants, le lièvre s'enfuit à l'horizon. La main en visière, elle le suivit du regard, mais le soleil soudain l'éblouit. Du lièvre il ne restait plus rien.

— Voilà qui je suis, chuchota-t-elle, un lièvre. J'arrive, j'observe, j'ai peur, un éternuement, je pars, et puis je disparais. Plus de lièvre ! Plus de Sissi... Comme ce serait bon de s'évanouir dans le soleil !

Elle se retourna ; l'écuyer anglais n'était toujours pas là. Agacée, elle sortit son éventail de cuir, calé sous la selle.

— Middleton ! cria-t-elle. Je vous attends, mon cher !

Il arrivait enfin, le visage rougi par l'effort, le sourcil froncé, furieux.

— Vous vous romprez le cou, Majesté, fit-il d'un ton rogue. Et vous lui briserez le dos, à lui ; il faudra abattre votre Domino !

— Mon renard rouge n'est pas content, dit-elle en riant aux éclats. Peut-être est-il un peu fatigué ?

— Fatigué ? Absolument pas, reprit Bay Middleton essoufflé. Mais nous devrions faire demi-tour.

— Vraiment, s'écria-t-elle en fermant l'éventail d'un coup sec. Voyez-vous la clôture, là-bas ?

— Vous ne prétendez pas..., balbutia l'écuyer terrifié.

Avant qu'il ait pu finir sa phrase, elle avait lancé Domino. Middleton cria « Non ! », elle n'était plus là, il la suivit, la rattrapa. A deux mètres du mur, elle s'envola d'un coup, il crut que son cœur éclatait, et sauta à son tour.

De l'autre côté de la clôture, un moine, armé d'une serpette, taillait paisiblement les poiriers du couvent lorsqu'il entendit le souffle des chevaux. Il aperçut les pieds en plein ciel, et vit tomber sur les beaux plants tout neufs de poireaux et d'oseille, qu'il avait alignés la veille, deux chevaux, deux cavaliers, un vieux aux favoris roux, un jeune à la peau pâle, en culottes noires, avec sur la tête un haut-de-forme pour aller au bal, et des gants de cuir sombre. Le regard du moine jardinier courut alternativement de l'adolescent mystérieux aux rangées de poireaux gâchés, que piétinaient les chevaux.

Puis le jeune homme ôta son chapeau d'un coup, et de longues nattes coulèrent sur ses épaules. Il se pencha vers l'homme roux, et lui murmura trois mots à l'oreille.

— Mon père, annonça l'écuyer en ôtant sa bombe, vous avez devant vous l'Impératrice d'Autriche qui vous prie de lui pardonner. Par mégarde elle a franchi l'enceinte... Bien entendu, pour les dégâts potagers, on vous dédommagera.

D'émotion, le moine lâcha sa serpette, exécuta une courbette maladroite et se précipita vers le couvent.

— Bah ! fit-elle. Les Irlandais m'adorent. Vous verrez qu'ils vont nous offrir du café, avec des gâteaux.

— Ils ne vous aiment que trop au goût de mes compatriotes. Vous êtes catholique...

— Oh ! Si peu.

— Assez pour leur donner des idées de revanche, est-ce que vous ne le savez pas ?

— Je m'en réjouis. J'aime le désordre.

— *All right*... Il n'empêche qu'un jour vous vous romprez le cou, bougonna-t-il.

— William, vous m'ennuyez. Tenez, voici le prieur qui vient nous accueillir, j'avais raison. Eh bien, mon renard rouge, est-ce que ce n'était pas une bonne idée ? Au moins, ici, je m'amuse, je vis ! Tandis qu'à Vienne... Savez-vous ce qu'ils font, là-bas ? Ils préparent mes noces d'argent. Et pouvez-vous imaginer ce qu'ils racontent ? Qu'au lieu de vingt ans de ménage, nous allons fêter nos vingt ans de manège !

Elle se mit à pouffer. L'écuyer eut un rire poli. Puis elle se retourna d'un trait, et se campa en face de lui, la cravache levée insolemment.

— Mes noces d'argent... Regardez-moi pour de bon. Franchement, Middleton, me trouvez-vous si vieille que je doive accepter cela ?

❖

Les essayages approchaient. Hans Makart était un grand artiste ; pour toutes les corporations il avait trouvé les documents, dessiné les costumes, et l'on confectionnait à la chaîne des mètres de gaze pour les manches, du velours pour les chausses, du linon empesé pour les fraises d'époque, sans compter les tabliers de cuir pour les vignerons et les chaudronniers, les toques et les plumes pour les étudiants, les cuirasses pour les soldats... Enfin c'était un travail qu'on s'accordait à trouver titanesque.

On avait installé les ateliers au Prater ; tous les figurants y furent convoqués, un matin de mars. L'air était encore assez vif, et l'on se réchauffait comme on pouvait, avec de l'eau-de-vie qui passait de main en main. Willibald, dans le coin des vignerons, apparut le premier ; des pieds à la tête, il était vêtu de vert, jusqu'aux sabots vernis, avec une petite touche de rouge sur la chemise de toile. On avait ébouriffé ses cheveux en toupets frisés sur le côté, et on lui avait posé sur le dos une hotte.

Franz était affublé d'une cuirasse noire, d'où sortaient des manches à crevés écarlates et des chausses jaunes, avec une petite fraise autour du cou ; il portait une longue hallebarde de bois, fort bien imitée. Manquait Attila, qui surgit presque nu, grelottant sous sa toge, armé d'une courte épée antique et d'un bouclier rond. Ils se contemplèrent sans mot dire.

— Il manque les raisins dans la hotte, on les mettra plus tard, maugréa enfin Willy en tournant la tête. Est-ce que ce n'est pas... Enfin... Ne suis-je pas trop gros ?

— Pour un vigneron, cela passe..., dit Attila. Mais moi je gèle ! Et savez-vous qu'on va me peindre en blanc ? Jusqu'aux cheveux.

— La fraise me démange, murmura Franz en se grattant le cou. Je n'ai pas encore mon chapeau : à plumes

202

noires, à ce qu'il paraît. Ils m'ont collé la hallebarde parce que je suis le plus grand. Comme nous voilà faits !

— Ce sera bien, affirma Willy. Évidemment, le matin, dans le froid, je reconnais... Mais vous verrez, dans un mois, sous le soleil d'avril, nous serons éclatants, magnifiques ! Et puis il y aura la musique.

Franz essaya de rire, mais le cœur n'y était pas. De tous côtés sortaient des artisans, des soldats, des bourgeois, des arquebusiers, attifés de travers, et qui se dandinaient d'un pied sur l'autre. Seules les filles qui jouaient les modèles sur le char des artistes se pavanaient en longues toges immaculées, elles nouaient dans leurs cheveux des rubans à la grecque, et coulaient des regards fripons sur tous ces bourgeois, ces messieurs Renaissance, qui les lorgnaient de loin avec envie.

— Eh bien ! Puisqu'il le faut..., fit Willibald en rajustant sa hotte. Moi, je vais sur mon char, là-bas, pour me percher sur mon tonneau. Tu as de la chance, Attila, tu es avec les coquines...

— Ce n'est pas moi qu'elles regardent, s'écria le petit Hongrois avec dépit, c'est toi, Franzi, naturellement !

— Je n'y peux rien, bredouilla Franz embarrassé, c'est que je suis trop grand, voilà tout..

— Ton Impératrice ne verra que toi, jeta Willy aigrement. Si elle daigne revenir d'Irlande pour le défilé !

— Elle est déjà rentrée, monsieur je-sais-tout ! s'indigna Franz aussitôt. Tout de suite après les inondations de Szezenyi, en Hongrie !

— Ah bon ? Cela m'aura échappé. Évidemment, à toi rien n'échappe...

— Assez ! cria Attila. Plus un mot sur ma Reine, vous deux !

❖

Le programme des festivités était écrasant ; le 20 avril, réception à la Burg pour les délégations venues de tout l'Empire, discours officiels, se tenir debout, sans faiblir, laisser sa main à baiser, recevoir des fleurs, discours officiels, sourire, compliments, sourire... Le soir, tableaux vivants dans la salle d'honneur du palais de Charles-Louis ; le Prince-Héritier, Rodolphe, y serait à l'honneur.

Puis viendrait l'inauguration de la nouvelle église votive, spécialement édifiée en souvenir de l'attentat de 1848, au cours duquel le jeune Empereur, le cou troué par le poignard d'un rebelle, avait failli mourir ; enfin, on en arriverait au clou des événements, le défilé tant attendu des corporations de Vienne, le 24 avril. Des heures dans la tribune officielle, sans pouvoir bouger. Cauchemar.

Ce jour-là, dans l'église des Capucins, l'Impératrice remontait la nef au bras de son époux pour la messe anniversaire. Puisqu'elle était grand-mère, elle s'était habillée de gris — mais si argenté, brodé de perles si doucement rosées, qu'on eût dit la reine des fées, la « Fairy Queen », comme disaient ses adorateurs d'outre-Manche. Au murmure qui salua son apparition quand elle descendit du carrosse, elle sut qu'elle émerveillait encore. Lorsqu'il fallut aborder le marchepied, elle trembla un peu au souvenir du diadème qui s'était accroché jadis, avec le voile et les brillants. Mais au lieu de pleurer, elle serra les dents, et aborda fièrement son entrée dans l'église, tandis que l'Autre la contemplait avec un ravissement immuable.

Comme il était étrange ! Assis dans son fauteuil impérial, il ne bougeait presque jamais ; à peine s'il allongeait la jambe, imperceptiblement. Parfois, il caressait l'un de ses favoris, le côté droit, d'une main gantée d'un blanc immaculé ; tout en lui était parfaitement conforme à ses portraits. Combien de fois avait-elle essayé de le sortir de son cadre doré, combien de fois avait-elle suscité de véritables crises pour obtenir une colère, une émotion, quelque chose d'un peu passionné... Mais non ! Il la regardait avec un regard inébranlable, confusément inquiet, sans plus, gonflé de cette tendresse impavide et têtue, si ennuyeuse...

Mortellement ennuyeuse. A quoi pensait-il ? Elle ne se posait plus la question ; à rien, sans doute, comme d'habitude. Elle l'avait vu heureux, dans les commencements, quand elle souffrait mille morts aux approches des nuits conjugales ; heureux, sans plus, content de vivre. Mais s'il était parfois capable de bonheur, elle ne l'avait jamais vu souffrir. Pas même lorsqu'elle l'avait quitté, par deux fois, pendant ses maladies. Oh, certes ! Il s'était plaint, mais officiellement, avec la dignité qui convient à un souverain ; trop d'orgueil, ou trop de patience. Une impassibilité si contrôlée qu'elle en devenait presque de l'indifférence. Et quand elle partait désormais, il ne protestait pas ; l'imbécile. Satisfait quand elle revenait, satisfait quand elle s'en allait. Toujours d'humeur égale.

Elle tourna légèrement la tête pour le regarder de côté ; comme attiré par un aimant, il lui jeta un rapide coup d'œil plein d'anxiété ; la statue s'anima, « Il m'aime donc toujours à sa façon », constata-t-elle sans déplaisir, « le pauvre homme ! » Pour l'apaiser elle posa sa main sur la sienne et chuchota « Non, rien... ». Il reprit la pose aussitôt, avec une esquisse de soupir.

Elle avait gagné cette longue bataille, commencée vingt-cinq ans plus tôt par un coup de foudre à sens unique. Soudain, elle eut une idée, l'une de ces idées qui viennent aux vainqueurs. Pour lui tenir compagnie, il fallait une seconde femme, qu'elle choisirait elle-même, qu'elle protégerait. Une femme dont elle serait l'amie, de sorte que personne au monde ne pourrait en contester l'honnêteté.

Elle se vit brusquement en généreuse entremetteuse, bénissant une union adultère qu'elle arrangerait de toutes pièces, à la barbe de Vienne, au nez de tout l'Empire ; elle fut prise d'un de ces fous rires subits qui la mettaient hors d'elle, et s'agenouilla brusquement sur son prie-Dieu, la tête entre les mains, pour cacher son hilarité.

Il toussota, s'agita un peu. Elle mordait ses joues, s'abîmait davantage dans une feinte piété, les Viennois allaient la trouver bien exaltée ; enfin elle put se relever.

De belles larmes de rire avaient glissé sur ses joues pâles ; il crut à de l'émotion, lui baisa la main avec gratitude, et l'aida à s'asseoir.

❖

Le 24 avril, la pluie tomba tout le jour ; on ajourna le défilé. Le 25, la pluie ne désarma pas ; le conseil municipal se désola, on remit encore. Le mauvais temps persista le 26, jusqu'au soir. Enfin, le 27, il ne pleuvait plus ; un soleil fragile apparaissait par instants. On allait essayer.

La convocation avait été fixée au 27 avril, avant l'aube ; depuis les petites heures de la nuit, les charpentiers et les selliers passaient l'inspection des chars, à la lueur des lanternes qui dansaient dans l'obscurité des bosquets. Lorsque Franz arriva au Prater, les chars étaient tous hors de leurs remises, et l'on scrutait le ciel noir.

Dès minuit, Anna avait sorti les pièces du costume, et aidé Franz à s'habiller. Les chausses allaient bien ; mais sur l'un des bas rouges, il avait fait un accroc. Anna s'agenouilla pour réparer, en cassant le fil avec les dents, si près qu'il crut qu'elle allait le mordre ; elle éclata de rire. Quand vint le tour de la cuirasse les rubans cassèrent un par un ; l'ingénieuse Anna les remplaça par des rubans de soie qu'elle gardait pour ses chapeaux, des rubans roses du plus bel effet. Pour empêcher la fraise de gratter la peau, elle avait confectionné une sorte de tour de cou en satin. Enfin ne resta plus que la toque de velours, ornée de plumes de coq, noires et brillantes. Anna recula pour apprécier l'ensemble : le costume Renaissance cambrait le jarret, haussait le col, redressait le dos, et son Franzi serait le plus beau hallebardier du défilé.

Elle avait prévu de l'accompagner ; mais au moment de partir elle refusa tout net. Franz allait se fâcher lorsqu'elle se suspendit à son cou, écrasant les godrons de la fraise empesée. Anna attendait un deuxième enfant. Il la força à se recoucher, et s'en fut, le cœur bondissant, sa hallebarde sur le dos, prendre le premier tramway pour le Prater.

— Quand il sera né, je me laisserai pousser la moustache, songea-t-il. Et nous engagerons une nounou morave, avec des rubans noirs à son bonnet.

❖

Un million de personnes dans les rues, et pour le seul défilé, dix mille figurants ! s'exclamait-on de tous côtés dans la loge impériale. C'est un triomphe ! — Oui, s'il ne pleut pas tout à l'heure, regardez le sens du vent, ce n'est pas bon. — Mais du moins aurons-nous l'entrée du cortège, et puis nous sommes à l'abri...

Assise sur le grand fauteuil de bois doré, l'Impératrice écoutait à peine les conversations des invités officiels. Ce bruissement interminable par-delà les vieilles bâtisses, ce frémissement de foule, c'était sa terreur à elle, sa phobie. Pourtant le pavillon de la famille impériale, appuyé contre l'arc de triomphe, isolait les figurants splendides : juchés sur une estrade rouge et protégés par un dais cramoisi, ils étaient à leur place, tout en haut. Juste derrière elle, son fils Rodolphe lui tenait le bras, pour la protéger de craintes qu'il connaissait par cœur. « Tout ira bien, mère ; je suis là, murmurait-il à son oreille. N'ayez pas peur. » Et lorsqu'il la sentit vraiment un peu trop nerveuse, il lui embrassa le cou, d'un baiser furtif. « Finis donc ! » s'écria-t-elle, impatientée.

Il n'empêche ; elle aurait préféré se retrouver en bas, avec un parapluie, bousculée par des ouvriers en casquette, anonyme enfin, comme n'importe qui. Pendant plus de deux heures elle n'échapperait pas aux regards des Viennois. Enfin, on était assis ; l'Impératrice déploya son éventail. L'Empereur venait d'accepter l'hommage public de la population de sa capitale, et déjà on voyait surgir par la grande porte de la Burg le maître des cérémonies, Hans Makart, à cheval, en sobre pourpoint de velours noir comme sa célèbre barbe, et chausses assorties. Un homme étrange et secret, adoré de la foule qui s'amassait derrière les vitres des cafés quand il y jouait aux échecs.

Un héraut d'armes précédait les trompettes à cheval, arborant sur leurs instruments le fanion aux armes de Vienne ; puis venaient les pompiers, trois mille hommes, en tenue blasonnée, mais avec des tuyaux modernes, et mêlés aux casques d'époque, les lances et les embouts dernier cri. Suivaient les étudiants coiffés de toques à plumets, et les chanteurs, qui défilèrent au son de vieilles marches nostalgiques. Enfin venaient les chars.

L'Impératrice s'ennuyait un peu moins.

Le premier char, avec huit chevaux harnachés de vert, était celui des vignerons ; le temps de traverser la place des Héros, ils tirèrent le vin de leurs tonneaux géants, et tous ensemble levèrent leur verre à la santé du couple impérial, en passant devant la tribune. Certains, trop émus, chancelèrent ; un homme un peu trop gros perdit l'équilibre et tomba à la renverse, sa hotte sur le dos ; les raisins de coton se répandirent sur le sol. La loge impériale rit beaucoup.

Vinrent les chaudronniers, les tapissiers, les menuisiers, les charpentiers, et tous levaient leurs ustensiles en passant devant la loge impériale ; ils avaient de bonnes trognes réjouies, ils suaient sous leurs déguisements, et s'épongeaient le front avec de grands mouchoirs dès qu'ils étaient passés. Dans la loge, on s'extasiait : tant d'inventivité, de spontanéité, d'affection ! C'était touchant. L'Impératrice trouva lassante cette ferveur qui n'en finissait pas, et déplia son éventail pour étouffer un bâillement. Toutes ces fripes Renaissance !

Quand apparut le char des chemins de fer, la foule retint son souffle. C'était le plus grand, le plus long ; hissée sur une plate-forme géante, arrivait la locomotive noire et luisante, astiquée par les mécaniciens en pourpoint rouge et blanc. Le contraste était si vif que la loge impériale applaudit à tout rompre. Dans un souci décoratif, Makart avait fait tresser sur les roues et les essieux des guirlandes de myosotis, et sur le devant de la machine, juste à l'endroit où claquaient les drapeaux, un hallebardier immense montait la garde fièrement ; c'était superbe.

Elle replia son éventail, se pencha un peu pour regarder ce stupéfiant spectacle, le hallebardier s'agenouilla, leva la tête, ôta son chapeau et salua. Elle fronça les sourcils : ce visage, elle le connaissait. Lui ? Impossible. A cet instant il lui sourit.

En un éclair elle reconnut le regard d'enfant, le cheveu sombre et frisé, la figure enjouée, le jeune homme de la Redoute, Franzi, comment s'appelait-il déjà ? Taschnik. Oui, Franz Taschnik. Rédacteur de la Cour aux affaires étrangères. Comment s'était-il retrouvé costumé en hallebardier ? Que faisait-il sur le char du chemin de fer ? Allons ! Un coup monté, pour la revoir encore ; une chaude houle l'envahit, elle eut honte, elle eut peur, ces jeunes gens étaient capables de tout, il allait crier « mon amour », peut-être...

La locomotive passait, et lui, sur son char, tournait la tête, ne la quittait plus du regard...

Elle se souvint brusquement de l'ombre noire au-dessus de ses lèvres, cette trace de bouchon qui l'avait fait pouffer de rire, le soir du bal. Voilà qu'il s'était encore déguisé. Quel bon petit... Elle faillit lui faire signe, lever la main comme une grisette, et brandit lentement l'éventail pour s'en empêcher. Lui, c'était sa femme cette fois qui l'avait préparé ; il se sentait grotesque en hallebardier, mais un feu de colère et de tendresse lui montait au front. Il décida de river son regard sur le pur visage que déjà l'éventail dissimulait à demi.

Il insistait, la fixait si intensément que d'un coup d'éventail elle disparut à ses yeux. Quand elle osa regarder de nouveau, la locomotive était passée. Elle ferma son éventail à regret. Justement la pluie commençait à tomber ; elle se leva, voulut partir.

— Restez, je vous en prie, mère, fit le Prince-Héritier en lui serrant le bras.

Elle se dégagea, non, non ! Elle voulait s'en aller, elle était lasse, et d'ailleurs il pleuvait. Prestement, on recula les fauteuils de velours. Rodolphe empoigna sa mère et l'assit de force, mais que voulait-il donc ?

Le char qui surgissait des portes de la Burg était celui des imprimeurs : il représentait une presse majestueuse, qui roulait sous la pluie. Lorsque le char passa devant la loge, le maître imprimeur, en bonnet allemand pour évoquer Gutenberg, sortit de dessous la presse un gros volume où brillaient en lettres d'or :

Quinze Jours sur le Danube

Rodolphe se pencha vers sa mère et lui posa un tendre baiser sur la joue. Alors, pleine de remords, l'Impératrice se souvint que son fils avait publié ce titre justement, son premier livre d'écrivain. Il se mit à lui expliquer qu'il avait voulu lui faire la surprise de ce char avec la complicité de Makart, que c'était pour elle seule, qu'il était si heureux...

Elle prit la main de son fils et la garda dans les siennes. Il parlait trop vite, avec trop de mots ; il avait hérité de sa propre nervosité. C'était un enfant sensible, susceptible, qu'il aurait fallu apaiser. Ne sachant que faire, elle porta la main de Rodolphe à ses lèvres et la baisa. L'Empereur eut un regard réprobateur ; le Prince impérial retira sa main vivement et la mit derrière son dos. L'Impératrice soupira.

L'ondée s'était muée en averse. Restait un dernier char, celui des artistes, figuré par un atelier où peignaient des rapins déguisés en Rembrandt ; leurs modèles prenaient la pose. La foule acclama les femmes en drapés, d'autant que la pluie moulait les mousselines sur les formes pleines ; mais sur le bord du char, un petit figurant déguisé en statue de plâtre perdit peu à peu son revêtement blanc, lavé par l'eau qui tombait des nuages. Stoïque, il ne bougea pas ; la peau claire apparut, couverte de poils châtains. L'Impératrice daigna esquisser une ombre de sourire.

A une heure de l'après-midi, deux tableaux de chasse achevèrent le défilé, l'un moyenâgeux, l'autre tout à fait moderne, avec des meutes de chiens haletants et trempés. Toutes les chasses y passèrent : au cerf, au chamois, au faucon, au sanglier, à l'ours. Enfin, pour mettre un point final, Hans Makart réapparut sur son cheval immaculé, entouré de son état-major, peintres, architectes et sculpteurs. Lorsque s'étouffèrent les derniers accents de la Société des Chanteurs, la souveraine se leva à la hâte et s'échappa enfin, suivie par le regard rancunier de son fils, qui soupira à son tour. Sa mère était insaisissable.

❖

Furieux d'avoir roulé par terre, Willy décida de ne plus boire pendant un mois, pour maigrir un peu ; Attila, qui avait pris froid, garda le lit une semaine ; quant à Franz, il était certain, cette fois, d'avoir reconnu Gabrielle.

Personne au monde ne maniait l'éventail avec autant de grâce et d'agilité. Personne ne savait se cacher aussi vite que cette femme dont il avait soutenu le regard en public. Rien ne le distrairait désormais de cette conviction. Mais il n'en parla pas à sa femme, pour ne pas troubler la grossesse qui commençait. Au demeurant, c'était sans importance.

9

LE DIX-CORS BLANC DE POTSDAM

O chers peuples de ce vaste Empire
Comme je vous admire en secret !
Vous donnez votre sang, votre sueur
Pour nourrir cette engeance dépravée !

Elisabeth

L'enfant naquit, un fils Taschnik, que Franz appela Anton, et qui reçut aussitôt le surnom de Toni ; il avait les yeux noirs de sa mère, et les cheveux blonds, comme sa grand-mère catholique. Au comble de la joie, Franz affirma à qui voulait l'entendre que son fils serait un vrai diplomate, même s'il fallait pour ce faire obtenir un titre de noblesse ; cela s'était déjà vu. Sur ce point, Anna avait d'autres idées ; son fils à elle serait compositeur ou chef d'orchestre, et rien d'autre. D'ailleurs, comme par hasard, la dernière valse du maestro s'appelait *Allez, on recommence !*, et les époux Taschnik y virent un signe encourageant.

Cette année-là, en 1880, on apprit dans la capitale que le Prince-Héritier allait épouser une princesse de Belgique, une petite Stéphanie de quinze ans. Franz se prit à

213

songer aux propos de son inconnue : l'Impératrice avait aussi quinze ans quand l'Empereur avait décidé de l'épouser.

— Et alors ? répétait Willy. C'est le bel âge ! Pourvu qu'elle soit jolie, qu'il y trouve son compte et qu'elle nous fasse de beaux garçons...

Vienne répétait cette rengaine, et ne disait rien d'autre que l'Empereur et son fils, rien d'autre que la famille impériale, le pape et toute la chrétienté. Le Prince-Héritier était devenu le plus éminent jeune homme de l'Autriche, un digne successeur pour son père ; il prenait femme, c'était dans l'ordre des choses. Personne ne s'en plaignait, sauf l'Impératrice qui n'en disait rien.

Elle s'apprêtait à revenir d'une chasse en Irlande lorsqu'elle apprit la nouvelle, par un télégramme officiel et succinct, sans signature : « Le Prince-Héritier s'est fiancé à la princesse Stéphanie de Belgique ».

Si vite ! Sans la prévenir ! Alors qu'elle était au loin... La sortir ainsi du galop, si soudainement ! Elle s'était mise à trembler, à frémir, si fort que sa dame d'honneur, la comtesse Marie, avait cru à un grand malheur.

— Dieu soit loué, avait dit la comtesse, ce n'est pas un désastre !

— Si Dieu le veut, en effet, comtesse..., avait-elle répondu, et son agitation n'avait pas désarmé.

Son petit Rudi, marié ! Mais c'était encore un enfant... Et lorsque la comtesse lui faisait doucement observer que l'enfant avait vingt-deux ans, elle détournait la tête, agacée. Il n'était pas mûr pour le mariage, disait-elle.

— Mais savez-vous, Marie ? Personne n'est jamais prêt pour le mariage, personne..., ajoutait-elle avec amertume.

Au vrai, son fils lui ressemblait trop. Charmant, il passait pour le plus grand séducteur de l'Empire, mais sa mère connaissait bien le regard un peu fuyant, instable, et les paupières palpitantes de nervosité. Le regard craintif du lièvre aux aguets.

Il allait de conquête en conquête, brillait de tous les feux de la jeunesse — cela, c'était la légende. Il est vrai qu'il était joli garçon, avec sa frange sur le front et sa barbe « à la pêcheur », fort à la mode depuis qu'il l'avait adoptée. Il portait l'uniforme à ravir : n'avait-il pas reçu le jour de sa naissance, selon la tradition, un régiment d'infanterie dont il était le commandant en chef ? A six ans, il paradait en uniforme de colonel ; le dolman lui allait à la perfection. A Prague, où son père l'avait expédié en garnison, toutes les femmes lui faisaient les yeux doux... Bref, une mère aurait eu de quoi s'enorgueillir.

Pas elle. Sous le brillant, elle avait depuis longtemps décelé une flamme sombre, une hostilité à peine dissimulée, adressée tantôt à son père, tantôt à elle, c'était selon. Avec cela, des mouvements de violente adoration qui passaient de la haine à l'amour, si rapidement qu'elle en avait le souffle coupé. Cette façon de l'embrasser en la serrant dans ses bras, à l'étouffer...

Rodolphe était radical, entier, fougueusement attaché aux libertés ; il n'aimait pas l'Empire. Tout comme elle. Il avait des amis républicains, qu'elle lui enviait parfois ; parce qu'il était un homme, il était indépendant. Comment lui avait-elle transmis ce secret héritage libertaire qu'elle était obligée de dissimuler ? Elle n'avait pas pu le choyer quand il était enfant ; elle l'avait délaissé pour « la chérie » ; elle ne s'était pas occupée de son fils, et voilà qu'il était devenu son portrait vivant, un miroir de jeunesse insolente, un garçon libre de s'abandonner à tous les plaisirs, à tous les excès ! Les filles, les beuveries, la chasse surtout, et les coups de feu, encore les coups de feu...

Car ce qu'elle aimait dans la chasse, c'était la poursuite au galop. Au moment de la curée, elle détournait les yeux. Rodolphe, lui, tirait tout, même les bouvreuils, que par bravade il dévorait ensuite. A vingt ans, après un geste maladroit, une balle lui avait troué la main. Et deux ans auparavant, il avait abattu à Potsdam un dix-cors blanc.

Quiconque tue un animal blanc mourra de mort violente, disait le proverbe. Comme s'il ne le savait pas ! Il l'avait fait exprès, elle en était certaine.... Un jour, il avait perpétré un massacre d'oiseaux des jardins, mésanges, moineaux, corneilles, passereaux, il avait ajouté une bécasse et avait peint le tout à l'aquarelle, non sans talent. C'était l'année du mariage de sa sœur Gisèle — un an avant la rencontre avec ce jeune homme, comment s'appelait-il déjà ? Franz Tasch...ner ? Le nom, décidément, lui échappait toujours. Enfin, son jeune homme, le seul pour qui elle avait eu des sentiments. Ce n'était pas juste. Rien n'était juste.

Et puis, Rudi l'aimait trop. Fils dévorant, qui ne lui passait rien. Qui vérifiait sans cesse si sa mère portait toujours le médaillon où elle avait roulé une mèche de ses cheveux d'enfant. Ce regard qu'il avait eu l'an passé, quand, par inadvertance, elle avait oublié son premier livre, ces « Quinze Jours sur le Danube » solennellement présenté sur le dernier char des noces d'argent, à Vienne... « Tu ne n'aimes donc pas », semblait-il dire. « Mauvaise mère ! »

Le pire concernait la chérie, dont il était férocement jaloux. A vingt-deux ans ! Et qu'avait-il décidé de prendre pour épouse ? Une princesse qu'elle avait embrassée une fois à Bruxelles, une gamine qui n'était même pas jolie ! Si seulement il l'avait choisie lui-même ! Mais non ! Il s'était plié aux combinaisons de l'Empire, aux échanges européens, sottement, lui, le rebelle ! Elle avait entendu parler de ce projet ; pas un instant elle n'y avait cru. Son fils n'accepterait pas la première venue ; d'ailleurs il en avait refusé d'autres ; il attendrait.

Eh bien ! Le rebelle avait cédé.

Quand elle revint à Vienne, elle le convoqua dans sa chambre, et lui demanda doucement s'il s'était renseigné sur la formation de sa fiancée.

Surpris, Rodolphe affirma qu'elle avait reçu une excellente éducation ; le comte Chotek, chargé de la négociation, avait affirmé que la conversation de la princesse était « touchante de juvénilité et cependant très spirituelle ». Elle haussa les épaules. Ce n'était pas cela, elle insista : la petite était-elle formée ? Rodolphe ne comprenait pas, tortillait sa moustache d'un air gêné, hésitait à deviner ce que voulait sa mère, mais vraiment, non, il ne voyait pas...

— Je te demande si elle a déjà ses règles ! cria-t-elle.

Il n'y avait pas pensé. Elle le foudroya d'un regard noir. Le digne Chotek s'informa auprès de la famille de Belgique, qui admit avec réticence la gênante vérité : « La nubilité de la princesse n'était pas encore totalement accomplie. » On allégua qu'elle avait eu le typhus à huit ans, que cela expliquait le retard, que... Mais l'Impératrice ne voulut rien entendre. Rodolphe ne l'épouserait pas avant les premières règles ; sinon, elle ne donnait pas son consentement.

— Cela te porterait malheur, disait-elle. Déjà, ce malheureux dix-cors blanc de Potsdam....

— Auriez-vous croisé une pie sur votre chemin, par hasard, mère chérie ? répondait-il en riant sous cape.

L'Impératrice était décidément d'une indécrottable superstition.

Plus tard, il s'aperçut que Stéphanie avait le même âge que sa mère au moment de ses propres fiançailles ; il s'en émut beaucoup. Au vrai, la princesse de Belgique n'avait pour elle que sa jeunesse ; mais en amour, Rodolphe suivait la mode. Une enfant dans son lit, voilà qui n'était pas fait pour lui déplaire. Cependant il se résigna ; on attendrait sagement les règles de la princesse, qui vinrent en leur temps, un an plus tard.

❖

Le Prince passa l'année à jouer les fiancés officiels, avec l'enthousiasme d'un novice plein de zèle, les yeux brillants et l'air énamouré. Vint le jour où il accueillit sa mère à l'arrivée du train en Belgique, pour lui présenter sa fiancée.

La jeune Stéphanie, intimidée, attifée dans des falbalas compliqués, avait l'air d'une servante déguisée en princesse. L'Impératrice, en velours bleu sombre et zibeline, ressemblait à la fiancée idéale qu'on aurait rêvée pour son fils. Chacun s'en aperçut, les fiancés compris, l'Impératrice surtout. Lorsqu'elle était descendue sur le quai, Rudi s'était jetée à son cou, avec une telle passion qu'elle en fut effrayée.

Non, il n'aimait pas Stéphanie. Il ne pouvait pas s'amouracher d'une blonde fillette qui n'avait ni cils, ni sourcils, une sotte sans grâce ! Une princesse au teint de porcelaine, pâle, si blanche... Comme le vieux cerf de Potsdam. L'angoisse revint au galop, puis s'effaça. Allons ! Ce serait un désastre, comme tous les mariages, d'ailleurs. Pour retrouver son fils, elle n'avait qu'à attendre, songeait-elle. Toutes les jolies femmes de Vienne partageaient ce sentiment : leur amant idéal ne leur serait pas dérobé.

Mais Rodolphe se souciait assez peu des frémissements de ces dames. Les fiançailles, la parade, les représentations, les intrigues sentimentales et les bouderies de sa mère, tout cela n'était que faux-semblant. Le Prince-Héritier avait une autre vie, secrète et passionnante.

❖

Il venait de faire connaissance avec un juif de Galicie, un brillant journaliste, Moritz Szeps, qui avait lancé le 𝔑𝔢𝔲𝔢𝔰 𝔗𝔞𝔤𝔟𝔩𝔞𝔱𝔱, dont il avait publié le premier numéro un 14 juillet, en 1867, avec un sous-titre retentissant : 𝔒𝔯𝔤𝔞𝔫𝔢 𝔇𝔢𝔪𝔬𝔠𝔯𝔞𝔱𝔦𝔮𝔲𝔢. Moritz Szeps était le beau-frère de Georges Clemenceau.

Au 𝔑𝔢𝔲𝔢𝔰 𝔗𝔞𝔤𝔟𝔩𝔞𝔱𝔱 avait succédé le 𝔚𝔦𝔢𝔫𝔢𝔯 𝔗𝔞𝔤𝔟𝔩𝔞𝔱𝔱, où le Prince avait d'abord suggéré des sujets d'articles, avant de les écrire lui-même sous un pseudonyme, « Julius Felix » ; ensuite, Moritz Szeps les recopiait de sa propre main, pour éviter qu'on reconnût l'écriture du Prince-Héritier.

Il y faisait passer ses idées : l'amour du progrès, la haine des bureaucrates, l'horreur de l'Empire et de l'Empereur, la défense du droit des peuples et des minorités, un violent refus de l'Allemagne, et de Bismarck surtout, le Chancelier de Fer qui avait réduit par la guerre la puissance de l'Empire autrichien, et qui menaçait les libertés de l'Europe entière. La gentille brochure sur le Danube n'était là que pour donner le change. Seuls les amis du Prince, étroitement surveillés par la police impériale, savaient que derrière l'image nonchalante d'un héritier poète se cachait un révolté.

C'était l'autre Rodolphe, le politique. Le prince qui, en vivant à Prague sans se laisser enfermer dans les salons blanc et or du Hradschin, le majestueux château dominant les collines de Mala Strana, avait conquis le cœur des Tchèques. C'était le libéral qui les voyait délaissés, opprimés par l'arrogance hongroise ; c'était le progressiste qui voulait réformer l'Empire, et se porter à la tête d'une fédération républicaine ; c'était un jeune homme dissimulé, ardent, qui voulait pour les autres la liberté dont il avait été privé, enfant, par une éducation militaire et des précepteurs barbares.

Il ne pardonnait rien. Ni les réveils à l'aube, ni les coups de feu à son oreille, ni l'absence de cette lointaine mère, exilée d'abord dans un autre coin de la Burg, ensuite à Madère, enfin partout où il n'était pas. Où se trouvait-elle ? En voyage, à cheval, au cirque, en promenade, entre les mains de sa coiffeuse, aux agrès, et le soir, couchée à neuf heures, disparue. Jamais là. Et quand d'aventure il parvenait à la surprendre à sa toilette, il la trouvait souvent dans un attirail insensé, les tresses suspendues au lustre avec des rubans de soie, et elle, immobile comme une déesse dans un temple...

— C'est pour soulager mes migraines, soupirait-elle. Mes cheveux sont si lourds ! J'ai si mal à la tête !

Sa belle tête ! On aurait dit une araignée au centre de sa toile.

Tant de talents gaspillés, une telle beauté, pour rien, une insupportable oisive, une intelligence gâchée, ah, il l'aurait tuée, parfois. Est-ce qu'on ne tue pas par amour ?

Quant à l'amour précisément, il ne l'avait jamais rencontré, ni chez les autres, ni pour lui-même. Sa mère n'aimait pas l'Empereur, qui adorait sa femme ; mais ce n'était pas un véritable amour, puisqu'il n'était pas partagé. Les femmes, il en était couvert, jusqu'au dégoût. Il avait une amie, qu'il aimait bien ; c'était une prostituée, Mizzi, qu'il savait vendue à la police. Une bonne fille au fond, et qu'il utilisait souvent, pour des confidences calculées qui en dissimulaient d'autres, qu'il ne lui faisait pas. Stéphanie n'était pas l'amour ; c'était une charmante enfant dont il escomptait la tranquillité, et des fils. Pourvu, du moins, qu'il n'attrapât pas la maladie... Cette malédiction qui courait Vienne, et qui, après les chancres et le Kaposi, détruisait l'esprit. Allez croire à l'amour à Vienne... Cette blague !

Car Vienne elle-même n'était qu'une énorme et merveilleuse blague, une ville pourrie par la vérole, et qui dissimulait sous une robe de soie ses jupons sales. Vienne était la capitale mensongère d'un empire à deux têtes, deux aigles dont les ailes souillées de vermine s'étendaient sur des peuples malheureux ; les Bohémiens, les Moraves, les gens de Galicie, ceux de la Bukovine, les Serbes et les Croates, les Vénitiens du Trentin, sans oublier les tziganes si chers au cœur de sa mère ; et les Allemands aussi, qui s'agiteraient un jour, comme les autres. L'Empire entier pourrissait comme le poisson, par la tête, à cause d'un Empereur abruti par deux défaites, la première face à l'Italie et la France, Solférino-1859, la seconde face à la Prusse, Sadowa-1866, Sadowa, Solférino, les noms dansaient dans sa mémoire, dansaient, puisque Vienne n'en finissait pas d'organiser des bals.

Mais le Prince-Héritier avait de la tendresse pour les bals populaires, où les faubourgs se donnaient de la joie. Parfois, il s'y rendait incognito, une manie qu'il avait héritée de sa mère, dont il soupçonnait les fugues répétées ; ne disait-on pas qu'elle avait circulé dans Londres anonymement au bras d'un Anglais ? N'avait-elle pas souhaité se rendre au bal Mabille déguisée ? Dieu seul savait dans quels bals viennois elle avait pu traîner en domino...

❖

Un soir de Mardi-Gras, alors que la bonne société se rendait comme tous les ans à la noble Redoute, il s'en fut dans un petit bal masqué un peu canaille. Il n'avait pas fait beaucoup d'efforts de costume ; il s'était contenté d'un loup, et d'une couronne ridicule qu'il avait trouvée amusante pour un Prince-Héritier. Le bal se tenait dans une halle aux grains décorée de guirlandes. Il s'installa à une petite table, commanda une eau-de-vie, et observa les danseurs.

Il dénombra dix hennins Moyen Age, huit fermières avec des cerises au chapeau, six diables affublés d'une queue de coton et de cornes rouges sur leur bonnet noir, douze tziganes en longues jupes à volants, le visage couvert de suie et la tête entourée de sequins dorés, trois princesses arborant des couronnes grossièrement taillées dans du carton d'argent, et un roi, un seul, une sorte de Charlemagne à la barbe fleurie avec un manteau bleu brodé de fleurs de lys, confusément français. En somme ils étaient deux rois de carnaval dans ce petit bal : le faux, et le vrai, lui.

Soudain son regard doré s'attarda sur l'une des trois princesses, une gamine élancée au visage un peu rond, et qui avait d'incroyables cheveux blonds, presque aussi longs que ceux de sa mère. Elle s'était arrêtée de danser. Bondissant devant elle, un Pierrot blanc se lança sur les mains dans une grande roue acrobatique, avec un hurlement de joie.

— Et hop, mesdames ! En voulez-vous encore ? Hop ! cria-t-il en recommençant sa pirouette.

Les gens s'attroupaient ; le Pierrot se releva et ébouriffa sa collerette en reprenant son souffle. Ravie, la petite battit des mains ; le Pierrot s'inclina avec élégance, mimant un salut avec un chapeau imaginaire.

— Qu'il est drôle ! fit-elle à voix haute.

Le Pierrot, les mains sur les hanches, lui barrait déjà le chemin.

— On ne passe pas sans un gage ! Hé, la princesse, un baiser !

Et il tendit ses lèvres écarlates en écarquillant les yeux. La petite tenta de s'échapper, mais la foule la retint en riant, goguenarde.

— Il a raison, s'écria une fermière à la voix suraiguë. Un baiser pour la princesse !

— Pas de mal à ça, ma fille, fit sentencieusement une matrone en Dogaresse. Il faut s'exécuter...

— C'est qu'il est plutôt joli, le Pierrot, soupira une Colombine. Si elle refuse le baiser, je te le donnerai, va...

C'était très amusant. Mais la fille ne l'entendait pas de cette oreille. Elle souffleta le Pierrot qui se jeta sur elle ; on tenta de les séparer, il s'échangea des coups de poing, l'affaire tournait à la bagarre. Il fallut s'en mêler ; ce n'était pas que le Prince fût d'une force de lutteur de foire, non, mais enfin il était entraîné, et puis il avait l'habitude de commander des bataillons... Toujours est-il qu'en donnant simplement de la voix il fit reculer la foule, empoigna la petite et repoussa le Pierrot. La fille avait perdu sa couronne ; le Prince lui donna la sienne en échange.

Elle s'appelait Friedl, elle avait la peau bien blanche, la suite allait de soi, et s'acheva dans une chambre séparée dans un hôtel très chic, où on le connaissait bien.

Depuis le soir du carnaval, il avait du vague à l'âme à l'idée de se marier ; quelques semaines plus tard il se sentit un peu fiévreux. Il songea que peut-être la princesse du bal avait la maladie, puis il n'y songea plus. Car lorsque cette pensée surgissait, il fumait une bonne pipe d'opium pour l'effacer.

10

LE GRAND NOIR

Moi, le pauvre lièvre épuisé,
Il me faut du repos, arrêtez !
Jusqu'à ce qu'on sonne le cor
Je resterai ici, sans bouger

Je déplierai mes quatre pattes
La langue pendue, haletante
Car c'étaient de trop grosses bêtes
Sous le poil, la puce me démange...

Mais maintenant sous la charmille
Enfoui dans les profondeurs des feuilles
Peut-être enfin arriverai-je
A trouver la paix et l'oubli...

Elisabeth

Les festivités du mariage commencèrent le 6 mai 1881, pour la plus grande joie des Viennois. Les fiancés parurent au balcon du château de Schönbrunn ; Stéphanie, l'air emprunté, agitait la main timidement. Les badauds les plus matinaux racontaient aux retardataires qu'ils avaient vu, de leurs yeux vu, la jeune Princesse en peignoir léger, un bouquet de fleurs à la main, courir comme une nymphe sous les vastes arcades.

— Ils ont la vue bien perçante, observa Franz, pragmatique. Des grilles aux arcades il y a bien cinq cents mètres.

— Penses-tu ! Ce n'est que de l'épate ! disait Willy, furieux d'être pris en défaut. Le protocole ne saurait autoriser de tels débordements !

Anna trouvait l'épisode charmant ; la jeune Emmy en fut tout émoustillée. Et ils se promettaient de ne rien manquer du cortège nuptial qui traverserait Vienne, le 8 mai, avec soixante-deux attelages.

Mais comme pour le défilé des noces d'argent, il pleuvait.

Le cortège attendit la fin de l'averse ; les Viennois s'impatientèrent. Emmy gémissait et se plaignait d'avoir mal aux genoux ; Attila tenta vainement de lui arracher un sourire, cependant que Willy commençait à se dire que peut-être on aurait le temps d'aller prendre un chocolat...

... Lorsque soudain, d'un podium arrangé sur la place des Héros, surgit une valse adorable. Franz sourit sous sa moustache, se dressa sur la pointe des pieds et, dominant la foule de sa haute taille, aperçut son compositeur favori, les cheveux en désordre, le violon à la main, dirigeant son orchestre sous la pluie battante. Johann Strauss venait d'entrer en action. Pour la circonstance, le maestro avait composé une valse dédiée à la Princesse, et qui portait un titre suave, *Bouquets de myrtes*. Il n'en fallut pas davantage pour transformer l'humeur viennoise, qui passa en un clin d'œil du maussade à l'enthousiaste. Le cortège n'arrivant pas, le maestro bissa la valse.

A la nuit tombée, une fête populaire clôturait la journée dans le parc de Schönbrunn. La petite Emmy vit apparaître dans le ciel sombre deux initiales de feu, immenses, étincelantes : R et S. Rodolphe et Stéphanie.

— Quand je me marierai, j'aurai un E au milieu des étoiles ! s'écria Emmy émerveillée.

— Et l'autre initiale ? demanda le Hongrois en éclatant de rire.

Le lendemain 9 mai fut le jour de « La Joyeuse Entrée » : conformément aux traditions qui remontaient à l'Entrée des Princes au XVIe siècle, période dorée de la dynastie, la nouvelle venue dans la maison Habsbourg pénétrerait solennellement dans Vienne. La jeune princesse partirait du Theresianum et se rendrait à la Burg ; il pleuvait toujours. Mais lorsque le carrosse d'or passa devant l'école évangélique, un médaillon représentant les armoiries impériales se détacha, et chuta sur le sol.

— Pas bon signe, murmura Willy d'un air sombre.

Dans l'église des Augustins, où s'était marié l'Empereur, les jeunes gens échangèrent le serment nuptial. La presse décrivit longuement la robe rose de la mariée, sa traîne de quatre mètres, la toilette gorge-de-pigeon de l'Impératrice Elisabeth, et celle, bleue, de la Reine des Belges. Mais personne n'évoqua le « oui » du Prince-Héritier, si grave et si triste qu'on avait du mal à l'entendre sous la nef.

Un « oui » aussitôt couvert par les salves en l'honneur du jeune couple, les cloches de la capitale, les hymnes nationaux des deux pays et par les acclamations de la foule.

❖

C'est cette année-là qu'arriva dans les bureaux du Ballhausplatz une dépêche qui venait d'Athènes, et qui signalait de sérieux troubles dans les Balkans. Depuis la malheureuse guerre de Bosnie, le champ des conflits s'élargissait de jour en jour.

En temps normal, la section des affaires administratives n'avait pas à traiter les dépêches. Mais le bureau d'ordre se trompa de numéro de bordereau, et la dépêche tomba entre les mains de Franz. Il était sur le point de l'acheminer à qui de droit lorsqu'une curiosité le retint.

— Trois pages et demie, une misère, avait-il répondu à Willibald qui, curieux, lisait derrière son dos. Voyons ce que c'est, pour une fois. Ensuite on la rendra.

« Monsieur le ministre, on vient de me communiquer un rapport de Corfou... »

Corfou ! Elle y était ! La nouvelle était dans les journaux : passionnée par l'*Odyssée*, l'Impératrice s'était arrêtée dans l'île de Corfou, où Ulysse avait trouvé refuge.

... « qui présente la situation de l'Épire sous les couleurs les plus sombres. Il résulte de ce rapport que la vie, la fortune et l'honneur des chrétiens sont à la merci des Albanais musulmans, qui y commettent les plus grands crimes. Dans un endroit, près de Delvino, un chrétien ayant été assailli par des chiens, il leur lança des pierres pour les éloigner. »

— Bon ! dit-il, et alors ? On ne se bat pas à propos de chiens, tout de même...

— Attends, reprit Willibald. Je parie que si.

« Sur ces entrefaites un berger musulman fit feu sur le chrétien, qui tirant son poignard se mit en état de défense. Le musulman se rua alors sur le chrétien et fit jouer son yatagan. Mais le chrétien parvint à parer le coup et dans cette lutte corps à corps il tua le musulman et prit la fuite. Les amis du musulman se dirigèrent alors vers le village où le chrétien habitait, incendièrent la maison et commirent les actes les plus barbares contre tous les habitants, sans épargner l'honneur des femmes. »

— Et tout cela pour des chiens ! s'exclama Franz atterré.

— Tous les mêmes, commentait Willibald sobrement. Dès qu'on sort de l'Empire, ce sont des animaux sauvages. Ah ! Que j'aimerais un Bismarck pour nous aider à dompter ces bêtes-là ! Une poigne de fer, voilà ce qu'il nous faut.

— Un Radetzky, peut-être ? intervint aigrement Attila. Monsieur voudrait une répression bien sanglante, avec des pendaisons et des exécutions sommaires ?

— Taisez-vous donc, coupa Franz. Je continue. « L'autorité envoya sur les lieux un officier avec vingt soldats pour procéder à une enquête. Mais à peine arrivés dans le village, ils exigèrent des habitants de leur fournir des aliments et non contents de ce que les malheureux chrétiens avaient pu offrir, ils jetèrent en prison les primats de la localité, après les avoir impitoyablement battus. Une rixe survint entre les soldats et les habitants et ces derniers furent obligés de quitter en masse leur village pour aller chercher asile à Corfou. Des familles entières quittent journellement leur foyer et émigrent à Corfou pour y chercher asile. Tous ces émigrés sont dans le plus complet dénuement, couverts de haillons et manquent du pain quotidien. Les secours du gouvernement et la charité privée n'y suffisent plus. »

— Voilà ce qui se passe aux lisières de notre Empire, Willibald, s'écria-t-il en brandissant la dépêche. Les gens s'y entretuent pour des chiens qui aboient ! On les chasse de partout !

— Strummacher ! Taschnik ! Le bordereau 2379, où l'avez-vous mis ? Cela presse ! fit la voix du chef de section à travers la porte.

Attila attrapa prestement le papier manquant, et courut dans la pièce voisine. Les deux compères rangèrent la dépêche au cas où le chef passerait la tête.

— Imagine seulement, pure hypothèse, que l'Empereur ne soit plus là pour tenir tous nos gens réunis, soupira Willibald. Imagines-tu la catastrophe ? Ils s'étriperaient comme sur cette petite île. Mais à propos d'empereur, est-ce qu'elle n'est pas en visite à Corfou, sa cinglée ?

❖

La dépêche égarée retourna à la section diplomatique dont elle n'aurait jamais dû sortir ; dans le bureau des rédacteurs, on ne parla plus de Corfou.

Au printemps, Franz apprit par les journaux que l'Impératrice assisterait à la parade militaire. Impulsivement il tourna la page, qu'il aurait préféré ne pas lire ; ses mains tremblaient, la tête lui tournait un peu.

— Ce ne sera donc jamais fini ! bougonna-t-il, furieux.

Six ans depuis la fameuse lettre de Londres, la dernière, et cette même émotion, l'Impératrice en public, la voir, elle, ou pas elle, ce mensonge...

Il irait, avec Anna, et cette fois lui dirait tout, pour se purger le cœur. Il lui désignerait du doigt le cabriolet noir aux armes impériales, lui montrerait la femme dédaigneuse au sourire étiré, et soupirerait, l'air de rien : « Tu la vois, notre Impératrice, eh bien, elle m'a aimée toute une nuit... »

Non. Il pointerait l'index vers la voiture, et murmurerait mystérieusement : « Il y a là une femme avec qui j'ai valsé pendant toute une nuit. » C'était mieux, déjà.

— Qui ? s'étonnerait Anna. Pas l'Impératrice, tout de même ?

— Si, justement.

Et là, tout se brouillait. Pourquoi n'avait-il rien dit jusque-là ? Il pourrait s'en tirer avec un subterfuge, j'ai oublié, ce n'était pas important, cela me revient juste en la voyant, mais Anna avait trop d'intuition, elle serait blessée, décidément non, ce n'était pas la bonne formule.

Quelle idée, aussi, de mentir. Transformer trois heures en une nuit entière, trois valses en amour fou, et quelques lettres en passion.

Il décida d'emmener sa femme à la parade, et là, d'improviser. Mais d'en parler, au moins.

Le jour venu, ils y étaient en famille, Anna avec son chapeau à bride, celui de velours vert, le plus élégant, et la petite Emmy en robe blanche brodée, une merveille. Tous les trois au milieu d'une foule immense, venue applaudir le couple impérial. L'Empereur sur son célèbre bai brun, le sourcil tombant sur son regard austère, et elle, l'Impératrice, droite comme une lame, en amazone de velours noir, impassible sur sa monture.

— Jamais on ne dirait qu'elle est grand-mère ! murmura une vieille dame d'un ton vaguement choqué.

— Ni qu'elle a marié son fils l'année dernière ! ajouta sa voisine. Peut-être devrait-elle cesser de se montrer à cheval ?

— Il paraît qu'il s'appelle Nihiliste..., chuchota un jeune homme excité.

— Qui cela ? s'indigna un bourgeois corpulent. De qui parlez-vous donc, petit ?

— Mais de son animal, de quoi d'autre ? L'Impératrice... Elle a tout calculé : la jument, noire, son costume, noir, et le nom, Nihiliste... Regardez !

Seule sa cravate était blanche, et son visage. De loin, Franz ne voyait rien de ses traits, juste une tache claire et floue au-dessus du cheval, et la masse de ses cheveux châtains, qui de temps à autre glissaient un peu. Une double image parfaitement immobile, l'animal parfaitement dressé, la femme parfaite écuyère ; pas un mouvement. Quand la parade s'acheva, la fillette était fatiguée, son père la prit sur ses épaules, l'Empereur baissa le bras qui saluait ses troupes, et elle, l'Impératrice, fit reculer sa jument avec des pas de côté, comme au cirque. Il y eut quelques applaudissements.

— Pourquoi on applaudit, papa ? demanda la fillette.

L'animal trottait sur place, puis, un pied après l'autre, commença à danser. Et elle, toujours aussi droite, baissait les yeux vers les jambes de Nihiliste, avec une tendre attention.

« Bravo ! » cria Franz sans retenue.

L'Impératrice chercha dans la foule d'où était venu le cri, parcourut du regard toutes ces têtes massées devant elle, et aperçut au loin celle d'un géant moustachu, qui dépassait les autres. Franz hissa la fillette au-dessus de sa tête, « Dis bonjour à notre Impératrice ! », l'enfant agita la main timidement, déjà elle avait fait demi-tour, et l'animal trottait tranquillement.

— Alors, elle t'a vue ? fit le père en redescendant Emmy.

— Le cheval il est parti, gémit l'enfant.

Franz reprit le bras de sa femme, et ils s'en furent à pied comme ils étaient venus. « Tu sais », commença-t-il...

Puis il se ravisa. Quand l'enfant serait couchée. Plus tard. Le soir venu Emmy eut de la fièvre, Anna, inquiète, lui tâtait le front sans relâche, et Franz renonça à son idée.

❖

Il n'y pensa plus jusqu'à l'hiver suivant. Vint la première neige, épaisse, silencieuse, une vraie neige viennoise éclairée par un soleil clair. Franz décida d'aller chasser.

— Pas pour tuer les bêtes, fit-il à Anna qui n'aimait pas les fusils, je tire trop mal. Juste pour la promenade...

Il adorait marcher dans les plaines blanches, quand les pas s'étouffaient, quand on s'enfonçait assez pour sentir la morsure du froid sur la peau, quand on était solitaire, surtout, seul dans la lumière éclatante avec pour compagnons les arbres noirs.

C'est au milieu du premier champ qu'il l'aperçut à contre-jour. Une silhouette noble, dressée, parfaitement immobile. Un grand lièvre aux cuisses puissantes, avec d'immenses oreilles droites.

L'animal était à portée de fusil. Franz épaula, visa le lièvre qui baissa une oreille, tourna le museau, huma le vent, trembla, bondit. En trois sauts magnifiques il disparut dans les fourrés.

Franz aurait pu libérer la gâchette, donner le coup de grâce, il aurait eu le temps... Mais il tremblait autant que le lièvre au cœur effrayé, il avait la même peur que lui, le bruit du coup de feu, quelle épouvante...

Elle aussi avait un cœur de lièvre. Elle aussi ne cessait d'avoir peur. Solitaire dans un champ de neige, elle voulait respirer l'air froid, être libre, se poser là, paisible et noire, sentir les parfums de l'hiver, et sans cesse les hommes la visaient au bout de leurs fusils. Alors, comme le lièvre, elle dressait l'oreille, dépliait ses jambes musclées, et se sauvait puissamment dans les fourrés.

Franz baissa son fusil et décida de ne plus chasser, pas même un merle picorant les cerises de son jardin.

❖

A Gödöllö, la reine chassait de son côté. Depuis l'Angleterre, elle avait pris le goût des chasses à courre, et ce jour-là, pendant que Franz levait son fusil sur le lièvre, elle s'apprêtait à forcer un sanglier. La chasse s'était rassemblée au rendez-vous, fixé au Vieil Étang, car les sangliers cherchaient l'eau.

Les piqueux étaient venus au rapport. Le premier avait connaissance d'une vieille laie fatiguée, au Saut du Loup. La Reine avait fait la moue ; le deuxième, trois ou quatre bêtes rousses, qui ne l'intéressaient guère. Restait le troisième, qui s'avança fièrement, sûr de son affaire. C'était le plus ancien des piqueux, celui qui connaissait le mieux le code de la chasse, et son langage.

— J'ai fait le bois du côté de la Source aux Fées, et je crois avoir connaissance d'un vieux mâle d'environ sept ans, qui a rembûché. Je l'ai reconnu à la grosseur des traces. C'est le Grand Noir, Votre Majesté.

Le Grand Noir avait échappé à trois chasses successives, c'était un rusé, un malin, que l'on n'aurait pas aisément. Du moins, sur fond de neige, on ne risquait pas de le manquer. Le troisième piqueux avait correctement mis sa brisée, marqué la place, délimité l'enceinte, rien ne manquait.

L'équipage se préparait pour l'attaque ; peu de monde, les Esterhazy, les Baltazzi, pas un seul Autrichien de pure souche. Tranquille sur Miss Freney, bel alezan brûlé, une jument irlandaise qu'elle avait achetée spécialement pour la chasse, la reine de Hongrie se tenait à l'écart. Les chiens tiraient sur les couples, maintenues fermement par les valets de limiers ; Haltan, Selma et Black, les trois bavarois de la reine, admirables chiens de sang, faisaient l'objet d'attentions particulières. Tout le monde était prêt ; la meute haletait, on l'attendait. En tant que maître d'équipage, il revenait à la Reine de donner le signal. « Attaquons, là où la bête a fait sa rentrée », fit-elle comme à regret.

Comme on pouvait s'en douter, le Grand Noir avait disparu de sa bauge ; la chasse serait dangereuse et longue. Mais c'était le travail des chiens, qui donnaient de la voix sous un ciel étouffé.

La Reine cherchait les chemins malaisés ; quand on pouvait contourner un buisson, elle y lançait la Miss, pour satisfaire sa passion du saut. Le reste de la compagnie pouvait s'occuper de la bête ; mais la Reine, chacun le savait, chassait distraitement. Les chiens couraient vers la plaine, qui ne faisait pas son affaire. Brusquement, plus de voix ; perdus, les chiens étaient en défaut ; la bête noire avait échappé.

Les invités s'arrêtèrent, perplexes. C'était l'instant. Elle aperçut une haie un peu haute, quitta le courre, et se dirigea vers l'obstacle au galop. Derrière la haie, commençait un petit bois modeste que les chiens avaient évité, un paradis de branches couvertes de givre étincelant. A l'autre bout du champ, l'équipage n'avait pas remarqué son absence.

Miss Freney sauta la haie ; l'animal, les pieds enfoncés dans la neige profonde, donnait des signes de fatigue, il fallait s'arrêter un peu. La jeune femme ôta son chapeau, secoua ses tresses, et défit sa cravate ; ce qu'elle préférait dans les chasses, c'étaient les moments volés, une solitude de clairière, vite achevée. Une rafale de bise, violemment, la gifla ; en même temps, arrivait une puanteur sauvage, on cassait des branches, on grondait... Les oreilles pointées, Miss Freney se cabra.

C'est alors seulement, en se retournant vers le bois, qu'à la lisière des premiers hêtres, elle vit le Grand Noir aux aguets, à dix mètres. L'image de la frayeur et de la force. Le grand sanglier frémissait de surprise. La hure haute, le groin au vent, il claquait des dents, il bavait, il écumait ; majestueux, menaçant, il la fixait avec de petits yeux injectés de sang. Il allait charger...

C'était d'abord la Miss qu'il fallait à tout prix calmer, en tenant solidement les rênes.

Dompter sa propre peur, sans quitter la bête du regard. Leur signifier à tous deux, le sanglier et la jument, la clarté du ciel gris, sa légèreté, calme, calme, personne pour tuer personne, pas de mort... Les battements de son cœur, elle voulut les étouffer ; elle cessa de respirer. La silhouette du Grand Noir s'effaça dans une sorte de brume, elle faillit s'évanouir, l'étourdissement menaçait, la Miss frissonnait toujours... Elle ferma les yeux, puis, résolue, les rouvrit, et affronta la vue du monstre.

Elle eut le temps de distinguer la noirceur des soies hirsutes, le blanc jauni des défenses, les cils de foin, et qui ne bougeaient pas. Le charme dura longtemps ; le Grand Noir et la Reine se regardaient en face. « Je ne te tuerai pas, pensa-t-elle intensément, comprends-moi, aime-moi... »

Soudain reprit la voix des chiens, au loin, portée par le vent ; le Grand Noir s'ébranla à grand bruit, et s'en fut en trottant.

❖

Elle rejoignit la compagnie sans rien dire, de peur de manquer à cette tacite promesse, faite en silence à un vieux solitaire. Les règles autorisaient l'acquittement des bêtes, pourvu qu'elles fussent âgées et valeureuses. Le maître de la chasse, c'était elle.

On ne retrouva pas le Grand Noir ce jour-là.

Beaucoup plus tard, au milieu de la nuit, elle s'éveilla en sueur, le front glacé, le ventre torturé par de sourdes coliques. La frayeur était enfin venue, celle qu'elle avait lue dans les petits yeux vifs du Grand Noir.

Elle ne parvint pas à dormir ; à l'aube, elle s'assit machinalement à sa table, avant sa toilette du matin. Sans réfléchir, elle se mit à écrire un poème ; elle n'en avait écrit aucun depuis l'adolescence. Les mots coulaient sans effort, jaillis d'une source secrète, vivante, intarissable. Le poème n'évoquait pas le sanglier ; une mouette rêvait en planant sur la mer, c'était tout. Elle s'étonna à peine ; sans trop savoir pourquoi, la poésie était revenue dans sa vie après un long désert, cadeau d'un vieux mâle menaçant dans la neige d'un petit bois.

11

LES SUPPLÉANTES ET QUELQUES ÂNES

Un jeune ânon se plaignait à grand bruit
Titania, viens, suppliait-il, caresse-moi !
Et sa plainte anonyme était si pitoyable
Chacun de ses braiements, si bruyant
Qu'elle s'éveilla, et l'entendit enfin.

Elisabeth

Depuis qu'il avait vu ce lièvre dans la neige, Franz ne supportait plus les critiques des Viennois au sujet de leur Impératrice. Il ne s'agissait plus seulement de grivoiseries anodines, comme Willibald en lançait au moins une par jour, non, c'était plus grave. Aurait-on voulu désespérer l'Impératrice à jamais qu'on ne s'y serait pas pris autrement ; d'ailleurs, les flèches dans les journaux venaient toujours du clan des pro-Allemands. On s'était si bien habitué à sa beauté qu'on ne s'en étonnait plus ; en revanche, on exigeait de la voir, non pas pour l'admirer, mais pour surveiller les rides, et l'âge qui venait.

Du coup, on disait d'elle qu'elle n'avait pas de cœur, et qu'elle était dure comme la pierre. Willy était devenu radical ; et s'il lui arrivait, par habitude, de brocarder l'Impératrice sur ses toilettes, il avait cessé de lui inventer des amants. Non, ce que lui reprochaient les Viennois, disait-il avec hargne, c'était de n'être pas comme les autres femmes. Et quand par hasard le Hongrois s'éclipsait, Willy disait gravement que l'Impératrice était un peu dérangée. Les Viennois s'inquiétaient.

— Je ne veux pas froisser Attila, mais décidément je ne suis pas seul à la trouver bizarre, murmurait le gros Willibald d'un air entendu.

— Voilà, criait Franz. Vous la voulez grasse comme vos femmes et vos mères, n'est-ce pas ? Résignez-vous ! Elle est mince !

— Calme-toi, soupira Willy. Nous pensons seulement qu'elle est étrange. Qu'est-ce qu'une femme qui se cache et ne mange rien ? Une allumée qui passe son temps à la chasse, et qui n'aime que ses chevaux ? Qu'on nous donne une souveraine qui sache déguster les gâteaux de chez nous, à la fin ! Cela n'a pas de chair, pas de sang, ce n'est pas humain !

— Sais-tu seulement qu'elle visite les hôpitaux et les asiles d'aliénés ? Et qu'elle va voir les pauvres gens en cachette ? Te souviens-tu qu'elle a soigné les blessés au retour de Solférino ? Ah ! Ce n'est pas elle qui se montrerait à des bals de charité, en diamants !

— On dit cela, grogna Willy, et l'on va visiter les fous auxquels on craint de ressembler... Tu vas voir.

Ce jour-là, ils faillirent en venir aux mains, comme autrefois avec le Hongrois. Le lendemain paraissait un article intitulé *Une femme étrange*, où se mêlaient des relents de xénophobie qui jouaient sur le rare, l'étrange et l'étranger. Franz soupçonna Willy, et décida de venger Gabrielle.

Il écrirait un article, à publier dans le *Kirikiki*, seul journal où l'on pouvait impunément mêler le satirique et l'émotion ; au demeurant, c'était le plus lu dans les cafés, car c'était aussi le plus piquant, le plus viennois. Mais quand il s'installa posément devant sa table, Franz ne trouva aucun mot d'esprit, rien de drôle. Assise dans son fauteuil, Anna lisait.

L'humour n'était pas son fort ; les piques ne venaient pas sous sa plume. Il envia le redoutable talent de Willy, et quand sa femme monta se coucher, il s'abandonna, comme s'il lui écrivait une lettre de plus. Ce fut un poème, qu'il intitula *L'étrange femme*, et qu'il alla mettre à la poste, sans signer.

> *Elle est étrange en effet, cette femme*
> *Qui sans avoir peur du danger*
> *Animée de l'amour du prochain*
> *Console la maison du malheur*
> *Étrange, celle qui, loin de la beauté*
> *N'hésite pas à parler au lépreux*
> *Se précipite, les larmes aux yeux*
> *Au chevet du mourant, et de l'abandonné*
> *Dames patronnesses, voyez plutôt comment*
> *S'exerce une vraie, une modeste charité*
> *Sans la musique de Johann Strauss*
> *Mais dans le silence, à l'hôpital*
> *Voyez notre Impératrice, un exemple*
> *D'humanité, et de grandeur.*

Il n'en était pas très content. Mais à sa grande surprise, le *Kirikiki* le publia aussitôt ; Willy écumait.

— Regarde-moi ces vers de mirliton ! L'Impératrice et le lépreux, quelle trouvaille ! Et ces attaques contre les dames patronnesses ! Je voudrais bien savoir qui est l'animal...

— Tu vois que j'avais raison, commenta Franz. Ah ! Ce n'est pas comme la Princesse Metternich, qui fait la charité en grande pompe, arrange des bals et des tableaux vivants, et se pavane au Corso du 1er mai... La Metternich refuse de donner si on ne la voit pas... Tandis que l'Impératrice est différente. Elle ne va pas dans les soirées, elle. Humaine, charitable, généreuse... Voilà comme nous la voyons, nous autres.

— Nous autres qui ? fit l'autre, furieux.

— Nous autres les petits, répondit Franz. Les riches ne l'aiment pas.

— Nous autres les peuples de l'Empire, ajouta le Hongrois. Tu auras beau faire, Willibald ; sauf à Vienne, l'Impératrice est la mère du peuple.

— Alors elle n'est pas celle des Allemands, rétorqua le gros.

Franz et Attila se regardèrent avec consternation. Depuis quelque temps, Willibald Strummacher s'était entiché des partisans de la Prusse, les « Borusses », comme on disait à Vienne par dérision. Et s'il épargnait encore l'Empereur, ses attaques contre l'Impératrice devenaient franchement politiques.

— Une famille impossible, les Wittelsbach, continua Willy d'un ton détaché. Regardez-moi ça ! Le vieux Roi Louis et sa Lola Montès, l'autre Roi Louis, le dernier en date, avec son Richard Wagner, et le père de notre Impératrice, le duc Max avec sa cithare et ses chevaux de cirque, elle et son écuyère ! Des détraqués, des foutriquets ! Son fils ne vaut pas mieux, ce grand défenseur des droits nationaux, ce blanc-bec, on lui presserait le nez, il en sortirait encore du lait. Ou du pus, allez savoir.

Le gros y allait fort.

❖

Au tout début, le mariage princier sembla tout à fait réussi. Même le 𝕮𝖔𝖚𝖗𝖗𝖎𝖊𝖗 𝖉𝖊 𝕭𝖊𝖗𝖑𝖎𝖓 affirmait que la Princesse avait acquis une certaine influence sur son époux, « dont le tempérament devint plus calme et plus posé ».

Rodolphe jouait les tourtereaux. Sa femme l'appelait Coco, lointain surnom dont ses sœurs l'avaient affublé dans l'enfance ; le Prince appelait son épouse « Coqueuse ». On se donnait du « Très cher ange », du « fidèle Coco », « du Coco qui t'aime profondément ». Enchantée, la jeune Stéphanie, qui prenait de l'aisance et devenait plus élégante, comparait le Prince-Héritier à Papageno, et elle-même, à Papagena.

Elle décida donc de le « pousser ». Mais elle ne savait pas où. L'Empereur était d'une implacable robustesse, et son fils terriblement rebelle à l'autorité impériale, « des vieilleries médiévales » disait-il. L'Empereur ne disparaîtrait pas de sitôt, et dans le pouvoir qu'il exerçait, son fils n'avait pas de place. Il s'en plaignait tous les jours.

Stéphanie laissait dire, et cherchait une idée. Elle n'en eut pas le temps. Quelques mois après le mariage, c'était à l'automne, l'Impératrice sa belle-mère la convoqua. La jeune femme fit la révérence, baisa la main impériale et attendit. L'Impératrice marchait de long en large. Enfin, dans un envol de soie, elle s'immobilisa.

— Ma chère enfant, j'ai une requête à formuler, susurra-t-elle sans desserrer les dents. A compter d'aujourd'hui, vous me remplacerez dans les cérémonies officielles. Vous avez conquis tous les cœurs — ne vous récriez pas — et vous remplirez dignement des tâches qui vous reviendront un jour. Non, ne me remerciez pas. Vous commencez demain.

Ce fut tout. La belle main déjà se tendait pour le baiser protocolaire.

❖

Stéphanie reprit donc toutes les fonctions dévolues à l'épouse de l'Empereur, qui s'en fut en Hongrie, ou ailleurs, selon son habitude. La Princesse Héritière avait trouvé de quoi se satisfaire, et n'en demandait pas davantage. Plus question de « pousser » son mari ; au contraire.

Rodolphe fut d'abord ravi d'avoir sa femme à ses côtés. Puis il se lassa de ses bouclettes et de ses minauderies. Au printemps, il l'associa à ses plaisirs, et se mit en tête de lui faire connaître le peuple. Le Prince-Héritier avait des goûts très simples.

— On se déguisera ! lui dit-il. Habillez-vous en bourgeoise, une petite robe noire toute simple, un col blanc, un camée, cela suffira...

Et il l'entraîna dans un troquet sur les collines. L'air était délicieux ; ils s'attablèrent dans un coin, sans cérémonie. Rodolphe commanda du Gespritzt, qu'on servait dans des chopes de verre. Stéphanie passa un doigt prudent sur le bois graisseux.

— C'est sale, dit-elle avec dégoût.

— Mais regardez autour de vous ! Les gens s'amusent ! répliqua son mari avec un certain agacement.

Pour s'amuser, on s'amusait. Des filles en robes aux couleurs criardes chantaient à gorge déployée ; les cochers de fiacre se mirent à siffler des airs de valse, le Prince, ravi, les accompagnait en frappant dans ses mains. Une fille sauta sur une table et se mit à tourner sur elle-même, en lançant au Prince des œillades appuyées. Stéphanie toussa à s'étouffer.

— Quoi ! fit Rodolphe. Ce n'est pas bien méchant !

Et il se leva pour un tour de valse avec la fille qui l'avait reconnu. Un violoniste vint à leur table et joua langoureusement les chères rengaines de Vienne, et Rodolphe avait les larmes aux yeux. Stéphanie boudait.

— Vous en faites, une tête..., lui dit-il quand le violoniste partit.

— Je trouve cet endroit affreux, chuchota-t-elle. Ces odeurs de graillon... Comment supportez-vous ces relents d'ail et de tabac ? On ne respire pas !

— Vraiment, lança-t-il d'un air mauvais. Eh bien ! C'est tout ce que j'aime.

Six mois plus tard, le Prince lui déclarait que la vieille Europe avait fait son temps, et qu'elle allait vers son déclin. L'année suivante, la Princesse découvrit un papier sur lequel il avait écrit : « En observateur silencieux, je suis curieux de voir combien de temps il faudra à un édifice aussi vieux et tenace que l'Autriche pour se disloquer entièrement et s'anéantir. »

Stéphanie voulait absolument devenir un jour Impératrice ; elle s'insurgea. Ils se disputèrent. Rodolphe renonça aux roucoulements, ne l'appela plus « Coqueuse », mais « Bien chère Stéphanie ». Sur le bureau du Prince-Héritier, apparut un crâne humain, dont le sourire décharné faisait fuir la Princesse ; lui riait aux éclats, et caressait l'os jauni. La lune de miel était terminée.

Et Stéphanie s'aperçut qu'elle attendait un enfant.

❖

Dix ans avaient passé depuis le Bal de la Redoute.

La maison Taschnik était plongée dans un calme tranquille. C'était un dimanche comme les autres, à la fin du printemps, après le déjeuner. Aucune nouvelle ne troublait la paix viennoise ; on venait d'apprendre à la Burg un heureux événement au foyer du Prince-Héritier. Pour une fois, les amis ne viendraient que dans la soirée. Dans la cuisine, Anna préparait la pâte pour les beignets. Les enfants étaient partis se promener. Depuis quelque temps, Anna avait engagé une bonne, une petite que reluquait Willy à l'occasion.

C'était un progrès ; car au moment de la naissance de son fils, Franz n'avait pas réussi à imposer la nourrice morave dont il rêvait. Anna s'y était opposée : les domestiques à Vienne étaient des esclaves, s'indignait-elle, on avait légalement le droit de les battre, on les traitait comme des animaux, et elle avait ses idées, toujours les mêmes. De plus en plus libertaire, Anna. Mais elle avait choisi elle-même la bonne, qui s'occupait bien de Toni, et qu'Anna ménageait.

En d'autres temps, Franz aurait regretté l'absence des mélodies venues de la villa voisine. Le maestro n'était pas revenu à Hietzing ; il habitait dans Iglgasse, au cœur de Vienne, avec sa troisième épouse. Après la mort de Jetty, Strauss avait épousé une fille trop jeune pour lui, et le mariage n'avait pas duré. Quand le musicien avait voulu divorcer, il fallut aller à Budapest, où c'était plus facile. Là, il avait trouvé Adèle, une jeune veuve, qu'il avait prise comme avocate ; grâce à elle, il avait divorcé. Puis il s'était épris d'Adèle la Hongroise, et Adèle était juive, ce qui enchantait les Taschnik, et ravivait l'affection de Franz pour Johann Strauss. Anna croyait savoir que le nouveau couple risquait de revenir à Hietzing, et que la villa retentirait bientôt des esquisses de valses au piano.

D'autant que Strauss y invitait souvent son plus fervent défenseur, le grand Johannes Brahms, un merveilleux pianiste. L'été, il suffirait de s'asseoir dans le jardin,

241

de tendre l'oreille, et l'on serait au paradis sous les cerisiers. Dans ce cas, Anna se l'était juré, elle parviendrait à faire connaissance avec la villa voisine. Pourvu qu'elle fût rouverte. Voilà pourquoi Franz Taschnik ne regrettait point trop les mélodies de sa jeunesse : elles allaient revenir. En attendant, il allait se payer un petit somme.

Il n'avait plus aucune nouvelle de l'inconnue du Bal de la Redoute. De l'Impératrice on ne savait plus grand-chose non plus, d'ailleurs. Sans raison apparente, elle avait brusquement renoncé aux chasses à courre, et même à toute équitation ; d'après Willy, son écuyer anglais s'était tout simplement marié et, de chagrin, elle ne montait plus. On disait qu'elle s'était mise à faire de l'escrime ; mais c'était une rumeur comme les autres, à laquelle Franz n'accordait pas d'importance. Quand il avait le temps de rêver, quand les enfants n'étaient pas là et qu'Anna œuvrait à la cuisine, Franz songeait au lièvre qu'il avait tenu au bout de son fusil, et à sa propre peur. Savait-on si pareille aventure n'était pas arrivée à Gabrielle ? Est-ce que cela n'était pas suffisant pour renoncer à toute chasse ?

Pour l'équitation, les choses étaient plus compliquées. A présent, Franz montait bien ; il avait une jument à lui, qu'il avait appelée « Redoute », en souvenir. Il s'était pris d'amitié pour l'animal à la robe pommelée, et ne voyait pas pourquoi l'Impératrice aurait soudain fui les chevaux. A moins que l'âge... Mais non ! Elle était éternelle, comme sur ses photographies.

Étendu sur le canapé, la tête posée sur un coussin brodé, Franz s'était à peine assoupi lorsque, dans la brume du premier sommeil, il entendit un tintement lointain. Lové sur le velours, le chat ronflait discrètement, à peine un peu plus vite que son maître. Franz entrouvrit les paupières, son regard endormi embrassa les voilages aux fenêtres, les palmes jaillissant du pot de porcelaine de Chine, et le rai de lumière sur le piano. Rien ne pouvait troubler la chaude harmonie de cet après-midi ensoleillé. Rien, sauf ce tintement obstiné.

La sonnette carillonnait, et personne ne répondait. En

bâillant, Franz jeta sur la porte un regard ennuyé. Au-dehors, on carillonnait de plus belle. Il se déplia, et chercha la bonne, qui dormait elle aussi, dans la cuisine, les coudes sur la table.

— Va donc ouvrir ! cria-t-il. Et si c'est un de ces vendeurs de chansons, ne le laisse surtout pas entrer !

La petite défit son sarrau bleu, et se précipita vers la porte. Franz se recoucha, et tendit l'oreille : il crut identifier des chuchotement féminins, et soupira.

— Même le dimanche on n'est pas tranquille. Des quêteuses, sans doute. Pourvu qu'elle tienne bon...

La bonne répparaissait, l'air effarouché.

— Monsieur, ce sont deux dames bien mises qui veulent vous voir..., commença-t-elle. Il paraît que...

— Je ne suis pas là, coupa-t-il tout bas. Prends de l'argent dans le porte-monnaie et donne-le-leur, qu'on ait la paix.

— Monsieur, j'y ai déjà pensé... Elles n'en veulent pas. Elles disent que c'est personnel, fit-elle en tendant une carte. Mais il n'y a pas de nom gravé dessus.

Ce n'était pas une carte de visite, c'était un carton sur lequel on avait écrit à la main : « Bal de la Redoute, Carnaval 1874 ».

— Par exemple ! Juste dix ans plus tard ! s'écria-t-il en sautant sur ses pieds. Fais-les attendre un instant ! Et ferme donc la porte ! Où sont passées mes pantoufles ?

Il tira son gilet sur son pantalon, attrapa sa veste d'appartement, mit ses lunettes, et entreprit vainement de lisser les frisures de ses cheveux.

— Tant pis, bougonna-t-il. On ne surprend pas les gens à l'heure de la sieste. Dix ans ! Elle en a donc quarante-six à présent... Et moi, fit-il en jetant un œil sur la glace dorée, j'ai l'âge qu'elle avait au bal... Et je suis en pantoufles !

Le miroir lui renvoya l'image d'un homme ébouriffé, qui arrangeait à la hâte les pans de sa cravate blanche. Il s'approcha du reflet avec un air contrarié, mouilla ses doigts avec de la salive et aplatit les cheveux indociles, qu'il rabattit vers l'avant, à l'endroit où le crâne commençait à se dégarnir.

La soubrette passa la tête à travers la porte entre-
bâillée.

— Fais entrer, dit-il en ajustant sa chaîne de montre.
Et va dire à Madame de ne pas me déranger ; je suis en
rendez-vous.

❖

Deux petites femmes entrèrent, plutôt boulottes,
entièrement vêtues de noir, le visage couvert par une
voilette épaisse. Franz fronça le sourcil : aucune des
deux n'avait la haute taille de son domino jaune.

— Gabrielle n'est pas avec vous ! s'écria-t-il étourdiment.

— Ah ! Monsieur, s'indigna la première dame, permet-
tez-nous au moins...

— Pardonnez, coupa-t-il en courant vers elle, je manque à tous mes devoirs. Madame...

Et il s'inclina pour un baisemain assez raide. La dame
se détendit légèrement, et s'assit. L'autre femme, immobile, examinait Franz avec curiosité.

— Vous ne connaissez pas mon amie, dit la première
dame. Marie, voici monsieur Taschnik.

— Un fonctionnaire tout dévoué à l'Empire, nous
savons cela, coupa la première dame un peu sèchement.

Il fit un second baisemain plus raide encore, et indi-
qua un siège à la dame voilée.

— Monsieur, commença la première dame, nous sommes au désespoir de vous importuner dans votre intimité, et sans vous prévenir. Seule l'importance d'une
démarche...

— Ma foi, mesdames, coupa Franz avec gêne, je n'ai
pas voulu vous faire attendre, voyez comme je suis fait...
Je sollicite votre indulgence, et vous excuserez cette
tenue peu conforme aux usages.

— Du tout, monsieur, du tout, répondit-elle avec un
petit rire contraint. Seules des raisons...

— Il me semble que je connais votre accent, madame.
Au cours de certain bal masqué, j'ai rencontré certain
domino rouge qui avait votre allure.

— En effet, monsieur. Vous devez vous souvenir que je me faisais appeler Ida.

— C'est donc vous, murmura-t-il angoissé. Et le domino jaune ?

— Justement, intervint soudain la voix grave de la seconde dame. C'est à ce propos que nous sommes venues vous voir.

— Ah ! Ne me dites pas qu'elle est morte ! s'écria-t-il avec un sanglot.

❖

Les deux femmes se regardèrent étonnées, et la première dame eut une toux gênée.

— Pas le moins du monde, monsieur, fit-elle.

— Tant mieux, soupira-t-il. Ce long silence, et vos vêtements noirs... J'ai cru un instant... Je suis bien heureux.

— Elle apprécierait votre souci, murmura la seconde dame. Il s'agit de tout autre chose. Vous avez reçu des lettres, monsieur.

— C'est tout à fait exact, répondit Franz sur le qui-vive. Est-ce que par hasard il faudrait les rendre ?

— Voilà, dit la première dame soulagée. Elle désire les reprendre. Avec votre permission.

— Et qui me prouve que c'est vrai ?

— Mais monsieur ! s'écria la seconde dame. Comment pouvez-vous...

Ida, pour la faire taire, pressa la main de sa compagne.

— Vos scrupules vous honorent, fit-elle précipitamment. Mais ce fameux soir, vous allez vous en souvenir, j'en suis sûre, nous étions ensemble, elle et moi, dans une très grande intimité... Je suis son amie ! Faites-moi confiance.

Franz s'assit enfin, et contempla ses mains avec perplexité.

— Dix ans ont passé, murmura-t-il. Qui me dit que vous ne voulez pas la trahir ?

— Oh ! monsieur, s'exclama Ida, rien n'est plus loin de moi ! La trahir, elle !

— Qui, elle ? jeta Franz en relevant la tête. Je ne sais pas même son nom. Et vous sembliez très effrayée le soir du bal.

— Une femme mariée, supplia Ida. Vous comprenez ? Soyez compatissant.

— Mariée, oui, maugréa Franz. Précisément. Je veux bien lui rendre ses lettres si elle vient en personne. Mettez-vous à ma place : les donneriez-vous à deux inconnues, après tout ce temps ? Je suis un galant homme !

— De cela personne ne doute ! fit la seconde dame avec émotion.

— Merci, dit Franz en se tournant vers elle. Si encore vous aviez une lettre, un mot...

Les deux femmes se turent.

— Je vois qu'il n'en est rien, observa-t-il. Dans ce cas...

Et il se leva poliment.

— Vous ne céderez pas, soupira Ida.

— Non ! s'écria-t-il, courroucé. Et si d'aventure vous venez vraiment de sa part, dites-lui que je suis fort mécontent du procédé. Abuser de ma maison, de mon dimanche, à l'improviste, sans explication ! Je ne l'ai pas mérité.

— Il est vrai, monsieur, fit vivement la seconde dame. Seule l'amitié que nous lui portons peut excuser notre impolitesse. Soyez certain qu'elle n'aurait pas approuvé...

— C'est donc qu'elle ne sait rien ! s'écria Franz avec surprise.

❖

— Taisez-vous, Marie, murmura Ida.

— Elle ne sait rien..., répéta Franz. Je suis bien content. Eh bien ! ma chère Ida, vous avez manqué votre entreprise. J'imagine que le mari ignore tout de l'aventure ?

Ida baissa la tête.

— Voyage-t-elle toujours autant ? ajouta Franz avec ironie.

— Je ne dirai rien.

— Et ses chevaux ? A-t-elle toujours sa jument baie ? continua-t-il. Et les étoiles piquées dans ses tresses ?

— Encore cette stupidité ! Gabrielle n'est pas... n'est pas...

— Elisabeth, acheva Franz en s'inclinant. Vous me l'aviez déjà dit ce soir-là. Et je n'en sais toujours rien.

— Nous partons, monsieur, dit la seconde dame en ramassant ses jupes. J'en ai assez entendu ; venez, ma chère.

— Et comme la première fois, on me traite en laquais ! s'écria Franz. On m'envahit, on veut me contraindre, et l'on ne me dit rien !

— Un jour peut-être vous comprendrez votre erreur, monsieur, fit gravement la seconde des dames. Et vous rendrez justice à celle que vous appelez Gabrielle.

— Et dont ce n'est pas le nom. Décidément, mon domino jaune a le goût du mystère. Qu'importent les sentiments d'un homme que l'on bafoue cruellement...

— Cruellement ? s'écria-t-elle en riant. Cela ne vous empêche pas de dormir, monsieur, et vous ne semblez pas à la torture ! Cette maison n'est pas celle d'un célibataire, n'est-ce pas ? Vous êtes marié, je parie ?

— Voilà qui ne vous regarde pas ! cria Franz.

— Vous avez raison, monsieur, dit-elle sèchement en tournant les talons. Mais vous vous emportez.

— Moi ? Pas du tout ! Si je m'emportais, je relèverais les voilettes, et je saurais enfin à qui je parle ! hurla-t-il. Vous connaissez mon nom, mon adresse et j'ai affaire à des ombres noires, Marie et Ida, Ida et Marie... Le carnaval est terminé, nous sommes en été, mesdames !

Ida s'était levée, et le regardait avec inquiétude. Franz, rouge de colère, arpentait le salon en bousculant les meubles, et ne se contenait plus.

— Calmez-vous, monsieur Franz, murmura-t-elle, la voix changée. Je ne voulais pas vous offenser.

— Oh ! vous ! dit-il en levant la main. Je ne sais ce qui me retient...

— Je m'en vais, fit-elle à la hâte. Nous voulions... Enfin nous aurions aimé... Comprenez... C'était pour protéger Gabrielle.

— Et mon honneur, madame, qu'en faites-vous ?

— Vous étiez si jeune..., bredouilla-t-elle. Vous auriez pu... Je vous connais si peu.

— Mais elle me connaît, elle ! jeta le jeune homme.

— Vous ne la trahirez donc pas ?

Il haussa les épaules.

— Eh bien... Adieu, monsieur, dit Ida d'une petite voix.

Il se radoucit, et esquissa un geste pour les accompagner jusqu'au seuil du salon. La femme à la voix grave sortit rapidement sans un mot ; Ida rajusta sa voilette.

— Monsieur Willibald va bien ? fit-elle soudain sur le pas de la porte.

— Il sera touché de votre attention, madame. Il prospère.

— Vous n'avez pas beaucoup changé, dit-elle en le dévisageant avec son face-à-main. Je vous ai reconnu au premier coup d'œil.

— Oh ! murmura-t-il gêné, tout de même je vieillis.

— Vous avez toujours vos beaux cheveux bouclés, dit-elle gentiment.

— Mais j'ai besoin de lunettes. Ne lui racontez pas...

— Pour cela, pas de danger, fit Ida dans un soupir.

— Est-elle toujours aussi belle ? Dites, implora-t-il en lui prenant la main.

— Laissez-moi. Oui, toujours.

— J'ai gardé l'éventail, vous savez. C'était une nuit merveilleuse.

Et il lui baisa la main qu'il pressa contre ses lèvres.

— Vous lui direz que je n'ai rien oublié, souffla-t-il. Et que je l'attendrai jusqu'à mon dernier jour.

— Toujours votre précipitation ! s'écria Ida dès qu'elles furent sorties. Ne pouviez-vous tenir votre maudite langue ? Ce Taschnik a compris que nous n'étions pas mandatées pour reprendre ses lettres !

— Mais cela ne change rien, répondit froidement la comtesse Marie. Il n'était pas prêt à les rendre. D'ailleurs je vous avais avertie : cette démarche était follement imprudente.

— Croyez-vous que l'existence des lettres ne le soit pas davantage ?

— Avancez donc, dit la comtesse. Il va nous entendre. Attendez d'être dans le coupé.

Les deux femmes se turent. La comtesse Marie détestait les humiliations ; se faire éconduire par un petit fonctionnaire, sans présentations, ne pouvoir lui river son clou, tout cela était insupportable.

— Voilà le résultat de vos sottes alarmes ! s'écria-t-elle dès qu'elles furent assises dans la voiture. Au lieu de laisser tranquillement les lettres au fond d'un tiroir où ce monsieur les a certainement rangées, vous ravivez une aventure vieille de dix ans !

— On voit bien que vous n'étiez pas là le soir de ce maudit bal, murmura Ida d'une voix changée. Si vous les aviez vus tous les deux... Ils étaient tellement absorbés l'un par l'autre ! Ils valsaient si bien ensemble ! Jamais je n'ai vu notre Impératrice dans cet état...

— Mais l'Impératrice n'en parle plus depuis longtemps !

— Je vous ai déjà dit qu'elle m'en a touché quelques mots le mois dernier, soupira Ida.

— Oui ! éclata la comtesse. « Quel dommage de ne plus avoir les lettres qu'on écrit ! » Et vous trouvez que c'est suffisant ? Quand je pense que je vous ai crue...

— Pensez ce que vous voulez, Marie. Vous n'avez pas lu les lettres, vous n'en mesurez pas le danger. Nous avons échoué, mais j'avais raison de vouloir les reprendre.

— Je ne sais si notre Impératrice songe encore à ces

lettres d'amour, mais ce dont je suis sûre, c'est qu'elles vous obsèdent, ma chère..., dit la comtesse avec ironie.

— Une telle souillure dans la vie de notre Elisabeth, chuchota sa compagne. Une tache sur le plumage immaculé d'un cygne, Marie ! Songez à l'avenir ! A sa mémoire !

— Aucune inquiétude, coupa la comtesse d'un ton glacial. Ce Taschnik mourra paisiblement sans connaître le **nom** de son amour d'un soir, et ses enfants jetteront les lettres au feu. Personne n'en saura jamais rien.

❖

Quant à l'Impératrice, elle demeurait assez belle pour que personne ne pût songer qu'elle prenait de l'âge. Elle n'avait jamais renoncé à l'idée saugrenue qui l'avait traversée pendant la messe anniversaire de ses noces d'argent ; mais elle n'avait pas trouvé de candidate à son goût pour occuper la fonction délicate de maîtresse en titre auprès de l'Empereur. Parfois la femme sur laquelle elle avait jeté son dévolu était présentable, mais c'était une aristocrate, ce dont elle ne voulait à aucun prix. Elle avait gardé les traces des humiliations de la Cour, acharnée à répandre de mauvais bruits sur sa famille, des gens de rien, petite noblesse, une gueuse, disait-on après le mariage.

Pas de noble. Mais alors, comment trouver ? Une domestique ne ferait pas davantage son affaire. Lorsqu'en 1885 l'Empereur se rendit un peu trop souvent au Théâtre de la Cour, elle eut une illumination. Une comédienne subventionnée, voilà ce qu'il lui fallait.

Les yeux rivés sur une photographie encadrée, elle fronçait ses sourcils parfaits ; orage en vue, songea Ida. Que lui importait ce portrait d'actrice, qu'avait-elle à faire de cette beauté banale, et qui triomphait dans des rôles sucrés sur les scènes de Vienne ?

— Redites-moi cela, comtesse. Combien de temps lui aurait-il parlé au Bal des Industriels ? fit-elle rêveuse,

— Oh ! Quelques minutes, pas davantage, madame, répondit Ida en hésitant. Rien de scandaleux.

— Mais tout de même, il va souvent la voir au théâtre, n'est-ce pas ?

— Le Burgtheater coûte assez cher à la cassette impériale ! s'écria la Hongroise. Et l'Empereur a raison d'en profiter. Non ?

— Elle n'est pas mal, dit-elle en faisant la moue. Un peu grasse, mais de jolis yeux. Enfin, vulgaire, évidemment. Elle fera l'affaire. Vous la mettrez sur la liste des invités au souper. Après la soirée pour le Tsar.

— Pour souper ? Avec le Tsar ? gémit Ida. Qu'allez-vous inventer encore ?

— Je veux connaître cette fille, comment l'appelles-tu déjà ? Ah ! oui, je sais. Schratt. Katharina Schratt. Et je la veux pour ce souper, voilà tout !

— Vous allez faire un scandale, j'en suis sûre...

Légère, elle sauta sur ses pieds, et enlaça sa dame de compagnie.

— J'ai besoin d'elle, Ida, tu vas comprendre. Il me faut une femme assez commune, soumise et fidèle, un peu bête, et qui dépende entièrement de notre bon vouloir. N'est-elle pas idéale ?

— Que voulez-vous en faire, grands dieux, soupira la Hongroise.

— Ma suppléante, Ida, fit-elle en éclatant de rire.

Le souper eut lieu, en présence de Leurs Majestés Impériales et Royales, auxquelles s'était joint le Prince-Héritier. Son regard inquiet allait de sa mère à l'actrice, la rivale, dont son père était sans doute amoureux. Mais elle, souveraine, la traitait en amie, et semblait déployer pour la séduire les charmes qu'elle ne réservait qu'aux Hongrois. Pour une comédienne empruntée, et qui mourait de timidité !

L'Empereur son père les contemplait aussi, levait vers son impériale épouse des yeux de chien battu, et cillait des paupières en croisant le regard de la Schratt, qui baissait la tête en rougissant. Rodolphe guettait un éclat qui ne vint pas. A la fin du souper, comme la comé-

dienne plongeait dans une révérence impeccable, l'Impératrice la releva et lui baisa le front, avec une affection
qui paraissait sincère.

Elle avait l'air étrangement partagé d'une mère qui
marie son fils. Or ce fils qu'elle casait, c'était l'Empereur
en personne.

❖

Un jour de printemps, Attila surgit en chantonnant
dans les bureaux. Il était d'humeur si gaie qu'il embrassa
Willy qui rédigeait une dépêche d'importance.

— Mes enfants, je suis amoureux ! Enfin ! s'écria-t-il.

— Ce n'est pas malheureux, soupira Franz. Ta Rouquine n'était pas présentable. Alors, quand te maries-
tu ?

— A d'autres, fit le Hongrois. Elle est déjà mariée, je
crois. Non, je suis amoureux tout court, comme un étu-
diant. En acceptant mes violettes, elle m'a regardé avec
tant de tendresse... Et j'ai rendez-vous, demain ; enfin,
j'en suis presque sûr.

— Tant mieux donc, mais tais-toi, ronchonna Willy,
j'ai du travail. Tu nous parleras de tes amours tout à
l'heure, au café.

— Il est jaloux, souffla le Hongrois en s'installant,
pauvre Willy !

— Raconte, chuchota Franz intéressé.

— Une actrice du Burg, la plus belle !

— La Wessely ?

— Je n'ai pas dit la plus célèbre...

— Mais qui alors ?

— Ah ! C'est mon secret.

— Aurez-vous bientôt fini tous deux ? cria Willy. C'est
insupportable ! Je traite les affaires de la Sublime
Porte, moi !

— Chut ! murmura Franz, il se prend au sérieux,
parlons plus bas — N'insiste pas, je ne peux rien te dire
— Mais tu en meurs d'envie, allons — Il ne faut pas —
Je ne dirai rien, dis-le moi à l'oreille — Bon, fit Attila en
se penchant vers son ami.

— La Schratt ! s'écria Franz étourdiment. Mais elle est sublime !

Willy claqua son pupitre, et se leva d'un bond.

— La Schratt ?

Il avait l'air si troublé qu'Attila se dressa à son tour.

— On dit que c'est la maîtresse en titre de... Enfin, vous voyez bien, bredouilla Willy. De celui... De quelqu'un dont ici on n'a pas le droit de prononcer le nom...

— Suffit ! répliqua Franz résolument. Tu es trop méchant. Et puis il a tant d'aventures.

— Mais cette fois c'est différent ! Il l'affiche, il la voit tous les jours ! L'Impératrice en souffre mille morts ! C'est l'officielle, pour ainsi dire ! Non, je t'assure, Attila, renonce. Trop dangereux.

Le malheureux Hongrois s'effondra sur sa table en gémissant. « Mais pourquoi toujours cette guigne, cette fois j'étais vraiment pris, et qui est mon rival ? Justement le seul qui... »

— Ne le dis pas, coupa Franz vivement. Aussi, quand te décideras-tu à devenir sérieux ?

— Et moi alors, grogna Willy. Lui, au moins, il a ses Rouquines en réserve. Je n'ai personne, moi.

— Tu as trop de chance, Franzi, s'écria le petit Attila.

— C'est vrai, cela, reprit Willy. Une vraie famille, deux enfants, et pour le rêve, ta Gabrielle !

— Oh ! Il y a longtemps qu'elle n'écrit plus, murmura Franz. Je ne saurai jamais qui était l'inconnue du Bal.

— Qui sait ? fit Willibald songeur. Suppose, c'est juste une idée, mais si c'était vraiment l'Impératrice, peut-être va-t-elle te revenir, maintenant qu'elle est officiellement délaissée ?

❖

Les plans de l'Impératrice réussirent à merveille. L'Empereur avait succombé aux charmes de la belle actrice, qu'il visitait souvent, avec la régularité d'un époux ; c'était parfait. Il ne se passait pas de jour qu'elle ne bénît le ciel d'avoir imaginé ce plan extravagant. Était-il dupe ? C'était sans importance. Il n'avait pas contrarié ses desseins ; il était tombé sagement amoureux. L'Impératrice avait pris grand soin de protéger la Schratt, officiellement dénommée « l'amie du couple impérial », et donc aussi la sienne.

Mais lorsque poliment elle demandait des nouvelles à son mari, elle se contentait de l'appeler « l'amie ». Il comprenait. A la question désormais rituelle : « Comment va l'amie ? », il répondait qu'elle allait bien, ou qu'elle était un peu lasse. De son côté, la Schratt pourchassait l'Impératrice d'amicales et dévotes assiduités, la pauvre ; le prix à payer pour le subterfuge, c'était de la supporter de temps en temps. Une brave fille, au demeurant, et qui la vénérait. Prête à tout accepter pour conserver le titre d'amie de l'Impératrice.

Au fond, ce qui l'enchantait, c'était le subterfuge en lui-même. Elle préférait l'incognito, chacun savait cela ; mais surtout, elle raffolait des stratagèmes. Le plus parfait, le plus beau, restait le Bal de la Redoute, même s'il n'avait pas duré longtemps ; mais l'on pouvait à tout moment souffler sur les braises éteintes, et rallumer ce feu, à tout hasard.

Elle y rêvait parfois, sans s'attarder ; onze ans avaient passé depuis la rencontre, qu'était-il devenu ? S'était-il rangé comme elle l'avait prédit, s'était-il marié ? Cette fugitive pensée l'accrochait comme un fil de la Vierge à la fin du printemps ; puis, vite, elle l'écartait. Lui aussi avait vieilli. Non, décidément, il était mille fois préférable de ne pas chercher à le revoir, et de garder le souvenir d'une graine d'amour qui n'aurait pas germé. Trois valses emportées, une conversation exquise, un moment de bonheur partagé, l'amorce du plaisir, la jouissance d'un tête-à-tête adorable, un baiser... Voilà ce qu'il fallait embaumer dans la mémoire. Cela, et un déguisement délicieux.

Dans le même genre, elle était parvenue un jour, à Londres, à échapper à sa suite, et même à la chère Ida, pour une fois. Son écuyer anglais, le Renard Rouge, y avait mis du sien ; en montant dans un train ils s'étaient sauvés dans un autre wagon, ils étaient redescendus, et s'en étaient partis se promener dans la Cité, bras dessus, bras dessous, en bons camarades. Elle avait même poussé le vice jusqu'à aller attendre Ida au retour de l'excursion, à la gare, avec Middleton. En revanche, à Paris, il n'avait pas été possible de rééditer au bal Mabille le coup du domino jaune ; Ida s'était indignée avec tant de véhémence qu'il avait fallu céder. Mais l'Impératrice l'avait obligée à s'y rendre, et à lui faire un rapport.

— Les danses sont d'une obscénité, Votre Majesté ! disait Ida encore rouge de honte.

— Explique ! insistait-elle. Décris !

— Eh bien, les filles se mettent d'un seul coup à relever tous leurs jupons, elles lèvent une jambe avec des bas bien noirs, et elles la tournent, je ne sais pas comment vous dire, enfin c'est indécent !

En la torturant, elle avait fini par comprendre que la dernière figure consistait à montrer son derrière. Vêtu d'une culotte, tout de même. L'Impératrice pouffa.

— Dommage, dit-elle quand elle reprit son souffle. Un derrière joufflu dans la broderie anglaise, j'aurais adoré, ajouta-t-elle pour énerver Ida.

C'est à peu près à cette époque qu'elle avait inventé un tour qui marchait bien. Sa coiffeuse Fanny était aussi grande qu'elle ; lorsqu'il ne s'agissait pas de cérémonies importantes, elle habillait Fanny de ses propres mains, et la déguisait. Fanny jouait fort bien les Impératrices, surtout au balcon, de loin, quand elle agitait la main. Derrière la coiffeuse, la vraie souveraine s'amusait énormément. Mais ce tour ne prêtait pas à trop de conséquence, et le dernier, celui de la suppléante, valait bien davantage.

Celui-ci était un coup de maître, soigneusement calculé pour écarter le mari, avec une générosité d'autant plus magistrale qu'elle-même, l'épouse, bénissait la maîtresse ; on ne pouvait rien dire à ce marché. Tout était déguisé, les épousailles qui n'en étaient plus, l'adultère qui ne l'était pas. Mais elle ne pouvait résister à une sournoise jalousie qui parfois l'agaçait, venue de nulle part, sans raison, et dont elle faisait des poèmes.

Décidément, les hommes étaient tous des ânes. Pas nécessairement méchants, voire affectueux, velus, doux au toucher, mais des ânes. Elle eut l'idée d'une série de poèmes sur ses bourricots préférés, c'est-à-dire tous les hommes qu'elle avait connus, excepté deux.

Son cousin Louis, Roi de Bavière, et le jeune homme du Bal de la Redoute. Roi des Roses et des nuits folles, seigneur de la musique et des châteaux, Louis n'avait rien de commun avec l'humanité; il planait au-dessus du monde, tel un archange. Quant au jeune homme, elle l'avait souvent remarqué, il n'était pas comme les autres; d'ailleurs ils avaient en commun ces cils de fille, noirs et touffus sur des yeux clairs. Ceux-là n'étaient pas, ne seraient jamais des ânes.

Le seigneur des Aliborons était l'Empereur son époux, un âne entêté, teigneux, un animal stupide; ou bien, selon les jours, un charmant petit âne au grisonnant pelage, le meilleur des animaux domestiques. En vertu de ses privilèges, il eut droit à de nombreux poèmes.

Pour les autres, c'était différent; un seul suffirait. A un jeune officier tombé amoureux d'elle à Madère, et qui avait soupiré vainement en lui jouant de la guitare, elle dédia un poème dans lequel il mangeait des grenades au creux de sa main.

Pour Andrassy, elle mit un soin particulier; l'homme en valait la peine. Quand elle n'était encore que la petite fiancée de Bavière, son précepteur hongrois lui avait parlé de cet insurgé magnifique qui s'était si bien battu en 1848, qu'on l'avait condamné à mort. Il s'était sauvé à Paris, on l'avait pendu en effigie. Et comme il était fort avenant, les dames l'avaient baptisé « Le Beau Pendu ». Le Beau Pendu ! Il y avait de quoi rêver.

L'Impératrice rencontra le Beau Pendu plus tard; gracié, il était revenu à la Cour, et il la regardait toujours avec un feu dans le regard, depuis qu'elle avait accueilli une délégation hongroise en costume magyar, avec corselet, tablier et coiffe fleurie sur la tête. Andrassy passait pour avoir été son amant; elle n'en ignorait rien, cela la faisait rire. Mais c'était bien grâce à elle que le Beau Pendu était devenu ministre de Sa Majesté Impériale et

Royale ; oui, Andrassy méritait un traitement spécial. Cependant, il l'avait trop aimée pour ne pas rentrer dans la longue cohorte des ânes. Elle lui offrit en secret des vers qui vantaient sa bravoure d'âne, sa ténacité, son courage.

Et si d'aventure elle croisait sur son chemin un homme qui ne lui plaisait pas, il avait droit au poème, et à un portrait d'âne. A deux exceptions près, la règle était simple : qu'on tombât amoureux d'elle, et l'on était un âne ; qu'on lui déplût, et on l'était aussi.

C'est à peu près vers cette époque qu'elle fit peindre, dans une villa que lui avait donnée son époux, près de Vienne, une fresque représentant Titania, reine des fées. Le personnage du *Songe d'une nuit d'été* y enlaçait l'artisan Bottom, métamorphosé en âne par l'époux trompé, Obéron. Obéron n'apparaissait pas, et Bottom avait des traits de l'Empereur. Les cartons avaient été dessinés par le pauvre Makart, qui après l'effort des noces d'argent était mort brusquement ; et c'était un disciple inconnu, un certain Gustav Klimt, qui avait exécuté l'œuvre posthume.

Parfois, entre Bottom et Obéron, elle s'embrouillait. Obéron, c'était l'Empereur, mais Bottom aussi ; Obéron, c'était le jeune lieutenant-colonel de Bad Ischl, mais Bottom, c'était l'amant de la Schratt. Il était décidément très commode d'avoir fait disparaître Obéron de la fresque. Quant à la Schratt, elle ne fut pas épargnée : si l'Empereur était un âne et elle la reine des fées, dans ses poèmes, l'Impératrice offrait à l'animal un vulgaire chardon, un picotin de comédie dont il raffolait, voilà tout. La Schratt, c'était le picotin.

Le jeu des ânes l'amusa longtemps. Un jour, elle voulut continuer la série, et ne trouva plus aucun modèle. C'est alors qu'elle songea aux deux exceptions : Louis, et le jeune homme du bal.

12

UNE SALE BÊTE SUR DU FUMIER

Je te vois grave et triste sur ton cheval
Fouler la neige profonde. En cette nuit d'hiver
Souffle un vent sinistre et glacé.
Ah ! que mon cœur est lourd, et quelle peine !
A l'orient, voici qu'une aube blême
Écarte les confuses ténèbres
Le cœur lourd d'un accablant fardeau
Tu reviens, avec ta plainte amère.

Elisabeth

Pour ce qui était du jeune homme, il avait déjà eu son poème. Elle l'y voyait en cavalier triste au Prater, la nuit. Les vers n'étaient pas mal ; certes, il y était un peu trop romantique, et il ne restait rien de sa gaieté naïve ; mais quand elle avait rédigé le poème, elle était d'humeur mélancolique. Il en avait fait les frais. Au demeurant, elle ne se souvenait pas l'avoir jamais vu sur un cheval au Prater. Dommage, cela lui irait bien.

Elle ne lui avait pas écrit depuis... Depuis combien de temps, au fait ? C'était l'année même de leur rencontre. Quand elle était devenue grand-mère pour la première fois, à trente-six ans. C'était tout simple : pas de lettre à Franzi depuis onze ans.

Tant de temps ! Elle ne savait même plus où elle avait rangé les lettres ; à Vienne ou à Buda ? A Gödöllö, sans doute ? Enfin, c'était une affaire ancienne. Ida, qui s'était tant inquiétée, n'en parlait plus du tout. Quant à lui, il avait disparu. Marié, sans doute ; avec des enfants, certainement. Tout de même, c'était trop bête d'avoir laissé mourir une histoire aussi poétique ; elle décida d'écrire une dernière lettre. C'était un peu risqué, mais pas au point de susciter un nouveau scandale. Et pourvu qu'il n'eût pas changé d'adresse...

Voilà l'excitant de la chose : le retrouverait-elle ? Il suffisait d'essayer. Sa lettre fut brève, avec des mots précis, un peu secs, et une formule un peu tendre à la fin, « Je ne vous oublie pas, mon cher petit ». Et pour plus de sécurité, elle allait profiter d'un ami, qui, partant pour le Brésil, posterait le tout de Rio. Dans tous les cas, plus la moindre rencontre. L'Impératrice allait sur ses cinquante ans ; il aurait fait beau voir qu'il parvînt à la voir à cet âge !

Ravie de son idée, elle colla l'enveloppe, d'un coup de langue un peu ému.

L'essentiel de la lettre brésilienne consistait à demander une photographie, tel qu'il était onze ans après le bal, et sa nouvelle adresse, à envoyer poste restante, Munich. Ensuite, mais l'enveloppe courait déjà les océans, elle s'aperçut qu'il était ridicule de demander l'adresse de quelqu'un à qui l'on écrivait ; trop tard. Les mots utilisés n'étaient pas non plus très habiles : « Envoyez-moi votre photographie, non pas de l'ancien temps, lorsque vous étiez jeune, mais aujourd'hui, tel que vous êtes maintenant. » Bien sûr, elle avait ajouté poliment qu'elle en serait heureuse, mais ce n'était pas agréable.

Qu'y pouvait-elle ? Sans doute, il avait vieilli. Mais dans le secret de son cœur, elle l'avait toujours appelé de la même façon : « Mon jeune homme. » Un gros effort, et déjà elle estimait en avoir fait assez. C'était au tour du vieux jeune homme de s'arranger à présent avec leurs souvenirs.

Deux mois plus tard, Anna tendit une longue enveloppe à son mari.

— As-tu des amis au Brésil ? Tu ne m'en as jamais parlé, Franzi...

Au Brésil ? Personne.

Du Brésil, Franz Taschnik savait que c'était un empire, où régnait Don Pedro, premier du nom ; on y plantait le caoutchouc avec rage, et l'on en revenait avec des fièvres. On y trouvait des agaves et des palmes, de l'or et des sauvages, et pour l'ensemble, c'était encore l'un de ces pays de la malfaisante Amérique. Un pays en tout point comparable au Mexique où l'on avait fusillé un archiduc d'Autriche, le malheureux Maximilien, coupable d'avoir accepté la couronne, de s'être cru Empereur, et d'avoir été fait prisonnier par les rebelles, trop loin pour être secouru.

Autant dire que Franz n'y connaissait rien. Une erreur, sans doute, mais non, c'était la bonne adresse et son nom écrit, là, sur le papier, d'une écriture qu'il identifia aussitôt.

— C'est... Un ami diplomate en mission, je me souviens, répondit-il à sa femme.

Le même mensonge qu'il avait fait à sa mère, combien d'années auparavant ? Onze ans, exactement ; il avait eu tout le temps de compter. Il jeta l'enveloppe dans un coin, pour ne pas éveiller les soupçons. Il la lirait plus tard, au ministère.

— Tu n'es pas curieux, remarqua la douce Anna. Ni pressé. D'ordinaire, tu lis ton courrier sans attendre.

Quand il partit, Franz n'oublia pas de ramasser la lettre qui lui brûlait les doigts. Il l'ouvrit dans le tramway. Une petite page, des caractères dégingandés, nerveux, elle allait mal ou elle avait vieilli, la presbytie, peut-être. Quand il en eut fini, il éclata de rire. Gabrielle était incorrigible.

Une photographie de lui ! Pour vérifier son âge ! Alors qu'elle n'avait pas consenti à se montrer, la coquine !

Allons, c'était une plaisanterie de mauvais goût ! Il plia le papier en quatre et le fourra dans sa poche.

Mais quand il descendit du tramway, il pressa le pas pour s'arrêter devant un parfumeur, dont la façade avait, incrustée dans le mur, un long miroir entouré de fleurs peintes. Il était désespérément chauve, il avait pris du ventre. Il y avait aussi les moustaches et les favoris, un peu gris. A l'époque du bal, il était imberbe et chevelu. Sans compter les petites lunettes d'acier, qu'il avait choisies tout exprès pour ressembler à l'autre Franz, le Schubert dont il jouait les sonates avec Anna. L'inconnue du Bal de la Redoute ne le reconnaîtrait pas.

Il hésita trois jours.

Willy pensait qu'il fallait obtempérer, et vite ; puisque Gabrielle ressuscitait, Franz devait filer doux. Sinon, il n'en aurait jamais le cœur net, et croirait pour la vie qu'il avait aimé l'Impératrice, vieille rengaine que Willy avait déjà servie. Pour des raisons inverses, c'était également l'opinion d'Attila. Avec la photographie en main, l'inconnue apparaîtrait enfin en Reine, et lui tendrait sa main à baiser. Ni l'un ni l'autre ne comprenaient les réticences de leur ami.

Perplexe, et sans en souffler mot à sa femme, il accepta une séance de pose chez son photographe habituel, à l'atelier Ferbus, rue Ottakringer, où il faisait tirer ses portraits de famille. L'atelier Ferbus avait sorti de superbes images d'Anna et d'Emmy, chacune au centre d'un nuage blanc, avec des yeux rêveurs fixés sur l'horizon. Franz raconta qu'il voulait sa photographie en habit de soirée pour sa femme, à qui il allait l'offrir.

Il avait mis un frac en souvenir, un œillet à la boutonnière, il était même passé chez le friseur, pour se faire teindre les favoris. Mais le résultat fut désastreux : le noir était trop noir, le col dur, trop blanc, l'œillet était de trop, il avait l'air d'un noceur. Quant à la calvitie, elle était sans pitié. Décidément, non, il n'enverrait pas son portrait. Pourquoi lui gâcher le souvenir du bal ?

A la place, il répondit une lettre piquante, dans laquelle il disait toute la vérité. « Cher domino jaune, te voici de retour... Je suis tombé des nues, ma chère. Onze années ont passé dans nos vies : tu ne me dis rien de la tienne. En revanche, de moi tu veux tout savoir. Est-ce juste ? Non. Mais sais-tu seulement que la justice existe ? Non. Ainsi vont les nomades, ou les puissants du monde. Je suis petit, tu me méprises. M'as-tu aimé ? Peut-être. Le comprends-tu ? Je n'en suis pas sûr.

« Qu'ai-je vu de toi ? Un regard sombre, une peau claire, et deux mains nues. Je te sais belle à en mourir. Sans doute as-tu gardé ta splendeur ; sans doute es-tu restée fidèle à ta fière beauté d'autrefois. Pour moi, je suis devenu un époux respectable et chauve ; mais je suis heureux. Ma femme te ressemble ; elle a ta silhouette et ta taille, peut-être aussi les mêmes cheveux que toi, et que tu cachais sous ta perruque ; j'ai une délicieuse fillette à l'œil vif, comme le tien. Voilà, tu sais tout. Si tu en décides, tu peux sans risque déposer ton domino de brocart et éclairer, après onze ans, la plus troublante des aventures. Tu vois, je n'ai pas changé, je suis toujours le même, simple et confiant. De toi je sais que rien ne peut me venir, excepté la bonté. Réponds-moi !

« Je n'ai cessé de penser au charmant fantôme d'une nuit, il a peuplé mes rêves, mais il ne m'a pas fermé les chemins de la vie. Je t'en serai éternellement reconnaissant ; je te souhaite le même destin, et je suis ton tout dévoué... » et il signa en tremblant, non pas Franz Taschnik, mais Franzi.

De la photographie pas un mot. Bizarrement, il omit aussi de mentionner l'existence de son fils. Une idée, comme cela.

❖

La lettre de Munich arriva en huit jours entre les mains de sa destinataire.

Sans portrait. Mais on pouvait imaginer. Ainsi, il était chauve ! Elle rit beaucoup.

Et elle ? Comment disait-il ? « Fidèle à ta fière beauté

d'autrefois. » L'autrefois était un peu rugueux, mais pour le style, il n'en avait jamais eu. A la rigueur, elle aurait pu comprendre son refus, n'était l'insupportable qui traînait dans la lettre : le bonheur. On pouvait donc vieillir à ce prix ! Oui, il était heureux. Il avait déniché une épouse qui lui ressemblait à elle, et il osait l'avouer !

Tant de satisfaction était intolérable. Elle répondit le jour même. Tendrement, et puisqu'elle était officiellement déclarée reine de la bonté, elle insista : à tout prix, elle voulait cette photographie. Elle voulait voir de ses yeux « ce crâne paternel ». N'était-ce pas aimable à souhait ?

Mais en achevant son épître elle commit une erreur.

« Je sais que le souvenir de ce bal ne t'a jamais quitté, mon ami ; et je comprends que tu veuilles dissimuler la blessure que je t'ai portée au cœur pour l'éternité. Peut-être un jour comprendras-tu les raisons de mon anonymat, et de cette longue dissimulation qui t'a fait tant souffir. Je n'y peux rien, telle est ma vie ; et je t'assure, malgré les onze ans de silence, que je ne t'ai jamais oublié. T'ai-je aimé ? C'est possible. Le sauras-tu jamais ? Non. Impossible. Du moins comprendras-tu qu'il m'était interdit de laisser libre cours au moindre sentiment. Adieu, mon cher petit. »

La lettre repartit pour le Brésil, à grand-peine ; il lui fallut du temps pour trouver le messager. Quatre mois après la première missive brésilienne, arrivait la seconde, à la grande stupeur d'Anna.

— Encore ! fit-elle simplement.

❖

« Oui, encore, songea-t-il. Pourquoi s'arrêter ? Cette histoire ne finira pas. Et cette fois, que veut-elle ? »

Curieux, sans trop d'émotion, il s'apprêtait à lire un mot furieux et bref. Lorsqu'il parvint aux dernières lignes il crut que son cœur s'arrêtait. Le ton avait changé ; grave, douloureux, c'était celui d'une femme blessée. En fallait-il, du malheur, pour en arriver à cet aveu...

Le doute n'était plus permis. Si elle parlait d'anonymat, c'était donc que Gabrielle était l'Impératrice. Il eut beau se raisonner, se dire qu'il avait déjà mille fois tenu vainement ces raisonnements stériles, rien n'y fit. Il résolut de frapper un grand coup, de lui faire rendre gorge ; elle avouerait.

Pendant une semaine il garda la lettre pliée dans sa redingote, au plus près de ce cœur qu'il croyait assagi, et qui frétillait de jeunesse.

Pour couronner le tout, arriva le soir de la première représentation d'une nouvelle opérette de Johann Strauss, dont l'action se déroulait en Hongrie. *Le Baron tzigane* était un hommage déguisé à la troisième épouse de l'illustre compositeur, Adèle. Comme l'élue était hongroise, Attila jubilait ; et puisqu'elle était juive, Anna aussi. Quant à Willy, horrifié par le divorce et furieux de l'évolution de Johann Strauss, il bougonnait.

La première fut un succès. Willy était enchanté, et fredonnait à la sortie l'air charmant qui célébrait la magie de Vienne : « Grande cité, délices, caprices, Chez toi, la nuit, le jour, on voit fleurir l'amour... » Franz rêvait à ses vingt-six ans évanouis, et tâtait son habit de soirée, où dormait la lettre de Gabrielle, juste sous l'œillet à la boutonnière. Il avait ce soir-là l'air curieusement absent. Anna le trouva songeur, lui demanda s'il était fatigué, et finit par penser qu'il était amoureux, ce qui, en un sens, n'était pas absolument faux. Mais quand elle osa évoquer la pénible hypothèse, il la prit dans ses bras avec tant de sincérité qu'elle eut honte.

D'ailleurs, pas un instant il n'eut l'idée qu'il était infidèle à sa femme. Il voulait éclaircir un rêve ; ce n'était pas défendu, et surtout, rien dans l'amour de l'inconnue n'entamait celui qu'il avait pour Anna. L'une était vraie, l'autre, Gabrielle, était inventée. Tout le problème tenait à cette affaire de vérité.

Jusqu'à sa vue, qui se troublait de jour en jour. Au cours d'une promenade au Stadtpark avec Anna, une femme en noir était passée le long du canal, si grande, si mince que Franz lâcha le bras de son épouse et se mit à courir pour la rejoindre. La dame portait un voile épais, et une toque qu'il reconnut à coup sûr, car l'Impératrice la portait sur de vieilles photographies ; d'ailleurs c'était celle qu'elle avait sur la tête le jour où il avait collé son visage sur la vitre du cabriolet noir, en face de chez Demel. Une journée qu'il appelait depuis lors « le jour du cabriolet noir ».

Il cria « Gabrielle, Gabrielle ! » d'une voix si puissante que la dame se retourna. Mais quand il l'aborda, son chapeau à la main, elle s'arrêta, surprise. Il avait fait une erreur sur la personne ; la dame se prénommait Henriette, elle était vraiment désolée de n'être pas Gabrielle. Franz demeura stupide, car c'était bien la toque, et c'était la voix douce aussi, légèrement susurrée. Il osa demander si par chance madame n'était pas de la suite impériale ; la dame en noir répondit qu'elle était coiffeuse, et bien bonne de se laisser questionner par un inconnu. Il s'excusa beaucoup, et rejoignit Anna, à qui il raconta une histoire anodine sur une amie de sa mère, qu'il avait cru reconnaître.

La voix de la dame en noir était très essoufflée, et Franz remarqua sa démarche pesante. Précisément, les journaux signalaient que l'Impératrice avait une sciatique affreuse. Ce n'était pas elle et c'était elle, et s'il commençait à la rencontrer partout...

A ce point d'obsession, il fallait en finir pour de bon. Et puisque Gabrielle avait ouvert les portes de l'aveu, il s'y engouffra. La lettre qu'il écrivit simulait la colère ; il voulait la pousser dans ses derniers retranchements. Il était très content du résultat : cette fois, oui, elle avouerait.

❖

L'Impératrice reçut la réponse de Franz à Vienne, où l'attendaient d'horripilantes fêtes religieuses, et des devoirs mondains inévitables. Stéphanie, souffrante, ne pourrait jouer les suppléantes, et la coiffeuse ne ferait pas l'affaire pour cette fois. L'Empereur serait là. Elle était d'humeur massacrante ; et comme d'habitude, ce fut Ida qui lui tendit la lettre.

— De la part de votre jeune homme, si l'on peut dire, fit-elle sans un sourire.

La réflexion d'Ida l'agaça ; l'Impératrice le savait bien, parbleu, que le temps passait. Elle attrapa la lettre au vol, et s'enferma pour la lire.

D'habitude, il commençait toujours de la même façon, « Cher domino jaune ». Mais en lisant les premiers mots elle eut un pressentiment : « Très honoré domino jaune ou rouge... »

Rouge ! Que signifiait ? Avait-il oublié ? Et ce ton, par la suite ! « Tu t'amuses encore avec moi au jeu de cache-cache ! Quelle mauvaise plaisanterie, et quel manque de goût ! Il eût été exquis de laisser tomber le masque — onze ans plus tard ! On aurait pu conclure la belle aventure du Bal de la Redoute, commencée en 1874. Mais franchement, maintenant, le charme s'est évanoui. Tout ceci devient très ennuyeux. Tu sais mieux que personne à quel point l'ennui détruit le monde... L'ennui, ma chère, c'est toi. Ta première lettre m'a enchanté, la dernière que j'ai reçue me vexe. Tant de méfiance... Tu ne me dis toujours pas qui tu es. Eh bien ! Reste méfiante, tans pis. J'ai ma dignité, moi. Adieu, ma chère. »

Adieu ? Eh bien, puisqu'il en décidait, adieu donc !

Elle déchira la lettre. Vexé, lui ! Un simple fonctionnaire ! Un Viennois à qui elle avait fait l'honneur d'une idylle ! Pour qui se prenait-il ?

Elle écrivit sur-le-champ un poème de quelques lignes, sept en tout, qu'elle voulut bien assassines ; l'ancien jeune homme entrait dans le placard aux ânes, dont il n'avait jamais fait partie. Mais quand elle le relut, elle le jugea excessif. Pourquoi donc le traiter de sale bête, pourquoi le décrire difforme, vulgaire, alors qu'il était seulement chauve ? Fallait-il attaquer une femme inconnue, la sienne ?

C'est une sale bête vulgaire, terriblement
Chauve, et avec cela, difforme
On la trouve sur le fumier
Car sans limites est sa bassesse

C'est ce que clament les échos, tous
Ceux du Tyrol, de roc en roc
Et une femme partage ça !

Non, elle n'enverrait pas ce poulet. Trop violent. Mais elle ne le jeta pas non plus ; elle l'ajouta à la collection sur les ânes, où il avait sa place. Au demeurant, en cas de publication le coupable n'était pas nommé. Elle était vengée. En classant le poème, sa colère tomba.

Elle avait sous les yeux le papier déchiré, dont elle recolla les fragments un à un. Les mots réapparurent, dérisoires ; quand la guerre couvait interminablement dans les Balkans, quand le siècle approchait d'une fin désastreuse, fallait-il s'émouvoir pour une bagatelle ?

Et puis, il mentait. Six mois auparavant, sa coiffeuse Fanny avait fait au Stadtpark une étrange rencontre. Ce jour-là, bien emmitouflée dans une pelisse qui dissimulait ses rondeurs, elle portait une vieille toque dont l'Impératrice lui avait fait cadeau. Un monsieur assez fort l'avait rattrapée en courant, et l'avait appelée Gabrielle avec émotion. Fanny s'était récriée, avait prétendu s'appeler Henriette et n'avait pas compris l'insistance de l'homme, qui s'était excusé en bredouillant.

— Ah ! avait fait l'Impératrice. Avait-il une femme avec lui ?

— Je ne sais pas, avait répondu la coiffeuse. C'était un grand monsieur bien mis, avec un peu de ventre, mais une belle allure et des bésicles.

L'Impératrice avait eu un instant d'hésitation, et n'y avait plus du tout songé. Le monsieur ventripotent ne pouvait être son jeune homme. Elle avait balayé l'incident. Et voilà que revenait le souvenir du géant du Stadtpark, et de ce nom qu'il avait crié, Gabrielle ! Allons, cette lettre sentait le dépit amoureux.

— Tu vois, Ida, j'avais de l'affection pour ce petit, dit-elle le lendemain, apaisée. Même, j'avais écrit un beau et long poème en son honneur, et que j'allais lui envoyer. Cette nuit, j'en ai écrit un autre, pour annuler le premier.

Je n'enverrai ni le premier, qui est trop bien, ni le second, qui est trop méchant. Je ne sais pas pourquoi il s'est senti vexé — c'est ce qu'il écrit, regarde. Ce premier poème, le meilleur de moi-même, Franz Taschnik ne l'aura jamais ; c'est fini.

— Enfin, fit Ida avec un soupir. Vous aurez mis onze ans. Maintenant, oubliez, s'il vous plaît.

13

ALORS MOURUT LE ROI DES ROSES

Cette liberté qu'ils voulaient me voler
Cette liberté, je l'ai trouvée dans l'eau
Mon cœur préféra s'arrêter
Que de pourrir dans un cachot.

Elisabeth

Elle oublia jusqu'à la mort de Louis, l'année suivante, la maudite année 1886.

Depuis longtemps déjà le bruit courait que le Roi était fou. On disait qu'il dormait le jour et chevauchait la nuit, on parlait d'orgies dans ses châteaux avec ses valets, on l'accusait d'avoir naufragé son royaume, d'avoir dilapidé l'argent en folies musicales, d'être tombé amoureux de Richard Wagner, son héros. On assurait qu'il se prenait pour une légende ; on lui reprochait de supporter les foucades du maestro et les raideurs de l'insupportable Cosima, sa femme, au motif qu'elle était l'épouse d'un génie et la fille d'un autre, Franz Liszt. On prétendait qu'il avait perdu sa beauté, il avait énormément grossi ; la seule chose dont on était sûr, disait-on avec des rires gras, c'est qu'il n'avait pas attrapé la vérole.

Bref, la Bavière bruissait de multiples rumeurs, mais l'Impératrice ne s'en était aucunement souciée. Des rumeurs, il en courait autant sur son compte, et aucune n'était vraie. Quant à la folie, elle y avait eu droit, elle aussi, plus souvent qu'à son tour. On disait qu'il parlait tout seul... Eh bien quoi ?

Elle ne s'était pas inquiétée, d'autant qu'elle lui pardonnait mal les souffrances infligées à sa sœur, à Sophie de Bavière. Quand le cousin Louis avait décidé de la prendre pour épouse, elle avait été au comble du bonheur : Sophie, c'était son jeune ange, et Louis, l'archange Gabriel, droit comme une épée, sensible comme une femme, d'une élégance irréprochable et d'une tendresse insensée. Il avait trouvé pour sa fiancée un nouveau nom, Elsa, sorti tout droit d'un opéra de son compositeur bien-aimé, ce Wagner qui divisait les mélomanes, à Vienne ; il serait son Lohengrin.

L'Impératrice avait beaucoup apprécié cette charmante attention, malgré les observations des grincheux qui soulignaient l'absurdité de ces surnoms, puisque dans le livret de l'opéra de Wagner, Lohengrin abandonnait Elsa à cause d'un secret trahi ; ce n'était pas de bon augure. Pour un autre, elle aurait dressé l'oreille, et les vieilles superstitions seraient revenues au galop. Mais avec Louis, c'était différent. Elle et lui planaient au-dessus des mortels ; de Louis, aucun mal ne pouvait venir.

Les fiançailles avaient eu lieu ; et cependant, plus tard, étrangement, Louis s'était dérobé. Et comme il traînait beaucoup, et qu'il retardait singulièrement la date des épousailles, le duc Max avait sommé son parent de s'exécuter ; alors, sans avertissement, Louis avait brutalement rompu. La vie de Sophie était en mille morceaux, comme son buste de marbre, que le roi de Bavière avait jeté d'une fenêtre. Suprême injure, que l'Impératrice avait eu du mal à pardonner.

Mais c'était une vieille affaire, déjà ; Louis et Sissi s'étaient revus. Car c'était plus fort qu'elle : il l'attirait, irrésistiblement. Certes, le charme adolescent du jeune Roi s'était un peu fané ; on n'en était plus à la mutuelle adoration de deux êtres légendaires, si beaux qu'on les croyait tombés du ciel, à stupéfier les foules quand ils apparaissaient ensemble, l'Impératrice et le Roi de Bavière, couple admirable.

Louis avait pris un peu d'embonpoint ; ses dents s'étaient gâtées, un mal familial, hélas ; il était encore plus rêveur, et son rire charmeur s'était fait grinçant. Une fois qu'elle lui rendait visite dans le château de Neuschwanstein, elle avait emmené la chérie avec elle. Sur ordre de sa mère, la petite avait dans les mains un bouquet de jasmin, l'une des deux fleurs préférées du Roi ; l'autre était la rose.

Louis n'aimait pas les enfants ; il ne sut pas dissimuler son recul, et prit les fleurs du bout des doigts, avec un baiser forcé. Marie-Valérie l'avait trouvé gras et vilain ; sa mère en avait été meurtrie. Oui, Louis avait changé.

Mais il continuait à l'adorer ; à l'entendre, il n'avait jamais aimé qu'elle, d'un amour qu'il disait incestueux, elle était sa parèdre, sa sœur, une divinité comme lui. À elle seule, sa cousine Sissi, il avait déclaré son goût pour les garçons.

Le premier choc passé, elle avait reconstitué l'histoire : Louis n'était pas coupable d'avoir abandonné Sophie, au contraire. Bizarrement, elle ne l'en aimait que davantage ; car la révélation expliquait aussi le pourquoi de son attirance. Louis ne la menaçait pas ; Louis l'aimait pour elle-même ; quand il parlait de la beauté, c'était en toute pureté. Quant à ce qu'il faisait de ses nuits, elle ne voulait pas en parler avec lui ; mais elle imaginait, c'était mieux encore. Les joues chaudes, elle rêvait au corps de Louis caressé par des valets musclés, trésor précieux de peaux fauves et de sexes brandis qui l'emplissaient d'une joie inexplicable.

Et quand le Roi rencontrait l'Impératrice, il la comblait d'attentions ; des roses, des poèmes, de grands discours lyriques qu'elle écoutait passionnément, attentive à deviner, sous l'emphase, le secret nu. Sans doute était-ce là ce que les rumeurs avaient appelé folie ; mais alors, s'il était fou, elle aussi. Deux grands oiseaux, l'aigle, disait-il, et la mouette.

De l'aigle, Louis avait l'envergure en plein vol, les ailes sauvages et rudes, le bec acéré, le regard puissant. La mouette à l'œil vif et noir, c'était elle, planant sur l'océan au coucher du soleil. Il le lui disait souvent : « Ta vie, Sissi, un jour tu la vivras sur les mers, loin d'ici. »

Elle lui avait consacré de nombreux poèmes qu'il ne connaissait pas, sauf un quatrain, qu'elle avait déposé un jour à l'île des Roses, et qu'il avait trouvé beaucoup plus tard.

> *O toi l'aigle qui plane sur les montagnes*
> *Reçois de la mouette des mers*
> *Le salut des vagues écumantes*
> *Sur les neiges étincelantes...*

Et voilà que ce 10 mai de l'an 1886, ses ministres venaient de le destituer ! On le déclarait frappé d'incapacité ! On nommait un régent incompétent ! Inconcevable. Illégal. Une monstruosité. Le peuple s'en était ému à juste titre ; mais si Louis avait le soutien populaire, n'était-ce pas la preuve qu'il était un bon Roi ? Que leur fallait-il de plus, à ces ministres ? Une potiche sans âme, un fonctionnaire royal, tout juste bon à distribuer des prébendes ?

❖

Elle avait appris la nouvelle au cours d'un séjour chez sa mère, en Bavière, sur le lac de Starnberg, et Louis était sur l'autre rive, à portée de barque. Elle s'était indignée ; mais la vieille duchesse avait rappelé l'existence d'un dément dans la famille, sans trop insister. La jeune femme avait balayé l'objection ; ou alors, tous les Wittelsbach étaient menacés du même sort !

La vieille Ludovica avait hoché la tête.

Un mois plus tard, une délégation de ministres et de dignitaires essaya de capturer le Roi déchu, pour l'interner. Ses fidèles, laquais et paysans, s'insurgèrent ; tout n'était pas perdu. Mais le lendemain, ils revenaient, avec des médecins et la police. Désormais le cousin Louis était enfermé dans la forteresse de Berg, sous la surveillance du docteur Gudden, médecin psychiatre. La jeune femme ne décolérait pas.

— Je vais aller le chercher, moi, je vous le jure, criait-elle. Il suffit d'un bateau ; il est à trois pas de nous, de l'autre côté de l'eau, et je resterais là, les bras croisés, sans rien tenter ? Il faut le délivrer.

Mais la duchesse la traitait de sotte, et l'adjurait de ne point se mêler de la Bavière, son pays natal. Une Impératrice d'Autriche...

— ... ne doit pas intervenir dans les affaires intérieures d'un royaume étranger, je sais, mère, coupa-t-elle. Mais qui m'a faite Impératrice, sinon vous ?

Et elle se mit à échafauder des plans pour le sauver. Le difficile, ce n'était pas de traverser le lac nuitamment ; c'était de franchir les piquets de garde, et surtout, de convaincre le docteur Gudden. Rien d'insurmontable, à condition de garder le secret. Elle n'en parla donc plus, à personne.

Le lendemain, elle en était encore à ses idées, lorsque sa fille aînée apparut, épouvantée. Louis s'était noyé dans le lac. Elle se mit à sangloter éperdument. Pourquoi avait-elle attendu ? Deux jours seulement, les 11 et 12 juin... Deux petites journées, ridiculement brèves, s'étaient écoulées entre l'internement du Roi et la noyade. Trop tard.

Immédiatement, elle pensa au crime. On dirait qu'il s'était suicidé, puisqu'on l'avait déclaré fou. D'ailleurs, c'est ce que pensait la vieille duchesse Ludovica : il s'était jeté de lui-même dans le lac, le pauvre petit. Rien d'étonnant, il avait toujours été bizarre.

— Je vous dis qu'on l'a tué ! Les mêmes qui l'avaient soutenu auraient pu le sortir de prison ! On l'a assassiné !

— Mais sais-tu seulement que le docteur Gudden est mort noyé en même temps ? observa la vieille duchesse.

Ce n'était pas suffisant pour la convaincre. L'autopsie,

pratiquée sur les deux cadavres, révéla des traces de lutte. Lequel des deux avait frappé l'autre ? Pour la duchesse, c'était le pauvre Louis, qui voulait à tout prix mourir, et qui avait entraîné son médecin dans la mort. Mais pour elle, c'était Gudden, qui voulait noyer le Roi, et le Roi s'était défendu.

— Il n'était pas fou, mère, je vous l'affirme. Il était juste un peu original. Et même s'il fallait le destituer, on pouvait le traiter avec plus de ménagements, ne pas l'enfermer derrière des barreaux, je ne sais pas, moi, on pouvait essayer de l'exiler pendant un temps sur une île... Tenez, Madère, par exemple. J'y ai bien séjourné quelques mois. Il en serait revenu guéri...

— Tu ne devrais pas te comparer à lui, ma fille, coupa la vieille dame irritée. Tais-toi. Il sera écrit dans les livres que le roi de Bavière était fou, et qu'il s'est jeté dans le lac de Starnberg. C'est déjà trop pour la famille ; n'insiste pas.

L'Impératrice quitta la pièce en claquant la porte. Le soir venu, Marie-Valérie, la chérie, vint l'embrasser avant la prière du soir ; elle semblait calmée. Tout à coup, elle s'abattit sur le sol, et s'étendit les bras en croix, comme une postulante au Carmel, ses longs cheveux fauves éparpillés autour de sa tête. La petite cria, la supplia, en vain ; elle ne se relevait pas. Marie-Valérie se jeta sur le corps de sa mère en hurlant, si fort que l'Impératrice tourna la tête, et éclata d'un rire mouillé de larmes.

— J'ai eu si peur..., fit l'enfant.

Elle lui baisa la tête, et inventa une histoire pour apaiser sa fille. Les desseins de la Providence étaient inéluctables ; elle avait réfléchi au sujet de la mort de Louis ; elle s'inclinait devant la toute-puissance divine, et respectait les volontés du grand Jéhovah. Marie-Valérie, troublée, sécha ses pleurs ; l'essentiel était que tout rentrât dans l'ordre. Tout de même, la jeune fille s'inquiéta à propos du grand Jéhovah, et se demandait pourquoi sa mère ne l'appelait pas Dieu, tout simplement.

— Tu es mon seul lien avec la vie, murmurait-elle. Ma chérie.

Le Roi des Roses était mort ; personne ne prendrait sa place. Car personne n'avait la grâce de l'archange qui avait partagé le monde avec son épée de feu, interdisant aux mortels l'entrée de son paradis. Les simples mortels s'étaient vengés. En se couchant sur le sol, elle vénérait la mémoire d'une sorte de dieu ; sans lui, elle perdait sa propre divinité. Désormais, pour résister aux lois des humains, elle était absolument seule.

Elle ne voulut pas voir la dépouille, gonflée par les eaux du lac. Mais elle envoya une branche de jasmin, pour la faire déposer dans le cercueil, sur le cœur. Elle ne pouvait imaginer Louis les yeux fermés, blafard, les mains sagement croisées sur sa bedaine. En revanche, elle n'imaginait que trop bien le travail souterrain des vers, qui dévoreraient bientôt la tendre chair bleuie, cependant que ses ongles parfaits se transformeraient en longues griffes, et que ses belles boucles pousseraient dans la tombe, autour d'un visage sans nez. Le jasmin pourrirait aussi. On fermerait les grands châteaux perchés, et la Bavière vivrait docilement sous la férule de ministres sans âme. Elle détesta la Bavière, et se mit à haïr Munich, que Louis n'aimait pas.

❖

Pour se mettre en règle avec lui, l'Impératrice rendit visite à la pierre tombale, y déposa une couronne officielle ; mais ce n'était pas suffisant. Le fantôme de Louis exigeait bien davantage ; un dû de souffrance qu'avec piété elle lui concéda. Pendant une longue année, elle porta le deuil ; et comme elle n'était pas femme à se contenter d'apparences, ce ne fut pas un deuil extérieur, noir d'abord, gris ensuite, mauve enfin, avant de retourner aux couleurs de la vie, non ; ce fut une détresse infinie, la fin de la jeunesse, le début d'un autre âge.

Son corps lui vint en aide en lui jouant des tours ; c'était un bon outil, mais qui donnait des signes de fatigue. Elle les offrit au deuil avec délectation : c'était la mort à l'œuvre, depuis longtemps, d'ailleurs.

De Louis, elle avait des souvenirs délicieux, aussi

ravissants que la fugace mémoire du jeune homme du bal ; souvent, elle les rapprochait, le défunt et le vivant, Louis et Franz, car c'était aussi à cause du cousin qu'elle avait choisi ce faux prénom le soir du bal, Gabrielle, en hommage à l'archange alors au printemps de sa beauté. Et de ce printemps masculin, de ce miracle vivant, elle ne voulait garder que le meilleur.

Un jour d'été, c'était son plus beau souvenir, elle avait décidé de traverser le lac et d'aller lui rendre visite dans l'île des Roses. Cela se passait longtemps avant le drame, avant même les malheureuses fiançailles avec Sophie — une éternité de mémoire ; le nègre Rustimo tenait les rames, elle le gouvernail. Sous la chaleur naissante, les eaux tranquilles semblaient ensommeillées ; hormis les cloches dans les alpages et le clapotement autour du bateau, tout était silence autour d'eux. Louis l'attendait avec une rose, une seule ; aux autres femmes, il offrait de si grands bouquets qu'une fois les fleurs dans les bras, il ne les voyait plus. Par-dessus l'unique rose thé, leurs regards se retrouvèrent avec bonheur.

Il avait fait préparer un repas somptueux, dans une argenterie solennelle, comme pour de secrètes noces à deux ; et puisqu'il l'aimait, il ne fit aucun commentaire sur le petit appétit de sa cousine. Du coup, libre de ne pas manger, elle dévora joyeusement. Et c'est ensuite, ils s'étaient allongés dans l'herbe, qu'elle lui raconta l'épisode du Bal de la Redoute.

Dans le regard de Louis brillait une lueur inconnue ; il avait posé quantité de questions, sur la couleur des yeux, les épaules, les mains, la taille du jeune inconnu. Elle s'en souvenait fort exactement, puisque, ils en avaient beaucoup ri, elle n'avait pas omis le point de ressemblance entre le jeune homme et Louis, les cils d'une fille, longs et noirs. Aucune critique, aucun reproche, au contraire : il l'avait encouragée à entretenir le mystère, il aurait même souhaité qu'elle le revît, masquée. La correspondance secrète l'enthousiasma ; il chercha un parallèle entre le jeune homme et un héros mythique, évoqua Endymion — mais Franz ne dormait pas pour l'éternité ; Éros — mais Franz ne se cachait pas, c'était elle ; Ganymède surtout — mais l'aigle, c'était lui, pas elle, bref, aucune comparaison ne convenait. Louis en déduisit avec emphase que ce jeune homme était donc incomparable.

Lorsque vint la tombée du jour, il était déjà plus de neuf heures, Louis décida de la raccompagner sur le lac. Il prit les rames, elle le gouvernail, et Rustimo chanta. Étrange sur ce lac bavarois, la guitare de Rustimo résonnait, limpide ; les chants du nègre venaient d'un lointain profond, si tendre qu'ils mettaient les larmes aux yeux. Ce n'était pas de l'italien, encore moins de l'espagnol, mais une langue qui ressemblait à du portugais, qu'on aurait adouci avec un peu de miel.

L'Impératrice ne s'était jamais préoccupée de l'origine de Rustimo, un domestique noir comme il s'en trouvait encore quelques-uns en Europe. Les chansons de Rustimo parlaient d'un soleil sombre et nostalgique, avec un mot insistant qu'elle identifia soudain, « saudade » ; c'était bel et bien un mot portugais. Dans un allemand hésitant, Rustimo raconta doucement son histoire, en quelques mots hâtifs.

Il venait du Brésil, où il était né dans une plantation ; le fils du maître de maison l'avait emmené en Europe, où il avait eu le bonheur d'entrer au service de l'Impératrice. Puis il se remit à chanter. Louis ne dissimulait pas son émotion. A l'arrivée, il ôta de son doigt une bague ornée d'un saphir, et la passa au doigt de Rustimo. En cet instant, elle avait adoré Louis comme un dieu.

Rustimo aussi était mort. Le pauvre nègre, qui semblait sans âge, était en réalité très vieux ; il s'était éteint paisiblement. De la guitare et des chansons brésiliennes il ne restait plus rien.

❖

Elle revint chez sa mère, et retourna sur le lac mortel. Le lendemain, à l'aube, elle se rendit sur la rive, se déchaussa, et entra pieds nus dans l'eau. Machinalement, poussée par une force irrésistible, elle avançait, et sa robe collait aux jambes ; elle ne voulait pas mourir, mais elle avait la sensation physique que Louis était à ses côtés, et l'encourageait en silence.

La mort semblait si facile, si proche, il suffisait de se laisser glisser, pourquoi hésiter ? Aucun docteur Gudden n'était là pour la retenir, ou pour lui enfoncer la tête sous l'eau ; elle était libre. Le vêtement commençait à flotter autour de sa taille, et ses pieds se détachaient légèrement du sol du lac ; ce n'était pas désagréable, simplement un peu froid. Quand l'eau arriva à la poitrine, ses pieds rencontrèrent une chose gluante, une anguille sans doute, ou une algue d'eau douce. Elle ne put retenir un cri ; mourir, c'était aussi suffoquer, et laisser faire ces êtres souterrains... Non !

Elle se tenait sur la pointe, elle ne touchait plus terre, seule sa tête dépassait. Elle flottait, tranquille, les yeux rivés sur le bleu des montagnes. Le soleil commençait son travail ; l'air vibrait au-dessus des eaux... Pour un peu, on aurait pu attendre un délibab à la hongroise. Soudain, elle eut un cri sourd.

Du lac émergeait une forme vague, les cheveux plaqués sur un visage blême et barbu. Elle se débattit, étouffa, sortit une main pour écarter la vision qui disparut.

Elle retourna sur le bord à la nage, en haletant. Et quand elle revint à la maison, elle assura qu'elle s'était baignée tout habillée.

La vieille duchesse Ludovica se prit à songer que tout de même, le sang des Wittelsbach, venu de son époux volage, était porteur de bien des dérangements de l'esprit. Est-ce que son Impératrice de fille ne commençait pas à croire aux revenants ?

L'Impératrice n'ignorait rien de la légende des Wittelsbach ; déjà, petite, elle avait entendu dans la bouche des deux sœurs, sa mère et sa tante, la duchesse Ludovica et l'archiduchesse Sophie, de perfides allusions à ce penchant pour la folie qu'ils avaient tous, le Roi défunt, celui qui pour Lola Montès avait perdu le trône ; les deux déments, fils de l'oncle Charles-Théodore, et puis le duc Max, son propre père, l'époux de Ludovica, celui qui jouait de la cithare au sommet de la pyramide de Chéops, faisait l'écuyer dans son cirque privé, écrivait des poèmes qu'il publiait dans la presse et censurait de sa propre main, exigeant des caviardages sur ses idées révolutionnaires ; son père qui, surtout, raffolait des filles...

Et l'archiduchesse Sophie, sa belle-mère, de lui répéter plus tard qu'une Impératrice d'Autriche ne doit jamais prêter le flanc à aucune accusation de folie, sinon, la succession...

Avec l'internement de Louis, la folie Wittelsbach devenait officielle. L'Impératrice d'Autriche était une Wittelsbach, et elle avait adoré son cousin.

Fort bien ; elle retournerait voir la folie de près.

Ce ne serait pas la première fois ; déjà, elle avait visité de nombreux asiles, comme elle en avait pris l'habitude pour tous les déshérités de la vie. Curieusement, à Vienne, la presse ne retenait de ces visites que celles des asiles d'aliénés. Elle n'ignorait pas qu'en affrontant la corne du taureau, elle aurait droit à une nouvelle campagne diffamatoire. Elle décida cependant de visiter, à Vienne, l'asile de Brünnfeld. C'était six mois après la mort de Louis. Elle ne se fit pas annoncer.

Le médecin de service accourut en blouse blanche, l'Impératrice le bouscula un peu, vite, pas de protocole, elle voulait tout voir. Mais le médecin-chef n'était pas là, il allait venir, il était en train de se changer... Peine perdue. L'homme essaya bien de lui épargner le pire, et chercha à la diriger vers la section des femmes calmes.

« Nous verrons cela à la fin, docteur », fit-elle d'un ton sans appel. En cas d'agression, rien ne protégerait l'Impératrice ; le médecin ne vivait plus.

Chez les agités, tout se passa sans encombre ; les grands délirants n'étaient pas dangereux, le médecin respira. L'Impératrice ne semblait pas avoir connaissance de la plus terrible des sections, celle des fous furieux. On passa enfin au fameux secteur des calmes, sans aucun danger ; d'ailleurs, la nouvelle s'était à ce point répandue dans l'asile que les femmes brodaient sagement en attendant l'illustre visiteuse.

Pourquoi fallut-il qu'elle s'arrêtât exactement devant la Windisch ?

❖

Les autres l'appelaient « la demoiselle », à cause de ses mitaines de macramé et de son air bien élevé. La Windisch n'était ni méchante ni dangereuse ; elle était atteinte de mélancolie, soupirait à fendre l'âme et pleurait beaucoup. De temps à autre elle divaguait sur un fiancé perdu, un prince, disait-elle, que l'Empereur aurait enfermé dans un château. Et quand elle avait entendu bruisser la rumeur autour de l'illustre visiteuse, la Windisch s'était précipitée sur une vieille capeline qui ne quittait pas le chevet de son lit. Un chapeau de paille agrémenté de coquelicots de soie et de bleuets fanés. En un tournemain elle avait relevé ses cheveux, s'était campé le chapeau sur la tête, et l'y maintenait solidement. Avec son chignon blond cendré, son regard vert et ses mitaines, la demoiselle avait grande allure.

Lorsque l'Impératrice avait franchi le seuil de la porte, la Windisch avait remarqué de loin la toque de velours noir, et la plume qui balançait au rythme de la robe soyeuse. Son regard n'avait plus quitté le couvre-chef de la souveraine, qui s'approchait à pas glissés. Si elle ne s'était pas arrêtée, peut-être ne se serait-il rien passé. Mais, poussée par la nécessité et attirée par la capeline, l'Impératrice, devant la jeune fille, marqua le pas. La Windisch était belle.

Pourquoi précisément avoir choisi celle-là ? Il n'y avait pas de réponse à la question ; toujours est-il que la demoiselle se rua sur l'Impératrice et voulut lui arracher son chapeau. La Windisch hurlait, proférait des imprécations que l'on mit un certain temps à comprendre. La véritable Impératrice, c'était elle, la Windisch, internée sur ordre à la suite d'un odieux complot ; celle à la toque de velours noir, l'autre, était une imposture, oser se faire passer pour elle ! On avait inversé les rôles ! On la provoquait ! La folle, c'était la visiteuse !

Un peu pâle, l'Impératrice avait simplement reculé. Le médecin raisonna la Windisch, et la somma de mieux traiter ses hôtes. Car, disait-il, une Impératrice ne hurle pas... Ébranlée par le contre-pied, la demoiselle se calma. Les infirmiers avaient fait tomber la capeline fleurie : d'une voix enfantine, la Windisch réclama son chapeau et se recoiffa majestueusement.

Plus tard, le médecin expliqua que c'était à la suite d'un chagrin d'amour que...

— Juste pour un chagrin d'amour ? s'étonna l'illustre visiteuse. Vraiment ?

Les portes de la voiture étaient déjà ouvertes lorsqu'elle se ravisa.

Restaient les fous furieux, qu'elle n'avait pas vus. En soupirant, le médecin s'exécuta ; l'Impératrice examina les sangles et les cellules, entrevit à travers un judas grillagé des malades en camisole de force, demanda où étaient les douches, les baignoires et les armoires de médicaments, qui n'étaient nulle part ; en revanche, elle remarqua les chaînes aux pieds des malheureux. Ce n'était pas encore assez ; elle voulut revoir la Windisch, au grand désespoir du docteur, qui tint à l'avertir du péril. L'Impératrice haussa les épaules.

La demoiselle avait retrouvé ses esprits, et enlevé sa capeline. Les cheveux dénoués, les yeux baissés, elle tortillait sa blouse de malade, et se lamentait sur son geste insensé. Lorsqu'elle aperçut de nouveau la dame à la toque noire, elle se précipita à ses pieds en pleurant ; l'Impératrice la releva et l'embrassa.

C'est le moment que choisit pour arriver enfin le médecin-chef de l'asile de Brünnfeld, en habit et haut-de-forme noir. En apercevant la Windisch en pleurs dans les bras de l'Impératrice, il demeura stupide, la bouche ouverte, le chapeau à la main.

— Occupez-vous bien d'elle, dit Sa Majesté en partant. Je vous interdis de lui mettre la camisole.

Le médecin-chef argumenta, rappela le règlement, mais l'Impératrice fut intraitable.

La camisole de force ? Pour une crise passagère ? La Windisch n'était pas folle ; ou alors, lorsqu'elle-même s'était jetée sur le sol devant Marie-Valérie, il aurait fallu l'enfermer sur-le-champ. Oui, si le digne médecin-chef en habit l'avait vue au soir de la mort de Louis, à coup sûr il aurait diagnostiqué une profonde aliénation mentale.

Ceux qu'on déclaraient fous étaient des gêneurs avant tout ; car elle avait surtout remarqué l'extrême beauté de la fille, et son air d'agneau silencieux, lorsqu'elle s'était jetée à ses pieds. « La beauté gêne toujours, songea-t-elle. A rendre fous les autres. »

Elle se jura de faire édifier à Vienne un hôpital psychiatrique mieux équipé que cette vieillerie déficiente. Il suffirait de guetter le moment où l'Empereur lui demanderait, comme à l'ordinaire, ce qu'elle voulait en cadeau.

En attendant, sa bénédiction s'étendrait sur ceux qu'accusait le monde, ceux qui n'obéissaient pas à ses lois, ceux que brimaient les ânes. En sortant de l'asile de Brünnfeld, elle repensa à son jeune homme, cet esprit libre et généreux qu'elle exonéra de ses péchés pour l'amour de la Windisch. Elle lui enverrait le poème qu'elle lui avait dédié, en signe de pardon définitif, et d'adieu.

14

LONG AGO

Ce que j'aime le plus
En l'animal, c'est son silence
Ne bavardant pas, il ne ment pas
Car ne mentent que ceux qui parlent.

Elisabeth

Deux ans s'étaient passés depuis que Franz avait écrit la lettre imprudente, restée sans réponse. Les premiers mois, il attendait impatiemment ; entre le Brésil et Hietzing, le chemin était long. Après six mois il perdit tout espoir. Elle ne répondrait plus ; à son tour elle s'était fâchée. On ne pouvait exclure la colère de Gabrielle, si vraiment Gabrielle existait quelque part au monde ; quant à Elisabeth... L'embrouillamini continuait.

Bref, on avait rompu, jusqu'à la prochaine fois. Car Franz ne doutait pas de la suite ; elle réapparaîtrait, au moment où il ne l'attendrait plus. Il s'appliqua donc à ne plus rien espérer d'elle ; il y réussit parfaitement. Cependant, il devinait le trouble profond où l'avait jetée la mort du Roi de Bavière ; leur amitié était assez publique pour qu'il pût pressentir son chagrin. Si du moins Gabrielle était Elisabeth ; mais à compter de ce moment, chaque fois qu'arrivait un deuil autour de l'Impératrice, c'était à Gabrielle qu'il songeait, sans hésitation. Pour un peu, il aurait envoyé ses condoléances ; mais c'était difficile. Leurs dernières lettres avaient été trop aigres ; pour retrouver la douceur des débuts, il fallait une occasion.

Elle survint, fragile.

L'enveloppe arriva du Brésil un beau matin de juin, l'année qui suivit la mort de Louis de Bavière. Sur l'enveloppe, l'écriture n'était pas celle de Gabrielle ; à l'intérieur, il trouva un poème imprimé, avec un titre en capitales, *LE CHANT DU DOMINO JAUNE*, et un sous-titre en anglais, *Long, Long Ago*.

❖

L'Impératrice avait pris la décision définitive d'envoyer le poème à son jeune homme le jour où elle avait reçu un nouveau portrait d'elle, un portrait qui n'avait rien d'officiel.

Depuis les cérémonies des noces d'argent, l'Impératrice acceptait rarement de poser pour les peintres. Les photographes, impossible d'y échapper ; il fallait des portraits de cérémonie, soigneusement retouchés, passe encore. « Plus pour longtemps », songeait-elle chaque fois que plongeait sous l'étoffe noire la tête de l'officiant. Mais aux peintres, elle fermait sa porte.

Elle avait gardé un souvenir partagé des séances de pose avec Winterhalter. Ne pas bouger, sourire, Votre Majesté ; regardez-moi, un peu de côté, pas très longtemps, nous arrêterons quand vous voudrez, Votre Majesté, et ce n'était jamais tout à fait vrai, on n'arrêtait pas. L'artiste rusait avec le temps. Le léger bruit des brosses du peintre sur la toile griffait le silence comme une souris rongeuse, doucement, mais précise, obstinée, prudente, une machine humaine à grignoter la vie. De la peinture elle n'avait retenu que ce son insidieux. De l'autre côté naissait une plate image qui n'était pas elle.

Des lèvres trop charnues, un œil trop attendri, un flou complaisant, un sourire un peu gentil, un peu bête, qui n'était pas le sien.

Le monde entier adorait les portraits de Winterhalter, qui assuraient sa renommée ; l'un d'eux surtout, celui où elle avait posé en robe de tulle blanc, avec autour du cou de simples perles et dans les nattes, les célèbres étoiles de diamant. Winterhalter en avait exécuté cinq ou six copies, réparties dans les différentes résidences impériales. Mais à cause de ces portaits, elle était devenue une curiosité, qu'on visitait. Elle ne voulait plus voir les peintres. L'un des derniers pour lesquels elle avait accepté de poser s'appelait Georg Raab ; il l'avait peinte en grand décolleté, des camélias posés sur le rebord des manches, avec autour du cou un ruban noir orné d'étoiles d'où pendaient des émeraudes carrées, et sur la gorge blanche, une chaîne d'or prolongée par un médaillon. Les nattes avaient leurs vrais éclats cuivrés, et le fond du tableau était d'un rouge profond, presque noir.

Le portrait datait de 1874, l'année où elle était devenue grand-mère ; l'année du Bal de la Redoute, aussi. Sur la toile de Georg Raab, l'Impératrice s'aimait assez ; pas de sourire, un air grave, un peu triste, le menton bien volontaire et un regard distant, elle se ressemblait à peu près. Mais ensuite, elle devint de plus en plus réticente.

Et donc, au dénommé Anton Romako, artiste peintre parfaitement inconnu, elle avait dit non comme aux autres, près de trois ans plus tôt.

Comment s'était-il arrangé ? Inexplicable. Romako prétendait avoir travaillé d'après des photographies. Le portrait était là, sans le peintre, et elle s'épouvantait de cette folle sur la toile. Longue comme un Greco, la femme peinte sur or sombre avait la poitrine couverte de flots de perles en désordre, les bras nus violemment éclairés, le cou très haut, très droit ; les mains aux doigts interminables tenaient un éventail noir fermé, un chien levait la tête — une tête démesurée, tendre et immense, un de ces animaux de garde près des infantes, en Espagne. La femme et la bête avaient le même pelage ; lui, les poils, elle, les cheveux comme une crinière, raides, sauvages, terribles. Le tout était d'une incroyable folie, prête à exploser; mais son visage...

Le visage était bien le sien! Comme si le peintre inconnu avait volé un reflet, par magie... C'était ainsi qu'elle voyait ses yeux, méfiants; la bouche, strictement fermée. Le génie du peintre n'avait rien oublié, pas même le fou rire qui pouvait éclater à tout instant, et qu'elle devinait à la fossette gauche, au bout des lèvres. C'était horrible et vrai, d'une laideur à couper le souffle. Pétrifiée, elle en oubliait la présence d'Ida à ses côtés.

— Et vous, qu'en pensez-vous, madame ? fit Ida d'une voix qui ne laissait présager rien de bon.

— Ce n'est pas moi, répondit-elle sans sourciller. As-tu remarqué ? Sur le côté, cette feuille de lierre qui ne se rattache à rien ? Et ces sept rangs de perles, gluantes comme des anguilles ? Que c'est drôle !

Le fou rire arrivait comme une averse de pluie, il allait éclater, sans raison. Ce Romako, quelle insolence ! Ces disproportions ridicules ! Et ce serait elle ? La secousse du rire déferlait, elle ne résista plus. Ida, patiemment, attendit. Le plus souvent, l'Impératrice riait aux larmes. Puis elle les tamponnait avec un mouchoir avec un roucoulement de jouissance épuisée, et un air tout à fait confus.

— Et quel âge a-t-il ? fit-elle enfin.

— Un jeune homme, madame, répondit Ida. Il paraît qu'il boit beaucoup.

— Il est d'une audace ! Tiens, c'est un anarchiste, jeta-t-elle. Je ne déteste pas ce genre. Mais fais enlever cette horreur.

❖

Mais le soir même, lorsqu'elle se coucha, elle repensa à cette âme qu'un inconnu avait saisie au vol. Le jeune Romako l'avait percée à jour, comme l'autre jeune homme, celui du bal. Elle se sentait mise à nu ; ce n'était pas déplaisant. C'est alors que soudain, mue par une impulsion irraisonnée, elle prit la résolution d'envoyer le long poème. Mais pour lui signifier son courroux, elle choisirait l'un des exemplaires qu'elle faisait imprimer en secret à l'Imprimerie Impériale, par des linotypistes qui lui prêtaient serment directement. Et elle ne signerait pas.

Romako ne serait pas puni, et Franz Taschnik recevrait son dû. Un poème anonyme.

Une décision prise sous l'inspiration de ce pardon qu'elle voulait pour tous, à commencer par Louis, elle et tous les fous du monde ; Franzi appartenait à cette catégorie, du moins, elle l'espérait. Elle n'en attendait pas de réponse ; d'ailleurs, elle était résolue à ne pas interroger la poste restante, à Munich. Qu'il répondît ou non, elle n'en voulait rien savoir. Dans le meilleur des cas, il en serait ému ; sinon, il la jetterait au panier, avec les lettres.

C'était précisément cette émotion qu'elle préférait ne pas connaître, de peur d'avoir affaire à un indifférent, un blasé, et qui se moquerait. Oui, c'était résolu, elle resterait désormais inaccessible. Aux peintres, aux photographes, aux jeunes gens. A ses yeux, le poème mettait un point final à leur histoire ; mais lorsqu'il le lirait, Franz Taschnik n'aurait aucun moyen de deviner le pourquoi de cette ultime résurrection.

Franz posa le poème bien à plat sur son bureau, et chaussa ses lunettes pour lire LE CHANT DU DOMINO JAUNE. Il parcourut avec une émotion profonde des vers qu'il jugea magnifiques ; jamais elle n'avait été aussi loin. Ce poème était un cadeau de la vie, offert au terme d'une aventure qui aurait dû rester sans lendemain, et qui, avec les ans, avait trouvé son éternité. Il lut et relut encore...

Te souvient-il du soir ébloui sous les lustres,
Longtemps, voici longtemps, long ago ?
Et de ce soir de rencontre entre deux âmes
Il y a de cela longtemps, long ago ?

Ce soir où naquit une étrange tendresse
Y songes-tu parfois encore, ami ?
Aurais-tu oublié l'intimité des mots
Échangés au rythme de la valse ?
Le temps s'enfuyait, trop vite, hélas...
Deux mains entrelacées, et je devais partir,
Sans avoir dévoilé devant toi mon visage
Mais tu avais en partage mon âme entière
Ami, c'était bien davantage encore.
Passèrent les années vides et séparées
Chaque nuit mon regard s'en va vers les étoiles
Qui, muettes, ne répondent pas ;
Je te crois tout près, ou très loin
Sur une autre planète, déjà ?
Si tu vis encore, envoie un signe, un seul
Car il y a si longtemps, long ago...
Ne me fais plus attendre, jamais plus...

Non ! Elle n'attendrait plus un seul jour !

Le soir venu, Franz prétexta un dossier, pour lequel il avait besoin de tranquillité, une sombre affaire de dégâts des eaux dans leur ambassade à Paris, le superbe Hôtel Matignon, qui requérait toute son attention. Pour l'inconnue — mais elle ne l'était plus — il lui fallait la nuit. Anna apporta du café et ferma doucement la porte.

Comment allait-il procéder ? Excepté le méchant poème pour le 𝕶𝖎𝖗𝖎𝖐𝖎𝖐𝖎, Franz n'avait jamais écrit de poésie. Il respira profondément, et se jeta à l'eau.

Il ratura beaucoup, écrivit six versions successives ; de temps en temps, Anna entrouvrait la porte et passait la tête ; lasse de l'attendre, elle s'en fut coucher, il écrivait toujours. A trois heures du matin, la tête bourdonnante de mots et de sonorités, il se résigna à conclure.

Il n'était pas entièrement satisfait ; mais de tout son cœur, il avait essayé.

Il manquait un titre ; il écrivit en capitales « A Gabrielle », et puis se ravisa, écrivit à la place : « Pour l'inconnue ». Il recopierait le tout le lendemain, avant d'expédier la lettre à Munich, poste restante.

Six mois plus tard elle y était encore. Personne n'était venu la réclamer. Franz l'apprit en allant se renseigner à Munich, où on la lui rendit.

Il ouvrit l'enveloppe et sortit le poème qu'elle n'avait pas lu. Tout étourdi, il s'assit dans un parc, sur un banc, et reprit les vers qui lui avaient tant coûté.

> *Oui, « il y a longtemps », je ne peux oublier*
> *Même si tu t'en vas dans des lieux inconnus*
> *Ton souvenir sonnera toujours et à jamais le glas*
> *De ma jeunesse, et des valses d'un soir...*

C'était un début banal et maladroit, terriblement sentimental. La suite ne valait guère mieux, à l'exception des trois dernières strophes qui le remplirent d'un étrange contentement.

> *Je sais, au fond de moi je sais*
> *Que jamais mes yeux ne te verront,* never more.
> *Ce visage m'échappera*
> *Ce mirage s'évanouira,* never more.

> *Mais si d'aventure la vie*
> *Nous mettait face à face, un jour*
> *Fasse le ciel que ton regard*
> *Se voile d'une ombre de remords*

> *Que je reçoive ce sourire,*
> *Dépouillé de sa majesté*
> *Et qu'avec grâce il daigne dire :*
> *« C'est moi, tu m'as reconnue ! »*

Ce sourire, le verrait-il un jour ? Ces mots, les verraient-ils naître sur les lèvres oubliées ?

Le silence recommençait, plus lourd qu'auparavant. Et s'il fallait attendre onze ans encore, elle serait peut-être morte d'ici là. Il remit le poème dans l'enveloppe, qui s'en irait rejoindre à Vienne, dans la boîte, les lettres et l'éventail qui commençait à roussir, l'âge aidant.

Pas plus que de la dernière missive, restée deux longues années sans réponse, Franz ne parla du poème à ses amis. Il fallait bien à la fin un secret que personne au monde ne pût partager, hormis elle et lui, réunis par une étrange absence. Et puisqu'il était à Munich, il acheta pour Anna une robe traditionnelle, un *dirndl* de taffetas noir brodé de jais avec tablier assorti, dont elle rêvait depuis longtemps, et qu'on ne trouvait pas à Vienne.

Sa vie recommença, tranquille, comme par le passé. Parfois, il attendait confusément un signe ; à l'arrivée du facteur, il avait un léger pincement au cœur. Et puis, mais cela lui était déjà arrivé deux fois, il s'habitua à ce néant paisible, et reprit ses habitudes.

❖

Emmy devenait grande, et commençait à chanter joliment ; Anna décida de lui faire donner des leçons. Et puisque Attila n'avait pas trop fait l'affaire pour les *Lieder* de Schubert, avec la petite, on aurait quelqu'un sous la main. Franz s'en émut beaucoup, et trouva dans la voix de sa fille de grandes consolations.

Ses amis n'évoluaient guère. Willy grossissait beaucoup, buvait énormément, et continuait à évoquer de lointaines fiancées, un peu moins souvent, tout de même. Anna l'avait pris en affection. Elle s'inquiétait pour lui ; Willy perdait ses dents, il avait parfois d'étranges taches roses sur le visage, et une drôle de tumeur sur le nez, un bobo qui ne s'en allait pas. Franz conçut des soupçons, que le gros balaya énergiquement.

— Puisque je te dis que ce n'est pas la vérole, enfin ! lâchait-il furieux. Je me suis soigné à temps ! Non, c'est juste qu'il faut maigrir. Demain, j'arrête de boire, c'est juré.

Mais Franz savait fort bien que la maladie attaquait par surprise après des années de silence, et qu'on n'était jamais certain de la guérison. Willy commençait à voir trouble ; il avait des migraines, et la boisson n'expliquait pas tout.

Quant au petit Hongrois, histoire de changer, il venait de s'amouracher d'une chanteuse ; mais cette fois, c'était, disait-il, une vraie cantatrice de l'Opéra de Vienne, une mezzo. Lorsque Anna lui demanda les rôles tenus par la dame, Attila finit par admettre la vérité. L'élue de son cœur tenait en réalité deux emplois : dans *La Flûte enchantée*, une des dames d'honneur de la Reine de la Nuit, et dans *La Traviata*, celui de la domestique de Violetta Valéry. Autant dire rien.

Mais Attila parlait des cheveux roux de sa nouvelle conquête avec tant d'enthousiasme que ses deux amis reprirent pour la désigner le surnom qui avait déjà servi deux fois, « La Rouquine ». Le Hongrois commença par s'en formaliser, mais puisqu'il était voué aux rouquines, il s'y résigna, comme par le passé. Franz se dit que, bientôt, il faudrait s'occuper de caser Attila. Car pour Willy, c'était déjà trop tard ; et Dieu seul savait ce qu'il adviendrait du malheureux Viennois.

— Un qui ne va pas bien non plus, dit Franz à sa femme un beau matin, c'est notre Prince-Héritier. Je l'ai croisé l'autre jour alors qu'il descendait de cabriolet, il a le teint blafard et toutes sortes de boutons sur la figure.

— Je ne crois pas qu'il soit heureux en ménage, répondit Anna en beurrant les petits pains au cumin. La Princesse a les yeux durs.

— Les yeux durs ! Et comment le sais-tu ? s'indigna Franz toujours prompt à voler au secours de la famille impériale.

— Les photographies. Elle a l'œil militaire. On dirait un colonel donnant le signal devant un poteau d'exécution. Elle ne regarde pas, elle fusille.

La Princesse héritière n'était pas aimée à Vienne, où l'on était toujours plus tendre avec le sexe fort. D'habitude, Anna prenait le parti des femmes qu'on attaquait, par principe ; mais cette fois, elle était féroce. Il est vrai que le Prince-Héritier était par-dessus tout l'ami des juifs, et ne s'en cachait pas. Franz en fut néammoins très vivement frappé. D'autant qu'au bureau, Attila lui-même répandait de sinistres rumeurs. Si ce n'avait été que Willy, encore ; mais non ! Le Hongrois en personne affirmait que le Prince ne se contentait plus d'un peu d'opium ; il était passé à la morphine, et se piquait tous les jours.

Aux yeux d'Attila, le Prince Rodolphe avait toujours représenté l'espoir de la Hongrie, comme sa mère. Il était l'ami des libéraux ; il était prêt à aller de l'avant, à entreprendre de profondes réformes, peut-être même à réduire l'exorbitant pouvoir de la noblesse, qui certes avait fait de la Hongrie une nation à demi souveraine, mais qui refusait de partager les terres. En aucun cas, Franz ne pouvait accuser Attila de malveillance ; d'ailleurs il ne faisait ses confidences qu'en l'absence de Willy, dont les convictions pro-allemandes se renforçaient chaque jour.

Et puis, traînaient toujours ces ragots autour des orgies princières ; on ne parlait même plus de ses infidélités conjugales, non, on allait jusqu'à la débauche, dont d'ailleurs on ne savait rien, sinon qu'on en causait beaucoup, et qu'il n'y avait pas de fumée sans feu. Dans tous les cas, orgies ou pas, il fallait se rendre à l'évidence : le teint blafard, les boutons, ce regard fiévreux, les migraines qui apparaissaient si souvent dans les communiqués officiels, tout cela désignait la maladie.

— Et donc sa femme l'aura aussi, sans doute, fit Anna lorsque Franz évoqua le sujet. Je la plains. Espérons que les deux enfants ont été épargnés.

❖

A l'automne de l'année 1888, un soir que les Taschnik étaient à Nussdorf dans une auberge en famille, c'est-à-dire avec l'oncle Willy et l'oncle Attila, le Prince entra brusquement avec une petite troupe d'amis. Quand le Prince arrivait, tout changeait.

L'auberge était fameuse pour ses musiciens, le quatuor des frères Schrammel, quatre moustachus qui jouaient comme des dieux. La guinguette bruissait de chopes de vin blanc entrechoquées, des cris des servantes ; les deux violons, la flûte et la guitare parvenaient à grand-peine à couvrir le chahut des conversations ; les cols des chemises commençaient à sauter, on s'affalait gentiment, Willy surtout, déjà un peu pompette, et même Attila, qui avait pris Emmy sur ses genoux, malgré les protestations d'Anna. Le petit Toni, qui n'avait que huit ans, regardait avec des yeux écarquillés ces grandes personnes se comporter comme des enfants. C'était un de ces soirs viennois parfaitement réussis, familiers, poétiques, un peu ivres, un peu fous, où les chansons volaient de cœur en cœur.

Mais lorsque le jeune Prince fit son entrée, tout le monde se tut ; les violonistes levèrent leur archet, le flûtiste s'arrêta, le guitariste posa la main sur les cordes de son instrument, le patron se précipita, et les servantes esquissèrent la révérence. Au silence du premier instant succédèrent des murmures extasiés. Le Prince-Héritier était radieusement beau.

Un manteau en fourrure de loup négligemment jeté sur les épaules, la tête couverte d'une toque élégante, le cigare à la bouche, il tenait par les épaules deux dames décolletées, enfin, des filles plutôt, point trop vulgaires, assez jolies. Pour faire cesser le silence et les murmures, il ôta son cigare, souleva sa toque et salua les clients de l'auberge ; on l'applaudit.

Les quatre Schrammel se remirent à jouer avec entrain la musique qu'il avaient inventée depuis quelques années déjà, et qui faisait fureur, entre la valse et la chanson, des airs nostalgiques, vaguement hongrois, peut-être un peu tziganes ; les clients reprenaient les chants en chœur. Debout devant le Prince, un cocher se mit à siffler des airs, des trilles, on aurait dit un rossignol humain. Le Prince lui sourit.

— Comment t'appelles-tu, mon garçon ?

— Bratfisch, pour servir Votre Altesse. Je suis le cocher de la maison.

— Eh bien, Bratfisch, désormais tu seras le mien, fit le Prince.

On applaudit encore plus fort. Le Prince s'affala familièrement sur sa chaise, exactement dans la position d'Attila avec Emmy, une fille sur les genoux.

— Je ne lui trouve pas mauvaise mine ce soir, chuchota Attila en se baissant par-dessus la table. Il n'a plus ces vilains boutons.

— Mais pourquoi la fourrure ? Il ne fait pas froid, répondit Anna sur le même ton. C'est étrange comme il a l'air frileux...

— Quand on a chopé ce truc-là, on devient frileux, murmura Willy, qui savait tout sur la question. Tout cela est bel et bon mais moi je vous jure qu'il l'a attrapée, la maladie.

Pour Franz, l'ensemble de la scène sonnait faux. Le Prince n'accordait aucune attention à ses compagnes, et son regard errait à l'abandon ; il avait un sourire mystérieux, « Voilà un homme qui pense à autre chose », se dit Franz. En un éclair, il sut exactement à quoi ressemblait Rodolphe : à un amoureux foudroyé. A l'évidence, si c'était vrai, l'objet de son amour n'était pas là. C'était une impression précise, mais si fragile, qu'il n'en dit rien à personne, sauf à Anna, plus tard.

Le Prince ne resta pas très longtemps ; il appuyait souvent la main sur les paupières, comme s'il avait mal aux yeux ; il toussait. Au bout d'une petite heure il se leva, prit ses compagnes chacune sous un bras et s'en fut en agitant la main sous les applaudissements renouvelés des clients. L'orchestre, à qui il avait fait passer son portefeuille, le salua bien bas.

L'auberge reprit son train-train vespéral, un ton en dessous, comme si le Prince avait introduit sur les collines un air de majesté mystérieuse, que les convives, les musiciens et l'aubergiste devaient préserver encore un peu.

Les amis discutèrent longtemps de l'avenir du Prince. Pour devenir Empereur, il lui fallait attendre ; il était trop impatient, et trop brillant aussi ; et l'on pouvait espérer des initiatives politiques. Lesquelles ? Ce n'était pas clair ; Attila prétendait qu'en Hongrie le Prince était très actif ; il entretenait avec des progressistes d'étroites relations. A Budapest on parlait beaucoup de ses liens avec les meilleurs esprits libéraux, et de certains plans secrets pour libérer la Hongrie de la vieille tutelle impériale.

— Un complot ? coupa Franz.

— Je n'ai pas dit cela ! se récria le petit Hongrois. Mais c'est tout comme.

— Heureusement que nous avons Schönerer et Karl Lueger ! s'écria Willy brusquement.

— Quoi ! s'écria Franz. Toi, Willy, tu approuves ces antisémites forcenés !

— Pour Georg von Schönerer, je ne dis pas, reprit prudemment le gros qui battait déjà en retraite. Cette année, il a été trop loin, j'admets. Je n'approuve pas le saccage du journal de Moritz Szeps. Encore qu'il faille mettre un terme à ces manigances franc-maçonnes, tout de même ! Mais pour Lueger, c'est autre chose. Un vrai démocrate, un nationaliste ! Et je te ferai observer qu'ils ont eu comme alliés des juifs. Même Schönerer.

— Il y a longtemps ! Des égarés ! Ils ont vite compris, les Viktor Adler, les Gustav Mahler, tous !

— Il faudra bien sauver l'Empire de la folie du Prince-Héritier. N'oubliez pas le Roi Louis de Bavière, susurra le gros d'une voix sépulcrale. Le Prince est un Wittelsbach !

Willy reçut à la tête la boulette de mie de pain que pétrissait Anna en silence ; il se tut aussitôt. Elle bouillonnait. Et elle aurait donné cher pour connaître les pensées qui roulaient dans le crâne de ce jeune prince un peu trop beau, malheureux en ménage, dont le regard instable sautillait constamment, et qui traînait ses airs drogués dans les caboulots de campagne.

15

LE DERNIER SOMMEIL

J'avais souvent la sensation, mon Dieu
Que mon bras se brisait de fatigue
Sous la charge du gant pesant
Et sous l'effet du coup, d'en haut

Avec une mortelle assurance
Le coup partit, il était sûr.
J'en devins blême, je me souviens.

Elisabeth

De ses secrets, le Prince n'avait rien dit à personne, hormis à sa cousine Marie Larisch, née Wallersée, dont il avait besoin pour ses entreprises.

L'Impératrice sa mère avait éprouvé pour sa nièce une véritable passion, à laquelle elle donnait deux raisons : la première, c'est que Marie était née de son frère et d'une roturière — une actrice —, et l'irrégularité de la situation, cette sévère entorse au protocole, l'enchantait ; et la seconde, c'est que Marie Wallersée, la ravissante, montait à la perfection. Pour une amazone qui ne supportait pas l'étiquette, c'était largement suffisant.

L'Impératrice lui avait trouvé un mari, un certain

comte Larisch que la mariée trompait abondamment, et qui avait eu, sur ordre, le bon goût de s'éclipser en exil. Elle en avait profité pour faire des avances au Prince-Héritier, son cousin. Mais il n'y tenait pas. Marie, c'était l'amie d'enfance ; souvent, Rodolphe lui avait promis de l'embrasser sur la bouche, un vrai baiser profond, quand elle serait grande. Elle était devenue grande, elle avait une bien belle bouche et le Prince n'y tenait toujours pas.

Le Prince n'avait pas totalement confiance en sa cousine, mais elle avait de gros besoins d'argent ; c'était utile.

Pour le reste, il s'apprêtait à lancer une vaste offensive au sujet des réformes ; l'Empire craquait de partout. Plus que jamais c'était la « prison des peuples » dénoncée par les révolutionnaires. Dans l'Europe entière les partis socialistes progressaient ; les nationalistes également ; son père ne voyait rien, n'entendait rien, ne voulait rien comprendre. Rodolphe en était sûr : après la mort de l'Empereur, l'Empire éclaterait. Mais il avait peu de chances d'être écouté ; son père le traitait en petit colonel, et rien d'autre.

Enfin, il avait résolu de se réconcilier avec sa mère. Pour Noël, il lui avait trouvé le plus merveilleux des cadeaux, six poèmes autographes de la main de Heinrich Heine, son idole. Avec le poète juif, la mère et le fils avaient bien des misères en commun.

Pour appuyer l'érection d'une statue de Heinrich Heine à Düsseldorf, l'Impératrice avait publié plusieurs de ses propres poèmes, afin de provoquer des donations ; elle-même avait versé une forte somme. Aussitôt, le chef des pangermanistes autrichiens, Schönerer, l'avait traitée de « valet des Juifs », et pendant qu'on y était, son fils aussi, à cause de ses liens avec le journaliste juif Moritz Szeps, patron du 𝔚iener 𝔗agblatt, et beau-frère de Clemenceau, de la race honnie des républicains français. Un comble.

L'horrible Schönerer, qu'on surnommait « Le chevalier de Rosenau », avait gagné à sa cause un certain Drumont, un Français d'extrême droite, et l'affaire de la statue était devenue européenne. Moritz Szeps avait vigoureusement pris la défense de l'Impératrice, qu'il avait comparée à une fée des Mille et Une Nuits, une grande et noble dame. L'Impératrice ignorait tout des amis de son fils ; elle ne devina pas la main du Prince dans la campagne du 𝔚iener 𝔗agblatt. Il en était à la fois triste et ravi : secourir sa mère lorsqu'on l'attaquait, et le faire en secret, c'était bien de lui. En lui offrant les poèmes autographes, il pensait qu'elle aurait enfin une illumination maternelle.

Cette fois, elle le serrerait dans ses bras ; elle oublierait les rancœurs qu'il pressentait depuis son malheureux mariage. Alors il la prendrait à part et il lui dirait tout.

Son nouvel amour. Son projet de divorce, la lettre personnelle qu'au mépris du protocole il avait envoyé directement au pape Léon XIII, pour demander l'annulation de son mariage. Et puisque sa mère avait admis la cousine Marie à la Cour, puisqu'elle adorait les amours illégitimes, elle approuverait son fils, il en était certain. Ensuite le pire serait passé.

Mais le jour de Noël, quand elle trouva les rouleaux entourés de rubans de soie, elle se contenta de le remercier du bout des lèvres. Elle fut immensément surprise lorsqu'il éclata en sanglots comme un enfant. Elle le consola de son mieux, le prit dans ses bras, le cajola ; il avait attendu tant de joie dans ses yeux qu'il n'eut pas le courage de lui demander l'entretien dont il rêvait. Il faudrait attendre. Toujours attendre.

Le pire était devant lui. Ce soir-là, une fois qu'elle l'eût à peu près calmé, sa mère retourna à « la chérie ». Marie-Valérie venait de se fiancer à l'archiduc François-Salvator. En soi, l'événement était réjouissant. Pour Rodolphe, ce fut un cauchemar. Une fois de plus, sa sœur cadette lui volait l'attention maternelle. Une fois encore, l'Impératrice n'avait d'yeux que pour sa Kedvesem. Et lui ? Il pouvait crever.

Or pour Noël, le Prince avait fait un autre cadeau, à quelqu'un d'autre. Un anneau à l'intérieur duquel il avait fait graver « Unis pour l'éternité jusqu'à la mort ». Quel-

qu'un qui jusqu'alors avait tout à fait échappé à la surveillance policière, et qui n'était donc pas Mizzi, sa
prostituée officielle.

Janvier s'écoula doucement, sans surprises ; il se préparait à ouvrir son cœur à sa mère, lorsqu'à la fin du
mois son père le convoqua dans son bureau. Ce n'était
jamais bon signe.

❖

L'Empereur fut brutal.

Sur sa table s'étalaient les rapports de police, et la
réponse pontificale à propos de l'annulation du mariage,
qu'en guise de camouflet, le pape avait envoyée directement à l'Empereur, sans daigner la faire parvenir au fils
rebelle. Double gifle. Le père ignorait tout de la démarche ; et le fils n'avait pas prévu que le pape répondrait
à l'Empereur.

Le pape avait rejeté l'insolente requête. A la demande
de l'Empereur lui-même, les services secrets avaient
fureté dans la vie du Prince, et découvert l'amour secret
de Rodolphe. L'opposition de Rome, celle de l'Empereur, le scandale d'un divorce chez les Habsbourg, la
rupture avec la Belgique, tout s'opposait aux projets du
Prince-Héritier.

« Mais il y a bien pire, c'est infâme ! » tonnait l'Empereur en tapant du poing sur le bois de son bureau. Le
pire, il finit par le jeter enfin à la face de son fils, sans
ménagements.

En s'amourachant de la petite baronne Vetséra, le
Prince-Héritier commettait un véritable inceste.

Dix-sept ans auparavant — les preuves étaient irréfu-
tables — la baronne mère, Hélène Vetséra, avait eu des
rapports avec le Prince, elle aussi. Certes, à l'époque
incriminée, Rodolphe était adolescent, presque un
enfant ; mais il y avait cependant doute sur la paternité.
On ne pouvait exclure que la jeune Mary fût la propre
fille du Prince-Héritier. L'on n'en était pas sûr ; mais
enfin, selon la police, l'hypothèse semblait hautement
probable. Enfin, à supposer que Mary fût vraiment née

des œuvres du baron Vetséra, surgissait un autre obstacle de même nature : car selon les règles du droit canon, expliquées dans un gros volume ouvert à la bonne page, il n'était pas vraiment licite d'avoir des rapports successivement avec une mère et sa fille, et l'on citait des cas de mariages royaux annulés pour cette raison-là. Un prince débauché souillait déjà gravement l'héritage impérial ; on compterait pour rien une liaison adultère ; mais un prince incestueux ne pouvait pas régner. La chose était limpide, l'Empereur résolu, et le Prince anéanti.

— Ce n'est pas vrai ! hurlait le Prince, les joues en feu Des fables que vous inventez pour me faire souffrir ! Vous m'avez toujours torturé ! Dites que cela n'est pas vrai...

Mais lui, tassé dans son fauteuil, détournait obstinément la tête. A ce qu'il avait révélé, l'Empereur ne pouvait rien ajouter. Simplement, il avait l'oreille aux aguets : son fils criait si fort qu'on finirait par l'entendre, dans ce vaste palais où rôdaient les laquais. Le mieux était de ne rien faire ; d'ailleurs, il n'avait rien à faire, qu'attendre l'inévitable. Ne pas croiser son regard. Ne pas céder.

Il se fit un silence. Le Prince s'était tu. Avec effort, l'Empereur leva les yeux : debout devant lui, son fils claquait les talons en saluant.

— C'est bon. Je ne suis pas digne de vous succéder, dites-vous ? Je connais mon devoir. Je ferai en sorte qu'elle ne souffre pas un instant. M'entendez-vous ?

Oh oui ! Il avait entendu. Mais il n'était pas sûr d'avoir très bien compris. Rodolphe allait-il rompre et obéir aux ordres, ou s'enfuir, s'exiler, disparaître, en laissant un billet à l'enfant, sa maîtresse, une lettre qui la ferait pleurer un jour ou deux ? Si la chance voulait qu'elle ne fût point encore enceinte, on éviterait le scandale. Et déjà il songeait à l'explication qu'il lui faudrait donner à ses peuples à propos de l'éventuelle absence du Prince-Héritier. Un long voyage ? Une mission diplomatique à l'autre bout du monde ? Et s'il ne revenait pas ? Il soupira.

— Vous ne répondez pas, murmura le Prince. Avez-vous jamais répondu ? Un tel silence... Au moins, disons-nous adieu, je vous en prie...

D'un geste las, l'Empereur leva une main qui tremblait, et baissa les yeux sur ses dossiers. La porte claqua ; Rodolphe était sorti.

Alors seulement il prit peur. Son fils allait se tuer, et la petite Vetséra avec lui. On les découvrirait tous les deux enlacés dans la même mort, et l'on finirait bien par deviner le secret, l'horreur. Il fallait empêcher cela, à n'importe quel prix. La police surveillait déjà le Prince depuis longtemps ; mais l'enfant ?

L'Empereur convoqua le baron Kraus, préfet de sa police, et fit renforcer la surveillance, sans explications. Chacun de ses faits et gestes devrait être étroitement espionné. Et surtout, il ne devait pas rencontrer l'objet du dossier qu'il avait sur sa table ; c'était le plus important. L'Empereur avait en sa police une confiance absolue ; s'il s'enfuyait, son fils s'enfuirait seul. Quant à la petite, on la marierait au duc de Bragance, qui s'en était épris, et à qui l'on ne dirait rien de l'aventure.

Mais à la Burg, le bruit se répandit qu'une violente altercation avait opposé l'Empereur et le Prince-Héritier, qui avait hurlé dans le bureau de son père. Leurs désaccords politiques étaient de notoriété publique ; on s'étonna à peine, le Prince était un révolté, qui piaffait d'impatience. Péripétie un peu pénible, certes, mais banale.

❖

Trois jours. Il lui avait fallu trois jours pour déjouer le filet policier. Mais enfin, c'était presque achevé. Pour parvenir à ses fins, le Prince avait corrompu sa cousine Marie Larisch, qui manquait assez d'argent pour manigancer l'enlèvement de la petite.

La baronne Vetséra mère n'avait rien soupçonné, et avait laissé filer l'enfant avec sa belle amie, pour une expédition sans danger dans une boutique de Vienne, un mensonge commode. Puis la Larisch avait conduit l'innocente petite Mary chez son amant, à la Burg, par le couloir et l'escalier dérobé. Là, le Prince avait quémandé à sa cousine un tête-à-tête avec son amoureuse.

Malgré les réticences de la belle Larisch, étrangement soucieuse de son rôle de chaperon, il l'avait obtenu, pour faire sortir l'enfant par une autre porte, sous la garde de son cocher Bratfisch.

Un bel enlèvement, très réussi. Le Prince était revenu sans la jeune fille dans le salon où l'attendait la Larisch ; sa cousine s'était emportée, il l'avait calmée en jurant qu'il rendrait la petite, après deux ou trois jours, pas davantage. Tout de même, il avait menacé la Larisch avec un revolver, pour la faire céder. Ce n'avait pas été facile, mais il avait fini par la convaincre. Pour en venir à bout, il l'avait muselée avec ce baiser sur la bouche, qu'il lui promettait depuis l'enfance. La cousine avait fondu de joie et ne s'était doutée de rien.

La veille de l'enlèvement, il avait passé la nuit avec sa maîtresse officielle, la Mizzi, brave fille, qu'il aimait bien. Elle avait de gros seins, le menton charnu, et l'œil aride ; mais elle lui passait toutes ses fantaisies, qu'elle allait raconter le lendemain à la police, il le savait. Et donc il fallait feindre. « Va pour la Mizzi, se disait-il, d'ailleurs elle est agréable. » Ils avaient éclusé le nombre requis de bouteilles, elle avait convoqué les tziganes, il s'était vautré sur les coussins et s'était laissé faire, avec la passivité qu'on lui connaissait depuis qu'il se droguait.

A trois heures il avait quitté la place, et n'avait pas résisté à l'émotion d'un dernier baiser. Gravement, il avait tracé un signe de croix sur le front de la demi-mondaine étonnée. D'avance, il connaissait le contenu du rapport de police :

« Lundi 28. 1. 1889. L'archiduc Rodolphe chez la Mizzi jusqu'à trois heures du matin. Beaucoup de champagne. »

Mais il ne savait pas si elle ferait état de l'adieu en signe de croix. Et d'ailleurs, c'était sans importance.

Le plus dur était fait, mais non le pire. Restait une nuit de bonheur avant d'en finir. Il avait pris son phaéton, et l'avait conduit lui-même, comme à l'accoutumée, pour donner le change à la police. Mary Vetséra l'attendait dans une autre voiture, à quelques lieues de Vienne, près d'une auberge où il descendit en sifflotant. L'excellent

Bratfisch avait pris place sur le phaéton, tandis que le Prince rejoignait l'enfant dans la voiture qui partit au galop, pour Mayerling. Le temps que la police identifie le cocher, on avait gagné quelques heures ; il n'en fallait pas davantage.

Une seule chose pouvait tout gâcher : que la comtesse Larisch décidât de tout avouer à l'Impératrice, et elle remuerait ciel et terre pour le retrouver. Au vrai, il l'espérait. Mais que lui dire ? Car le Prince en était sûr : à propos de l'inceste supposé dans l'affaire Mary Vetséra, l'Empereur n'avait rien osé dire à son épouse.

Et maintenant elle était là, l'enfant, lovée contre lui, confiante, et le sourire aux lèvres. Quand il lui avait proposé de partir pour toujours elle avait sauté de joie ; quand il avait ajouté, « et pour un autre monde ? », elle avait à peine un peu pâli, et s'était jetée dans ses bras. Il l'y avait reçue, avec mille précautions ; depuis qu'il savait, il avait peur de la briser. Elle avait cherché sa bouche, il l'avait chastement embrassée, au coin des lèvres. Était-ce vrai ? Que cet amour si tendre fût le plus interdit au monde ? Lui aurait-on menti pour les mieux séparer ? Il ne savait plus. Il aimait cette enfant comme jamais personne auparavant, cela ne faisait pas de doute. Quand il l'avait aperçue avec ses longs cheveux et son regard transparent où brillait une pupille immense, il avait éprouvé un trouble inexplicable, une familiarité inattendue, un rendez-vous venu du fond des âges ; n'était-ce pas le signe de l'amour même ? Elle s'était jetée à ses pieds avec une adoration surprenante. Depuis toujours, disait-elle, elle s'était vouée à lui, déjà toute petite, cela était vrai. « Elle est simplement amoureuse », commentait la Larisch avec un rire un peu complice. Il ne l'avait pas séduite comme les autres, non, elle était venue à lui si naturellement, qu'il l'avait reçue dans ses bras comme un présent divin, un autre lui-même inconnu. Et quand après trois semaines il l'avait enfin prise, il s'était senti attiré dans un gouffre délicieux et mortel, une langueur coupable qu'il avait attribuée à l'âge de l'adolescente, si enfantine encore, et si vierge.

Tout était à la fois normal et fou ; mais il n'avait pas rêvé. Les rapports de police sur la table de l'Empereur. Sa fugace rencontre avec la baronne Hélène Vetséra, introduite auprès de l'Impératrice par ses frères, les Baltazzi, brillants chasseurs. La naissance de Mary, neuf ou dix mois plus tard ; sur ce point le rapport avait été raturé. Et les textes de droit canon. C'était tout.

De ce jour de chaleur à Gödöllö, il avait un souvenir violent. La Vetséra — la mère — l'avait trouvé rêvant sous un arbre, au soleil. Elle s'était assise à ses côtés, avec un grand envol de jupons, et l'avait complimenté sur sa belle mine, le vert mordoré de ses yeux d'ambre, un vrai petit homme, déjà, et son ombrelle tournoyait en mesure. Puis elle avait ôté ses gants d'été, et distraitement, comme en jouant, elle avait glissé une main sous la veste de feutre qu'il avait déboutonnée, à cause de la chaleur. Il avait la peau douce, avait-elle murmuré en regardant ailleurs. La main s'était aventurée plus bas, hardiment ; il n'avait pas voulu croiser son regard, il se laissait caresser, dans la moiteur chaude de la lumière, au fond du parc. Sans même le vouloir il s'était allongé, la Vetséra n'avait pas traîné, en un instant elle le chevauchait, se rajustait, légère, et renfilait ses gants. Ensuite elle avait demandé si c'était la première fois ; il n'avait pas répondu. Il avait presque treize ans, et les dames de la Cour s'amusaient souvent à ces jeux dévolus aux « comtesses hygiéniques », selon la tradition des Habsbourg. Puis elle était partie en l'appelant « Darling » avec un baiser sur la bouche, vite, car il ne fallait pas qu'on les vît ensemble.

Le lendemain elle lui avait offert des boutons de col, ou une montre, il avait perdu l'objet. Il ne se rappelait plus très bien comment l'affaire s'était sue ; Ida Ferenczy, sans doute. La lectrice de sa mère vouait à la baronne Vetséra une détestation sans faille ; au point de refuser un soir au jeune Prince de la faire entrer dans le salon.

La Vetséra — cette intrigante — s'était introduite auprès de l'Impératrice à seules fins de séduire le Prince-Héritier ou l'Empereur, au choix. Le jeune garçon se moquait bien des ragots, à l'époque ; les Vetséra de ce calibre se comptaient par dizaines, et il savait pouvoir en profiter. Il l'avait fait. Aussitôt oublié. Jusqu'au jour où Mary lui était apparue, avec un frais visage qui ne lui rappelait rien, sauf son nom, Vetséra, qui évoquait sa mère, la main agile et ferme, la poitrine un peu molle, et pas même un regard, sinon celui d'une souris, fureteuse et craintive, peut-être.

Il aurait fallu vérifier ; on pouvait avoir fabriqué de faux rapports de police... Mais rien n'expliquait la dureté de l'Empereur son père, l'acharnement qu'il mettait à vouloir le priver d'amour, et la cruelle illumination qu'il avait reçue en plein cœur : oui, cela était vrai, oui, il n'en doutait pas, oui, il fallait mourir.

— Si ma mère savait que nous partons ensemble, elle me tuerait ! fit brusquement l'enfant en ouvrant de grands yeux. Elle avait si peur que nous nous aimions et voilà ! Je t'aime.

Et voilà, songea-t-il apaisé. Que restait-il à faire ? Quelques lettres confuses, pour expliquer sans rien dire ; une dernière nuit — il ne la toucherait pas. Ensuite un peu de courage suffirait ; pourvu que Bratfisch ait prévu la seringue ordinaire, et la double dose de morphine qu'il avait demandée.

❖

La comtesse Larisch s'était précipitée chez la Vetséra, et avait avoué l'enlèvement. La baronne s'était effrondrée. « Quoi, disait Marie Larisch, il vous la rendra dans deux jours, personne n'en saura rien, où est le drame ? Cela sent un peu sa galanterie, je vous l'accorde ; mais vous la marierez, je vous le jure ! Avec qui vous voudrez, le duc de Bragance ? Bon ! Rodolphe aidera. »

Mais la baronne, en sanglotant, se contentait de répéter : « Vous ne pouvez pas comprendre, c'est affreux, c'est terrible. » Pour en finir avec les gémissements, Marie décida de prévenir le préfet de police, qui, soucieux de respecter les instructions de l'Empereur — surtout, pas de scandale —, la reçut prudemment, sans la croire.

L'affaire était très ennuyeuse ; son autorité ne s'étendait pas aux propriétés impériales, il n'avait reçu aucun ordre particulier, il n'interviendrait qu'au cas, bien improbable, où la famille déposerait une plainte officielle pour disparition. Au demeurant, le Prince-Héritier, dont il ne fallait pas mentionner le nom davantage, était attendu le soir même pour un dîner à la Burg, à l'occasion des fiançailles de l'archiduchesse Marie-Valérie, sa sœur, avec l'archiduc François-Salvator son cousin ; il paraissait douteux qu'il n'y parût point.

Marie Larisch rentra perplexe, la baronne Vetséra était désespérée.

Pendant ce temps, arrivait à la Burg un télégramme du Prince-Héritier, retenu au loin par un gros rhume. Averti, le préfet de police s'affola enfin, apprit l'endroit où se cachait le Prince, et dépêcha un agent à Mayerling, afin de vérifier si l'enfant s'y trouvait aussi. Ce que l'on savait en revanche de source sûre, c'est que le Prince avait invité pour la soirée le comte Hoyos et le Prince de Cobourg. Ce dernier devait quitter Mayerling assez tôt, mais le comte y passerait la nuit.

Personne n'avait vu l'enfant entrer dans le palais, personne n'avait vu non plus sortir l'ombre d'une femme. A coup sûr, elle n'était pas à Mayerling.

A la Burg, commença le dîner de fiançailles, en l'absence du Prince-Héritier. Sa femme Stéphanie lisait à tous le télégramme sur le rhume malencontreux qui l'avait affecté subitement. Personne ne fut dupe ; du moins, croyait-on. Personne ne s'inquiéta ; pas même sa propre mère. L'Impératrice trouvait sa belle-fille affreuse, avec des myosotis tressés dans ses cheveux jaunes, comme d'habitude une horreur.

❖

L'heure serait-elle enfin venue ?

Hoyos était parti se coucher dans l'autre aile du pavillon, après un dîner qu'une première injection avait rendu cordial, assez pour donner le change. La petite était cachée dans la chambre d'en haut ; à table, le Prince avait parlé d'abondance, attentif à traiter ses sujets favoris, l'excès d'impérialisme des Hongrois, l'humiliation des autres peuples ; Hoyos n'avait rien soupçonné. Puis Mary était descendue, pieds nus, une fée légère sur les tapis épais.

L'enfant avait paru songeuse, mais si belle dans les bras de son amant, si tendre, que la mélancolie avait passé comme un souffle léger ; ils avaient bu. Ensuite, elle avait demandé à ce bon vieux Bratfisch de siffler les mélodies viennoises, qu'elle adorait. Bratfisch s'était exécuté brillamment, en bon cocher de fiacre ; Mary avait applaudi, et lui l'avait adorée pour avoir applaudi dans un moment pareil. Puis ils s'étaient retirés dans la chambre du Prince ; elle avait écrit trois ou quatre lettres rapides, d'une main sûre, et s'était dévêtue sans un mot.

Maintenant elle était à ses côtés, un peu crispée, et lui tendait la main avec un regard implorant. Il lui baisa les yeux, le front, et se releva en soupirant, non, petite fille, non

— Une dernière fois, suppliait-elle. S'il vous plaît. Sans cela je ne pourrai pas.

Alors il lui prit les bras et lui parla sérieusement. Elle allait se rhabiller gentiment, et s'en aller, voilà, oui, sans lui, comme une grande fille, et il resterait à Mayerling pour la nuit. Il avait besoin d'être seul. Elle le regardait fixement, les sourcils froncés, soupçonneuse. — Tu ne m'aimais donc pas ! Il lâcha prise.

— Tu ne me dis pas la vérité, fit-elle. Il y a autre chose, je le sens bien. Tu ne m'as même pas embrassée.

Il se força, baisa ses lèvres, se laissa emporter, faillit céder, la repoussa. « Écoute-moi. Tu es trop jeune pour... — Et toi ! fit-elle dans un cri. Non, non, ce sont des mensonges, nous avions décidé pourtant, où est le revolver ? »

Elle était si agitée qu'il la berça longuement. Que lui dire ? Elle pressentait tant de choses... Il essaya d'imaginer leur vie s'ils survivaient ; impossible. Dès l'instant qu'il savait, l'espoir était mort.

Et elle, toute seule, après qu'il eut disparu ? C'était autre chose. Elle pourrait vivre innocemment, marquée par le banal déshonneur d'avoir perdu sa virginité. Oui, l'enfant avait une vie devant elle, il n'avait pas le droit de la sacrifier. Et quand il en arriva à cette certitude, elle soupira en fermant les yeux. « Il est temps maintenant, je suis prête. »

Elle avait l'air si paisible, si tendre... Il se dégagea doucement. « Je reviens dans un instant, non, je ne te quitte pas, dors... »

— Mon dernier sommeil, sourit-elle. Merveille.

Il se fit une seconde injection, dans la salle de bains. L'éblouissement aveuglant courut à travers ses veines, il se releva, aérien. Quand il la rejoignit, elle s'était levée, elle avait trouvé le revolver, et le posait sur sa tempe, le doigt sur la détente...

— Non ! cria-t-il. Pas ainsi !

— Alors, toi, fit-elle résolument en lui tendant l'arme.

— Donne-moi cela, petite fille, murmura-t-il en avançant prudemment. Viens dans mes bras. Mon poussin chéri, mon trésor, je ne veux pas que tu meures, et il baisait ses cheveux, ce n'était pas criminel, le tendre cou, l'épaule nue, où était le mal ?

— Tu m'as dit que ton père interdirait le divorce, chuchota-t-elle. Que jamais nous ne pourrions vivre ensemble. Que notre seule issue, c'était de partager la mort, et de se retrouver dans l'au-delà. Tu l'as dit.

Il la souleva comme une plume, elle lui cogna la tête, avec ses poings serrés, « Tu disais cela, et maintenant je suis prête, tu avais juré ».

— C'était un jeu ! hurla-t-il. Un jeu stupide ! Je voulais voir jusqu'où tu me suivrais.

— Tu mens, répétait-elle, le nez enfoui dans sa veste, je ne suis plus une enfant, je devine les choses, il y a de la malédiction entre nous, il faut s'en aller, je t'aime trop.

— Au lit, petite fille, au lit... Doucement, fit-il en la déposant sur les draps. Écoute. J'ai le double de ton âge.

— Pas vrai ! J'ai dix-sept ans, cela fait treize ans d'écart seulement.

— Tu ne vas pas mourir pour un débauché...

— Débauché, toi ! Le plus doux des hommes !

— Laisse-moi parler...

— Non ! Tu détruis tout.

— Te tairas-tu à la fin ? Je suis syphilitique et drogué, lâcha-t-il d'un trait, durement. Tu n'avais aucun moyen de le savoir. Regarde les traces, au creux du coude, ici, voilà pour la drogue. Et je t'ai infectée, à coup sûr. Ne me dis pas maintenant que tu m'aimes ! C'est impossible.

Les yeux grands ouverts, elle le fixait, sans un regard pour les bras retournés, qu'il montrait.

— Si cela est vrai, alors tue-moi vite, dit-elle dans un souffle. Vite ! Je ne supporterai pas de vivre. Et puis je sens que toi tu vas mourir. Je sais que tu le veux, qu'il le faut, qu'on te l'a ordonné, peut-être... Nous nous ressemblons trop, toi et moi, te souviens-tu que tu m'as dit cela le premier jour ?

Il frémit des pieds à la tête, partagé entre la crainte et la joie, elle était au bord du secret, cette enfant romantique...

— Fais-le, supplia-t-elle. Maintenant. Oui ?

D'un sourire, il acquiesça, désarmé ; elle eut un soupir de bonheur, « Enfin ! ... »

— Regarde bien d'abord, fit-il posément, je vais cacher le revolver sous l'oreiller, pour étouffer le bruit. Tu dormiras, tu ne verras rien, tu ne sentiras...

— Nous avons déjà discuté cela, coupa-t-elle. Voilà, je dors. Je t'aime.

La petite main sur le drap comme une algue, son jeune corps enroulé dans le noir de ses cheveux, les cuisses trapues et fermes, les joues de lait, les lèvres pleines...

— S'il te plaît, murmura-t-elle sans ouvrir les yeux, s'il te plaît...

Elle s'endormit paisiblement.

Quand il vit un souffle régulier soulever la poitrine de Mary, alors, saisi d'un enthousiasme lumineux, il résolut de choisir la rébellion, le scandale, et la vie.

L'inceste n'existait pas ; c'était une invention de son père. Il n'y croyait pas, il n'y croirait plus.

Il préparerait leur départ, et écrirait à tous des lettres d'adieu. Demain, ils franchiraient la frontière de l'Empire, pour ne jamais plus revenir. Ils iraient en France, où l'ami Clemenceau les aiderait ; à Paris on avait trouvé un nouveau traitement pour soigner la vérole, les médecins les guériraient, l'espoir reviendrait...

Il s'installa devant son secrétaire, et commença à rédiger les lettres pour les femmes. La sienne, et puis sa mère. Il ne put s'empêcher de laisser s'enfuir à travers les mots une ombre de secret, il écrivit qu'il ne pouvait plus vivre — une demi-vérité. Il était vrai qu'il ne pouvait plus vivre ainsi, avec elles. Il écrivit aussi qu'après leur mort, il désirait Mary à ses côtés. Réunis dans la même tombe, à Heiligenkreuz, loin de la crypte des Habsbourg.

Ce sacrilège, il le voulait. Habsbourg, il cesserait de l'être à l'instant précis de sa fuite. Il n'avait pas sa place au caveau officiel ; à cette idée, il en avait la nausée. Avec eux tous...

Les lettres étaient presque terminées. Avec un soin jaloux, il les voulut cruelles, irrémédiables. Sa fugue était comme une mort qu'il voulait leur infliger à tous, parents, amis, et son inaccessible mère. Jusqu'à l'aube, il hésita encore, prenant le revolver, le braquant sur Mary endormie, le reposant, sans se résoudre au geste définitif.

A six heures, il s'en fut voir son valet, qui leva un œil inquiet.

— Prépare la voiture pour huit heures, et viens m'éveiller dans une heure, fit-il en s'étirant. Puis il retourna dans sa chambre en sifflotant.

En sifflotant, il saisit son miroir à main, étudia l'orientation du poignet armé du revolver, posé sur la tempe, une affaire trop compliquée. Se tuer, quelle blague !

Non, l'exil, la vie, et si Dieu le permettait, le bonheur enfin, la santé, peut-être... Le moment était venu de réveiller Mary, qui soupirait dans son sommeil d'enfant.

C'est alors seulement qu'il entendit des pas furtifs dans le couloir, et des murmures.

16

« UN SENSIBLE APLATISSEMENT DES CIRCONVOLUTIONS CÉRÉBRALES, ET UNE DILATATION DES VENTRICULES »

Par la fenêtre ouverte entre la plainte des lilas
Dont l'odeur étouffante insiste
Il adorait ces fleurs, le mort
De leur douce haleine, elles ont voulu le remercier
Et cette buée tendre enveloppe le corps
Elle s'insinue dans les sombres cheveux
Sans l'ombre du moindre péché
Elle exprime la douceur de toute sa floraison
Elle donne au mort tout ce qu'elle peut en effluves
Et il sourit, sourit, suave et tranquille.

Elisabeth

Les jours de grand froid, sur le chemin du Ball-hausplatz, Franz s'arrêtait devant la mairie, et achetait une saucisse blanche qu'il dégustait en marchant jusqu'au ministère, avec de la moutarde. Ôter les gants fourrés, se réchauffer les doigts, laisser l'air gelé glacer les lèvres, puis mordre la chair brûlante... L'une des joies de ce monde.

C'était justement un matin de givre, l'un de ces matins bleus où l'on pouvait glisser sur le verglas, et se briser les jambes. En ouvrant la porte, Franz songea à sa saucisse, et se mit en devoir de trottiner à petits pas prudents, jusqu'au tramway de Schönbrunn. Les autres en faisaient tout autant, quoique...

Par petits groupes, ils s'attroupaient ici ou là. Quelques vieilles femmes sortaient leur mouchoir et se tamponnaient les yeux ; les hommes hochaient la tête, l'air grave ; le cœur de Franz se serra. Ce n'était pas la guerre, pourtant, le glas ne sonnait pas ; un malheur ? L'Empereur ? Elle ? Et ce silence...

Le Prince-Héritier, l'archiduc Rodolphe, venait de mourir subitement. Une apoplexie, due à une rupture d'anévrisme. A Mayerling, murmurait-on, mais ce n'était pas officiel.

Mayerling ! Où était-ce donc, déjà ? On ne savait plus trop. Un château qu'il avait, quelque part dans une forêt, près de Vienne, disait-on. Qu'était-il donc allé mourir si loin de sa famille ? Une apoplexie, à son âge ! Un désastre de fin du monde. On murmurait des prières, notre pauvre Empereur, qu'allons-nous devenir ? Qui héritera ? Un Prince si jeune et si beau ! Son malheureux père...

Pour sa mère l'Impératrice, pas un mot. « Elle n'existe pas », songea Franz. D'ailleurs, était-elle seulement à Vienne ? De quel pays lointain s'apprêtait-elle à revenir à tire-d'aile pour contempler le corps de son fils mort ?

La rumeur se confirmait. Elle venait de la Compagnie des Chemins de Fer, qui avait dû arrêter un train aux petites heures de la nuit pour y laisser monter le comte Hoyos, lequel avait apporté la nouvelle, que la police ne connaissait pas encore. Le comte Hoyos était un ami du Prince-Héritier, et c'est lui qui, à Mayerling, l'avait trouvé mort sur son lit, d'apoplexie.

— Apoplexie, apoplexie, à d'autres, bougonna un bourgeois emmitouflé. Coureur comme il était, ce serait une histoire de femmes que je n'en serais pas autrement surpris.

On le fit taire, vous n'avez pas honte, dans un moment pareil ? « Bah ! répliqua-t-il, vous verrez ! » « C'est vrai, reprit un jeune homme, à son âge, mourir du cœur, ce n'est pas naturel. » « Mais tout le monde sait qu'il se droguait, aussi ! siffla quelqu'un, les poulettes, la morphine, l'alcool, tout ! » « Taisez-vous, jeta une jeune femme indignée, vous insultez l'Empereur, songez à la princesse Stéphanie, à sa douleur ! » « Oh, la Princesse, il la cocufiait tous les soirs, moi je l'ai vu souvent en calèche, avec sa maîtresse. » « Laquelle ? coupa une voix. La Mizzi, cette pute, ou la petite nouvelle ? Et pour ce qui est de la Princesse, elle ne l'aimait pas. Il était malheureux. » « Sans compter qu'il n'avait pas les idées de son père sur l'Empire », chuchota quelqu'un qui tourna aussitôt les talons.

Franz secoua les épaules en frissonnant. L'image du jeune Prince lui traversa la mémoire. Un vieil adolescent un peu dégingandé, renversé sur sa chaise, les épaules couvertes d'une fourrure de loup, et qui riait comme un enfant. Un prince qui se grisait dans les guinguettes, et qui aimait le peuple, un homme de bien, épris de liberté, l'œil rêveur et doré, l'air un peu asiatique, avec une sorte de langueur souple héritée de sa mère, un idéal dans le regard. La passion dans sa voix. « Il faut libérer nos peuples, aller vers l'avenir, réformer, réformer, aller vers un océan de lumière », disait-il en inaugurant l'exposition sur l'électricité, et il serait mort bêtement, en deux minutes, d'apoplexie ?

Quand il entra dans le bureau, Attila fixa Franz avec accablement, Willibald se précipita, le prit par le bras, chuchota à son oreille : « Surtout n'en dis rien, le Prince n'est pas... ce n'est pas ce qu'on dit, enfin, on ne sait pas encore, un coup de fusil... »

— Quoi ! cria Franz.

— Mais tais-toi donc, reprit Willibald, secret d'État, le ministre est à la Burg, le corps revient de Mayerling, on ne sait pas exactement, peut-être un garde-chasse, la jalousie, enfin c'est un drame affreux, l'Empereur est effondré...

— Et elle ? murmura Franz.

— Elle qui ? L'Impératrice ? Toujours ton obsession, hein ? Il paraît que c'est elle qui a appris la nouvelle en premier, mais le Prince s'était disputé... Avec l'Empereur... Et puis il est parti comme un fou, alors, tu comprends... Il a la tête éclatée, on dit.

— Un assassinat ? souffla Franz.

Willibald le regarda sans mot dire, et se plongea dans ses papiers.

— Qu'est-ce que c'est, Mayerling, au juste ? demanda Franzi brusquement.

— En plein cœur de la forêt viennoise, grommela Willy. Le Prince y avait un pavillon de chasse, avec des appartements séparés, un pour sa femme, un pour lui. Mais elle n'y venait jamais ; alors...

— Alors il y emmenait ses conquêtes, conclut Attila.

— Un attentat, reprit Franz dans le silence. Ou bien...

— Version officielle : apoplexie, grinça Willibald entre ses dents. Tu verras que cela ne tiendra pas deux jours.

Franz s'assit devant sa table, les mains tremblantes. Il venait de se souvenir de la bizarre et précise sensation qu'il avait éprouvée en voyant le regard perdu du jeune Prince, le soir où il était venu à Nussdorf écouter les Schrammel, en goguette.

L'Empire n'avait plus d'héritier. L'Empire n'avait plus d'espoir. L'Empereur était trop vieux pour entreprendre les réformes, et elle...

Soudain, il l'imagina dans un noir éternel. Debout, le regard fixe, de jais et de larmes qu'elle ne saurait jamais verser.

❖

— Allons, plus vite que ça, gronda l'Oberinspektor. Il ne s'agit pas de faire du sentiment. Il va falloir la rajuster.

Le corps nu gisait sur une table, dans la cuisine du

318

pavillon, à Mayerling. Les membres de la commission officielle avaient identifié la petite morte, et s'en étaient allés sans la toucher. Par la bouche entrouverte le sang avait coulé sur les seins bleuissants et la peau blême. L'une des mains serrait encore un mouchoir, l'autre tenait la tige d'une rose aux pétales disparus. Noyée dans de longs cheveux, la tête sanglante avait gardé les yeux ouverts. Les globes sortaient de leurs orbites comme d'effroyables tumeurs ; le regard fou, la morte semblait accuser l'univers. L'Oberinspektor s'épongea le front et serra les dents.

L'un des policiers se pencha et, d'un geste, voulut attraper les paupières pour fermer les yeux.

— Non ! cria l'Oberinspektor. Il faut qu'elle ait l'air vivante. Laissez-moi cela. Et puis vous voyez bien que c'est impossible. Les lingeries, là, sur le fauteuil.

Les policiers hésitants tenaient les dentelles froissées à bout de bras, l'Oberinspektor soupira. D'abord le caraco ; puis le corset ; le plus dur fut le long caleçon de broderie anglaise, il fallut écarter les jambes raidies, cacher la toison frisée. La robe passa sans trop d'efforts. Ne resta plus que le manteau.

— Tenez, la houppelande, là. Fourrez-la dedans. Allons !

Les policiers soulevèrent le cadavre et le hissèrent à la verticale. Avec des gestes gauches, ils l'enveloppèrent dans la fourrure, le corps glissa, tomba.

— C'est qu'elle est déjà roide, murmura le plus vieux. Comment va-t-on faire ?

— Recommencez, tenez-la bien. Bon. Maintenant, pliez. Pliez ! fit-il d'une voix pressante.

— On ne va pas la casser, tout de même, murmura l'autre.

— Va falloir l'installer dans le cabriolet, souffla le premier à voix basse, allez, force avec moi, pas le choix, mon vieux.

Le corps céda, les os craquèrent, la tête tomba vers l'avant, et vomit un peu de sang noir. L'Oberinspektor jura ; il ne manquait plus que cela, « Ne la lâchez pas, surtout ! » cria-t-il.

— Enlevez-moi cet anneau à sa main, murmura-t-il. Ah ! Le chapeau. J'allais oublier le chapeau. Redressez la tête...

Le feutre noir s'enfonça sur les cheveux poisseux de sang séché. Maintenue debout, avec ses yeux de folle, la morte fixait un ciel absent. L'Oberinspektor lissa furtivement les cheveux, ébouriffa la plume d'autruche sur le chapeau, et soupira.

— Messieurs Stockau et Baltazzi sont-ils arrivés ? demanda-t-il. C'est à la famille qu'il revient d'enterrer... cette chose-là.

— Depuis déjà un bon quart d'heure, répondit l'un des policiers. J'ai entendu le fiacre.

L'Oberinspektor alla ouvrir la porte.

— Vous pouvez entrer maintenant, messieurs, cria-t-il à la cantonade. Tout est prêt.

Deux hommes en redingote sombre pénétrèrent dans la cuisine. L'un d'eux, pétrifié, s'appuya contre le mur ; l'autre, muet, étouffa ses sanglots avec sa main gantée. Les policiers soulevèrent le cadavre et le posèrent devant eux, en soutenant la tête par la nuque.

— Messieurs de la famille, scanda l'Oberinspektor, à vous de la transporter jusqu'à la voiture. N'oubliez pas : votre nièce est vivante. Vi-vante, vous m'entendez ? Ce sont les ordres.

La morte tomba dans les bras de ses oncles.

— Tenez, prenez cette canne aussi, vous en aurez besoin, ajouta rudement l'Oberinspektor.

— Pourquoi faire ? s'étonna le premier policier. Puisqu'elle sera assise.

— Pour la faire tenir, pardi ! Ils vont l'attacher. Dans le dos, chuchota le second.

Les oncles de la morte portèrent le corps cassé, les cheveux balayaient le sol, le chapeau glissa, les policiers le ramassèrent, la bouche lâcha encore un peu de sang qui tomba sur la neige, le silence étouffait les pleurs, les deux hommes grelottaient d'effroi. Leurs mains tremblaient si fort que l'Oberinspektor dut ficeler lui-même la canne sur le dos de la morte.

— Montez, et ne la lâchez pas, messieurs, fit-il.

A la faible clarté des lanternes, on ne voyait plus dans le fiacre fermé qu'une silhouette assise entre deux hommes, une créature en chapeau dont la tête dodelinait comme si elle était ivre. L'Oberinspektor recula. « A Heiligenkreuz, vite ! » cria-t-il brusquement. Le cocher lança les chevaux, et la voiture s'enfonça dans la nuit.

L'Oberinspektor rentra dans le pavillon et claqua la porte. Dehors, les deux policiers effaçaient les traces du sang sur la neige, à coups de bottes.

— Sale boulot, souffla le premier policier en ôtant son képi. Plier un cadavre, moi je n'ai jamais vu.

— Elle a assassiné le Prince, tu sais bien, fit l'autre.

— Tu y crois, toi ? Elle se serait défoncé le crâne toute seule, mais continue ! Va donc ! Gobe-mouches !

— Que j'y croie ou non, personne n'ira me demander mon avis, et puis je ne veux pas trop comprendre. Pour qu'on la traite aussi mal, il faut qu'elle soit bien criminelle, voilà ce que je sais.

— A moins qu'elle n'ait rien fait. Ou c'est le Prince qui l'a arrangée, ou alors...

Il se tut aussitôt, regarda autour de lui, mais rien ne bougeait que les arbres sous le vent glacé.

— C'est égal, murmura l'autre, j'aimerais bien savoir son nom, au moins.

— Ça, je peux te le dire, vieux. Je l'ai vue passer un soir, à l'entrée d'un bal. La petite Vetéra, Vestéra... Vetséra, j'y suis.

— Cela ne me dit pas son prénom, reprit l'autre. Pauvre enfant.

— Pas de sentiment ! coupa le premier policier. Le chef l'a dit. Vaudrait mieux oublier. A Mayerling il n'y avait personne. Juste le Prince. Apoplexie. Affaire classée.

— Tu parles, fit l'autre.

❖

En apprenant la nouvelle, Anna avait pleuré.

Avec le Prince-Héritier disparaissait l'espoir des libéraux ; l'Empereur ne changerait jamais rien. Les pangermanistes et l'abominable Schönerer avaient perdu leur pire ennemi ; les juifs leur meilleur soutien. En voyant les larmes de sa mère, la petite Emmy avait décrété qu'elle aussi assisterait aux funérailles officielles. Quand ? On ne savait pas. La ville se drapa de noir.

Au soir du 30 janvier, la 𝔑eue 𝔉reie 𝔓resse évoquait à mots couverts un coup de feu mortel. La 𝔑eue 𝔉reie 𝔓resse fut aussitôt saisie.

Willibald triompha ; il en tenait toujours pour son histoire de garde-chasse jaloux, qui aurait vengé son honneur d'un coup de fusil ; certains prétendaient même qu'on avait retrouvé le Prince privé de ses deux mains, coupées à coups de hache. Et si l'enterrement tardait, c'était parce qu'on les cherchait vainement, les mains du Prince. Attila prétendait qu'on avait trouvé sur le lit un cadavre de femme.

— Justement ! Celle du garde-chasse ! criait Willibald. Vous voyez bien !

...Mais on n'était pas sûr de l'identité de la morte. Le 𝔚iener 𝔗agblatt insinua qu'au cours d'une orgie, des braconniers auraient tiré, par accident. Les débauches du Prince-Héritier couraient les cafés depuis longtemps ; bientôt on parla de plusieurs femmes, des créatures, voire des fillettes, dont l'une serait morte.

Attila triompha à son tour. Les bruits les plus étranges couraient sur la cousine du Prince, la comtesse Larisch, à qui l'Impératrice aurait brusquement fermé sa porte ; cependant la maîtresse officielle du mort, la belle Mizzi Caspar, était bien vivante, et Franz se demandait qui était l'autre femme, celle de Mayerling...

— Je ne sais pas, répétait Attila. Mais ce dont je suis sûr, c'est qu'on a trouvé une femme morte. D'un coup de fusil.

— Le garde-chasse ! insistait Willibald. Logique !

— Et s'il s'était suicidé ? murmura Franz.

L'idée souleva des tempêtes. Le beau Rodolphe, suicidé ? Quand il avait en main le destin de l'Empire, quand toutes les femmes lui faisaient les yeux doux, et qu'il avait des enfants ravissants ? Est-ce qu'on se tue à trente ans, sans raison ?

— Il est vrai qu'il avait attrapé la maladie, admit Willibald.

— On n'en meurt pas toujours ! fit Attila.

— Drogué, aussi ; opium, morphine, on sait cela, ajouta Franz. Il avait beaucoup maigri ces derniers temps. Et puis sa femme le haïssait.

On ne parlait guère de la Princesse belge, dont les mines guindées et le regard boudeur ne suscitaient pas la sympathie, même en cette pénible occasion. Willibald croyait savoir que l'Impératrice l'avait durement mise en cause : la vraie coupable, c'était elle. La revêche Stéphanie n'aurait pas assez aimé son époux, et...

— Voilà, dit Franz avec calme. Et il a mis fin à ses jours. A moins que...

❖

Pendant la matinée du 1er février, Attila prétendit que le ministre télégraphiait beaucoup au Vatican. L'hypothèse émise par Franz gagna du terrain : pour impliquer le Vatican, il fallait de sérieuses raisons, peut-être une dispense...

Franz remarqua de son côté de mystérieux échanges avec Paris. Les liens du Prince avec la France passaient par le journaliste Moritz Szeps, le beau-frère de Georges Clemenceau. Mais de cela, Franz ne dit rien à ses amis.

Il imagina un complot pour renverser François-Joseph, un lien secret entre le Prince et Clemenceau, dont il avait entendu parler sous le manteau. On disait qu'ils étaient tous deux francs-maçons, qu'ils avaient préparé un coup d'État pour en finir avec la monarchie, et proposer une République dont le Prince serait le président. Une affaire si terrible qu'on aurait préféré faire disparaître le jeune homme, mais à la simple idée de poser un nom sur l'auteur de l'assassinat, Franz suffoquait.

« On », qui ? Il n'y avait que deux solutions : si le

complot avait été découvert, Clemenceau, ou... Est-ce qu'un père oserait donner l'ordre de tuer son fils ? L'idée le torturait.

Le 31 janvier s'acheva sans que l'on connût la date de l'enterrement. Les esprits s'échauffèrent. On parlait d'un embaumement fait pour dissimuler les traces du coup de feu, que personne ne mettait plus en doute. Le premier communiqué, celui de l'apoplexie, avait sombré dans l'oubli.

Au matin du 1ᵉʳ février, le 𝔚𝔦𝔢𝔫𝔢𝔯 𝔷𝔢𝔦𝔱𝔲𝔫𝔤 transmit la deuxième version officielle, qui faisait état d'une « agitation nerveuse pathologique » et d'un « accès momentané de trouble mental ». Pour faire bonne mesure, le journal rappelait que Son Altesse Impériale et Royale se plaignait depuis quelques mois de maux de tête dus à une chute de cheval. Le terme de suicide n'apparaissait nulle part.

— Mais cela va suivre. La folie, bien sûr ! s'écria Willibald. Le sang des Wittelsbach, Franzi ! Tu avais raison, c'est un suicide !

Franz, qui songeait à Clemenceau ou bien à l'Empereur, ouvrit la bouche et se ravisa.

— Pas besoin d'être fou pour choisir de mourir, souffla-t-il. Il suffit d'être désespéré.

Le 2 février, le 𝔚𝔦𝔢𝔫𝔢𝔯 𝔷𝔢𝔦𝔱𝔲𝔫𝔤 publia le compte rendu de la nécropsie, pratiquée par le docteur Hofmann, conseiller aulique et professeur de médecine légale, le docteur Kundrat, chef de l'Institut Anatomopathologique, et le professeur Widerhofer, médecin ordinaire du Prince-Héritier. L'article cinq précisait que Son Altesse Impériale s'était tiré un coup de feu au-dessus de l'oreille gauche ; la mort avait été instantanée. « La dépression digitiforme des surfaces antérieures des os du crâne, le sensible aplatissement des circonvolutions cérébrales... »

— ... et la dilatation des ventricules du cerveau, mais

qu'est-ce que ce jargon-là, grognait Attila. On n'y comprend rien !

— Attends, dit Willibald... « autant de phénomènes pathologiques qui accompagnent d'ordinaire un état mental anormal... » Ah ! Voilà le fin mot. Aliénation mentale. Obsèques religieuses le 5 février ; tout est dit.

— Tu crois cela, reprit Attila. Il paraît que dans un journal de Munich, on dit que certaine petite baronne, une dénommée Mary Vetséra, s'est suicidée à Mayerling. Juste le jour de la mort de notre Prince.

— Toute seule ? enchaîna Franzi, songeur.

❖

Le journal munichois fut à son tour interdit. Les théâtres fermèrent ; les bals furent suspendus. On voila de crêpe les fenêtres, et de longues oriflammes noires barrèrent les immeubles neufs sur le Ring, la grande artère majestueuse qui courait autour de la Burg, où l'on avait ouvert une chapelle ardente. Veillé par des officiers sabre au clair, le Prince-Héritier reposait sous un crucifix géant. L'ordre était revenu. Au ministère, on parlait exclusivement du protocole. A l'exception du couple royal de Belgique, l'Empereur avait refusé la présence des Rois et des Princes, même celle de Guillaume II.

— Voilà qui aurait plu au Prince, remarqua Attila. Lui qui détestait l'Allemagne !

— Mais ce n'est pas un enterrement ordinaire, reprit Willibald. Sans les monarques !

— Ce n'est pas non plus une mort ordinaire, conclut Franz.

Ils voulurent se recueillir devant le corps du Prince, mais la foule était si dense qu'il fallait attendre deux heures ; ils renoncèrent. Le jour de l'enterrement arriva.

Un peu avant midi, Franz emmena sa femme et sa fille devant l'entrée de l'église des Capucins, sur le côté. Anna aurait préféré la place des Héros, plus majestueuse, mais

Franz n'en démordit pas. « En souvenir de ma mère »,
marmonna-t-il. « Là, et nulle part ailleurs. »

Ainsi, il allait la revoir sous des voiles de deuil. Masquée de noir, comme au bal. Il ne doutait plus, c'était
elle ; sinon, comment expliquer cette compassion à elle
seule dédiée, ce partage du chagrin qui lui étouffait le
cœur ? Et comme au premier son du bourdon de Saint-
Étienne ses larmes se mirent à couler, sa fille Emmy, par
contagion, se mit à sangloter, le nez dans son mouchoir.

Puis la petite se plaignit d'avoir faim. Le cortège était
prévu pour seize heures. Franz courut acheter ses chères
saucisses blanches, et rapporta du vin chaud ; les mar-
chands ne chômaient pas. Les joues rosies par le froid,
Emmy dévora sa *Weisswurst* avec délectation. La
lumière se fit plus brève.

Au coucher du soleil, les cloches se mirent à sonner.
Interminablement tombait le glas sur Vienne. Les grands
lippizans blancs, harnachés de plumets noirs, n'allaient
pas tarder à s'ébranler. Et derrière le catafalque, elle
marcherait à pas lents au bras de l'Empereur.

Agenouillée sur le velours du prie-Dieu, l'Impératrice
regardait fixement le Christ crucifié sur l'autel d'or dans
la chapelle impériale, à la Burg. A ses côtés, la Chérie
pleurait sans retenue ; l'affreuse Stéphanie marmonnait
un peu plus loin. Elle, rien. Pas une larme.

A cet instant précis, le corps de son fils quittait la
place des Héros ; le catafalque des Habsbourg avançait
lentement vers la place du Marché. Elle aurait pu décrire
chaque pas des chevaux sur chacun des pavés, sentir la
moindre secousse jusque dans le cercueil. Lui, seul, trois
pas derrière, tête nue, Lui, qui l'avait suppliée de ne pas
être là, accompagnait son fils dans son impériale solitude.

Que lui importaient les chars, les ornements ? Marcher dans les rues de Vienne, afficher sa douleur, retenir
les longs voiles obligés, se tenir debout, en mère éplo-
rée ? Elle n'avait pas protesté. Prier, elle ne pouvait pas.

La pieuse Marie-Valérie prierait pour deux, voilà tout. Prier, non. Respirer, se vider l'âme, impossible. Pleurer, hélas, une fois pour toutes, elle l'avait fait, d'un coup.

Pas aussitôt. Quand la porte s'était ouverte elle avait ployé les épaules, elle n'aimait pas qu'on la dérange. Non, elle n'avait rien pressenti. Elle qui avait tant de goût pour les superstitions, et qui se croyait voyante ! Elle à qui les tziganes rendaient les armes, elle n'avait déchiffré aucun signe, rien ne l'avait alertée ! Ce matin-là, elle prenait sa leçon de grec ; c'est dire. Savait-elle seulement où se trouvait son fils ? Quelque part dans les bras d'une femme, vautré sur des draps en désordre. Non, elle ne s'était pas inquiétée.

C'est en tournant la tête qu'elle avait aperçu, dans le regard du comte Hoyos, une indescriptible panique. Elle avait froncé le sourcil, songé d'abord à l'Empereur, un accident, un attentat, mais Hoyos avait fait deux pas tremblants, elle s'était dressée toute droite, et le professeur de grec s'était levé, blême. Avant qu'Hoyos ait pu ouvrir la bouche, elle avait compris.

Prévenir l'Empereur. Ce fut sa première, son unique pensée. Était-ce même encore une pensée ? A peine. Elle avait marché, marché en tous sens, comprimant avec la main un cœur étrangement insensible, comme si une fine blessure l'avait anesthésié. Elle lui parlerait, un devoir. D'une voix brève elle s'était d'abord assurée que la Schratt attendait son impérial amant dans la suite d'Ida, comme chaque jour ; ensuite seulement elle avait demandé qu'on allât chercher l'Empereur. Il était arrivé, de son pas élastique, sans méfiance.

Il l'avait regardée de son bon regard bleu, son regard d'âne doux, un peu en dessous, avec une esquisse de sourire vite évanoui. Elle s'appuyait sur la haute poignée de la porte et mit à la fermer un temps infini. Elle l'avait serré dans ses bras, à peine s'il semblait surpris. Ils n'avaient presque rien dit, « mon fils », murmurait-il, « mon pauvre fils », et elle ne parvenait pas à pleurer. Le vide.

Puis elle l'avait doucement poussé jusqu'aux appartements d'Ida, où Kathy Schratt, dûment prévenue, accueillit les pleurs de l'Empereur. D'un pas un peu plus raide, elle était revenue dans sa chambre ; c'est alors qu'avec ménagements on lui avait appris qu'à Mayerling son fils n'était pas seul. Le médecin jurait qu'au chevet du lit, il avait repéré un verre où l'on avait bu, de la strychnine, sans doute, administrée par une fille. Elle l'avait cru sans réfléchir.

Au souvenir de la suite elle eut un vertige.

❖

Les lippizans à l'arrêt soufflaient une buée chaude. De là où il était, non loin des marches, Franz ne voyait presque rien : le dos d'un laquais en livrée noire, et qui tenait un cierge immense, les guirlandes d'ébène sculptées sur le rebord du catafalque des Habsbourg, et s'il levait les yeux, les plumets sombres des chevaux contre le ciel, près des toits neigeux. Il fallait attendre. Le cercueil frappé d'une croix de métal sortait du funèbre équipage, porté par les officiers au pas morne. Leurs majestés allaient suivre.

En se tordant le cou, Franz aperçut le vieil Empereur, tête nue, une femme à son bras, pliée par la douleur, invisible sous d'épais voiles endeuillés. Les princesses n'étaient pas là. Derrière eux, le Roi des Belges montait lentement les quatre marches des Capucins. Un murmure parcourut la foule, notre pauvre Impératrice, une houle plaintive devant la femme en noir, rabougrie, vieillie, grossie...

Franz ne la reconnut pas.

Un laquais se retourna d'un coup, et chuchota d'une voix pressée : « Ce n'est pas l'Impératrice, c'est la Reine des Belges. » La Reine des Belges, reprit le murmure en cadence, mais où est l'Impératrice ? « Écrasée de douleur, elle prie, sans doute. » « Pauvre femme ! » « Sa fille est avec elle, puisqu'elle n'est pas là non plus. » « Et les autres ? » « Quels autres ? L'empereur d'Allemagne n'est même pas venu. » « Rien d'étonnant ! » « Assez ! fit enfin quelqu'un. Silence ! »

Franz respira à grands traits. Il ne l'avait pas reconnue, et c'était naturel, puisque ce n'était pas elle. Anna lui serra le bras. « Que le ciel nous épargne cette épreuve, mon Franzi » souffla-t-elle en regardant Emmy.

Les archiducs entrèrent à leur tour. Les massives portes de fer se replièrent. L'absoute commençait.

❖

...Ensuite, l'Impératrice ne pouvait l'oublier, cette femme avait forcé sa porte.

Cette Vetséra, la mère, elle qui déjà à Gödöllö s'était jetée dans les bras de Rodolphe. A genoux, les mains tordues, le visage luisant de larmes obscènes, la baronne avait supplié qu'on lui rendît sa fille. Soit, le Prince l'avait enlevée, disait-elle, mais si elle revenait, on pourrait la marier, elle serait discrète, et les mots coulaient de la bouche fardée.

La baronne ne savait rien encore.

Prise de compassion, elle avait regardé cette femme à ses pieds, et l'avait relevée par les coudes. Pour la deuxième fois elle avait rempli son office de messagère, et annoncé la catastrophe. « Soyez courageuse, madame, votre fille est morte » avait-elle murmuré. La Vetséra s'était effondrée en hurlant « ma belle enfant, ma chérie ! » et elle, très droite, n'avait pas supporté cette indécence.

— Mais savez-vous, baronne, que mon Rodolphe est mort aussi ?

La Vetséra s'était arrêtée tout net, une main sur la bouche, le regard fixe. Puis elle avait gémi : « Elle n'a pas fait cela, non ! Elle n'a pas fait cela... »

La baronne croyait donc sa fille capable de ce crime ! L'Impératrice l'aurait tuée, cette traînée aux chairs molles, cet édredon de douleur, sans respect, sans pudeur... Les deux Vetséra, ces fléaux ! La mère avait couché avec le Prince, la fille l'avait empoisonné, c'en était trop. Qu'elle sorte !

— Pour tous, le Prince est mort d'apoplexie, avait-elle coupé sans pitié. Sachez-le bien.

La Vetséra s'était retirée à reculons, en marmonnant des mots sans suite où la terreur se mêlait à l'angoisse. Elle était restée seule, et brusquement, en pensant au dix-cors blanc de Potsdam, elle avait cassé un verre sur la table, entre ses doigts.

❖

Le lendemain, elle apprenait qu'un double coup de feu avait mis fin aux jours du Prince-Héritier et de la baronne Mary Vetséra. Le Prince avait tué la fille d'abord, d'un coup dans la poitrine, ensuite il s'était tiré un deuxième coup dans la tempe, avec un miroir pour mieux guider le coup ; la tête avait éclaté.

Son fils était un assassin, mais elle n'en croyait rien. Puis on lui avait donné la lettre : « Pour ma mère ». Il l'avait écrite juste avant de mourir. Il ne se sentait plus digne de sa fonction ; il voulait qu'on l'enterre aux côtés de la petite, à Heiligenkreuz. Loin des Habsbourg.

Elle avait vaguement souri : c'était bien de lui, il était son fils, elle en ferait autant si d'aventure un jeune ange croisait sa route. Ainsi, Rodolphe l'avait tuée, et s'était ensuite tiré une balle dans la tempe. Elle ne le croyait toujours pas.

Elle ne l'avait pas vu encore. La lettre au bout des doigts, elle avait pensé que l'Empereur seul était le coupable. Cette scène affreuse entre le père et le fils, huit jours plus tôt, un mois après Noël, on avait fini par la lui raconter : le fils était sorti pâle de fureur, et le père, pour une fois, s'était mis en colère, une colère qui ne désarmait pas. Ni l'un ni l'autre n'avait voulu parler. Rodolphe était capable d'avoir voulu fuir en Hongrie, pour s'y faire couronner à la place de son père, ses amis étaient prêts — c'est ce qu'on murmurait aujourd'hui, dans les couloirs. Aujourd'hui seulement, quand il était trop tard. Et si... L'affreuse pensée ne la quittait plus.

L'Empereur avait souhaité voir le corps de son fils avant elle. A midi, elle était entrée à son tour dans la chambre funéraire. Rodolphe avait un bandeau blanc sur le front, mais le visage, intact, lui souriait. D'un sourire qu'elle ne connaissait pas, ébloui, serein, immuable. Son cœur s'était desserré, elle avait posé ses lèvres sur les joues de givre, et n'avait pas eu peur.

Eh bien oui ! Son fils était mort, il s'était suicidé. En homme libre. Simplement, elle avait été prise d'un grand froid. Un corset de glace. Marie-Valérie, flanquée de son petit fiancé, s'était mise à sangloter. Alors elle avait glissé au pied du lit, longtemps, lissant le drap tendu. Sans un pleur.

Les larmes étaient venues soudain lorsqu'elle avait aperçu Erzsi, la fille de Rodolphe, le soir, au dîner. Si petite... La glace avait fondu d'un coup, comme un dégel de printemps ; les sanglots n'avaient pas cessé pendant une heure. Puis la fillette était partie se coucher, elle était revenue dans sa chambre. Son regard avait attrapé dans le miroir l'image d'une vieille femme aux yeux gonflés. C'était justice.

Depuis cet instant la glace l'avait reprise, et les remords.

❖

Trois jours plus tard, plus personne dans la ville n'accordait le moindre crédit à la thèse du suicide. Les légitimistes se battaient pied à pied, défendaient l'Empereur, innocent de la folie de son fils, argumentaient avec les lettres de Rodolphe, écrites à Mayerling avant le fatal coup de feu, à sa mère, à son épouse, à ses amis.

— Et alors ? leur répondait-on. Les avez-vous lues, ces lettres ? Un ami de vos amis vous a dit que... Ce n'est pas suffisant. Si la Cour affiche le suicide, c'est qu'il s'agit d'autre chose. Forcément.

On connaissait peu la fille morte à Mayerling, une débutante, remarquée dans les carnets mondains, mais si jeune qu'on pouvait à peine évoquer le brillant de ses yeux, sa carnation parfaite, et le lourd passé galant de sa mère, une familière de l'Impératrice, plutôt mauvais genre, en somme. L'adolescente avait un tempérament de feu, pour s'être donnée ainsi à son amant princier, à dix-sept ans, après trois semaines !

Trois jours seulement, entendait-on partout. Et jalouse comme une tigresse. Le bruit s'était répandu qu'avant de partir à l'aube pour Mayerling, le Prince avait passé la nuit avec la Mizzi. La petite en aurait pris ombrage, et dans un geste de fureur, elle aurait châtré le malheureux Rodolphe, à coups de rasoir. D'autres prenaient sa défense : en fait, elle était enceinte. « Allons donc, vous n'y pensez pas ! Après quelques jours ? » « Si, si, enceinte, une menace intolérable, on l'a supprimée ! » « Et lui ? » « Ah, lui, eh bien, lui aussi. »

La police s'évertuait à interdire la presse. Au Ballhausplatz, ordre fut donné de démentir avec la dernière énergie tout ce qui ne relevait pas du communiqué officiel.

— Stupide, fit Attila ; voudrait-on confirmer le mensonge qu'on ne s'y prendrait pas autrement

— Aussi, ces rumeurs ! s'indignait Willibald. Encore ces sales juifs !

Et comme Franz s'était dressé d'un bond, Willy ajouta en toute hâte : « Je ne dis pas cela pour Anna, Franzi, bien sûr, Anna, c'est autre chose, et puis surtout c'est ta femme. »

Franz s'était rassis, Willibald l'avait embrassé, un mauvais silence était né. « De toute façon, avait conclu Attila, motus ! Ce sont les instructions. »

❖

Dans les cafés, on commençait à s'intéresser à la cousine du Prince, la Larisch, une drôlesse. A en croire les mieux informés, elle aurait servi d'entremetteuse entre Rodolphe et la petite, contre de l'argent, bien sûr, qu'il lui aurait donné. Et comment avait-on pu laisser s'introduire à la Cour cette intrigante de rien du tout, la fille d'une simple actrice ? Certes, son père était de Bavière, petite noblesse — frère de l'Impératrice, d'ailleurs. Il était tombé follement amoureux d'une comédienne, qu'il avait voulu épouser, à tout prix. Mariage morganatique — peuh ! Des gens de rien. Or qui donc s'était entiché de Marie Wallersée, qui l'avait mariée au comte Larisch, qui passait le plus clair de son temps avec elle ? Qui avait autorisé la baronne Vetséra, la mère, à participer aux chasses à Gödöllö ? Qui enfin avait transmis au pur sang des Habsbourg, à ces animaux de race, un sang morbide et fou, le sang des Wittelsbach ?

Elle. Tout partait d'elle et revenait à elle. Oh ! Personne n'allait jusqu'à mettre en cause l'Impératrice ; mais enfin, tout de même, cette femme n'avait jamais eu sa pleine raison. D'ailleurs, pourquoi n'avait-elle pas assisté à l'office des morts, hein ?

— Nerveuse, inquiète, je veux bien, marmonnait Franz à voix basse. Mais folle ! Vous allez fort. Souviens-toi, Willibald...

— Toujours cette vieille affaire, ricanait Willibald. Il défend son domino jaune. Tout cela est bel et bon ; pour sûr, celle-là n'avait rien de fou ; preuve que ce n'était pas l'Impératrice, imbécile !

Il vieillissait mal, Willibald, il s'essoufflait. Il était resté célibataire ; Attila l'avait vu rôder dans les mauvais quartiers. Le dimanche, il allait à la messe bien pieusement. Il tournait au pangermaniste, les Slaves lui tapaient sur les nerfs, la Serbie le faisait enrager, et les juifs de Galicie, avec leurs caftans et leurs chapeaux mous, lui donnaient des haut-le-cœur.

— Dans une ville civilisée, disait-il encore, une cité moderne, ces gens dépenaillés, avec leurs boucles tombantes sur les oreilles ! Enfin, l'Empereur a choisi son successeur ; avec son frère Charles-Louis, pas de risque de libéralisme... D'autant qu'il est de santé fragile, il mourra vite ! Avec son fils, l'archiduc François-Ferdinand, l'Empire sera tenu, au moins, d'une poigne de fer ! Ils n'auront qu'à bien se tenir, les empapillotés !

« Un jour, je lui ferai manger son feutre vert », songeait Franz avec une colère rentrée.

Le dimanche suivant, lorsque Willy voulut fixer le rendez-vous pour la musique de chambre, Franz prétendit qu'Anna ne se sentait pas bien. Willibald ne fut pas dupe, et comprit que la brouille était consommée.

Puis on apprit, de source sûre, que l'Impératrice avait franchement perdu la tête. Elle somnolait tout le jour; elle se taisait farouchement; pis, elle berçait un oreiller contre son ventre, et l'appelait « Rodolphe », en jurant qu'il allait renaître. L'Empereur avait convoqué à son chevet les plus fameux aliénistes d'Europe, qui tous s'étaient déclarés impuissants : le sang des Wittelsbach. Ils avaient préconisé un isolement complet; on ne verrait plus jamais l'Impératrice.

On plaignit l'Empereur, on se félicita qu'il eût à ses côtés une amie sincère, cette Schratt qui le consolait dans sa villa de Schönbrunn. Il la couvrait de bijoux ? C'était bien le moins, pauvre femme.

Nul ne savait ce qu'était devenu le corps de Mary Vetséra. La fosse commune, peut-être.

17

LA FOLIE RAISONNANTE

Rare est la vraie sagesse
Plus rare encore, la folie.
Oui, peut-être n'est-elle rien
Que la longue sagesse des ans.

Elisabeth

Au soir de la troisième nuit sans sommeil, l'Impératrice se décida enfin. Comme autrefois, elle appela Ida, lui fit promettre le secret, et prit une mante pour se cacher. Noire.

— Vous n'allez pas oser, toute seule..., gémissait Ida comme autrefois.

Sans répondre elle tendit les bras, Ida enfila les manches de la cape, elle saisit un long voile de crêpe et le laissa glisser sur son visage. Comme autrefois, Ida se chargea d'appeler un fiacre anonyme, et elles reprirent le chemin clandestin qui sortait de la Burg, par la porte dérobée.

Mais quand Ida voulut monter, elle la repoussa doucement.

— Seule. Je le veux.

Et cette fois Ida n'insista pas. L'Impératrice s'engouffra dans le fiacre, pour les quelques mètres qui séparaient le palais du lieu du rendez-vous secret.

L'église des Capucins était sombre, à peine éclairée par les réverbères. Le coup qu'elle frappa contre la porte close résonna jusqu'aux entrailles de la Crypte. Le judas s'entrouvrit, un regard endormi, le moine de service la fixa en bâillant. — C'est fermé, ma pauvre dame, on ne visite pas —, il allait refermer lorsqu'elle releva d'un coup sa mantille.

Effaré, il la reconnut sans comprendre. — Votre Majesté ! A cette heure ! Sans l'Empereur ! — Mais comme il ne pouvait pas faire autrement, il finit par lui ouvrir.

Le prieur mit longtemps à venir ; lui seul avait la clef de la Crypte impériale. La situation était assez sérieuse pour qu'il redoublât d'attention ; l'Impératrice donnait des signes d'égarement, l'affaire devenait politique, et puis savait-on jamais ? Le sang des Wittelsbach était suicidaire, Louis de Bavière, le Prince-Héritier, aujourd'hui cette malheureuse mère au milieu de la nuit... Avec ménagements il voulut la dissuader d'affronter la cruelle épreuve, qu'elle attende du moins la clarté du jour, non ?

Non. Alors il descendrait avec elle, c'était résolu. Non ?

Pas davantage. Elle voulait être seule. Non, elle n'avait pas peur.

« Je suis l'Impératrice, murmura-t-elle d'une voix lasse. Veuillez me laisser voir mon fils. »

La petite porte ne grinçait pas. Elle n'était pas descendue dans cet affreux endroit depuis bientôt vingt ans, depuis la mort de sa belle-mère l'archiduchesse Sophie, Dieu sait seulement où on l'avait posée, quelque part dans l'entassement des cercueils. Pour s'éclairer, le prieur lui avait donné deux torches, qu'elle avait accrochées aux appliques, sur le mur. Il l'avait avertie, le bon père : les flammes pouvaient embraser sa robe en un rien de temps. Elle trouverait en bas une lanterne sourde, qu'elle avait maintenant à la main, et qu'elle promenait le long des sarcophages.

Rodolphe était au fond, après Marie-Louise, l'épouse de Napoléon, à droite. Sa fille morte n'était pas loin non plus, dans les cercueils miniatures où reposaient les Habsbourg au berceau. Elle ne tremblait pas. Le parfum des fleurs déjà corrompues la guida. Il était là, il l'attendait.

Elle posa la lanterne, défit sa mantille, s'agenouilla, toucha le sarcophage. « Tu es ici, mon fils, murmura-t-elle, je le sais. Il faut que je te parle enfin. Vois-tu, je ne crois pas à la mort ; toi non plus, n'est-ce pas ? Puisque tu l'as choisie... » Brusquement le murmure s'arrêta. On ne pouvait pas parler aux morts.

— Non ! cria-t-elle en cognant son front sur le bronze. C'est ridicule ! Je n'y parviendrai pas !

« ... Tu fus tendre avec moi, tu m'aimais, non, ne dis rien encore ! Attends un peu. Je n'ai pas été une très bonne mère avec toi. Oh ! Ce n'était pas ma faute, on nous a séparés mais pour te protéger, j'ai attendu long-temps. Tu étais déjà grand quand j'ai gagné ce long combat. Trop grand garçon pour accepter d'être bercé... Trop jaloux de ta sœur cadette. Non ! ... »

Elle se tut. L'entreprise était trop difficile ; sa voix sonnait faux, elle voulut partir, chancela, et se cramponna au bord du sarcophage.

« ... Je tiendrai bon. Ne reproche rien à ton père, il est né vieux ; c'est un pauvre homme... »

— Non ! Parler ainsi, toute seule, à mon fils mort ! s'écria-t-elle.

« Si je n'étais pas sûre que tu vas te manifester, crois-tu que je me confesserais ainsi, devant ton cercueil ? Allons ! J'ai juré d'être forte. Encore une chose, la dernière. Tu voulais être avec elle par-delà la mort, ton père ne l'a pas permis. Et je n'ai rien pu faire. De là où vous êtes aujourd'hui, me pardonnez-vous tous les deux ? »

Elle attendit. Rien. Elle eut un léger rire. « Je suis bête. Tu ne peux plus répondre, enfin, plus comme avant. Non, ce que j'attends c'est un signe, un souffle, cela, je le sais, va venir, mon fils, dis-moi que tu m'entends ! »

Elle frappait le bronze avec le poing, doucement. « Le froid revient, Rudi, ne m'abandonne pas. Tout à l'heure j'ai senti une douceur sur mes lèvres, c'était toi... Ah ! » Elle gémit.

D'une couronne fanée, une feuille morte s'était envolée, et glissait sur ses genoux. « Est-ce toi, mon Rudi ? Apparais, maintenant ! Non, je suis folle. Sais-tu ce que dit Vienne ? Le sang des Wittelsbach. Ils ne nous lâcheront jamais. Eh bien ! Si je suis folle, alors je veux te voir. N'est-ce pas que les fous savent lever les morts de leurs tombeaux ? Entre aliénés, mon Rudi, nous savons nous parler, viens ! »

Elle avait ouvert les mains, comme une crucifiée, et dressait la tête vers le ciel de la Crypte, où dansait la petite ombre de la flamme dans la lanterne. Un vent inattendu fit vaciller le feu. Submergée par une vague de chaleur étouffante, elle ouvrit son corsage, comme pour donner le sein à un nourrisson. « Je n'ai plus froid, soupira-t-elle. Merci, mon fils. Mais ce n'est pas assez. Montre-toi ! »

Le vent s'arrêta net, la feuille tomba sur le sol, la flamme ne tremblait plus. Immobile, elle attendait toujours.

Le silence envahit la Crypte ; soudain, elle vit l'enfilade des longs cercueils de fer, l'encombrement des morts, les pierres sur les murs et les noms des Habsbourg, gravés sur les cartouches. Elle sentit la glace l'enserrer à nouveau, ferma son col, reprit son voile. « Le froid revient, Rudi », murmura-t-elle.

« Je ne sais pas pourquoi je te parle. J'ai cru, je crois encore que tu m'entends. J'ai tant de choses à te dire... Ils disent que je me tais, mais c'est que je te parle tout le jour, et la nuit, je rêve de toi. Ils disent que j'ai sombré dans la mélancolie, mais tu sais, toi, ce dont nous souffrons tous deux. Tu as la meilleure part, mon fils ; moi, personne ne m'aime. Et maintenant je vais attendre l'heure et le jour, l'instant précis où nous nous rejoindrons. Bientôt, mon chéri. Tu me tendras les bras dans la lumière — à moins qu'il n'y ait rien ? Rien ? »

Rien, semblaient ricaner les rangées de cercueils. Rien, sourit la tête de mort couronnée à l'entrée de la Crypte. Rien, jeta l'écho de la porte, qui claqua derrière elle.

Le prieur la guettait anxieusement. « Votre Majesté veut-elle que je la raccompagne au palais ? »

— Non ! cria-t-elle.

Quand elle fut dans sa chambre où l'attendait Ida, elle jeta sur le lit son long voile en désordre.

— Qu'avez-vous fait ? demanda doucement Ida.

— Rien. J'ai voulu communiquer avec mon fils mort, dans la Crypte, tout à l'heure. Il ne m'a pas répondu. Il n'y a rien là-dedans, Ida, répondit-elle.

❖

Le matin, quand elle s'éveillait, un nouveau bonheur la submergeait, d'emblée ; si radieux, qu'elle n'osait pas ouvrir les yeux. Puis le brouillard heureux se dissipait, et la douleur apparaissait, féroce, qui la frappait par le milieu du corps : au ventre, lieu élu des terrestres pourritures. Elle ne savait plus ce qui lui faisait mal ; diffuse, la conscience refusait de reconnaître la souffrance familière, jusqu'à ce moment précis, chaque jour plus cruel, où surgissait le prénom, Rudi, et le désastre, il était mort.

Jamais elle n'avait su se rendormir. Elle se levait d'un bond et arpentait sa chambre, les mains sur les oreilles pour ne plus entendre le silence. C'était toujours avant l'aube, quand dorment les humains et que veillent les âmes tourmentées ; autour d'elle, personne. Elle essaya de retourner à ses poèmes, mais la main retombait, impuissante ; écrire eût été sacrilège, vivre l'était encore bien davantage. Pour fuir la Burg, elle se réfugia à Schönbrunn, où rien n'était préparé pour résister à l'hiver viennois. Elle tenta de s'habiller seule, elle sortit dans le parc, foula la neige qui l'empêchait d'avancer, s'en barbouilla le front, aperçut des renards et des lièvres craintifs, mais c'était trop vivant, tout cela, trop vif, elle les détesta. Elle souhaitait mourir encore. Puis le jour se levait, terrible, elle revenait, se jetait sur son lit.

C'est ainsi que la trouvaient ses c**à**méristes : tout habillée, roulée en boule, muette, les yeux secs, inerte. Au bout d'un temps qui paraissait interminable, elle se laissait dévêtir, et rhabiller en noir. Elle avait interdit qu'on lui montrât aucune autre couleur, elle avait donné l'ordre de distribuer ses vêtements. En vain lui proposait-on de retourner à ses exercices : plus d'agrès, plus de gymnastique, elle refusait les massages, les longues marches hygiéniques, et buvait un bouillon, parfois, vers la mi-temps de la journée.

Marie-Valérie constatait que, de son côté, son père s'était remis au travail ; à peine s'il se tenait un peu plus voûté, sans se plaindre. Mais sa mère ! Pas un mot, pas une larme ; un silence assommé. Une menace indicible, qui pesait sur son propre avenir.

Vienne avait retrouvé ses lubies du passé, Vienne n'en démordait pas : l'Impératrice était devenue folle. D'ailleurs ce n'était pas nouveau : n'avait-elle pas visité, partout où elle avait voyagé, les asiles d'aliénés ? Étrange passion, que rien ne lui commandait. Bien sûr, murmurait-on, qui se ressemble s'assemble. — Autant dire qu'elle allait voir dans quel endroit elle finirait ses jours ! Cette façon de se cacher aussi, elle ne pouvait plus se montrer, les rictus, comprenez-vous. — Sans compter les chevaux ! Ces canassons qui pompaient les finances, a-t-on idée de s'amouracher de bêtes ! — Notre pauvre Empereur...

— Tiens, aujourd'hui, c'est dans la presse française, constata Willibald au mois de mai. Regarde, dans *Le Matin*. Folie raisonnante.

— Qu'est-ce que c'est encore ? grondait le petit Hongrois. Folie raisonnante ? Une invention de psychiatres français, qui croient tout connaître ! Si l'on raisonne, on n'est pas fou !

— Mais en avril, c'était dans le Berliner Tagblatt, objectait Willy, obstiné. Ah ! Tu ne vas pas me dire que ce sont les Français cette fois !

— Non, mais je te dirai que tu es un mauvais patriote ! criait Attila, exaspéré. Les Autrichiens n'aiment pas la reine de Hongrie ! Chez nous, vois-tu, elle n'est pas folle !

— Prenez-la donc ! Bon débarras ! hurlait Willy.

Franz n'intervenait plus, ne disait rien, et souffrait en silence. Il l'imaginait prostrée, frappée de mutisme, comme n'importe quelle mère après un deuil atroce. Cette femme aliénée dont parlait Willibald, ce n'était pas elle ; Gabrielle ou Elisabeth, l'une ou l'autre ou les deux ensemble, ce n'était pas l'Impératrice. Et comme Attila et Willy continuaient leurs empoignades, il leur enjoignait le silence.

Chaque samedi, Willy quémandait le rendez-vous pour leur trio musical ; et chaque fois, Franz éludait.

Sans rien savoir, Anna avait compris qu'elle était la cause de la brouille entre le gros Willy et son époux ; prudente, elle n'avait posé aucune question. Pour consoler son époux de la brouille avec son ami, Anna s'était mise aux *Valses sentimentales* de Schubert, opus 50, qu'elle exécutait à la perfection. Franz les apprécia d'une oreille experte, mais c'était trop savant, trop beau, un peu triste, sans l'emportement joyeux et la fièvre du grand Johann Strauss. Même en jouant les valses de Schubert, Anna n'aimait pas la danse.

Emmy s'essayait parfois à chanter des airs simples, du Pergolèse, ou du Gluck, des histoires de bergers abandonnés qui se mouraient d'amour pour d'infidèles bergères ; elle aurait une belle voix de mezzo. Son père l'écoutait avec plaisir, mais regrettait souvent les accents déchirants du violoncelle de Willy.

Le soir, Emmy montait dans sa chambre, et les époux revenaient à leur cher Beethoven. Ils le connaissaient si bien qu'ils allaient parfois un peu vite, un train d'enfer. Mais c'était surtout Franz qui précipitait la mesure, lorsque son violon s'envolait avec ses pensées, jusqu'à l'inconnue blessée qui souffrait comme la musique, si près, si loin de lui.

❖

L'Impératrice rêvait souvent, des rêves vite oubliés, parfumés de joies inattendues, qui lui laissaient, à l'aube, de coupables remords. Si bien qu'elle fut presque soulagée lorsqu'un matin elle s'éveilla avec un cauchemar.

Elle avait passé la nuit dans le corbillard des Habsbourg, où gisait, sur une banquette de cuir sombre, un petit enfant qui se mourait. A ses côtés, un médecin de noir vêtu commentait l'agonie à mesure ; il était perdu, ce n'était plus qu'une question d'éternité, et elle, impuissante, attendait le moment suprême, sauvagement, avec une attention désespérée.

Il vint, brutal. L'enfant ouvrit subitement la bouche, si largement qu'elle aperçut en un éclair les muqueuses rougies par l'effort de la mort, les lèvres retroussées, un tunnel humide et vivant par où passait le dernier souffle. Vite, le médecin ferma la bouche obscène, plaqua la main sur le gouffre rose, et tout disparut. Plus tard seulement elle s'aperçut que les dents, dans la bouche, s'étaient évanouies.

Elle courut à la glace, et regarda les siennes : par endroits, les caries progressaient, elle avait un sourire noirci. Il n'y avait aucun moyen d'échapper. Comment pouvait-elle vivre encore ? Longtemps ? Anton Romako, le peintre fou, venait de mourir prématurément à Vienne « dans de mystérieuses circonstances » selon les journaux. L'homme qui lui avait volé son reflet avait été châtié. Mais elle ? Qui la punirait, et quand ?

Marie-Valérie la vit arriver dans sa chambre, les cheveux dénoués, les yeux noyés. Elle se jeta au cou de sa fille et la serra à l'étouffer. « Le grand Jéhovah est impitoyable ! » cria-t-elle furieusement. Je voudrais partir, quitter cette terre, mais je ne peux pas. Je ne le ferai pas, et j'en deviendrai folle ! Folle, tu m'entends ! »

C'était bien ce que craignait la sage Marie-Valérie, qui ne connaissait toujours pas le grand Jéhovah. Quand on avait un bon Dieu qui avait sacrifié son propre fils, pourquoi chercher cette divinité terrible dans une religion sacrilège ? « Offrez vos souffrances à Jésus, maman », disait-elle pieusement, mais sa mère emportée refusait le secours de la vraie religion. Si seulement elle acceptait d'être un peu plus allemande, et un peu moins athée.

— Regarde, Franzi, elle s'est montrée à Wiesbaden, fit observer Willibald. C'est dans le 𝔚iener 𝔷eitung. Mais elle était voilée. Donc on ne l'a pas vue.

— Fiche-lui donc la paix ! grognait Attila. Une femme en deuil est toujours voilée.

— Pas une Impératrice, lâcha Willy. Elle doit ses douleurs à son peuple.

En lisant l'article du correspondant de Wiesbaden, Franz nota qu'elle n'allait pas tarder à revenir à Vienne ; on espérait vivement, avec quelque raison, qu'elle y apparaîtrait pour démentir les rumeurs sur sa santé. Franz se prépara.

Quand le tilbury apparut sur la place des Héros, une petite foule attendait en silence. Assise sur les coussins, la tête entièrement couverte d'une épaisse mousseline noire, elle tenait à la main son éventail de cuir blanc, qu'elle ne put s'empêcher de déplier pour cacher son visage invisible. Un murmure de compassion mêlé de quelques cris hostiles la fit se tasser au fond de la banquette.

Au mouvement vif de l'éventail, Franzi, bouleversé, la reconnut. Lorsqu'il rentra dans le pavillon de Hietzing, il avait les larmes aux yeux.

— Les gens n'ont pas de cœur, fit-il en embrassant

Anna sur le front. J'ai vu notre Impératrice, ce n'est qu'une femme qui souffre, et voilà qu'ils la croient folle !

— Qui te dit qu'elle ne l'est pas, Franzi ? répondit Anna gravement. Si l'un de nos petits mourait, il me semble que j'en perdrais la raison ; vois-tu, je n'y vois aucun mal.

❖

Le jour où elle était sortie dans Vienne, de la Burg jusqu'au Prater, les marronniers éclataient de blancheur ; et dans les bosquets, les aubépines pointaient leurs premières roses. Derrière le voile épais elle ne distinguait pas vraiment le détail délicat des bourgeons éclatés ; le blanc seul l'envahissait, insupportable de beauté. La couleur de l'animal maudit, éclatante d'espoir et de pardon.

En revenant à la Burg, elle entra d'un pas vif chez sa fille, et l'embrassa calmement. « Comment Rodolphe a-t-il pu renoncer au printemps ? » fit-elle d'un ton rêveur.

L'archiduchesse sentit se desserrer l'étau autour de sa poitrine. Ainsi, sa mère avait retrouvé le printemps ! Elle courut vers elle et l'enlaça tendrement.

— Et toi, comment peux-tu vouloir te marier ? continua-t-elle de sa voix la plus douce. J'ai été vendue à quinze ans, je n'ai jamais pu me libérer. Sais-tu cela, ma fille ?

Marie-Valérie recula, haineuse. « Mère, je suis amoureuse ! J'aime mon fiancé ! Laissez-moi en repos ! »

La bouche amère esquissa un rictus, s'ouvrit pour répliquer, puis repoussant sa fille avec brusquerie, l'Impératrice se jeta sur le sol, de tout son long, les bras en croix. « Et moi, je n'aime que le grand Jéhovah ! C'est là que je veux l'adorer, dans la poussière ! » hurla-t-elle, cependant que l'archiduchesse se précipitait à ses côtés. « Maman, maman, sanglotait la jeune fille, relevez-vous, je vous en prie, ne faites pas cela, je n'en peux plus, vous n'y changerez rien, ne souffrez pas, maman... »

Mais elle, le front par terre, s'abandonnait sans rien dire, attentive aux sanglots de la Chérie, qui payait le prix de son amour. « S'il vous plaît », murmura l'archi-duchesse épuisée.

Alors sa mère se releva d'un bond et caressa les joues mouillées de larmes : « Il vaut mieux que je meure ; au moins, ton père pourrait épouser Mme Schratt. Entre eux je fais obstacle, vois-tu, Kedvesem. Moi, je suis trop vieille pour lutter ; mes ailes sont brûlées. »

Et dans un froissement soyeux, elle quitta la pièce.

La jeune fille éperdue courut à travers les corridors immenses, jusqu'au bureau où travaillait son père l'Empereur. Elle entra sans frapper, s'assit dans un coin, les mains crispées, et baissa la tête. Et lui, sans bron-cher, jeta un regard de biais sur sa fille cadette, confusé-ment inquiet, en continuant de signer ses parapheurs. Elle regardait la plume plonger dans l'encrier, la main tracer la signature régulière, il ne levait pas les yeux sur elle, il était l'immuable et la solidité, l'éternel et la pierre, l'angle de l'Empire et le garant de sa famille. L'archiduchesse se calma peu à peu.

Quand il eut terminé, il lui demanda si elle ne s'était pas trop ennuyée.

❖

— « Pour le premier anniversaire de la disparition du Prince-Héritier, Leurs Majestés se rendront... », lisait Willibald à haute voix.

— Déjà un an ! coupa Franz. Je n'arrive pas à le croire.

— Où vont Leurs Majestés impériales ? demanda le petit Hongrois avec un soupçon d'agacement. A la messe, à la cathédrale ?

— Tu n'y es pas du tout. A Mayerling, à l'endroit même où le Prince-Héritier s'est fait sauter la cervelle. Il paraît qu'on y a édifié une chapelle désormais. Et même, le maître-autel serait à l'endroit du lit...

— Oh ! fit Attila choqué. Là où les amants ont commis l'acte de chair ! Comment peux-tu approuver, Willi-bald ?

— Mais il faut racheter, murmura le gros homme, n'est-ce pas, la prière sur le lieu du crime...

— Je me souviens du jour où j'ai appris la nouvelle, murmura Franz, c'était un matin superbe, j'allais prendre mon tramway et... Enfin ! C'est déjà de l'histoire ancienne.

— Et si nous recommencions nos soirées musicales ? dit Attila. Puisqu'un an a passé. Ne croyez-vous pas qu'il est temps de faire la paix ?

Willibald coula un regard anxieux vers le grand Franz, qui lui ouvrit les bras. Willy s'y jeta avec émotion. « Plus jamais, tu m'entends, plus jamais je ne dirai de sottises antisémites... »

— Allons, allons, murmura Franz affectueusement. Tu ferais mieux de te marier, mon gros ; c'est tout ce qu'il te faut pour passer tes humeurs. J'espère que ton violoncelle ne s'est pas rouillé ?

— Pour cela non ! s'exclama Willy épanoui. Entre-temps, j'ai aussi appris la cithare ; je vous montrerai.

— Dis donc, vieux, puisque tu en es aux résolutions, ne dis plus de sottises contre ma Reine, grinça le petit Hongrois avec ironie.

— Juré ! s'écria Willibald en se frottant les mains. Tout cela...

— « Tout cela est bel et bon », entonnèrent en chœur Franzi et Attila, et si nous allions prendre un café au Landtmann ?

❖

Mayerling, elle n'y avait jamais été auparavant. L'idée de cette cérémonie, d'avance, la bouleversait. Elle n'avait pas fermé l'œil de la nuit ; mais l'aurore venue, alors qu'elle avait fait savoir qu'elle était encore trop éprouvée pour se rendre à l'ancien pavillon de chasse, soudain, elle avait pris sa décision. L'Impératrice accompagnerait l'Empereur pour la messe commémorative.

Les bois et les champs étaient couverts de neige, comme l'année précédente. Une campagne paisible et silencieuse, à l'exception de la cloche du monastère dont le son menu se perdait dans les nuages bas. L'Empereur regardait les arbres privés de feuilles, sans un mot ; parfois, il se tournait vers elle avec une sorte d'affection ordinaire, mais elle se renfonçait sur la banquette en croisant les bras, de peur qu'il ne voulût lui prendre la main. Lui seul avait décidé de transformer le pavillon maudit en couvent, où les nonnes, pour l'éternité, diraient des prières en mémoire de Rodolphe. Lui seul avait choisi l'emplacement de l'autel, où plus jamais personne ne pourrait imaginer le lit des amants. Elle espérait encore une apparition.

Mais ce n'était plus qu'un autel dans une église, et la chasuble du prêtre, l'encens, les enfants de chœur occupaient tout l'espace.

Vainement, elle chercha la mémoire des étreintes, le souffle des derniers baisers, le premier coup de feu dans le cœur de la petite endormie, puis le second. Entre son fils et elle montaient les sons murmurés des paroles sacrées, destinées à étouffer le tonnerre du revolver. Elle ne sentit rien, ne souffrit pas ; et quand elle fut sortie de la chapelle, elle respira l'air mordant à pleins poumons. La vie, hélas, revenait épouvantablement.

A Budapest, son vieil ami, l'éternel soupirant de l'Impératrice, Gyula Andrassy, se mourait d'un cancer. Cela aussi appartenait à la vie.

— Cette fois, Andrassy est mort, soupira le Hongrois en pliant le journal. C'était un grand homme.

— J'en connais une qui doit être bien triste, dit Willibald d'un ton plutôt affable.

Franz voulut prévenir la bataille.

— Tu ne peux donc pas te retenir, toi ! bondit-il, en colère. Ta langue de pute !

— Qu'est-ce que j'ai dit de mal ? Juste qu'elle était triste ! répliqua Willy. Chacun connaissait leur amitié, tout de même !

— Rien d'autre ? menaça Franz en le prenant par le collet.

— Si tu me pousses plus avant, bredouilla le gros en s'étouffant, j'irai jusqu'à dire qu'ils ont peut-être un peu soupiré l'un pour l'autre... Mais ce n'est pas nouveau ! Je n'y vois aucun mal ! L'Empereur a bien pris une maî-tresse, après tout...

— Oui, mais tu t'arrêtes là, fit le Hongrois en l'attra-pant par le bras. Sans cela, plus de musique !

— Bon, bon, admit le gros Willy en se dégageant. Je vous entends. Tout cela est bel et bon, mais on ne m'empêchera pas de penser ce que je veux. On sait ce qu'on sait !

— Pense en silence, et travaille ! tonna Franz. Moi aussi je respectais Andrassy, et pourtant je ne suis pas hongrois...

— Deutschland über Alles, marmonna Willy entre ses dents. L'Allemagne avant tout. Et la peste étouffe les libéraux que vous êtes.

❖

Le temps du deuil était désormais achevé ; le mariage de Marie-Valérie approchait. La jeune fille avait respecté à la lettre les prescriptions officielles ; mais puisque les délais de rigueur étaient enfin passés, elle se préparait avec une fébrilité joyeuse.

« Comment peut-elle ? » songeait sa mère, la rage au cœur. Dix-huit mois, une éternité de nuits sans sommeil et de mauvais rêves, et sa fille, cette fiancée obsédée par les préparatifs d'une cérémonie odieuse... Certes, il avait été décidé que le mariage se déroulerait à Bad Ischl, en famille, et sans fastes. Mais Bad Ischl, c'était trop. Où serait-ce mieux ? Nulle part. Aucun mariage. C'était trop demander.

Alors, puisqu'elle y était contrainte, elle se jeta dans la frénésie des fanfreluches et des colifichets ; qu'au moins sa fille préférée, avant de l'abandonner, pût sentir le prix de l'amour maternel. Trois semaines, vingt malheureux petits jours pour faire comme si elle allait rester... Rien ne fut trop beau pour la jeune archiduchesse.

Elle veilla jalousement sur le trousseau, examinant chaque pièce avec soin, écartant une chemise dont les broderies n'étaient pas à son goût, ajoutant des toilettes que Marie-Valérie jugeait inutiles, et des bijoux à profusion. Et chaque fois qu'elle plongeait les mains dans les dentelles, elle songeait à Rudi, dont le corps embaumé moisissait au fond de la crypte des Habsbourg. Les rubans lui tordaient l'estomac, les parures de diamants lui brûlaient les doigts, mais pleine d'une fièvre contenue elle accumulait, encore et encore. Bientôt le trousseau fut absolument prêt.

Avec désespoir, elle chercha comment éblouir son enfant. Comme un fiancé, elle lui faisait porter chaque matin des fleurs dans sa chambre ; Marie-Valérie soupirait, écrasée de pitié et de remords. Qu'allait-il se passer au jour de la cérémonie ? Cet amour dévorant lâcherait-il sa proie ? Et comment sa mère allait-elle supporter l'épreuve du départ ?

Un soir, alors qu'elle allait se coucher, la jeune fille entendit sous ses fenêtres l'orphéon municipal. Elle ouvrit, se pencha ; le chef de la clique ôta solennellement son képi, et leva sa baguette ; les musiciens lâchèrent leurs instrument et se mirent à chanter en chœur. « Ne songe pas à demain ! L'aujourd'hui seul est beau... Jette tes soucis dans la vallée, et que le vent les disperse... »

C'était l'un des premiers poèmes de sa mère, du temps qu'elle avait encore tout son bon sens. Du temps qu'elle savait aimer à peu près la vie. Marie-Valérie cacha son visage dans ses mains. Un pas derrière elle la fit se retourner. L'Impératrice était là, qui la serra dans ses bras avec de douces larmes.

— Je veux te remercier, mon enfant, pour tout ce que tu as fait, murmura-t-elle dans ses cheveux.

Elle alla jusqu'à lui sourire. Marie-Valérie sanglota de soulagement. C'était l'avant-dernier soir, et l'Impératrice se comportait enfin comme doit se comporter une mère, dignement.

❖

Dès le mois d'avril 1890, Franz avait décidé de prendre quelques jours de repos, à Bad Ischl précisément, en souvenir des moments heureux qu'il y avait passés avec sa mère. Anna avait un peu rechigné ; la petite ville d'eaux passait pour brillante, mondaine, et surpeuplée l'été, à cause de la présence de la famille impériale ; et cette année, le mariage aidant, ce serait pire. Elle aurait préféré Venise, ou bien ces lacs italiens dont ils rêvaient tous deux. Mais Franz ne semblait pas résolu à céder.

Alors Anna eut l'idée d'un marché : elle accepterait le séjour à Bad Ischl, si Franz l'autorisait à manifester au Prater avec les ouvriers, pour le 1er mai, organisé par le nouveau parti social-démocrate, auquel elle s'intéressait beaucoup. Un peu choqué, Franz finit par se laisser convaincre ; il projetait même de l'accompagner — « pour raisons de sécurité, ma chérie » — mais le gouvernement impérial interdit à ses fonctionnaires de participer à la manifestation politique.

Le 1er mai à Vienne, selon la tradition mondaine, était jour de Corso ; au Prater justement, défilaient les calèches ornées des fleurs du printemps, et l'on couronnait la plus belle voiture, la mieux fleurie. Le 1er mai 1890 serait donc dédoublé : d'un côté le Corso pour les riches, de l'autre, la manifestation pour les ouvriers ; rude concurrence. A regret, Franz laissa partir Anna toute seule.

Sans rien en dire à son époux, elle avait suivi passionnément l'évolution des socialistes viennois. Longtemps divisés entre marxistes, lassalliens, anarchistes, ils s'étaient enfin réunis sous la houlette du même Viktor Adler qui s'était fourvoyé un temps dans les troupes de Schönerer. L'unité retrouvée entre les tendances socialistes avait coïncidé avec le drame de Mayerling ; mais c'était acquis à présent, depuis deux ans déjà. Les sociaux-démocrates étaient capables de faire contrepoids à l'immense masse des chrétiens-sociaux du docteur Karl Lueger, la pire des menaces aux yeux d'Anna. La confrontation entre la manifestation ouvrière et le Corso n'était pas dénuée de risques ; on ne pouvait exclure des provocations d'extrême droite.

Mais tout s'était bien passé. Il n'y avait eu aucun trouble. Anna s'était mêlée à la foule joyeuse et tranquille des ouvriers endimanchés, elle avait ramassé des tracts et des brochures, puis elle avait jeté un œil sur le Corso, de l'autre côté du Prater. Et puisque Franzi avait cédé, il était donc juste qu'elle se trouvât à son tour à Bad Ischl ; avec un peu de chance, peut-être apercevraient-ils ce mariage si touchant, qu'on disait simple et qui risquait d'être fort émouvant.

Mais le jour de la cérémonie, l'Impératrice fut pâle comme une morte, muette comme jamais, et ses yeux dilatés exprimaient une douleur indescriptible. La jeune mariée n'eut pas le loisir de s'occuper de sa mère, qui se laissa ballotter, la tête haute, sans un mot, son éventail posé sur ses genoux, fermé comme une aile morte. Elles ne se retrouvèrent que le soir, au moment où la jeune femme allait se changer pour partir avec son nouveau mari. Sa mère la déshabilla avec une violence contenue, en sanglotant, mais les larmes cette fois étaient si sauvages que la vieille angoisse empoigna le cœur de Marie-Valérie. Au moment des adieux, la jeune femme confia sa mère à son oncle Charles-Théodore, qui promit de veiller sur elle.

Dans la foule massée sur les quais de l'Ischl, se trouvaient Franz, sa femme et ses enfants.

Anna ne fut pas déçue. Elle acclama de bon cœur la jeune et souriante mariée, trouva bonne mine à l'Empereur, qu'on disait remis de Mayerling, mais s'effraya de l'Impératrice, qui pour une fois s'était dévoilée. « Est-elle toujours ainsi ? chuchota-t-elle à l'oreille de son grand mari. Comme elle est blanche ! Elle ne desserre pas les dents. Dis, Franz ? »

Franz fronça les sourcils sans répondre, et caressa machinalement sa calvitie. Il lui déplaisait d'entendre sa femme parler de l'Impératrice. Non, elle n'avait pas toujours été ainsi ; autrefois, sous le loup et les dentelles noires, elle avait rougi ; oui, maintenant elle avait la couleur d'un cadavre, il songea qu'il lui écrirait encore, qu'il avait été négligent... Pour un peu, il l'aurait arrêtée au sortir de l'église, en lui posant la main sur le bras ; il aurait murmuré « Gabrielle ! » et la vie lui serait revenue, un éclat dans le regard... La police l'aurait aussitôt cravaté.

Qui sait ? Peut-être aussi l'aurait-elle fixé avec des yeux vides, sans comprendre.

L'Impératrice ne vit ni Franz, ni sa femme, ni les enfants. D'ailleurs elle ne vit rien ni personne ; elle n'avait devant les yeux qu'un trouble brouillard où disparaissait le visage de son ingrate fille. Elle se répéta tout le jour le poème qu'elle avait écrit avant le drame de Mayerling, quand Marie-Valérie avait avoué son amour pour son cousin François-Salvator.

« Amoureuse, amoureuse, et donc, sotte », amoureuse, petite sotte, l'amour n'existe pas, il fait vomir, sottises, amoureuse, elle s'en va, pour toujours les sottises, et ce long vomissement qu'elle retenait à peine...

Elle avait décidé de partir en croisière sur un mauvais bateau mal entretenu ; Marie-Valérie la soupçonnait de ne pas souhaiter en revenir. Mais elle, les lèvres serrées, retint ses sanglots et embrassa sa fille préférée presque froidement, pour ne pas l'étouffer sur-le-champ. Le soir d'été commençait à peine, la lumière était trop douce, la rivière trop parfaite au pied de la villa impériale, et la voiture des mariés s'avança devant le perron, ornée de myosotis et d'azalées trop roses. Sa fille s'y installa, un ravissement ; elle de son côté avait le cœur éteint. Lorsque le cocher fit claquer son fouet, la famille agita la main gentiment ; elle se croisa les bras. Tout le monde était rentré depuis longtemps qu'elle regardait encore, sur le sable fin, les traces des roues qui allaient s'effacer peu à peu.

Troisième partie

UNE NUIT CALME,
UN CLAIR DE LUNE

18

LA MOUETTE N'EST PAS FAITE POUR
UN NID D'HIRONDELLES

> *J'ai crié ton nom sur l'océan*
> *Mais les flots furieux l'ont ramené*
> *J'ai gravé ton nom sur le sable*
> *Mais les coquillages l'ont effacé.*

Elisabeth

Le lendemain, l'Impératrice partit pour Douvres, où l'attendait le *Chazalie*, qui leva l'ancre aussitôt. Son ombrelle à la main, elle contemplait la ligne apaisante d'un horizon brumeux, lorsque se déclara la tempête espérée. Le capitaine voulut la faire descendre en toute hâte ; mais elle refusa. Sa dame d'honneur effrayée aperçut d'immenses vagues qui montaient à l'assaut du pont ; l'Impératrice allait être emportée...

La comtesse Festetics se mit à hurler ; agacé, le capitaine lui enjoignit de disparaître. La dernière vision que la comtesse eut de l'Impératrice avant de s'engouffrer dans la cabine fut celle d'une femme dont la robe humide claquait au vent du large, et qui riait furieusement.

Comme elle avait eu peur, la comtesse Marie ! Pour de bon, sa dame d'honneur avait cru leur dernière heure arrivée. Celle de sa maîtresse et la sienne. La rigide Festetics dévoilait enfin sa vraie nature : une poule mouillée.

Le capitaine avait été parfait. Passé la première surprise, il avait obtempéré aux ordres qu'elle avait criés. Non qu'elle eût envie de forcer la voix ; mais le vent mugissait. Et donc le capitaine avait bien sagement attaché l'Impératrice au mât du cotre, avec de gros cordages qu'il avait serrés de sa propre main. Ensuite elle lui avait demandé de s'éloigner ; il avait obéi et s'était posté derrière elle, à la poupe. L'essentiel était qu'elle ne le vît point. Et qu'elle fût libre enfin de se livrer aux gifles de la tempête.

Si le grand Jéhovah acceptait d'accéder à ses vœux, les déferlantes arracheraient les liens qui la retenaient à la vie. Elle reçut les paquets de mer comme un châtiment mérité, grimaçant sous l'assaut, les lèvres ouvertes pour goûter le sel de l'eau. Instinctivement, elle détournait la tête, mais les vagues ne lui laissaient aucun répit, et revenaient la frapper sans relâche, à grands coups de boutoir. Bientôt elle s'habitua. Les chocs répétés détendirent ses muscles crispés, et elle s'abandonna. « Comme Ulysse, songeait-elle, où sont les sirènes ? »

Les sirènes n'apparurent point ; et les seuls chants au cœur de la tourmente vinrent des matelots qui hurlaient, fort occupés à maîtriser le vieux bâtiment délabré. A force d'être assaillie, elle se relâcha si bien qu'une pensée absurde naquit brusquement : « C'est franchement mieux que mes massages », songea-t-elle.

Le ridicule de la situation lui apparut en pleine clarté. Une pauvre femme en soie plaquée contre le corps, une vieille noiraude attachée au mât d'un bateau pour se faire masser par la tempête, voilà ce qu'elle était, rien de plus ! Le grand Jéhovah se moquait des grands sentiments ; un fou rire la secoua tout entière. Il avait disparu depuis la mort de Rodolphe, l'incoercible tressautement d'un rire déchaîné, auquel elle ne pouvait rien.

Plus tard, lorsque le cotre fut revenu au port, le capitaine la détacha ; elle essuya sur ses joues des larmes où se mêlaient le sel du rire, et celui de l'eau. La comtesse Marie la rejoignit sur le pont, avec un peignoir pour la sécher. C'est alors qu'elle avait deviné, dans le regard de sa dame d'honneur, un malentendu inévitable. Comment pourrait-elle expliquer son fou rire ? Aux yeux de tous, elle était condamnée au deuil.

C'est pourtant à l'instant précis où le grand Jéhovah s'était soudain mué en masseur divin qu'elle avait retrouvé le goût de vivre. Mais de cela, elle savait qu'il ne fallait rien dire.

❖

Les mois passèrent lentement ; et si l'aube apportait toujours au réveil l'éphémère euphorie, signe de la douleur imminente, elle s'était accoutumée aux souffrances du jour. Mieux, elle s'était remise à ses leçons de grec.

La mèche de cheveux enroulée dans le médaillon battait constamment contre son cœur, et Rodolphe était sage à présent. De temps en temps, elle caressait le métal poli, ouvrait le boîtier et posait un baiser sur ce qui lui restait de son fils. Pour plus de sûreté, elle avait fait monter sur un bracelet quelques porte-bonheur, susceptibles de lutter contre la levée des fantômes. A la médaille de la Vierge, venue de sa lointaine enfance, elle avait ajouté une main de Fatma, achetée au Caire ; des monnaies byzantines, découvertes à Constantinople ; un signe représentant le soleil, et une minuscule tête de mort, trouvée sur le bureau de Rudi, à côté du crâne véritable qu'en bon franc-maçon il aimait contempler chaque jour. Ces fétiches la rassuraient ; grâce à eux, elle était devenue invulnérable.

Pour faire bonne mesure, elle avait déniché un second médaillon, qui contenait, finement imprimé sur un minuscule rouleau, le psaume 91 de l'Ancien Testament. Le grand Jéhovah, c'était aussi le maître des oiseaux, qui sous son divin pennage protégeait les mouettes du filet maudit de l'oiseleur. « Tu ne craindras ni les terreurs de la nuit, ni la flèche qui vole de jour, ni la peste qui marche en la ténèbre, ni le fléau qui dévaste à midi... »

Le *Chazalie*, brinquebalé sur l'Atlantique, parvint jusqu'aux côtes du Portugal, joignit Gibraltar, puis Tanger ; le grand Jéhovah renonça aux tempêtes, mais à Lisbonne, Il envoya le choléra. Comme à l'accoutumée, elle fut saisie d'un frémissement d'angoisse et de plaisir : l'idée d'affronter le danger était irrésistible ; mais elle n'eut pas le droit de descendre à terre. Aux étapes suivantes, elle se vengea.

Il fallait bien venir à bout de ce corps indomptable, et lui infliger la fatigue des élus. Puisque les chevaux s'étaient à la longue dérobés sous ses cuisses, puisqu'ils avaient disparu de sa vie, elle décida de marcher.

Elle l'avait toujours fait, par crises ; pour se justifier elle évoquait avec ostentation le souvenir des longues promenades avec le duc Max, son père, pendant son enfance en Bavière. Rien n'était plus méprisable que la promenade des dames de la Cour : trois pas nonchalants le long d'une prairie, où l'on se laissait mollement tomber avant même que les muscles aient pu s'exercer vraiment, non ! Toute la stupidité femelle de l'Autriche se concentrait dans cette façon de simuler la marche. Non, marcher, c'était autre chose ; vite, pousser le corps en avant, déplier les ciseaux des jambes, allonger le pas, vite, sentir le pivot de la hanche sur le haut de la cuisse, tendre le jarret, fléchir le genou, poser le pied, mais à peine, si vite que déjà s'abolit l'espace entre les foulées, laisser se durcir les tendons, naître les douleurs, serrer les dents, poursuivre, accepter le corset suffocant autour des reins brûlants, forcer le cœur battant à ne pas céder, vite, jusqu'à ce que surgisse le moment bienheureux où l'extase envahit l'esprit, l'esprit d'abord ; alors, la tête légère, le corps évanoui, elle croyait glisser sur les eaux d'un monde enfin vaincu, et s'abandonnait à l'ivresse d'un vol d'oiseau.

Elle s'était si bien aguerrie que, pour parvenir au détachement désiré, il lui fallait chaque jour davantage de temps ; parfois, la fatigue tardait à venir. Derrière elle, trottait péniblement la pauvre Marie Festetics, dont le cerveau paisible rejetait tout emportement, celui-ci comme les autres. Au bout de deux heures la comtesse s'essoufflait ; à la troisième heure, elle traînait la patte, à compter de la quatrième elle souffrait mille morts ; un jour, après la huitième heure de marche, elle s'était effondrée. Le lendemain, l'Impératrice marcha pendant dix heures.

Le médecin examina la dame d'honneur et appliqua des compresses sur les membres moulus. Le surlendemain, c'était à Tanger, après sept heures d'affilée, Sa Majesté daigna demander à Marie s'il lui était possible de marcher encore un peu. La comtesse fit son devoir ; il y eut une huitième heure.

Plongée dans ses nuages, elle s'apercevait à peine des souffrances de la simple mortelle. Quelquefois, lorsqu'elle pliait enfin son ombrelle blanche, elle voyait la pâleur de sa suivante ; elle feignait le remords, mais s'irritait secrètement. Consulté, le médecin confirma que la dame d'honneur ne résisterait pas longtemps ; elle n'en fut pas autrement fâchée.

La comtesse, qui tenait son journal avec ponctualité, se mit à rejeter cette femme qui, au lieu de sombrer dans la dignité d'un deuil accablé, ressuscitait sous la forme d'une divinité aux pieds ailés. Souvent, lorsque la comtesse Marie écrivait à l'inquiète Ida Ferenczi, trop lasse pour accompagner le périple de son idole, elle avait des mots durs sur l'égoïsme de son impériale maîtresse ; Ida comprit que, pour s'enfuir au galop, sa belle avait trouvé une jument de rechange, et qui n'était autre qu'elle-même.

Le *Chazalie* passa en Méditerranée, où le grand Jéhovah l'attendait, armé de houle. La comtesse Marie geignait de plus belle ; et elle, qui sentait revenir la vie à toutes jambes, partageait son temps entre les marches et la mer. Sur le pont du *Chazalie*, les jeunes marins de l'équipage jouaient de l'harmonica ; l'un d'eux, un mousse au regard moqueur, connaissait les airs de *La Traviata*, et même son aria préférée, « *Ah ! Gran Dio, morir si giovine* », qui l'enchantait toujours. Souvent, dissimulée derrière son ombrelle, elle les contemplait avec envie. C'était à l'heure où ils se reposaient ; affalés sur les cordages, ils avaient un mouchoir rouge noué autour du cou, et les bras nus. Les jambes à l'abandon, les mains derrière la nuque, ils écoutaient le mousse jouer *La Traviata*. Et sur le bras de l'adolescent, une ancre de marine, tatouée au-dessous de l'épaule, roulait avec les légers mouvements de ses muscles.

Pourquoi le grand Jéhovah l'avait-il fait naître dans le corps d'une femme ? Pourquoi n'avait-elle pas le droit de dénuder ses bras musclés ? Ce jeune mousse à l'harmonica, c'était elle, c'était son désir, son âme, qu'un mauvais génie avait emprisonné dans un rôle qui n'était pas écrit pour elle. A la première escale, elle se ferait tatouer sur l'épaule une ancre de marine ; déjà, elle imaginait les récriminations indignées de la comtesse Marie, vertueusement assise dans l'antre enfumé d'un tatoueur un peu louche, comme il en traîne dans tous les ports du monde. Elle ne céderait pas à la vertu. Sur l'épaule impériale, l'ancre serait sa flétrissure intime, la marque de sa révolte, une secrète liberté. « Je ne serai ancrée qu'à moi-même, à moi seule », songeait-elle avec jubilation pendant que le petit mousse laissait tomber l'harmonica et s'endormait au soleil.

Ses pensées revivaient, mais sa langue restait paralysée. Quand elle ouvrait la bouche, en tombaient les mots du malheur, définitifs, désabusés ; elle n'en avait plus d'autres. Mille fois elle avait essayé de retourner à ses poèmes ; mais un poids terrible lui paralysait le bras, et l'empêchait d'écrire. Pourtant, le bonheur des soirs, les lumières qui s'allumaient à la nuit tombée, l'odeur des cyprès, et les silhouettes enveloppées des femmes dans les rues de Tanger, elle distinguait tout, voyait tout, elle avait même retrouvé les senteurs sauvages des garrigues et des chèvres ; mais comme la princesse enchantée par un mauvais sort, quand elle aurait voulu former des mots de perles, de ses lèvres toujours serrées sortaient des crapauds, à son insu.

Alors elle laissa faire ; et puisqu'on la confinait dans ce rôle, elle accepta le deuil éternel de Rodolphe. Était-ce vrai ou faux ? Qui aurait pu le dire ? Ses joies n'avaient jamais été très partagées ; désormais elles passaient dans la clandestinité radicale. Volés, les plaisirs quotidiens. Comme l'ancre tatouée sur son épaule, secret à ne pas révéler. Surtout pas à la fille préférée, qui s'en accommoderait aussitôt et préviendrait son illustre père : « Maman va bien cette fois. — Allons, tant mieux, répondrait-il soulagé... » Affaire classée. Plutôt le secret, et les jouissances dérobées au simulacre. Avant la disparition de son fils, l'éventail la dérobait au monde ; elle n'avait ajouté qu'une ombrelle et un long voile éternel, qu'elle accepterait parfois de relever, par indifférence, croyait-elle.

❖

Il lui semblait qu'en recommençant à écrire elle aurait enfreint un terrible tabou, et que son fils en pâtirait. Comment ? Inexplicable. Écrire les aurait à jamais séparés. Mais séparés, ne l'étaient-ils pas déjà ? Non, pas dans le cœur de son cœur. Ce qu'elle craignait par-dessus tout, c'était de perdre le souffle de bonheur clandestin, celui que son fils mort avait daigné lui rendre, et qu'elle savourait chaque jour. Écrire n'était plus possible ; il l'aurait mal pris.

Pour en être sûre, elle avait consulté son oracle préféré : le blanc d'un œuf, cassé sur une assiette. Aux formes que dessinaient les glaires transparentes, elle devinait la réponse ; une vieille tzigane lui avait enseigné la technique, un jour, à Gödöllö. Cela valait mieux que le marc de café, disait l'ancienne, trop incertain. Un matin, le blanc d'œuf avait tracé la forme d'une main informe, aux doigts coupés. C'était une première indication. Le lendemain, l'œuf avait livré une autre figure, celle d'un stylet pointu. Cette fois, c'était clair : le stylet, c'était la plume. Les doigts ne devaient plus écrire.

Elle prit donc l'ensemble de ses poèmes, près de mille pages contenant les *Chants d'hiver*, les *Lieder de la mer du Nord*, et des liasses diverses, dont la collection des Ânes. Elle acheta cinq ou six cassettes avec de solides verrous, inviolables. Avant d'enfermer ses vers, il lui restait un ultime effort d'écriture. En prose.

Pour ce faire il fallait trouver l'endroit parfait. Aucune maison ne convenait. Les bateaux tanguaient. Ce fut le train. Elle avait fait confectionner un wagon spécialement aménagé, avec une chambre, un salon, des toilettes, enfin, de quoi demeurer propre et se laver en tous lieux. Et dans le train, elle pouvait écrire.

Pourquoi le choix du train s'imposait-il à son esprit ? Il allait, le train, vers une destination inconnue, un hiver éternel, un nulle part sans humanité à travers l'Europe ; il ahanait, il cahotait, le train, il bougonnait, comme une vivante coquille transportant sa chair intérieure, qu'il crachait sur le quai de la gare, à l'arrêt. Il fulminait, il ronronnait. Oui, le train convenait. Une fois cela décidé, la plume courut aisément. Cette dernière lettre ne s'adressait pas aux vivants ; aux morts pas davantage. Non, elle écrivait à l'enfant qui naîtrait plus tard, et qu'elle appela simplement « Chère âme du futur ».

Le destinataire de l'avenir, légataire des originaux des poèmes, devrait les publier soixante ans après l'année 1890, date qu'elle inscrivit dans l'en-tête, cette année-là. Les droits d'auteur reviendraient aux « condamnés politiques les plus méritants, à ceux qu'on avait blâmés pour leurs idées libertaires, et à leurs proches dans le besoin ». Car, écrivait-elle, « il n'y aura pas dans soixante ans plus de bonheur et de paix sur notre petite planète qu'il n'y en a aujourd'hui ».

Par superstition, elle ajouta deux lignes sur une autre planète, encore invisible, et qu'on finirait bien par découvrir un jour, lorsque les hommes auraient acquis le moyen de s'y rendre. Elle avait bien calculé ; soixante ans plus tard, à compter de 1890, ce serait en 1950. A cette époque, l'Empire aurait peut-être disparu ; certainement, si elle en croyait le souvenir des prédictions de Rodolphe, qu'il avait lui-même formulées dans ses lettres d'adieux. Les trains rouleraient toujours vers des destinations inconnues à travers l'Europe ; ils déverseraient encore leur cargaison de vivants sur les quais des gares, dans un hiver éternel. Quant à l'enfant à naître, sans doute dans les années 1930, elle n'avait aucune idée de sa nationalité.

Avec un peu de chance, il serait hongrois, et juif; il pourrait s'appeler Gyula, Thomas, ou peut-être encore Istvan. Il serait né à Budapest, et il serait choisi pour ouvrir la cassette, parce qu'il serait le plus grand poète du xxe siècle, un nouveau Heine.

C'est encore par superstition qu'elle ne signa pas de son nom, Elisabeth. Gabrielle avait déjà servi; mais puisqu'elle avait beaucoup écrit sur les ânes, elle eut l'idée de revenir à la Reine des Fées, en souvenir de sa beauté évanouie, et du Songe d'une Nuit qu'elle avait poursuivi. Elle signa donc Titania, et au bas de la page, écrivit encore une ligne : « Écrit en plein été 1890, dans un train spécial filant à toute allure. »

Ensuite, elle fit avec les poèmes plusieurs paquets bien classés, qu'elle enveloppa elle-même, ficela solidement, et enferma dans plusieurs cassettes. Puis, dans le plus grand secret, elle confia à Ida la première cassette, avec une lettre manuscrite : à sa mort, et pourvu qu'elle mourût avant sa chère amie, Ida trouverait dans le cabinet de toilette un sceau gravé d'une mouette, pour apposer sur la cassette avant de l'envoyer à Charles-Théodore, frère de l'Impératrice, qui l'enverrait lui-même au président de la Confédération helvétique.

Dans le plus grand secret, elle écrivit une lettre au duc de Liechtenstein, bon compagnon de chasse, excellent cavalier, investi de la même mission; elle déposa la deuxième cassette et la lettre dans un tiroir, dissimulé au fond d'un secrétaire anodin, à la Hofburg, dans ses appartements. Pour plus de sûreté, et toujours en secret, les autres cassettes allèrent à des amis, dont elle dissimula les noms.

Chacun des dépositaires des poèmes de l'Impératrice ignorerait absolument l'existence des autres. Mais le destinataire ultime serait toujours le même : le président de la Confédération helvétique, seul à pouvoir ouvrir les cassettes en temps voulu.

En Suisse, on savait garder les secrets, et les rendre publics selon la volonté des visiteurs. En Suisse l'attendait donc son destin futur.

❖

Lorsque après neuf mois d'errance, il fallut revenir à Vienne, elle consentit même à se montrer en public. De bonne foi, elle crut à son propre détachement : qu'importaient, pensa-t-elle, ces regards détestés ? A force de marcher, elle avait quitté le monde des humains, et rejoint la terre des dieux. Avant le raout, pendant la toilette, elle fut étrangement docile ; on lui passa la robe de soie noire, avec jabot de dentelles assorties, on natta les cheveux en triple couronne, on lui présenta les écrins où, sur le velours bleu, dormaient les bijoux. Elle les fixa sans les voir. Soudain, elle leva la main, et sourit.

— Aucun ne convient, fit-elle, emportez-les, tous.

Elle n'accepta pas même un camée, auquel elle avait droit après deux ans de deuil ; elle aurait même pu s'habiller de mauve et blanc. Puis elle entra dans la salle avec cette démarche inimitable qu'elle ne pouvait corriger.

Au frisson chuchoté qui parcourut la salle elle comprit que rien n'avait changé. On n'était plus hostile, on la plaignait, c'était pire encore ; elle serra les dents, et demeura debout, strictement immobile. Les dames de la Cour se mirent à pleurer, et pour ne pas les voir elle fixa les stucs, au-dessus des chambranles des portes, par-delà les têtes innombrables. La foule disparut dans un léger brouillard où flottaient les murmures ; droite sur son estrade, elle s'échappa. Elle savait désormais : pour continuer à vivre, il suffisait de ne plus regarder les regards.

Depuis le jour de ses fiançailles à Bad Ischl, il en avait toujours été ainsi ; des milliers de regards, des milliers de menaces. Exposée, elle devenait mortelle, chair offerte à la pourriture humaine, comme Rodolphe au fond de la Crypte, peau poreuse à l'admiration, corps voué à la haine, à l'envie, tandis qu'ailleurs ! Seule, elle pouvait vivre. Mais seule, l'avait-elle jamais été ?

« Quand ils descendent dans le monde des hommes, pensa-t-elle, les dieux se déguisent. Je l'ai fait, une fois, une seule, dans ce bal à la Redoute. Aux yeux de ce jeune homme je n'étais plus que moi. Je n'étais plus personne, une femme, son Isolde ! Mais ici... Leur propriété. Leur Impératrice. Leur chose. Jamais plus ! Je disparaîtrai. »

Elle resta huit jours, partit à Lichtenegg chez la Chérie, et ne voulut s'attarder davantage. Couverte d'attentions, entourée de bonheur, elle avait peur : tantôt de déranger, tantôt simplement d'être heureuse, et de s'installer à demeure.

— Comme l'archiduchesse ma belle-mère ! s'écriat-elle. Non, non, je pars. La mouette n'est pas faite pour un nid d'hirondelles. Soyez tranquilles.

A nouveau, elle se sentait semblable aux grands oiseaux pointus, dont le cri aigre battait les alentours de son bateau. Tout juste bons à planer sur les eaux, et puis à se poser à la crête d'écume, pour picorer les restes traînant dans le sillage. Ainsi volerait-elle de mer en mer, tout juste bonne à ramasser les miettes de la vie, ces délices. A l'idée de repartir et de marcher encore, la comtesse Marie avait déclaré forfait ; on nomma une nouvelle dame d'honneur, que le médecin avait dûment vérifiée, une robuste fille de vingt-cinq ans, que l'Impératrice ne parviendrait pas à semer aisément. On changea le vieux *Chazalie* contre un *Miramar* plus robuste, bref, on commençait à s'équiper pour des façons que l'on sentait durables.

Et comme son lecteur de grec n'était guère avenant, on lui en présenta un autre, un certain Christomanos. Quand elle entra dans le salon où il attendait, elle crut qu'il restait assis, mais non, il était simplement très petit. Lorsqu'il s'inclina pour lui baiser la main, elle aperçut la bosse qu'il avait sur le dos.

❖

Cette difformité l'emplit d'une joie immédiate : entre infirmes, on se comprendrait.

Elle l'emmena pour une promenade dans le parc autour de sa villa ; elle fit des efforts, elle marcha lentement et déploya pour lui des charmes qu'elle croyait disparus. Le petit bossu la contemplait avec une adoration si rêveuse qu'elle en fut touchée. Il n'était pas tout à fait homme, elle n'était plus tout à fait femme. La promenade dura trois heures, et s'acheva par un recrutement. Le jeune Constantin Christomanos ébloui fit son entrée à la Burg, et fut logé dans l'aile léopoldine, au fond du passage des Demoiselles.

Comme d'autres il tomba follement amoureux ; elle s'en émut beaucoup dans les commencements. Lorsqu'il clopinait à ses côtés, elle l'encourageait en secret, « Viens donc, petit, force-toi, allons », un peu comme elle faisait avec ses chevaux ou ses chiens ; le Grec lui rappelait le pauvre Rustimo, qui effrayait tant les laquais, parce qu'il était noir comme le diable. Noir, bossu, bancal, parfait ! Pourvu qu'on n'eût pas l'esprit conquérant des hommes, leur insupportable assurance, et cette façon qu'ils avaient tous de la regarder en vainqueurs. Au demeurant, le nabot grec n'était point sot, ne s'exprimait pas mal, il était même poète à ses heures ; elle le soupçonnait de tenir un journal, et ne se trompait pas.

Quelquefois elle avait du mal à freiner les élans du bossu ; il n'en finissait plus. Mais c'était pour rester plus longtemps avec elle ; et puisque la vie l'avait suffisamment tordu, elle lui fit grâce de ses agacements.

D'habitude, le bossu venait à l'heure de la coiffeuse ; elle l'en avait averti, c'était entre eux une convention, et pour tout dire, un ordre. Pendant qu'on la peignait, elle occupait son temps avec les leçons de grec ; il s'asseyait à ses côtés, et la reprenait à chaque erreur de langage, précautionneusement. Elle, tout en causant, le guettait dans le miroir : affolé par cette intimité partagée, le bossu devenait voyeur. Ses regards furtifs, ses yeux hâtivement baissés lorsque, d'un mouvement de tête, elle secouait la lourde masse de ses boucles sur la liseuse de linon ivoire ! Ses rougeurs, quand la coiffeuse extirpait délicatement les cheveux blancs ! Pauvre Constantin ! Il joignait les mains, prenait un air compatissant, petit homme perdu au milieu d'un harem, comme le Grand Eunuque Blanc de la Sublime Porte...

Pourquoi était-il en retard ? Il n'était pas venu pendant qu'on la coiffait. Ce matin-là, elle recevait officiellement deux ou trois lointaines cousines un peu gauches, des archiduchesses guindées qu'elle ne voulait pas offenser, braves filles au fond ; et pour les contenter, sans rien céder de son noir éternel, elle avait choisi un modèle orné de longues plumes frisées à l'ourlet. La parenté oiseleuse entre sa robe et elle l'avait mise de belle humeur. Les cousines n'arrivaient pas. Soudain, elle décida de faire sa gymnastique. Au portique l'attendaient les anneaux suspendus ; elle s'en saisit, se hissa, puis se renversa, la tête en bas.

Les plumes et la robe se retournèrent en corolle, d'où émergeaient, du milieu du jupon, les jambes gainées de blanc, les pieds tendus. Aveuglée par le fourbi de soie, attentive au sang qui irriguait son crâne, elle comptait jusqu'à trente, le temps requis pour l'exercice, lorsqu'elle entendit un pas, puis un soupir. Qui donc se permettait ?

En un éclair tournèrent les anneaux ; jupe et jupons redescendirent, les plumes revinrent sagement à leur place. Au sol, la bouche ouverte, le petit bossu écarquillait les yeux. Vivement, elle sauta à terre. Puis elle le regarda bien en face.

« Sauter comme un chamois, voilà ce que disait mon père, mon petit Constantin. J'attends la plus entière discrétion ; vous ne m'avez pas vue aux anneaux, monsieur Christomanos. Allons, remettez-vous ; et lisons *L'Odyssée*, je vous prie. »

Mais il ne bougeait pas, pétrifié. « Allons ! » répétat-elle en tapant du pied. « Vous n'en mourrez pas, que je sache ! Moins de vertu, s'il vous plaît, et plus de ponctualité. » Le rouge au front, le bossu se précipita.

Le soir même, avertie par la fidèle Ida, elle apprit que le bossu parlait avec extase de l'Impératrice aux anneaux ; il l'avait vue, disait-il, suspendue entre ciel et terre, une sorte d'apparition, « entre le serpent et l'oiseau ». Le bossu était un bavard, et le serpent lui déplut. « Un peu plus, il ajoutait le jupon retourné, songea-t-elle. S'il va plus loin, je m'en sépare. »

Puis elle réfléchit, se dit qu'il écrivait peut-être, et décida de l'emmener avec elle en voyage. Servir de modèle à un nabot lyrique, féru de mythologie et tout pétri d'amour, ce n'était pas mal. Parfois elle se disait que des Habsbourg elle n'avait hérité que le goût espagnol des bouffons, et des chiens. Elle en riait sous cape, et n'en chérissait que mieux son petit monstre grec.

L'affaire de l'Impératrice aux anneaux fut le premier incident.

❖

Vinrent les autres, à rythme accéléré. Sur le bateau, le bossu avait pris de l'assurance, et le goût du commandement. Il agaçait.

— On se plaint de vous, cher Constantin, lui dit-elle doucement pour ne pas le froisser. Tenez-vous tranquille, sinon...

Il protesta qu'on voulait les séparer...

Les séparer ? Elle rougit violemment, il se jeta à ses pieds, jura tout ce qu'elle voulut, non, tout ce qu'on voulait, c'était l'éloigner d'elle, pure jalousie... Elle lui tourna le dos. Le soir même, elle prétexta une fatigue extrême, et pendant qu'il dînait, elle courut dans la cabine du petit bossu. Le journal de Christomanos était resté ouvert sur la table.

Elle s'accouda, pour mieux déchiffrer le grec, et suivit les mots avec le doigt. « Elle marche moins qu'elle n'avance — plutôt, on dirait qu'elle glisse — le buste légèrement infléchi en arrière et sur les hanches fines, doucement balancé. Ce glissement, à elle propre, rappelle les mouvements d'un cou de cygne... »

— Pas mal, murmura-t-elle. Un peu trop précis, peut-être ; voyons la suite...

«... Tel un calice d'iris à longue tige qui dans le vent vacille, elle chemine sur le sol, et ses pas ne sont qu'un repos continu et repris. »

— Ce petit comprend bien, sauf qu'on n'a jamais vu un iris vaciller sous le vent, continua-t-elle. « Les lignes de son corps fluent alors en une suite d'imperceptibles cadences qui marquent le rythme de son existence invisible. Oh ! Quelles mélodies d'extase, moi, sourd, j'en devinais... »

Vaguement irritée, émue aussi, elle referma le cahier, et retourna s'étendre dans sa cabine. Ce chant d'amour intense la troublait. Ainsi, d'un corps si laid sortaient tant de mots insensés !

Ce soir-là, bercée par le souvenir des pages enflammées, elle s'endormit avec difficulté ; elle imagina le nabot, occupé à se caresser en répétant son nom, la tête enfiévrée de mots, la main obscène. Quand elle revit Christomanos, elle l'examina longuement ; dans le regard de son répétiteur luisait la flamme triomphante de celui qui se croit vainqueur.

Eh bien ! Personne ne l'aurait, même en rêve.

— A la fin du printemps vous rejoindrez Athènes, lui dit-elle. Lorsque nous aurons quitté Corfou, dans deux mois.

Il accusa le coup, battit des paupières, tendit une main suppliante... « Non, fit-elle doucement. Mais vous pourrez publier votre livre, quand je serai morte. »

Le lendemain, veille de Pentecôte, le *Miramar* longea les côtes albanaises, et s'approcha de l'île de Corfou. De loin, apparaissaient les moutonnements sombres des chênes-lièges, les flèches des cyprès dressés comme des gardiens, et les oliveraies millénaires, légère écume sur les collines. Immobile à la proue du bateau, l'Impératrice veillait sous son ombrelle blanche. A ses côtés, appuyé sur la rambarde, le bossu s'extasiait.

— Voici donc l'antique terre des Phéaciens ! L'île enchantée où s'échoua le héros naufragé, Ulysse le rusé, voici les rives où le découvrit à l'aube...

— Nausicaa, nous savons cela, coupa l'Impératrice agacée. Je connais cet endroit depuis plus de trente ans, Constantin ; dispensez-moi de votre pédagogie.

— Mais le poète aveugle, Votre Majesté, le grand Homère ! Et la jeune Phéacienne couvrant de son manteau le corps nu du guerrier en exil ! Cette scène admirable !

— Vous la verrez tout à l'heure au mur de ma villa, s'écria- t-elle en le menaçant de son ombrelle. A présent, taisez-vous ! Sinon vous ne débarquez pas.

Maté, le petit Grec se tut. Le *Miramar* commença les manœuvres pour arriver à quai. Un peu plus loin, sur la jetée, attendaient les officiels et la fanfare, en uniforme noir et rouge.

— Je déteste ce moment, fit l'Impératrice entre ses dents.

— C'est le jour anniversaire du rattachement de l'île à la Grèce, Votre Majesté, souffla le bossu avec émotion. Dix-huit ans déjà...

— J'ai connu cette île sous les Anglais, Constantin, coupa-t-elle en lui tournant le dos. Pas vous ! C'est la première fois que vous venez ici, non ? Je vous ai déjà demandé de vous taire !

On posa la passerelle au flanc du *Miramar* ; les marins se mirent au garde-à-vous ; la fanfare entama l'hymne impérial, et le consul d'Autriche, le chapeau à la main, se mit en devoir de monter au son des coups de sifflet, cependant que le second du bateau lançait la proclamation solennelle : « Le consul monte à bord ! »

Baisemain du consul. Baisemain des autorités de la ville. Délégation de jeunes filles en costume corfiote, coiffées de fleurs sur le côté, la tête couverte d'une dentelle blanche. Bouquets de seringas et de roses. Hymne national grec. Discours du maire. Aubade de l'orphéon, *Le Beau Danube bleu*, version pour fifres et cuivres. Les drapeaux flottaient, le soleil de midi tapait, les ophicléides étincelaient, les musiciens ruisselaient sous la chaleur, l'Impératrice sous l'ombrelle se tenait debout sans sourire, et le consul tira discrètement son oignon ; la cérémonie était interminable. Restaient encore le vin d'honneur, et les présents du pays offerts par les jeunes gens en gilet de velours soutaché d'or. Enfin, au bout d'une heure, l'Impératrice prit congé sous les vivats de la foule enthousiaste.

— Ouf ! s'écria l'Impératrice en s'installant dans la calèche fleurie. J'ai vraiment cru que nous n'en finirions jamais !

— Un tel honneur pour cette petite île, Votre Majesté, bredouilla le consul d'Autriche avec confusion. Votre présence... La villa... Tant de beautés réunies...

Elle n'écoutait déjà plus. La calèche longeait la mer, et s'apprêtait à monter le raidillon qui conduisait à la villa, entre les vieux oliviers et les géraniums-lierre.

La première fois qu'elle avait vu ces oliviers, c'était à l'époque de sa guérilla conjugale. En revenant de Madère, elle s'était arrêtée à Corfou, dans une grande maison sur le bord de la mer, et avait décidé de n'en plus jamais bouger. L'Empereur l'y avait rejointe ; c'est à Corfou qu'il avait capitulé, c'est à Corfou qu'elle avait dicté ses conditions pour reprendre sa place à ses côtés. Indépendance complète, emploi du temps sans surveillance, autonomie sur l'éducation des enfants impériaux, dispense de cérémonies, choix des dames d'honneur. Elle avait vingt-quatre ans, et s'était juré de revenir sur l'île de sa liberté.

Il lui avait fallu vingt autres années pour y parvenir. Entre-temps, l'île avait vu le départ des Anglais, ses derniers occupants ; l'Empereur avait nommé comme consul d'Autriche à Corfou le professeur Alexandre de Warsberg, diplomate et helléniste. Face à l'Impératrice, il avait d'abord été méfiant. Oh ! L'homme était d'une parfaite courtoisie. Mais officielle, distante, subtilement méprisante ; une Impératrice ne pouvait être qu'une mondaine ; elle avait la voix basse, brève, elle était revêche, bref, le consul n'aimait pas les femmes. Puis il avait découvert les charmes de l'enchanteresse, qui pour le séduire n'avait pas ménagé ses efforts.

Dès la deuxième visite à Corfou, le consul avait succombé : comment résister à une Impératrice qui lisait Homère dans le texte, et qui, pour se recueillir sur le tombeau d'Achille, n'avait pas hésité à se rendre sur les ruines de Troie, dans la lointaine Asie Mineure, dans les terres de l'Empire ottoman ? Sa timidité était exquise, sa voix susurrante résonnait comme une mélodie... Revêche ? Quelle erreur ! L'Impératrice était exceptionnelle. Intelligente comme un homme.

A la troisième visite, le professeur avait joué le tout pour le tout, et milité pour la construction d'un palais homérique. Une villa en tous points conforme aux descriptions laissées par le poète aveugle.

Elle avait acquiescé, et acheté une vieille maison en ruine sur les hauteurs qui dominaient la ville. Warsberg s'était mis au travail avec ardeur, et la construction n'avait pris que cinq ans. L'Impératrice avait écrit un poème en l'honneur de la maison détruite, que la reine des fées avait décidé de transformer en palais. Ce serait le royaume des mythes et de la Grèce antique, dont elle serait la secrète souveraine, et auquel personne n'aurait accès. Un domaine d'arbres, d'oiseaux et de statues de marbre.

Chaque année, l'Impératrice venait inspecter les travaux, que dirigeait passionnément le consul. A ses yeux, la villa ne pouvait porter qu'un seul nom : celui du premier souverain de Corfou, le roi des Phéaciens, Alkinoos ; mais avec un charmant sourire, l'Impératrice lui annonça qu'elle en avait choisi un autre. La villa s'appellerait l'Achilleion, en souvenir d'Achille, à qui elle vouait une vénération particulière.

— Rapide, fort comme une montagne, dédaigneux de tous les rois... C'est un nuage orgueilleux ! Il a vaincu la reine des Amazones... Je l'aime ! disait-elle au consul d'Autriche atterré.

Ce fut la seule déception qu'elle infligea au professeur Warsberg, et ce fut aussi leur ultime rencontre ; car avant l'achèvement de son chef-d'œuvre, Alexandre était mort.

Combien de fois avaient-ils ensemble monté en calèche le raidillon sous les oliviers ? Il lui présentait les genêts fleuris, lui faisait les honneurs des lauriers roses, signalait un néflier couvert de fruits, ou les premiers citrons, ou un figuier, lui montrait les paysans récoltant les olives sur de grands draps, citait Homère en désignant le violet de la mer... Warsberg connaissait tout, les vieilles pierres, la végétation, les ruines, les monastères et les colonnes enfouies sous les chèvrefeuilles... Warsberg était irremplaçable.

Ce sourire ironique sous la fine moustache, ces cheveux roux, comme ceux de l'Anglais Middleton, cette façon nonchalante de mettre sa main dans sa poche, le long Alexandre, d'une parfaite élégance, beau et rêveur, le cher Warsberg...

Éblouissante de blancheur, la villa surgissait à travers les frondaisons bleues. L'Impératrice s'arrêta devant la grille ouverte. Sur la plus haute terrasse, quatre jeunes beautés de bronze lui tendaient les bras, et deux centaures de marbre montaient la garde pour l'accueillir. Elle eut un frémissement de plaisir, et se mit à grimper vers le jardin, comme une chèvre noire.

Le nouveau consul d'Autriche prenait son élan pour la suivre, lorsque la comtesse Sztaray, dame d'honneur de Sa Majesté Impériale, le retint par le bras. L'Impératrice voulait être seule. Sans faire de bruit, les domestiques sortirent les bagages. Constantin Christomanos joignit les mains et se mit à genoux. La villa était d'une perfection absolue.

Quand enfin il n'y eut plus personne devant le péristyle, le bossu monta l'escalier qui conduisait au jardin suspendu, déboucha sur la première terrasse, et se figea.

L'Impératrice caressait une à une les muses de marbre posées devant les colonnes au fût rouge, en les appelant par leur nom. « Et toi, Terpsichore, ma belle, comment te portes-tu ? Toujours des fleurs dans les cheveux ? Ah ! Voici notre sévère Melpomène. Et ma chère Sapho, ma dixième muse, toi qui sus mettre fin à tes jours, toi qui mourus en mer, les algues dans les cheveux, ma préférée... »

La fine silhouette noire semblait flotter sur le sol, passait de statue en statue, s'attardait sur un pli de pierre, touchait un menton, effleurait une épaule... Elle glissa vers le bassin aux nénuphars, salua gracieusement le Satyre portant Dionysos enfant, se pencha sur le dauphin de bronze, et, relevant ses jupes, courut vers la deuxième terrasse en contrebas.

Le bossu la suivit sans un bruit. Sous les palmiers, au bout de la colline, face à la mer, se trouvait la grande statue d'Achille mourant, dont Christomanos ne voyait que le dos musclé, les fesses rondes, et les boucles de pierre sous le casque à panache d'un blanc étincelant. Immobile, l'Impératrice se recueillait devant son héros, la main posée sur la flèche de marbre qui lui trouait le pied ; de loin, le petit Grec apercevait la couronne de nattes tressées, le front ridé, le regard noir et grave.

Une hirondelle traversa l'air en sifflant. L'Impératrice leva la tête, sourit, et agita la main. « Je suis revenue ! cria-t-elle. J'irai voir vos nids sous les colonnes ! Je suis là ! »

Constantin fit un pas de trop, et marcha sur une branche sèche, qui craqua. L'Impératrice sursauta, fronça le sourcil, et le vit.

— C'est vous ! s'écria-t-elle d'un ton fâché. Je n'aime pas être espionnée, Constantin !

— J'admirais la splendeur du lieu, Votre Majesté, répondit le bossu d'une voix suppliante. Tellement digne de sa propriétaire...

— N'est-ce pas ? laissa-t-elle tomber négligemment.

— Et d'une telle vérité ! Antique !

— Comme sa propriétaire ? lança-t-elle. Allons ! Je vous pardonne. Mais ne recommencez plus.

❖

Le lendemain, elle l'admit à sa promenade au coucher du soleil. Elle inspecta les nids des hirondelles sous les volutes bleues des colonnes, fit le tour des rosiers et des agaves, et s'arrêta devant une petite statue de Byron.

— Si j'avais eu le choix d'une autre vie, j'aurais voulu être Byron, soupira-t-elle. Se battre pour l'indépendance d'un pays, aider à l'accouchement d'une jeune nation en Europe, prendre les armes à Missolonghi, quand on est poète, quand on n'a rien d'un soldat ! Et mourir jeune enfin...

— Comme Achille à l'agonie..., murmura dévotement le bossu. Votre Majesté n'aime pas les héros triomphants.

— C'est vrai, je n'aime que les êtres souffrants ! s'écria-t-elle, et songeant brusquement à l'infirmité de son compagnon, elle s'arrêta net.

— Achille, Byron, Sapho... Tant de destins brisés... Ce monde de statues silencieuses...

— Il en manque une, cher Constantin, dit-elle avec un bref soupir. J'attends le mémorial du Prince-Héritier. Dans deux à trois semaines nous serons enfin réunis.

Elle pressa le pas pour ne pas montrer les larmes qui lui venaient aux yeux. Pourquoi cette confidence, pourquoi s'abandonner ainsi ?

— Regardez ces ricins fleuris, là-bas ! s'écria-t-elle avec une gaieté forcée. Est-ce que ces touffes rouges ne sont pas admirables ?

— Il faut avoir souffert comme vous pour aimer à ce point la vie..., s'enhardit le petit Grec en se rapprochant d'elle à la toucher.

Elle s'écarta, et déploya son ombrelle blanche.

— Vous comprenez trop de choses, Constantin, murmura-t-elle. Je vous ai déjà averti...

— Que Votre Majesté me pardonne... Mais je succombe à la beauté, comme Elle ! Vous seule aurez su créer un tel ravissement !

« Et moi je rêve d'une petite maison de pêcheur, avec des arcades roses et blanches, une treille et un oranger nain, songea-t-elle. Se taira-t-il à la fin ? Il me dégoûtera de ma villa ! »

❖

Les jours passaient, tranquilles. Avant l'aube, l'Impératrice regardait le soleil se lever derrière les montagnes d'Albanie. C'était le meilleur moment, celui du réveil des oiseaux et des premiers envols d'hirondelles. Caressées par les rayons du jour, les statues semblaient s'éveiller à leur tour, et l'Impératrice allait de l'une à l'autre, en déshabillé blanc. Puis la villa sortait de sa torpeur, les humains du sommeil, et l'Impératrice s'habillait de noir.

Les déjeuners se déroulaient dans la grande salle à manger, sous le regard des angelots de plâtre posés sur les murs céladons. L'Impératrice se contentait de lait de chèvre, de tomates, d'olives, et n'acceptait pas qu'un repas durât plus de quinze minutes. L'après-midi commençait par la leçon de grec. Ensuite, à la tombée du jour, elle se promenait avec lui dans les jardins de la villa, sous les cyprès où grimpaient d'exubérants volubilis.

Constantin Christomanos n'avait pas appris à se taire, et ne désespérait pas de reconquérir sa souveraine, à force de commentaires exaltés, perspicaces, et qui l'exaspéraient. Pour le décourager, elle reprit ses longues courses à travers la campagne. Armée d'un gobelet d'or, elle puisait de l'eau aux fontaines, courait après les chèvres sur les collines, cueillait les scabieuses et les coquelicots, et daignait parfois s'asseoir sur les fougères, mais rarement.

Il la suivit, et s'épuisa.

Elle eut honte, et pour le consoler, se mit à lui lire une traduction de Shakespeare, dont on disait qu'il avait, dans *La Tempête*, attribué l'île de Corfou au roi Prospero. Mais lorsqu'elle en arriva au personnage du noir Caliban, le bossu se sentit visé, et devint fou de douleur.

Les malentendus s'accumulaient. Il l'aimait chaque jour davantage, et chaque jour, elle le blessait un peu plus, sans faire attention.

Puis le mémorial du Prince-Héritier arriva, dans un chariot tiré par des bœufs. On le hissa jusqu'à la première terrasse, on défit la caisse de bois, on essuya la pierre blanche, et l'Impératrice resta seule.

Juché sur un fût de colonne brisé, un ange aux ailes démesurées veillait sur un Rodolphe en médaillon. L'inscription était en latin, *Rudolfus, Coronae Princeps*. C'était lui, c'était son regard légèrement tombant, plein d'ironie, triste à mourir. Elle posa la main sur le front de pierre, toucha la moustache froide, et leva les yeux vers l'ange dominateur. Il ne veillait pas son fils mort, il triomphait, il l'écrasait. Les yeux remplis de larmes, elle s'enfuit en courant, et décida d'avancer la date de son départ.

Tout lui devenait insupportable, les statues, trop présentes, et qui ne lui répondaient pas, les aubes, trop douces, les cyprès, trop parfaits, les fleurs, trop éclatantes, la villa, trop blanche, les hirondelles, trop affairées à nourrir leurs petits... Et ce petit bossu amoureux !

❖

Il ne restait plus qu'un mois. Depuis l'installation du mémorial de son fils, l'Impératrice pleurait presque tous les jours.

Le bossu avait perdu de sa superbe, n'ennuyait plus personne, et la suivait partout comme un chien quand son maître s'apprête à partir. Or plus il s'abaissait, plus elle était cruelle. Quand il évoquait les nymphes éthérées, auxquelles il aimait à la comparer, elle parlait des dures mains de sa masseuse, et des bourrelets de crasse qui lui restaient sur les paumes, à la fin. Épouvanté, il rougissait...

— Que croyez-vous donc ? jetait-elle d'un ton moqueur. Que je n'ai pas de peau ? Pensez-vous que, pendant les massages, j'ai des sentiments impériaux ?

Le lendemain, il était parti sur les constellations, et la chevelure de Bérénice... « Chansons ! Laissez là vos rêveries, Constantin ! » et elle le houspillait sans relâche.

Bientôt il se contenta de l'écouter. Elle l'abreuva de phrases, le gava de mots, « Il faut engraisser ses Mémoires », songeait-elle, mais parfois, se prenant au jeu, elle se laissait aller, et regrettait ses sincérités. Alors, par un de ses retournements familiers, elle prit en grippe le confident qu'elle s'était choisi.

— Songe-creux ! disait-elle à qui voulait l'entendre. Un rêveur, éthéré ! Absurde !

Un peu plus tard, un jour qu'il avait été particulièrement silencieux, elle déclara qu'avec sa philosophie, le bossu lui donnait la nausée. Si haut qu'elle craignit de l'avoir offensé, si d'aventure il avait entendu.

De tout cela, apparemment, le pauvre Grec ne montrait rien. Mais lorsqu'il revenait dans sa chambre, il sanglotait abondamment au souvenir des méchancetés du jour. Dans les corridors, les servantes se poussaient le coude en l'apercevant. Une nuit qu'il arrivait dans le noir au coin des cuisines, il tomba sur une saynète que donnaient les domestiques dans la cour.

Un coussin attaché sur le dos pour simuler la bosse, le plus petit des valets, à genoux devant une matrone, le contrefaisait en baragouinant du grec avec des accents efféminés ; l'ombrelle sur l'épaule, un éventail à la main, mimant l'Impératrice, la cuisinière le laissa fourrer la tête sous ses jupons.

Le malheureux bossu s'était enfui en courant ; et chaque soir, quand il avait épuisé ses sanglots, la rage au cœur, il se jetait dans la rédaction de son journal.

Plus les mots seraient purs, plus l'impure souffrirait. Il la voulut sublime, telle qu'il l'avait connue en ses débuts. Il oublia les dents noires, la peau tannée, les taches de son sur le dessus des mains, les veines bleuissantes, il effaça les rides méchantes qui souillaient la mémoire de l'aimée, et poussa les feux de l'idéal, à s'en rendre malade.

– Elle est comme Aphrodite ! ruminait-il. Et moi l'affreux Héphaïstos, le bossu, le nabot jaloux, son mari... Je la prendrai dans mes filets, elle ne s'y attend pas...

Il alla jusqu'à imaginer que, comme la déesse, elle était née de la semence dispersée d'un dieu mutilé ; laiteuse, sanglante, elle surgissait des eaux tout exprès pour le torturer, puis s'en allait languide, l'ombrelle sur le dos, souveraine de la splendeur. Il l'écrivit. Puis ratura. S'il publiait cela, le livre serait saisi par la police. Il laissa les derniers mots.

❖

Vint le jour qu'il appelait en secret « nos adieux ». Il l'attendait au bas du grand escalier pompéien, devant la statue d'une Junon de bronze. Plus gracieuse que jamais, elle descendit lentement les marches en glissant, et s'arrêta à mi-chemin, comme pour s'offrir une dernière fois à la contemplation de son malheureux fidèle. Pauvre Constantin.

De sa voix susurrante, elle lui glissa une phrase qu'il pourrait garder en mémoire, « Soyez béni et heureux », et lui fit présent d'une épingle en or, avec un « E » majuscule en diamants, qu'il porterait à sa cravate. Il crut entendre une plainte dans la bouche impériale, inventa un regard douloureux, et embarqua pour Patras, et de là pour Athènes.

Soulagée, elle le regarda s'éloigner en clopinant ; le soleil de Corfou dessinait sur les pas du jeune homme une ombre impitoyablement bossue. Elle en éprouva du remords, et songea qu'il fallait peut-être écrire à l'autre, celui de la Redoute. Mais il était trop tard... De quoi se plaignait le petit lecteur grec ? Pendant trois années pleines, il l'avait eue pour lui tout seul.

Quand elle revint à Vienne, après des mois d'absence, on trouva un autre précepteur ; il portait des dentelles, cambrait le jarret, et se parfumait au vétiver. Elle le supporta quelques jours, regretta son petit bossu, et renvoya l'élégant en prétextant son horreur des parfums.

❖

Mais Vienne l'avait oubliée. Vienne se moquait des voyages de la fugitive, et de ses précepteurs de grec. De l'Impératrice on ne disait plus rien, sinon, au détour d'une phrase sur les cérémonies officielles. « Aujourd'hui, comme chaque année, Sa Majesté a conduit la procession de la Fête-Dieu, en l'absence de l'Impératrice. » Elle disparut des conversations des trois amis ; Franz continuait à lire les journaux en guettant les moindres nouvelles de la Cour, mais il n'y trouvait que les derniers échos des faits et gestes de l'Empereur.

Un soir de 1894, mettant fin à trente-six ans de bouderie impériale, Sa Majesté décida de rendre hommage à l'ancien révolutionnaire Johann Strauss.

Ce fut un événement considérable. Le maestro célébrait le cinquantième anniversaire du défi qu'il avait lancé à son père, par une belle nuit, au casino Dommayer ; pour Franz, un souvenir d'adolescence. *Le Baron tzigane* entra solennellement au Staatsoper, l'Opéra de Vienne ; Johann Strauss se voyait enfin ouvrir le saint des saints du répertoire. Et comme le rideau se levait, le public effaré aperçut soudain l'Empereur en personne. A la fin de la représentation, Sa Majesté eut quelques mots affables, assura que, « pour une fois », il n'avait pas eu envie de partir, et félicita Johann Strauss pour son bel opéra. Le maestro ne se tenait plus de joie. L'Empereur avait parlé d'opéra ! La presse s'en fit l'écho.

— Mais il n'y connaît rien ! s'étonnait Franz. Peut-il seulement distinguer une opérette d'un opéra ?

— Ah ! Il faut comprendre toute l'influence de cette bonne Schratt, commenta gravement Willy. Ce n'est pas notre Impératrice qui penserait à de telles amabilités musicales !

Voilà donc ce qu'était devenu le domino jaune du Bal de la Redoute : de la rhétorique viennoise, des rosseries dans la bouche de Willibald Strummacher. Franz en avait tant entendu qu'il ne haussait même plus les épaules. Était-il désormais le seul à se souvenir d'elle ? L'inconnue avait glissé d'une imperceptible présence à une formule aussi banale que les prévisions de pluie ou de soleil :

En l'absence de l'Impératrice...

Excepté la droite, les chrétiens-sociaux et Willy, personne n'aurait eu l'idée de s'en indigner. En l'absence de l'Impératrice, l'Empire tâtonnait à la recherche d'une difficile équité entre les Slaves et les Hongrois, qu'elle avait abandonnés aussi. En l'absence de l'Impératrice, l'Empereur se débattait entre l'inquiétante progression des pangermanistes, celle du parti des « Jeunes Tchèques » — des irréductibles —, moins confortable que le parti des « Vieux Tchèques », avec qui on pouvait toujours trouver des compromis. En l'absence de l'Impératrice, l'Empereur autorisa son gouvernement à préparer une réforme électorale, au terme de laquelle il bénirait l'instauration du suffrage universel. En l'absence de l'Impératrice, qui se lassait de sa villa de Corfou, les montagnes des Balkans, à quelques encablures de l'île verdoyante, continuaient d'attiser les braises de l'incendie.

En l'absence de l'inconnue au domino jaune, la planète continuait à tourner.

19

LE MILLÉNAIRE DE LA HONGRIE

Autrefois je chevauchais sans trêve sur cette terre
Même le sable blanc de la puszta n'était pas assez infini.

Elisabeth

— Allons, dépêchons, bougonna Franz du haut de la plate-forme en hissant la dernière valise. Emmy ! Ne traîne pas, s'il te plaît !

La jeune fille prenait son temps. Sans se presser, elle nouait les rubans de son chapeau de paille, et regardait son reflet sur la surface de la vitre. Derrière elle, Attila attendait, le panier à la main, qu'elle daignât enfin monter dans le wagon.

— Emmy, il est temps, je crois, murmura-t-il gêné. Ton père s'impatiente. Ne le fais pas enrager, voyons !

— Comment trouvez-vous mes rubans bleus, oncle Attila ? fit-elle en lui dédiant son plus gracieux sourire. La famille peut bien attendre, pour une fois...

— Avez-vous bientôt fini, vous deux ? tonna Franz en baissant la vitre. On n'attend plus que vous ! Le train part dans dix minutes !

Emmy lui tourna le dos, et lui tira la langue ; seul

Attila la vit, qui réprima un sourire. Soudain, elle avisa un colporteur en caftan noir, qui vendait ses marchandises le long du quai. De la caisse suspendue au cou, l'homme sortit des violettes en soie, trois cerises, et des rubans écarlates, qu'il posa au creux de sa paume, en vrac.

L'œil d'Emmy s'éclaira.

— Décidément le bleu ne va pas, jeta-t-elle à voix basse. Oncle Attila, achetez-moi les rubans rouges, là, et aussi les cerises... Vite !

Attila lorgna la fenêtre du train, Franz regardait ailleurs, le Hongrois porta la main à son gilet, sortit un billet qu'il fourra dans la main du colporteur. « Donnez-moi le tout, allez, murmura-t-il. Et gardez la monnaie. »

— Quoi encore ? cria Franz de sa fenêtre. Qu'est-ce que c'est que ces colifichets ! Elle t'a embobiné, Attila ! Un peu d'autorité !

— Cela suffit, petite, chuchota le Hongrois, et il la poussa sur le marchepied, d'une main solidement appliquée sur les reins.

— Oncle Attila ! Vous me faites mal ! cria-t-elle en éclatant de rire.

En les voyant entrer dans le compartiment, Anna fronça le sourcil. Sa fille avait le regard trop brillant ; d'un geste vif, elle ôta le chapeau aux rubans bleus, qui sur sa crinière crêpelée ne tenait plus. Elle secoua sa toison noire, et battit les paupières ; avec ravissement, sa mère contempla le doux modelé des joues claires, et les fossettes qui naissaient avec le sourire. Rien n'était plus joli que sa petite Emmy ; rien non plus n'était plus vulnérable.

Attila lui tendit le panier d'un air embarrassé ; quand elle s'installa sur la banquette, Emmy releva sa jupe sur les bottines blanches, « Ouf ! Ce qu'il fait chaud ici ! », puis elle poussa son frère sur la banquette.

L'adolescent, plongé dans un livre, protesta sans conviction. Toni venait d'avoir seize ans ; il devenait un long jeune homme plutôt timide, que la pétulance de sa sœur aînée réduisait au silence. Il était appliqué et rêveur, secret aussi ; le plus souvent, il s'isolait dans sa chambre, où il prétendait écrire de la poésie, et seule Anna le prenait au sérieux. A l'exception de la couleur de ses cheveux, Toni ne ressemblait en rien à son père ; mais la passion de la lecture, et cet air méditatif qu'il avait toujours, même pour déguster les harengs dont il raffolait, tout lui venait de l'ancêtre, le grand-père Simon, le hassid de Sadagora. Anna l'aurait bien vu avec les longues boucles de la tradition des juifs polonais, d'autant qu'il était blond, avec des yeux gris un peu globuleux, un regard des plus inspirés. Et lorsqu'il veillait trop tard, Anna montait le raisonner : « Il faut se coucher à présent, mon petit rabbin »...

Comme à l'ordinaire, sa sœur le bousculait donc... Pour se faire pardonner, Emmy posa un gros baiser sur la joue imberbe de son frère, qui s'essuya discrètement. Puis, revenant à son bouquet de soie, elle entortilla les violettes et les cerises avec un gros nœud rouge qu'elle fit bouffer avec application. Les bottines et le jupon étaient restés bien en vue. Gêné, Attila s'assit timidement, l'œil rivé sur les pieds de la jeune fille.

— Baisse ta jupe, Emmy, fit Anna d'un ton neutre. Tu n'es plus une gamine.

— A ce propos, Anna, avec ta permission, je préférerais qu'elle cessât de m'appeler « Oncle », murmura Attila. Quand elle était fillette, c'était charmant, mais aujourd'hui... Je ne suis pas si vieux, tout de même ! A quarante ans !

Le propos d'Attila tomba dans le silence. Franz alluma sa pipe, et contempla son ami d'un air bougon. Toni, qui mangeait un beignet, le laissa rouler sur le sol, et fit heureusement diversion ; au coup de sifflet sur le quai, le train démarra lentement. Le trajet couvrait quatre heures quarante, exactement. « Locomotive sortie tout droit des ateliers de mécanique de Hongrie » fit doctement observer Attila.

❖

Deux mois plus tôt, ils avaient décidé d'aller à Budapest, pour le lancement des cérémonies du millénaire de la Hongrie. 1896 était une grande, une belle année ; dans l'Empire tout allait bien, la Hongrie surtout, et l'on commençait à oublier le drame de Mayerling.

Depuis longtemps, Attila vantait à ses amis le charme de la ville, la noblesse de Buda sur les collines, l'ampleur du fleuve, ses courbes, et l'animation de Pesth, qui n'en finissait pas de changer ; Vienne à côté s'engourdissait. Et si l'on voulait retrouver la fébrile atmosphère de la construction du Ring, la belle époque, il fallait être à Pesth, surtout en cette occasion. Autrefois, le voyage se serait transformé en une interminable épopée, mais avec le train, plus d'excuses ! En une journée c'était fait. Attila avait réservé deux chambres chez sa vieille mère, une pour les enfants, une pour ses amis ; il avait préparé minutieusement l'emploi du temps, bref, l'équipée s'annonçait merveilleuse et, pour couronner le tout, le printemps était beau.

Anna, qui vieillissait un peu, avait fini par accepter, à cause d'Attila. Franz, lui, n'avait pas hésité un instant ; vivre à Vienne sans connaître la Hongrie ! A peine s'ils avaient été de temps à autre de l'autre côté de la Leitha, pas bien loin, pique-niquer au bord du lac de Fertö, en poussant jusqu'au vaste château jaune des Esterhazy. Mais ce n'était pas suffisant. Franz avait insisté pour voir ce fameux phénomène dont Attila disait qu'on ne pouvait pas l'expliquer, ce délibab énigmatique, mais c'était plus à l'est, vers l'Orient, dans les vastes étendues des steppes aux chevaux libres.

Quant à Emmy, qui venait de fêter son vingtième anniversaire, elle avait toujours la bougeotte. C'était bien là ce qui souciait sa mère. Car depuis quelque temps, Attila tournait autour de la petite, avec tant d'attentions et d'empressement qu'il fallait être aveugle comme Franzi pour ne rien comprendre. L'oncle Attila était amoureux d'Emmy. Anna se demandait même si cette expédition n'était pas manigancée pour la présenter à la vieille

Mme Erdos, et si Attila n'allait pas demander sa fille en mariage, tout à trac.

Et il l'avait fait sauter sur ses genoux ! Et elle, l'écervelée, qui ne savait que chanter ! Une enfant qui ne connaissait rien de l'amour, et qui accepterait aussitôt, sans bien comprendre, pour être dame à son tour ! Anna chaussa ses lunettes, et sortit de son sac le livre qu'elle avait commencé. Toni s'était assoupi, et Emmy, le nez contre la vitre, regardait défiler les faubourgs de la ville.

— C'est dommage, tout de même, que Willibald n'ait pas pu se dégager, déclara Franz, songeur. Tu crois que sa mère est vraiment malade ?

— Bien sûr que non, répondit Attila. Tu as vu son air emprunté ? Il mentait !

— Vous vous trompez, il ne mentait pas, fit Anna en ôtant ses lunettes. Elle est au plus mal. Je l'ai vue.

— Comment cela ? Tu ne m'en as rien dit ! s'indigna Franz.

— C'est qu'il ne voulait pas, reprit Anna doucement. Saviez-vous qu'il a déménagé ? Il vit maintenant dans deux chambres modestes, au fond d'une cour misérable ; il a honte...

— L'imbécile ! s'écria le Hongrois. Alors, l'héritage, après la mort de son père...

— Des histoires, dit Anna. Il n'a rien en partage.

— Et sa riche fiancée, au Tyrol, la dernière en date, demanda Franz, elle n'existe pas plus que les autres, je parie...

— Cela, je ne sais pas, fit Anna en baissant les yeux. Toujours est-il qu'il m'a emmenée voir sa mère, qui ne peut plus marcher. Paralysée. Sans lui...

Les deux amis se turent un instant.

— Il n'empêche, reprit Franz. S'il était moins fier, on aurait pu s'arranger entre nous !

— Ne crois pas cela ! répliqua le Hongrois. Le Millénaire le révolte ; tu sais bien qu'il est pangermaniste avant tout... Et puis il est trop gros, il s'essouffle, il se serait fatigué, allez ! Ne regrette rien ; il déteste les Hongrois, au fond. Nous nous serions disputés, lui et moi. Et toi aussi.

— Tant qu'il ne s'embarque pas chez les chrétiens-sociaux..., reprit Franz.

— C'est déjà fait, Franzi, murmura le Hongrois. Il t'aime trop pour te le dire, mais je l'ai rencontré l'autre soir avec des étudiants, tu sais, ces balafrés héroïques, à la sortie d'un meeting de ce porc de Lueger.

— Encore ! s'écria Franz. Impossible ! Willy n'est plus antisémite, il me l'a juré mille fois !

— C'est ce qui te trompe, Franzi, fit gravement Attila. Il criait : « Les youpins, dehors ! » Comme les autres. Il ne m'a pas vu. Il est cuit. Et puis, l'attrait de la jeunesse... Lueger est malin ; il parle de rénovation, de changement, de mouvement populaire, il joue au généreux, tu connais Willy ! C'est un gros bêta. Il ne marche pas, il court ! Et avec le social, il gobe le venin de Lueger, la purification de l'Autriche, la pourriture du sang étranger, les Nibelungen, Wotan et...

— Je lui parlerai, moi, répliqua Franz avec violence. Et toi aussi, Anna, tu m'entends ? Il t'adore. Tu le raisonneras.

Anna ne répondit pas.

❖

Trois jours auparavant, Willy l'avait suppliée de venir voir sa mère ; il s'inquiétait, et le médecin — « Un médecin juif, Anna, pardonne-moi, mais il est bien jeune, il ne me dit rien, si péremptoire, si arrogant... » — bref, Willy n'avait pas confiance.

Elle l'avait accompagné à travers les rues sombres, où les petites prostituées dévoilaient leurs seins dans l'embrasure des portes ; au passage, elles hélaient Willy par son prénom — elles le connaissaient, toutes. Willibald, l'air coupable, l'avait entraînée en courant. La logeuse aussi l'avait hélé familièrement, une femme d'un certain âge, au corsage rebondi, une certaine Mme Grentz, ou Frentz, une bavarde impénitente, à l'œil luisant de curiosité.

Au quatrième étage d'un bâtiment délabré, la mère de Willy, clouée dans un fauteuil, respirait à grand-peine.

Obèse, elle suffoquait constamment, comme autrefois Mme Taschnik mère. Anna avait longuement tenu les mains légères, les avaient embrassées, faute de mieux ; elle avait administré le sirop contre l'emphysème, la vieille dame s'était endormie, Anna était sortie à pas de loup. Alors s'était passée la chose stupéfiante : dans la pièce voisine, le gros Willy était tombé à genoux devant elle, avait embrassé ses genoux à travers la jupe, en bredouillant des phrases sanglotées : « Toi seule, Anna, je t'aime depuis le premier jour, sauve-moi, il n'y a que toi, je suis si seul... »

Si pitoyable qu'elle lui avait caressé la tête au lieu de se fâcher. « Là, là, Willy, calme-toi... » A la fin il s'était relevé en reniflant, et lui avait baisé les poignets : « Ne dis rien à Franzi, surtout... C'est... Enfin c'est nerveux. S'il n'y avait pas eu Franz... Avec toi, ma vie aurait changé... Tu comprends, après, ajouta-t-il avec un regard vers la pièce où dormait sa mère, je me marierai, bien sûr, mais pour l'instant... »

A elle, il n'avait rien dit de sa fiancée au Tyrol. L'éternelle fiancée, c'étaient les prostituées de sa rue. Raisonner Willy ? Il ne comprenait rien, il était simplement malheureux. Willibald était le *Schnorrer* d'Anna, ce personnage familier de l'univers yiddish du village de son grand-père. Un funambule, un journal ambulant, un pique-assiette solitaire et qui faisait le clown pour trouver un peu d'affection. Bien sûr, s'il avait su les idées d'Anna sur son compte, Willy se serait insurgé : lui, un *Schnorrer* juif ? Lui, le parangon de la pure Allemagne ? Il se serait étouffé de rage, et cependant...

Raisonner Willy ? Il était bien trop viennois. Sentimental comme une chatte, dissimulé et orgueilleux, égoïste et désespéré. D'ailleurs c'était à peu près ce qu'Attila disait au même instant à son époux : « On le raisonnera, et il ira quand même. Puisque je te dis qu'il est cuit. »

— Heureusement que l'Empereur tient bon, soupira Franz. Tant qu'il maintiendra son veto contre cet affreux démagogue...

— Sans compter que Lueger vient de nous incendier tous au parlement ! fit le Hongrois. Les judéo-magyars pourrissent son Autriche, j'ai bien entendu, je ne suis pas sourd. S'il pouvait nous exterminer, il le ferait !

— Nous qui ? Les juifs, les Hongrois, les Slaves ? Cela fait trop de monde ; c'est un fou. Il ne sera jamais maire de Vienne.

— Le beau Karl est trop bon orateur, il est très populaire, fit observer Attila. Je te parie qu'il finira par gagner. Lueger sera maire de Vienne.

— Tu plaisantes ! Les Habsbourg, renoncer au libéralisme ? Menacer leur propre Empire en laissant faire les borusses, ces suppôts des Prussiens ? Se priver du soutien des juifs ? Susciter la rébellion des Slaves ? Non, nous ne risquons rien. Nous avons un bon Empereur.

— S'il maintient jusqu'au bout son veto, Franzi, murmura Anna sans lever la tête.

— Et si vous parliez d'autre chose ? s'écria Emmy. La politique, toujours la politique... Cela m'ennuie. Oncle Attila, parlez-moi plutôt des cafés à Budapest. S'il vous plaît.

— Eh bien..., commença aussitôt le Hongrois, qui se mit à décrire les charmes des tavernes dans le quartier Christine, les pêches, le vin nouveau sous les arbres, tard dans la nuit — *La Fiancée de marbre* était le plus coté.

— Mais ce sont des guinguettes comme chez nous, protesta Emmy. Je vous parle des cafés, oncle Attila !

— Alors c'est le *Gerbeaud*, à n'en pas douter.

— Et les hôtels ?

— Superbes ! Ceux que l'on a construits pour le Millénaire ont même l'électricité, les autres, on les détruisait, trop vieux...

— Et les bains ?

— Ah ! Pas n'importe lesquels ! Ceux du Taban sont bien mal fréquentés, par exemple !

— A propos, oncle Attila, et *Le Chat bleu* ?

— Emmy ! gronda l'oncle Attila. Veux-tu bien te taire !

— Bah ! Qui donc m'a juré y avoir croisé le Prince de Galles ? s'écria la jeune fille. C'est bien vous ?

Le Hongrois avait encore rougi, il enchaîna sur les délices de la rue Vaci, à quoi rien ne se pouvait comparer, l'élégance des dames, leur allure — et les boutiques de Paris, mais des vraies ! Pas comme à Vienne.

Ce fut au tour de Franz de rêver contre la vitre. Le train parcourait un paysage de plaines et d'étangs noirs, et faisait fuir des troupeaux d'oies caquetantes. Et pendant que le bon oncle Attila faisait la causette avec sa fille, Franz, lui, songeait qu'à Budapest, avec un peu de chance, l'Impératrice se montrerait.

❖

Il ne l'avait pas vue depuis le mariage de l'archiduchesse Marie-Valérie, le jour où elle était pâle comme une hostie, six ans déjà. Six ans pendant lesquels elle avait presque disparu. Dans les commencements, les journaux avaient essayé de la suivre, l'Impératrice vient d'arriver à Saint-Sébastien, elle est à Lisbonne, à Gibraltar, à Oran, à Alger... Elle est passée par Ajaccio, non, la voici à Naples, elle s'est posée à Corfou pour quelques semaines, elle repart — il paraît qu'elle veut se rendre aux Amériques, mais l'Empereur a refusé.

Au bout de quelques mois, Franz avait décidé de consacrer toute une carte aux périples de la disparue : sur une double page, dans son atlas géographique, il avait soigneusement entouré de rouge les villes à mesure, et même, il avait essayé de dessiner, en bleu, le tracé du bateau dont il connaissait le nom : le *Chazalie*, à moins que ce ne fût le *Miramar*. Sur le *Chazalie*, elle avait pris un nom anglais, Mrs. Nicholson, allez savoir pourquoi, mais sur le *Miramar*, elle se faisait appeler comtesse Hohenembs ; un jour ou l'autre, elle apparaîtrait sous le nom de Mme Bourbon, qui sait ? Ou bien Validé Sultane, à tant faire, par provocation.

La première année, il avait compté : en Hongrie, elle avait passé un mois, à Vienne, une semaine. La presse avait beaucoup parlé de son apparition à la Cour, en grand deuil, un spectacle si émouvant que les femmes avaient pleuré, sans doute un peu trop, car on ne l'avait plus revue. La deuxième année la presse s'était découragée. De temps à autre on évoquait des cures à Carlsbad, à Genève. Elle avait fait un assez long séjour à Gödöllö — c'était si près de Vienne qu'on était rassuré — quand donc était-ce ? L'année précédente ? Ou bien l'année d'avant ?

Il ne savait plus, il s'embrouillait, elle était repartie pour Le Caire, pour Athènes, Dieu sait où... L'atlas était resté fermé. Personne ne parlait plus de la folie des Wittelsbach, pour l'excellente raison que la cause était entendue : et si l'Impératrice courait le monde, c'était une preuve supplémentaire, si nécessaire. Quand naissait un Habsbourg, elle prenait pour un jour la pose de grand-mère, puis s'évanouissait comme elle était venue. « En l'absence de l'Impératrice », l'Empereur demeurait seul.

Une fois, une seule, Willy le taquina encore : « Alors, la belle Gabrielle ? » « Bah ! » soupira Franz. Ce fut tout.

Mais chaque année, pour l'anniversaire du Bal de la Redoute, il envoyait deux lettres de sa main. L'une, poste restante à Munich, pour Gabrielle, avec un cœur dessiné gauchement, et qui versait une larme d'encre violette ; l'autre, à la Hofburg, une simple carte de visite, avec son souvenir très respectueusement dévoué, pour « Sa Majesté Impériale et Royale, l'Impératrice Elisabeth... ».

Les douze lettres étaient restées sans réponse. Peut-être Gabrielle ne passait-elle plus à Munich ; quant à l'Impératrice, son courrier ne lui arrivait pas, voilà tout. Le plus souvent, il en prenait son parti : Elisabeth ou Gabrielle, Hongroise ou Impératrice, amoureuse ou menteuse, ou les deux, il n'en saurait rien, jamais. Mais quand le ciel était un peu trop bleu, lorsque le souffle chaud du foehn enfiévrait les rues de Vienne, alors revenait le démon adorable, l'exquis mouvement de la valse, et un air de jeunesse auquel il ne renonçait pas.

En six ans il avait perdu encore plus de cheveux ; mais depuis l'affaire de la photographie, il avait fait attention, vraiment. Il faisait de la bicyclette, parfois même il prenait le temps d'aller de Hietzing au Ballhausplatz à pied, deux bonnes heures, et puis il continuait à chasser dans les champs — du moins, à faire semblant. Enfin, si par miracle elle et lui se retrouvaient face à face, il était présentable. Obstinément, malgré les supplications d'Anna, il avait refusé de se couper les favoris. Savait-on ce qui pouvait arriver ?

Il s'y voyait déjà. Avec sa grâce inimitable elle lui tendait sa main à baiser, s'exclamait doucement : « Monsieur Taschnik ! Vous enfin ! » Ou mieux encore : « Franzi ! Mon cher petit... »

La locomotive siffla, Franz sursauta. « Je suis ridicule », marmonna-t-il.

— Ridicule ? fit Attila. De quoi parles-tu ?

— Rien, grogna Franz. Je pensais à Willibald.

❖

Depuis l'automne, l'Impératrice n'était pas revenue dans sa Hongrie bien-aimée. Elle avait passé quelques jours à Gödöllö, le temps de voir tomber les feuilles et de visiter les écuries, presque vides.

Les pur-sang avaient été vendus ; ne restaient plus là que les vieux animaux sans valeur, qu'elle gardait par fidélité. Disparus, Red Rose l'alezan doré, Sarah l'irlandaise, Miss Freney la bonne chasseresse, et Büszke, le bai cerise... Nihiliste mourut pendant son séjour, et elle s'enfuit aussitôt. A Carlsbad avec sa nouvelle dame d'honneur, la comtesse Sztaray, puis à Corfou. Partout elle ne croisait que fantômes, Élise l'écuyère, ses doigts puissants, sa bouche ferme, Sarah, le dos frémissant, le pauvre Rustimo, et même le petit bossu si indiscret... Quant aux vivants, ils vivaient trop.

A l'idée qu'elle allait refaire pas à pas le chemin du couronnement, elle avait la nausée. Certes, le parcours officiel traverserait le fleuve, on irait de Buda jusqu'à Pesth, de la colline on descendrait vers la bruyante plaine ; on porterait, cérémonie inédite, la couronne des Rois de Hongrie de l'église Mathias au nouveau Parlement, dont le dôme gothique n'était pas encore achevé. Mais du château à l'église, rien ne changerait. Rien ? Si. Elle, et les Hongrois, peut-être.

La foule qui l'acclamerait aurait pris vingt-neuf ans, les jeunes de l'époque seraient devenus des vieux, elle aussi, et nul ne savait si leurs enfants auraient la ferveur des jours heureux. Andrassy ne serait plus là pour l'encourager du regard ; à Budapest elle ne connaissait plus personne, d'ailleurs Pesth était d'une affreuse modernité, grandes bâtisses et cariatides, tout comme à Vienne, c'était dire. Le Danube, peut-être, aurait préservé sa majesté. Et puis il faudrait de nouveau se tenir debout, et sourire — non !

Non, elle ne pourrait plus. Pas même à Budapest. Ils attendaient d'elle la fin du deuil interminable, eh bien ! Elle resterait en noir, c'était devenu sa seconde peau. Ils voulaient la regarder, ils désiraient la plaindre — elle ne leur ferait pas le cadeau de ses larmes. Mais pour leur montrer qu'elle les aimait toujours, elle avait choisi une robe moulante, entièrement brodée de jais, avec un col montant et des manches à gigot à la dernière mode, une merveille de noirceur, sans concession. Même son éventail, cette fois, était noir.

Quand fut achevée la couronne de tresses, elle baissa la courte frange qui dissimulait les rides parallèles, quatre, cinq parfois, déjà profondes. Puis elle fit bouffer les grandes manches de sa robe, pencha la tête de côté, et ne se trouva pas trop abîmée ; enfin, la peau, tout de même, avait beaucoup souffert, au coin des yeux. Elle prit l'éventail, il était de taffetas, tout simple, orné d'un monogramme sur le manche d'ébène.... Brusquement, lui revint le souvenir du Bal de la Redoute.

A l'exception du monogramme, l'éventail perdu à la sortie de la Salle de Musique était exactement semblable à celui-ci. Elle n'avait plus songé à son jeune homme depuis l'expulsion du bossu, et ne s'en était pas aperçue. Une bouffée de chaleur la submergea ; l'âge la torturait. Contre ces chaudes invasions, la défaite était inévitable.

Elle courut ouvrir les fenêtres, et aperçut la masse qui

l'attendait. Il lui fallait de l'eau, vite, de l'eau. — Du sirop ? demandèrent les laquais empressés. — Non ! cria-t-elle.

Voilà sa vie : elle voulait de l'eau, on ajoutait du sucre. Trop sucrée, l'existence. Et cette fourmilière au-dehors, sur la place. C'était l'heure. Il fallait affronter l'épreuve.

Une fois installée au fond de la calèche, elle se crispa ; l'Empereur lui emprisonna la main, celle qui tenait l'éventail, comme pour l'empêcher de se cacher. Elle respira profondément, se promit de faire un effort, essaya de se détendre, les chevaux avançaient, les premiers cris fusèrent : « ELJEN ERZSEBET ! »

Comme autrefois. L'afflux de larmes fut si violent qu'elle n'y put tenir, dégagea la main, l'éventail s'ouvrit, elle n'existait plus. L'Empereur poussa un soupir, et lui tapota gentiment l'épaule. A lui, et à lui seul, elle ne pouvait dissimuler ses pleurs. A peine si derrière l'éventail elle entendit les cris décroître lentement, et la joie se changer en murmure déçu. Pour les Viennois, on comprenait, mais pour eux aussi, rester l'inaccessible ? C'était trop. Qu'elle se montre !

Impossible, pensait-elle égarée, je le voudrais pourtant, je ne peux plus. Mille fois elle pensa baisser son éventail, mille fois sur le parcours sa main paralysée refusa d'obéir. Ils criaient toujours, mêlaient confusément les vivats pour le Roi, les plaintes pour la Reine, la fierté et la compassion, la gloire et le deuil. — Oh ! Ils étaient toujours aussi sensibles, ses Hongrois. Elle songea au délibab dans les steppes, aux flottantes merveilles dans l'air vibrant, aux cigognes, aux oies sur l'herbe chaude...

Allons, au tournant là-bas, avant l'église, je ferme cet éventail, songeait-elle, trois plis déjà, j'y parviendrai... Mais non ! Les chevaux avaient déjà tourné.

Elle ne lutta plus. Entra masquée dans la nef, s'assit sous le dais royal, masquée, reçut l'hommage des magnats, masquée, et finit par s'y résoudre. L'éventail était enchanté ; et la Hongrie, déçue.

Anna, désappointée, la plaignit ; Emmy la trouva admirable ; Toni s'ennuya ferme ; Attila faillit la critiquer, mais Franz lui cloua le bec.

Mme Erdos mère habitait derrière le château, dans une demeure désuète, dont le crépi jaune impérial avait été refait pour la circonstance. Confus, Attila s'excusait de tout, le puits rouillé dans la cour, les herbes folles, la vétusté des lits, d'ailleurs on allait déménager bientôt, dans un hôtel particulier moderne, de l'autre côté, dans le quartier de l'Université.

La vieille femme, appuyée sur sa canne, les accueillit debout comme une reine, prit Emmy par le menton pour l'examiner de près, « charmante, décidément », et l'embrassa sans crier gare. Anna eut des soupçons ; Attila virevoltait un peu trop. « La révérence, Emmy » murmura-t-elle, en la forçant à s'incliner.

Le soir même, le Hongrois insista pour les emmener tous sur les collines de Buda, d'où l'on verrait les illuminations, du haut du Bastion des Pêcheurs. Anna et Emmy, penchées sur le rebord des remparts, ressemblaient à deux cousines ; sur un banc, un peu plus loin, Toni s'était plongé dans ses pensées. Attila prit Franz à l'écart, et pour la première fois, parla d'épouser Emmy.

Au demeurant, prévint Attila, la petite avait déjà dit oui.

Suffoqué, Franz se rappela l'examen de la vieille comtesse, la réserve d'Anna, l'exaltation de sa fille et ses révoltes. Il résista, évoqua la différence d'âge.

— Vingt-quatre ans ? Une misère, quand on aime, répondit Attila en bombant le torse.

... Emmy serait dotée, sans doute, mais il ne fallait pas espérer...

— Pour qui me prends-tu, murmura Attila fâché.

... L'âge tout de même, Attila avait un passé chargé, les Rouquines, Emmy était très jeune encore, très innocente...

— Crois-tu ? glissa le Hongrois négligemment.

... Eh bien ! Elle voulait chanter, cela, il fallait s'y résoudre.

— La dernière Rouquine aussi était chanteuse, fit Attila. J'ai pensé à tout.

— Laisse-moi réfléchir, conclut Franz. Anna...

— En cet instant, là, sous tes yeux, Emmy lui fait la confidence, coupa le Hongrois. Grand benêt.

— C'est un complot ! s'écria Franz, furieux.

— Oui, mais affectueux, répondit Attila. Qui pourrait mieux que moi prendre soin de notre chère Émilie ? Je l'ai vue naître. Je serai plus qu'un mari, un second père ! D'ailleurs entre nous, Franzi, tu n'as pas le choix. Emmy sait ce qu'elle veut ; c'est ta fille après tout, entêtée comme toi... N'as-tu pas résisté à ta mère, autrefois ?

Franz n'insista pas davantage. Anna et Emmy revenaient, tendrement enlacées. Toni les rejoignit, et assura qu'il avait tout deviné à l'avance, depuis de longs mois.

Quand ils furent couchés, Franz et Anna discutèrent longtemps. Car s'ils ne doutaient pas du sérieux d'Attila, ils n'étaient pas très sûrs de leur fille.

— Tu comprends, elle est bien plus grande que lui, lâcha Franz. D'au moins une tête.

— S'ils s'installaient à Hietzing, fit Anna, je pourrais la surveiller un peu... Elle est un peu légère, notre Emmy.

— Et tu crois qu'ils ont... Enfin, je ne sais comment dire..., osa Franz timidement.

— Les temps ont changé, Franzi, répondit Anna. Sur ce point, elle n'a rien voulu me confier.

Et brusquement elle fondit en larmes, prétendit que c'était sa faute, celle de ses idées progressistes, Emmy avait été trop libre, et maintenant... Les sanglots d'Anna n'arrêtaient plus. Franz eut beau la prendre dans ses bras, l'embrasser, la bercer, rien n'y fit ; elle suffoqua, et défaillit. Pour la ramener à elle, il fallut la gifler franchement.

— La vie se défait, Franzi, disait-elle encore, Emmy se perdra, regarde Willy, il se détruit, l'avenir est mauvais, Franzi, et toi, tu ne vois rien ! Même l'Impératrice, cette statue noire derrière son éventail, elle porte malheur ! Toi, bien sûr, avec ton esprit de valse...

— Tu exagères tout, soupira Franzi. Tu oublies que nous avons Toni...

— Il partira à son tour !

— Attila fera le bonheur d'Emmy...

— Si elle reste avec lui ! cria Anna.

— Et pour l'Impératrice, laisse-la donc en paix, pauvre femme.

— Oiseau de mauvais augure, fit Anna durement. Elle me fait peur.

Pour le coup, Franz se fâcha et, lui tournant le dos, il s'enfonça la tête dans l'oreiller. « Esprit de valse si l'on veut, il faut dormir. »

Assise sous la couette, les yeux hagards, Anna fixa longtemps les lueurs des réverbères à travers les volets. De temps à autre, Franz lâchait dans un demi-sommeil : « Couche-toi donc, Anna, demain il fera clair », puis simplement : « Viens donc. » Enfin il se mit à ronfler et elle, désespérée, cherchait l'avenir dans le noir de la chambre.

❖

Ils avaient décidé de repartir pour Vienne sur un bateau à aubes, qui prenait deux jours pour remonter le fleuve. Outre qu'on allait lentement, on passait devant l'île Marguerite, on longeait des rives romantiques où s'alignaient les vignes, les jardins maraîchers et les maisonnettes de bois, bref, c'était exquis, et moins cher que le train de la Compagnie.

Anna s'installa sur le pont, avec son livre ; à ses côtés, Toni écrivait furieusement sur un petit carnet. Franz lisait le journal ; quant aux fiancés, ils roucoulaient, Emmy surtout, qui força le pauvre Attila à la prendre par la main, ensuite par la taille, comme une vulgaire paysanne.

Le Hongrois fut choqué, puis ravi, cette jeunesse lui fouettait le sang. « Les convenances, oncle Attila ? Mais je m'en fiche ! » criait-elle en riant. « Quand donc cesseras-tu de m'appeler ton oncle, soupirait-il en rougissant. Je suis ton fiancé, presque ton mari ! »

— C'est tendre, un oncle, fit-elle, redevenue sérieuse. Et puis je vous ai toujours connu ainsi. Non, non, mari ou pas, tu seras mon oncle Attila.

Et lui, empêtré dans ses habitudes, riait bêtement sous l'œil de ses amis.

— Tu entends, Anna ? murmura Franz. Elle le mènera par le bout du nez. Mais où a-t-elle appris ces manières ! La main et la taille, en public ! Anna ! Tu ne m'écoutes pas ! Dans quoi diable es-tu encore plongée ?

— *L'État Juif*, fit Anna sans lever les yeux. De Theodor Herzl. C'est paru l'an dernier, tu te souviens.

— Herzl ? fit Franzi d'un air dubitatif. Je ne sais plus trop... Il était correspondant de presse à Paris, n'est-ce pas ? C'est bien lui ?

— Il dit que tout juif porte en lui le rêve d'un État Juif, fit Anna en ôtant ses lunettes. Que c'en est assez des juifs de ghetto, des juifs d'argent, des faux juifs et des vrais, et qu'un jour, les Juifs formeront une nation véritable. Vois-tu, Franzi, il y a de l'idée là-dedans.

— Sornettes ! coupa Franz. Pourquoi pas un État slovaque ? Ou bien un État tchèque ? Ah ! J'allais oublier l'État de Bukovine, pardon, ma chère...

— Et ce serait la fin de l'Empire autrichien, Franzi, soupira-t-elle, je sais. Justement. Mais ce drôle d'homme dit aussi qu'il faut commencer par le rêve. Ce n'est pas dangereux. Puisqu'il s'agit de rêve, et d'idéal. Est-ce que tu n'as pas un rêve qui t'appartient, bien secret, et que tu n'aurais jamais raconté, même à moi ?

— Oh ! bougonna Franzi, peut-être, mais alors, anodin... Tandis qu'un rêve d'État ! Ce Herzl a perdu la raison. Je comprends ! Il était à Paris pendant ce procès, là, cette affaire affreuse, cette erreur judiciaire, avec ce lieutenant-colonel, là, j'ai le nom sur le bout de la langue, comment s'appelle-t-il, déjà ?

— Dreyfus, fit Anna, il n'était que capitaine. Il est au bagne.

— Eh bien ! A Paris, Dreyfus condamné, Lueger élu à Vienne, voilà ce qui l'a rendu fou, ton Herzl, coupa Franz, péremptoire. Ce n'est pas en rêvant qu'on battra les antisémites ! Il y faut du sérieux, de la fermeté....

— Et un bon Empereur, soupira Anna. Mais il n'a pas de chance avec ses successeurs. Son frère Charles-Louis est mort, et son fils, le nouvel héritier de l'Empire, ne me plaît pas. L'archiduc François-Ferdinand m'a tout l'air d'un boute-feu ! Ce n'est pas lui qui nous sauvera de l'extrême droite et des chrétiens-sociaux ! Peut-être qu'il faudra s'en aller un jour, qui sait ?

— Tu te fais trop de souci, murmura Franz en lui prenant la main. Toujours à fouiner du côté des idées.

— Il est vrai que ce Herzl prophétise aussi des avions qui fonctionneraient tout seuls, continua-t-elle sans l'écouter. On dit qu'il a mécontenté les rabbins, les partis ; il paraît qu'il a pris des allures incroyables, presque comme un messie... Sais-tu ? On l'appelle aussi le Roi des Juifs ! C'est un inspiré...

— Un Roi, voyez-vous ça, bougonna Franz. Juif pour juif, je préférais Heine. Lui au moins se battait pour la révolution. Enfin, Herzl plaît aux dames ! Car si je me souviens bien, il est beau, l'animal, non ?

— Et si un jour ils décidaient tous de nous exterminer ? murmura Anna, le regard fixe.

— Allons, maman, coupa Toni qui n'avait pas dit un mot. Ces terreurs ne sont plus de saison. Laisse la jeunesse changer le vieux monde, et la taupe de la Raison creuser l'histoire.

Toni ne détestait pas l'emphase ; son père le fusilla du regard.

❖

Franzi haussa les épaules, et se plongea dans son journal. On y décrivait, avec force détails, la dernière cérémonie officielle du Millénaire, dans l'église Mathias, avec les dignitaires et les magnats du régime. La Reine s'y était montrée sans voile, mais si triste, que l'éditorialiste la comparait à une statue de marbre, comme avait dit Anna à Bad Ischl.

Puis, comme les vivats résonnaient sous les voûtes, la statue s'était animée, le rose était monté à ses joues, elle s'était levée avec grâce, et d'un mouvement de sa célèbre taille, elle s'était inclinée, vivante, les yeux surtout, pleins de fierté. Les cris avaient redoublé, et soudain, elle s'était rassise, plutôt, elle était retombée, comme si le dieu caché qui dirigeait ses gestes avait brusquement décidé que c'en était fini, qu'elle devait retourner à l'état d'automate dont pour un instant il l'avait libérée. La pâleur était revenue, la tête s'était baissée, les mains s'étaient figées. Dans la dernière phrase, l'éditorialiste avait choisi de la baptiser en latin d'un nouveau nom, Mater Dolorosa.

Ce qui ne lui convenait nullement, pensa Franz en un éclair. Il plia le journal et alluma un cigare, dont les volutes rejoignirent les fumées des usines dans les faubourgs de Budapest. Il ne désespérait pas de la revoir un jour. Au fond, avec ce fou d'Herzl et ses fantaisies d'État Juif, Anna n'avait pas tort : le rêve persistait, innocent. Sans danger.

20

LE DENTIER

Cette vieille chatte au poil gris
Couverte de teigne, a les dents jaunes
Mais sa patte possède encore l'aigu des griffes
Car c'est une chatte de race.

Elisabeth

Depuis le mariage d'Emmy et d'Attila, la maison de Hietzing avait perdu ses rires et ses chansons. Certes, il restait Toni; mais il grandissait à vue d'œil, et l'enfance sortait de la vie des Taschnik, à grands pas.

Toni devenait un garçon très sérieux, et ne manifestait aucun goût pour la musique, au grand désespoir de sa mère; il n'en avait aucun non plus pour la diplomatie, et voulait devenir écrivain. A dix-huit ans, il avait déjà écrit des poèmes, dont l'un avait été publié dans une revue au tirage limité; mais c'était un début. Au demeurant, il travaillait dur pour réussir ses examens, et donnait entière satisfaction à ses parents, excepté pour la musique et la diplomatie.

De musique, on n'en jouait plus guère chez les Taschnik. Les séances dominicales n'avaient pas résisté aux lubies politiques de Willy, en dépit des efforts d'Anna, qui n'avait pas encore délaissé son piano ; mais Franz commençait à lire moins bien les partitions, et se jurait chaque jour qu'il allait changer ses lunettes. Le duo perdit de sa qualité. Et comme si ce n'était pas suffisant, le bon vieux Brahms, figure si familière à Vienne, mourut comme il avait vécu, un verre de vin du Rhin à la main. Chacun vieillissait.

Anna s'en désolait chaque jour ; Franz prenait les choses comme à l'accoutumée, avec une philosophie tranquille. Certains soirs, il n'était pas fâché de se retrouver un peu seul avec sa femme ; mais quand il lui vantait les charmes de la liberté retrouvée que ne manquerait pas d'engendrer l'inévitable départ de Toni, il lisait une sorte de panique dans ses yeux.

La crise de nerfs qu'elle avait eue à Budapest avait été sans suite ; tout de même, au retour il l'avait forcée à consulter le médecin de famille, l'excellent docteur Bronstein, qui avait évoqué la nervosité, la fatigue, le mariage d'Emmy, peut-être, les troubles de la femme à cet âge, et lui avait palpé le crâne longuement.

Avec le médecin, Anna n'avait pas évoqué ses soucis. A la tristesse du départ d'Emmy, s'ajoutaient de terribles craintes dont elle n'osait pas parler à son mari, tant elles étaient violentes, tant elles l'emportaient loin de Vienne, jusqu'à des désirs d'exil impossible. Car l'Empereur François-Joseph venait tout juste de céder à la volonté populaire ; et le beau Karl, l'affreux Lueger était devenu maire de Vienne.

Le docteur Bronstein avait prescrit de la valériane et des distractions ; Anna n'avait plus rien dit.

Elle n'avait rien dit non plus des sanglots nerveux de Willibald, dont la mère avait fini par s'éteindre sans douleurs, pendant son sommeil. Willy avait pleuré infiniment, et s'était replié sur lui-même. Anna avait plaidé la cause du vieil orphelin, elle avait bataillé longtemps.

Sans céder sur la musique de chambre, son mari avait fini par accepter une réconciliation limitée. On ne jouerait plus ensemble le dimanche, mais on se reverrait comme avant. Franz avait résolu d'éviter toute discussion politique ; Willy s'était laissé faire, reconnaissant. Au demeurant, la mort de sa mère semblait l'avoir calmé, ou plutôt, abattu.

Pour les désennuyer, Franz emmenait souvent sa femme Anna et son ami Willy à la Grande Roue de Vienne, qu'on avait ajoutée au Wurstelprater, la partie foraine du grand jardin boisé. Avec ses cinquante-quatre mètres de diamètre, c'était la huitième merveille du monde. La première fois qu'ils montèrent dans les wagonnets, Anna eut le vertige au sommet de la roue. Depuis ce jour, rien qu'à la voir, elle se sentait mal. Franz eut une autre idée : quand il faisait beau, ils allaient tous les trois dans un café en terrasse, à Bellevue, sur les collines. L'air y était serein, un peu vif, les arbres frémissaient, et le chocolat n'y était pas plus mauvais qu'ailleurs.

❖

Ce jour-là, c'était un dimanche, ils étaient installés devant une petite table peinte en vert, et tout allait bien, vraiment. Le déjeuner avait été simple et divin ; un jambonneau, des cornichons marinés, un peu de chou macéré, et du Gespritzt pétillant qui libérait l'esprit sans l'alourdir. Ils avaient papoté sur des sujets frivoles, et dûment contourné le litigieux. Pour éviter la question de Lueger, Willy avait pesté contre un nouveau mouvement d'avant-garde, qui venait de publier une revue avec un titre prétentieux en latin, *Ver Sacrum*, Printemps Sacré. Franz n'en avait pas entendu parler.

— Mais si, Franzi, tu sais bien, ce sont les amis de Toni, fit Anna en lui tirant la manche. Il m'en parle souvent...

Franz n'avait rien remarqué. Toni était trop sage pour déranger son père avec des revues d'avant-garde. Et Willy, les yeux ronds de stupéfaction, reprit ses homélies.

— Je ne vous félicite pas, vous deux. Laisser Toni avec ces individus subversifs ! Vous feriez mieux de l'inscrire dans une bonne association d'étudiants, Arminia, ou Teutonia, enfin, quelque chose d'un peu sérieux !

— Pour le voir revenir balafré, avec un affreux calot de feutre rond sur la tête ? Pour qu'il aille crier « Mort aux juifs » dans les meetings avec toi ? s'était insurgée Anna aussitôt. Pas question !

Lorsque Anna élevait le ton, la chose était si rare que Willy filait doux. Il lui prit la main et la baisa.

— Pardon, ma chère, grommela-t-il avec confusion. Mais pourquoi mélanger le sacré au printemps ? Et ce nom que ces abrutis ont inventé, la Sécession, je vous demande un peu. Avec quoi veulent-ils faire sécession ? Avec nous, peut-être ?

Naturellement, Anna les avait défendus, ces jeunes gens. Ce dont ils ne voulaient plus, c'était le vieux, l'ordre, l'ancien monde, enfin, rien que de très habituel. Le coup de jeune gagnait ailleurs ; en France, on parlait d'« Art Nouveau » ; à Vienne, de « Style Jeune ». Non, elle les trouvait intéressants, Anna ; et même, elle allait demander la revue à Toni.

— Mais tu ne peux pas, Anna ! s'enflamma aussitôt Willy. C'est obscène ! Sur la couverture ils ont dessiné une femme nue, toute maigre, avec des hanches... Des hanches pointues... Bizarres ! Enfin des hanches abominables. Une horreur !

Anna avait évoqué ironiquement les nudités fessues de feu Makart ; Willy avait protesté, Makart avait été un saint, un génie, on ne pouvait pas comparer.

Puis Anna demanda où Willibald avait déniché la revue. Le gros homme avait rougi violemment, avait bredouillé, s'était emmêlé dans de confuses évocations d'où il ressortait que de jeunes amis, un soir, dans une réunion politique, avaient brûlé *Ver Sacrum* en chantant 𝔇𝔢𝔲𝔱𝔰𝔠𝔥𝔩𝔞𝔫𝔡 ü𝔟𝔢𝔯 𝔄𝔩𝔩𝔢𝔰... Puis il s'était arrêté, brusquement.

Willy avait un peu trop bu, s'essoufflait, et justement commandait une slibowitz. Mauvais signe. Franz sentit que la discussion allait s'envenimer.

— Vous n'allez pas nous gâcher le printemps, fit-il. Regardez plutôt les arbres ; d'ici une semaine on pourra cueillir les cerises, je parie. On reviendra ; en descendant par le chemin, on pourra en secouer deux ou trois, sans se faire voir. Willy ! Anna ! Je vous parle !

Mais il était trop tard. Dans le regard d'Anna passaient des éclairs d'angoisse ; quant à Willy, il avait bu sa slibowitz d'un coup, cul sec, et sa peau s'était aussitôt marbrée de plaques roses. Il se taisait, furieux ; Anna aussi. Franz alluma sa pipe, et résolut de regarder ailleurs.

C'est alors qu'il la vit, en plein soleil.

❖

Sans doute était-elle arrivée depuis un certain temps ; il ne l'avait pas vue entrer. La tête haute sous l'épaisse voilette, le cou droit, incomparable, c'était elle à coup sûr, incognito.

Assise à la dernière table, loin du bord, l'Impératrice était toute en noir, les mains gantées posées sur l'éventail. Comme il se devait, elle n'était pas seule ; à ses côtés, une dame d'honneur tournait la crème nuageuse d'une tasse de café mélangé, avec une cuillère, précautionneusement, pour ne pas gâcher le délicat breuvage. Quant à elle, elle ne buvait rien ; devant elle, un verre d'eau, auquel elle ne touchait pas. La dame de compagnie se pencha, lui chuchota trois mots à l'oreille et s'éclipsa.

Elle était seule ; un léger soupir de soulagement fit frissonner la mousseline opaque.

Autour de Franz le monde s'était brusquement évanoui ; les bavardages des clients du dimanche fondaient dans un murmure d'église, les silhouettes étaient floues, la lumière pâlissait. Elle seule apparaissait avec une effrayante netteté, comme si un peintre avait décidé d'effacer le reste de sa toile avec un pinceau géant, pour mieux dessiner les contours de la femme : la plume de la toque, incisive, le voile, frémissant, les mains à plat, le col montant, la longue jupe, les bottines vernies, lacées, le buste dressé, la tête perchée, invisiblement exposée, une noirceur absolue, immobile. Soudain la statue s'anima. Franz retint son souffle.

Rapidement, elle releva son voile, le jeta d'un coup vers l'arrière, sans se cacher, tranquille. Tranquille, elle leva le menton, ferma les yeux, et offrit son visage à la chaleur du jour. D'instinct, Franz recula, comme si elle eût été nue ; sa peau n'était plus claire, mais brunie, ridée, sauvage, et sur le haut du front, la naissance des cheveux était devenue grise. Les lèvres serrées esquissaient une étrange grimace, qui se transforma en rictus de souffrance.

Alors, toujours tranquille, elle baissa la tête, défit l'un de ses gants, ouvrit la bouche, y mit délicatement les doigts et en retira un dentier, qu'elle posa sur le bord de la table ; puis elle prit le verre et versa l'eau sur l'appareil, avec un naturel plein de grâce. En un instant c'était fait : le dentier, lavé, remis dans la bouche ; un mouchoir surgi au bout du gant essuyait les traces humides sur le menton, elle relevait la tête et consentait enfin à regarder le monde, autour d'elle.

Le premier regard qu'elle croisa fut celui d'un homme encore jeune, un peu bedonnant, assez chauve, et qui la fixait intensément. Il n'était pas seul ; à ses côtés, sa femme, la tête basse, tortillait pensivement le bout d'une chaînette d'or, et le dernier convive, un ami sans doute, avachi sur la table, pétrissait la mie d'un petit pain. L'Impératrice allait détourner la tête lorsque le géant leva une main implorante, comme s'il eût voulu la supplier : « Ne pars pas ! » Si naïve, la force de la flamme bleue de ses yeux, qu'elle fronça le sourcil et le reconnut.

❖

Ainsi donc, voilà ce qu'il était devenu, et qu'il n'avait pas voulu lui montrer, un bourgeois installé, un vieux jeune homme ventripotent, tout à fait chauve. Seul le regard n'avait pas changé. Curieuse, elle détailla la veste de loden et les parements gris, le gilet de brocart prune lové sur le ventre rebondi, le col dur et la grosse cravate à la mode, en soie sombre ; puis, revenant au visage, elle s'aperçut que le géant souriait en rougissant, d'une rougeur adolescente.

La main était restée levée, comme un appel muet ; lentement, il se posa un doigt sur les lèvres, écarquilla les yeux... « Silence ! semblait-il dire. C'est bien moi, tu ne t'es pas trompée, je t'ai reconnue aussi, je ne te trahirai pas, nous voici retrouvés enfin, ne fais pas de bruit ! »

Elle ne pouvait se détacher de ce souriant regard. Tout en lui respirait la bonté. Ce feu clair lancé sur elle ne la menaçait pas, non, il la réchauffait ; plongée dans le bleu de ses yeux, elle ne le quittait plus. Soudain, la femme à ses côtés lui poussa le coude, ses lèvres bougeaient, elle lui parlait à mi-voix, elle semblait inquiète, nerveuse ; et comme il ne répondait pas, la femme le secoua comme un dormeur éveillé, elle l'appelait : « Franzi ! »

Il soupira profondément, puis détourna la tête, c'était fini. Avant de rabattre le voile elle eut encore le temps de voir, posé sur elle, le regard intrigué de la femme, son air jaloux.

Quand elle se retrouva sous l'épaisse mousseline, elle se souvint de son dentier ; le cœur battant, le rouge au front, elle comprit que le pire était arrivé. Il l'avait vue plonger le dentier dans le verre ; il n'avait pas pu échapper au spectacle des doigts dans la bouche, et des fausses dents. Une mémoire hésitante frappait à la porte des rêves, la cohue du bal, l'emportement de la valse, la chaleur des grandes mains autour de sa taille, le froid du ciel, les étoiles gelées, le cœur transporté, un baiser volé sur ses lèvres fermées, et la jeunesse d'une nuit, une seule. Tout le bonheur du seul bal de sa vie, gâché par un dentier.

Accablée, elle ploya le dos. Le mal était irrémédiable. Elle l'entendait parler avec une voix qui n'avait pas vraiment changé non plus : un peu lente, assez grave, une voix ronde comme lui, et qui tentait d'apaiser l'autre, celle de la femme, frêle, douce, insistante, une voix conjugale. Elle n'était pas assez près pour saisir les paroles ; mais elle comprenait bien l'air de la chanson, tendre et profonde, assez pour signifier l'harmonie dont elle était exclue.

La comtesse Sztaray, dernière venue au rang des dames d'honneur, tardait à revenir ; l'amère douceur de l'enchantement disparu flotta encore un instant. A travers le tissu du voile, elle pouvait apercevoir l'ombre d'un regard clair et joyeux, un brin de ciel, un soupçon de bleu ; l'air demeurait léger, transparent peut-être. Mais pas pour elle, qui respirait la sèche matière de la mousseline implacable, tantôt soulevée par la brise, tantôt plaquée brutalement sur les lèvres, à suffoquer.

Restait la persistance d'une liberté passagère, rivée au regard d'un jeune homme vieilli, sans que l'âge eût changé le mystère entre eux deux. Il n'était pas seul. C'était insupportable. Elle se leva d'un bond, redressa les épaules et partit, dépliant l'éventail dans un claquement sec, qu'il reconnaîtrait à son bruit.

Anna se demandait la nature du rêve qu'avait poursuivi son mari, au point qu'il ne l'avait pas entendue lui poser des questions sur ce qu'il contemplait avec tant d'attention. A moins qu'il n'eût été pris d'un brutal accès de fièvre, avec le vent du Sud on ne savait jamais ; peut-être aussi trop de vin blanc pétillant, ou la bouderie de Willy.

Elle avait remarqué la femme en noir à la table du coin, mais ce n'était qu'une vieille dame élégante, l'une de ces aristocrates hors du temps comme Vienne en comptait par dizaines, et qui, parfois, venaient renifler les odeurs populaires des cafés, quand il faisait beau. Ce qu'Anna n'expliquait pas en revanche, c'était ce geste inhabituel, ce voile soudain rabattu, en un éclair ; cela ne la tourmenta guère. Un deuil cruel, sans doute ; d'ailleurs, de lui-même, Franzi se rallia à cette idée.

Il mentit sans effort à sa femme. Il avait revu son domino jaune. Elle n'avait pas nié, cette fois elle avait dit oui, elle avait en silence prononcé les mots de son poème : « C'est moi ! Je t'ai reconnu ! »

Elle avait beaucoup vieilli ; et sans le savoir elle avait souri.

Un instant, il songea à l'affreux dentier. L'image était désagréable. Il essaya de la chasser et n'y parvint pas : il revoyait les gestes prosaïques, la main levée vers la bouche... Il s'épongea le front.

Après tout, il avait pris du ventre, et elle portait un dentier.

Un merle se mit à siffler. Rien n'était plus joli que les merles de Vienne, qui ne se cachaient pas, se perchaient sur le rebord des branches, bien en vue, et se haussaient le col, comme pour lancer leurs trilles à la face du printemps. Ce merle-là était comme les autres, vif, ravissant, moqueur, d'un noir absolu. L'insolence même de la vie — comme elle, avec son dentier.

Le hasard, le silence, et ce printemps futile les avaient réunis, mieux que les lettres et les réminiscences. Il ne se souciait plus de savoir si la vieille dame était l'Impératrice ou Gabrielle. Mais puisqu'il était sûr de l'avoir retrouvée, puisque enfin il avait reçu son aveu muet, il se réconcilia avec son inconnue. Il était heureux.

❖

L'Empereur hésitait.

Il venait encore de recevoir une lettre dans laquelle l'Impératrice lui demandait de venir la rejoindre en France, sur la Côte d'Azur. Souvent, elle le suppliait de la sorte, tout en sachant pertinemment qu'il serait retenu par ses obligations officielles. C'était un jeu : elle écrivait des lettres tendres, se plaignait de leur séparation, mais refusait de le retrouver à Vienne ; non, ce qu'elle voulait, c'était lui faire quitter la capitale, justement. Et qu'il vînt à elle comme un mari prend des vacances, incognito, surtout.

Elle avait beaucoup changé, avec l'âge. La période amazone était depuis longtemps passée ; quant aux marches, elles étaient ralenties par les sciatiques qui l'avaient tant de fois clouée au lit. Les idées suicidaires s'estompaient peu à peu, avec les voyages. Elle était restée sauvage, sans doute, et n'aimait pas les rares journées qu'elle passait à Vienne, trois à quatre fois l'an, pas davantage. Mais enfin, l'Empereur finissait par se dire qu'ils auraient peut-être une vieillesse heureuse, scellée par un deuil interminable qui les avait plus réunis que séparés. Maintenant qu'elle s'était assagie, peut-être deviendrait-elle simplement une grand-mère élégante, un peu triste, avec d'exquises nostalgies.

Ayant pesé cent fois le pour et le contre, il accepta de la rejoindre au cap Martin. Tous deux se promenaient au soleil couchant, dans les jardins publics ; lui portait une redingote de bourgeois et un chapeau melon, elle son éternelle tenue noire et son ombrelle blanche.

— Quel vieux couple nous faisons désormais, lâchat-elle un soir.

— Ce n'est pas si mal, après tout, répondit-il avec espoir. Du moins nous ne sommes pas séparés, alors que d'autres...

Elle se tut. Il redouta la suite. « Et que devient l'amie ? » lança-t-elle distraitement.

L'amie, c'était la Schratt, qu'elle lui avait jetée dans les bras. Il n'avait jamais pu se faire à cette phrase. Mais il n'avait pas le choix ; il fallait répondre.

— Elle va bien, merci. Elle a un peu grossi ces derniers temps, au point qu'elle a commencé un régime de...

— Ha ! coupa-t-elle, elle ne cessera donc jamais de m'imiter ! Enfin, c'est ton affaire.

— Elle m'a chargé de mille choses pour toi, Sissi, murmura-t-il humblement. Elle n'est pas méchante, tu sais...

— Oh ! Elle ne l'est même pas assez, conclut-elle en accélérant le pas. Est-ce qu'elle ne commence pas à vieillir un peu, elle aussi ?

Il avançait en ronchonnant, d'un air las ; le moment n'était pas encore venu de la calme vieillesse dont il rêvait. Elle le regardait du coin de l'œil, et surveillait ses tics avec une tendresse nouvelle. Car maintenant qu'ils avaient pris de l'âge, peut-être pouvait-elle espérer une tranquille amitié, un pardon réciproque et une vie apaisée. Dans quelque temps.

❖

Un an plus tard, en 1898, l'Empereur et son épouse s'étaient retrouvés à Bad Ischl, et c'était un progrès considérable. Elle voyageait moins loin qu'avant ; ses lettres avaient changé de ton. Elle lui écrivait des riens d'une douceur inattendue, et qui lui faisaient espérer une vraie réconciliation. Avaient-ils seulement été brouillés ? On ne savait pas.

Elle avait jeté sur leurs deux vies un sable féerique et périlleux, et les avait plongés dans une torpeur hostile dont ils s'éveillaient lentement, fatigués. Le long sortilège touchait à son terme ; peut-être commençait-elle enfin à avoir pour lui une affection sincère. Peut-être bien.

La journée s'achevait ; le soleil descendait sur les montagnes. Encore un jour sans qu'il eût réussi à s'entretenir avec elle un peu sérieusement. Cette fois il fallait en finir, et lui arracher la réponse. Demain, elle repartait, pour Munich, et puis encore ailleurs. Viendrait-elle aux ultimes cérémonies du Jubilé impérial, en juillet ? Pouvait-elle décemment refuser de célébrer ses cinquante ans de règne ? Abandonner l'Empereur pour une solennité de cette importance ? Impossible.

Impossible... Au vrai, le vieil homme en doutait. Elle avait accepté la lourdeur des cérémonies du Millénaire à Buda, mais c'était seulement pour la Hongrie ; le Jubilé se déroulait à Vienne. Impossible ? Elle ne le voyait plus que deux à trois fois l'an, entre deux étapes, comme pour consentir à donner quelques miettes de son temps à un oiseau frileux, qu'elle avait délaissé depuis tantôt vingt ans. Impossible, elle l'était justement. Et l'Empereur se tourmentait à la seule idée d'aborder le sujet.

Pas le matin ; elle prenait ses bains froids, on la coiffait, ou bien elle s'en allait marcher, jusqu'à midi. Souvent, elle ne revenait pas de longtemps. Les soirées

tardives étaient exclues ; elle se couchait tôt. Mais en cal-
culant bien, il pouvait proposer une promenade à deux,
au coucher du soleil, juste avant le dîner. Sur la Côte
d'Azur, l'année passée, il y était parvenu deux ou trois
fois.

Et donc, l'Empereur attendit sa femme sur le perron.
Quand elle sortit pour prendre le frais, l'éventail se
balançant au bout du bras, l'ombrelle au poing, elle
s'arrêta ; il avait son air sérieux de lieutenant-colonel. Il
mettrait encore des heures à préciser sa pensée...

— Allons ! fit-elle en soupirant. Je vois que vous avez
quelque chose à me dire. Venez...

Il était le seul au monde à pouvoir allonger le pas au
rythme de l'Impératrice. Les bras derrière le dos, la tête
basse, il allait de son célèbre pas élastique, vif comme
un jeune homme, sans la dépasser ; avec elle, il fallait
marcher comme ses juments dressées, au petit trot. Mais
désormais, elle allait lentement, comme une vieille
femme alourdie. Il se taisait.

— Me diras-tu à la fin ? dit-elle en tournant
l'ombrelle.

— C'est au sujet des dernières cérémonies de mon
Cinquantenaire, commença-t-il doucement. Tu n'étais
pas là le 24 juin, pour la présentation des enfants de
Vienne et celle des chasseurs à Schönbrunn...

L'Impératrice soupira sans répondre.

— Soixante-dix mille enfants sur le Ring au son de *La
Marche de Radetzky*, et quatre mille chasseurs ! Le
26 juillet, supplia-t-il, ce sont les cyclistes...

— Non, coupa-t-elle. Il n'en est pas question.

Il n'insista pas.

Le lendemain, pour calmer sa colère, il alla chevaucher à l'aube. Quand il revint, elle l'attendait à son tour,
l'ombrelle voltigeante sous le soleil d'été.

— Il ne faut pas m'en vouloir, dit-elle. C'est au-dessus
de mes forces, tu sais bien.

Il la prit par le bras, et l'entraîna. D'habitude, elle
résistait toujours un peu, levait le coude brusquement,

414

et finissait par se résigner. Mais cette fois, elle se laissa docilement conduire ; il espéra.

Quoi ? Il ne savait pas ; elle était imprévisible. Ils firent en silence le tour des massifs, revinrent vers la villa, repartirent vers les rosiers, sans un mot. Au premier tour, il la maintenait bien serrée, fermement ; au deuxième tour elle se crispait un peu moins ; au troisième enfin elle s'appuya sur son bras.

— J'aspire à la mort, mon tout petit, murmura-t-elle. Je ne la crains pas. Depuis... Enfin tu sais. Je souffre trop.

— Allons, allons, bougonna-t-il. Nous publierons une note médicale officielle, et personne n'y trouvera à redire. Ta santé fragile, tes insomnies...

— L'anémie ! s'écria-t-elle. Tu oublies l'anémie, et les névrites.

— Eh bien, tu vois, dit-il simplement.

Et il la reconduisit jusqu'au perron. Quand elle monta la première marche, elle se retourna avec ce brusque mouvement de jeune fille qui ne l'avait jamais quittée.

— Tu es trop généreux, mon cher petit. Et moi souvent mauvaise, fit-elle en lui tendant la main. Viens ; moi aussi j'ai à te parler.

Ils s'assirent dans le salon désert ; elle n'avait pas abandonné sa main, qu'il serrait avec précaution dans les siennes. Elle le regardait absolument comme si elle ne l'avait jamais vu, avec un regard curieux et attentif, détaillant les favoris blancs, les rides autour des yeux clairs, et le sommet du crâne nu. « Mon Dieu, soupira-t-elle, pourquoi tant de malheur... »

— Mais non, tu n'es pas mauvaise, et je ne suis pas fâché, reprit-il. C'est juste que tu pars demain, et tu vas me manquer.

Elle poussa un soupir, et retira sa main. Rien ne l'obligeait en effet à ce départ, rien, sauf cet ennui qu'il traînait avec lui comme une malédiction.

— Je ne t'aime jamais autant que lorsque je m'en vais, lui dit-elle avec un sourire. Et quand je suis au loin, je pense à toi avec une tendresse infinie. Tu es mon petit âne préféré, mon chéri...

Il détourna la tête ; il n'était pas habitué à sa douceur, et il ne voulait pas qu'elle vît ses yeux s'embuer. Il tira son mouchoir et se moucha, solennellement.

— Mon cher époux, commença-t-elle d'un ton sans réplique, j'ai trouvé mon cadeau d'anniversaire. Je veux un hôpital psychiatrique tout neuf, digne de Vienne. Avec des équipements modernes pour les aliénés.

Atterré, il pensa à la folie de son cousin de Bavière, et baissa la tête en écartant les mains d'un air fataliste.

— Ce n'est pas ce que tu crois, jeta-t-elle précipitamment. Sous ton règne on a fermé la tour des Fous à Vienne, cet horrible bâtiment médiéval, t'en souviens-tu ? Et de ma visite à l'asile de Brünnfeld après la mort de Louis, t'en souviens-tu aussi ? Ce jour-là, j'ai bien vu ! Les équipements arriérés, les chaînes pour les asilaires, les traitements désuets, l'épouvante... Tu te rappelles ? Une pauvre folle m'avait assaillie ; elle se prenait pour moi. Il faut aller de l'avant, voilà tout. Dis-moi oui...

Il acquiesça en silence. Elle s'éventait lentement, comme pour lui laisser le temps de respirer.

— Rien d'autre ? demanda-t-il d'une voix faible. Veux-tu un nouveau bijou ?

— Vous savez bien que je n'en porte plus depuis la mort de Rudi, répondit-elle un peu sèche. Et puis vous m'avez couverte de bijoux. Non, rien.

L'Empereur se rembrunit. La Schratt, elle, acceptait les bijoux ; mais la Schratt n'était qu'une femme, tandis que Sissi, elle !

— Peut-être autre chose..., murmura-t-elle en réfléchissant. Oui. Anoblissez l'un de mes protégés. Un homme très méritant, fonctionnaire aux affaires étrangères ; il devrait être chef de section, je crois. Il n'est pas Hongrois, pour une fois. Je vous écris son nom sur un papier.

Pendant qu'elle griffonnait, il se demandait d'où sortait cette fantaisie.

— N'allez pas chercher comment je le connais, fit-elle

416

en brandissant la feuille. C'est mon secret. Alors, vous acceptez ?

Comme s'il lui avait jamais refusé quelque chose.

Elle vint l'embrasser sur le front, et caressa le crâne d'une main légère. « Le jour viendra, mon petit, où peut-être je ne reviendrai pas... », murmura-t-elle à son oreille.

Il tressaillit, voulut se retourner. « Chut..., ajouta-t-elle en posant les deux mains sur les yeux, ne bougez pas, je vous en prie. Je vous attendrai bien sagement dans la Crypte, où je ne risque plus de vous quitter, mon chéri. D'ailleurs vous savez bien qu'à ma façon je vous aurai beaucoup aimé. »

Et elle le lâcha subitement, avec un grand soupir.

— Maintenant je vais finir de me préparer pour demain, dit-elle. A tout à l'heure.

Il en avait toujours été ainsi. Elle refusait tout, il accordait tout. Elle avait les cheveux gris, la peau ridée et de mauvaises jambes, mais elle avait gardé dans le regard la flamme rebelle de leur rencontre à Bad Ischl, et s'il voulait, il pouvait encore serrer sa fine taille entre ses deux larges mains d'Empereur. Elle n'assisterait pas au défilé des cyclistes pour le Jubilé du règne de l'Empereur ; elle aurait son hôpital psychiatrique et son protégé serait anobli. Il jeta un coup d'œil sur la feuille et y lut un nom inconnu : « Taschnik, Franz. »

21

AH ! GRAN DIO, MORIR SI GIOVINE

Un dernier regard encore
Sur toi, ô mer, ma bien-aimée
Avant de te dire un difficile adieu
Et si Dieu le veut, au revoir !
Pour prendre congé j'ai choisi
Une calme nuit, un clair de lune
Tu t'étends devant moi, radieuse
Éclatante, argentée, c'est toi
Mais quand demain, venant des dunes
T'embrasseront les rayons du soleil
A vive allure, à tire-d'aile
Je serai envolée, très loin
Le blanc essaim des mouettes
Planera toujours sur tes eaux
Et si l'une manque à l'appel
Le sauras-tu ?

Elisabeth

L'Impératrice et sa dame d'honneur revenaient toutes deux de la villa Rothschild, où les avait invitées la baronne, à Pregny, sur le bord du lac Léman.

Habituellement, Sa Majesté détestait les visites de convenances, et refusait les invitations les plus prestigieuses ; n'avait-elle pas osé décliner celle de la Reine Victoria ? Mais les Rothschild comptaient parmi les meilleurs alliés de l'Empire. Comme Heinrich Heine, ils relevaient de la religion sacrée du grand Jéhovah ; la baronne Julie était très liée avec l'une des sœurs de l'Impératrice. Au demeurant, on disait sa propriété admirable, et les serres nouvellement construites produisaient en toute saison les fruits et les fleurs les plus rares. Contre toute attente, l'Impératrice avait accepté. La visite avait été fixée au 9 septembre 1898, et le pavillon impérial hissé au sommet des toits d'ardoise, sur les ornements de plomb.

En apercevant l'immense vestibule et l'enfilade de salons sur sa gauche, l'Impératrice avait marqué le pas. Encore un palais, encore des ors et des velours... A peine si elle daigna jeter un regard sur les toiles de maître, les Goya, les dessins de Fragonard, le portrait de la du Barry et le pendentif de Benvenuto Cellini ; les Canova l'arrêtèrent un moment, et seule s'extasiait la dame d'honneur, la comtesse Sztaray. L'Impératrice voulait voir les bains sur le lac, et les serres derrière l'immense potager. Ses désirs avaient été satisfaits. Sa Majesté était d'humeur exquise, comme ce jour d'automne éclatant qui refusait de s'achever. La baronne avait offert un bouquet de roses orangées, et les dernières pêches de son verger. Sa Majesté avait beaucoup remercié. Enfin elle avait voulu rentrer à son hôtel, le Beau-Rivage, de l'autre côté du lac, à Genève, en prenant le vapeur avec le commun des mortels.

Cinq heures déjà, pour elles il était tard, et la traversée était lente. C'était un de ces septembres illuminés par un soleil tendre, moins acide qu'un printemps précoce, moins brûlant que l'été. Elles avaient trouvé une banquette à l'écart des autres passagers. La dame d'honneur tenait le bouquet de roses de la baronne Julie, et le respirait de temps en temps. L'Impératrice s'était un peu alanguie sur la banquette, et laissait pendre sa main nue au-dehors, comme pour toucher l'eau.

— Que ces fleurs étaient belles, murmura-t-elle entre ses dents. Jamais je n'avais vu tant d'orchidées. Les grandes surtout, comment les nomme-t-on déjà ? Celles avec une langue pourpre, comme un berceau, je ne me souviens plus, le soulier, la chaussure... Sztaray ! Vous ne m'écoutez pas.

— Plaît-il, Votre Majesté ? répondit la comtesse, empressée. Je n'ai pas entendu. Vous parliez si bas.

— Je vous demandais le nom de cette orchidée prune ! fit-elle en détachant les mots. Le soulier de... ?

— Sabot de Vénus, Votre Majesté. Une bien belle espèce.

— Voilà ! s'écria-t-elle, joyeuse. Superbes aussi, les cèdres et les rocailles. J'allais dans cet endroit à reculons, je pensais m'ennuyer, vous le savez, ma chère, je vous l'avais répété cent fois, et puis non ! Le miracle. Une femme aimable et piquante, un jardin de rêve, un lunch ravissant...

— Votre Majesté a même repris deux fois du sorbet, observa la comtesse. Et du suprême de volaille. L'Empereur sera content lorsqu'il recevra le menu que vous avez emporté, car...

— Il n'en saura rien. Je n'ai pas l'intention de le lui envoyer. D'ailleurs j'ai plutôt fait semblant, par politesse. Que racontez-vous là ? Non, je n'ai pas mangé !

La comtesse Sztaray réprima un sourire. Pour rien au monde, l'Impératrice n'aurait admis la chose. Car lorsque, d'aventure, elle dérogeait aux règles qu'elle s'était fixées, croquant un biscuit, suçant une pêche, voire grignotant, comme un écureuil, des monceaux de noisettes ou des noix, l'écart devait demeurer clandestin. Mais enfin, pensait la comtesse avec étonnement, pendant ce déjeuner à la villa Rothschild, elle ne s'était pas simplement nourrie, non, elle avait dévoré, à toute allure, sous l'œil stupéfait de la baronne, à qui l'on avait prédit une femme sans appétit, et qui, d'un signe discret, relançait les serveurs devant l'assiette vide de Sa Majesté. Une affamée.

Non que cela ne la prît pas quelquefois comme une sorte d'attaque imprévue ; mais c'était plutôt par surprise, à l'office, l'air de rien, tout en tourbillonnant, de sorte qu'on ne la voyait pas réellement manger. Ensuite, après qu'elle fut partie, il manquait sur le compotier quelques dattes fourrées, ou bien de la meringue sur la tarte. Raflée. Cette fois cependant c'était tout différent.

Selon son habitude, elle s'était assise sur le bord de sa chaise, comme prête à s'envoler ; ensuite, au lieu de poser son gant dans l'assiette, elle avait accepté d'être servie, et s'était déchaînée sur les plats aussitôt. Elle avait même accepté une coupe de champagne, et ses yeux s'étaient mis à briller. Pour honorer la Reine autant que l'Impératrice, la baronne Rothschild avait servi des vins de Hongrie, du Sang de Taureau, du Tokay. La comtesse n'avait pas résisté non plus ; elle se sentait lourde, et se serait volontiers endormie, là, sur la banquette du vapeur, la tête au soleil...

— Comment fait-on pour mourir de faim ? fit la voix susurrante à ses côtés. En combien de temps ? Le savez-vous ?

— Quelle étrange question ! Votre Majesté, je n'en sais rien, sursauta la comtesse ébahie. Il me semble qu'en trois jours...

— Vous n'y entendez rien. Le corps humain a davantage de résistance. Il y faut au moins dix jours, plus si l'on boit, je le sais. Je ne risque pas grand-chose en mangeant peu ; et les médecins sont des ânes. Au contraire, Sztaray, je me protège ! Je me prolonge... Je lutte contre l'ordre de la nature, et contre Dieu.

— Votre Majesté ne pense pas ce qu'elle dit. Lutter contre Dieu, Votre Majesté, qui oserait ?

— Il faudrait avoir une foi d'airain pour ne pas lutter, comtesse, fit-elle gravement. Je n'ai plus la foi, si jamais je l'ai eue. Et voyez-vous, je vais vous étonner, Sztaray, j'ai peur de la mort, moi.

— Vous ! s'écria la comtesse. Impossible. Votre Majesté la cherche.

— On le dit beaucoup, murmura-t-elle, et je l'ai cru sincèrement moi-même. Sans doute j'ai voulu mourir, et j'ai manqué de courage... Voyez, je suis vivante. Et ce jour est si beau qu'aujourd'hui je me sens différente. Si seulement l'Empereur était là ! Devrais-je mourir sur-le-champ que... Oui, décidément j'aurais peur. Vous ne craignez pas la mort, n'est-ce pas ?

— Non, répliqua fermement la dame d'honneur. Ce n'est qu'un passage.

— Mais ce passage, comment le franchit-on ? Est-ce qu'on étouffe ? Où va le dernier souffle ? Que fait l'esprit enfin quand le cœur a cessé de battre ? Des morts nous ne voyons qu'un visage apaisé ; mais juste avant ? La chose est incertaine...

— Non, reprit la comtesse. Après le passage existent le salut, et la paix.

— Qu'en savez-vous ? Personne n'est revenu pour en parler, coupa-t-elle. Je le sais ; j'ai essayé. Même Rudi dans la Crypte ne m'a rien répondu.

La comtesse s'enfonça au fond de la banquette ; jamais elle n'avait évoqué son fils avec cette gaieté paisible. Les mots devenaient dangereux. L'Impératrice s'était tue, et contemplait les vignes sur les coteaux.

— Tout à l'heure, nous irons acheter des pâtes de fruits, Sztaray, fit-elle pensivement.

La soirée avait été charmante. Comme convenu, l'Impératrice s'était rendue à la confiserie et, prise par une fièvre d'achats, avait dévasté la boutique. Elle ne trouva pas les pâtes de fruits ; il fallut entrer ailleurs, piller une autre boutique, une autre encore, pendant une heure. Puis, les bras pleins de paquets, elles étaient revenues à pied, à vive allure, si bien que de temps en temps une boîte s'échappait, et tombait. Sur le chemin de l'hôtel, l'Impératrice avait voulu manger les pêches de la baronne, et les deux femmes s'étaient assises dans un square ; à leurs pieds, se pressaient des pigeons sautillants.

C'était l'heure où les oiseaux sillonnent le ciel avant la tombée du jour. Les mouettes planaient en chassant les insectes, les passereaux volaient comme des flèches et un chardonneret se percha sur une branche en sifflant, juste à côté d'elles. Soudain, un corbeau s'envola lourdement, et de son aile noire, effleura la joue impériale. Elle laissa tomber sa pêche en poussant un cri étouffé.

— Mauvais présage, Sztaray... On dit que le corbeau qui passe nous prédit toujours un malheur...

La comtesse ne répondit pas. Les superstitions de l'Impératrice s'étaient aggravées avec l'âge. Une mouette noire sur la mer, une pie qu'on croisait sur un sentier, un paon dans un parc, une échelle au coin de la rue, et maintenant, un corbeau !

— Je sais bien que vous ne me croyez pas, Sztaray, murmura la voix douce. Vous avez tort...

Il avait fallu quitter le square aux oiseaux, et rentrer précipitamment à l'hôtel Beau-Rivage. Le lendemain, elles prendraient à nouveau le vapeur pour traverser le lac, et s'installer à Territet, dans un autre hôtel. A sept heures, l'Impératrice s'était retirée dans sa suite, et avait ordonné du raisin, et de l'eau.

❖

Sur le lac, le soleil avait obligeamment livré un coucher lumineux, parfait, une boule énorme et flamboyante, qu'elle avait vue rougir, pâlir, envahie par un gris tourterelle. Maintenant qu'il avait disparu, seuls demeuraient de longs reflets sanglants, scintillants sur les courtes vagues. La lune déjà poussait la nuit comme un cavalier son cheval.

Elle s'était accoudée au balcon, et croquait un à un les grains des premiers raisins, en faisant éclater la peau avec ses dents. Le vrai crépuscule commençait. Envahie par une joie inexplicable, elle alla chercher une chaise, ouvrit une boîte au hasard, des cerises fourrées au kirsch, et s'assit près de la fenêtre grande ouverte.

Elle guettait la lune. Les étoiles ne brillaient guère ; il était trop tôt. Secrètement, elle espérait un astre assez puissant pour éclipser le scintillement des planètes mortes ; une lumière bleue, claire, impénétrable, de celles qui brûlaient les soies des rideaux. Pourquoi ? Elle n'aurait su dire. L'espérance d'un emportement infini, pour prolonger la joie du jour. Justement la lune obéissait, pleine, radieuse, pure comme le sommeil qui s'étendait sur la ville, et replongeait les hommes dans la bienheureuse inconscience de l'enfance endormie.

Elle bâilla, s'étira, se dit qu'il fallait se coucher, et ne put se lever de la chaise, tant elle était prise au charme de la nuit sur le lac. Le clair de lune avait gagné les eaux, et lui interdisait le sommeil. Elle lui résista, rentra, se dévêtit en un tournemain, le dos tourné à la fenêtre pour éviter la tentation. « Au lit », murmura-t-elle comme une enfant. Mais le lit ne l'aimait pas ce soir-là.

Au moment où elle fermait les yeux, un homme se mit à chanter. Un Italien, sans doute, qui grattait de la guitare et laissait monter ses aigus, avec des mots absurdes et doux, MIO AMORE, MIA VITA, SON QUI... En bas, on l'applaudissait ; on élevait la voix, comme font ceux qui ne dorment pas et profitent du silence des autres pour parler fort. D'abord, elle fut séduite ; puis irritée, elle se tourna de l'autre côté, vainement. Le chanteur n'en finissait plus ; de jeunes voix de filles se mêlaient à sa chanson, l'éternelle histoire entre les femmes et les hommes recommençait, malgré la lune, ou à cause d'elle.

Solitaire était l'astre sans ses étoiles, solitaire comme elle au creux des draps froissés. Troublés tous deux par les bruits de la rue, cette garce qui refusait de s'endormir. Fallait-il fermer les croisées ? Jamais. Tel était le destin des reines, briller au milieu de la nuit, loin des hommes, et supporter à l'infini le monstrueux désordre de leurs plaisirs.

Le sommeil la gagna au beau milieu d'un air de *La Traviata*, à deux heures. Et pendant qu'une étrange voix de soprano chantait dans la rue la douleur de mourir en pleine jeunesse, *Gran Dio, morir si giovine*, comme autrefois le mousse du *Chazalie*, l'Impératrice glissa dans les eaux sombres de la nuit.

Soudain, elle se redressa. Une langue de lune avait gagné le lit, si violemment éclairé qu'elle s'éveillait. Le ciel était entièrement turquoise, on aurait dit une aube, mais il était trois heures seulement. Quelque chose était arrivé, qui n'était pas naturel. Un mystère implacable envahissait la chambre, comme une mort en marche. Tout à coup, elle comprit l'étrangeté de l'instant : les voix s'étaient tues. Le monde aussi. On dormait enfin partout, la rue ne parlait plus. Un majestueux silence s'étendait avec elle, un tendre compagnon, un peu effrayant, un peu vague. La joie revint, inattendue.

Elle ne la laissa pas s'enfuir, et demeura ainsi jusqu'à l'aurore, les yeux ouverts, entre un sommeil réticent et une veille heureuse, surprise de ce bonheur neuf. Elle écouta la ville murmurer son éveil, entendit les premiers pas sur le pavé, les toux, enfin les premières cloches, et finit par sombrer avec le lever du jour.

❖

A sept heures, la comtesse Sztaray l'attendit comme à l'ordinaire ; jamais l'Impératrice n'avait traîné au-delà. A huit heures, inquiète, la dame d'honneur entrebâilla la porte ; mais elle dormait si profondément qu'elle n'entendit rien. A neuf heures, la comtesse vit passer un plateau couvert de petits pains, et du café.

A onze heures, l'Impératrice apparut, radieuse. Sans voile, coiffée d'une simple toque, et le pas juvénile.

— Venez, Sztaray, il est temps, fit-elle. La nuit était si belle que je n'ai pas pu dormir. Avant de prendre le vapeur, nous irons acheter des morceaux de musique, pour les enfants et aussi pour l'Empereur, le pauvre chéri.

Au magasin Baecker, elle écouta avec ravissement un piano mécanique jouer des airs de *Carmen* et de *Tannhäuser*. Par malchance, l'instrument ne jouait pas

La Traviata. Pour se consoler, l'Impératrice choisit à toute allure vingt-quatre partitions, dont un air de *La Traviata*, mais du premier acte. Puis elle regarda sa montre : il fallait se hâter de prendre le vapeur à présent.

— Livrez tout ceci à l'hôtel Beau-Rivage, jeta-t-elle. Donnez-le au portier... Nous partons dans une heure.

❖

La lumière était si vive sur le lac qu'elle mit sa main devant ses yeux. On devinait le vapeur à cent mètres, au bout de la passerelle de bois gris. Les bagages venaient d'embarquer. Elle regarda la montre au bout de la chaîne d'or.

— Vite, comtesse, nous allons manquer le bateau ! fit-elle à sa compagne. La Suisse est toujours ponctuelle. Il faut courir !

— La cloche n'a pas encore sonné, Votre Majesté, remarqua la comtesse Sztaray.

— Je vous rappelle que je suis ici incognito, et qu'en public je m'appelle la comtesse Hohenembs. Allons, Sztaray !

Et, relevant ses jupes noires, elle partit à grandes enjambées. La cloche du vapeur se mit à sonner furieusement ; déjà une fumée blanche signalait l'imminence du départ. La comtesse la rattrapa en soupirant : comme toujours, l'Impératrice avait raison.

— Mon éventail ! murmura-t-elle subitement en s'arrêtant net. Je l'ai oublié à l'hôtel !

— Que dit Votre Majesté ? reprit la comtesse, essoufflée.

— Rien, rien, maugréa-t-elle en reprenant sa course folle.

Elles n'étaient pas seules à courir pour prendre le bateau. Une mère de famille pressait son petit monde comme une gardienne ses oies, en houspillant des gamines endimanchées ; un jeune homme en canotier brandissait une canne à pommeau d'améthyste et faisait signe aux marins, sur le vapeur. Et des badauds contemplaient la petite foule élégante avec amusement.

— Pour une fois qu'ils se fatiguent, ils peuvent bien trotter un peu, marmonna un ouvrier en casquette en poussant du coude son voisin sur le banc. Tu ne trouves pas, camarade ?

L'homme se leva sans répondre et se mit à courir à son tour.

— Ah ça ! Il prend le bateau, lui aussi ? bougonna l'ouvrier. Il aurait pu se décider plus tôt !

Les deux femmes, la tête baissée, n'avaient pas vu l'homme qui s'élançait en leur coupant la route, un Italien sans doute, avec sa veste en coutil noir et son foulard rouge autour du cou.

— C'est qu'il va les bousculer, ce sauvage ! s'écria l'ouvrier en se levant. Attention !

Trop tard. L'homme avait brutalement renversé la dame en noir. Sa compagne poussa un cri perçant. Les badauds accoururent, d'autres poursuivirent le malotru qui s'était enfui à toutes jambes.

Elle était tombée de tout son haut. La comtesse tentait maladroitement de la relever, mais dans son émotion, elle n'y parvenait pas. L'ouvrier se précipita et écarta les curieux d'un geste autoritaire.

— Cela va aller, ma petite dame, vous inquiétez pas, fit-il en la prenant sous les aisselles. Ho hisse !

— Faites attention ! cria de loin le portier en prenant ses jambes à son cou. Attendez, j'arrive !

« Ne la prenez pas si rudement, répétait-il, vous allez déchirer sa robe, là, tout doux » et il ajustait ses gants blancs avant de la prendre par les coudes.

— Madame la comtesse Hohenembs veut-elle se reposer un instant ? dit-il respectueusement. Je vais prévenir le capitaine du vapeur.

Elle était debout, titubante, le visage un peu pâle, sans plus. Elle porta vivement la main à sa tête, tâta les nattes grisonnantes sous son chapeau, et regarda le portier, l'ouvrier, les badauds attentifs, tous ces yeux qui la fixaient avec sollicitude.

— Je vous remercie, monsieur, dit-elle avec effort. Et vous aussi, mes amis. *Ich danke Ihnen* ; *I thank you very much, indeed*. Mes cheveux m'ont protégée... Cet homme, quel affront !

— Vous n'avez rien, madame ? Vous a-t-il fait du mal ? s'inquiéta sa compagne.

— Une brute, fit une passante indignée. C'est insensé !

— On va l'arrêter, assura un gros monsieur. J'ai vu un policier qui courait plus vite que lui.

— Le vapeur ! s'exclama la dame en noir en reprenant ses esprits. Il n'est pas parti ?

— Ils ont tout vu, ils attendent ! cria un gamin essoufflé. J'en viens.

Elle ramassa rapidement ses mèches, ajusta sa coiffure et grimaça légèrement.

— Que voulait-il, cet homme effrayant ?

— Un gredin, Votre... Madame, dit la comtesse Sztaray.

— Peut-être voulait-il me voler ma montre ? Il m'a donné un coup de poing..., gémit-elle en portant la main à sa poitrine. Je suis un peu étourdie.

— Le sauvage, murmura la comtesse. Vous faire cela, à vous.

— Il faut l'asseoir, fit une voix.

— Non, répondit-elle timidement. Je n'ai pas le temps. Vraiment.

Et, écartant la foule d'un geste tranquille, elle fila comme une flèche, à la stupéfaction de l'ouvrier, qui ôta sa casquette et se gratta la tête.

— Drôle de bonne femme. La voilà qui repart ! Ma parole, cette vieille a le diable au corps !

❖

Elle courait, et le lac étincelait d'une lumière si vive qu'elle voyait à peine le vapeur, où s'agitaient de vagues silhouettes et des mains qui faisaient signe ; tantôt le bateau était là, il l'attendait, tantôt il disparaissait, noyé dans une tremblante blancheur. Elle courait, si vite que le souffle faillit lui manquer, et le bateau s'éloignait du rivage, elle l'appelait en silence, elle criait sans trouver sa voix, et voilà qu'à nouveau il était là devant elle, mais noir, massif, funèbre. Elle courait, et les cloches sonnèrent à toute volée dans sa cervelle, comme un dimanche. « Des bourdons, songea-t-elle, il faudra que j'en parle à mon médecin. » Elle eut un pincement au cœur et pressa sa poitrine sans ralentir sa course. « Je vieillis beaucoup, pensa-t-elle, mais j'aurai ce bateau », et de nouveau le noir l'envahit, une brume soudaine, qui s'enfuit aussitôt.

Elle ne sentait plus le mouvement de ses jambes, simplement la bonne mécanique de son vieux corps fidèle, les coups sourds des pieds sur le sol, ceux de son propre cœur qui s'affolait un peu. « Tiens bon, murmura-t-elle, nous y sommes. » Elle courait, et ses cheveux soudain pesèrent sur sa tête, ils la tiraient en arrière, et elle mit machinalement la main à sa bouche, le bateau était à sa portée, la comtesse Sztaray lui prenait la taille, le capitaine se penchait, coiffé d'une casquette noire, d'une noirceur d'encre qui soudain l'engloutit.

— Elle s'est évanouie ! cria la voix brumeuse d'une femme à ses côtés. A l'aide ! De l'eau !

Confusément, elle pouvait entendre le tohu-bohu à bord du bateau, les ordres du capitaine, les exclamations des passagers, elle voulut les rassurer, sourire, mais le poids de ses cheveux pesait sur sa bouche embarrassée, sur ses paupières closes. « Ce n'est rien, songea-t-elle, simple étourdissement », les cloches sonnaient à toute volée et elle se laissa aller, heureuse. Des mains la saisirent sans ménagement, la posèrent sur un étrange lit de tissu, des voix au-dessus d'elle lâchaient sèchement des consignes, attention, ensemble, un, deux, hop, voilà, maintenant, à mon commandement, levez la civière, doucement, doucement...

— Je ne peux pas vous dire qui elle est, capitaine, c'est un secret d'État, gémissait la comtesse Sztaray. Mais faites très attention, je vous en supplie...

... Sur ses joues, le vent frais d'un large éternel, et l'imperceptible parfum de vase et d'oiseau que depuis toujours elle savait être l'odeur du lac. Et même, elle reconnut le cri des mouettes en plein vol, cela la fit sourire. Le très léger tangage du bateau l'éveilla. Elle souleva péniblement les paupières ; était-ce le jour, cette aveuglante clarté, ou la nuit ? Était-ce le soleil, cette vague lumineuse qui lui serrait le cœur à l'étouffer ? Une femme penchée sur elle lui caressait le front avec un mouchoir mouillé, lui ouvrait les lèvres et y glissait un carré dur, elle reconnut le goût du sucre, l'odeur forte de l'alcool de menthe et ouvrit franchement les yeux.

— Elle revient à elle, fit une rude voix. Eh bien ! Je préfère.

Qui était cette femme sombre au visage flou ? Avec effort, elle la fixa en fronçant le sourcil... La comtesse Sztaray, son regard clair, ses chuchotements en hongrois... Le lac Léman. Le vapeur ! Elle avait gagné malgré tout ! Elle se redressa, croqua lentement le sucre, voulut dire qu'elle allait bien, desserra les lèvres et les mots s'échappèrent, des mots qu'elle ne commandait plus.

— Que m'est-il arrivé ? fit-elle d'une voix douce.

Mais comme elle commençait à distinguer les traits du capitaine, et l'ancre de marine sur sa casquette noire, son cœur se mit à battre comme un fou. Si joyeusement qu'elle se sentit revivre. Les mouettes la saluaient de leur vol acéré, et lançaient leur cri brûlant, et les nuages étaient si légers qu'un immense sourire l'envahit, poignant, aigu, foudroyant. Rien n'était plus beau que ces oiseaux blancs sur le ciel clair, d'un calme qu'elle n'aurait pas imaginé. « Enfin, pensa-t-elle, j'ai trouvé le bonheur. Attendez-moi... »

— Mon Dieu ! hurla une voix sanglotante. Elle retombe !

— Dans ma cabine, fit la voix du capitaine, vite ! Vous trouverez une banquette, et aussi des sels de vinaigre. Ce n'est pas bien grave. Moi, je ne peux plus attendre. Je mets les moteurs.

Un balancement mesuré, des pas lourds sur le pont, une longue rumeur sur son passage, le peuple sans doute, les peuples assemblés autour d'elle, elle ne pouvait pas les voir, ils s'inclinaient, elle en était sûre... Se relever. Il aurait fallu se tenir debout, saluer, sourire. Elle voulut lever la main, et n'y parvint pas... On va la priver de ciel, l'obscurité d'une chambre fermée la suffoque, et ce cœur, ce cœur qui grossit entre ses côtes...

— Je vais la délacer, pouvez-vous sortir, messieurs ? murmura la voix féminine.

La porte se ferme doucement. Deux mains prestes écartent sa pèlerine, dégrafent le corsage, dégagent la chemise... Ce cri !

— L'Impératrice ! On l'a assassinée ! hurle la comtesse Sztaray en s'élançant comme une folle.

❖

Elle entend tout, et ne comprend pas. Assassinée ? Quelle Impératrice ? Un attentat ? Mais sur qui ? Quelle importance... Il sera toujours temps d'apprendre par les journaux les circonstances de l'événement. Elle est seule. Tranquille, elle respire à petits coups, pour dompter ce cœur rebelle qui n'en finit pas de grossir. Les yeux fermés, elle s'abandonne au bercement du vapeur, au ronronnement des moteurs, à la vie qui l'embrasse et la soulève, si simplement. Un sommeil en plein jour.

— Regardez ! Là..., sanglote la comtesse. Sur la chemise. La tache de sang. C'est cet homme en coutil qui l'a bousculée tout à l'heure !

— Un tout petit trou ! A peine un coup d'épingle ! dit la bonne voix du capitaine, d'un ton flegmatique. Simple égratignure. On dirait une morsure de sangsue.

— Mais puisque je vous dis que c'est l'Impératrice d'Autriche ! gémit la comtesse affolée.

— Alors je fais demi-tour, tranche le capitaine d'un air ennuyé.

— Non ! supplie la comtesse. Accélérez ! Sur l'autre rive, chez la baronne Rothschild, nous trouverons de l'aide !

— Pas question, coupe le capitaine. Vous m'assurez que cette dame est l'Impératrice d'Autriche, je rentre à Genève, c'est mon devoir.

Une tache de sang ? Sans blessure ? Ils ne comprennent rien à ce bonheur subit, ces imbéciles, elle ne peut pas l'expliquer, comme c'est dommage ! Enfin, est-on assassiné lorsqu'on nage en plein ciel, comme une mouette heureuse ? Pourquoi touche-t-on sa poitrine à l'endroit où pèse le cœur ? Pourquoi la transporte-t-on encore, où l'emmène-t-on ? Pourquoi ces pleurs, ces murmures, cette angoisse qui la dérange ? Personne ne l'a assassinée. C'est le soleil, peut-être, ou la lumière sur le lac, tout va bien...

— Doucement... doucement, crie le capitaine. Remontez-la à l'hôtel, dans sa chambre.

— Un médecin ! hurle la comtesse au portier effaré. On a assassiné l'Impératrice !

Encore ! Se laisser faire. Ils finiront bien par s'apercevoir qu'il n'en est rien. Trop de mains sur son corps, trop de gestes, la laissera-t-on en paix à la fin ? Une ombre s'abat sur son visage, un éventail qui lui vole le bleu des nuages, qui ose ? Son ciel a disparu. Elle est arrivée à l'hôtel Beau-Rivage, elle identifie les bruits sonores, les pas sur le marbre, une sourde rumeur confortable, le léger parfum passé des rideaux de soie, l'odeur du savon, de la cire, et la senteur discrète des roses de la baronne Julie, tout, elle distingue tout. « Si j'avais mon éventail tout serait fini, pense-t-elle, en un clin d'œil ! Plus d'Impératrice, plus d'assassinat. » Quand elle ouvrira les yeux — il lui suffira d'en décider — elle grondera la comtesse pour son erreur...

— Laissez-moi faire, murmure une voix inconnue. C'est mon métier. Retournez-vous tous, il faut que je l'examine.

Qui lui prend le poignet ? Qui se permet d'ouvrir sa chemise ? Quel poinçon soudain s'enfonce au creux de sa poitrine ? Il faudrait se défendre, jeter les mains en avant, crier... Résolument, elle tourne la tête, à droite, à gauche, non, elle ne veut pas, non...

— Hélas, fait la voix. Je viens de sonder la plaie. Le coup a été droit au cœur. Une lame pointue, bien aiguisée. C'est fini. Il faut prévenir l'Empereur.

— Mais elle n'est pas morte, dit la comtesse en pleurant.

— Pas encore, madame. Préparez-le au pire : sur le télégramme, écrivez : « Sa Majesté l'Impératrice grièvement blessée. » Appelez le prêtre, vite !

Non, pense-t-elle en roulant doucement la tête, non, vous vous trompez, seulement cette fatigue immense, un peu de sommeil et il n'y paraîtra plus, laissez-moi tous, je veux dormir, seule, immobile, avec mon éventail, donnez-le-moi, au creux de mes doigts, tout ira bien,

— *Deus, Pater misericordiarum, qui per mortem et resurrectionem Filii*..., chuchote le prêtre en chasuble, et qui tremble de tous ses membres.

— Elle râle déjà, murmure la voix du médecin.

— Et ego te absolvo a peccatis tuis in nomine patris, et filii, et spiritus sancti.

... Ils sont arrivés sans crier gare, elle ne sait pas d'où ils viennent, et d'ailleurs ils ne se ressemblent pas. Seuls leurs regards n'ont pas changé, mais ils sont devenus lumineux, brillants, si joyeux qu'elle voudrait leur tendre les bras, les saluer, et c'est ce souffle inconnu qui sort de sa bouche, un peu rauque, ce roucoulement de colombe en émoi. Ils l'appellent, ils la hèlent avec des sons silencieux, viens, suis-nous, prends ce corridor sombre qui s'ouvre sur le blanc, n'aie pas peur, nous te soutiendrons, disent-ils, comme les mouettes de tes bateaux chéris, elle les reconnaît bien, ta place est avec nous enfin, disent-ils, ma fille, murmure l'un, ma mère, dit l'autre, ma sœur, ma cousine, dit le dernier, le plus tendre, et les autres, plus flous, souriants, merveilleuses apparitions, pourquoi résister ? Elles ont raison, il faut partir, elle s'en va, les yeux ouverts, lentement elle s'extirpe du corps étendu sur le lit, inerte, avec les lèvres blanches... Les yeux ouverts, elle aperçoit le trou de la lame à travers sa peau, sa chair, son cœur imperceptible, elle sait soudain qui l'a assassinée, qu'il soit béni, elle le remercie, les yeux ouverts elle est libre, elle flotte,

Le médecin sort un bistouri et incise une artère au creux du coude, à l'endroit tendre où déjà il bleuit. Il attend un peu, hoche la tête et soupire. Le prêtre se signe à la hâte, et s'agenouille.

— Plus une goutte de sang, murmure le médecin, et il abaisse les paupières d'un geste professionnel.

— Non ! hurle la comtesse en s'effondrant au pied du lit.

— Il faut envoyer un autre télégramme à l'Empereur, chuchote le médecin en se levant. « Sa Majesté l'Impératrice Elisabeth décédée à l'instant. »

❖

Le silence envahit la chambre ; dans le couloir, le patron de l'hôtel Beau-Rivage se découvre. La rumeur gagne le petit peuple des femmes de chambre et des garçons d'étage, elle descend l'escalier, elle court vers la rue où elle éclate devant la foule qui, on ne sait comment, s'est rassemblée. L'Impératrice Elisabeth est morte assassinée. Il paraît que la police a arrêté le meurtrier, un anarchiste à l'œil rieur qui s'est rendu fièrement, son chapeau relevé sur l'arrière de la tête, en criant à la face du monde son bonheur d'avoir réussi. Il paraît qu'il avait visé au cœur et qu'il est content, ce Luigi Quelque chose, parce qu'il a suriné une tête couronnée. Il paraît qu'il aurait dit, ce type...

— Comment l'appelez-vous déjà ?

— Luccheni. Luigi Luccheni.

— Ah oui, c'est cela, il aurait osé dire qu'un anarchiste frappe une Impératrice, pas une blanchisseuse...

— Et dire qu'il faut que cela arrive chez nous, à Genève !

— Notre lac si paisible...

— La réputation de l'hôtel Beau-Rivage ! Un désastre...

— Et elle ? fait une fille sur le trottoir. Qu'en faites-vous ?

Elle ? Pieusement, on a ôté le corsage troué, et on l'a redressée sur son lit ; sur une chaise on a préparé un autre corsage noir ; on aura croisé ses mains jointes sur la poitrine, et l'on aura posé le bouquet de roses de la baronne. La comtesse, la tête posée contre le bord du matelas, aura longuement prié.

— D'abord, est-on sûr qu'elle est morte ? On l'a vue courir, une femme assassinée ne court pas !

— Sûr ! La dame d'honneur l'a crié si fort !

— Est-ce que l'Empereur le sait ?

— Le consul ! Voilà le consul d'Autriche !

Il n'est pas seul. Trois médecins l'accompagnent. Doucement, le consul touche l'épaule de la comtesse qui relève la tête sans comprendre. On lui fait signe de sortir. Le patron a reçu l'ordre de chasser les domestiques massés dans le corridor, et de fermer l'étage ; la police prend position. On emmène la comtesse dans les salons du rez-de-chaussée. Et quand il ne reste plus personne dans la chambre, les médecins légistes ôtent leurs redingotes, retroussent leurs manches, enlèvent le bouquet de roses, décroisent les mains jointes, défont les vêtements de la morte et commencent leur sinistre cuisine, pendant que les passants attendent sans savoir quoi, et parlent pour tuer le temps.

Sur le sein fripé, à gauche, une piqûre minuscule, un peu de sang caillé. Le médecin-chef jette des ordres brefs, notez d'abord les signes de la mort, circulation artérielle anéantie, vacuité des carotides, œil terne et affaissé, pupilles fixes et dilatées, pointe du pied tournée en dehors, la lame a pénétré à quatre centimètres de la pointe du sein. Membres sans fractures ni luxations, une ecchymose sur l'avant-bras, une autre sur la hanche droite, la chute, sans doute. Et sur l'épaule, cette trace noire, là ? On dirait un tatouage, murmure le second assistant. Ne dites pas de sottises ! grommelle le médecin-chef, qui frotte la tache noire, vainement. Le dessin n'en apparaît que mieux : une ancre de marine. Pouvez-vous imaginer cela, soupire le médecin-chef, une Impératrice avec un tatouage sur l'épaule ! Ces gens-là sont bien singuliers. Puis il fait un signe, le premier assistant ouvre la trousse de chirurgie et sort un scalpel. Ouverture de l'abdomen, comme d'habitude, ensuite nous irons au thorax, dit le médecin-chef. Un instant ils se taisent. Puis le scalpel fend le ventre, du sternum au pubis. Attention ! N'allez pas trop loin ! crie le médecin-chef. Le consul a été formel ! Les cœurs d'Autriche ne demeurent pas dans le corps auquel ils appartiennent, ils s'en vont ailleurs enfermés dans une urne, c'est le rite des Habsbourg, n'abîmez pas le cœur, surtout, a recommandé le consul, et en baissant la voix, il a mentionné les viscères aussi, pour la crypte de la cathédrale Saint-Étienne.

Dehors, la foule s'apitoie.

— Pauvre femme !

— Elle courait pour prendre le bateau ! Si simplement mise !

— A son âge ! Une Impératrice ne court pas !

— Mais elle courait si bien, murmure la fille. Moi je n'aurais pas pu...

Passez-moi les pinces pour l'ouverture du thorax, dit le médecin-chef, qui avec le scalpel taille la peau, l'écarte, puis fend les muscles, écarte, rabat, brutalement. Pas si fort ! crie le second assistant. Vous allez endommager le corps... Laissez-moi donc faire mon métier, grogne le médecin-chef, qui incise les cartilages, un par un, le long du sternum. Maintenant, le plastron sterno-costal, annonce-t-il, passez-moi le marteau et le burin, et il frappe à petits coups, sur chaque côte, pour les briser. Ah ! s'exclame le premier assistant, vous y êtes, j'ai bien entendu, les côtes ont cédé ! Oui, murmure le médecin-chef, il faudra faire attention aux esquilles, et rabattre les peaux sur les os. Pansements, s'il vous plaît. Épongez. Je vais écarter le plastron.

Au pied de l'hôtel, les passants ne s'en vont toujours pas.

— Si l'hôtel n'avait pas publié un communiqué fanfaron dans la presse, pour signaler sa présence ! Elle était chez nous incognito...

— Les propriétaires sont bien coupables ! Comment ce Luigi, comment dites-vous ?

— Luccheni !

— Précisément. A quoi l'a-t-il reconnue ?

— Son éventail de cuir noir...

— Elle ne l'avait pas ! crie la fille sur le trottoir. J'étais là. Elle courait sans son éventail.

Le thorax est ouvert. Les peaux sont bien proprement rabattues sur les côtes, qui laissent voir les poumons, la trachée, les carotides. Pansements, je vous prie. Épongez, ordonne le médecin-chef en plongeant la main. Voici le cœur exsangue, enfin dégagé de sa prison. Le médecin-chef dicte les conclusions ; la lame n'a tranché aucune veine, elle s'est enfoncée si finement entre les côtes qu'à peine si l'on aperçoit les lésions, et voilà, sur le ventricule apparent, le trou par lequel le sang a fait lentement son œuvre de fuyard. L'instrument s'est enfoncé de quatre-vingt-cinq millimètres, en pénétrant aussi le poumon gauche. Elle n'a pas souffert. Elle n'a rien senti.

Sur le trottoir le ton monte.

— C'est un complot, ils étaient plusieurs !

— Qui vous a dit cela ?

— La police !

— Et l'extrême-onction ? A-t-on pensé à appeler un prêtre ?

— Quand on l'a ramenée sur la civière, elle était déjà morte !

— Ce n'est pas vrai ! crie la fille. Elle souriait, elle dodelinait la tête de droite à gauche, elle vivait encore !

Bon, fait le médecin-chef, voilà pour la nécropsie, c'est clair. Rien à ajouter. Un coup bien ajusté, vraiment, dit le premier assistant. Maintenant l'embaumement, dit le médecin-chef, et il prend sa respiration car l'odeur tiède le gagne comme d'habitude, tandis que le second assistant sort la canule pour l'injection. Allez, mon jeune collègue, c'est à vous, ordonne le médecin-chef au premier assistant. Il faut d'abord trancher les carotides... Non ! Sous la bifurcation. Voilà. Le second assistant, lui, cherche l'air sans le trouver et respire très lentement, les yeux fermés. Que faites-vous donc, crie le médecin-chef, vous bayez aux corneilles ? Sortez le liquide de conservation, crie-t-il, mettez-le dans la canule, et la canule s'introduit dans la carotide tranchée. Et pour le cœur, ajoute le médecin-chef, il faut éponger, pansements. Le second assistant tend les champs de gaze ; bientôt le cœur nettoyé, encore couvert de veines presque vivantes, gît dans la poitrine ouverte comme un petit corps monstrueux. Il ne reste plus qu'à refermer, constate le médecin-chef en rabattant le plastron des côtes, puis les peaux déchirées. Et dire que c'était la plus belle femme du monde, regardez-moi cette face boursoufflée, ajoute-t-il. Comment ! s'indigne le premier assistant, mais vous savez bien qu'en deux minutes les boursoufflures auront disparu ! Bah ! dit le médecin-chef, pourquoi refuser le travail de la mort ? Allons, recousez-moi tout ça, ordonne-t-il encore au second assistant, le plus jeune, qui soupire avant de prendre le porte-aiguille et le fil de chanvre, et coud le premier point tout en bas, au pubis.

Au pied de l'hôtel, la foule attend encore.
— L'Empereur viendra, c'est sûr...
— Est-ce qu'il sait déjà ? Une heure après ?
— Avec le télégraphe... Il doit être au courant !
— Un tel amour !
— Oh ! Pour cela, c'est moins sûr...
— Mais vous ne comprenez pas qu'elle est morte ! Taisez-vous donc ! hurle la fille.

... Attention, mon vieux, prenez la peau bien en dessous, conseille le médecin-chef qui se tamponne la bouche avec un mouchoir. Le second assistant est presque arrivé à la taille, il remonte vers la gorge à points serrés, il tremble un peu, il s'applique. Allons, vite, fait le médecin-chef qui va à la fenêtre et n'ose pas l'ouvrir. Mon Dieu, on a taché le tapis ! s'écrie le premier assistant, tant pis, ils nettoieront. Vous feriez mieux de m'aider à la rhabiller, ronchonne le médecin-chef. Une minute, proteste le second assistant, il reste encore un point, voilà, et il referme la gorge en tirant lentement le fil. Essuyez vite, et enfilons un corsage noir, vous le trouverez sur la chaise, ordonne le médecin-chef. Dites-moi, c'est qu'ils sont musclés, ces bras, descendez-moi cette basquine plus bas, qu'on ne voie pas vos coutures, voilà, parfait. Fermez les boutons... Le premier assistant se bat avec les boutonnières, ses mains hésitent, il s'embrouille et jure, bon Dieu ! Comment font nos femmes pour s'habiller ! La jupe maintenant, les bas, les souliers, jette le médecin-chef à distance. Ne traînez pas. Cette taille, fait le second assistant, c'est incroyable, quel corps admirable...

A travers la fenêtre fermée montent des cris.
— A mort les anarchistes, ces canailles !
— A mort Luccheni !
La fille ne dit plus rien. Elle guette les ombres qui s'agitent derrière les voilages brodés.

... Il faudrait peut-être mettre un drap sur le caoutchouc, murmure le premier assistant. Vous avez raison, admet le médecin-chef, soulevons-la ensemble, pauvre femme... Ah ! Tout de même ! s'écrie le second assistant. Mais je ne suis pas insensible, mon cher collègue, grogne le médecin-chef, qu'imaginez-vous ? Quand vous aurez fait autant de nécropsies que moi, vous prendrez l'habitude ! Vous êtes trop émotif... Croyez-vous que ce soit le moment, messieurs ? s'énerve le premier assistant. Nous avons terminé... Non ! s'écrie le second assistant, il reste la mousseline, laissez-moi faire, et il la pose avec ferveur, du haut du front aux pieds chaussés de souliers de cuir fin, bien tendue.

Dans la rue, on se bouscule.
— Laissez le passage ! Dispersez-vous !
— Monsieur, laissez-moi entrer, je suis photographe...

— Pas question, circulez !

— Mais la presse ! Laissez-moi faire mon métier...

— J'ai des ordres, allez !

— Charognards, dit encore la fille.

Ils ont remis leurs redingotes et se tiennent au pied du lit. Sur la table de nuit, traînent quelques objets. Une alliance, retenue par une chaîne d'or ; une montre glissée dans un petit étrier miniature ; suspendues à un bracelet, une tête de mort, un signe solaire, une main de Fatma, une médaille de la Vierge, des monnaies de Byzance ; un médaillon ouvert, contenant une mèche de cheveux, un autre bien fermé. Et l'éventail de cuir. Un instant, le médecin-chef joue avec l'éventail, et détaille les breloques du bracelet de la morte. Puis il rejoint ses collègues qui se recueillent devant le cadavre impérial. Ils contemplent tous trois le long corps étendu sous le voile transparent.

Le médecin-chef est enfin sorti.

Ils ne sont plus que deux. Ils rangent les instruments salis dans une boîte en fer, ils soulèvent la mousseline, ils essuient les taches de sang sur les mains et le cou. Ils ont ouvert la fenêtre et le léger vent venu du lac leur balaie le front. Ils s'agenouillent de part et d'autre du lit ; l'arête du petit nez s'est raidie majestueusement, et la bouche s'est détendue, souriante. Les rides s'en vont déjà, chuchote le second assistant. Comme d'habitude, vous savez bien, fait le premier. Attention ! Un bourdon ! crie le second assistant en se relevant, un bourdon ! Bah ! fait le premier assistant. Laissez-le donc en paix. Et appelons le photographe.

Mais avant de quitter la pièce, le second assistant, le plus jeune, revient sur ses pas, soulève à nouveau la mousseline, croise les doigts de la morte et y pose le bouquet de roses. Le bourdon cesse de zigzaguer, plonge au cœur des pétales, et, les ailes au repos, s'attaque au pistil avec voracité.

22

LA GRÂCE DE L'ASSASSIN

> *Au pays de la trahison*
> *Où coule le Tibre antique*
> *Où, rêveur, le cyprès salue*
> *Le ciel d'un bleu éternel*
> *On fait le guet sur les rivages*
> *De la mer Méditerranée*
> *Et pour nous pincer les mollets*
> *C'est la guerre, avec la Russie.*

Elisabeth

Le cheval avançait au pas, et levait de temps en temps la bouche en direction des feuilles les plus vertes. Franz se sentait heureux. Le soleil jetait sur le Prater les rayons voilés de l'automne viennois, le jaune perçait sur les arbres, un léger parfum de bois brûlé anticipait les plaisirs de l'hiver, tout était en ordre. Soudain, Franz aperçut le marronnier, et tira sur les rênes. Une grappe de fleurs crémeuses pendait sous les feuillages. Le cheval broncha un peu.

— Pas possible, marmonna Franz stupéfait, les voilà qui refleurissent ! En septembre !

Et se hissant sur ses étriers il détacha la fleur d'un coup. Pétales frisés, sépales tendus, rien ne manquait. Pour une surprise, c'en était une. Un miracle...

A tout hasard, Franz jeta sur l'allée cavalière le regard habituel : puisque les marronniers refleurissaient, peut-être allait-elle apparaître ? Sur son alezan ? Dans sa voiture ?

Mais rien. Au loin, un cavalier trottait légèrement ; pas un seul cabriolet, pas une amazone. Pas de femme. Franz poussa un léger soupir, et se mit en devoir de rentrer à l'écurie.

Sur le chemin, il remarqua un attroupement autour d'un vendeur de journaux, qui criait d'une voix suraiguë, un tout jeune gars qui n'avait pas encore mué. Franz tendit l'oreille, et entendit « assassiné ». « Bon, songea-t-il distraitement, encore un coup des anarchistes. Ce doit être en Russie, comme d'habitude. » Les lads l'accueillirent avec placidité, et commencèrent à bouchonner son cheval. « A demain, m'sieur Taschnik, dit le plus vieux. Il fera aussi beau qu'aujourd'hui. *Servus !* »

Quand même, en passant devant le prochain vendeur à la criée, il achèterait le journal. Pour voir.

Il n'eut pas besoin de payer pour comprendre ; les cris sourds, quelques sanglots de femmes, vite étouffés, un seul mot sur toutes les lèvres, notre Impératrice, notre Impératrice. Il se mit à courir comme un fou, arracha le journal en fouillant dans sa poche, et le déplia. Sur la première page, bordée de noir, en gros caractères, l'annonce :

> 𝕷'𝕴𝖒𝖕é𝖗𝖆𝖙𝖗𝖎𝖈𝖊 𝕰𝖑𝖎𝖘𝖆𝖇𝖊𝖙𝖍 𝖆𝖘𝖘𝖆𝖘𝖘𝖎𝖓é𝖊 !

Il trouva un banc, s'y laissa tomber. Les lettres gothiques griffaient le papier terne, assassinée, Elisabeth, Impératrice. Gabrielle. « Allons, fit-il en respirant à fond, allons... » Les mains tremblantes, il posa le journal et chercha ses lunettes. Il ne les avait pas. Et déjà il savait qu'il était pris : l'idée était là. Jamais plus il ne la reverrait. Gabrielle. Absurde, inéluctable, la pensée l'étreignait entièrement, jamais plus.

— Enfin, Franz ! s'écria-t-il, furieux. Ridicule !
Voyons qui l'a...

Les mots s'étouffèrent. Il ne résista plus, et tendit le
journal à bout de bras, pour mieux y voir. Genève, une
ville si tranquille, elle allait prendre le bateau en courant, c'était bien d'elle. Un jeune anarchiste italien
l'avait poignardée d'un seul coup, il serra les poings,
morte sans souffrir, morte... Il ne s'aperçut pas qu'il
pleurait.

Quand il rentra chez lui, Anna se jeta à son cou. Elle
savait déjà ; devant le médaillon de l'Impératrice à cheval, elle avait allumé pieusement une bougie, posé trois
gros dahlias rouge feu.

— Elle revient chez nous samedi, dans une semaine,
murmura-t-elle à son oreille. Nous irons, Franzi ?

Il ne dit rien, monta l'escalier, s'enferma dans son
bureau, et déplia le journal. Veillée par une infirmière
au regard oblique, étendue sur un lit d'enfant, voilée
d'une gaze transparente, Elisabeth lui délivra son dernier visage. Les paupières fermées, apaisée, souriante,
elle semblait lui dire gentiment : c'est moi, me
reconnais-tu ? Mais tu ne sauras rien, jamais, Franzi...

Il prit une loupe, examina tout, la courtepointe de
satin matelassé, le douloureux profil de la dame d'honneur, les cordelières tressées autour des rideaux, le broc
blanc dans la cuvette de porcelaine, le crucifix dans les
deux mains serrées, la croix sur le brassard de l'infirmière, détailla l'image à en mourir, crut reconnaître le
léger mouvement du bras croisé sur la poitrine, pleura
en regardant de près le cadavre plat, devina sous l'étoffe
les incisions, pleura encore, et finit par s'endormir, le
nez sur le corps de papier d'Elisabeth. Ou Gabrielle.

❖

Ce n'était pas la foule des grands jours. Sur les trottoirs, les vieilles gens s'étaient massées ; mais les autres,
tous les autres vaquaient à leurs occupations, marchaient d'un pas pressé, en lorgnant vaguement l'horizon des rues vides. Dominées par le lourd bourdon de

Saint-Étienne, toutes les cloches de Vienne sonnaient le glas.

Franzi, sa femme au bras, était arrivé de bonne heure, en compagnie d'Attila, et sans Emmy, qui séjournait à Budapest dans la maison de sa belle-mère, afin de faire connaissance avec la Hongrie, disait-elle. Pour trouver une place devant l'entrée des Capucins, il fallait se lever de bon matin. Franz s'était posté au bas des quatre marches, le plus près possible de l'entrée, là où les moines attendaient derrière la porte. D'où il était, il ne verrait pas arriver le cortège, mais du moins, il l'entendrait de loin. De temps à autre, Anna, en lui poussant le coude, disait à voix basse : « Ça y est, Franzi, j'entends les chevaux » mais c'étaient ceux de la garde d'honneur qui bronchaient, et rien ne venait. « C'est bon, tais-toi » soupirait-il, et il rêvait à ce jour rayonnant où il avait vu l'Impératrice, cette petite fille qui pleurait en descendant d'un carrosse d'or.

Une par une passaient devant eux les délégations à la mine grave, comme il convient au deuil des puissants. Les Hongrois entrèrent avec brusquerie, puis ressortirent, furieux. Deux ou trois nobles magyars en grande tenue s'exclamèrent sur un ton de colère, dans leur langue, et firent voltiger leur cape brodée, accrochée à l'épaule, insolemment. Un monsieur bien mis chuchota d'un air important. Selon lui, on avait inscrit sur le cercueil « Elisabeth, Impératrice d'Autriche » ; les Hongrois auraient officiellement protesté. Attila n'avait d'ailleurs pas manqué de souligner l'indécence de cette appellation.

— Pourquoi ? demanda Anna naïvement.

— Et Reine de Hongrie, qu'en faites-vous ? avait ricané le monsieur, tout pour les Hongrois, elle n'aimait qu'eux, vous savez bien, le comte Andrassy était son amant, vieille histoire...

— Un peu de respect ! avait murmuré Franz, agacé.

Par bonheur, occupé à rajuster ses lacets, Attila n'avait rien entendu.

— Mais que faites-vous de la Bohême ! protesta le

monsieur, tout de même, n'aurait-elle pas pu choisir d'être aussi notre Reine ?

— Ah ! Vous êtes tchèque, je vois, répliqua Franz, laissez-la donc en repos, ce n'est plus qu'une morte !

— Pour ce qui est d'être morte, c'est sûr, ronchonna le monsieur, ce n'est pas une raison pour humilier ses peuples. Même dans son cercueil, elle nous nargue.

— Taisez-vous, s'écria Franz en élevant la voix.

— Vous autres Autrichiens, vous vous en moquez bien, des peuples autour de vous, hein ? continua le monsieur d'un ton doucereux.

— Allez-vous vous taire à la fin ! hurla Franz sans retenue.

La foule s'était mise à gronder, quel goujat, ce type, tenez-vous mieux, silence... Attila commençait à s'énerver ; Franz s'était retourné d'un coup, et avait jeté sur les protestataires un regard méprisant. Anna lui tira la manche anxieusement et murmura : « Franzi, ce monsieur est tchèque, et tu sais bien qu'elle s'en moquait, des Tchèques », et il s'était souvenu, trop tard, qu'elle aussi était de Moravie, depuis le temps il avait oublié. L'Empire crevait des querelles entre les Slaves et les Hongrois ; un jour l'Empire étoufferait sous les disputes...

Le monsieur bien mis se faufila plus loin, l'ordre était revenu. Et le lent bourdonnement de la foule silencieuse.

— J'ai mal aux pieds, souffla Anna, que c'est long, et Franz lui conseilla de se frotter les jambes, « ce glas terrible, songea-t-il, quel âge avait-elle déjà pour son mariage ? Quinze ans, seize ans peut-être ? Presque les mêmes marches, à peine usées, la pierre vieillit mieux que les humains ». Il passa sa main sur son crâne chauve, qui faisait tant rire Gabrielle, était-ce Gabrielle, sous le catafalque noir des Habsbourg ? Lui ferait-elle un dernier signe avant de disparaître ?

Sa femme poussa un léger cri : « Cette fois, j'en suis sûre, écoute, les lippizans, les lippizans... » Il allait la rabrouer, mais elle avait raison.

On n'entendait plus que le piétinement des chevaux, et le pas feutré du cortège en grand deuil. La foule poussa un immense soupir en apercevant, voûtée, la silhouette familière du vieil Empereur, ses moustaches rassurantes de blancheur, son œil éternellement sage, d'une tristesse convenable, convenable comme les voiles noirs qui flottaient légèrement sur les dames de la famille impériale. Aux côtés du monarque, marchaient d'un pas solennel les archiduchesses, les altesses, et derrière elles, quatre-vingt-deux souverains venus de toute l'Europe. Franzi ne vit rien ; mais il entendit la plainte du peuple de Vienne, « Notre pauvre Empereur... », tandis que s'approchaient les chevaux. Les plumets noirs fixés entre leurs deux oreilles n'allaient pas tarder à apparaître.

Anna se hissa sur la pointe des pieds, le cou tendu, la tête tournée, et retomba lourdement. « On ne voit rien » dit-elle dépitée. « Attends donc, gronda-t-il en la bousculant un peu, tu verras bien assez tôt. » Le catafalque de cérémonie tournait le coin de la place, il s'immobilisait devant l'église des Capucins, les chevaux s'ébrouèrent, tout s'arrêta.

Le Grand Chambellan de la Cour impériale frappa lentement contre le bois de la porte fermée. Dans un brouillard confus, Franz entendit à l'intérieur de l'église la voix étouffée du père capucin psalmodier la première question : « Qui est là ? »

Machinalement, Franz marmonna tout bas la réponse rituelle que le Grand Chambellan lançait aux quatre vents : « Ouvrez la porte, je suis Sa Majesté l'Impératrice, Reine de Hongrie... » Et pourquoi n'est-ce pas lui, l'Empereur, à quand son tour ? Pourquoi elle, si jeune encore, si belle ? Et le capucin avait déjà répondu selon l'usage : « Je ne te connais pas. Passe ton chemin », à peine si on l'entendait. « Deux questions encore, souffla sa femme, et ça y est, elle entre. »

« Finis donc ! » songea-t-il, exaspéré, tandis que le Grand Chambellan frappait solennellement à la porte, pour la deuxième fois, et pour la deuxième fois disait : « Ouvrez la porte, je suis l'Impératrice, Reine de Hongrie, je demande à entrer. » Franz s'agita à la deuxième question ; on aurait pu ajouter d'autres titres de noblesse, duchesse de Haute et Basse Silésie, comtesse de Bregenz, duchesse d'Auschwitz et de Raguse, on ne faisait aucun effort, on exécutait le rite sans cœur et sans âme, on n'aimait plus l'Impératrice. Le capucin avait bâclé la réponse rituelle, je-ne-te-connais-pas, passe-ton-chemin et déjà le Grand Chambellan s'était hâté de cogner, plus vite, trois coups, les derniers, trois coups, pour toujours. Le cœur de Franz cessa de battre. Attila se mit à sangloter.

Pour la dernière fois le capucin demanda : « Qui est là ? », Franz murmura la réponse à mi-voix comme une prière : « Je suis Elisabeth, pauvre pécheresse, je requiers humblement la grâce divine », la porte allait s'ouvrir, le battant grinça, apparut le capucin, la foule eut un soupir, l'Impératrice était reçue à l'examen des morts. Les laquais allaient extirper le cercueil, lentement la boîte ouvragée passa devant lui, lentement elle monta les marches, suivie par le vieil Empereur au pas mécanique... Franz faillit crier, tant d'années défilaient en silence. Lentement les voiles noirs des femmes s'engouffrèrent dans la porte ouverte, le reste appartenait aux Habsbourg, c'était fini. Attila essuya ses larmes, et se moucha bruyamment.

Aucun signe. Elisabeth n'avait pas daigné manifester sa présence. Pas un souffle sur la nuque de Franz, pas un tressaillement sur sa peau, rien. Peut-être n'était-elle pas Gabrielle, après tout ?

— Je n'en peux plus, murmura Anna. Rentrons.

❖

La photographie de l'assassin parut dans la presse viennoise. Solidement encadré par deux policiers suisses, il souriait à belles dents sous sa moustache blonde, comme un marié qui revient de sa noce ; il portait sur l'arrière de la tête un chapeau mou. Les pantalons trop larges et le méchant maillot de corps disaient assez la misère de l'homme ; au demeurant, bientôt, on sut presque tout de Luigi Luccheni. Un pauvre hère, né au hasard des chemins, d'une mère inconnue, une Italienne qui l'avait mis bas comme un chiot, à Paris, et puis abandonné. Sa vie troublée l'avait conduit à devenir valet du Prince d'Aragona, qui n'était pas mécontent de ses services, mais qui le trouvait agité, un peu étrange ; il avait eu de mauvaises fréquentations, et puis l'affaire Dreyfus l'avait fait basculer dans le mouvement anarchiste.

Jamais il n'avait voulu assassiner l'Impératrice. Ses desseins s'étaient fixés sur un autre souverain, qu'il attendait, et qui n'était pas venu ; faute de mieux, il s'était rabattu sur la fausse comtesse Hohenembs, le jour où, par vanité, l'hôtel Beau-Rivage n'avait pu résister à une telle gloire, et avait informé les journaux de l'illustre présence.

L'arme du crime ressemblait à Luigi Luccheni : un poinçon, finement aiguisé comme sa haine, et fixé sur un mauvais manche de bois ; un instrument bricolé, comme sa vie. Franz se serait bien passé de découvrir la biographie du meurtrier ; car plus il avançait dans ses lectures, plus il apercevait, sans oser se l'avouer, la révolte enflammée du jeune Italien. Certes, l'ouvrier anarchiste avait prémédité d'abattre le comte de Paris, qui au dernier moment avait renoncé à son séjour en Suisse ; certes, il avait assassiné par hasard la première tête couronnée qui venait à Genève, celle de l'Impératrice. Mais trop de rancœurs persistaient entre l'Italie et l'Autriche, et le malencontreux communiqué de l'hôtel Beau-Rivage avait dû frapper Luccheni comme une balle de fusil. Elisabeth l'Autrichienne... Nul doute que le passé de la péninsule comptait aussi dans cette affaire.

Quelques jours après l'attentat, parut dans les journaux une lettre collective, signée de femmes et jeunes filles de Vienne. Elles y décrivaient le supplice dont elles rêvaient pour l'assassin : elles le coucheraient sur un étal de boucher, lui couperaient bras et jambes, et, pour adoucir ses peines, parce qu'elles avaient bon cœur, elles laveraient les plaies saignantes avec du vinaigre et du sel. Au grand dam de ses voisines et sans en parler à Franz, Anna avait refusé de signer la pétition.

De sa prison, Luigi Luccheni écrivait d'innombrables lettres. Le vieux rédacteur en chef d'un journal napolitain, le *Don Marzio*, connu pour ses tendances progressistes, reçut une missive de l'assassin. « Si la classe dirigeante n'essaie pas de retenir son avidité à sucer le sang du peuple, les rois, présidents, ministres et tous ceux qui cherchent à asservir leur prochain, aucun d'entre eux n'échappera à mes justes coups. Le jour n'est pas loin où les véritables amis des hommes extirperont toutes les maximes en honneur aujourd'hui. Une seule suffira : qui ne travaille pas, n'a pas droit à manger. » Et il signait en toutes lettres : VOTRE DÉVOUÉ LUIGI LUCCHENI, ANARCHISTE CONVAINCU.

Puis il écrivit au président de la Confédération helvétique, pour exiger d'être jugé selon les lois du canton de Lucerne, où existait la peine de mort. Cette lettre était signée : LUCCHENI, ANARCHISTE TRÈS DANGEREUX.

Enfin, huit jours après le drame, à la princesse d'Aragona, son ancienne patronne, il écrivit qu'il avait le cœur sauvage, et qu'il gravirait avec joie les marches de la guillotine, sa bien-aimée, sans avoir besoin qu'on l'aidât. Il se comparait au capitaine Dreyfus, criait à l'injustice du monde et se réjouissait d'avoir fait son devoir, en vrai communiste.

— As-tu remarqué ? L'assassin était excellent cavalier, comme l'Impératrice, observa Anna négligemment. Il était même voltigeur. Un jeune homme de vingt-six ans, quelle pitié !

— Vingt-six ans ! s'écria Franz avec saisissement. L'âge que j'avais lorsque...

— Lorsque tu m'as abordée devant ce petit orchestre de Galicie, mon Franz, c'est vrai... J'y pensais à l'instant, murmura la tendre Anna avec un sourire.

— Moi aussi, mentit Franz bravement.

— C'est égal, reprit Anna songeuse, on dirait presque qu'ils se ressemblaient, l'Impératrice et lui.

— Tais-toi donc ! cria Franz, exaspéré. Tu ne sais pas

de qui tu parles ! L'Impératrice et Luccheni ? Mais tu ne connaissais pas sa timidité, sa réserve, elle était farouche comme une jeune fille, et...

— On dirait vraiment que tu la fréquentais ! Mon pauvre Franzi... Tu délires. Un jour tu me diras pourquoi tu lui vouais une telle adoration. Ne mens pas !

Il s'en fallut de peu qu'il lui découvrît enfin le secret qu'il avait tu si longtemps. Mais puisque l'inconnue était morte, il décida de ne pas la trahir.

Dans le tiroir de son bureau, il trouva la vieille boîte en fer-blanc où il avait rangé l'éventail et les lettres ; il y ajouta pieusement la photographie de l'Impératrice sur son lit de mort à Genève, et, mû par une mystérieuse et sacrilège impulsion, celle de l'assassin au sourire ravi.

Franz en était certain : avec Gabrielle, avait disparu la caution de son propre bonheur. Elle avait pu voyager, s'absenter, se taire, ne pas répondre, mais elle vivait du moins, et cette lointaine vie protégeait l'univers des Taschnik. Maintenant qu'elle était descendue dans la Crypte, le charme allait cesser d'agir.

Une semaine après l'enterrement de l'Impératrice, Emmy écrivit à ses parents qu'elle était engagée à Budapest par un grand hôtel, comme chanteuse, avec un bon cachet ; elle chanterait en fin d'après-midi, et rentrerait le soir s'occuper de son futur époux ; elle comptait sur eux pour convaincre l'oncle Attila. Le Hongrois, mi-figue mi-raisin, comprit qu'il lui fallait rentrer dans son pays, et trouver un poste dans l'administration magyare ; Franz s'employa de son mieux à le réconforter, et lui rappela qu'il l'avait averti : Emmy voulait chanter à tout prix...

Mais Anna prit fort mal la chose ; Emmy ne serait pas fidèle à son mari, elle en était sûre. Pendant la nuit, elle eut une nouvelle crise de suffocation ; le lendemain, elle n'avait plus de voix, et toussait à rendre l'âme. Le vieux docteur Bronstein hocha la tête, affirma que Vienne abondait en cas de ce genre, que le vent du Sud, le foehn, provoquait des troubles respiratoires et que les dames souffraient souvent de ces maux inéluctables. Tout de même, sans avoir l'air d'y toucher, il recommanda de consulter, un psychiatre cette fois ; la maladie d'Anna commençait à dépasser ses compétences. Franz le remercia poliment, et décida de n'en rien faire. A la place, il ressortit les partitions qui n'avaient plus servi depuis quelques années, fit accorder le piano et se remit au violon. Anna reprit ses gammes sans enthousiasme.

Malgré tout, Franz espérait une vieillesse heureuse. Pour peu qu'elle eût un enfant d'Attila, Emmy se calmerait, son père en était convaincu. Anna finirait par retrouver son équilibre, lorsqu'elle aurait passé le cap difficile que traversent les femmes à cet âge. Toni deviendrait sans doute un grand poète...

Et puis il restait Vienne, l'incomparable. Il restait les valses du maestro, qui vieillissait vaillamment et composait toujours ; sur les collines, on boirait encore du vin blanc au son des musiciens de l'orchestre Schrammel, le Prater demeurerait le plus beau jardin du monde, les marronniers fleuriraient au printemps, les blancs d'abord, les roses ensuite, et les filles sucrées riraient à nouveau aux éclats en montrant leurs bottines. Rien ne pouvait détruire le charme de la ville admirable où Franz était né, où il avait vécu, rencontré l'inconnue du bal et puis sa femme Anna. Oui, Vienne resterait une cité heureuse.

En bon Viennois, Franzi était surtout doué pour le bonheur.

❖

Un mois plus tard, on jugea Luccheni en Suisse ; il souriait toujours. Quand on lui demanda s'il regrettait son acte, il affirma qu'il n'en était rien. Recommencerait-il si c'était à refaire ? Sans aucun doute. La défense se contenta d'un seul argument, qui ne toucha personne : si l'Impératrice avait survécu, disait l'avocat, elle aurait demandé la grâce de l'assassin.

La grâce de son assassin ! Pour un régicide ! Un anarchiste qui ne montrait aucun repentir ! Il fallait en finir avec ces terroristes, ces gens qui ne connaissaient ni Dieu ni Maître, cria le procureur général. Un homme qui s'était attaqué à une femme sans défense...

L'avocat insistait, le crime était sans excuse, mais la victime avait le cœur généreux, assez pour demander, il y revenait encore, la grâce de l'enfant trouvé...

Ce ne fut pas l'avis des quarante jurés genevois, qui condamnèrent Luccheni à la peine maximale, réclusion à perpétuité. Lorsque le président lut le verdict, Luccheni se mit à crier :

Vive l'anarchie ! Mort aux aristocrates !

— Justice est faite, tout est en ordre, dit Anna en lisant le journal. Je suis bien aise que la peine de mort n'existe pas à Genève, ajouta-t-elle cependant. Pauvre Luccheni.

Franz songeait surtout à Gabrielle, et se prenait à espérer qu'il s'était trompé de bout en bout.

Au demeurant, les Taschnik avaient d'autres soucis en tête. Attila venait d'envoyer une lettre de Budapest. Emmy rentrait de plus en plus tard, souvent un peu pompette ; elle ne s'occupait pas de la maison, la vieille madame Erdos était très contrariée, bref, Attila appelait à l'aide ses amis, ses beaux-parents, et les suppliait de convaincre leur fille de renoncer au chant.

Quelles jolies noces ils avaient eues, pourtant ! Un an après le Millénaire de la Hongrie, les Taschnik avaient marié Emmy et Attila, en grande pompe, à Vienne. Le petit Hongrois ne se tenait plus de joie ; dans sa robe longue en satin blanc, coiffée de perles et de roses blanches, Emmy ressemblait enfin à une mariée traditionnelle. Elle riait beaucoup, but beaucoup de champagne, et chanta au dessert. Trois ans seulement, et le mariage battait de l'aile !

Franz écrivit à sa fille une lettre de remontrances, exigea qu'elle mît fin à son contrat, lui fit remarquer que sa mère souffrait de ses égarements, suggéra que peut-être un enfant lui ferait du bien... Attila répondit qu'Emmy continuait son tour de chant, hélas, et qu'elle ne se calmait pas, bien au contraire. Et comme leur fille indigne n'avait pas même daigné écrire elle-même la réponse à son père, Anna pleurait tous les jours. Ce bon vieux Willy ne parvenait plus à la dérider ; il n'arrivait même plus à l'exaspérer. D'ailleurs, l'ami Willibald était beaucoup moins drôle, et nourrissait de sombres pensées.

Il n'allait plus dans les meetings antisémites, et s'était laissé convaincre par Anna que ce n'était plus de son âge, tout simplement. Il se disait fatigué des violences, il voulait de la tranquillité, de la musique, et surtout, il ne voulait pas perdre ses amis. Par affection, disait-il, il avait cédé ; mais Anna sentait bien qu'il s'y mêlait une autre raison, qu'elle ne devinait pas.

Il n'était plus question de fiancée au village ; Franz avait remarqué que Willy arrivait de plus en plus tard au ministère. Bouffi, défait, il prétendait revenir du dentiste, et se plaignait de ses dents, qu'il perdait une à une ; il avait d'horribles migraines, et un herpès sur le visage, qui lui rongeait le côté droit. Franz en était sûr à présent, la maladie de Willy progressait. Il n'osa pas s'en ouvrir à sa femme, qui ne voulait pas voir la vérité, et qu'il préféra laisser dans ses illusions.

Un jour, Willibald Strummacher disparut du ministère.

Au bout de quelques heures, inquiet de ne pas le voir arriver, Franz courut chez son ami, et le découvrit étendu sur son lit, un revolver à la main. Il s'était tiré une balle dans le cœur, et avait laissé une lettre pour Anna, où il décrivait les souffrances de la syphilis qui le minait depuis près de vingt ans.

Toutes les fiancées étaient imaginaires ; il avait inventé cette fable par bravade, et par amitié, pour ne pas inquiéter ses amis. Pour toutes les sottises qu'il avait pu commettre, il demandait pardon, à Anna surtout, à qui il léguait tout ce qu'il possédait, la ferme, les terrains, et le petit appartement de Vienne. A Franz il laissait, disait-il, le souvenir d'un bal particulier, où ils avaient été heureux ensemble, Franz comprendrait. Tout ceci était bel et bon, écrivait-il, mais il lui demandait pour finir de bien vouloir prévenir madame Ida.

23

LE VEILLEUR

L'aube à ma table de travail
N'a pas manqué de me trouver
Et pour rester bien consciencieux
Sur chaque paperasse, je veille.

Elisabeth

L'Impératrice était morte depuis plus d'un an. Une semaine après l'enterrement, sur instructions impériales, avait été fondé en son honneur l'Ordre d'Elisabeth, « pour mérites de femmes, acquis dans les différentes professions ». Quelques jours plus tard, l'abbé Lachenal, vicaire de la paroisse Notre-Dame de Genève ; les docteurs Mayor Albert, Reverdin Auguste et Mégevand Auguste, médecins légistes, avaient été décorés de l'Ordre de François-Joseph, pour services rendus au moment de la disparition de la souveraine.

Son assassin avait été jugé. C'était un prisonnier modèle.

Le lendemain de l'anniversaire de l'attentat, le vieux monsieur se leva à trois heures et demie, comme tous les matins. Parfois, il aurait bien aimé paresser un peu sur son lit de fer, mais ce n'était pas permis. Un Empereur se doit à ses sujets ; il s'installa donc à sa table, devant ses dossiers.

Face à lui, il avait fait placer un portrait d'elle, son préféré, que le peintre Winterhalter avait exécuté trente ans plus tôt. A la même époque, l'artiste avait peint les célèbres toiles où l'Impératrice, dans sa radieuse gloire, posait en tulle blanc, un collier de grosses perles noué autour du cou avec un ruban noir, les nattes piquées d'étoiles de diamants. L'autre portrait était beaucoup plus simple ; éclairée à contre-jour, elle était en liseuse de nuit, enveloppée dans la fourrure de ses cheveux. Le portrait officiel avait été copié en plusieurs exemplaires, mais l'autre était unique, comme elle. Sur les deux toiles elle avait le même sourire étriqué, et le même regard un peu triste.

Depuis qu'elle avait trouvé la mort qu'elle avait tant cherchée, le vieil Empereur était enfin en paix. Tant qu'elle était vivante, il n'avait cessé de trembler. Dès le début, mieux, dès le premier jour, quand il n'était pas sûr qu'elle accepterait de l'épouser. Oui, tout de suite il avait su qu'elle tenterait de lui échapper, et elle l'avait fait, sans relâche, elle l'avait fait ! Il avait tout redouté, la phtisie, l'accident de cheval, la noyade, les tempêtes, les régimes, les marches forcées, le suicide, tout, sans un moment de répit. Il lui était même arrivé d'espérer qu'enfin elle prendrait un amant, qu'elle serait adultère, juste un peu, comme lui, normalement... Un amant eût été un parfait boute-en-train pour Sissi...

Mais non ! Elle n'aimait pas assez l'amour des hommes. Il avait attendu vainement ; ni Andrassy, ni Middleton, ni aucun autre, personne n'avait fait l'affaire. Pendant quelque temps, il avait surveillé les rapports de police qui faisaient état d'un mystérieux jeune homme qu'elle avait rencontré dans un bal, à Vienne ; il avait donné l'ordre de ne pas l'inquiéter, surtout. L'idylle avait duré quatre mois, le temps de quelques lettres dont il connaissait l'existence, mais qui, selon le ministre de l'Intérieur, ne prêtaient pas à conséquence. Le jeune homme, un bon fonctionnaire dont l'Empereur avait oublié le nom, était irréprochable ; il s'était marié avec une juive de Moravie, dont il avait eu deux enfants ; la dernière lettre datait à peu près de la mort du cousin Louis, et le tout ne méritait pas la moindre attention. Néanmoins, le petit fonctionnaire continuait d'expédier chaque année deux lettres à l'Impératrice, l'une à Munich, poste restante, au nom de Gabrielle, transmise par la police bavaroise au ministre de l'Intérieur autrichien ; l'autre à la Burg. Le ministre de l'Intérieur les avait proposées à l'Empereur, et l'Empereur n'avait pas dit non.

Il les avait lues. Rien à signaler.

Et donc, elle avait été d'une fidélité extrême, formellement, du moins. Car l'infidélité fondamentale dont elle s'était rendue coupable envers lui datait aussi du premier jour, il le savait. Mais aussi, pourquoi n'avait-il pas accepté la fiancée choisie par sa mère, cette impériale Hélène, qu'il était venue rencontrer à Bad Ischl ? A n'en pas douter, elle aurait mieux convenu pour le rôle d'Impératrice. Le vieil homme ne saisissait toujours pas pourquoi, au dernier moment, il s'était dérobé aux arrangements maternels, avait dédaigné Hélène de Bavière et s'était violemment épris de sa jeune sœur que personne n'avait remarquée, sauf lui.

Au vrai, il n'avait jamais bien compris. Trop raide, la jeune fille Hélène, trop froide, les bras secs et la peau blanchâtre ; au premier coup d'œil, c'était l'autre qu'il avait vue, la sauvageonne qui riait en cachette, la mal coiffée dont les boucles délirantes rejetaient les épingles, une petite renarde mal élevée, et qui sentait bon la forêt. Un coup de folie l'avait forcé à choisir la cadette au lieu de l'aînée ; il n'avait pas réfléchi un instant, ce serait elle, voilà tout. Peut-être aussi l'hostilité de sa mère. Peut-être un vent de jeunesse, peut-être rien, ou simplement l'amour. Car si l'amour existait, il avait aimé cette femme, malgré elle.

Dès le premier jour. Il s'était juré de l'apprivoiser. D'abord avec des bijoux dont elle n'avait que faire. Puis en réfléchissant, il avait songé qu'elle préférerait du vivant ; ce fut le perroquet rose, une bonne idée, la seule peut-être. Il avait rêvé comme un fou à cette nuit où enfin il la prendrait dans ses bras ; et c'est là que l'horreur avait commencé. Corps crispé, pleurs retenus, grimaces de douleur, et ce petit soupir exaspéré qu'elle avait toujours après l'amour... Malgré leurs quatre enfants, jamais elle ne lui avait appartenu. Pas un cri de jouissance, pas un geste un peu tendre, pas un gémissement de plaisir.

Le miracle, c'était qu'il ne se fût rien passé de plus désastreux, le miracle, c'était ce portrait en face de lui, et une vie partagée, en somme, vaille que vaille. Avec l'âge, il avait fini par se lasser, et lorsqu'elle lui avait offert la Kathy Schratt en guise de substitut, il s'était laissé faire. La Schratt l'ennuyait bien un peu avec ses prétentions, mais elle était douce, tendre, et elle au moins faisait semblant de l'aimer, et ce n'était peut-être pas toujours faux. Il payait cher en bijoux le prix de sa liaison officielle ; quant aux autres conquêtes, elles n'avaient pas laissé de traces dans sa mémoire. Car dans sa mémoire, demeurait le souvenir de l'année terrible. Un trou noir dans la tempe.

Pourquoi avait-il ce jour-là exigé de sa police qu'on lui trouvât à tout prix un dossier sur la petite Vetséra ? Par colère, par vengeance contre ce fils comploteur et ses pamphlets cruels ; le dernier, celui qu'il avait publié en allemand à Paris, un an avant Mayerling, sous le nom de Julius Felix, était d'une férocité sans égale. A Paris ! Le vieil homme s'en souvenait encore, il avait deviné la main de Clemenceau, et celle de son beau-frère Moritz Szeps, tous francs-maçons, une engeance anticléricale. Sans doute ces deux-là avaient-ils conseillé ce projet de divorce, d'une incroyable vulgarité... Lorsqu'on est de race divine, quand on descend de Charles Quint, que l'on bénéficie à la fois de l'onction du Seigneur et des bénédictions populaires, comment ose-t-on ! Rodolphe avait l'âme républicaine ; le divorce en était la preuve. Et il était mort comme un tailleur. Divorce, suicide, fléaux de l'esprit républicain.

La police avait fait son ouvrage, et découvert la meilleure arme contre le Prince-Héritier. Rien ne pouvait en effet le tuer plus sûrement ; mais cela, l'Empereur ne l'avait pas prévu.

Après le drame il avait demandé si le dossier était vérifié ; la police avait hésité, assez pour donner à comprendre que rien n'était vraiment certain. Sans doute la baronne Vetséra mère avait-elle fait des avances au jeune Prince, peut-être même avait-elle réussi, mais pour le reste, on en était réduit aux hypothèses. La petite Mary pouvait-elle être le résultat d'un fugace accouplement dans les ombres du parc de Gödöllö ? Le ministre de l'Intérieur avoua qu'on avait peut-être un peu trafiqué les dates.

Le vieil homme en avait éprouvé un soulagement horrifié, et s'était rabattu au plus vite sur l'hypothèse de la folie Wittelsbach pour expliquer le geste du désespéré. Les signes de déséquilibre mental ne manquaient pas dans la famille, à commencer par Sissi, qui, selon une nouvelle théorie d'origine française, relevait de la psychasthénie. D'autres à Vienne, des blancs-becs anti-conformistes, commençaient à parler aussi d'hystérie féminine à tout propos, mais lui ne faisait pas la différence, les médecins racontaient toujours des sottises. Il était mieux placé que personne pour savoir que sa femme était simplement un peu dérangée. L'aurait-il aimée autant sans cela ? Il se le demandait.

Souvent, on lui disait que l'Impératrice n'avait pas été une bonne mère. C'était injuste ; l'étiquette lui avait volé trois enfants, dont deux étaient morts, la petite Sophie à Buda, et leur fils. Quant à la quatrième, Sissi l'avait gavée d'un amour si terrible que la pauvre petite avait failli succomber.

Le jour où « la chérie » était venue se réfugier chez lui pour la première fois, le vieil Empereur n'avait pas oublié, elle avait douze ans, elle avait demandé la permission de lui parler en allemand ; sa mère exigeait d'elle un hongrois impitoyable. A ce signe, il avait pressenti le sursaut de la fillette ; elle était sauvée. D'ailleurs, elle était tombée sagement amoureuse de son cousin. Sa mère n'avait pas fait obstacle au mariage, et malgré quelques heurts de dernière minute, Marie-Valérie avait épousé l'homme qu'elle aimait. Elle s'était rangée ; enfin, pas tout à fait. Elle aussi renâclait devant les pompes de l'Empire, elle aussi penchait vers un pessimisme républicain, comme si elle avait hérité de l'âme de son frère mort ; après la disparition de sa mère, Dieu seul savait où iraient ces errements. Mais Dieu y pourvoirait, comme toujours.

Malgré tout, le vieux monsieur n'était pas mécontent. Il avait réussi à protéger sa femme, enfin, pas jusqu'au bout. Elle avait traversé la vie en révoltée, rebelle à la Cour, à la Burg, à Vienne, à l'Empereur, sans vraiment se douter de la surveillance constante dont elle avait bénéficié. Il avait accepté presque tout, hormis un voyage en Tasmanie ; souvent, il l'avait défendue le plus officiellement du monde, y compris contre les Viennois. Il avait affirmé qu'elle était à ses côtés, admirable épouse, et que sans elle il ne parviendrait pas à régner. Ce dernier point seul n'était pas mensonger ; sans elle, il aurait été plus tranquille, il aurait eu moins de soucis, mais il n'aurait connu ni la crainte ni l'émotion, ni le tenace espoir qu'un jour elle pardonnerait.

Pardonner quoi ? Il s'était toujours senti coupable. Avant même cette infection vite guérie qu'il avait héritée d'une comtesse éphémère, et qui l'avait peu marqué, tandis que sa femme au contraire ! Mais jamais Sissi ne s'en était expliquée, non, bouche cousue. Bouche à jamais cousue sur leur intimité. Souvent, il songeait à ce conte qu'il avait un jour découvert dans un livre de légendes asiatiques, et dans lequel une princesse, éprise de son mari, avait été victime d'un enchantement. Tant qu'il n'était pas là, elle l'adorait ; mais au moment précis où il s'approchait d'elle, elle tombait en pâmoison. Le malheureux ne pouvait enlacer qu'un corps privé de vie. Pardonner quoi ? La foudre du premier jour ? C'était la seule explication.

Il était Empereur, il l'avait enlevée, il ne s'en était même pas aperçu. Elle avait passé sa vie à le lui signifier.

Que restait-il au crédit du bonheur ? Le premier regard à Bad Ischl, et la naïveté de l'enfant vierge, ses fous rires ; son regard ébloui sur le perroquet rose. La dernière rencontre à Bad Ischl, et cette promenade apaisée par la vieillesse, si tardive à mûrir. Et la nuit de Buda, après le couronnement, lorsqu'il était entré dans l'obscurité, quand elle lui avait demandé un dernier enfant et qu'elle lui avait ouvert les bras de son plein gré, pour une fois.

Quant au reste, les accrocs quotidiens, les assauts de langage, les piques et les colères, le vieil homme faisait confiance à sa prodigieuse capacité d'oubli. Sissi n'avait pas été une épouse facile ; mais il ne s'était jamais ennuyé avec elle. Désormais, il n'aurait plus d'angoisse à l'idée qu'on viendrait lui annoncer son décès brutal, puisque c'était arrivé. Le télégramme tant redouté, il l'avait eu entre les mains, avec une cruelle sensation de soulagement et de remords, voilà, c'était fait, on la lui avait tuée, comme prévu. A peine s'il avait pleuré ; moins que pour la mort de son fils. Avec elle le désordre disparaissait de son existence ; il pourrait contempler à loisir la foisonnante chevelure où s'était noué son destin d'Empereur, sur le portrait, en face de lui, immobile à jamais.

Dans le parapheur, le premier papier qu'il sortit lui avait été envoyé de Hongrie ; c'était une lithographie en noir et blanc publiée en hommage à la Reine défunte. Une pieuse image où l'artiste avait représenté la douleur des Hongrois. Un Magyar en grand attila, effondré au pied d'une tombe, pleurait son Erzsébet, dont l'âme souriante planait sur la Hongrie. Étrangement, l'artiste avait gravé la Reine en corset chamarré, et l'avait affublée de deux ailes immenses, un ange en robe de bal, et sans jambes. Dans le ciel flottait la couronne des Rois de Hongrie, à laquelle la Reine n'avait pas droit, pourtant. La couronne était à lui, au Roi ! Et voilà que jusque dans la mort elle s'appropriait la Hongrie...

Sur la tombe, l'artiste avait placé deux objets : son éventail et ses gants. Cela surtout touchait le cœur. D'autant que la fidélité des Hongrois demeurait le pilier de l'Empire, dont le vieil homme constatait chaque jour les déchirements incessants.

La puissance allemande menaçait; les populations revenaient à leurs vieux démons révolutionnaires. Partout, on protestait contre la tutelle impériale. L'année précédente, en décidant d'imposer la langue tchèque en plus de la langue allemande aux fonctionnaires en poste en Bohême, le Parlement avait mécontenté les Allemands. On s'était battu à la Chambre, à coups de poing, on s'était lancé des carafes à la tête, le perchoir avait été pris d'assaut par les troupes de Schönerer... Le successeur désigné, l'archiduc François-Ferdinand, n'avait pas bon caractère, et haïssait les Hongrois. Combien de temps encore l'Empereur pourrait-il signer ces adresses qui le remplissaient de fierté, *A mes peuples* ? Combien d'années encore pour entendre retentir son titre officiel, Allergnä= digster Kaiser, König und Herr ? Cinquante et un ans plus tôt, il était monté sur le trône impérial à la faveur d'une révolution ; une révolution pouvait l'en chasser, cela s'était vu...

Rodolphe avait-il raison d'espérer la fin de l'Empire autrichien ? Peut-être en effet viendrait la république, peut-être... Et l'on avait célébré le Cinquantenaire de son règne, déjà !

Pourvu du moins qu'il n'eût jamais plus à signer une déclaration de guerre, le vieil Empereur se sentait de taille à porter sur ses épaules ce monde éclaté, cette masse géante de nations potentielles, comme l'un de ces Atlantes de pierre usée, dont les bras musculeux soutenaient les palais viennois, et qui ne cédaient ni à la neige ni au vent. Il fallait durer, simplement.

En soupirant, le vieil homme classa la gravure, et se mit en devoir d'examiner le dossier de la succession de sa femme, qu'après de longues études on venait enfin de lui remettre.

Elle avait tout prévu. Sa fortune revenait à ses enfants, et privilégiait l'enfant de la Hongrie, la Chérie. De ses bijoux il ne restait rien, excepté une tiare de perles noires qui, disait-elle, portait malheur. Tout semblait en ordre. Brusquement le vieux monsieur se rappela la dernière entrevue.

Elle avait formulé deux requêtes. De la première il se souvenait parfaitement : pour son anniversaire, elle voulait un hôpital d'aliénés dernier cri, bâti sur l'une des collines de Vienne ; il fallait donner les instructions au plus vite. Sur la seconde, le vieil homme eut une hésitation : qu'avait-elle demandé, déjà ? Il s'agissait d'anoblir un fonctionnaire méritant, dont il avait aussitôt marqué le nom sur un carnet. Où était donc passé le nom du protégé de Sissi ? Et d'ailleurs, comment le connaissait-elle ?

Il mit quelques minutes à retrouver le carnet, et la page où il avait écrit le nom de l'inconnu, Taschnik, Franz, chef de section au ministère des Affaires étrangères, domaine administratif. Taschnik, Franz... Il avait déjà lu cela quelque part, dans un rapport de police concernant l'Impératrice. Était-il à Madère dans sa suite ? Non ; ne s'y trouvaient que de jeunes militaires. Pouvait-il l'avoir accompagnée sur un bateau ? Mais à quel titre ? Un homme qui par définition n'était pas diplomate, et ne séjournait pas à l'étranger ?

Soudain la mémoire lui revint ; Taschnik, Franz, c'était ce jeune homme du bal, celui à qui elle avait écrit, quatre fois, et qui la harcelait chaque année de lettres qu'elle n'avait jamais reçues. Pour tant de constance déçue, Franz Taschnik méritait bien un titre de baron ; l'Empereur prépara pour le service du protocole une note qu'il signa avec la satisfaction du devoir accompli.

Au fond, sur elle il avait toujours su à peu près tout. A une exception près, ses poèmes. Le lendemain de l'attentat, il avait trouvé dans un tiroir secret une cassette de cuir sombre, avec une lettre adressée au duc de Liechtenstein, et des instructions précises sur la publication posthume des poèmes. Il n'avait pas cherché à en savoir davantage ; il avait confié le tout au duc Rodolphe. Il ne connaissait pas le nombre des poèmes de l'Impératrice, ni ce qu'elle avait décidé d'en faire pour l'avenir. Mais peut-être était-il prudent de laisser les choses en l'état ; Dieu sait ce qu'on découvrirait là-dedans. Et puisqu'elle avait toute sa vie fomenté des complots aisément éventés, il lui laisserait celui-ci en partage, à tout jamais. Lorsqu'une fois mort à son tour il la retrouverait dans la Crypte des Capucins, ils auraient l'éternité pour éclaircir ce dernier mystère.

Il avait encore dans l'oreille les derniers mots qu'elle lui avait dits : «Je vous attendrai bien sagement dans la Crypte, où je ne risque pas de vous quitter... » Il n'avait pas rêvé, elle avait ajouté « mon chéri ». Mais pour lui qui ne croyait pas aux revenants, il n'était pas nécessaire d'aller la visiter là-bas, où elle et son fils reposaient dans deux grands sarcophages placés de part et d'autre d'une place vide et surélevée, celle de l'Empereur François-Joseph, premier du nom. Pour le troisième sarcophage, il faudrait attendre encore un peu.

24

LE JUGEMENT DERNIER

Vers l'est-nord-est s'amassait
Une noire paroi de nuages
Tandis que de l'ouest attaquait
Un incendie aux flammes rouges

Et le sud paraissait de soufre
Quand dans la lumière livide
Soudain brillèrent des éclairs
Comme pour le Jugement dernier

J'entendis le chêne craquer
Jusqu'au plus profond de ses veines
Comme si on l'eut abattu
Pour en faire son propre cercueil.

Elisabeth

Cette année-là, en Bohême, les Allemands et les Tchèques s'affrontèrent violemment tandis qu'en Galicie, les Polonais et les Ruthènes en faisaient tout autant. L'archiduc François-Ferdinand, successeur désigné, ne s'entendait pas avec son oncle, qui lui reprochait de vouloir épouser une simple comtesse ; l'Empereur s'y était opposé. Tout n'était pas parfait dans l'Empire ; cependant les affaires marchaient bien. Les portraits du vieil Empereur fleurissaient dans toutes les maisons d'Autriche, sur les assiettes de porcelaine et les éventails des dames.

Johann Strauss, un vieillard à présent, restait l'incomparable enchanteur d'une Vienne plus prospère que jamais. L'année précédente, celle du Cinquantenaire du règne de l'Empereur, cette triste année de la mort de l'Impératrice, il avait encore composé deux superbes valses, *Sur l'Elbe*, et *En joue* ! Il ressemblait à l'empire contre lequel il s'était tant battu sur les barricades de sa jeunesse, fragile comme lui, et, comme lui, impérissable.

Et puis au mois de mai, c'était le jour de l'Ascension, Johann Strauss dirigea *La Chauve-Souris* avec une telle ardeur qu'il transpira beaucoup, et attrapa une pneumonie. Le 3 juin, alors que le chef Eduard Kremser dirigeait un concert de valses devant l'Hôtel de Ville, on vint lui parler à l'oreille. Kremser baissa sa baguette, s'arrêta, donna un ordre à son premier violon, les musiciens changèrent de partition, et l'orchestre se mit à jouer *Le Beau Danube bleu*, avec une lenteur inhabituelle, *pianissimo*. Les auditeurs comprirent que Johann Strauss était mort. Vienne prit le deuil à l'instant.

En 1900, l'archiduc héritier épousa la comtesse Sophie Chotek, sous condition qu'elle ne fût pas reconnue comme membre de la famille impériale, et que leurs enfants fussent exclus de la succession. Le 28 juin, l'Empereur lut en public l'acte de renonciation de François-Ferdinand, dont la fureur visible n'augurait rien de bon.

L'Empereur avait bien du souci. Cette année-là, Kathy Schratt exigea du directeur du Burg Theater des rôles qui ne convenaient plus à sa maturité rebondie. L'Empereur refusa d'intervenir, et puisque l'Impératrice n'était plus là pour les réconcilier, l'actrice démissionna du théâtre et rompit avec l'Empereur, qui souffrit beaucoup. Il fallut une année entière avant que l'oiseau n'acceptât de revenir au nid.

Comme prévu, Emmy Taschnik, épouse Erdos, n'avait

pas renoncé à chanter. Elle trouva un contrat pour des récitals de valses dans un grand hôtel sur le Danube, et commença à porter des toilettes extravagantes. Ses parents ne pouvaient en juger que pendant ses séjours à Vienne, trois fois par an. « Des chapeaux de cocotte ! » s'indignait sa mère effarée.

Attila ne se plaignait plus, mais vieillissait beaucoup.

❖

En 1903, des officiers de l'état-major serbe fondèrent une société secrète, « La Main Noire », dont le but était la purification des Balkans, par l'élimination physique des souverains encombrants. Le Roi de Serbie, Alexandre Karajorjevic, coupable d'inféodation envers l'Empire austro-hongrois, fut assassiné avec toute sa famille. Son successeur, Pierre Ier Obrenovitch, se déclara partisan de la Grande Serbie.

A l'automne, l'Empereur rencontra le Tsar Nicolas II dans une partie de chasse, prétexte pour débattre des troubles en Macédoine, où se répétaient les rébellions chrétiennes qui avaient suscité la guerre de Bosnie. A peu près en même temps, pendant les grandes manœuvres qui avaient lieu en Galicie, l'Empereur jugea nécessaire de faire une proclamation dans laquelle il réaffirmait solennellement l'unité de l'armée impériale et royale, « commune et une ». Les Hongrois haussèrent le ton ; les Autrichiens approuvèrent.

Les Croates, sujets de l'Empire, voulaient faire l'union avec les Serbes, et quitter la tutelle autrichienne. Sur pression des Hongrois, l'Empereur ferma à la Serbie les frontières douanières. Belgrade commença en 1905 une propagande effrénée en Bosnie-Herzégovine.

Les premières élections au suffrage universel, en 1907, virent le triomphe des deux grands partis de masse : les chrétiens-sociaux de Lueger, et les sociaux-démocrates. Le dispositif d'affrontement venait de se mettre en place. Les Tchèques se partageaient en six partis, les Polonais en cinq ; ils ne pouvaient pas arbitrer. Cette année-là, la

Russie, l'Angleterre et la France conclurent une alliance contre l'Empire austro-hongrois.

La mère d'Attila Erdos s'éteignit sans souffrir, le laissant à la tête d'une petite fortune, qu'Emmy se mit à croquer à belles dents.

En 1908, mourut le duc Rodolphe de Liechtenstein, à qui l'Empereur avait fait tenir la cassette où dormaient les poèmes de l'Impératrice. Conformément aux instructions de la morte, le duc avait de ses mains jeté la clef de la cassette dans les eaux du Danube. L'héritage revint à la famille Liechtenstein, qui se demanda ce qu'il fallait faire à présent.

La même année, le Sultan décida d'organiser des élections dans son Empire, dont la Bosnie faisait toujours juridiquement partie. Et si l'on votait en Bosnie, l'Autriche perdrait son territoire, qu'aux termes de la résolution de la Commission Européenne votée en 1898, elle occupait toujours « au nom du Sultan ».

Cette année-là, Vienne célébrait avec faste le deuxième Jubilé de son Empereur, pour le soixantième anniversaire de son règne. Le cortège des enfants atteignit cette fois le chiffre de 82 000 ; les nationalités défilèrent comme autrefois les corporations pour les noces d'argent, et toutes étaient là — à l'exception des Tchèques. C'est à cette occasion que le ministre des Affaires étrangères, le comte Aehrenthal, décida brusquement d'annexer la Bosnie.

La Serbie déclencha une crise internationale, qui se termina à son détriment en 1909. La Bosnie fut déclarée terre d'empire commune à l'Autriche et à la Hongrie. C'était le jour même de la naissance de l'enfant d'Emmy et Attila Erdos, une petite Fanny qui les réconcilia pour un temps, et qui réconforta ses grands-parents, Franz et Anna.

Le chef de la famille de Liechtenstein finit par décider de confier la cassette de l'Impératrice au tribunal civil de Brünn, en Moravie.

En 1910, après une dispute avec un maton ivre, Luigi Luccheni se pendit avec sa ceinture, dans le mitard où on l'avait jeté le matin même.

❖

En 1911, malgré un refroidissement sérieux, l'Empereur se rendit dans sa nouvelle province de Bosnie, et fit dans Sarajevo une entrée solennelle, aux côtés du général Marian von Varesanin, chef de l'État de Bosnie Impériale, dans une victoria attelée de quatre chevaux blancs. La Main Noire avait prémédité d'éliminer l'Empereur, mais n'y réussit pas.

Malgré sa petite Fanny, Emmy Erdos quitta son mari pour un baryton sans talent, et entreprit avec lui des tours de chant dans les cabarets de Budapest. Pour ne pas désobliger sa famille, elle prit un nom de scène, et s'appela désormais Emilie Taschy.

Au bout de quelques mois, Attila en mourut de chagrin ; la petite Fanny fut recueillie par ses grands-parents maternels, qui rompirent avec leur fille Emmy.

La même année, éclata une guerre entre la Turquie et l'Italie. L'année suivante, en 1912, sous l'autorité de la Russie, naissait la Ligue balkanique, unissant la Serbie, la Bulgarie, la Grèce et le Monténégro dans une alliance dirigée contre toutes les puissances susceptibles de s'emparer d'une partie du territoire ottoman. Seule l'Autriche-Hongrie répondait à la définition. Et même si, en 1913, une petite année plus tard, les alliances se renversaient, si la Bulgarie fut attaquée par les Serbes, les Roumains, les Grecs et les Turcs, l'Empereur reculait dans les Balkans. Pas à pas.

Ce point n'échappait pas à l'archiduc François-Ferdinand, homme de violence et de haine, qui chassait comme feu le Prince-Héritier, qui haïssait les Hongrois, les Serbes, les Balkans, soutenait les Croates et voulait à tout prix modifier la carte des alliances, en unissant les trois monarchies de l'Europe centrale — l'Allemagne, la Russie et l'Empire d'Autriche-Hongrie. L'Archiduc-Héritier résolut d'assister en personne aux grandes manœuvres, qui se déroulaient en Bosnie, en entrant à son tour solennellement dans la ville de Sarajevo, le 28 juin 1914. De Belgrade, la Main Noire recruta des jeunes Serbes de Bosnie, résolus à sacrifier leur vie pour la cause.

C'était précisément le jour anniversaire de la défaite de Kossovo, fondatrice de la mémoire serbe. Ce jour-là, les Serbes avaient été vaincus par les Turcs, et depuis 1389, cette date signifiait à la fois le deuil, la révolte et le sang de la vengeance.

Les coups de feu de la Main Noire abattirent l'Archi-duc-Héritier et sa femme Sophie, à Sarajevo. Gavrilo Princip, jeune Serbe déterminé, avait tiré à bout portant, et visé juste.

Le vieil Empereur, qui pourtant détestait le défunt, expliqua dans une longue proclamation « à ses peuples » que l'honneur de la Double Monarchie exigeait réparation par les armes, et la guerre éclata entre l'Empire et la Serbie.

La machinerie des alliances européennes s'ébranla. D'un côté, l'Entente unissait l'Angleterre, la France et la Russie ; de l'autre, la Triplice faisait de même entre l'Allemagne, l'Empire et l'Italie. Les déclarations de guerre se succédèrent.

Toni Taschnik, jeune poète prometteur, était devenu ardemment pacifiste, sous l'influence des œuvres de la grande Bertha von Suttner, une baronne romancière qui s'était rendue célèbre en publiant, longtemps auparavant — l'année du drame de Mayerling —, un livre retentissant, *Bas les armes* ! Seize ans plus tard, en 1905, elle avait obtenu le prix Nobel, et le jeune homme s'en inspirait avec passion.

Avec l'aide de son père, et pour la grande joie de sa mère, Toni parvint à se faire affecter aux archives jus-qu'en 1915. Puis il partit pour le front, en Ukraine. Six mois plus tard les époux Taschnik reçurent l'avis de décès de leur fils, mort au champ d'honneur, quelque part entre Czernowitz et Tarnopol, non loin de Saga-dora, le village de ses ancêtres juifs. Anna plongea dans une profonde mélancolie.

Le vieil Empereur mourut à mi-chemin de la Grande Guerre, le 20 novembre 1916 ; le 30 novembre, il rejoi-gnit enfin l'Impératrice son épouse et son fils le Prince-Héritier, dans le troisième sarcophage de la Crypte des Capucins.

L'archiduc Charles, petit-neveu de l'Empereur François-Joseph, lui succéda sous le nom de Charles Ier, et s'efforça vainement de sortir son pays du conflit, en cherchant à signer une paix séparée avec les puissances de l'Entente.

❖

Lorsque s'acheva la Grande Guerre, plus de vingt millions d'hommes étaient morts en Europe. En quatre jours, au mois d'octobre 1918, par sécessions successives, l'Empire explosa.

La République Tchécoslovaque fut proclamée à Prague le 28 octobre ; le 29, les territoires slaves du Sud fusionnèrent avec le royaume de Serbie ; le 30, l'Assemblée nationale de l'« Autriche-Allemande », constituée par les membres allemands du Parlement, adopta la constitution élaborée par Karl Renner, un fervent social-démocrate qui espérait réunir l'Allemagne et l'Autriche sur la base du socialisme. Le 31, les Ukrainiens de Galicie faisaient sécession à leur tour. Le 3 novembre, l'Autriche signa l'armistice avec les puissances de la Triple Entente.

Et le 11 novembre, alors que l'armistice mettait fin à la guerre entre l'Allemagne et la France, l'Empereur Charles Ier renonça aux affaires de l'État, la veille du jour où l'Assemblée proclama la première République autrichienne. L'article 1 déclarait : « L'Autriche allemande est une république démocratique. » L'article 2 précisait : « L'Autriche allemande est une partie intégrante de la République d'Allemagne. »

En septembre 1919, le traité de Saint-Germain, signé au palais du Belvédère par le nouveau chef du gouvernement républicain, Karl Renner, dépeça l'Empire des Habsbourg, comme un demi-siècle plus tôt les restes de l'Empire Ottoman. La sécession avait gagné. La Tchécoslovaquie, la Hongrie, l'Italie, la Serbie, la Roumanie et la Pologne s'attribuèrent chacune les terres autrefois réunies sous la tutelle de l'aigle à deux têtes, et qui leur revenaient de droit selon le principe des nationalités.

A la fin de la cérémonie des signatures du traité, le président du Conseil Georges Clemenceau, farouche ennemi de la monarchie et du cléricalisme autrichien, l'allié de feu le Prince-Héritier, se souvint de la nuit de décembre 1886 où, pendant un repas familial sous le toit de son beau-frère Moritz Szeps, il avait reçu un message de Rodolphe, qu'il avait aussitôt rejoint. Ils avaient parlé jusqu'à l'aube. En mémoire de l'ardent jeune homme avec lequel il avait refait le monde, il prit enfin sa revanche sur l'Empire en répondant brutalement à une question insoluble : « Qu'est-ce que l'Autriche à présent ? »

« L'Autriche ? s'écria Clemenceau. C'est ce qui reste. »

❖

Les premières élections de la nouvelle République virent se reformer les deux grands blocs qui depuis la fin du siècle s'affrontaient déjà. En février 1919, chrétiens-sociaux de droite et sociaux-démocrates de gauche voulurent bien former un gouvernement de coalition, sous l'autorité de Karl Renner.

La misère était effroyable ; on manquait de lait, de charbon, on se privait de tout, on vendait les bijoux et l'argenterie. Pour remplacer la viande qui faisait cruellement défaut, on inventa une poudre à base d'écorce de bouleau, un ersatz que l'on mélangeait à la bouillie de maïs, faute de pomme de terre. L'épidémie de grippe espagnole, qui ravageait l'Europe entière, fit des milliers de morts dans une Vienne désespérée.

Pendant ce temps, ce qui restait de l'Autriche s'organisa. Vienne devint un Pays Fédéral indépendant, où les sociaux-démocrates obtinrent la majorité absolue en mai de la même année. Ils lancèrent un vaste programme de législation sociale et de constructions ouvrières, dont le fleuron était l'immense bâtiment du « Karl-Marx-Hof », unique en Europe. Julius Tandler, médecin anatomiste, commença à se préoccuper d'aide sociale et de santé, le *Wiener System*. La « Vienne Rouge » se devait de montrer à l'Europe des vainqueurs l'éclat de la social-démocratie autrichienne, et le triomphe du socialisme.

En 1920, l'Assemblée nationale vota la nouvelle Constitution de la République fédérale d'Autriche, à laquelle le traité de Saint-Germain avait interdit l'appellation « allemande ». La même année, la coalition s'effondra, et les sociaux-démocrates, qui ne tenaient plus que la Vienne Rouge, entrèrent dans l'opposition sur le plan du gouvernement fédéral, tenu par les chrétiens-sociaux.

Bientôt, les deux partis constituèrent des milices armées. Les sociaux-démocrates avaient le *Schutzbund*, les chrétiens-sociaux la *Heimwehr*. Les uns et les autres paradaient dans les rues, chacun dans leurs uniformes.

En 1922, le *Wiener System* du docteur Tandler entra en vigueur. On ouvrit des consultations pour femmes enceintes, mères de famille et nourrissons ; on s'occupa activement des maladies vénériennes et de la tuberculose.

En 1925 le schilling devint la nouvelle monnaie. Étayé par un énorme emprunt fait à la Société des Nations, le schilling était soumis à la nécessité de contenir l'équilibre budgétaire. Le chômage, déjà colossal, augmenta encore. Les deux grands partis commencèrent à s'affronter dans la rue.

En 1927, un enfant de dix ans et un invalide de guerre furent abattus à coups de feu au cours d'une échauffourée entre le Schutzbund et un groupe d'anciens combattants de droite. Trois d'entre eux passèrent en jugement et furent acquittés. Le 15 juillet, sans aucun mot d'ordre, les ouvriers manifestèrent par milliers. La manifestation dégénéra ; on incendia le palais de justice, un commissariat de police et le siège du journal des chrétiens-sociaux, le *Reichspost*. Les pompiers voulurent intervenir, en vain. La police ouvrit le feu : 89 morts, 1 000 blessés. La Heimwehr brisa la grève générale dont l'ordre avait été lancé dans toute l'Autriche par les sociaux-démocrates.

Bouleversée par les événements, la jeune Fanny Erdos, encore adolescente, petite-fille de **Franz** et **Anna**

Taschnik, se mit à accompagner les assistantes sociales dans leurs visites à domicile, et découvrit le monde des pauvres de Vienne que ses grands-parents avaient peu à peu oublié. Puis elle se passionna pour les jardins d'enfants, qu'on venait d'inaugurer dans la ville.

Après la répression contre les ouvriers de Vienne, les Chemises brunes, milices fascistes de Benito Mussolini, appuyèrent les membres de la Heimwehr, qu'on nommait les Heimwehren.

Anna Taschnik n'était toujours pas sortie de la profonde crise de mélancolie qui l'affectait depuis plus de dix ans. Quand elle voyait dans les journaux qu'on avait tiré sur la foule, et que le sang coulait, Anna partait dans de longs discours prophétiques un peu confus, qui s'achevaient avec des hurlements angoissés.

En 1928, les médecins commencèrent à parler de maladie mentale et d'hospitalisation ; Franz refusa tout net. Sa petite-fille Fanny rallia le parti social-démocrate lorsqu'elle atteignit vingt ans, en 1929.

❖

En 1931, les milices national-socialistes allemandes appuyèrent à leur tour les milices des Heimwehren. Le chômage s'aggrava, et les nazis gagnèrent du terrain en Autriche.

Monsieur Zlatin, l'exécuteur testamentaire de feu le duc Rodolphe de Liechtenstein, publia une série d'articles dans le *Neue Wiener Tagblatt*, à propos des poèmes de l'Impératrice et de la cassette déposée au tribunal de Brünn, ville qui avait repris son nom tchèque, Brno. On y trouverait, jurait-il, la lettre d'adieu du Prince-Héritier à sa mère, écrite à la veille du drame de Mayerling. L'affaire fit grand bruit à Vienne, malgré la gravité des temps.

En 1932, les nazis autrichiens obtinrent quinze sièges aux élections de la Diète de Vienne, qui constituait un État séparé. Le ministre de l'Agriculture, Engelbert Dollfuss, du parti chrétien-social, fut nommé Chancelier fédéral, avec une majorité parlementaire d'une seule et unique voix.

Le 30 janvier 1933, en Allemagne, Adolf Hitler devint Chancelier du Reich.

En 1934, en Autriche, les sociaux-démocrates s'étaient maintenus en force dans la capitale, leur bastion. Le nouveau Chancelier les considérait comme l'opposition la plus dangereuse du pays. Partout où ils étaient, Dollfuss tenta de les miner par des chicaneries policières. Le 12 février, comme la police perquisitionnait au siège du parti social-démocrate à Linz, des membres du Schutzbund tirèrent sur les policiers. La guerre civile était commencée.

Lorsque Anna Taschnik entendit parler du nouveau Chancelier du Reich, elle se mit à délirer franchement, avec des moments de violence qui la rendaient parfois dangereuse. Franz, le cœur brisé, se résolut enfin à la faire interner dans le grand hôpital psychiatrique nouvellement construit sur les collines de Vienne, le Steinhof. La maison de Hietzing était devenue trop grande pour le grand-père et la petite-fille ; Franz se résigna à vendre le logis de son enfance, ainsi que le petit appartement hérité de Willibald Strummacher. Les deux Taschnik déménagèrent au centre de la capitale, et s'installèrent dans un appartement de Bankgasse.

Depuis le début du siècle, le chef de section Taschnik, Franz, sur instruction de l'Empereur en personne, avait reçu un titre de noblesse, et s'appelait désormais baron Taschnik de Kreinfeld. Mais dès l'avènement de la République autrichienne, tous les titres de noblesse avaient été interdits.

Quand la guerre civile éclata, il avait quatre-vingt-six ans.

Épilogue

VIENNE, FÉVRIER 1934

— Corti, murmura le vieil homme en ajustant ses lunettes, je ne connais pas ce nom-là. « Comte Egon Cäsar Corti, Georg Siglgasse, 8, Vienne... » Je ne vois pas. Qui peut vouloir rencontrer un débris comme moi ?

D'un geste machinal, il lissa son crâne chauve, relut la carte de visite, et se redressa péniblement dans son fauteuil. L'effort était trop dur ; il se mit à tousser, d'une toux sifflante, incoercible. Ses mains tremblantes remontèrent la couverture sur ses genoux, et trouvèrent un mouchoir avec lequel il s'essuya nerveusement les commissures de la bouche.

— Il dit que pour venir il a traversé Linz, qu'on s'y bat, à la gare, dans les rues, partout, et que son affaire est urgente ! Il faut lui répondre, monsieur ! cria la gouvernante rudement.

— On se bat à Linz ? s'étonna-t-il, ébahi. Encore des émeutes ? Ce ne sera donc jamais fini ?

— Alors, le recevrez-vous, oui ou non ? s'époumona la gouvernante.

— Ne hurlez pas ainsi, grogna-t-il, je ne suis pas sourd. A-t-il dit ce qu'il voulait ? L'appartement n'est pas à vendre !

— Il dit que c'est personnel ! Personnel !

— Aidez-moi à me lever, fit le vieillard avec un geste agacé. Et faites entrer.

En franchissant le seuil de la chambre, le comte Corti eut un mouvement de recul.

La pièce sentait le renfermé et le médicament, une odeur d'iode et de camphre. Dans la cheminée brûlait à petit feu une bûche qui commençait à fumer, du bois encore vert. Debout, devant un fauteuil de malade aux oreillers froissés, un très vieil homme le fixait d'un regard étonné, avec des yeux qui sans doute avaient été bleus, mais que l'âge avait ternis d'un voile opaque semblable à une porcelaine usagée. Il portait une redingote à l'ancienne, en drap noir, un gilet à petites fleurs et une cravate démodée en soie blanche, retenue par un camée en épingle. Un grand vieillard digne et voûté, à la peau transparente, impeccablement vêtu de vêtements hors d'âge. Le comte Corti se sentit misérable et, le chapeau à la main, s'inclina respectueusement.

— Monsieur le baron, commença-t-il avec retenue, je vous suis très obligé de me recevoir. Surtout en ces temps troublés.

— Ma gouvernante m'a dit cela. Prenez un siège, je vous prie, monsieur le comte, répondit le vieillard avec une extrême affabilité. Je suis très honoré.

Et après avoir attendu debout que son visiteur se fût assis sur une chaise dorée, il se cala lentement dans son fauteuil, en remontant sur ses genoux la couverture de laine grise. Ses doigts se mirent à trembler.

— Pardonnez cette visite un peu cavalière, monsieur, commença le comte Corti. Le sujet qui me conduit à vous est trop singulier pour oser vous écrire. C'est une affaire qui vous concerne, monsieur. Une affaire privée.

Le vieil homme le regardait toujours d'un œil intrigué, un peu vague, et une sorte de demi-sourire confusément inquiet.

— Permettez-moi de me présenter, continua le visiteur. Je suis le comte Corti, et je suis en train d'achever une biographie de l'Impératrice Elisabeth.

— Une... quoi ? fit le vieil homme en mettant sa main en cornet. Je ne vous ai pas bien entendu.

— Une biographie, monsieur, cria le comte Corti. De l'Impératrice !

— Qui parle encore d'Empire, soupira le vieil homme. Ces temps sont oubliés. On se bat à Linz, dites-vous, demain Vienne sera en feu, ces jeunes enragés d'extrême droite vont attaquer les rouges, les Heimwehren contre le Schutzbund ou l'inverse, et vous évoquez l'Impératrice... Quelle Impératrice ?

— E-li-sa-beth ! cria Corti. L'Impératrice Elisabeth !

Un éclair bleu traversa le regard du vieillard, qui leva une main aux doigts déformés.

— Elle est morte, et je ne vaux guère mieux, murmura-t-il. Mais elle est morte jeune, elle a bien fait. Moi, je n'ai pas connu mon père, qui mourut devant les barricades en quarante-huit ; j'ai vu Solférino, Sadowa, j'ai connu la guerre de Bosnie, qui accoucha de l'autre, la Grande Guerre, j'ai vu la fin de notre Empire, je ne cesse de voir le sang viennois couler dans les faubourgs, et maintenant je vois ces maudits Prussiens, ces borusses, qui déferlent avec leurs slogans païens et leurs mines de rats ! Comment s'appellent-t-ils déjà ?

— Nazis, cria Corti en détachant les syllabes. National-socialistes. Ils menacent, mais le Chancelier Dollfuss résiste, monsieur.

— Ah ! Ce petit bonhomme paysan, vous y croyez, vous ? Tous les mêmes ! National-socialistes, chrétiens-sociaux, pangermanistes, n'importe quoi, gronda le vieux monsieur. Chienlit...

— Mais vous avez eu la chance de rencontrer l'Impératrice, cria Corti en ouvrant son porte-document.

— Moi ? marmonna le vieil homme en s'essuyant les lèvres d'un mouvement machinal. D'où sortez-vous cela, monsieur le comte ?

— Vous êtes bien le baron François Taschnik de Kreinberg ?

Le vieil homme inclina légèrement la tête et plissa les yeux, méfiant.

— Dites plutôt Taschnik, monsieur, murmura-t-il. Les titres sont interdits, vous le savez comme moi...

— Oh ! Nous sommes entre nous, monsieur le baron ! s'écria le comte Corti. Venons à mon affaire, si vous voulez bien. Vous avez été un soir au bal masqué, qui se tenait à la salle de la Société de Musique, cria-t-il. En 1874.

— Peut-être... Je ne me souviens plus, marmonna le vieil homme évasif. A une époque, quand j'étais jeune, j'y ai été en effet, deux ou trois fois...

— Cette année-là, continua Corti en élevant la voix, vous avez passé tout le bal avec un domino jaune.

— Avec ? Je n'ai pas bien entendu, dit le vieil homme dont les yeux s'agrandirent.

— Un domino jaune ! Jaune, monsieur, comme..., fit le comte en cherchant du regard un échantillon dans la pièce. Jaune comme les murs du palais de Schönbrunn ! Jaune impérial !

Le visage du vieil homme se ferma ; lentement, il leva sa grande main et se voila les yeux en silence. Le comte Corti n'osait plus respirer.

— Monsieur..., demanda-t-il avec anxiété, voulez-vous que j'appelle quelqu'un ?

— Voudriez-vous fermer la porte, monsieur le comte, coupa le vieillard d'une voix étonnamment forte. Et aussi ouvrir la fenêtre ; ma gouvernante me l'interdit, mais je suffoque.

❖

Le comte Corti obéit avec empressement ; les klaxons des voitures envahirent la pièce. Le vieillard se cala dans son fauteuil, et tourna la tête du côté de la rue en soupirant.

— Le domino jaune, fit-il en regardant Corti droit dans les yeux. Venez-vous de sa part ? Vit-elle encore ?

— Mais... monsieur, c'est impossible, murmura le comte Corti.

— Que dites-vous ? demanda le vieillard. Je suis un

peu sourd, et avec ces bruits nouveaux, les automobiles, le téléphone, le poste et la radiodiffusion, on n'entend rien.

— Je dis que c'est... Je dis qu'en effet je viens de sa part ! cria Corti.

— Ah ! s'exclama le vieillard avec un sourire d'enfant. Avez-vous une lettre à me remettre ?

— Hélas ! Monsieur, elle est morte ! cria Corti. Songez, elle serait centenaire !

— Évidemment, évidemment, marmonna le vieil homme. Puisque j'ai quatre-vingt-six ans. Mais que me chantez-vous avec votre message ? Si elle n'est plus...

— Écoutez, cria Corti. Votre domino était l'Impératrice.

— Je le croyais aussi, monsieur le comte, fit-il en retenant un soupir. Avec le temps, j'ai fini par comprendre que c'était une erreur.

— Non, monsieur ! cria Corti en sortant des papiers. J'ai là les preuves ! La comtesse Ferenczi, sa lectrice, était avec elle au bal, en domino rouge...

— Il me semble bien, en rouge, oui, murmura le vieil homme. Frieda.

— Ida ! cria Corti. Ida Ferenczi ! Elle a tout raconté dans ses mémoires, fit-il en tapant de la main sur les papiers. Toute votre histoire !

Le vieillard se mit à tousser. Entre deux quintes, il tendit la main vers une fiole, l'attrapa en tremblant et but au goulot, avidement.

— Mon histoire, dit-il en s'essuyant la bouche avec son mouchoir plié. C'était donc vrai.

— Oui ! cria Corti. Vous avez passé la nuit avec l'Impératrice Elisabeth !

— Montrez, fit le vieil homme d'une voix étouffée.

Corti ouvrit le manuscrit et en sortit trois feuillets, qu'il tendit au vieil homme.

— Tenez, ici, cria-t-il en pointant le doigt. Voyez votre nom... Et le récit du bal. Et l'histoire des lettres que vous avez reçues. Tout y est. Voulez-vous que j'allume l'électricité ? Vous verrez mieux.

C'était l'heure où dans la cathédrale Saint-Étienne commençait l'office solennel pour l'anniversaire du couronnement de Sa Sainteté le pape Pie XI. Dans le chœur, avaient pris place les représentants du gouvernement, le corps diplomatique et le petit Chancelier Dollfuss, si petit que ses partisans le surnommaient affectueusement « Millimetternich ».

Les émeutes avaient gagné Krems, on se battait à Graz, à Linz, c'était la guerre ; partout, les armes avaient surgi des caves, et chacun attendait le grand affrontement dans la capitale. Le tour de Vienne était venu. Les sociaux-démocrates n'avaient pas encore donné signe de vie. Le cortège ecclésiastique, précédé des encensoirs, fit son entrée au son de l'hymne pontifical. Le ciel de Vienne était si sombre ce jour-là qu'à côté des cierges on avait allumé les lumières électriques.

Le cardinal Innitzer, prélat de la cité, allait entamer la lecture de l'Évangile lorsque les lumières vacillèrent, puis s'éteignirent comme un souffle. Dans la nef, la foule murmura ; le petit Chancelier frissonna. Les lumières revinrent ; on respira, ce n'était qu'une panne. Mais une seconde fois elles déclinèrent, et disparurent.

Ce n'était pas une panne, c'était le signal de la grève générale. Les fidèles sortirent en se bousculant. Dans les rangs des dignitaires, on regardait le mini-chancelier, à qui l'obscurité donnait un avertissement.

Dollfuss ne broncha pas. Abîmé dans une feinte ferveur, les mains jointes, il songeait au canon terrifiant qu'il avait gardé en réserve, une arme infaillible qui réduirait l'aile gauche de ses opposants. Il pensa aux quarante mille policiers qu'il allait lancer contre les masses ouvrières, et aux Heimwehren qu'il allait laisser accomplir le grand massacre des sociaux-démocrates, enfin. C'était l'occasion d'en terminer avec la racaille rouge. Il serait toujours temps de réduire ensuite les Heimwehren, et leurs alliés de l'autre côté de la frontière, les nazis du Chancelier Hitler. Le cardinal Innitzer précipita la messe, accéléra son latin, houspilla les enfants de chœur et bâcla l'office en vitesse.

Sur l'autel, les cierges immémoriaux n'avaient pas flanché.

❖

Dans l'appartement de Bankgasse, le vieil homme prit lentement une loupe sur la table aux médicaments, et approcha les papiers de ses yeux. Le comte Corti avait allumé le grand lustre, mais le vieil homme aux mains tremblantes s'était mis près de sa bougie, par habitude.

Il commença à lire, en marmonnant des mots sans suite que Corti ne comprenait pas. Sa tête allait de gauche à droite avec de petites secousses incoercibles, et Corti vit à la tempe une veine bleue qui palpitait. De temps à autre, il baissait la loupe, et s'essuyait fébrilement la bouche ; ses yeux étaient pleins de larmes.

Le comte recula un peu pour le laisser à sa lecture, et s'aperçut qu'il avait froid.

— Voulez-vous que je ferme la fenêtre, monsieur ? cria-t-il. Dans votre état...

— Non, grommela le vieil homme, le nez sur le papier.

Les secondes passaient ; sur le buffet d'acajou, une pendule sonna onze heures, avec un son grêle. Le comte Corti fit le tour de la chambre, passa discrètement un doigt sur l'acajou ciré, observa le portrait de l'Empereur en costume de chasse, avec un chapeau tyrolien, et s'absorba dans la contemplation des photographies sur le piano à queue. Un jeune homme en uniforme de la Grande Guerre, une dame en grande capeline fleurie, et une enfant en robe à volants, avec de longues boucles sombres. Derrière les trois personnages, le comte étonné remarqua la photographie d'une jeune femme en robe du soir, les bras le long du corps ; les épaules étaient nues, sur le satin tombait une longue mousseline, jusqu'aux escarpins d'argent ; un nom d'artiste était écrit en lettres d'or, *Emilie Taschy*. La photographie était barrée d'un trait à l'encre rouge, comme si l'on avait voulu punir l'image.

Les lumières du lustre déclinèrent brusquement, puis s'éteignirent. Corti s'immobilisa, inquiet. Mais l'électricité revint, et le comte, clignant des yeux, aperçut au mur, en médaillon, un petit portrait de l'Impératrice à cheval, suspendu à un ruban de velours noir poussiéreux. Le vieillard lisait toujours, et hochait la tête à chaque ligne.

— Êtes-vous convaincu ? osa Corti gêné.

— Je n'ai pas fini, maugréa le vieillard. Ah ! Elle ne parle pas de l'éventail.

— L'éventail ? s'étonna Corti.

— Ce sont mes secrets, monsieur, jeta le vieillard à peine poliment. Elle ne parle pas non plus du baiser.

— Le baiser ! dit Corti effaré. Auriez-vous embrassé l'Impératrice ?

— ... Mais vous ne l'écrirez pas, monsieur, hein ? fit le vieillard avec un regard inquiet. C'est à moi, cela. A moi seul.

— Non, monsieur, cria Corti. Je suis venu pour que vous me confiiez les lettres.

— Les lettres ! s'écria le vieillard. Mais je n'ai pas le droit ! Tout ce temps passé à les garder, sans savoir qui était Gabrielle, je les ai cachées, même à ma femme, monsieur ! Et maintenant que je sais, vous voudriez...

Il s'étouffa encore, et se plongea dans son mouchoir.

— Voyez-vous, comte, dit-il en reprenant son souffle, je suis à l'article de la mort. Non, ne protestez pas... Je le sens. Ce n'est pas au seuil du grand passage que je vais la trahir. Ne comptez pas...

— Vous ne trahirez rien, monsieur, cria Corti. Les mémoires de la Ferenczi disent tout.

— C'est indigne, murmura le vieillard.

— L'Impératrice est une légende, monsieur, un mythe ! En retenant vos lettres, vous la privez d'un peu de vérité. A moins qu'elle ait écrit des mots scandaleux...

— Certes pas ! s'exclama le vieillard en redressant le buste. Je vais vous les montrer. Simplement les montrer ! Aidez-moi à me lever, je vous prie. Je ne suis pas trop vaillant.

Le comte se précipita et souleva le vieil homme par les aisselles. Quand il fut debout, il eut un étourdissement, et chancela ; le comte esquissa un geste pour le rasseoir, mais il l'agrippa par le bras et s'y cramponna, de toutes ses faibles forces.

— Il faut aller jusqu'au secrétaire, là-bas, souffla le vieillard comme s'il s'agissait du bout du monde.

— Appuyez-vous sur moi, dit Corti, et les ongles du vieillard s'enfoncèrent dans le drap de son veston.

Un pas après l'autre, ils parvinrent devant le petit meuble à tiroirs. D'un geste tremblant, le vieil homme détacha de son cou une chaîne, avec une clef au bout.

— Ouvrez, fit-il en la lui tendant. Le deuxième tiroir à gauche, dans une boîte en fer, avec des fleurs dessus.

Sans le lâcher, Corti ouvrit et trouva une boîte à la peinture écaillée, où les roses perdaient leurs pétales, rongés par la rouille.

— Vous l'avez, dit le vieil homme. Ramenez-moi à mon fauteuil.

Le vieil homme s'assit pesamment et laissa aller sa tête à l'abandon. Corti avait ouvert la boîte, où les lettres et le poème attendaient, soigneusement entourés de rubans de soie jaune.

❖

— C'est cela, murmura-t-il en lisant avec une excitation croissante. Là, en haut, la date, son écriture, qu'elle déguise ensuite. Magnifique !

— Regardez aussi les enveloppes, souffla le vieil homme. Londres, le Brésil, Munich... Comment a-t-elle fait ?

— La comtesse Ferenczi l'explique à peu près, cria Corti. Pour la première, par l'intermédiaire de sa sœur la reine des Deux-Siciles !

— Mazette ! siffla le vieillard avec un petit rire. Une reine, pour acheminer mes lettres ! Suis-je donc si important !

— Oui, monsieur, cria Corti ému. Laissez-moi les recopier, je vous en prie.

Le vieil homme fit « non » de la tête, obstinément.

— Au nom de l'histoire ! supplia Corti.

— Oh ! soupira le vieillard. Pour ce qu'elle fait de nous...

— Alors au nom de l'Empire ! jeta Corti avec exaltation.

— L'Empire, dit le vieillard dont les yeux brillèrent subitement. Pour l'Empire je veux bien. Voyez-vous, je suis légitimiste, moi. Mettez-vous devant le secrétaire, monsieur le comte.

— Tout de suite, fit Corti avec empressement.

— Je ne sais si c'est l'émotion ou... Je crois bien que j'ai pris froid, murmura-t-il en remontant la couverture. Pouvez-vous fermer la fenêtre ? Je grelotte.

— Voulez-vous que je mette une bûche dans la cheminée ? cria Corti en regardant les braises.

— Il n'y en a plus, monsieur, fit le vieillard. Nous vivons de durs temps.

Corti poussa un soupir, ferma la fenêtre, puis s'assit devant le secrétaire et sortit du papier pour recopier les lettres.

Le lustre s'éteignit brusquement.

❖

— Cela arrive parfois, dit le vieil homme. Prenez ma bougie, monsieur le comte. J'aime la pénombre, elle permet de rêver, voyez-vous.

Assis devant la bougie dont la flamme vacillait un peu, le comte Corti commença sa tâche de copiste.

— Savez-vous que je ne lui ai plus jamais reparlé, monsieur, fit le vieillard. Souvent j'allais au Prater, et parfois je l'apercevais, sur sa jument, en amazone. Ensuite j'ai appris à monter en son honneur, et voyez comme sont les choses, le jour où j'étais à cheval, elle était en calèche... Enfin j'ai tout essayé pour la surprendre. Une fois, j'ai presque collé mon nez à la porte de son cabriolet... Mais elle...

Corti tourna poliment la tête.

— Eh bien ? cria-t-il.

— Eh bien elle feignait de ne pas me voir, tout simplement..., continua le vieillard avec un rire cassé. Ma femme — elle est à l'hôpital, monsieur, depuis un an déjà —, ma femme ne s'est jamais doutée de rien ! Le jour où elles sont venues...

— Qui ? cria Corti de loin.

— Mais elles, ces deux femmes... Ida, et l'autre... J'ai oublié son prénom.

— Marie Festetics ? cria le comte. La dame de compagnie de l'Impératrice ?

— Marie, peut-être, en effet... Enfin elles étaient en noir. Ma femme était dans la cuisine ; nos enfants étaient partis en promenade. Car j'avais un fils, monsieur. Il voulait être poète, et publiait dans les revues ; il aurait certainement réussi... Il est mort au champ d'honneur, sur le front de l'Est, en 1916, fit le vieillard d'une voix enrouée.

— Toutes mes condoléances, monsieur, cria Corti en tournant la tête. C'est un affreux événement.

— Il y a sa photographie sur le piano, poursuivit le vieil homme. C'est le piano de ma femme, moi, je jouais du violon. Mais je l'ai donné à un petit qui jouait mieux que moi, il n'y a pas si longtemps. C'est le fils de notre voisin du dessous. Il s'appelle Elie Steiner, il est très doué. Vous comprenez, je n'ai plus que ma petite-fille... Et le violon ne convient pas aux femmes. La pauvre enfant, elle n'a pas de temps pour la musique. Elle s'occupe des classes maternelles, elle veut devenir éducatrice, ou psychiatre... Psychiatre ! Je vous demande un peu. Vous la verrez peut-être, elle ne tardera plus. Elle est tout pour moi. Sa mère est devenue chanteuse à Budapest, enfin, chanteuse si l'on veut, monsieur le comte. Son père était l'un de mes plus vieux amis ; il est mort. La petite vit ici avec moi, c'est mon soleil...

— Pardonnez-moi, monsieur, il y a là un mot que je n'arrive pas à déchiffrer... Peut-être pourriez-vous ? cria Corti en s'approchant, une lettre à la main.

— Où cela ? fit le vieil homme en prenant sa loupe.

Ah ! Je vois. « ... à la manière des chats ». Je les connaissais par cœur autrefois, ces lettres. Un chat, monsieur. Cela lui ressemble assez, n'est-ce pas ? Elle en avait la souplesse, et les griffes !

— Je ne sais pas, monsieur, murmura Corti en retournant au secrétaire.

— ... Par exemple, je voudrais bien savoir si c'était elle aussi, cette femme voilée au Stadtpark, fit le vieil homme. Grande, mais si essoufflée, et la démarche ! On aurait dit qu'elle avait mal aux jambes. Le savez-vous ?

Absorbé dans son travail, Corti ne répondit pas.

— C'était... Je ne sais plus l'année, continua le vieillard d'une voix sourde. Mon fils était encore petit, nous étions heureux, et quand elle a vu ma femme à mes côtés elle s'est enfuie ! Enfin... Tout a tellement changé. Les voitures ont des moteurs, les femmes ont coupé leurs cheveux, remonté leurs jupes au genou, et nous sommes gouvernés par un Chancelier Dollfuss ! C'est la fin de l'Autriche, monsieur. *Finis Austriae.* Je veux que ma petite-fille quitte le pays après ma mort ; on est trop mal ici, on ne vit plus. Mais elle est social-démocrate, monsieur, pouvez-vous imaginer cela ? Socialiste, dans ma famille ! Une rouge chez les Taschnik ! Ma pauvre femme ne le sait pas. Remarquez, moi-même dans ma jeunesse... Mais j'étais surtout libéral, pas socialiste ! Tandis que ma malheureuse Anna — car elle s'appelle Anna, monsieur le comte — eh bien, elle avait aussi des tendances politiques qui... Enfin, les idées de mon épouse ne sont plus de saison. C'est triste à dire, ma femme est à l'asile, monsieur, au Steinhof.

— Saviez-vous que c'est l'Impératrice qui l'a demandé à l'Empereur ? cria Corti en se retournant.

— Je ne vous comprends pas, monsieur le comte. Qu'a-t-elle demandé ? Je vous parle de ma femme qui est folle ! répliqua le vieil homme avec un soupçon d'impatience.

— Précisément, monsieur le baron, répondit Corti. Pour l'un de ses anniversaires, Elisabeth voulait un hôpital psychiatrique moderne, entièrement équipé. L'Empereur le commanda en 1905, je crois bien... C'est Otto

Wagner qui se chargea des plans et de la construction ; et ce fut le Steinhof ! Vous voyez !

— Je ne le savais pas... On ne me l'a jamais dit. Ainsi, ma pauvre femme vit dans un endroit dont la construction fut décidée par... C'est trop fort ! Oh ! mon Anna n'est pas méchante, voyez-vous. Mais parfois un peu excitée. C'est après la mort du fils qu'elle a commencé à perdre la raison. A présent, elle voit des complots partout, des uniformes et des hommes noirs dans ses rêves, croit qu'elle vit en esclave en Égypte, et ne parle que fantômes. Un délire !

— Qu'est-ce que ceci, monsieur ? cria soudain Corti. On dirait un poème.

— Avec des mots anglais ? *Long, long ago* ? répondit vivement le vieillard. Le dernier signe que j'ai reçu de Gabrielle. Un très beau poème. J'avais répondu pourtant, poste restante, Munich, comme à l'accoutumée... Personne n'est venu chercher mon poème à moi, qui m'avait donné tant de mal. Mais le sien, monsieur le comte, quelle merveille ! Il me semble que je le sais encore par cœur. « Te souvient-il du soir ébloui sous les lustres ? Longtemps, voici longtemps, *long ago*... » Et cela se terminait par un vers magnifique, voyons : « Ne me fais plus attendre... »

— Eh bien ! Elle n'attend plus, et vous non plus, monsieur, fit Corti en revenant vers lui.

— Moi ? Oh si, monsieur le comte, j'attends. Et vous voyez bien qui j'attends. La Camarde, soupira le vieillard avec un geste d'impuissance.

Deux voix de femme s'élevèrent derrière la porte ; Corti tourna la tête.

— Ma petite-fille, dit le vieillard avec satisfaction. Quand il s'agit d'elle, j'entends tout.

❖

La porte s'ouvrit brusquement. Entra une jeune fille en béret rouge et en chemisier simple, avec un cardigan sur une jupe aux genoux, une fille au teint clair, tout essoufflée.

— Viens, ma Fanny, approche, s'écria le vieillard en souriant.

— Opa, on dit qu'il va se passer des choses terribles..., dit-elle avec agitation. Les Heimwehren... Les nazis...

— Laisse cela tranquille, je te prie, ordonna le vieux monsieur Taschnik d'un ton sans réplique. Je te présente le comte Corti. Il écrit une biographie de mon Impératrice.

La jeune fille fronça ses sourcils sombres, esquissa une rapide révérence et regarda son grand-père d'un air interrogateur.

— Il s'intéresse à ces lettres dont je t'ai parlé, fit le vieillard, et ses yeux s'éclairèrent. Celles du Bal de la Redoute.

— Encore cette vieille histoire ! s'écria-t-elle. Opa, tu es décidément trop romantique... Mon grand-père a rencontré ce soir-là dans un bal un mystérieux domino jaune du nom de Gabrielle, et...

— Je sais, mademoiselle, coupa Corti. Justement.

— Justement quoi ? jeta Fanny. Vous n'allez pas me dire que c'était...

— Précisément, mademoiselle, enchaîna Corti avec un salut.

Elle hésita, lui prit le bras et l'entraîna près de la fenêtre.

·— Venez par ici, monsieur, lui murmura-t-elle rapidement. Plus près... Parlons tout bas. Je ne veux pas gâcher sa joie, mais on risque de se battre dans Vienne, monsieur, sachez-le. Il se prépare un coup d'État, je le sais par mes amis... Je voulais le lui dire, je renonce. Quand vous sortirez, soyez prudent.

Le comte acquiesça d'un signe de tête.

— Alors Opa aurait flirté avec l'Impératrice ! s'exclama-t-elle d'une voix enjouée.

Et passant derrière le fauteuil, elle mit les bras autour du cou du vieillard en embrassant son crâne lisse.

— Voyez-vous mon grand-père, ce séducteur, murmura-t-elle tendrement à son oreille. Je suis sûre que tu l'as embrassée. Avoue !

Il se laissait faire en gloussant de plaisir, les yeux embrumés, heureux.

— Je suis fière de toi, chuchota-t-elle. L'Impératrice ! Dis-moi, comment était sa peau ? Est-ce qu'elle embrassait bien ?

— Mademoiselle ! s'exclama le comte offusqué.

— Finis donc, murmura le vieillard, tu me chatouilles. Ôte cet affreux béret, qu'on voie tes cheveux.

D'un geste vif, elle fit sauter le béret, et les boucles couleur de châtaigne apparurent, interminables, ruisselantes. Avec son teint rosé et ses yeux bruns rieurs, elle était si belle que Corti ne put retenir une exclamation de surprise.

— Voyez-vous, monsieur, j'ai obtenu qu'elle ne coupe pas ses cheveux... N'est-ce pas que ma Fanny ressemble un peu à l'Impératrice ? fit le vieillard. C'est ma victoire. Après ma mort, elle fera ce qu'elle voudra.

— Veux-tu bien te taire, Opa ! s'écria-t-elle fâchée. Tu ne vas pas mourir.

— Votre grand-père m'autorise à reproduire les lettres, mademoiselle, intervint Corti tout à trac. J'espère que vous n'y verrez pas d'inconvénient.

— Ce sont ses lettres, monsieur, coupa-t-elle. Et il a toute sa tête.

— Certainement, s'empressa le comte Corti. Loin de moi la pensée... D'ailleurs je vais prendre congé.

— D'autant que nous devons aller voir ma grand-mère, fit-elle.

— Au Steinhof ? murmura le comte.

— Ah ! dit-elle. Il vous a dit.

— Et vous traversez Vienne ? demanda-t-il inquiet.

Elle eut un geste fataliste, et lui fit signe de se taire.

— Monsieur le baron, cria Corti en s'approchant du vieil homme, je vous enverrai la copie de mon manuscrit avant parution. Et je voudrais vous demander la permission de revenir vous écouter plus longuement.

— Si Dieu me prête vie, fit le vieillard.

— Vous trouverez mon numéro de téléphone sur la carte, monsieur, A-16-1-41, cria le comte. Je vous suis vraiment très reconnaissant. Grâce à vous, l'Impératrice va revivre sous un jour inconnu...

— Mais vous ne parlerez pas du baiser, monsieur, reprit le vieil homme en se redressant. Je vous l'interdis.

Corti s'inclina avec cérémonie.

— Ni de ma grand-mère, ajouta la jeune fille en lui tenant la porte.

— *Servus*, monsieur le comte, murmura le vieil homme en le regardant sortir.

Fanny contempla son grand-père d'un œil soupçonneux ; il avait les pommettes rouges et toussait discrètement.

— Tu as le regard bien brillant, Opa, fit la jeune fille. Tu n'as pas pris froid, au moins ?

— Donne-moi la boîte de fer, que je range les lettres. Ah ! Et aussi, dans le tiroir du bas... Il y a quelque chose que je voudrais voir.

La jeune fille fourragea dans le secrétaire et extirpa un éventail dont la soie brûlée tombait en poussière.

— Cette horreur ? Mais il est tout cassé ! s'écria-t-elle en le tendant.

— Laisse-moi me reposer maintenant, juste un instant, murmura le vieil homme en agrippant l'éventail. Dans un quart d'heure, nous pourrons partir. Que disais-tu tout à l'heure sur les milices ?

— Rien, Opa. Des ragots viennois, fit-elle en claquant la porte.

Le vieillard renversa la tête en caressant le taffetas usé.

— Ma pantoufle de vair, murmura-t-il. Je t'avais bien dit que je te retrouverais, Gabrielle... Vois-tu, je n'en ai pas parlé au comte. J'ai gardé l'éventail pour nous deux. Il nous fallait un dernier secret, ne crois-tu pas ?

❖

— Doucement, Opa, dit la jeune fille en ralentissant le pas. La colline est dure à monter, prends ton temps.

Le vieil homme, engoncé dans une houppelande vert bouteille, haletait, son col bâillait, découvrant le cou

494

décharné. La neige avait fondu, et l'herbe jaune pointait à travers les plaques de givre ; les sapins laissaient tomber de grosses gouttes gelées, et l'on apercevait au loin, à travers les branches dénudées des érables, la coupole turquoise de la haute église byzantine, l'orgueil du Steinhof, de marbre et d'or vieilli. De rares ombres noires erraient ici ou là, des malades que l'on avait laissés sortir à cause du soleil pâle et du ciel clair.

— Oma sera contente, tu sais, murmura Fanny en le tirant un peu sur l'escalier boueux.

— Si elle me reconnaît, fit le vieil homme en s'arrêtant. C'est la dernière fois, Fanny, je n'en peux plus... Je ne reviendrai plus.

— Mais si, dit-elle avec une pression de la main sur son bras, cela te fait du bien. Il faut marcher. Tu ne sors jamais. Tu as besoin d'air pur. Ici l'on respire !

Et elle le lâcha pour tournoyer d'un geste gracieux, les bras étendus, les yeux fermés.

— Tu ne vois donc pas que je me meurs, hein ? grogna le vieil homme entre ses dents.

— Encore un effort ! cria-t-elle en lui tendant les bras. Viens !

Il se hissa lentement sur la marche suivante, eut encore un étourdissement et s'appuya contre le tronc d'un arbre. Elle courut vers lui.

— Opa ? Réponds-moi, souffla-t-elle avec angoisse. Tes vertiges ?

Il acquiesça en respirant très fort. Son visage s'était empourpré.

— Ça va aller... Appuie-toi sur moi. D'ailleurs nous sommes arrivés au pavillon d'Oma, regarde, c'est là. A quelques mètres.

— Là..., bredouilla le vieil homme en clignant des yeux. Trop loin.

— Ça va aller, répéta-t-elle en le traînant pas à pas.

Le pavillon aux vérandas grillagées était chaud, propre et sonore. Un médecin en blouse blanche et moustache grise avertit la jeune fille que la malade n'était pas dans

495

un de ses bons jours ; il ne faudrait pas s'attarder. Et puis c'était l'heure du repas ; on allait essayer, plus tard, un bain glacé. Le vieil homme s'était affalé sur une chaise, et la tête à l'abandon, il semblait assoupi.

— Opa ! souffla la jeune fille à son oreille. Elle est prête. Mais elle ne va pas fort, sois patient.

— C'est donc que son esprit vagabonde, reprit le vieil homme en se levant péniblement. Où est mon mouchoir ?

❖

Les bras sanglés de cuir blanc, attachée aux barreaux de son lit, les cheveux rangés sous un bonnet de toile, Anna les regardait d'un air malin.

— Vous venez pour le carnaval, fit-elle triomphalement. Moi aussi on m'a déguisée. Oh ! Je vous reconnais. Toi, tu es mon Franzi, et toi, dit-elle à la jeune fille, tu es... Tu es... Je ne sais plus qui tu es.

Le vieil homme s'était assis au pied du lit, et, les poignets posés sur les barreaux, la contemplait sans mot dire.

— Je voulais sortir pour aller au bal, murmura-t-elle en confidence, pour aller en assassiner un que j'ai bien repéré. Vous savez ? Ces hommes noirs. Leur chef viendra, je le sais. Et j'avais volé un couteau, mais voilà, je me suis fait prendre...

Et elle détourna la tête en se mordant les lèvres.

— Petite, prends ma place, tue-le ! cria-t-elle. Il détruira le monde ! Ce pharaon est pire que tous les autres réunis ! Il nous massacrera, et nous ne pourrons pas sortir d'Égypte ! On me l'a dit !

— Qui cela, Anna ? murmura le vieil homme d'une voix tremblante. Qui, cette fois ?

— Qui ? demanda-t-elle avec un regard méfiant. Approche, je te le dirai à l'oreille. Approche ! Tu vois bien que je suis prisonnière...

En soupirant, il s'avança vers elle, et pencha la tête.

— C'est un secret, chuchota-t-elle. Tu vois la plante verte, près de la fenêtre ? C'est par là qu'ils arrivent. L'air de rien. Par les racines, oui ! Ils sont rusés ! Ils attendent la nuit, et ils m'avertissent. Avant — mais, monsieur le juge, vous le savez mieux que moi — ils passaient par les tuyaux, ils mettaient des œufs sur ma chaise. Des œufs ! Comme si j'étais une poule ! Mais quand il fallait les couver, c'était sérieux. Alors je couvais. Les œufs de la colère, ils disaient. Va pour la colère...

— Elle est tout à fait partie, murmura la jeune fille. La pleine lune. Chaque fois.

— Celle-ci, gronda la folle, elle ne me croit pas, elle est trop jeune. Mais toi, Franzi, écoute bien, continua-t-elle en baissant la voix. Ces Égyptiens noirs, avec leur croix et leurs bottes, ils ont fait un complot contre... Je ne sais plus qui, j'ai oublié son nom. Herzl, cela me revient. Le roi des Hébreux, le roi Théodore. Ils vont entrer dans la Burg et le jeter au Nil, ensuite ils tueront les gens, et...

— Il ne faut pas la fatiguer, Opa, dit la jeune fille. Partons.

— Non, fit le vieil homme en mettant sa main en cornet.

— Les vieux dans les asiles, les infirmes, et même les fous y passeront, enchaîna-t-elle avec un regard sur la plante verte. Et les juifs. Nous tous, sans exception. Il faudrait se dépêcher de passer la mer Rouge... Ah ! C'est du propre. Heureusement que je suis avertie...

— Le médecin a été formel, Opa, il faut partir, insista la jeune fille. Sinon elle risque une crise de violence, allons, lève-toi...

— Bien, fit le vieil homme résigné en s'approchant de la tête du lit. Laisse-moi t'embrasser.

— Ferme bien la porte, surtout, dit Anna d'une voix grinçante. A double tour.

Puis, docile, elle tendit sa joue.

❖

La grève générale avait donné le signal des émeutes. Les Heimwehren s'étaient déchaînés contre les sociaux-démocrates, qui résistaient, l'arme à la main. Les combats de février durèrent huit jours. Les membres du Schutzbund ne désarmaient pas, et les milices d'extrême droite ne parvenaient pas à en venir à bout. Le Chancelier décida de faire donner son canon. Pendant une semaine, la petite pièce d'artillerie au mécanisme d'une implacable précision, préparée par le Chancelier Dollfuss, donna l'assaut au symbole de la Vienne Rouge, le Karl-Marx-Hof, la grande cité ouvrière, enjeu de la bataille.

Le dernier drapeau rouge tomba le 15 février, à Laar Berg, au sud de Vienne, dans l'un de ces faubourgs où couvaient les révoltes depuis toujours. On compta mille morts et autant de blessés chez les sociaux-démocrates, un massacre sans précédent. Le parti social-démocrate fut interdit ; les membres du Schutzbund furent contraints à la fuite ; ceux qui demeurèrent furent arrêtés. Malgré les interventions étrangères et les avertissements de tous les prélats d'Autriche, on pendit huit meneurs, dont un blessé grave ; et l'on célébra en grande pompe dans la cathédrale les obsèques des cent vingt-huit policiers vainqueurs, tombés pour la patrie, au son de la Marche funèbre de la *Symphonie héroïque* de Beethoven, qu'exécutait l'Orchestre Philharmonique de Vienne.

Débarrassé de son opposition de gauche, le Chancelier Dollfuss se consacra à son opposition nazie, dont les attentats ne se comptaient plus. Le parti national-socialiste autrichien était interdit, mais les coups de main aux frontières se multipliaient, et la propagande nazie se répandait en rumeurs venues de Berlin, où l'on donnait Dollfuss perdu, déjà.

Comment ? On ne savait pas. Quand ? Dès le mois de juin, on sut que le coup d'État était imminent.

Mais quand donc, à la fin des fins ? D'un jour à l'autre. Pourquoi ? Pour annexer l'Autriche au Troisième Reich. Et le petit Chancelier fit encore condamner à la peine capitale deux ou trois socialistes, histoire de combattre le péril Rouge, et de défendre l'indépendance nationale.

C'est ainsi qu'il renforça ses liens d'amitié avec Mussolini, et se rendit à Riccione, où l'avait devancé son épouse Aldwyne, dont le Duce semblait fort épris. Benito Mussolini se répandit en propos haineux contre le Chancelier Hitler, mais à Berlin courait le bruit qu'au contraire le Führer avait tout manigancé avec son homologue italien, et qu'il avait lâché « Millimetternich », dit « le Chancelier de poche », dit encore « le Minus ». Les rumeurs pullulaient, et Dollfuss n'avait toujours pas liquidé son opposition d'extrême droite.

Vint un jour où, de guerre lasse, le petit Chancelier se résigna à lever l'interdiction du parti national-socialiste, voire à lui ménager une place au sein du gouvernement. Tout, plutôt que l'Anschluss. Tout, même les nazis autrichiens.

Ce 25 juillet, alors que le vieux M. Taschnik s'apprêtait une fois de plus à gravir lentement la colline du Steinhof au bras de sa petite-fille, le Chancelier d'Autriche réunit son conseil des ministres.

❖

Les feuillages étaient devenus si denses que d'en bas, on ne voyait plus l'église byzantine. Un soleil ardent commençait à brûler l'herbe des prés, où les vaches s'étaient couchées sur le flanc. Les médecins en blouse blanche déambulaient gaiement sous les frondaisons touffues, et les familles des malades profitaient des heures de visite pour se promener jusqu'à la ferme, où l'on élevait les cochons et les poules.

La jeune fille soutenait son grand-père. Chaque mois, il s'alourdissait ; il avait même exigé de s'aider d'une canne, lui qui n'en avait jamais usé que pour faire l'élégant.

— Arrêtons-nous, Fanny, tu vas trop vite, souffla le vieil homme en s'appuyant sur le pommeau de sa canne. Je n'irai pas plus loin.

— Viens jusqu'au banc, Opa, fit-elle aussitôt. Repose-toi.

Il se laissa tomber en geignant un peu, et ouvrit le bouton de col de sa chemise.

— Un bel été, murmura-t-il. Ici l'on oublie le reste.

— Moi je ne peux pas oublier, dit sombrement la jeune fille. Cette alliance avec Mussolini ! Ce fasciste de Dollfuss !

— Racaille, fit le vieil homme. C'est miracle que tu n'aies pas été arrêtée en février, petite. Ma pauvre Anna... Elle n'est peut-être pas si folle, tu sais. Il faudra bien revenir à l'Empire. Ces gens sont trop vulgaires.

— Tes vieilles marottes..., fit-elle attendrie. Dis-moi plutôt ce que t'a raconté ce Corti hier soir. Il vient souvent, dis-moi !

— Le comte, murmura le vieillard avec un accent de respect, voulait absolument publier l'intégralité de ces lettres. Et moi je ne voulais pas.

— Mais Opa, tu lui as dis oui la première fois ! s'écria-t-elle. J'étais là.

— Il y a dans ces lignes des choses..., murmura le vieillard embarrassé. Enfin, des mots que je ne veux pas voir publier, voilà tout.

— Des tendresses ? fit-elle amusée. Je n'imagine pas cette femme en amoureuse.

— Libre à toi de croire ce que tu veux, se fâcha le vieillard en tapant le sol avec sa canne. Il a cédé. Et j'ai coupé des passages.

— Me les montreras-tu, dis ? Jusqu'ici tu les as enfermées à clef, jalousement. S'il te plaît, Opa, supplia-t-elle en lui baisant la main. Pour moi...

— Nous verrons, répondit-il en regardant le ciel à travers les branches. Je resterais bien ici, vois-tu, sur cette colline, au pied de cette église austère. Je m'y sens bien.

— Tu n'es pas assez fou pour demeurer ici, répliqua-t-elle en riant. Pouvons-nous repartir ? L'heure tourne. Onze heures et demie, déjà.

— C'est la dernière fois que je viens la voir, murmura le vieillard. Ce jeune érable, ajouta-t-il, je ne le verrai pas cet automne, quand il sera rouge.

— Tu dis cela tous les mois, Opa, fit-elle en le tirant par le bras.

❖

A onze heures et demie, exactement, le Chancelier fédéral remarqua l'absence du ministre Fey, qui n'arriva que vers midi, et lui glissa quelques mots à l'oreille.

Le Chancelier Dollfuss se tut. Longtemps. Puis il leva la séance sans explications, et congédia presque tous ses ministres. Le ministre Fey, complice des nazis, avait eu un remords, et venait de l'avertir qu'un commando, gros de cent cinquante hommes, se préparait dans une salle de gymnastique de la Siebensterngasse. Des nazis, qui allaient se déguiser en soldats fédéraux et envahir le siège du gouvernement. Dollfuss donna les ordres qui s'imposaient : envoyer la police et arrêter les putschistes.

A la même heure, le bâtiment de la radio était déjà investi par les faux soldats fédéraux, sur Johanngasse. Dans l'école voisine, l'instituteur paniqué libéra les enfants, et les lâcha sur le trottoir. « Rentrez chez vous ! Vite, ne traînez pas ! »

Confusément, les gamins sentirent que ce jour n'était pas ordinaire ; la plupart obéirent docilement, mais pas tous. Le petit Elie Steiner, abandonné sur le trottoir, regarda l'heure ; tous les jours, il déjeunait avec ses parents, au Sacher, dans le café, rapidement. D'ici là il avait le temps. Une heure entière pour satisfaire sa curiosité et flâner dans les rues sans surveillance ; Elie s'en fut dans les rues du premier arrondissement, le cœur de Vienne.

❖

Le vieux M. Taschnik venait d'entrer dans la chambre de sa femme.

Assise sur son lit, Anna le regardait de loin d'un air hébété. Elle ne semblait pas le reconnaître.

— On l'a encore sanglée ! soupira le vieil homme avec un accent de révolte.

— Le médecin dit que les crises se rapprochent, Opa,

501

chuchota la jeune fille. Ils n'ont pas d'explication. Peut-être la chaleur...

— Le froid, la chaleur, le foehn, toujours quelque chose, gronda-t-il. Cela n'en finira jamais.

Ils s'approchèrent ; la vieille femme eut un sourire radieux, et ses yeux s'éclairèrent.

— C'est toi, Franzi, murmura-t-elle. Et toi aussi, ma petite Fanny...

Le vieillard et la jeune fille échangèrent un regard.

— Ils m'ont encore attachée..., fit-elle d'un air navré. Ils disent que cette nuit je n'ai pas été raisonnable. Pourtant vous voyez comme je suis sage. Franzi... Demande-leur de me laisser tranquille.

— Tu es malade, Oma, les médecins te soignent, c'est pour ton bien, intervint Fanny en lui caressant le front.

— Des médecins ! dit-elle avec un léger rire. Ce n'est pas ce qu'on me dit là-haut, ajouta-t-elle avec un regard vers le plafond.

— Ils sont revenus, n'est-ce pas ? demanda le vieil homme.

— Opa ! s'indigna Fanny, furieuse. Tu ne devrais pas !

— Laisse, dit-il agacé. Je sais comment faire avec elle. Alors, t'ont-ils encore parlé cette nuit ?

— Ils m'ont dit que c'était pour ce soir, chuchota la folle d'un air mystérieux. Et qu'enfin la vérité éclaterait. Ils m'ont dit que tu allais leur échapper, je ne sais comment, et j'étais bien heureuse. Ils sont passés par les carreaux, tout simplement ! Ils disaient qu'ils étaient très pressés de me prévenir. Et vois-tu, ajouta-t-elle en lui souriant tendrement, on saura que j'avais raison.

— Toujours ces fantômes qui lui parlent depuis tant d'années, soupira Fanny dans son coin.

— Je t'ai entendue, Fanny, s'écria-t-elle. Oh ! Mais c'est que j'ai l'ouïe fine ! Des fantômes ? Attends ce soir, tu verras.

Le vieil homme se rapprocha du lit, les larmes aux yeux.

— Anna..., fit-il en lui caressant le front. Je crois que je ne pourrai pas revenir.

— Tu dois partir, ils me l'ont dit, fit-elle tristement.

Dieu sait ce dont ces monstres sont capables. Il faut que tu t'en ailles le plus loin possible.

— C'est ce que je vais faire, ma chérie. Je voulais te dire... Moi aussi j'ai un secret, soupira-t-il en s'essuyant la bouche. Quelque chose que je t'ai caché.

— Ah, dit-elle en se rembrunissant. Tu es de la police.

— Mais non, soupira-t-il. J'ai correspondu avec notre Impératrice, et je ne te l'ai jamais dit. Elle m'envoyait de longues lettres...

— L'Impératrice ! cria-t-elle. Pour sauver l'Autriche ? C'est bien, cela. J'espère que tu l'as prévenue, elle aussi. L'Impératrice peut tout.

— Sans doute, murmura le vieil homme. Anna... Te souviens-tu du petit orchestre dans la rue ? Je t'ai beaucoup aimée.

Elle cligna des yeux comme un papillon à la lumière.

— Bien sûr, dit-elle après un silence. Il faisait très froid ce matin-là ; j'avais mon manchon d'astrakan, et mon manteau bleu. On n'a pas eu de chance. C'est cette guerre. Et maintenant, l'autre qui va commencer. Que veux-tu, mon Franzi... Ce n'est pas facile.

— Détache-la, dit le vieillard à la jeune fille.

— C'est interdit, Opa, répondit-elle en sursautant. Elle peut être dangereuse...

— Détache ta grand-mère, ordonna-t-il d'un ton sans réplique.

❖

A midi cinquante, alors que tout danger semblait écarté, les soldats chargés de la relève de la garde firent leur entrée dans la cour de la chancellerie. Quatre camions s'engouffrèrent sur leurs talons, bourrés d'étranges soldats aux uniformes incomplets. Les nazis. Et parmi eux un colosse, un Sudète du nom de Planetta.

Il leur fallut vingt minutes pour se rendre maîtres des lieux. Dans l'immeuble de la radio, l'autre commando avait abattu un chauffeur et deux gardes, et contraint le speaker à interrompre le programme musical pour annoncer publiquement la démission du gouvernement

Dollfuss. Dans le studio voisin, un acteur vit les pistolets au poing des putschistes, et se mit à hurler. Une rafale le réduisit au silence.

Dans la cour de la Burg, les nazis descendaient des camions, et pénétraient dans les bâtiments. Le petit Chancelier se résolut à s'enfuir dans les couloirs, guidé par un vieux portier qui connaissait la chancellerie comme sa poche. Mais le vieux marchait lentement, et Dollfuss ne savait rien des portes dérobées. Et comme il arrivait au salon dit « Salon du coin », les nazis firent irruption dans la pièce. La porte était fermée à clef.

Planetta lui tira deux balles dans le dos. Une troisième dans le cou. Le Chancelier tomba. Sa tête fit en cognant le plancher un bruit qui terrifia les nazis eux-mêmes.

Il se mit à crier « au secours, au secours... ». Il n'était pas mort. Ne voulait pas mourir. Baignait dans son sang et refusait de crever. Paralysés, les nazis le regardèrent, et s'écartèrent.

A treize heures, le jeune Elie Steiner n'était toujours pas arrivé au Sacher ; il pressa le pas, et passa devant la pâtisserie Demel, en louchant de côté, il n'avait plus le temps de lorgner les tourtes dans les vitrines. Tout de même, il ralentit, et s'arrêta, le temps de voir sortir sa mère affolée qui le prit par le bras : « Que fais-tu là, grands dieux ! Il faut rentrer. Ton père n'est pas à la chancellerie, j'ai téléphoné à son bureau, à la chancellerie, on ne passe plus. Vite ! »

— Mais ma leçon de violon, tout à l'heure ? demanda le petit Elie.

— Comme si c'était un jour pour le violon ! répliqua sa mère en se mettant à courir.

Elie ne comprit rien aux propos confus de sa mère, sauf que c'était un moment grave et qu'il ne fallait pas discuter.

❖

La jeune fille ôta précautionneusement les boucles qui tenaient les sangles, et la folle se massa les poignets. Le vieil homme lui prit les deux mains et les garda prisonnières.

— Pourquoi me laisses-tu ici, Franzi, gémit-elle. Je n'ai rien fait de mal... Est-ce ma faute s'ils me parlent ? Il faut bien que j'écoute ! Dieu ne me pardonnerait pas !

— Dieu te pardonne tout, murmura-t-il en lui baisant les doigts.

— Je sais comment faire avec Dieu, fit-elle en retirant ses mains. Il faut danser.

Anna était debout, la tête penchée sur l'épaule, elle tournait sur elle-même les bras étendus, en fredonnant une mélopée en yiddish, les yeux fermés. Même avec le bonnet de toile, même en camisole d'hôpital, elle avait gardé la grâce de la fille rencontrée devant un petit orchestre de Galicie, un jour d'hiver. Franz ne put retenir un sourire, vite évanoui. On ne pouvait la laisser détachée bien longtemps.

— Arrête maintenant, Anna, ma chérie, murmura-t-il. Voilà, c'est bien. Maintenant, je dois te dire adieu.

— Mais tu reviendras ? Tu viens chaque mercredi du mois, dit-elle. Tu vois, je sais ! Je suis très raisonnable !

— Revenir ? soupira le vieil homme. Je n'en suis pas sûr. Puisque je pars en voyage.

— Tu ne m'as pas dit où tu allais, cria-t-elle d'une voix suraiguë.

— Très loin, fit-il.

— Pas en Ukraine ! hurla-t-elle. Pas dans cette neige affreuse ! La guerre ! Cela va recommencer ! Ne va pas là-bas ! Pas dans les trains !

Elle s'était dressée, hagarde, méconnaissable, les mains en avant, elle s'accrochait à son veston, et le vieil homme voulut la retenir... Dans un fracas épouvantable, il s'effondra sur le sol, et la tête cogna. Blême, la jeune fille s'était ruée sur la sonnette.

La porte s'ouvrit, deux infirmiers se précipitèrent, la ceinturèrent et la sanglèrent solidement. Elle s'était à peine débattue. Puis ils relevèrent le vieux monsieur et l'assirent sur un fauteuil, près de la fenêtre. Les yeux clos, le visage cireux, il renversa la tête et suffoqua.

Dollfuss se mit à gémir et perdit conscience.

Deux ou trois nazis descendirent l'escalier et susurrèrent aux gardes qui se trouvaient là : « Le Chancelier est blessé... » Puis rien ne se passa. Incrédules, les gardes ne comprenaient pas.

— Voulez-vous constater ? suggéra un nazi.

— C'est grave ? demanda enfin l'un des gardes avant de monter l'escalier.

Tout semblait si tragique, et pourtant si paisible.

Un instant plus tard, le garde redescendait affolé, cherchait un médecin, il n'y en avait pas. Il demandait au moins un linge pour faire un garrot, arrêter le sang qui n'en finissait pas de couler. « J'ai ça, dit un nazi en sortant un chiffon de sa poche, mais je ne sais pas comment on s'en sert pour garrotter. » « C'est égal, répondit le garde, je me débrouillerai », et il remonta.

Il donna des ordres aux nazis qui se tenaient debout devant le corps du Chancelier, sans un mot, sans un geste. Il fit obéir les assassins qui, docilement, prirent le mourant sous les aisselles, par les chevilles, une, deux, le soulevèrent très doucement pour l'étendre sur un sofa cramoisi. Le garde humecta le front du Chancelier avec de l'eau de Cologne, étancha le sang qui, sur la soie rouge, dessina des taches humides. Enfin, le garde parla par mots brefs, sans violence, aux nazis pétrifiés, sans violence, et soudain Dollfuss ouvrit les yeux et dit : « Comment vont les ministres ? »

— Bien, lui répondit le garde, sans violence.

— Je veux les voir, murmura le Chancelier.

❖

Les infirmiers reprirent leur souffle. La vieille dame avait du nerf. Dans un coin de la chambre, Fanny sanglotait.

— Rien de cassé, monsieur Taschnik ? demanda le premier infirmier.

— Elle ne s'est tout de même pas détachée toute seule ! s'écria le second. Qui a fait cela ?

— C'est moi, répondit le vieil homme.

— Va falloir en parler au docteur, grommela l'infirmier. Il va vous gronder ! On vous avait prévenu qu'elle n'allait pas bien !

— Ma dernière visite, souffla le vieil homme en grimaçant de douleur. Cela ne se renouvellera plus.

— Viens, Opa, dit Fanny en essuyant ses larmes. Embrasse-la.

Anna était prostrée, sans expression, le regard sec. Avec cérémonie, Franz s'approcha du lit en tremblant de tous ses membres, et posa un baiser sur le bonnet de toile.

— Adieu, Anna, chuchota-t-il à son oreille.

— Les hommes noirs, chuchota-t-elle mystérieusement, avec deux petites foudres d'argent sur les manches. Et des poignards dans leurs bottes. Prends bien garde à toi, mon Franzi...

❖

Le capitaine du commando nazi s'appelait Holzweber. Bien sûr, il n'était pas officier, mais puisqu'il avait pris du galon, il s'était promu lui-même pour l'occasion : de sergent, il était devenu capitaine. Quand on vint le prévenir que le Chancelier réclamait ses ministres, il grimpa l'escalier quatre à quatre, entra dans le « Salon du coin », et s'arrêta à trois mètres du sofa cramoisi, en claquant les talons avant de s'incliner.

Selon l'immémoriale tradition de l'armée de la République autrichienne, héritée du vieil Empereur. Car puisque le petit nabot était encore en vie, il était toujours Chancelier, et l'important, c'était l'ordre, avant tout.

Respectueusement, le « capitaine » Holzweber demanda à l'homme qu'il venait de faire abattre ce qu'il désirait.

Voir ses ministres.

Ils ne sont pas là, répondit l'homme ; mais peut-être, en cherchant bien, le capitaine pourrait-il trouver le ministre Fey. Je veux un médecin, dit faiblement Dollfuss. Pas de réponse. Alors un prêtre, dit-il encore. On ne lui parlait pas. Je ne sens plus rien, dit-il aux gardes et aux nazis qui l'entouraient, je suis paralysé, puis il se tut. Comme vous êtes bons pour moi, mes enfants, dit-il encore, puis sa tête retomba. Non, il n'était pas mort encore. Toujours pas.

On ne découvrit pas ses ministres mais on lui amena Fey, chargé de lui extorquer la nomination de son successeur. Nazi.

Fey s'agenouilla devant le sofa rouge, le Chancelier ouvrit vaguement les yeux...

— Bonsoir, Fey, comment va ?

— Plutôt bien, bredouilla Fey.

— Et les autres ministres ? demanda le petit Chancelier.

— Ne t'inquiète pas pour eux, répondit Fey, ils sont sains et saufs.

— Pas moi, murmura le Chancelier Dollfuss en fermant les yeux. Tu vois, je vais mourir. Je te demande deux choses. Dis à Benito Mussolini de prendre soin de ma femme et de mes enfants.

— Je promets, répondit Fey embarrassé.

— L'autre chose. Mon successeur sera Schuschnigg, personne d'autre.

Fey ne broncha pas ; le successeur désigné par le Chancelier Hitler n'était pas Kurt Schuschnigg. Fey ne souffla mot, mais il regarda les putschistes en haussant les sourcils, un point c'est tout. Un garde s'éclipsa.

Alors les nazis se réveillèrent. Tirèrent leurs pistolets, le braquèrent sur le mourant. Sommèrent Fey de faire désigner n'importe qui, mais pas Schuschnigg. Le Chancelier fit non de la tête, il ne céda pas, non, Fey lui parla à l'oreille : « Allons, cède, Engelbert, chuchota-t-il, il est trop tard, tout est joué. »

Mais non.

Le mourant refusa.

— J'ai soif, fit-il encore.

Et aussi « Plus de sang, plus de sang... ». Il étouffait. Il eut juste le temps de prononcer quatre mots, « ma femme, mes enfants », et le râle commença, un ronflement aigu, terrible, jusqu'à ce qu'enfin le sang lui jaillît du nez en abondance.

Sur la place les Viennois s'étaient rassemblés, attirés par la rumeur de l'attentat. Ils connaissaient déjà le choix de l'agonisant, et la police cernait le bâtiment.

La foule ! La police ! « Le coup est manqué », songea Fey sans réfléchir.

Dehors, on criait : « Assassins, voyous, bande de chiens ! » Pâle, Fey se montra au balcon en titubant ; derrière lui se tenait le faux capitaine si poli. La foule hurlait. Fey improvisa pour gagner du temps. « Les putschistes ont perdu, ils demandent la vie sauve ! cria-t-il à la foule. Que faut-il leur répondre ? »

— Oui, si tout le monde est vivant ! cria la foule.

— A condition qu'ils n'aient assassiné personne !

« Tout le monde est vivant... », répondit Fey, en hésitant. Trouble vérité : car il était vrai qu'à cette heure, sur le sofa cramoisi dans le Salon du coin, le mini-chancelier, dont le sang jaillissait par les narines, n'avait pas encore laissé échapper son dernier souffle.

A une minute près, le ministre Fey aurait menti. Le ministre Fey connaissait l'avenir immédiat ; il savait que l'instant d'après, Dollfuss serait mort. Le coup des nazis sombra dans le désordre et la confusion.

A une minute près, le coup d'État aurait pu réussir. Une minute que le Chancelier Hitler, dans sa loge au festival de Bayreuth, attendait impatiemment. Une minute de trop ; Dollfuss agonisant avait désigné son successeur, et le prochain Chancelier d'Autriche ne serait pas un nazi. Fey s'échapperait lâchement, la foule le laisserait partir. Hitler avait perdu la partie pour cette fois. L'Anschluss n'aurait pas lieu ; l'Autriche ne deviendrait pas allemande, et tout était à recommencer. La prochaine fois, on s'y prendrait autrement, avec une préparation plus soignée. Dans quelque temps.

Il était presque quatre heures de l'après-midi. Le petit Chancelier venait de rendre l'âme sans céder.

❖

Calé sur ses oreillers, le vieil homme regardait le soleil dont la lumière d'or commençait à s'adoucir. A son chevet, Fanny comptait soigneusement les gouttes qu'elle laissait tomber dans un verre.

— Ce beau crépuscule viennois, soupira-t-il. Ces toits roux.

— Tu as été très courageux, Opa. Pauvre grand-mère.

— Ces jours interminables de la belle saison ! continua-t-il sans entendre. On dirait que le soleil refuse d'aller au lit. « *Gold'ne Wünsche ! Seifenblasen ! Sie zerrinnen wie mein Leben...* »

— Tu vas prendre sagement ta valériane, et dormir, insista Fanny doucement. Tu es très fatigué.

— Elle n'est pas si folle qu'on le dit, murmura le vieil homme. Ou alors, je le suis aussi. Quand je serai mort, Fanny, va-t'en ! Quitte Vienne !

— Bois, fit-elle en lui tendant le verre. Essaie de ne pas respirer, pour ne pas sentir le goût, ce n'est pas bon.

— Tu n'as jamais aimé Heine, gronda-t-il entre deux gorgées. « Vœux dorés ! Bulles de savon ! »... Je déteste cette potion !

— Mais tu l'as finie, c'est bien, fit-elle en arrangeant ses oreillers.

— ... Trouve donc ce vieil éventail. Je l'ai laissé dans le salon.

Quand elle eut tourné les talons, il grimaça de douleur et posa la main sur sa poitrine.

— Je me demande bien ce qui t'attache à cet objet ! s'écria-t-elle grondeuse en revenant avec l'éventail.

— Puisque je te dis que je suis un vieux fou, marmonna-t-il en s'essuyant fébrilement la bouche. Ouvre la fenêtre, que je voie ma ville chérie.

— Tu vas prendre froid !

— C'est déjà fait, chuchota-t-il, et il déploya l'éventail en tremblant.

« L'une après l'autre, Anna et Gabrielle », murmura-
t-il pendant qu'elle se penchait pour regarder la rue.
« Anna d'abord. A toi maintenant, Gabrielle ; adieu. »

Du dehors montaient les bruits du soir, les ronronne-
ments des moteurs, les tintements des tramways, la
sourde rumeur de la grande ville, l'agitation tranquille
d'un bel été, les cris familiers des vendeurs de journaux... Le vieil homme posa l'éventail sur son cœur, et
le serra doucement entre ses deux mains jointes.

Brusquement, Fanny fronça les sourcils. Partout, on
tirait les rideaux de fer des boutiques, à grand fracas.

— Ce n'est pas l'heure, pourtant..., dit-elle en courant
à la fenêtre.

« Le Chancelier Dollfuss est mort assassiné ! Attentat
nazi contre le Chancelier ! L'Autriche en deuil ! Meurtre
à la tête de l'État ! » criaient les vendeurs de journaux,
et la foule accourait autour d'eux.

— Opa ! hurla-t-elle sans se retourner. Le Chancelier !
Ils l'ont tué ! Les nazis ! Ce sont les nazis !

L'éventail glissa du lit avec un petit bruit. Le vieil
homme avait ouvert les mains ; dans un dernier sursaut,
ses ongles avaient déchiré le taffetas brûlé. La mâchoire
pendante, il fixait de ses yeux morts la fenêtre d'où montait la rumeur de la ville en colère.

❖

Lorsqu'on eût fini sa toilette funèbre, la gouvernante
ramassa sur le sol l'éventail poussiéreux, et le trouva
tout juste bon à jeter au feu.

A Bayreuth, dans sa loge, le temps d'un opéra, Hitler
crut qu'il avait gagné ; il exultait. Quand il eût compris
que tout était manqué, il eut un seul cri : « C'est une
catastrophe ! Un nouveau Sarajevo ! » Cet argument lui
servit ensuite pendant quatre ans entiers : en utilisant
la crainte de la guerre, Hitler parvint à convaincre les
puissances européennes d'établir une nouvelle stabilité
en Europe, et de régler pacifiquement la question de
l'Autriche allemande, sans violence.

La biographie du comte Corti parut la même année, en 1934, sous un titre anodin et énigmatique, *Elisabeth, la femme étrange*. Les historiens de l'Académie des Sciences à Vienne contestèrent l'authenticité des quelques poèmes publiés par le comte Corti, et qu'il tenait d'un agenda personnel de l'Impératrice, trouvé par sa fille Marie-Valérie. Tout le monde à Vienne savait que les poèmes de l'Impératrice dormaient dans la cassette Liechtenstein, au tribunal civil, à Brno ; et le comte Corti n'était pas sérieux.

Fanny resta seule dans l'appartement de Bankgasse ; sa grand-mère Anna vécut encore cinq ans, puis s'éteignit soufflée comme une chandelle, en réclamant Franzi, qui l'avait abandonnée, disait-elle. Elle n'avait pas cessé d'entendre les mystérieux personnages qui lui décrivaient l'univers gelé d'un éternel hiver en Europe, et les trains surtout, sur lesquels elle revenait toujours.

La vieille Autriche chancelait sous les coups de boutoir des nazis ; Fanny allait quitter Vienne pour la Suisse, lorsqu'après deux mois de manifestations quotidiennes, de slogans hurlés et de préparatifs minutieux, le maître du Troisième Reich fit son entrée sur la place des Héros, devant la Hofburg, au cœur de la cité, applaudi par une population enthousiaste, dont beaucoup étaient venus par cars entiers, sur commande.

Le lendemain, les nazis obligèrent les juifs de Vienne à laver les trottoirs, comme l'atteste aujourd'hui un monument en leur honneur, en face de l'Albertina. Le Chancelier du Reich fit élever un monument à Vienne en l'honneur de Planetta, et donna son nom à une place dans la cité ; l'ancien ministre Fey se suicida. Vienne se couvrit tout entière de longues bannières rouges, avec une croix gammée noire sur fond blanc. Les déportations commencèrent.

Fanny parvint à s'enfuir aux États-Unis, où plus tard, dans les années cinquante, elle devint éducatrice spécialisée dans une institution pour autistes.

Emilie Taschy fut arrêtée à Budapest dans la boîte de nuit où elle chantait tous les soirs, pendant les premières rafles ; malgré ses recherches, Fanny ne parvint pas à savoir où et quand sa mère avait disparu. A Theresienstadt, des survivants l'avaient entendu chanter en récital, à l'intérieur du camp de concentration ; mais en septembre 1943, Emmy disparut, sans doute avec le convoi de cinq mille déportés en direction d'Auschwitz.

Les cassettes de l'Impératrice Elisabeth connurent de nombreuses péripéties. Celle que le duc de Liechtenstein avait déposé au tribunal civil de Brünn s'en fut à Prague, puis retourna dans la ville morave. En 1949, l'Académie des Sciences à Vienne désigna sept de ses membres pour préparer l'ouverture solennelle. En janvier 1950, le moment fatidique arriva enfin ; il fallut obtenir les visas pour la Tchécoslovaquie, de l'autre côté du rideau de fer. Les Tchèques refusèrent de délivrer le célèbre objet ; la cassette s'en fut à Prague, d'où elle parvint enfin à Vienne, entre les mains de l'Académie des Sciences, en 1953. Ce n'était pas son dernier voyage.

On l'ouvrit devant les sept témoins, on y trouva la lettre et le destinataire : le président de la Confédération helvétique. Mais depuis 1951, le président Etter avait déjà reçu, par l'intermédiaire de Louis, fils de Charles-Théodore, la cassette confiée à Ida Ferenczi, à l'insu de l'Académie des Sciences à Vienne, qui en ignorait tout.

Le président Etter consulta le Conseil fédéral, qui résolut de ne pas autoriser la publication des poèmes, pour préserver la réputation de l'Impératrice assassinée à Genève. Trop contestataires, ces poésies desserviraient sa mémoire. Il fallut attendre 1977 pour qu'enfin le président Furgler acceptât de les confier à l'historienne allemande Brigitte Hamann, qui en publia d'abord quelques extraits dans une nouvelle biographie d'Elisabeth, en 1981, puis en fit une édition complète en 1984.

Mais lorsqu'on débattit des ultimes instructions de l'Impératrice, on buta sur un obstacle imprévu. Elle souhaitait verser les revenus de son œuvre poétique aux descendants des persécutés hongrois.

Personne ne sut à qui verser les droits d'auteur. Car pour ce qui était de la Hongrie, la patrie de son cœur, elle était encore dans l'autre monde, celui qu'avait partagé la conférence de Yalta.

Le Conseil fédéral helvétique décida donc de verser les droits d'auteur d'Elisabeth d'Autriche au Haut Commissariat pour les Réfugiés, création du siècle, appropriée à la quantité spécifique de ses massacres. C'est à l'Académie des Sciences qu'on peut acheter aujourd'hui le gros volume de poèmes, dans une petite rue de Vienne, la Währingerstrasse, au fond de la cour, troisième étage.

A l'automne 1992, un Tchèque, rendu fou par la mort de sa femme, vola le cercueil de Mary Vetséra au cimetière d'Heiligenkreuz, et chercha à le revendre pour vingt mille schillings, une misère. La police récupéra les restes de la disparue, et les confia à l'Institut médico-légal. Les ayants droit s'opposèrent à toute recherche complémentaire, et le squelette de Mary Vetséra s'en revint à Heiligenkreuz. On apprit toutefois par la presse que pendant son bref séjour à l'Institut médico-légal, les experts avaient fait une étrange découverte : au lieu de balles de revolver, le crâne de Mary gardait des traces de coups de pioche. Selon certaines rumeurs non vérifiables, entre 1945 et 1955, les troupes soviétiques d'occupation à Vienne se seraient emparées du crâne de la jeune fille — troué par la balle du Prince-Héritier — et y auraient substitué le crâne d'une inconnue. Puis les rumeurs s'éteignirent, et l'on n'en parla plus.

Les parents du petit Elie l'expédièrent en France au début de l'an 1939, et se promirent de le rejoindre un peu plus tard, puisque, après tout, à Vienne il était toujours temps d'aviser. L'enfant passa toute la guerre caché dans une ferme du côté des Landes ; lorsqu'à quinze ans il revint dans sa ville natale, il ne retrouva rien ni personne. Son père était mort dans des conditions mystérieuses ; comme Émilie Erdos, née Taschnik, sa mère avait été arrêtée, et déportée dans le camp de Theresienstadt. Pas davantage que Fanny, il ne sut la date exacte de sa disparition.

Et puisque de Vienne il avait tout perdu, fors la mémoire qui faisait tant souffrir, il s'installa en France, devint musicien de l'Orchestre de l'Opéra de Paris, ce qui lui permettait des tournées à l'étranger, et quelques concerts en soliste dans les villes d'eaux. Juste avant l'âge de la retraite, il décrocha un contrat avec le casino de Baden, tout près de Vienne. Parfois, les jours de relâche, il montait jusqu'à l'appartement de son enfance et demeurait sur le palier, sans oser frapper ; parfois encore, il s'installait au café Sacher, en terrasse, où un soir, dernier témoin d'une île de mémoire en perdition, il me raconta son histoire, et le souvenir qu'il avait du jour où l'instituteur l'avait remis sur le trottoir.

A l'heure exacte où les nazis abattaient le chancelier Dollfuss ; à l'heure où Franz Taschnik montait pour la dernière fois la colline du Steinhof.

A l'heure où le comte Corti finissait d'établir le manuscrit de sa biographie sur l'Impératrice Elisabeth, en ajoutant, parmi les nombreux documents inédits, les lettres de Gabrielle, et un poème.

Vienne, 1992-1994

COMMENTAIRES

Le roman qu'on vient de lire s'inspire d'un épisode authentique de la vie de l'Impératrice Elisabeth d'Autriche.

Le jeune homme qu'elle rencontra au Bal de la Redoute en 1874 s'appelait en réalité Frédéric Pacher de Theinburg. Avant de mourir en 1934, il remit au comte Corti les lettres d'Elisabeth et le poème *Long, long ago*. Le comte Corti publia également certaines des lettres que Frédéric Pacher envoya à l'Impératrice, dont les deux dernières, et le poème resté sans réponse. On trouvera le récit de leur longue correspondance, ainsi que le texte des véritables lettres, dans les trois grandes biographies d'Elisabeth d'Autriche : la plus classique, celle du comte Corti, publiée aujourd'hui chez Payot, la plus critique, celle de Brigitte Hamann publiée en 1981 aux éditions Fayard, et la plus convaincante enfin, celle de Nicole Avril, *L'Impératrice*, publiée en 1993 aux éditions Grasset.

A l'exception de la rencontre avec le sanglier noir, les faits de la vie d'Elisabeth d'Autriche sont tous attestés, soit dans les Mémoires, soit dans les archives ; j'ai cependant intégré de nombreuses rumeurs invérifiables, dont la syphilis de l'Empereur François-Joseph, sur laquelle insistent de hautes personnalités viennoises aujourd'hui.

En revanche, Franz Taschnik, sa famille et ses amis sont des personnages imaginaires.

Les vers en exergue à chacun des chapitres sont extraits des poèmes d'Elisabeth, à l'exception d'un poème de Heine, en tête du chapitre intitulé *Anna, ou la musique*. Avec l'aide d'André Lewin, je les ai traduits de l'édition publiée sous l'égide de l'Académie autrichienne des sciences (Kaiserin Elisabeth, *Das Poetische Tagebuch*, herausgegeben von Brigitte Hamann, Verlag der Österreichischen Akademie der Wissenschaften, Wien, 1984). Seule une vingtaine de ces poèmes ont été publiés en français dans les différentes biographies de l'Impératrice.

L'ensemble de l'œuvre poétique d'Elisabeth d'Autriche atteint 330 pages imprimées.

Le récit des événements de la guerre de Bosnie de 1878 s'appuie sur les archives inédites de l'ambassade de France à Vienne, où les originaux sont conservés depuis 1815. Il en va de même pour la dépêche de Corfou, reproduite dans son intégralité, et pour les innombrables rumeurs autour du drame de Mayerling ; à l'époque, l'ambassadeur de France Pierre Decrais ne croit pas à la thèse officielle du suicide du Prince-Héritier, qu'il finit par accepter comme à regret.

Je tiens à rendre hommage à l'inspiration précieuse et bienveillante de mon ami Axel Corti, disparu en 1993 alors qu'il achevait le tournage à Vienne de *La Marche de Radetzky*, d'après le roman de Joseph Roth.

Le grand cinéaste hongrois Istvan Szabo, à qui ce livre est dédié, m'a tout appris sur la Hongrie, et particulièrement le sens du mot « délibab ».

Je remercie en tout premier lieu Jean-Paul Phelippeau, maître de manège à la Garde républicaine ; l'ambassadeur Matsch, du ministère autrichien des Affaires étrangères ; Anton Prohaska, ambassadeur d'Autriche auprès de l'Unesco ; l'ambassadeur Gustav Ortner, chef du protocole autrichien ; Helmut Zilk, maire de Vienne ; Thomas Schäfer-Elmayer, directeur de l'École de Danse Elmayer à Vienne ; Arthur Paecht, député du Var ; François Nicoullaud, ambassadeur de France à Budapest, et son épouse Christiane ; Jean-Jacques Brochier ; François et Irène Frain ; Thomas Erdos ;

Hugues Gall ; Alain Sortais et Thierry Burckard ; Françoise Verny, Jean-Christophe Brochier et Jean-Étienne Cohen-Séat ; l'ensemble de mes amis viennois, en particulier Friedl Tisseau, et naturellement, A.L.

Table

TROISIÈME PARTIE

Une nuit calme, un clair de lune

Achevé d'imprimer en octobre 1994
sur les presses de Brodard et Taupin
à La Flèche
pour le compte des Éditions Calmann-Lévy
3, rue Auber, Paris 9ᵉ

Nº d'impression : 6192 K-5
Dépôt légal : octobre 1994
Nº d'éditeur : 12021/01